雪落軒轅台

客家女哭長城

抱峰——著

燕山雪花大如席
片片吹落軒轅台……
依門望行人
念君長城苦寒良可哀……
黄河捧土尚可塞
北風雨雪恨難裁

——李白〈北風行〉

思想的穿透是社會進步的前導
血淚的燃燒是民族復興的明燈

——孔門學子

目次

第一部　榛莽鴛鴦

第二部 春心無依

第三部 風中紅燭

第四部 一炷青魂

第一部　榛莽鴛鴦

第一章 長城苦寒北風狂 尋個暖夢回故鄉

整個世界，無論有生命的或無生命的都注入了大劑量興奮劑，痙攣了，亢奮了，瘋狂了，使出渾身解數參加這個長城演奏會。

現在的一切都顛倒了，亂套了……太陽從西邊出來了，公雞下蛋了，母雞喊早了，砂鍋搗蒜了，螞蟻長出象牙來了，公狗母狗長出犄角來了！

如此等等的上層建築成了一種隱蔽文化，猶如巨石壓迫下的一株小草，擰著向上生長，竟然開出了奪目的狗尾巴花。

1

狂風在西伯利亞生成，帶著苔蘚、地衣的苦寒，白熊、北極狐的哀號，掠過黑龍江和興安嶺一線，在中國廣闊無垠的大草原和黑土地上肆虐，並長驅南下，趁夜黑雲高，從軒轅台、古北口跨越長城，壓向燕山山脈一個叫牤牛蛋子的小山包，瑟縮的屋舍。

在一間屋舍的南北大炕上，百里玉妝和二三一號女人蒙頭而臥。吊在屋頂睡眼矇矓的電燈以其昏暗的光線照射著棉被上的冰霜；慘白的冰霜輕輕起伏，輕輕閃爍。蒙頭的棉被使她們與恐怖世界隔絕，口裡呼出的哈氣供她們取暖，每個人都為自己營造一個小小天地，「溫柔之鄉」。

她們一個挨著一個直直地挺著，猶如凍結在煎鍋裡的鍋貼。把一張單人褥子對折就是每個女人的鋪位，如要佝僂腰側臥一會兒可說是個奢侈。等到挺累了，挺到腰桿子酸疼尾巴根子麻木，便在自己鋪位的中心線上蔫蔫作縱軸轉動，儘量使被筒保持原樣。於是縱軸翻身法應運而生了。這些女人特別能操守，又特別能創造。

雖然有被子阻隔，仍深陷恐懼之中。百里玉妝感到，好像藏匿的書籍已被廝翻出來，狂風中有只軍用翻毛大皮鞋踢向她，心猛地縮緊，抱起頭，努力分辨所有的聲響。

松濤的吼聲鋪天蓋地。雪霰、砂石、枯枝敗葉一輪又一輪擊打著門窗。門咕咚咕咚地聳動，窗呱嗒呱嗒地鼓噪，似有猛獸隨時闖入。紫荊栗枝發出淒厲的嘯音，鬼哭狼嗥一般。

整個世界，無論有生命的或無生命的都注入了大劑量興奮劑，痙攣了，亢奮了，瘋狂了，使出渾身解數參加這個長城演奏會。演奏會上，松濤的低吼是大提琴演奏的背景音樂，深沉有力，用以烘托；紫荊栗枝的嘯音是別腳小提琴手演奏的主題曲，琴弦淩遲著每個人的心；而雪霰、砂石、枯枝敗葉演奏的打擊樂才真正成為樂隊的主角，更具震撼力、破壞力，直接形成事實上的浩劫，掀掉了屋脊的瓦片，刮折了門前的旗杆，扯起了曬衣繩上的凍衣騰向高空，墜向遠處的沙河……

這裡的演奏，中外所有高等級搖滾樂隊都難與匹敵。試想，一頭巨大無比的動物被抽掉了筋，一陣緊似一陣的痙攣，那痛楚，那叫喊是任何樂隊都演奏不出來的！即使惡意折磨人也枉費心機！

2

狂風從門縫、窗櫺鑽進，刮掉牆上的冰霜，冰霜不斷撒落在棉被上。房箔懸掛的冰錐不時被吹落，砸得屋角擺放的臉盆和牙具乒乓作響，砸得門旁大尿桶裡的尿液四處迸濺。尿液在坑坑窪窪的堅硬的泥地上凍結，好像細碎的渾黃的珍珠；珍珠現出慘澹甚至柔美的光彩。她們感到屋舍隨時會被擊成碎片，捲向無邊的夜空。但沒人叫喊，沒人哭泣。她們似乎已經不是女人。如果從被子裡伸出胳膊，會看到男人般長滿老繭、裂了口子並纏著污穢不堪的膠布的手。在嚴寒的冬天，掄錘鑿石、刨糞裝車、下坑打井等等活計都要靠她們細弱的手去完成。如果她們探出頭來，會看到蓬亂的短髮，男人般的臉，臉上的「崩瓷」，乾裂的嘴唇。嬌嫩的肌膚實在經受不住長年累月風霜雨雪的襲擊，紫外線的雕琢；臉正由圓潤向稜角轉化。她們大都是二十至四十歲之間的女人，可是有人已經停經了。

她們幾乎沒有隱私可言，從頭到腳從裡到外都暴露無遺。這裡有條鐵律，夜間絕對不許熄燈，以防逃跑或有什麼不軌行為。這樣，女人們夜間小解必須在燈光下明晃晃地亮相，哪怕屋裡屋外有多少隻眼睛觀瞧：無論男女，無論春夏秋冬。要知道，屋門是從外面鎖著的，鐵鎖有拳頭大小，鑰匙掛在一個粗俗不堪的女人的褲腰帶上。夜間還有巡邏者來來往往，不時傳來男人咳嗽的聲音。自己的身體，特別是從兒時就懂得保護的最隱蔽的部分，絕對羞於見人，所以天冷小解尤其使女人們煩惱。但今晚還算幸運，一股狂風鑽進，一下子撕掉了東牆毛澤東畫像兩旁已經凍得僵硬的紅紙條幅，呼啦落在尿桶裡。狂風使勁兒搖晃電燈，一下，兩下，三下，一下比一下猛烈，把燈泡撞向屋樑的鋼筋，突然，嘭地一聲爆裂；隨著玻璃碎片的飛濺，比光明還彌足珍貴的黑暗來了，來了，來來了！女人們從心裡歡呼：該死的風，颳得好！萬歲，萬歲，萬萬歲！

隨之風也停了，猶如舞臺燈光突然熄滅，演出戛然而止。看來，任何成功的演出都遵循統一的規律：從高潮到結尾必然是短暫的。此時，筋疲力盡的風只是拉著柴草葉有氣無力地踽踽而行，發出嘩啦嘩啦的輕輕的響聲。

折騰了大半夜，憋了大半夜，幾乎在燈泡爆裂的同時，女人們不約而同地迅疾異常地掀翻被筒，光腳丫子蹦下炕，騰騰衝向尿桶，踢得地下的臉盆和冰錐劈啪作響。在一陣忙亂，碰撞，兇狠叫罵，以及隱蔽部分零距離碰撞之後，在長時間漲痛向如釋重負轉化之後，她們方心滿意足回到自己的溫柔之鄉，直挺入睡……尿桶裡的紅色條幅被挑了出來，字跡若隱若現，不外走什麼路做什麼人、什麼寬什麼嚴之類。條幅在冒了一股熱氣之後，很快凍在泥地上，於是，在手電筒的光照下，一條紅哈達鑲上了以假亂真的贗品——田黃玉……

3

一個小型奧林匹克鼾聲運動會拉開了序幕。

運動會沒有規則，沒有裁判，人人登場獻技，無論個人優勝賽還是南北大炕對壘，誰執牛耳完全靠各自的功底和臨場發揮。在這個過程中她們享有充分自由，這種自由是從胸腔到喉嚨到口腔到鼻腔到顱腔的密切趨動展現的，各個有著深厚的功底，心靈的默契，一點不亞於雲南女子大歌的多聲部無伴奏合唱，而且帶著每個人的溫熱，完成著吐故納新的全過程，承載著雖然朦朧但卻是最深層的潛意識；同時又極具個性，如此地千差萬別；從中可以感受到人體支點的散落，消耗殆盡的力的悄悄集聚，受損神經的慢慢修復。

百里玉妝說什麼也睡不著。用當地人的話說她還「毛嫩」，絕沒有大姐和阿姨們的那種修煉。這不，南炕的陳阿姨首先發難，幾乎頭顱還沒沾到枕邊鼾聲先啟動了，第一聲鼾的啟動可以和百米起跑線上的路易斯和詹森媲美，快速，突然，猛烈，把玻璃窗連同上邊蒙著的塑膠布都震得嘩嘩作響。緊接著便是長久地憋氣，一秒，兩秒，三秒，差不多半分鐘吧，又「哏嘍」一聲，玻璃和塑膠布再次嘩嘩作響……似乎豹式坦克從遠處開近，突然熄火，靜默一陣，又突然發炮……如此循環往復，以至無窮；這，並不違背某位「偉大哲人」對「真理」誕生過程的描述。她丈夫健在，再婚繁衍的兒女成群，大閨女已經十七八了。可是第一回嫁人竟嫁出了毛病，偏偏嫁給了一個國民黨軍官，一九四九年這位軍官逃往臺灣，拋下了她。這還罷了，又出身於地主家庭，反動軍官太太加上地主婆，理所當然從骨子裡「反動」。在昨天的批鬥會上，被仇廣軍用軍用翻毛大皮鞋踹得鑽桌子，臉也摑腫了，可是，覺，卻睡得香甜。

「這人，到底怎麼了？」百里玉妝歎口氣，模糊地想，做了一次縱軸運動。無論如何也弄不明白，現在的一切都顛倒了，亂套了，從前認為的友愛變成了仇恨，從前認為的真理變成了謬誤，總之，太陽從西邊出來了，公雞下蛋了，母雞喊早了，砂鍋搗蒜了，螞蟻長出象牙來了，公狗母狗長出犄角來了……不然，陳阿姨，身為城關鎮鎮長的陳翠珍怎麼會戴上那麼多反動帽子？那些大老爺們怎能下得了腳踹向一個柔弱的女人？那些大老娘們怎能下得了手狠摑女人倍加呵護的臉？而且這是一張女人氣十足的臉，特別耐看的臉，總那麼笑容可掬的臉，慈眉善目的臉，給人一種信任感的臉。她是個媚力十足人見人愛的女人。

「人，到底出了什麼毛病？」百里玉妝悲哀地想，「人，到底有多大承受能力？」她感到雙腳奇癢難耐，就慢慢蜷起腿用手掐，在褥子上蹭，雙腳相互磨擦。一不小心擦出了濕淥淥的東西，摸摸，湊鼻子聞聞，有腥味兒，才知道是膿血，於是由奇癢難耐變成了鑽心疼痛。「這腳凍出病根了，怎麼穿了厚棉鞋還凍！唉，腳也不爭氣！」越發睡不著，或許聽陳阿姨的鼾聲能夠減少一些疼痛。

4

她替陳阿姨害怕，擔心陳阿姨一口氣上不來就此憋死。這氣，憋得實在太長久了，半分鐘，興許一分鐘，兩分鐘……每次憋氣，她的心都要懸起來，直到新的迸發和震撼結束才稍稍放下，但仍怦怦地跳。大約，把一隻小鳥放在大鼓上用力敲擊，其驚恐狀就是這種情形。她感到一隻大皮鞋踢向她……「那些書籍被厮翻出來了……但，不會，不會的……有他，有他，有他呢……」

北炕也不示弱，打鼾的，吹氣的，咬牙的，哭的唱的此起彼伏。但她們都無力和南炕相抗衡，光陳阿姨一個人的聲勢足以蓋住北炕一大邦人。不過，北炕的重量級人物才剛剛登場，且更具特色。

太陽一出吐彩霞
樹上小鳥叫喳喳
小鳥張嘴要吃飯
哭著喊著找媽媽……

實難想像，一個夢中人在唱戲！雖不字正腔圓，卻韻味十足，完全是驢皮影熱辣的高腔，而且是在沒有掐半拉嗓子的情況下唱出來的。很奇怪，白天，人們根本沒有聽她唱過影，甚至在飯前高呼祝願、唱「天大地大」時也只能聽到在嗓子眼兒嘟囔一句半句含混不清的音節。同屋的人原以為搞惡作劇，在她唱興正酣的時候曾用力捅她，好不容易捅醒，可醒了以後叨咕句什麼又渾然睡去。等到白天問個究竟，她根本不知道夜間發生的事；大家先是疑惑，繼而暴發一陣哄笑，哄笑過後便是許久的回味，許久的談論，勾起一絲溫情，一絲輕鬆，從而暫時緩解一些煩惱。當然，「太陽一出吐彩霞」「小鳥叫喳喳」「小鳥張嘴要吃飯」等等成了眾人勞動時哼唱的小調，如果校部的人不在場，唱得更歡。所謂小調，到了眾人嘴裡早已變成了花樣翻新的怪腔怪調。每逢哼起這些怪腔怪調，快樂歸快樂，忘形歸忘形，但不難發現女人們眉宇間掠過的淒苦之情。女人們都在思念自己抛在窩中的小鳥，還有小鳥媽媽的媽媽……

從此馬潔有了個綽號——吐彩霞。不過後來有了點變化，有叫喳姐的，叫喳妹的，變著法地叫，不一而足。拿吐彩霞打哈哈湊笑話效果奇佳，更有心照不宣的涵義。相互取笑，找樂子，逗悶子，作踐人，自我嘲諷，出洋相，如此等等的上層建築成了一種隱蔽文化，猶如巨石壓迫下的一株小草，擰著向上生長，竟然開出了奪目的狗尾巴花。吐彩霞正經八北火了一把，成為一個時間統領潮流的人物。不過，只是個暗流而已。

5

月光在女人的被子上閃爍，輕拂。遠處不時傳來野狼的長嗥，貓頭鷹的驚啼，雌雄夜鳥東一聲西一聲的唱和。夢裡奧林匹克大賽幾近偃旗息鼓。

忽然，百里玉妝聽到踩踏積雪的響聲，「大皮鞋！」差點驚叫起來，掀被縫向外看，見一束光柱在窗上晃動，趕緊蒙住頭。仔細聽，響聲漸漸遠去，才把懸著的心放下，捂住胸口。

很快，疲勞和睏倦攫住了她，於是頭腦混沌了，粘稠了，凝結了，也回家了……

第二章　月皎竹暗梅江碧　嶺南才俊靜夜浴

他最喜歡她發表議論了，特別是把臉扎在自己的胸脯上說話，爭論，那嫩腮的溫香，紅唇的濕潤，睫毛的拂癢，逗急了還會咬一口，真是莫大享受。

的確，她很美，更鮮活，更生動，是占人不吝筆墨吟詠和描繪的浴美人，而且在月光下；是鑒賞者可以用全部情感交流的美人，有著溫熱和動感，而且攬在懷中。

1

……她笑著，梅江揚起了笑聲。

……白天，和何偉雄下江暢遊，盡情嬉戲。這裡的水域分上下兩個部分，上游水面平闊，水勢舒緩，從大壩漫下的水卻箭打一般，有千軍萬馬之勢，幾里外都能聽到呼嘯。兩人牽手立在大壩上，面對翻滾的江水相擁而跳，水底竹葉一般迅疾滑過巨大的長滿青苔的卵石，根本來不及換氣，足足衝出一兩百米才抓住蒿草，爬上岸邊。有些後怕，來日照樣重複這個科目。

……何偉雄的到來使土樓平添了男人氣息。男人的汗腥味兒，腳丫子味兒，粗壯的嗓音，有力度的動作，以至床單上捲曲的毛髮都讓人心醉。媽媽調著樣做好吃的，諸如客家瓤豆腐、糯米粄、芙蓉雞，凡會做的和能做的都做個遍。其中有碗濃濃的雞絲筍湯，湯上飄浮一柄生菜葉，葉上擺兩個魚丸，何偉雄叫「漂洋過海」，又叫「同舟共濟」，「鴛鴦戲水」，媽媽會心地笑了，似在誇獎多麼善解人意。媽媽總說阿雄嘴小肚子小，瘦了：未來的女婿簡直是朵眼花，不可名狀的希望。卻很擔心，倘若兩個年輕人一走，分配了工作，等待她的又是漫長孤寂的日子了。沒有男人的日子實在過得太久了，個中滋味兒有誰知曉！

百里玉妝和何偉雄利用學生階段的最後一個假期，無憂無慮地享受著生活，生活慷慨的恩賜。

兩人吃罷晚飯照例下江消暑。

皎潔的月光潑灑在江面一側，竹林的黑影由遠及近由近及遠平鋪在江面另一側，好像明暗兩條梅江並肩流淌，靜宓而安適。隱隱可以看見水底的卵石，遊動的魚群。何偉雄在江裡游了一程，把微微喘息的百里玉妝托出水面，突然來了詩興，一隻手攬她的腰，揚起另一隻手對月誦讀：「或長煙一空，浩月千里，浮光耀金，靜影沉璧，漁歌互答，此樂何極！」兩人在水中相擁著，笑著，大有古代文人騷客之風。

百里玉妝笑著說：「你看，這風，悄無聲息地梳理著竹葉。這水，如不留意難以覺察在流動，真是一平如鏡，波瀾不興。想啊，不動的倒影落在一平如鏡的水面上，兩靜合一靜，有皎潔的月光、白亮的江水與幽暗的竹林相映襯，又有魚兒間或掀浪的水聲與遠處落壩急流的低吼相烘托，你說靜不靜？影，就像沉在水裡的璧玉一樣，有手鐲，有耳環……意境多美……靜態的和諧，靜態動態的和諧，明亮灰暗的和諧，有聲無聲的和諧，遠近上下的和諧，有疏有密，有輕有重，有緩有急，有情有意，形成了主客觀的統一，此情此景，把美推向極至，你說是嗎？」

何偉雄欣喜異常，緊箍百里玉妝的腰，連連說：「是是，我的才女！難怪在一次辯論會上你們班打敗了我們！那時你是主力辯手，不然我怎會特別注意你，晚自習湊到你對面！」百里玉妝故意嗔怪：「還有臉說呢，那時你連晚飯都不好好吃，嘴裡嚼著飯就跑圖書館占地方，忘了吧，為了搶佔我對面的坐位和自稱哲學系頭髮最黑的那個同學打起來，連教科書都丟到湖裡了，還得向我借，厚臉皮……哼，你坐在對面，看那眼神兒，要不是有鏡片隔著早就把人家囫圇吞了！」

「其實隔著鏡片也吞了，現在還在肚子裡，摸摸，在這……來，再給我一口……」

「全系就數你眼饞，打你這個饞嘴貓！」

兩人糾纏著，開心地笑著，驚起江邊草叢裡一雙水鳥，水鳥驚叫著飛向對岸。

2

提到勇武處，何偉雄來了大發宏論的興致，說：「想不到你對美真有見的，不過，你光強調同一卻忽略了鬥爭，強調了和諧卻忽略了對抗，而矛盾鬥爭、對抗是無條件的，絕對的，美是有階級性的，所以美的階級性是絕對的，財主看見打狗棒不認為美，不管要飯花子多麼珍視這個打狗棒……」何偉雄正要往下推理，預感馬上要挑起爭論，如果爭論起來太破壞氣氛，於是轉換了話題，「是的，你說得好，眼前的意境確實很美，但是，你更美！我的美人！」何偉雄讚歎，又把百里玉妝箍緊。

百里玉妝說：「你這個滑頭，怎麼不往下說了？」

「甘敗下風……」其實他最喜歡她發表議論了，特別是把臉扎在自己的胸脯上說話，爭論，那嫩腮的溫香，紅唇的濕潤，睫毛的拂癢，逗急了還會咬一口，真是莫大享受。

「喘不過氣來了，把胳膊鬆點兒……世間充滿矛盾和鬥爭，不假。那麼，美到底哪裡來？我以為，拿眼前的景物來說，快慢，明暗，動靜，疏密，繁簡，強弱等等的和諧，也就是矛盾和鬥爭的和諧產生美。和諧是美存在的形態和本質，人們感官的享受。」

月光下，何偉雄端起她的臉欣賞，連連誇讚：「有生命的美是最高層次的美！我的美人，我看看你是怎麼和諧怎麼美的！」

的確，她是古人不吝筆墨吟詠和描繪的浴美人，而且在月光下，是鑒賞者可以用全部情感交流的美人，有著溫熱和動感，而且攬在懷中。

何偉雄攬著她的腰身，看著她的眼睛說：「你知道麼，我研究你的眼睛研究好幾年了，對，從入學那天……總想能準確說出那種感受。這幾天忽然有了頓悟！」

「頓悟了什麼？該不是又拿我尋開心吧？」

「不是。聽我說。你的眼睛就像一彎清澈的月牙湖。是一雙彎彎的笑眼。眼裡總汪著一泓水，清亮清亮，束束生輝。不曾說話先笑了，笑得迷人，叫人感到發自心底的真誠……臉呢，紅裡透白，白裡透紅，唇邊的黑痣更襯托出含蓄的嬌豔。身材麼，像中跑運動員。」

「我可不像你說得那樣，這麼一形容成了畫中人了，我可不是畫！」百里玉妝從何偉雄的胳膊裡抽出手揚起欲打。

「別打別打！你的美是真實的存在！」

兩人相抱著滾入水底……

3

年輕的肌膚緊緊依偎，以江水潤滑，何偉雄實在把持不住自己了，把嘴唇湊近她的耳根說：「嫁給我吧……」

「不，以後！」

「不，立刻！」

百里玉妝推開何偉雄，鑽到水裡游動幾下，又冒出水面，攏了攏頭髮，一任水珠從圓潤的肩淌下：「是要嫁給你。現在不行。這裡有規距，沒有父母主婚，女兒是不能出嫁的。」

何偉雄把百里玉妝高高抱出水面，仰起頭，把臉埋在百里玉妝的腰部，揉搓著，喃喃地說：「今晚！現在！在這裡……」

百里玉妝再次掙脫，急著說：「放下，聽我說！」

……何偉雄不得不撒手。

……何偉雄的強力攻擊差點突破她的防線。

快樂的誘惑伸出大手，揶揄雙眼說：「你過來呀！」她探出一隻腳即將置身其中，而置身其中竟如此地輕而易舉。但是，她止住了腳步。提到結婚顧慮多多，可說甜蜜和恐懼參半。她從爸爸拋棄媽媽的事實中得到經驗。她認為，媽媽的含辛茹苦完全由爸爸造成，爸爸不應多年不歸另立家室。「男人的心真狠！」忿忿之情早已在心中進駐。她懷疑像媽媽那樣的女人心甘情願為一個男人作出那麼大犧牲是否公平。

「先回家吧。」百里玉妝掙脫，小聲說。

何偉雄拗不過，連忙擁吻一陣，抱她上岸。

兩人穿好衣裳，拾級而上，經過竹林和水塘來到樓前曬穀場。曬穀場上放著幾隻籮筐，兩人把籮筐翻過來，觸膝相坐。

剛坐定，媽媽端一盤水果出現在身旁，笑著說：「阿雄，累了吧，吃點水果。」說罷轉身回樓。

百里玉妝遞給何偉雄一隻楊桃：「偉雄，準渴壞了，來，你愛吃這個。」

何偉雄取一塊淡鹽水浸泡過的鳳梨向她嘴裡塞：「你也渴壞了，愛吃這個。」

她美美吃了一口，向樓裡呶了呶嘴，悄聲說：「媽媽準向外張望一晚上了，下江游泳媽媽不放心。」

何偉雄說：「看得出來。」

「這是媽媽的習慣。我在外邊讀書，媽媽盤算該放假了幾乎天天站在高阪上張望，盼我盼得……」說著變了聲調。何偉雄見她落淚，連忙安慰。

「我明白，娘倆相依為命。」

「不錯。我念小學二年級的時候爸爸去了泰國曼谷，是爺爺叫去的，這一去再也沒回，家裡只剩下媽媽拉扯我過日子。」

「為什麼去泰國？」

「百里家族世代在海外闖蕩，到了爺爺這一代已經成為泰國舉足輕重的富商了。爺爺又在汕頭、梅縣辦了企業，叫我爸爸打理，意在練練本領，進，可以在國內發展……在國內發展是每個華商的宿願，夢想有報效祖國的一天。退呢，可以到國外接管祖業，反正爺爺就我爸爸這麼一個兒子，需要幫手。國內國外百里家族香火不斷是爺爺當時的兩全之策。誰知來了個『公私合營』，傾刻間百里家族失去了在汕頭和梅縣的全部財產，爺爺不得不急召我爸爸……頭幾年還有書信往來，爸爸偶爾也給家寄錢，慢慢就淡了，斷了，近兩三年音信全無。聽說爸爸在那邊有了妻室。

「媽媽看守土樓，經營幾畝水田，供我讀書，天天盼望有個骨肉團聚的日子。哪裡知道，這日子總也盼不到頭。媽媽是在替我爸爸、替百里家族承擔責任，她認為，這是她份內的事，再苦再累都毫無怨言。媽媽就怕我有個閃失，所以，想女兒盼女兒成了全部生活內容。」

這時媽媽送來兩把扇子，說：「天熱，蚊子多，扇扇。還缺什麼喊我一聲。」說罷又轉身回樓。

4

她目送媽媽苗條健碩的背影：「看媽媽的高興勁兒，對你這個準女婿……」

「明天轉正——正式女婿！」何偉雄接過她的話，把手放在臉上親。她連忙把手抽回。

「注意影響。別高興太早了，媽還沒發話呢……」

「其實早發話了，整張臉上寫了幾個大字：我同意，我高興！」

「你可知道，同意和真地嫁出女兒不一樣。再說，我也要掙錢了，要好好孝敬她老人家……」

「結了婚，兩個人共同孝敬不更好嗎？」

「好是好，但不一樣。我的孝誰也代替不了。你記得麼，孔夫子說『故母取其愛』，就是說母親特別需要子女的愛。媽媽尤其需要我的愛。人們通常說母愛是無私的偉大的，卻不知道母親多麼需要兒女的愛。而知曉母親對愛的渴求並讓全社會知曉是孔夫子的過人之處。既然母愛是天經地義的，難道愛母不是天經地義的嗎？所以我要『謹身節用』。這也是孔夫子說的。謹身是什麼？」她若有所思地說，「我首先要媽媽同意，還爭取爸爸知道，不能名不正言不順就嫁人。」

把何偉雄說得一頭霧水，直撓頭。

兩人不再言語，看著土樓沉思。夜依然如此美好，月光如水，流螢輕舞，草蟲唧唧，不時傳來幾聲犬吠。

「看來，」何偉雄終於打破沉寂，字斟句酌地說，「看來，最大的障礙來自孔夫子，不是你。恕我直言……你中毒太深了。」

「不是毒，因為孝敬父母是歷朝歷代道德之本，今後也是這樣，試想，如果一個人連父母都不愛還能愛誰？孝順孝順，順就是孝。」

「……我不想和你爭論，可也別太牽強了。不過，你讀書側重的地方我還真沒注意到。既然提起，我也說幾句。別忘了，孔子還說過，對父母不能一味順從，『當不義，則爭之』……而且，你知道孔子為什麼不遺餘力地大唱孝道嗎？是想通過對孝的提倡達到忠君的目的，意在強化封建宗法制度，這，完全背時，早就掃到歷史垃圾堆裡了。」

「可孝敬父母總歸不錯吧，身體髮膚受之父母……唉，算了算了，不跟你爭了。反正別急，水到必然渠成。」

「渴死人不心疼？我的渠早就挖好了！而水，什麼時候到呢?!」

「不告訴你，」她嬌嗔地說，「誰要是猴急就另尋高就……」

「別嚇我，我膽小，」何偉雄忙拍她的嘴，把她拉在懷裡，「你跑不了！」

兩人親一陣，說一陣，笑一陣，看月沒竹稍，方回樓歇息。

在臥室門口，何偉雄在她耳根悄聲卻信誓旦旦地說：「孔弟子，你等著，我會感天地泣鬼神的！」才悵悵分手。

第三章 兀山嶙峋挺瘦骨 老樹孑立拔硬身

睡蟒方醒已傷身，
枯枝敗草欺鴉林，
裂膚揉幹老婦淚，
一夜大雪填不平。

「遇到天大的事也不要哭，不當孬種。哭，怕樹葉掉下來砸著先抱腦袋哭，早亡國滅種了！」
「你年輕，模樣好，人緣好，知書達理，前途無量，世界不能總這樣發瘋！」

1

何偉雄猴急了一個暑假，最終沒能感天地泣鬼神。百里玉妝矜持的媽媽完全明瞭他的心思。何偉雄知道，癥結在百里玉妝。少女傳統和現實的道德防禦機制實在讓他琢磨不透。抱怨吧，於事無補；不抱怨吧，窩在心裡的火苗子一個勁兒往上躥。「照理說，應該水到渠成了！」苦笑著，不住搖頭，暗自叨咕，「男人男人，為什麼有那種激情！活得好好的為什麼偏要娶媳婦！」

後來兩人雙雙分配到中央一個部的下屬單位……在百里玉妝下放農村的那批人裡本來沒有何偉雄，何偉雄的家庭和社會關係並沒有「污點」。但執意跟隨，向領導編了不少理由，幾經周折，也來到京畿遠郊、長城腳下的這座古城。再後來風雲突變，作為「逍遙派」成了「五七」幹校的首批學員，就住在小山包的另一間屋舍。

熱戀啟動並強化了大腦的專屬細胞群。何偉雄和百里玉妝雖然「雞犬之聲相聞，老死不相往來」，但兩人的感情並沒有因為種種變故和人為的阻隔稍稍冷卻。現在，百里玉妝對何偉雄的思念變成了夢裡大餐。不過，夢境畢竟是夢境，都是一閃而過大塊大塊的畫面，且模糊者多，清晰者少，苦澀者多，甜美者少——已經心滿意足了。

此時，似睡似醒亦幻亦真的夢境由梅江切換到了長城。

……百里玉妝立在長城殘垣上，滿眼是扭曲的栗樹，稀疏的灌木，雜亂的山石，衰敗的蒿草，龜裂的土地，窮酸的沙河，斑禿一樣的殘雪；大地灰濛濛一片，由腳下延伸到遠方，和灰濛濛的天空交融。壩上吹來凜冽的寒風刀子般割著她的臉，打透了棉衣，透心地涼。攀登長城的興致一掃而光。

不知為什麼，她看見沉睡殘破的長城，沙河矮柳支架著的懸冰，荒草林木在風中的呼號，總感到有個孤苦伶仃的倍受凌辱的老婦人在眼前晃動，老婦人衣裳襤褸，瘦骨嶙峋，白髮蓬亂，滿臉溝壑，灰頭土臉，正用乾裂的老手揉搓矇矓的老眼在寒風中訴說，哭嚎。

她不由得想起遠在梅江的媽媽，「媽媽也在哭泣，訴說……女兒卻不在身邊……」

這種感覺始於去年。

年末的一天，她和何偉雄冒著清雪步行二十多里登上長城，在長城頂上見到上述情景，根據當時的感受，在垛樓裡謅了一首小詩，用白灰條寫在青磚牆上。

睡蟒方醒已傷身，
枯枝敗草欺鴉林，
裂膚揉幹老婦淚，
一夜大雪填不平。

「難道，大雪真地能掩埋人世間的不平!?」她　自在問自己，不得其解。

夢裡的她依然疑惑，依然感歎。

迷濛中突然一隻大腳向她踹來。那是踹向陳阿姨穿著軍用翻毛皮鞋的腳。踹在後腰眼上，她翻身墜谷，眼看就要落到亂石堆中，何偉雄張臂把她接住，兩人滾進酸棗叢。她完好無損，何偉雄卻被尖刺扎得鮮血淋漓。

驚魂未定，又不知從哪裡竄出一匹灰狼張血盆大口撲來，好像灰狼也穿雙軍用翻毛皮鞋。她和何偉雄拼命呼喊，撒腿就跑，可是怎麼也挪不動腳步，心急，往城牆上爬。何偉雄拉她，眼看要爬上去灰狼卻叼住了她的腳，腳很疼；她隨著碎磚和蒿草滑落，剛好掉在灰狼口中……

「偉雄！快救我！」

她拼命呼喊，異常恐怖。

「醒醒醒！」鄰被的李瑞珍使勁兒搖她，摸到一把冷汗一把淚水，掀被把她攬進自己的被窩。

2

她在李瑞珍的懷裡壓抑著哭泣，渾身抽動，心怦怦地跳。李瑞珍用粗糙的手摩挲她的後背，連連壓驚：「好閨女好閨女，別怕別怕，做惡夢了，夢裡的事不是真的，別怕別怕……有阿姨呢，阿姨明天給你叫魂……誰欺負你阿姨明天打他……」

李瑞珍給她擦淚，自己也熱淚湧流。

一老一少兩個女人的淚水流在一起，揉在一起。

此時的百里玉妝已經分不清是李阿姨還是媽媽了；天天都在想媽媽，今晚果然投入了媽媽的懷抱。南北大炕的女人們相繼進入了淺睡眠狀態，也許百里玉妝的驚叫觸到了女人們神經的警戒點，漸漸地，鼾聲競技也進入了舒緩階段，猶如奧運會的足球比賽，在一陣急攻快打過後開始了後場倒腳，控制節奏。看來女人們深諳其中的道理。

「阿姨，我夢見仇廣軍把我踹到長城底下，野狼追，腳疼，跑不動……」百里玉妝抽泣著斷斷續續地說。蒙頭的被子隨著抽泣鼓動。

李瑞珍用枕巾給自己和百里玉妝擦擦淚水，極力安慰：「好閨女別哭了，我知道你委曲，你怕，可哭有什麼用？告訴你，遇到天大的事也不要哭，不當孬種。哭，怕樹葉掉下來砸著先抱腦袋哭，早亡國滅種了！你摸摸這兒……」說著把百里玉妝的手拉向自己的大腿，「這是什麼？」

「疤……」

「對。一九四二年，抗日戰爭最艱苦的時候，小日本在長城沿線搞無人區，燒房子，挖壕溝，併村，抗日武裝活動範圍不斷縮小。那時我是區婦聯主任。一回，小日本掃蕩進村，我沒來得及往山上跑鑽進了一家後院的柴禾垛，日本兵用刺刀向裡扎，剛好扎在腿上。從縫隙能看清那個小日本的臉，是個光嘴巴的娃娃；他好像發覺裡邊有人，顯得特別害怕。我心想，扎就扎吧，扎死也不吭氣兒。當時我手裡有顆手榴彈，弦就套在手指上。說來我真命大，剛好前院吹集合號，那日本娃娃兵怕死，轉身就跑，沒翻柴禾垛。小日本撤了，腿上的刀口流血。沒藥，就往傷口裡塞鹽，對，塞鹽，鹽就是藥，那年月上哪找鹽去！部隊衛生員才有一包。老百姓沒鹽就刮牆皮十用鍋熬成鹹湯吃，敵人封鎖得厲害……塞鹽，我自己塞，那時真夠生性！你說那個疼勁兒呀，沒人敢看！反正我沒掉淚，也忘了掉淚！今天仇廣軍、馬開達們就是『小日本』，叫他們扎吧，踹吧，不興掉淚！記住了？我的好閨女！當然了，他們整不到你，重點不是你。可是眼前這幫小日本叫你無處躲無處藏，除非鑽到地底下……看他們怎麼個折騰法……」

百里玉妝不再哭泣，用手來回撫摩李瑞珍大腿上的疤痕。大腿細瘦，疤痕差不多有半個腿寬，挺深的坑。

「傷口還是潰爛了，生了白花花的蛐，不然留不下這麼大的疤，一到陰天下雨就癢得心煩，恨小日本。仇廣軍、馬開達們並沒有抓住你的把柄。投胎投到有錢人家不是你的罪過。你給親爸爸寫信就是『裡通外國』？哪家兒女不興給親爸爸寫信？別怕，狗肉貼不到羊身上，他們給你列的罪狀根本不成立！嚇唬人的！你的膽兒比兔子的還小，看嚇成這樣！別怕別怕，明天我給你叫魂……」

李瑞珍說到激憤處，乾脆掀起被子。百里玉妝馬上又把被子蒙上。

3

不曾想這位李阿姨有如此不平凡的經歷，如此不平凡的氣概。李阿姨就是一座山，雖然瘦骨嶙峋，但躲進她的懷抱卻可以遮風擋雨。並有些恨自己，恨自己懦弱，「真也是，連個夢都嚇掉了魂！好笑！」不覺在李阿姨的懷裡噗哧樂出聲來。

李瑞珍用頭頂住百里玉妝的腦門也樂了，連連說：「好閨女，人活一世總有點順點背的時候，跟推『牌九』一樣。牌九？是一種牌，有銅的，有骨的，要錢的工具……越是點背越要樂觀，人活一世說不定遇到多少不如意的事呢。到時候要靠自己，爹媽不能總在跟前……要學會保護自己，把腳伸過來……」

百里玉妝不好意思伸腳，李瑞珍縮身子扳過她光滑勻稱的大腿，順勢抱起凍腳摟在懷裡，「唉呀，凍成這樣，怎不言語一聲，都流膿淌水了！傻丫頭！明天給你找個偏方治治。我織了雙毛線襪，剛洗一水，你先穿上……」

「不，不用……做夢腳疼，以為狼咬了呢……」

「別犯傻了，叫你穿你就穿。你們南方人不經凍，不像北方人，像我，老皮老肉，雪裡冰裡凍慣了。明早就穿上，我估摸襪子小了點，一撐就大了，將就吧，到這份上跟誰還客氣！我還有一雙呢。摸摸你這腳，大半宿了還這麼涼，跟凍石頭蛋兒似的！別別，別撤，再焐焐……你呀你，怎麼又哭了，不是說好了麼，不興哭，刺刀扎了也不興哭……噢，想媽了……我不喜歡好哭的孩子……把被子掀點縫，透透氣……不冷了吧……」李阿姨把頭探出被外，長出口氣，「唉，透透氣，屋子這麼冷，簡直凍掉鼻子！」

李瑞珍抱著她的腳掀內衣包住，讓腳掌緊貼在肚皮上。百里玉妝向回抽，卻抱得緊。

「阿姨，多冰得慌呀！冰哆嗦了！」

「沒事。暖和點了吧？不過我身子也不熱，不行了，火力不旺了。」

「阿姨……」

「不興哭，以後我天天給你焐腳，八成和你有緣。得感謝『五七』幹校，不然上哪給你焐腳去！我是大老粗，你是大學生，知識分子，真是五湖四海走到一起來了。我才不聽他們宣傳的那一套呢，什麼『知識越多越反動』！我氣恨自己沒趕上好時候，沒念幾天書，沒多少知識。」

「您很有見解，見解就是知識。」

「告訴你，睡覺的時候不能把手放在胸口上，那樣容易做惡夢。」李瑞珍抱著百里玉妝的腳說：「你年輕，模樣好，人緣好，知書達理，前途無量，世界不能總這樣發瘋！記住了？」李瑞珍搖動她的胳膊，搖動她的肩，要她回答。

「記住了，阿姨。」百里玉妝使勁兒點點頭。

「仇廣軍，仇廣軍是什麼東西！他媽和日偽大鄉長谷漢民明鋪夜蓋，誰不知道？他們說我『養漢』……我是養漢來著！那年我和民政助理住在　鋪炕上……打游擊跑敵情男女住一鋪炕鑽一個洞再平常不過了。剛好我倆，我和民政助理，我住炕頭，他住炕梢，我怕炕梢涼讓他往炕頭挪挪，就這麼著睡到一起了。當時都很年輕，以後嫁給了他，這也是養漢？現在我的罪名一是『走資派』，二是『道德敗壞』，扯淡！其實他們也明白，她們整我是嫌我礙眼，糟蹋我，取樂，消愁解悶。整我是馬開達的主意，我當區長的時候他當秘書，沒提拔他他耿耿於懷。現在仇廣軍當了馬開達的馬前卒。你瞅著，哪天我把仇廣軍家的醜事抖露出來！仇廣軍的爸爸遊手好閒，欺軟怕硬，土改劃階級劃個赤貧，這也成了仇廣軍的光榮！什麼赤貧，沒個不貧，吃喝嫖賭，坑崩拐騙，這傢伙沒拉過人屎……仇廣軍別美，說我有作風問題？哼，走著瞧……仇廣軍，仇大皮鞋，當過兩天兵就窮橫！其實是個打手，背後有人搖芭蕉扇。我說這些不外是想告訴你，任何時候都要分清是非曲直，千萬別蒙住眼睛。現在他們要把水攪混，爭權奪利……說命苦我真苦，我嫁給的那個民政助理第二年就讓小日本殺了。如今守寡，從弟弟家領養個侄兒當兒子。你以後就當我閨女吧……」

「阿姨，怎麼不結婚？」

「不是不想結婚，你不知道我這個人太死心眼兒，總惦記那個死鬼，如今老了，不提它了。有個兒子，再找個閨女，以後你當我閨女，你管我叫……」

「就叫……」

「叫媽！」

「媽——」

「哎——」李瑞珍響快地答應，「你媽離你遠，以後你就把我當親媽。等消停了把你嫁出去，嫁給個好主兒。閨女大了總要有個落腳之處。辦喜事媽張羅。看誰好跟媽說。聽說你跟一連的那個姓何的大學生不錯，都是一塊的下放幹部。」

李瑞珍出奇地豪爽，仗義，這麼快就認了個乾閨女。

「在公開場合不能叫媽，當下有人怕抹糊階級界線正反對認『乾親爛爪子』呢，總有一天我讓你叫媽叫個夠。」李瑞珍覺得百里玉妝完全安靜下來，末了叮嚀幾句，響亮打個哈欠。

於是相抱著睡去。

第四章　昏話昏喻昏睡人　驚天驚地驚鬼神

山坳裡的狗來了精神，從東西南北中狂叫起來。叫聲有粗有細，有高有低，有老有嫩，有的應景，有的向主人表達忠心，彼此呼應，一陣緊似一陣。

表演者用笛子一問一答，纏綿悱惻，淒淒慘慘戚戚，宛如王二姐在荒郊挖野菜思念丈夫的哭訴，催人泣下。

「『瞎子狠，瘸子愣，要想打架獨眼衝，獨眼衝還怕不要命！』連命都不要了怕什麼狗！我問你，你們學『下定決心，不怕犧牲』就飯吃了？」

1

嚴冬的大地、山嶽、河流、草木、房舍白天積蓄少許熱量，入夜漸漸釋放，黎明前幾乎消耗殆盡，於是晝夜間最黑最冷的時刻來到了。

女人們對付這樣的寒冷並不是沒有辦法。除了蒙頭而臥，還普遍併被，把兩個人的被子摞到一起同被而眠，相互傳遞體溫。俗話說「蓋了千層厚，不如兩口子肉貼肉」，雖非兩口子卻能收到肉貼肉的奇效。還可以蜷起腿，把凍僵的腳提到被子中部熱量較集中的地方用手捏揉，使之儘快緩暖過來。為了找個投緣的人正南八北重組了幾回。百里玉妝是個姑娘家一直不肯，李瑞珍瘦小乾枯熱量少，沒人同她倆打夥計，今晚結成對了實屬非常。

百里玉妝剛睡著，突然，牤牛蛋子山響起了敲擊鐵軌、吹哨的聲音：「當當當！嘟嘟嘟！」

有人高喊：「起床起床，緊急集合！」

接著，「咣當」一聲打開門鎖，一個人帶股白色寒氣搡門而入，用手電筒在南北大炕上照射，「起來了起來了！」聽得出，這是褲腰帶拴鑰匙的馬桂萍，馬桂萍叫道，「快點，別磨蹭！別裝死狗了！怎不開燈？」摸到燈繩，叭嗒叭嗒拉，沒能拉亮電燈，竟把燈繩拉斷。

「剛睡著，瞎折騰什麼，不讓睡覺了？敢情有人白天扎熱炕摟老爺們！我們受苦大累！」吐彩霞騰地坐起，揉揉眼，索性端起手電筒對照。吐彩霞的支持者也拿起手電筒，幾股光柱齊聚在馬桂萍臉上，馬桂萍像屋簷被照射的麻雀睜不開眼，不巧絆在尿桶上，絆了個趔趄。「起床了起床了……」罵了句不堪入耳的粗話，敞門揚長而去。

「關門，死母狗！」吐彩霞高喊。

轟地爆發一陣笑聲。這笑聲還挺複雜，有人開懷大笑，有人會心地笑，有人想笑不敢笑，有人不屑一笑，有人以罵代笑，有人打哈欠顧不得笑，亂亂轟轟，吵吵嚷嚷。

「吐彩霞，」笑過，有人問關門的吐彩霞，「她摟誰的老爺們……」

「諸位有所不知，昨晚我去伙房打水看見她老爺們來著，那位縣革委會委員……馬開達、仇廣軍正陪喝酒，馬桂萍忙上忙下，臉蛋子喝得像豬肝。」

「養漢老婆下的！」

「簡直不知道吃幾碗乾飯了！」

「屁股兒美朝天了！」

「屁股兒夾掃帚——混充大尾巴鷹！」

「臊褲襠裝琉琉球——混充下蛋雞！」

「臊褲襠裝耗子——混充下崽貓！」

……

有吐彩霞挑頭，女人們得著便宜藉機發狠，怎麼貶排怎麼罵。

「這個傢伙，剝了皮我認得她瓤，」樂過，李瑞珍說，「她原是印刷廠工人，越牙磣的話越敢說，越不要臉的事越敢做。平時把男人那點玩藝兒……掛在嘴上，在男人面前尤其在當官的面前更逞人瘋，說髒話彩話老虼吃蠅子——張口就來，句句不離男人女人那點方寸之地。有一回見她向軍代表獻媚：臉通紅，眼放光，聳著肩，擰著腰，渾身沒四兩肉，亂哆嗦亂顫，還一根根捏人家軍裝上的落髮，恨不得貼在身上嘣嘣舔舔，旁邊的人看了噁心趕緊躲開，弄得軍代表連手都不知道往哪放……在村裡，沒當工人的時候經常和男人們推牌九，一推推到天亮，困了就橫七豎八人腿摞大腿躺一炕。別打岔……還有好戲……有個男人說：『你把我這……撥拉硬了，給你個豬頭。』她說：『當真？』那男人說：『當真，剛殺的豬，豬頭都扒好了，噴香！』她說：『大家敢擔保嗎？』大家說：『敢！』眾目睽睽，她就……可是，怎麼也……撥拉不硬……後來，乾脆褪掉褲子……這是人幹的嗎……最後，你們說贏了還是輸了——贏了！不過贏了可是贏了，以後七天沒上牌場……為什麼？害臊了？沒臉見人了？都不對，是撐的，撐拉稀了！拉的都是油，豬油，那個扒豬頭太肥了……」

2

女人們暴發一陣哄笑，笑得拍手打掌，前仰後合。連陳翠珍青紫的臉也笑得扭曲。

李瑞珍說：「哎呀，噁心，說到她，我的嘴都嫌髒。」

「不是瞎編的吧？」一個女人問。

「瞎編的？我親耳聽她們村的人說的……我說，老姐妹，你是不是也想吃豬頭，扒好了的……噴香……」

吐彩霞說：「等等，還別說，昨晚他們下酒的就有豬頭肉。準是馬桂萍贏的！你們誰想吃就賭上一把，舉手報名……」

都推薦別人報名，相互取樂。

在完全黑暗的情況下穿衣實在有些困難，好在緊急集合不止一次了。一人一個手電筒，兩端用細繩拴住，夜間緊急集合挎在肩上，猶如一人一桿短槍。有手電筒幫助，女人們一邊說笑一邊穿好衣服。但找鞋頗費周折，昨晚電燈暴裂紛紛爭著小解，把擺在地下的鞋踢亂了。

哄笑，叫罵，忙亂，終於穿戴齊整。

百里玉妝套上李瑞珍的毛線襪，穿好鞋，跺跺腳，挺合適，和大家來到屋外。

馬燈昏黃，電光閃閃，人影幢幢。屋外早已列好隊。山坡上不好立腳，都找個相對平整的地方站著。為禦寒，紛紛跺腳，掩嘴，捂耳朵。

仇廣軍身穿軍大衣，頭戴栽絨軍帽，向女人們吼道：「怎麼搞的，磨磨蹭蹭！想抗拒改造嗎?!」

沒人吭聲。

「說說，為什麼讓大家等著，什麼軍事化！要用八抬大轎請嗎?!是黃花閨女嗎?!還得現上轎現紮錢子眼兒！」

沒人吭聲。卻有人暗自叨咕：「別打擊一大片，這裡真有黃花閨女！」

仇廣軍不依不饒，倒背著手，大皮鞋踩得積雪吱吱作響，等待回答。

「報告！」吐彩霞高聲叫道，「燈泡讓風撞碎了，燈繩讓馬桂萍拉斷了，還算快的！」

仇廣軍嘎巴嘎巴嘴：「看以後再敢磨蹭……大家聽好了，今天，噢，今晚，還沒過夜呢，宣傳最新指示不過夜嘛！今晚是大家表忠心的時候，到各村去宣傳最新指示！」

「什麼最新指示……」仇廣軍撓腦袋，「夜間廣播的……」

吐彩霞問：「什麼最新指示呀，我們……還沒學到呢……」

男人們開始發難：

「什麼內容呀？這還保密？黑燈瞎火，天寒地凍，搭半宿覺不白折騰麼！」

「老鄉正在熱炕頭摟老婆睡覺……別攪了美事……嚇蔫了……」

「嚴肅點！」仇廣軍聽越說越下道，立刻加以制止。

山坡上的人哧哧地樂。

「樂什麼？不嚴肅！這是個態度問題，大是大非問題！誰再敢打哈哈湊笑話就把誰揪出來！不識好歹，登鼻子夠臉！」

這時馬開達走近前，面向大家，兩腳的重心左右移動，慢條斯理地說：「目前還拿不太準，大意是抓革命促生產方面的，無產階級專政繼續革命理論方面的……因怕發生差錯，暫時不公佈為好，關於最新指示一個字也不能有差錯，一句頂一萬句嘛，這是非常嚴肅的事，希望大家能夠理解。今晚主要是造聲勢，打前戰……嗯，也檢驗軍事化水準……等明天聽廣播記錄清楚了，再到各村細細緻緻地講解。還有疑問嗎？沒有了，那好，希望大家以飽滿的政治熱情投入戰鬥，宣傳最新指示也是一場戰鬥……具體怎麼行動，請廣軍同志佈置。」

仇廣軍站在高處，清了清嗓子。郝振海立刻把馬燈舉到仇廣軍面前。仇廣軍不願照自己的臉，撥開馬燈：「宣傳最新指示是非常嚴肅的事，不許打哈哈湊笑話！誰還說話……再說話就把他揪出來！現在我宣佈各連的任務。一連向東，到鐵門關，女重點班夾在中間；二連向西，到黑水峪，男重點班夾在中間。注意紀律，要造聲勢……嗯，現在報數！」

各連各班紛亂報起數來。總差三落四。

「報完了？怎麼還亂嚷嚷……把打哈哈湊笑話的揪出來！」仇廣軍說，跨一大步，怒視黑鴉鴉的人群。

各連各班終於報出了數目。

「好。去多少回來還是多少，少一個拿連長、班長是問。有些人，我不說他心裡也明白，如若搗亂加重處罰。搗亂，失敗，再搗亂，再失敗，直至滅亡！」仇廣軍說，「對了，鑼、鼓、鑔、喇叭都齊了嗎？」

「齊了！」大家胡亂敲打一通。

隊伍中有人故意打個大哈欠，說：「哪有喇叭了，上回摸黑，吹喇叭的摔跟頭，掉山溝裡了……別的喇叭倒有，是秫秸稈兒做的，笛……」

「對對，吹得好著呢，不信叫他吹吹！」

「道上吹去吧！」仇廣軍發令，「同志們，出發！」

於是，由鑼鼓、馬燈、手電筒光柱、吵雜人群組成的隊伍，依據某位大軍事家「一點兩面」的戰術，以牤牛蛋子山為中心，向東向西，猶如會發光的大蛇，探頭探腦爬進黑暗無邊的洞窟。

3

仇廣軍對路線的選擇十分滿意。自認在部隊練就了頗高的軍事素養。軍大衣裹著粗壯的身軀，軍用翻毛大皮鞋踏得殘雪作響，不時踢飛凍結的碎石；碎石崩在郝振海腳踝上，疼得郝振海呲牙咧嘴，不得不跟在後邊。

但不都像仇廣軍那樣英武豪邁。人人縮脖端肩，袖手，機械地向前挪步。鑼鼓敲打得也不起勁。仇廣軍拉過郝振海說：「別殃打了似的，叫他們打起精神來！」

郝振海跑前跑後強調了一回，卻難奏效。

但是，山坳裡的狗來了精神，從東西南北中狂叫起來。叫聲有粗有細，有高有低，有老有嫩，有的應景，有的向主人表達忠心，彼此呼應，一陣緊似一陣。

槽旁打瞌睡的驢豎起耳朵，刨蹄吼叫，吼聲又頎又直又響。

林中的宿鳥驚恐逃竄，奮力拍打翅膀。貓頭鷹眼裡發出的綠光難以和手電筒光柱對抗，在一陣慌亂過後躲進崖縫，把頭埋入翅膀。所有鳥類都咕咕喳喳亂叫，在黑夜中翻飛，「繞樹三匝，無枝可依」。

公雞的生物鐘突然錯亂，開始懵懵懂懂喊早。

「咚咚，當當，喳喳，嗚嗚，汪汪，嗷嗷，噗噗，咕咕，喔喔……」人畜禽鳥大演奏大合唱熱鬧非凡，堪稱樣板中的樣板！

大隊人馬也亢奮起來。

到了村頭，郝振海閃在一旁，立在石頭上，扯開嗓子帶領大家喊口號：「最新指示到山村——堅決落實！」「抓革命促生產——堅決落實！」

郝振海喊口號有一絕，比如喊「敵人不投降就叫他滅亡」，能把「敵人不投降」幾個字拉得又長又飄，久久在空中繚繞，等到喊「就叫他滅亡」特別是「滅亡」二字，喊得又粗又急又短又突然，是用一股憋足了的氣流從兩唇間擠出的，其情形有點像打足了氣的輪胎突然拔掉氣門芯兒。

今晚郝振海喊「堅決落實」故意加強了節奏和力度，而，無論怎樣賣力領喊，回應者廖廖，七零八落，以至有人乾脆作了省略，把「最新指示到山村——堅決落實」喊作「嗷嗷——落實！」因為人多嘴雜，男女聲搭配，倒也收到一定效果。

其實郝振海心裡也窩囊，帶頭宣傳最新指示卻不知道最新指示是什麼。不過頭腦靈活，照樣能編出新詞圓滿完成任務。對此，仇廣軍頗為滿意。

鑼鼓聲、呼喊聲、吼叫聲連成一片，直沖夜霄；斑駁的大蛇直抵山坳。那兩位吹秫秸稈兒的老兄特別來勁兒，一邊吹，一邊搖頭晃腦，扭秧歌，把「天大地大」吹得活龍活現，搶盡了風頭。能把秫秸稈兒吹到這個水平實屬罕見。秫秸稈兒外皮堅韌，能根據需要削製薄厚，共鳴腔可小可大，原材料俯拾皆是，最具鄉土氣息。

李瑞珍拉著百里玉妝的手，邊走邊說：「注意，別磕磕絆絆，腳下有冰。」

「阿姨，」百里玉妝先是大聲，然後悄悄喊了聲媽。

「媽——我年輕，在前面拉著您。」

「不用。抗日的時候走夜道是常事。你圍巾沒圍好，來……」

李瑞珍幫百里玉妝圍好圍巾，「把嘴也圍上，暖和。」

「嘴還留著喊口號呢。」

「反正沒人聽。哼，這麼折騰大家，作孽！」

李瑞珍向身後喊：「馬潔！」

「到！」吐彩霞機靈作答。

「過來，你和百里姑娘攙扶陳阿姨，千萬別讓她滑倒了。」

吐彩霞和百里玉妝架起了陳翠珍的胳膊。

山坡掛著十幾戶人家。儘管鑼鼓喧天，人聲鼎沸，卻沒有一戶亮燈。

吹秫秸稈兒的哥們跳上村頭的碾盤，把碾盤當舞臺。雖然只有兩個人表演，可是完全頂得上一個劇團。燈光是無數手電筒光柱，由觀眾隨意調節，願意特寫臉的照臉，願意特寫身段的照身段。佈景是長城和燕山，無邊的夜空和星斗。

這回不再吹「天大地大」，吹了曲《王二姐思夫》，是平劇的前身，大口落子。表演者用笛子一問一答，纏綿悱惻，淒淒慘慘戚戚，宛如王二姐在荒郊挖野菜思念丈夫的哭訴，催人泣下。大家形成個圓圈，把表演者圍得嚴嚴實實。聽到這久違了的曲調，村舍裡竟然傾家出動，組成了周邊隊伍，其中不乏抱小孩的女人。

4

不知是誰亮開嗓子唱起來：

八月秋風冷颼颼哇
王二姐北樓哇不自由哇哎哎咳呀
我二哥南京啊去科考一去六年沒回頭……
瘦得二姐皮包骨呀
這胳膊的鐲子打出溜哇
頭不梳頸不洗好像大車的軸哇哎哎咳呀……

吐彩霞爬上碾盤，解下自己的紅圍巾繫在一個演奏者的腰上，腰前搭拉一節紅穗，紅穗隨腰身飄擺。表演了《王二姐思夫》，又表演《人面桃花》：

去年今日此門中，
人面桃花相映紅，
人面不知何處去，
桃花依舊笑春風，
此門此景難相忘，
此恨此憂空惆悵……

依然是愛情故事。吐彩霞在碾盤下伸大巴掌與笛聲唱詞配合，胡亂演示故事情節。連仇廣軍、郝振海都看得如醉如癡。仇廣軍扭起牛腰，張大嘴樂，小聲哼哼；其實也是個笛子演奏高手，對王二姐思夫等等的大口落子唱段熟之又熟……

後來郝振海偷偷捅仇廣軍：「……是不是該回去了？」

仇廣軍如夢方醒，打個愣怔，忽然大喊：「別鬧了，嚴肅點！回去，整隊！」

這才打道回府。

半路上，郝振海突發奇想，向仇廣軍提出個建議：「有一戶看林人是個盲點。能不能去一趟？」

「當真？」

「是。前面不遠。道不太好走。」

「認得路嗎？」

「前邊不遠，到了一棵大銀杏樹，拿手電筒往上一照就看見看林小屋了。」

「前面帶路！」

……大家完全沒了一去的勁頭，只顧用手電筒照腳下，恨不得立刻鑽被窩。

來到大銀杏樹下，郝振海用手電筒向上照。小屋外壘一圈石頭矮牆，牆上插滿酸棗棵子，酸棗棵子的尖刺把小院封得很嚴實。有個柵欄門，用粗繩套拴住。一條羊腸小徑通向大銀杏樹。隊伍在看林小屋下面排成個曲折的一字；背後是陡坡，陡坡下是紫荊、榛子、酸棗等灌木叢，大家戰戰兢兢立著，生怕墜落。

仇廣軍站在柵欄門前向大家說：「這是一戶看林人家，過去宣傳最新指示沒來過，今天要消滅這個盲點。來，鑼鼓先敲打一陣。」

可是，鑼鼓剛響，從柵欄門縫鑽出兩隻大狗，並不聲張，直取仇廣軍。仇廣軍畢竟訓練有素，掄起大皮鞋招架。其他人等作鳥獸散，紛紛落崖。仇廣軍踢了一輪，大狗這才低吼，顯示出特別能戰鬥的樣子。仇廣軍眼急手快，迅速從柵欄門掰下一根大木棒，向大狗發起攻擊，一邊攻擊一邊吼：「砸爛你狗頭！砸爛！」果然，一隻被打在頭上，另一隻被打在腿上；狗從沒遇到過這麼橫的主兒，唁唁叫著，向回跑。仇廣軍拿出「宜將剩勇追窮寇」的氣概，緊追不捨。

其他人在陡坡下掙扎，找鞋的，找帽子的，找圍巾的，找鑼鼓傢伙的，呼號喊叫，亂作一團。

仇廣軍仍不解恨，拼力將木棒拋出，狗哀號一聲，從此再無聲息。他判斷砸到了狗腰，也興砸到了狗頭。

喘息方定，仇廣軍發現軍大衣撕個大口子，露出白花花的棉花。氣不打一處來，一氣這撥人被兩隻狗嚇得屁滾尿流，「屎包一大群！」二氣這家看林人膽敢放狗咬毛澤東思想宣傳隊，「不識抬舉，思想反動！」

仇廣軍命郝振海集合清點人數，自己踹開柵欄門，疾步衝到屋前，推門，門是拴著的，只一腳就把門踹開，揣手電筒闖進，邊照射邊吼：「放狗咬最新指示宣傳隊，現行……」一時不知認定「現行」什麼，已經到了炕沿前。屋裡只有半截炕，炕裡睡一個禿頂老頭。

「還裝睡，老傢伙！」仇廣軍一把掀開棉被。

5

老頭驚恐坐起。這才發現，蜷縮在老頭懷裡還有個八九歲精光肉蛋的男孩。老頭連連比劃，呀呀亂叫。小男孩噙著淚，向老頭懷裡縮，渾身哆嗦。

「怎麼敢放狗咬人?!」其餘人等也亂哄哄發問。

老頭只顧比劃，呀呀亂叫，過了一會兒，小男孩奓著膽子說：「我爺是聾子，放炮都聽不著……」說罷哇地哭了。

仇廣軍自覺沒趣，吁了口氣向小男孩說：「告訴你爺爺，以後不許再放狗咬人，咬誰都不行！」

老頭突然跪在炕上梆梆磕響頭，向仇廣軍呀呀叫，郝振海勉強能聽出點意思，翻譯：「他說老總饒命……我沒錢……」

「什麼饒命！誰搶你的錢！我們不是紅鬍子，我們是毛澤東思想宣傳隊，你聽好了！抓革命促生產麼，要鬥私批修麼……」

「仇校長，看來他真的聽不著……」

「假的就是假的，偽裝應該剝去！」仇廣軍轉身向屋內外黑鴉鴉的人群喊，「你們這幫孱包，讓狗都嚇拉拉尿了！別看了，走走走，都走，集合！」

回來的路上，郝振海一再檢討：「仇校長別生氣，賴我沒搞好調查研究，沒有調查研究就沒有發言權麼，實在不知道這裡住個聾子，還有狗……」

仇廣軍說：「不賴你。天亮你去趟村革委會，調查一下這個老傢伙的成份，出身，是不是真聾，聾到什麼程度，我們的同志必須提高警惕，萬萬不可粗心大意！」

郝振海說：「好好，一定一定。仇校長遇事不慌，真勇敢，沒有仇校長大家早讓狗撕爛了。」

仇廣軍說：「『瞎子狠，瘸子愣，要想打架獨眼衝，獨眼衝還怕不要命！』連命都不要了怕什麼狗！我問你，你們學『下定決心，不怕犧牲』就飯吃了？」話雖這樣說，也有些後怕，不過在眾人面前絕不能表現出半點怯懦。後脊樑已是精濕冰涼。

「活學活用，嗯，最差勁的就是你們這些知識分子。為什麼知識分子要好好改造？不好好改造把大權交給你們，工農兵能放心嗎？俗話說『寧扶旗竿不扶井繩』，能把你們這些井繩當旗竿立起來嗎？不亡黨亡國才怪了呢！」

衛！」

「我看透了，你們這些知識分子，等到蘇修把坦克開進來都得望風而逃，再不就打白旗投降，當汪精

「是……」

仇廣軍思緒難平。

他所帶領的這支丟盔卸甲的隊伍天亮前回到了大本營。為了掩飾狼狽相，在牤牛蛋子山腳命唱「下定決心，不怕犧牲」，並且自己領唱。

眾人丟鞋的丟鞋，丟帽的丟帽，崴腳的崴腳，扎傷的扎傷，怨聲載道。但也不是一無所獲，吐彩霞們倒有了事幹。他（她）們把這件事當作一本評書演繹，有章有節，並編了歇後語，比如「仇廣軍傳新經——夜思王二姐」「仇廣軍戰惡犬——獨當一面」「仇廣軍夜訪看林屋——搶錢司令」「仇廣軍夜耍大皮鞋——威風八面」「仇廣軍一聲叫——嚇得狗兒拉拉尿」「仇廣軍放大炮——聾子照舊睡大覺」等等。大家閒極無聊，巴不得集在一起湊熱鬧，於是你一句我一句，相互啟迪，嘴裡生花，編了一大串兒。故事和歇後語在各屋各炕各勞動工地悄悄流傳，創編，還傳到了縣城，填補了城裡人，包括縣革委會常委的精神缺角，猶如嘴裡抹臭豆腐，越叭嗒越香。對此，仇廣軍有所耳聞，臉一赤一白，又不好發作，只能王八撞橋樁——暗氣暗憋了。

往後，提到宣傳最新指示不過夜，無論縣革委會大員怎樣親臨督戰，馬開達怎樣好言相勸，仇廣軍就是不為所動；若逼緊點，或有人說「夜思王二姐」「嚇得狗兒拉拉尿」「搶錢老總」之類的話就罵：「日他親娘祖奶奶！」

第五章　隆冬破曉貓咬耳　梳把枯草暖凍棚

一隻公雞雄踞在由長城青磚和卵石壘起的院牆上，踩著牆頭的枯草和殘雪環顧左右，紅冠紅翎在紅太陽的紅光中猶如一簇紅色火焰。牠勇武雄壯，昂視闊步，表明對左鄰的妻、右鄰的妾、饑腸轆轆兒孫的理所當然的佔有。

「戰爭也好，饑荒也好，瘟疫也好，老百姓不天天都愁眉苦臉，唉聲歎氣，為什麼？因為有個信念：活下去……皇帝換了一茬又一茬，哪有換老百姓的！老百性要活下去，必須活下去！」

1

公雞睡得正酣，突然身上被聳了一下，打個機靈，習慣地把偎在母雞軟毛上的頭仰起來，愣愣神兒，聽聽，估摸估摸，略微試試嗓子，這才立起伸脖子高聲鳴啼：新的一天開始了。

過了把戲癮，夜思王二姐的農民聽公雞喊早，匆忙穿衣，摸黑下炕，從大缸舀瓢帶冰碴兒的水倒入鐵鍋，抱柴草塞進灶膛點燃；灶膛裡火苗忽閃，在柴草間一片片一根根傳遞，整個灶膛變成了光明世界。於是，燕山的溝溝壑壑炊煙嫋嫋了；於是，胡亂填了肚子，走出家門，腋下掖桿紅旗或者抱柄大鎬，要去與天鬥與地鬥與人鬥了！

夜宙斯也甩掉碩大黑袍，換上紅彤彤行頭，粉墨登場。

燕山山腰圍了一條由霧氣和煙氣混合的長長的飄帶，好似蜿蜒的河流，白白亮亮，飄飄緲緲。燕山頂端抹了一層金輝，遠遠望去儼然是頂純金打製的王冠，矗立一位至聖至尊的王者。王者現出庇蔭眾生、號令諸神的威嚴，似在召示：普天之下莫非王土，四海之濱莫非王臣！

與此同時，屋簷的麻雀，枝上的烏鴉和喜鵲，山坳的野雉和脫兔也開始了一天的奔波勞碌，爭奪難以為濟的生存空間。

一隻蘆花公雞雄踞在由長城青磚和卵石壘起的院牆上，踩著牆頭的枯草和殘雪環顧左右，紅冠紅翎在紅太陽的紅光中猶如一簇紅色火焰。牠勇武雄壯，昂視闊步，表明對左鄰的妻、右鄰的妾、饑腸轆轆兒孫的理所當然的佔有。牠乜斜著眼，用餘光瞟一下打穀場，發現成群麻雀正尋覓少得可憐的穀物和草籽，雪地佈滿雜亂細碎的腳印，大為不悅，暗罵：「老家賊！滾開！看我啄瞎你的眼！」牠早已把打穀場劃歸為自己的世襲領地，這塊領地是拼死決鬥得來、來之不易的「桃子」。從秋到冬，已經動用利爪在上面刨過無數遍，明知沒什麼可刨的了，但決不許侵犯，何況另類。由於心裡發狠走了神兒，也可能由於嗉子太癟渾身乏力，「喔——」剛引頸喊半截就噎了回去。牠氣不打一處來。維繫這個雞類「帝國」確實分了不少心，這不，「西宮」的一個嬪妃已經凍掉一隻爪子，不得不用另一隻蹦跳；「東宮」的一個皇后正和一個看似文雅卻心懷不軌的小公雞眉來眼去，偷偷幽會，大有僭越之勢。思想及此不免有些酸楚，悲涼。說來也倒楣，這時從牆根經過的一位農民突然舉起裹著紅旗的旗杆向它捅來；牠反應還算機敏，在一溜紅光中嚎叫著飛下牆頭，鑽進柴禾垛，過了很久還驚魂未定。也引起了雞類、狗類好一片連鎖式惶恐。

很難猜度這位農民得到了什麼心理滿足。可能產生一種愉悅之情，不然不會咧嘴呼出哈氣臉上堆起笑意。他一溜小跑，身披萬道霞光，腳絆雄渾樂曲……但不得不掩起耳朵，耳朵凍得貓咬了一般……

當然，幹校早已開始了一天的勞作。

2

百里玉妝在李瑞珍瘦弱的懷裡似乎剛睡著，鐵軌的敲擊聲再次把她喚醒。伸胳膊挺挺，感到渾身筋肉有些疼痛，但並不在意，立刻以緊急集合的速度穿衣下炕。

「該死的鐵軌，不知道從哪撿來的破爛！敲，敲！出門讓火車軋死！」

百里玉妝迅速從門旁拎起兩隻水桶，用扁擔挑著，雙手把住桶樑，出門向坡下跑，邊跑邊聽後邊有人罵。（屋門已不再上鎖）

老遠看見伙房門敞著，蒸氣從整個門口呈長方形的柱體向外冒。進伙房，對面不見人。一個大師傅聽水桶響，高聲說：「吐彩霞，今天怎沒聽你嚷嚷呀……司令早把熱水舀好，挑著走就行了……把空桶放這。」

「是我，大叔，謝謝了。」

「百里姑娘呀！我說呢，鴉沒雀靜……沒聽大聲嚷嚷，哈哈！」

百里玉妝貓腰就著霧氣裡昏黃的電燈挑起水桶，轉身走出。很疑惑，舀水還要什麼司令，卻沒往深處想。

出門以後發現，許多人也挑空桶向伙房急奔，空桶波浪鼓似地擺動。

「百里，搶第一了！」不時有人擦肩而過，熱情打招呼。百里玉妝挑桶向坡上爬，水桶熱氣騰騰，額頭滲出了汗珠。到陡坡處橫著腳向上挪，注意踩牢，以免桶水潑灑。

她停住腳步，倒倒肩，喘息片刻抬頭向上看：天空如洗，湛藍湛藍，燕山像只常年勞作的粗礪的大手，筋骨和血管清晰可見，從近山到遠山層次豐富而遼遠，蒼莽而恢宏。

此時站在門口不斷張望的吐彩霞趕緊跑上前，接過挑子，忙問：「今天第幾？」

「第一！」百里玉妝籲口長氣。

「明天該我了，照樣第一！為什麼……告訴你這個『陰謀詭計』：我跟伙房大師傅講好了，聽起床鐘響先舀一挑最熱最熱的水藏起來，我什麼時候到什麼時候挑，這不就第一了麼？哈哈！你不知道，去晚了鍋裡兌涼水！」

「喳姐，有你的！哈哈……我說呢！」

「知道這個大師傅是我的『死黨』嗎？告訴你，他是我的副司令！一個說話結結巴巴老頭，越著急越結巴。你不知底細……他姓馬，我也姓馬，一個馬字掰不開……他原是民政科副科長，有一回新來縣長問他，你叫什麼名字，他憋得脖子暴起青筋光張大嘴『啊啊』，硬是答不上來，旁邊的人也跟著憋得慌……他半天才噴出幾個字：『馬——那個來！』我的媽呀，大家這才出口長氣……後來一叫馬那個來他就臉暴青筋作答：『……道！』只一個字，再也沒話了。運動開始建立造反組織，要我收編過來，封他當副司令，他可是『三八』式幹部，人好，就是那個那個的……嘴裡很難蹦出一句整話！」

「聽說話一點也不結巴呀！」

「別人替他說的！一般的話都讓他身邊朝夕相處的人代言，我就當過代言人。」

「噢！你說的馬那個來，是不是白頭髮，黑眉毛，眉毛耷拉到臉上的……」

「對，地上難找，天上難尋！」

「我還是不大信，哈哈……」

在這個荒寂寒冷的清晨，難見人煙的地方，傳來女人如此清脆的肆無忌憚的說笑聲著實讓男人們興奮。好事的推門而出，駐足觀看，陽光照耀著臉上難得一見的笑靨。

突然有人喊：「喳司令，來段驢皮影吧……噢……」

「來一段，來一段！喳大妹子！」男人們彼此呼應，起哄。

吐彩霞不搭理他們。

見逗不出話來，有人連唱帶喊：「太陽一出吐彩霞呀……大姑娘做夢找婆家呀……」

「喳妹，向右看齊……哈哈……」

男人們一臉壞笑，一陣嗥叫，如同唱大戲，快樂異常。有個年輕的竟伸巴掌學起驢皮影人物的機械動作，湊近了表演；剛好山坡上扯出一條長長的剪影，大巴掌向前一探一探的，誇張生動，山坡酷似巨大的影窗。

吐彩霞只顧挑桶爬坡，並不搭理他們。可是，越不搭理男人們越不依不饒，越鬧得歡。

「吐彩霞，向右看齊！」一個小夥子怕大家不明白「向右看齊」是什麼意思，竟踢開了腳。

「他為什麼喊向右看齊……」

「指仇廣軍！那時他當毛澤東思想紅衛兵司令，我當毛澤東主義紅衛兵司令，針尖對麥芒。站隊時興喊口令，向左轉喊保衛毛主席，向右轉喊打倒劉少奇，仇廣軍帶頭給喊擰了，嚇個半死……可我饒不了他，抓住小尾巴拚命掄，人越多越折騰他……你看這幫男人，個個鬆奸壞，湊瘋狂咬傻子。」

3

吐彩霞是位公眾人物。出身渤海灣漁民家庭，海水泡大的，走路一陣風，薄嘴唇，大眼珠，齊耳短髮，好打抱不平，說話向來不忌生冷，加上運動初期靈光一閃露那麼一手，而且做夢做出了彩兒，大家對她的印象十分深刻，在嘻鬧中帶有一種特殊的感情；誰也說不清個中因由，似乎能夠寄託點什麼，聯想點什麼，發洩點什麼，個人有個人的感受。

來到屋前，聽屋裡的女人們笑罵：「這幫花花腸子，得倒出來看看了……」兩個年輕女人進了屋。男人們的惡作劇也宣告結束，雖意猶未盡，只盼明天了。

女人們端出洗臉盆，倒入熱水開始洗漱。李瑞珍和陳翠珍先把凍得梆硬的毛巾用熱水化開，分別遞給百里玉妝和吐彩霞，讓她倆擦擦臉上的汗漬。每天都由她倆自告奮勇搶熱水，大家心存感激。而她倆的想法卻很簡單，只淡淡地說：「誰讓年輕來著！」

正洗臉，馬桂萍推門探進腦袋，宣佈從今天開始每班可以派兩個人上山摟燒炕的柴草，飯後從伙房帶工具和乾糧。宣佈完把腦袋縮回。

大家都明白，上山摟柴草是個美差，不必掄大鎬震裂虎口，不必累得上不去炕，還可以背地發發牢騷。但沒人去爭，一致推舉李瑞珍當此「重任」，並讓她挑一個幫手。班長是個老實疙瘩，向來不多講話。

「我可以去，摟不多可能讓大家失望。」李瑞珍說。

「摟不多我們就照常受凍！」人家說。

「每天我得選個年輕力壯的。」李瑞珍說，「先挑誰呢……大家拿意見。」

「李姨，授權給您了。」吐彩霞搶先說，「挑我更好，上哪找這樣的好事呀……」說著吐了吐舌頭。

李瑞珍尋思一陣說：「我看今天——百里玉妝吧。」

吐彩霞首先表態：「同意同意，跟我想的一樣！」

一致通過。

吃罷早飯，李瑞珍和百里玉妝扛著筢子，挎著簡單行囊，（吐彩霞從伙房弄來不少饅頭、鹹菜、大蔥，馬來還給拿了個豬腰子飯盒）穿過牤牛蛋子山包，向上走，來到一個更大的無名山包。這個山包是燕山南麓廣闊丘陵的最北端，和燕山主峰相連。從山包向上望去，長城的殘垣清晰可見。向下，可以看見屋舍、伙房、大口井。大口井正碎石升空，炮聲隆隆。

兩人選了塊光滑大石頭坐定，檢查筢子。筢齒是用粗鐵絲做的，散開二尺多寬，筢頭安了柳木柄。李瑞珍在筢頭和木柄間栓一根麻繩，麻繩另一端栓在自己腰上，一隻手扶住木柄，起身，佝僂前行。筢子在碎石和柴草間跳躍，筢齒中的柴草逐漸增多。李瑞珍不時觀察地形，專撿土層稍厚、枯草較多的地方行走，等到柴草裝了半筢子折返，回到起始處，筢子剛好裝滿，便蹲下取出，堆放一邊。

「明白了？」李瑞珍捶捶背說。

「明白了。媽，您歇著，我來摟。」百里玉妝從李瑞珍手裡接過筢子。

「一塊摟，一口氣多摟點多歇會兒。」李瑞珍說著也在百里玉妝腰上栓麻繩，和筢頭相連。

百里玉妝在前，李瑞珍在後，開始了一天勞作。

摟了幾趟，李瑞珍發現百里玉妝的筢柄有些紅，在後面喊：「閨女，站住！」緊走幾步追上，「伸手，我看看。」百里玉妝想把手藏起來，但拗不過。李瑞珍發現，百里玉妝右手的虎口和食指裂了口子，出了血。

「作孽呀，把個好端端的姑娘折磨得這樣！」李瑞珍說著，眼裡汪了淚水。

「沒事，媽……您說的，不許哭……」

「是，不哭……作孽呀！」

李瑞珍擦淚，說：「我可能真老了，好流淚，沒出息了，是，是……刀擱脖子也不興哭。」

「老什麼呀，媽還不到五十歲。」

「不行了，比年輕的時候脆弱多了……其實我很脆弱，膽子也不大，有的時候裝剛強。這是實情。你不是外人，不會笑話我。晚上躺在被窩沒少流淚。沒出息了……你先把雙手褪進袖口，別凍著，等一下。」

李瑞珍向下邊的梯田走去，踆尋，折了幾根灰白的枯草，招呼百里玉妝過去。

「這是越冬的艾蒿，把它燒成灰敷在傷口上，然後用布裹住，止血，傷口容易癒合。這是偏方。任何時候都要學會保護自己。記住了？」

4

……李瑞珍把草灰按在傷口處，用手捏住，可是一時找不到布條。李瑞珍忙解開棉襖，還沒等百里玉妝反應過來就哧嚓撕下襯衣的一塊大襟，再撕成布條往傷口上纏。等到纏牢了，笑著說：「不許哭……以後下井掄鎬別使勁兒，悠著點。連拉㞎了都流血，不知道打大口井是怎麼堅持的……」

「有膠布，纏上就行了，再戴了棉手套……。」

「傻姑娘，幹好了也沒人說你好，別太傻了。」

「媽，不行呀，大家都這樣，她們比我裂得還厲害呢！」

「作孽呀，作孽！」

李瑞珍捧起百里玉妝的手：「不疼了吧……把一個好端端的姑娘折磨成這個模樣了；腳凍得流膿淌水，手裂得小孩嘴似的！以後別太犯傻，有事千萬別瞞我，記住了？」

「記住了……」

「我們找背風向陽的地方休息一會兒，這點柴草好歹就夠燒炕的了。不能摟得太多，今天多了明天少了就說你今天沒好好幹。夠燒一天的就行，對付校部得多留個心眼兒。其實，在這個地方打大口井完全是勞民傷財。我跟附近農民打聽了，他們以前打過這種井，根本打不出水，即使從山上截點水當水池也是流進多少滲漏多少。這，馬開達們好像也明白。為什麼還要逼大家愣幹呢？做樣子！上邊來人一看，熱火朝天，像個幹校的樣子。他們不把人當人看，累死累活無關痛癢，存心想懲罰大家。我說你傻，為什麼那麼認真，非得把手震裂了？磨磨蹭蹭幹就行了，得有點眼力見兒。過去老百姓對付小日本就磨磨蹭蹭，挖壕溝、修炮樓有誰好好幹來著？現在最重要的是學會保護自己。留得青山在不怕沒柴燒。我的主張是，該怕的怕不該怕的不怕，有病不怕病沒病不找病。記住了？」

「記住了，不該怕的不怕……有病不怕病……」

「這才叫『男子漢』！哈哈，哪有這樣的男子漢呀……看我這細胳臂細腿的！」李瑞珍笑著說，「你去抱柴草，烤饅頭，自己心疼自己，千萬別餓著了。也別枉了馬潔一片好心，下狠搶這麼多饅頭。哈哈，大家管馬潔叫吐彩霞，我可叫不出來，哪有叫晚輩外號的……饅頭已經凍透了，可以當手榴彈打小日本了，哈哈……」

「我看媽還是小日本小日本不離口！」

「我也說不清為什麼，可能年輕時經過生生死死太多，腦子裡刻下的痕跡太深，這輩子算抹不掉了。不知怎的，近來總像有把無形的刺刀在眼前晃來晃去……別一大抱柴草都點著了，先點一掐兒，一點一點往火裡架。拿筢子來，把凍饅頭擱筢齒上，架筢子烤。你去石縫敲幾塊冰放在飯盒裡燒……這回又有吃又有喝了，哈哈！」

「媽真有辦法。」百里玉妝說著轉身在坎塄子上敲冰。

「這是沒辦法的辦法。戰爭也好，饑荒也好，瘟疫也好，老百姓不天天都愁眉苦臉，唉聲歎氣，為什麼？因為有個信念：活下去！我們現在受這點罪算什麼，比起老百姓簡直是九牛一毛！歷朝歷代真正受罪的是老百姓。想當秦始皇的，想長生不老的，想永遠健康的，無一不騎老百姓脖頸拉屎……你看見過捅鳥窩吧，他們最終叫老百姓用竹竿從樹稍捅下來，掉地下摔出黃子！皇帝換了一茬又一茬，哪有換老百姓的！老百姓要活下去，必須活下去！」

「真想不到，媽看似乾乾巴巴，腦袋裡裝這麼東西！」

「經歷的事太多了，我沒讀過你那麼多書，可會比較……當然了，我說的是笨理，你會說形式和內容呀，現象和本質呀，經濟和政治呀……我可說不好。」

「我看媽知道得不少！」

「進過幾回黨校，聽了那麼一點，就飯吃了。」

……兩人說著話，終於開始野餐。

李瑞珍拿饅頭在笆柄上磕打磕打柴草灰，說：「小時候聽奶奶講故事，說有個窮人躲債，好心人給個饅頭，也是冬天，他放在熱灰裡煨，烤出了黃嘎嘎。聽了這個故事，你說把我饞得呀，以為世上最好吃的就是烤出黃嘎嘎的饅頭。你嚐嚐是不是最好吃的？」

「好，真香！」百里玉妝接過烤饅頭咬一口，邊咀嚼邊誇讚。

「這叫生活，好好體驗吧。」李瑞珍很得意情急中想出的辦法。

「哎呀，裡邊帶冰碴兒，直冰牙！」

「哈哈，這就是了，再烤麼，烤一層吃一層，層層香。」

百里玉妝試了試，果然效果很好……

第六章　棟樑反成彎勾了　抹洗塵封塵不封

「閒來沒事就拆長城，往下背青磚蓋房子，壘豬圈，蓋茅房，方圓幾十里的人都來拆，大車小輛往家拉。向山上看吧，縷縷行行，螞蟻搬家一樣……」

「『一進食堂門，稀粥一大盆，盆裡照進碗，碗裡照進人』。最後，連稀粥都喝不上了，就搞瓜菜代，吃玉米骨頭，薯秧，樹葉，就開始了浮腫，死人……」

1

這時，發現山包下有個人向上爬，扛著笣子。

李瑞珍說：「他是衝冒煙來的。」

說著，這人來到跟前。原來是個老頭，腰彎得快要頭夠著地了，仰臉向她倆看。滿臉褶子猶如曬乾了的老茄種，頭髮花白卻很稠密。穿一身黑棉襖，並不顯邋遢。

「也摟柴草？你們是幹校的吧……」來人先發了話，「忘帶火柴了，就你們的火點袋煙，抽煙的人就是這麼下三爛……聽幹校折騰了半宿，光抽煙了……」來人謙恭，說話得體，而且嗓門兒豁亮，這與長相和年齡很不相稱。

「大哥，烤烤火，邊烤邊抽，坐這吧。」李瑞珍說，站起身，讓出自己的石頭。

「我坐不慣。」來人放下笣子，雙手扶地蹲成個球，從懷裡掏出煙袋，裝煙點煙，點燃之後用棉襖大襟擦了擦煙袋嘴，雙手舉向李瑞珍，李瑞珍說不會；只好作罷。

「大哥，您是哪村的？」李瑞珍問。

「遠瞅近看，」來人指坡下，「那是我的府第，哈哈，府第——茅屋草舍！」來人很會自嘲，「我們還是鄰居呢！」

坡下確有兩間小房，房子面對乾涸的沙河，房前屋後栽了幾棵老楊樹，老楊樹的枝椏抗拒著寒風，老鴰窩飄飄搖搖，兩隻老鴰呫呫飛進飛出。

李瑞珍說：「不錯麼，磚房！少見！屋頂倒是草苫的……」

「這得說運動好，不然哪有磚蓋房！姑娘別不信，聽我給你說。運動好，嗯……運動來了，提倡破『四舊』，大家可……說得不雅點，姑娘別生氣，尿尿打機靈，來了精神！閒來沒事就拆長城，往下背青磚蓋房子，壘豬圈，蓋茅房，方圓幾十里的人都來拆，大車小輛往家拉。向山上看吧，縷縷行行，螞蟻搬家一樣……縣裡的城牆不是也拆光了麼……過去縣裡的城牆多好，四關四門，鼓樓牌樓……破『四舊』破到老祖宗頭上了……你想呀，長城哪經得住這麼折騰！交通便利的段落能拆的都拆了，能搬走的都搬走了，除非立陡立陡的地方。這人呀，一紅眼膽子特別大，拆！垛樓上就摔死一個膽大的！過去宋哲元大刀片隊伍和小日本在長城一線打仗，炮彈轟壞了點也只是零星的地方，那時的長城可不像現在這樣……現在不要老祖宗了。唉，群眾運動麼，這群眾運動真好使，總能冒出一些愣頭蔥，上邊說破『四舊』，舊思想，舊文化，舊風俗，舊習慣，就燒書，扒廟，砸古董，拆長城，上邊說打倒『走資派』見著戴帽翅的就鬥，上邊說大煉鋼鐵就砸飯鍋，上邊說吃『憶苦飯』就吃憶苦飯，說飯前唱歌就瞎哼哼……老百姓最容易運動，是桿槍，有人端著這桿槍打這個打那個，誰讓你好使喚，叫幹什麼就幹什麼來著！過去叫打老蔣就打老蔣，結果老蔣打倒了……分土地麼，貧下中農最光榮麼……有人把運動當法寶！」

「大叔，先吃烤饅頭，邊吃邊說。」百里玉妝拿了個烤饅頭給來人。

「姑娘別嫌大叔自來熟，是個話簍子。平時沒人和我說話。這一袋煙的工夫把一年的話都說了。饅頭留你們吃吧……」來人雖這樣說，還是伸手接過，雙手捧著，端祥著，好像端詳一件寶物；經再三相讓，才苦笑一下，矜持地吃起來，連掉在衣襟上的渣兒也仔細撿起，探出發紫的舌頭舔進嘴裡。但乾嚼難以下嚥。

百里玉妝在火堆上又加了些柴草，把所有的饅頭都放在笓齒上烤：「大叔，這麼多呢，慢慢吃慢慢說。」

「真是好閨女，面善，知書達理。」來人不住誇獎，「好閨女，一定能找個好婆家。」

說得百里玉妝一陣臉紅。

2

李瑞珍問：「大哥貴姓？」

「賤姓李。」來人接過百里玉妝遞過的豬腰子飯盒，喝了口熱水，「不怕二位笑話，人叫我彎勾了，附近一提彎勾了都知道。有人以為我姓彎名勾了，哈哈……你問大名是什麼？五八年修密雲水庫的時候連部嫌彎勾了不吉利，說：彎勾了彎勾了地叫連水庫大壩都修不直。所以給起了個大號，叫李棟樑。好傢伙，棟樑！有這樣的棟樑嗎？沒當棟樑先壓彎了，也就是個彎椽子，彎燒火棍，彎……他們拿我湊笑話，姑娘別笑……大號是起了，可沒人叫，大人小孩還是彎勾了彎勾了地叫，這，哈哈，在全國蠍子巴巴獨一份，省得重名！你問戶口上叫什麼？不知道。生產隊的工分本別人都寫名，就我特殊，打個勾作記號，打勾的沒外人……反正愛叫什麼叫什麼，反正我也當不了飯吃。」

「大哥，家裡還有什麼人？」

「一個人吃飽了全家不餓，會出氣兒的都在這！說蠍虎點，家裡連耗子都沒有，早餓跑了……」

彎勾了吃了饅頭，百里玉妝又遞給一個，彎勾了說：「姑娘，不吃了，剩下的我拿著。別見笑。」

彎勾了抽了口煙，從皺巴巴的嘴裡噴出一口煙霧，沒等把煙霧噴完猛烈咳嗽起來。見咳嗽不止，百里玉妝上前給捶背，並端水讓他喝。他抹了把鼻涕眼淚說：「我看你倆面善，是好人，不會笑話我。我平時躺在炕上望房箔，沒人和我說話。要說話除非上妹妹家去，妹妹也是個苦命人，老爺們叫小日本殺了，她拉扯個孩子守寡……人窮志短，馬瘦毛長，我人窮是窮卻有股臭拗勁兒，雖說是實在親戚，妹妹那娘倆待我很好，我還是懶怠去，到那總覺得像求幫，要飯。不假，我是有點見外，臭拗。其實她家也不見得好到哪去，只是比我強點，能混口粥喝……說到吃饅頭，別笑話，現在連饅頭是什麼樣的都忘了……這個兔子不拉屎的地方別說種麥子，連種玉米都不好好長，秋天能收出種子就知足了。沒水！種不上地！等有水了就是發大水，把莊稼連根挖走，捲到沙河裡！上邊號召學大寨，把人聚到一塊修大寨田，大寨田倒修了不少，沒水，種不上地，修大寨田有什麼用！還是老辦法，在石頭縫裡刮土，東種幾棵西栽幾棵。地很少，地塊卻很多，多得數不清。有人說什麼來著……噢，『盆一塊，碗一塊，帽子底下扣一塊』。真的，帽子底下扣塊莊稼地並不新鮮。所以，上哪吃饅頭去？記得密雲水庫吃散夥飯，上邊說我們修水庫有功，宣傳隊的大美人吳美霞，平劇團的小花旦，大長的驢臉，並不好看……吳美霞在大壩上發毛巾，給能挑土籃的披紅戴花。我說得太囉唆了，啊，對……那天中午管了頓饅頭，每人兩個，不夠的照樣啃窩頭。

「水庫散夥了，我揣著喜報，還有捨不得吃的一個饅頭高高興興回家，尋思我的小閨女——那年三歲——說不定多樂呢，讓她見識見識饅頭是什麼樣的……還有肉，那天吃的粉燉肉，手指頭肚大小三片肉，一點不瞎說……捨不得吃，夾在饅頭裡，用白毛巾包著——大美人吳美霞發的。」彎勾了原本灰暗哀怨的眼裡忽然放出異樣光彩，但很快消失了，「臨到家，老遠望見我的兩間房，那時房子東倒西歪還沒翻蓋……覺得有點不對勁兒，走近一看，豬圈塌了！院裡長了半人高的草！窗戶門都敞著！一進屋，人伢狗伢全無，破炕席上有個兔窩，一隻母兔子見了我用血紅的眼睛盯了一下跳窗逃走。兔窩裡還有幾隻小兔子，小兔子擠作一團，直哆嗦。我尋思，這娘倆準是找我妹妹去了。沒別的親戚，除了妹妹家這娘倆沒別處可去。等趕到妹妹家，妹妹說娘倆剛過『五七』。不是『五七』幹校的五七，是說人死五七三十五天了。怎麼死的？餓死的！妹妹聽好心人報信趕到我家的時候孩兒她媽眼睛已經生了蛆。孩兒還有口氣兒，枕著她媽的腿。抱起來想餵口米湯，可遠離村子，上哪找米湯呀，誰家有米湯呀……一抱起來就斷了氣！餓死的人渾身膀腫，膀得溜光錚亮，身上一按一個坑……人死了，生產隊沒通知我，村裡人餓死的餓死，逃荒的逃荒，剩下的人也都餓得東倒西歪，渾身膀腫，誰去通知呀……再說，我家距生產隊那麼遠，生產隊的人輕易不到我家來，等發現死人晚八春了……妹妹用炕席把娘倆捲在一塊，抬進豬圈，推倒圈牆，草草埋了埋算是娘倆的墳。為什麼非得埋豬圈？埋豬圈不用刨坑，刨坑，誰刨得動呀！找人吧，找誰去！還是埋豬圈好，算是一家人……當天我又把墳修了修。埋豬圈正合我的心意，可以守著這娘倆熬日子，好歹是一家人……我把那個夾了肉的饅頭、白毛巾，還有立功喜報都埋到墳裡，叫閨女嚐嚐饅頭的滋味兒，白毛巾給那娘倆擦臉；立功喜報麼，告訴那娘倆，我在外邊好好幹活來著，沒丟人現眼，修密雲水庫有我一份功勞。我把幾塊獎章也擱在這娘倆身旁……我沒當過兵，只是抬過擔架，從北京郊區抬到東北，從東北抬到張家口……我抬擔架可是好手，不是吹……抬擔架距地面近，傷患掉下來摔不著，不然怎能得獎章呢，當然了，那時腰還沒這麼彎……

3

「我若在家說什麼也不能叫那娘倆餓死，沒吃的逃難呀，逃東北呀，逃『大鼻子』那去呀，人家逃難的都活下來了。孩兒她娘是個殘疾人，從小得了小兒麻痺症，皆因殘疾才嫁給我彎勾了，好人誰嫁給我！她上不了山，若能上山可以挖野菜，捋樹葉……她死的時候身上已經摔壞了，準骨碌山來著……其實我在家也不行，我，大蝦米似的，又特別能吃，這輩子沒大吃飽過……年紀輕輕腰就彎了，也是餓的。你想啊，活計累，常年吃不飽，腰不彎才怪呢……你說現在怎樣？照樣吃不飽！每年開春家家斷糧，我斷得更早。如果家裡有個健全的女人要好得多，女人可以挖野菜、捋樹葉，糠菜半年糧麼……家裡沒女人，更何況是個大肚漢，肚子像漏斗……我現在就開始吃救濟了。發糧食，每天半斤毛糧的標準，三天發一回；別人家一個月發一回，我特殊，發一個月的糧食怕我幾天就吃光，所以三天發一回。到生產隊領糧食也不容易，端個小瓢來回跑十幾里路……到了開春種地的時候，大家都餓得眼藍。說眼藍興許有人不信，反正我信，餓大發勁兒了看什麼都是藍汪汪的，你們沒挨過餓，沒這個體會。真地藍！還冒金星！種地的時候，生產隊長怕大家吃種子，種子全拌了農藥，拌六六六粉，其實拌也白拌，大家照樣吃，偷偷抓把種子在棉襖上蹭蹭按進嘴裡。吃花生種好嚼點，吃玉米種牙口不好的真嚼不動，嚼不動就放在嘴裡用唾沫泡，倒著個兒，設法磕成兩半，生破囫爛吞進肚。沒人好好幹活，幹活是為了掙工分。最好的勞力幹一天掙十分……十分值多少錢？前年兩角，去年一角，今年五分——倒碼！就是說，幹一天活要向生產隊交五分錢。當然沒人交了，沒人有錢。那，為什麼還要幹活掙工分呢？生產隊分糧食是按工分加人頭分的，不幹活分不到糧食。會計說我欠生產隊二十多塊錢，要我還，我說看我值不？把我寄放個地方，我正想去北水圈避風呢！北水圈？縣城外有個北水圈，修城牆的時候取土挖的大坑，是個大水泡子，旁邊有個看守所，專圈犯人的，此地人說上北水圈就是進看守所……把會計噎得直哏嘍，差點沒背過氣！這回我明白了什麼是窮橫，人，越窮越橫……

「我看二位面善，是好人，瞎嘞嘞一通……姑娘，別烤了，我都拿著，回去給我小閨女吃……我經常做夢，夢見我的破缸裡盛滿了糧食，每天端碗黏糊糊的玉米粥吃個饗飽，哈哈，姑娘不知道饗飽是什麼意思，饗飽就是打飽嗝，打出饗來……生產隊發本紅寶書，要求飯前高呼祝願，可是飯在哪？三天發一斤半玉米，我連皮兒帶臍兒一天就吃光了，還得……哪有精神高呼……運動運動，大家最大的實惠是蓋了磚房，勞力多的人家實惠更大，拆的磚更多。後來上邊發現拆長城不大對勁兒，下令禁止，可是晚八春了！再說呀，上邊忙著奪權，原來有權的靠邊站了，有誰肯管？老百姓也賤，集體勞動就磨洋工，破『四舊』就拆長城……拍良心說，拆長城老百姓不心疼？祖祖輩輩在長城腳下住著，千百年來沒拆過一磚一石呀！現在為什麼要去拆呢？一來有上邊撐腰，二來大家想：人家都去拆，偏你不去，是不是缺心眼兒？興許過了這個村沒那個店呢，到那時不把腸子悔青了嗎？老祖宗的東西不拿白不拿！這和老百姓過日子一樣，日子過落套了，油瓶子倒了沒人扶，各拿各的心眼兒，把一個破大家子拆散太容易了。你想呀，幹一年，倒碼！白乾了！不就成了楊白勞了？我麼，是彎白勞……姓李不假，卻不是棟樑，彎白勞！」

彎勾了說得激憤，當說到「彎白勞」時卻樂了。白里玉妝也覺得可樂，給彎勾了裝袋煙說：「大叔，慢慢說，說說話心裡好受。」

「真是個體諒人的好姑娘，我那小閨女若是活著也能到生產隊勞分了，每天掙三分，我沒那個命呀……我說話碌碡打牆石打石（實打實），從來不說瞎話，經得起調查。從前打日本、打老蔣，說要過上好日子，樓上樓下電燈電話，可這麼多年了越過越窮！五八年搞總路線、大躍進、人民公社，有一陣子是吃飽來著，當時有句口號叫做『放開肚皮吃飯，鼓足幹勁幹活』，大家辦食堂，大家足吃足喝，一下子把糧食吃個溜光響淨，就喝粥，粥是越喝越稀，大家編個順口溜：『一進食堂門，稀粥一大盆，盆裡照進碗，碗裡照進人』。最後，連稀粥都喝不上了，就搞瓜菜代，吃玉米骨頭，薯秧，樹葉，就開始了浮腫，死人……過去，扛活、租地那年月，進臘月家家蒸幾屜粘豆包，有的還殺口豬，置辦年貨，如今可好，粘豆包？粘掉你大牙！一年到頭看不見葷腥，家裡來客人還得爬山邁嶺淘換點油，用筷子頭在鍋底抿，磕打……」

李瑞珍一直聽著彎勾了的話，對這種情況非常熟悉，耳朵都聽出了老繭，說：「大躍進提出一天等於二十年，超英趕美，砸鍋煉鐵，搞小土群，深翻土地，一畝地能打幾十萬斤糧食，好像鋪了金橋明天就進入共產主義。人像中了邪。跟信教一樣。倒楣的還是老百性……」

「哪裡是金橋，我看是斷橋！」彎勾了沉吟半晌，「多虧有個妹妹，她住栗樹溝，姓趙。」

4

百里玉妝很奇怪，問：「您姓李，她姓趙，這？」

「我倆同父同母，因為家裡窮，她剛過滿月就過給了栗樹溝老趙家，換一口袋紅薯，這在農村不稀罕……她是個苦命人，現如今她有塊心病，兒子二十七八了，就是說不上媳婦。我這個外甥可是百裡挑一的，不是當舅舅的誇，盡可打聽；初中畢業，復員軍人，黨員，模樣好，細高挑兒，仁義，孝敬。給介紹不少姑娘，可一提窮氣冒老高的栗樹溝，姑娘就撇嘴，好像她們是金枝玉葉，你說氣人不！依我看誰找這麼個婆家誰燒高香！」

李瑞珍笑著說：「大哥，她們沒那個福氣，等以後我給找位好姑娘。大哥，你妹妹常來看你嗎？」

「看，每年有那麼幾回。她口挪肚攢省出點糧食，打發外甥送一把，順便把破衣裳拿去洗洗，補補，入秋送拆洗的棉衣棉被來。外甥勤快，幫我收拾這收拾那，門壞了修門，窗壞了修窗，炕燒不進火就脫坯搭炕。對了，現在住的房子就是外甥帶他們村的民兵突擊修理的……他是民兵連長……」

「大哥，他叫什麼？」

「李夢生。夢生，妹妹懷他的時候，妹夫讓日本鬼子殺了，妹夫是抗日的一個團長。等外甥出生，他爸爸死半年多了。妹妹為了紀念孩子爸爸起名夢生。其實我妹妹也是抗日英雄，遠近聞名。」

「大哥，李夢生父母叫什麼？」

「父親李子朋。死得可英勇了。」

「知道！李子朋！」

「我妹妹你也應該知道，人家都叫她外號，哈哈……我們哥倆好像沒名沒姓，都叫外號，她叫花大娘……」

「知道知道！全縣人人都知道。不過，我可知道她的名字——趙栗花，對不？」

「對！」

「抗日的時候，她是個漂漂亮亮的小媳婦。現在好穿花衣裳，冬夏穿大花裙子，是縣裡的常客，見了男的叫大侄，見了女的叫大侄女。」

「我當哥哥的說話興許口冷，我看她瘋瘋癲癲，見人先遞煙捲，也不管會抽不會抽。」

「是啊，丈夫的犧牲對她刺激太大了！」

「我這個傻妹妹，裝剛強，她呀，用得著那句土話——冷了迎風站，餓了腆肚皮。軍區首長、縣武裝部長、縣長，好多當大官的，有的在北京，有的在上海，都是我姐夫的部下，人家有時來看她問有困難沒有，她說沒有，從不向上級要錢要物。不要也可以呀，把兒子安排出去吃點官飯呀，不！生讓兒子打光棍！活氣死人！」

李瑞珍說：「一年沒見到她了，不知現在怎樣……」

「能怎樣，守著兒子窮熬唄！唉，不說她了，生氣！耽誤你們不少時間，來，我幫你們摟柴草。

第七章 忤逆劫掠生身母 家徒四壁守荒塚

「我是個靈魂被掏空的可憐蟲！明火執仗的強盜！強盜的幫兇！面對兒女的掠奪媽媽是無奈的，這種無奈源於無私的愛！媽媽正在吞食愛的苦果！」

「我需要男人的臂膀，男人的激情，男人的力，男人的火焰，我要被男人的火焰熔化，化作一縷青煙。青煙……我是為愛熔化的。青煙是自由的。」

「與其說失去土地，莫如說失去了熱情，由土地激發出來的熱情！最要害最要命的熱情！他們成為……試驗品，可是衝動絕不是熱情！一個沒有長久熱情的民族是悲哀的民族！」

1

有了燒的屋舍暖和多了，起早搶熱水已經成為笑談。女人們自是欣喜，誇李瑞珍有功，李瑞珍則感謝姐妹們的關照。一時背不回來的柴草就垛在無名山包低窪處，搬塊大石板壓在上邊，用長城散落的白灰條赫然寫上幾個大字：××連××班。李瑞珍每天選一個身體不好或者情緒很差的姐妹跟她拉筢子。這天又選中了百里玉妝。

來到無名山包，李瑞珍說：「閨女，你今天的任務是當火頭軍，烤饅頭，熱菜，燒開水。這會兒給我老老實實待著，別動。」不容分說，拉過一捆柴草強按百里玉妝坐下，「靠這，這是你的沙發！哈哈，沙發！其實沙發什麼樣我也沒見過，聽說跟椅子一樣，只是軟和點……就當沙發吧！」說罷拉起筢子走向長城。

百里玉妝肚子很疼，揉了揉，掐了掐，望著漸漸遠去的李瑞珍，頓生兒女悲情。「媽媽，媽媽——」她想大喊。「媽媽聽不見，走遠了。現在能躺在床上多好，喝碗媽媽煲的熱粥，說些跟媽媽才能說的體己話。然而媽媽只能把我安置在柴草堆裡，面對灰暗的天空，灰暗的燕山，灰暗的長城，四顧茫茫，陰冷而壓抑。媽媽瘦小乾枯的身體向前傾斜著，努力拖曳著，鐵齒耙子在亂石和枯草中跳躍。媽媽像匹拉著犁鏵的老馬在『老婦人』的脊樑上耕作。瘦小乾枯的老馬、媽媽、老婦人。『裂膚揉乾老婦淚』……原始森林被砍光了，幼樹被牛羊啃嚼了，枯草被連根摟起了，老婦人的毛髮被拔光了。人如此殘酷無情，包括媽媽。可是人要生活呀，媽媽要生活，彎勾了彎大叔要生活，不能總睡在冰骨頭的炕上呀……人們要生活，燕山就要被搜刮，被掠奪！是呀，燕山不會呼喊，不會抗議，只能默默承受。燕山已被搜刮一空，連她引以自豪的掛在胸前的項鍊——長城——也已珠璣散盡，猶如一條凍僵的死蟒，死蟒的蛻皮。燕山，老婦人，她面色灰暗，窮困潦倒，了無生氣，難道，燕山要死了麼？不，她不會死，她的筋骨還在，可是，人對她如此地殘酷無情，只要她還有一口氣兒就從未間斷過對她的掠奪。人要活下去，最好的辦法就是掠奪她，拔掉她的每根毛髮。燕山，可憐的燕山！我知道，燕山在默默承受。媽媽彎腰前行，拖著耙子在燕山山包辛苦勞作……媽媽彎腰扶犁在梅江江畔犁冬曬白……媽媽，媽媽，梅江的媽媽，燕山的媽媽有那麼多企盼，那麼多力量，那麼多包容。我愛苦熬苦曳的媽媽，我愛命運多舛的燕山，而我能為媽媽做些什麼呢？為燕山做些什麼呢？我親手拔掉她的毛髮，連根拔起……肚子好疼呀，燕山呢，燕山沒有知覺嗎？燕山可是媽媽呀，所有人的媽媽！媽媽也是有血有肉的，愛美的，有毛髮的，然而她的毛髮被拔光了，變成了奇醜無比的老婦人！媽媽也是有脾氣的，愛笑，然而她的歡樂被剝奪了，只能嘶啞地悲哭！

「媽媽吃苦耐勞，勇敢堅韌，富有聰明才智，富有創造精神。她從五十萬年以前就用自己的乳汁哺育兒女，教她的兒女直立行走和鑽木取火，學會打擊第一柄石斧和第一把石刀，製造第一枚箭簇和第一支投槍，飼養第一頭豬和第一隻雞，收穫第一甕黍米和釀出第一甌濁酒，造出第一尊青銅腳鼎和煉出第一爐鐵水，開始第一回結繩記事和發明第一個象形文字，有了氏族圖騰和神話傳說，有了部落交往和融合，從內陸走向海洋，從東亞走向西亞，作為古代文明不可或缺的一員彪炳於東方，彪炳於世界……如今她的不肖兒女正在掠奪她，連每根毛髮都不放過，使滿頭秀髮的少婦變成了滿目瘡痍的老婦人！裂膚揉乾老婦淚……不肖的兒女。可憎的兒女。我愛媽媽，卻要掠奪媽媽，不給媽媽休養生息的機會，加入了這個不光彩一代的掠奪媽媽的團夥！既然媽媽被掠奪一空，還能用什麼餵養她的兒女呢？她的兒女還要陷入什麼樣的悲慘境地呢？掠奪掠奪，無奈的掠奪，無休止的掠奪！斷子絕孫的掠奪！我居然拿起了掠奪的武器——該死的鐵齒筢子！我是個靈魂被掏空的可憐蟲！明火執仗的強盜！強盜的幫兇！面對兒女的掠奪媽媽是無奈的，這種無奈源於無私的愛！媽媽正在吞食愛的苦果！」

2

百里玉妝無比愁苦，思想很是混亂，甚至有些顛三倒四。她手掐肚子站起來，看著李瑞珍的身影，忽然感到一陣暈眩，好像燕山在飄移，腳下在旋轉，重又順勢蹾坐在柴草捆上，半躺著，閉上眼睛。

李瑞珍走近，見百里玉妝靜靜歇息，以為睡著了，笑笑，取出筢子裡的柴草，再次折返。

「喳喳……」百里玉妝忽聽喜鵲叫。張眼睃尋，並不見蹤影。「喳喳……」叫聲很近，循叫聲慢慢扭頭看，發現一隻喜鵲站在自己背靠著的柴草垛上一邊鴿草籽一邊警惕地盯著她！大約起先喜鵲看她一動不動或許以為是個死人，並不在意，照樣鴿牠的草籽；而見她活動一下眼球便開始了警覺，試探地煽動一下翅膀，似要飛走，但估計這個突然活過來的人並不想傷害牠，還是鎮定下來。

這隻喜鵲十分可人，宛如一位身著白色胸衣、黑色燕尾服的紳士。由於長年遠離人群並不怎麼怕人。從喜鵲晶瑩的黑眼睛裡看不出驚恐、敵意，倒有些頑皮、友善。喜鵲看著，叫著，不時翹起高高的尾巴。她和喜鵲久久對視，心中油然升起一絲愛憐之情，希望進一步交流，於是輕輕吆喚：「來，來……喳姐……」說到喳姐，竟噗哧地樂了；喜鵲一驚，張開翅膀飛去，貼山包俯衝而下，落在一棵大栗樹枝椏上。她很遺憾。這時不知從哪裡又飛出一隻喜鵲，落在那隻喜鵲身旁。兩隻喜鵲彼此梳理羽毛，喙喙相交，親昵對語，情意纏綿。她呆呆看著，揣摩著。正入神，喜鵲叫幾聲雙雙飛向長城，悄然鑽入長城垛樓的豁口。

「人們入侵了牠們的領地，奪走了牠們的食物，牠們不得不餓肚子回巢了。牠們有兒女嗎？」百里玉妝悵悵地想，肚子一陣疼痛，「是，牠們有自己的兒女，自己的巢，家，相親相愛，牠們是自由的。我呢？我們呢？我們也有巢，一個大巢，傾壓同類的大巢。我們遠不如鳥。鳥會飛，可以暫時逃避苦難，人卻給鳥帶來苦難，同時是另一類人的食物，被傾壓被宰殺者。逃避？逃向哪裡？我是隻喜鵲多好，帶著我的偉雄逃進自己的巢穴，那裡有自由，儘管空間很小，哪怕長城的垛樓，在狹小的空間裡可以喙喙相交，親昵對語，自由讀書，自由爭論，自由暢想，做自己喜歡做的事情，孝敬父母，還有……生兒育女！之所以要逃避，僅僅想防止軍用翻毛大皮鞋的踩踏。就這麼簡單。大皮鞋，仇大皮鞋，在踢向陳阿姨的時候我蒙眼抱頭，真地嚇破了膽，從此落下病根，好像總有一雙大皮鞋踢來，心怦地立起，久久不能平靜。我是鐘鼓樓的鳥，受驚了！其實我只要小小的自由，只要我的偉雄。回想起來真後悔，當初為什麼不和偉雄結婚，現在卻要過咫尺天涯的日子？我要結婚，結婚……我需要男人的臂膀，男人的激情，男人的力，男人的火焰，我要被男人的火焰熔化，化作一縷青煙。青煙……我是為愛熔化的。青煙是自由的。男人是我的催化劑，我要在催化劑的作用下化作一灘水，自由流淌，自由咆哮，變成雲，變成風，而這，更加自由，是自由的最高境界。有股熱辣辣的東西在我難以啟齒的地方燃燒，從腹部放射出熱辣辣的線傳導到身體各個部分，嘴唇、舌尖、手、胸、肌膚……我的臉也在燃燒，臉一定紅了。我需要什麼呢？多麼可怕的蠢動，多麼不現實的渴求……噢——我需要男人！需要我的偉雄！需要家！長城垛樓是家嗎？垛樓裡有人敲鐘嗎？那裡陡峭險峻，荒涼陰冷，但我還是願做一隻鳥，自由去愛，生兒育女……假如我是隻鳥，能逃到哪裡？漠河？南沙？喀什？舟山？到處，到處一片紅呀……紅色的網……」

3

她不著邊際地憧憬著，聯想著，編織著，努力從愁苦中擺脫出來。

陰冷的天氣把雙腳凍得失去了知覺。她緩緩站起，在腰裡拴上麻繩，連結筢頭。遠處的李瑞珍見狀急了，邊比劃邊擠眉弄眼，示意坐下。她沒理睬，僵直邁開雙腳。忽然，感到有股熱乎乎的東西順大腿根流下……她明白，在這種環境裡根本無法採取措施。

燕山在飄移，大地在旋轉。

來到李瑞珍跟前，李瑞珍心疼地報怨：「傻閨女，這麼不聽話！」

「媽，沒事……」她故意笑笑說，竭力穩住身體。一陣疼痛襲來，偷偷皺皺眉。但還是被察覺到，李瑞珍上前按住她說：「別強忍著，給我靠這待著！」

「好多了，沒事。」她拍拍肚子。

「傻閨女，」李瑞珍搖搖頭說，「犯不上死乞白賴地幹，柴草供上燒了，回去沒人說你，明白？」

「明白，媽放心。」

說著，兩人彎腰慢慢前行。

來回走動幾趟，百里玉妝感到雙腳暖和多了，身子暖和多了，肚子也沒那麼疼了。

垛柴草的時候李瑞珍發現柴草垛比原來的加高了一些。是用葛條捆的，而她從沒用過葛條。

「這是你李大叔幹的。」李瑞珍笑著說，「他不識字，可挺有情義。」

百里玉妝向坡下望去，彎勾了的小屋盡收眼底。

「閨女，到打尖的時候了，去你李大叔家，把饅頭蒸蒸，和他一塊吃。好幾天沒看見他了。」

「太好了，是呀，真想他老人家。」百里玉妝喜出望外，拎起行囊就走。

兩人相扶著下了坡。

傍到坡底，小屋清晰可見。即使粗心者也不難看出：這家人的日子過得很不成心思！院牆有幾個豁口，坍塌的河光石雜亂堆在草叢裡。院子西南角確實有個墳堆，墳堆頂塊青石板。東南角有眼水井，井口上幾根木棒架起年代久遠磨出了深深凹槽的轆轤，一條疙裡疙瘩的井繩有氣無力地垂吊著。窗戶破損，窗櫺塞了破衣裳，破口袋。房山的煙筒整體脫落，黑煙把房山熏得漆黑。房簷的茅草七長八短，房簷下掛了幾件銹蝕的農具。玉米秸散亂堵住北門，用以防風。

百里玉妝小心繞到墳前。見墳前墊一塊長城青磚，青磚上倒扣一個小缸碴兒，還有一隻粗瓷大碗，碗裡的水凍起了鼓，蒙了層沙土。青磚下有堆紙灰，顯然不久前祭奠過。百里玉妝揭開小缸碴兒，裡邊竟扣著一個凍裂了的饅頭！差不多被野鼠掏空！

兩人不由得唏噓感歎。

「李大叔在家嗎？」百里玉妝向屋內喊。沒人應。

「彎大叔在家嗎？」百里玉妝笑著，改成挑皮口吻。仍沒人應。

房脊上早已盯住來人的麻雀聽到喊聲呼地驚逃。在空中飛了一圈又落回房脊，盯住來人。老楊樹上的老鴰也呱呱叫起來，使勁兒呼扇翅膀，似乎牠們都有看家護院的義務，可威懾力很是有限。

「李大哥……八成沒人……」李瑞珍說著，來到門前。門是用木板釘的，已經七擰八歪，很容易推開。兩人跨進堂屋。

堂屋很黑，坑坑窪窪，李瑞珍一腳踢上別在灶膛裡的燒火棍，差點絆倒。東屋，秫秸房箔煙薰火燎，泥丸粘就的燕窩也已漆黑，露出幾朵燕子絨毛。整間屋子空空蕩蕩，炕上是三塊長城青磚搭的「飯桌」，擺放著沒洗的碗筷。一領破炕席，炕席上胡亂堆著沒疊的被褥，圓枕頭淌出一灘黑黃的穀秕子。屋角立了隻豁口大缸，缸裡空空如也。東牆挖個窯窯，窯裡放盞沒油沒撚兒凝結了油漬的燈碗。炕沿上方抻一條麻繩，麻繩掛著髒衣裳和污穢的毛巾，麻繩以很大的弧度下墜著。此外再沒有別的對象了。

看了這一切，百里玉妝說：「這裡真地做到夜不閉戶路不拾遺了！」

「窮得叮噹山響，窮氣冒老高，賊都繞著走，怕沾上窮氣，有誰偷他呀！」李瑞珍苦笑著說。

百里玉妝在黴氣味兒中聞到一股老人味兒，有些心酸和莫名親切。

4

「這日子過的！」李瑞珍感歎，疑惑，「他彎到哪去了呢？莫非見閻王了？」伸手在褥子下探探，有些溫熱。返回堂屋用燒火棍在灶膛裡攪攪，有火星。「沒見閻王！興許上哪去了！」李瑞珍甚是高興，「今天反客為主，用他的鍋餾饅頭……馬潔不是給帶來碗粉燉肉麼，也蒸上，給這老傢伙改善改善生活！」

「知道上這來莫如讓喳姐弄點待客酒，那才真正改善生活呢……」

「不拿他們東西。拿碗粉燉肉倒沒什麼，偷酒就是偷到馬開達命根子，不是給馬來添病麼！」

百里玉妝按吩咐搖轆轤打水，刷鍋，抱柴，點火。餾饅頭得用蒸屜，可是屋裡屋外找不到。李瑞珍剁幾根玉米稈架在鍋中，把饅頭和粉燉肉擱在上邊，蓋上快散架了的秫秸鍋蓋。

「得，閨女，燒火！」李瑞珍很是得意。

李瑞珍抱柴發現堂屋屋角掩藏個地窖口，忙吆喚百里玉妝：「過來看，這老彎還真彎，有秘密呢，下去看看……可太黑……」

剛好窗臺上有幾根劈得很細的松樹明子，便取一根點燃，李瑞珍說：「你只管燒火，我下去看看有什麼寶貝！」

「媽，我下去。」百里玉妝把點燃的松樹明子伸進地窖，探頭向裡看，「媽，裡邊有一小堆紅薯！沒別的……」

「是嗎？太好了！下去取幾塊，烀上，也改善改善生活，拿饅頭和粉燉肉跟他換，他不吃虧。敢下去嗎？」

「敢。」百里玉妝下窖。窖裡勉強能直起腰，很暖和，很靜，靜得能聽到自己的心跳。她想，「真是個好去處，與世隔絕，隱蔽，沒有紛擾……」

聽催促，趕緊從衣袋裡取出衛生紙，墊在褲衩裡。然後撿幾塊紅薯上窖。

灶膛燒了火，東房山冒了煙，小房立刻有了生氣。

李瑞珍說：「炕不涼，你先趴炕上煲煲肚子，飯好了喊你。」

百里玉妝來到東屋，擦窗臺，堵窗櫺，掃炕，掃地，收拾碗筷，並把繩子上的髒衣裳疊好放在行囊裡。和其他人家一樣，東牆也掛張發黃的毛澤東像，像紙從上邊耷拉下來，擋住了面孔，她想找釘子釘，但找不到，也就由它去了。一切停當，便坐在炕沿上發呆。（其實沒有炕沿，炕沿是衣裳磨光了的裸露的土坯。）

她定睛注視著發黃的擋住了面孔的毛澤東像，眼前卻疊印出另一番情景：梅江的碧波，蔥綠的田野，熟悉的土樓，溫馨的木床，慈祥的媽媽，高大的木棉樹，夢境般的水中暢遊，在男人臂膀裡窒息……她不明白怎麼會淪落到這般田地，寒冷，閉塞，蹲牛棚，一雙軍用翻毛大皮鞋隨時可能踹向自己。她想，不念書多好，守著媽媽，和媽媽到曼谷去，帶著偉雄……啊，不念書也不可能認識偉雄。曼谷曼谷，那裡有團聚的家人，拳拳的親情，再也不必忍受骨肉分離之苦。自己雖然不會經商，可以做學問，研究中國古代文化，研究中外道德比較學……多奇怪，道德比較學！怎會想出這麼一門學問，如果作為一門學問總該有人去研究去創立……啊，我既沒念過書怎能去研究去創立。現在淪落到這般田地，不後悔嗎？說不後悔是假，嘴硬，其實真地後悔了，寧可回家種幾畝薄田也不到這個鬼地方。命運是個猙獰的魔鬼，專會捉弄人，向你搖唇鼓舌，大唱讚歌，使你眼前出現美麗的光環，以至熱血沸騰，信誓旦旦，等到脖子套上繩索了，就牽著你走上荊棘叢生厄運連連的道路，最終把你推入地獄，用鍋蒸，上磨磨，而魔鬼卻在一旁獰笑。非常不幸，我們進入了一個最難把握命運的時代。命運，彎大叔的命運呢？他可祖祖輩輩生活在這個地方呀！彎大叔，貧農，赤貧，社會的主人，主人——至少應該是。而主人竟過著這樣生活！他自由了嗎？解放了嗎？他，他們被告知的『使命』可是解放『三分之二天下受苦人』呀！而把歷史當娼婦隨意凌辱的人從來不知道臉紅……解放解放，誰去解放？到底解放誰？是的，他們曾是解放者，從南昌到瑞金，從瑞金到瓦窯堡，到臨江，到四平，到錦州，到天津，到雙堆集，到西昌，到武漢，到瓊崖，到新義州，到釜山，到老街……爬雲梯，堵槍眼，炸雕堡，抬擔架，碾小米，做軍鞋……最後，終於得到了「天朝田畝」！他們扭秧歌，登高蹺，甩彩綢，喜氣洋洋。他們是幸運兒。然而，屈指幾年卻「雞毛飛上天」了！轟轟烈烈地！冠冕堂皇地！糊裡糊塗地！美滋滋地！「三條驢腿」拉著他們沿著「總路線」邁進桃花園了！他們與其說失去土地，莫如說失去了熱情，由土地激發出來的熱情！最要害最要命的熱情！他們成為……偉大的試驗品，可是衝動絕不是熱情！一個沒有長久熱情的民族是悲哀的民族！他們邁出了失去土地的第一步，大約，或者說，噩運從此開始了，見所未見聞所未聞的悲劇從此開台了！一天等於二十年，樓上樓下電燈電話，「十三包」……多麼誘人，房箔就要掉餡餅了！然而屋地的豁口大缸卻空空如也，油燈碗裡是沒油沒撚兒的油漬，為祭奠餓死的妻子和女兒從好心人那裡討要的已經開裂的供品饅頭只能由亡靈和野鼠共同分享！歷史是枚出土的硬幣，有人把它磨成鏡子，警醒往來者，有人要把它鑄成王冠，東方的王冠，世界的王冠……

5

她只要稍稍停下來，尤其單身獨處就很自然、很頑固地胡思亂想。所以更願意幹活，幹活的時候有說有笑，鬧鬧轟轟，會分散注意力。她自認有很嚴重的精神障礙，很神經質。她自認陷入了思維的怪圈，有一千個一萬個疑團亂糟糟堵住胸口，迷迷瞪瞪按照「凡事都要問個為什麼」的教誨去思維，可是，為什麼，為什麼，霧茫茫，路漫漫，根本看不清事物的清晰面目，只是堵得慌。

越想心事越激憤，激憤過後便是惶恐，眼前便晃動一把利刃，一雙大皮鞋。難以擺脫的怪圈。她有種預感，說不定多思多想的毛病會帶來災禍。而偉雄能把那些東西保管好了麼……那才是我最惶恐的！！

她羨慕吐彩霞快人快語，凡事不假思索，話到嘴邊當地一下放出去，不管別人怎樣感受，自己痛快了再說。其實吐彩霞心裡有數，聰明就在這裡。她甚至羨慕彎勾了，彎勾了只想如何填飽肚子，無處說話，反正說話沒人聽。她發現自己和吐彩霞們相比，和彎勾了們相比確實有很大不同。她努力向他（她）們靠攏，認為思想越單純越好，當個白癡也無所謂。事實上社會正在造就白癡。億萬白癡。她生氣地向自己說，「不去想，不去想」，可是，思想的潮水仍不住在腦中奔突。她進而想，在這個世界上只有自己是這樣的嗎？偉雄呢，同學和老師呢？「臭老九」們呢？自己是另類嗎？另類的另類嗎？而彎勾了們會不會象自己對他們認識得那麼簡單，似乎只想飲食男女一類的東西？或者只有一時瘋狂的熱情？應該說，自己並不真正瞭解他們，他們定會有自己獨道的想法，興許更加實際，更加切中要害，單純得不能再單純，單純得就像黑夜過去是白天，但自己無從瞭解，至少現在。真理向來是單純的。黑夜過去是白天。但是，它在哪裡？哪裡？

她感到自己是只急流中的小船，陷入了可怕漩渦，不住地打轉，無論怎樣掙扎都靠不了岸。

她摸摸炕，熱上來了，就俯臥在炕頭。

這時李瑞珍進屋，拿了個破口袋包著的東西，說：「閨女，把這個擱在肚子上。這是在灶膛裡煨過的磚頭，擱上吧，可管用了，莊稼人經常用它煲肚子。」

她解開棉褲，把熱磚放在肚子上，摟著。果然，肚子很快熱上來，很舒服。

「你先這麼待著，嫌太熱再墊點什麼。」

熱炕加熱磚使她通體暢暖，不覺有些困倦。

不知過了多久，李瑞珍搖她的雙腿：「醒醒，老彎一時半會兒回不來，你我先吃，飯菜給他坐鍋裡就是了。」

娘倆吃了紅薯，把堂屋收拾一遍，到屋外望了又望等了又等終未見彎勾了的影子。李瑞珍把同屋女人們湊起的一些糧票和錢放進豁口大缸，掩門作別。

女人們和孤苦伶仃的彎勾了已經很熟識很親熱了。

第八章 弱肉強食蔑善惡 兔懷六甲變凶婆

兔子和鷂鷹展開了一場力量懸殊的搏鬥。沒有強者的檄文，沒有弱者的哀告，完全是一場生存戰爭；弱者追求的是一顆草籽，強者追求的是弱者的生命，其慘烈可想而知。

弱者被強者獵殺時拼命奔逃，拼死抵抗，這種抵抗那麼無助，那麼勢單力薄，然而卻是生命力的最後迸發，每次撕咬都表達了生命的意志，每次尖叫都是生命的宣言……

女人輕柔的撫摩使牠有了安全感，像家貓一樣溫順。

1

兩人回到無名山包，李瑞珍說另一側的柴草可能厚一些，不妨試試運氣。

……這裡的柴草果然厚，還零星分佈了紫荊、酸棗、榛子等灌木。

李瑞珍有些累，坐在石頭上捶腰喘氣。

百里玉妝來到山包盡頭，發現剛好立在懸崖邊上。懸崖很陡很深，一條乾涸的沙河躺在下邊，向南方延伸，湮沒在迷濛的丘陵和平川裡。河床佈滿河光石，有的像浮出水面的鯨脊，有的像吃草的臥牛，有的像打溺的群豬，更多的像恐龍、鴕鳥、蟒蛇裸露和半裸露的蛋。沙河中有少量殘雪和薄冰，閃亮的薄冰被岸邊稀稀拉拉的灌木架著，懸浮著。沙河不聲不響，孤寂落寞，但曾經那麼桀驁不馴，東滾西挖大施淫威，奪良田，毀樹木，此時似乎仍能看到奔騰的急流，聽到雷霆萬鈞的吼聲。它從長城底部的出水口和小流域起源，河身短促寬闊，落差很大，人稱「撅尾巴河」；經過億萬年再造，見證了各種生命的繁衍與競爭，見證了人類的發祥與滄桑。百里玉妝立在懸崖邊感到暈眩，趕緊倒退，倚傍一棵大栗樹坐下。

忽聽崖底傳來不尋常的聲響，立刻俯身向下看。見一隻鷂鷹正貼河床低飛，追逐一隻灰白的野兔。兔子背著大耳朵狂奔，鷂鷹窮追不捨。鷂鷹張利爪抓了幾次才把兔子抓住，欲拔高飛走。兔子在半空掙扎，又落入河床。百里玉妝差了聲地喊：「噢——呵——」李瑞珍也急忙跑來幫喊。百里玉妝踢下一塊石頭，拋向崖底，石頭撞擊一串火花跳向河心。鷂鷹有些膽怯，剛一愣神兒，兔子乘機逃出幾丈遠。鷂鷹稍作猶疑，仍窮追不捨，抓兔子拔高，兔子掙扎落地。兔子可能絕望了，突然轉身向鷂鷹撲去；剎那間鷂鷹嚇得向回飛了一程，但立刻又返回追殺。兔子和鷂鷹展開了一場力量懸殊的搏鬥。沒有強者的檄文，沒有弱者的哀告，完全是一場生存戰爭；弱者追求的是一顆草籽，強者追求的是弱者的生命，其慘烈可想而知。兔子仰在地上，登腿抵擋，實在抵擋不住鑽入了崖邊的紫荊叢，蹲伏在浮冰下。鷂鷹繞紫荊叢盤旋，煽動碩大的翅膀，見兔子不出來無奈飛走。兔子探頭探腦向外張望，良久，以為危險解除，一瘸一拐沿河床小跑，不時向天空張望。

百里玉妝提到嗓子眼兒的心終於落下，慶幸兔子躲過一劫。

這時，讓她始料不及的事發生了：

鷂鷹重又出現，俯衝而下，直取驚魂未定的兔子，開始了新一輪的獵殺和反獵殺。兔子的反抗也越加兇猛，用頭撞，張嘴咬，縱身撲，嘰嘰叫……但是兔子實在弱小，還是成了鷂鷹的戰利品，被抓住升空。

百里玉妝喊破了嗓子，對面山上傳來尖厲的回聲，好像整個燕山都在喊：「噢——呵——」

接著，再次發生了奇蹟：鷂鷹升空兩三丈，突然拋下決不肯就範的兔子，在叫喊聲中逃遁！

兔子像個布口袋重重摔在河床上，肚皮朝天，翻了白……

百里玉妝看遠去的鷂鷹，恨怒交加，說：「有槍多好，叭，一槍打下來！」

聽這話，李瑞珍笑了：「閨女，犯傻了吧，鷹抓兔子，抓雞，抓蛇，抓鼠一年四季天天發生。連雞都習以為常，只要鷂鷹在天空盤旋，雞就炸群，驚叫，四處躲藏。兔子面臨的最大威脅不是鷂鷹，是人！人下套套，下網網，下毒毒，用火槍打，恨不得斬盡殺絕。你也去過農村集市，特別到了冬天，這個季節，賣兔子的到處都是，一串串挑在肩上、掛在自行車手推車上，每串都有十幾隻，算算，該有多少！鷂鷹和狼能吃幾隻！兔子大多落入人口，不是鷹口！不是狼口！兔子對鷹尚能抵抗僥倖逃脫，對人卻一籌莫展，一切抵抗無濟於事，噢，對對，失去了抵抗權力。弱肉強食在自然界和人類社會大體相似……對對，人類經常效法自然界的法則。兔子對付獵殺最無奈最實際的辦法是生兒育女，多生，最多的時候每月下一窩，每窩至少四五隻。兔子，兔子也得活下去，活下去……明白了？」

2

「明白了。」百里玉妝雖順口答音，卻實難弄清萬事萬物暗含的玄機，人類在其中所扮演的特殊角色。

「活下去，活下去……」百里玉妝琢磨活下去的意義，看懸崖底下的兔子，兔子仍四腳朝天仰在那裡，灰白的肚皮鼓鼓溜溜，一動不動。「媽，我下去看看，興許有救呢！」

「不行，怕你失手滑落。」李瑞珍百般不允。

「媽，放心吧，讓我試試。」百里玉妝堅持下崖，「我在學校是田徑一級運動員，還爬過西礁山、羅浮山、香山呢！」

「那也不行。太危險。犯不上為個死了的野兔冒險。」

百里玉妝拉住李瑞珍雙手來回搖晃，央求：「媽，讓我去吧，不會有危險。兔子興許有救，鷹可能還會回來……」

「我可不能眼睜睜看著我閨女幹傻事，凡事該幹的幹，不該幹的不幹，得值得。」

「媽，媽媽，我的好媽媽，不會有事，我保證！」百里玉妝急得跺腳。

李瑞珍從來沒見過女兒跟自己撒嬌，又欣喜又心疼，經不住軟磨硬泡，站在懸崖邊向下觀察一番，這才說：「真拿你沒辦法！千萬多加小心，崖壁有冰，見石頭太滑就上來，明白？」

「明白！媽，不會出事，放心吧。」百里玉妝很是高興，和李瑞珍商量商量下崖路線。

……李瑞珍揪著心，一直大聲囑咐多加小心，說石頭太滑就上來。沒想到，百里玉妝身手如此地敏捷，傾刻就下到崖底，向上揮手，喊道：「媽——」喊聲在山谷裡迴盪，清脆而悠遠。

百里玉妝跑到兔子跟前，兔子一動不動躺著。抱起來。想不到的是，兔子突然來個鯉魚打挺，從懷裡掙脫，翻身奔逃。但只逃幾步就踉蹌僕倒了。

「別怕別怕。」百里玉妝躡手躡腳靠近，蹲下，連說「別怕別怕」。兔子軟軟掙扎幾下被摟在懷裡。

百里玉妝向崖頂喊：「牠活著，活著——」

「好好，快抱上來——」

「放心吧——」百里玉妝為了便於攀緣，解開棉襖把兔子揣在懷裡。所幸腰裡繫著麻繩，不至於掉落。

百里玉妝小心翼翼向上攀登，見李瑞珍要來接應，急得擺手制止。

終於爬到崖頂。李瑞珍說：「真擔心，來，我看看。」接過兔子看了看，「閨女，你積德了！是隻孕兔，肚子多人身子多沉呀！牠為了肚子裡的孩子多凶呀！孩子是牠的力量！鷹抓牠的時候因為有身孕，太沉，抓不動了，不得不丟下差點到口的獵物……這就是，媽媽救了孩子，孩子又救了媽媽。不知肚裡的崽兒能不能活，從那麼高的空中落下能活反倒是個奇蹟……人肯定不行，不知兔子怎樣，不過兔子比人經摔打……這個挨千刀的，鷹！把兔子的後背抓爛了，傷口挺深……八成你棉襖也沾了血……」

「血不血的真沒注意，光著急了。」

「這樣吧，你先抱著牠，老辦法，找去採艾蒿，在傷口按艾灰。」

百里玉妝抱著兔子，心裡湧出一股悲壯、崇敬之情，她想：弱者被強者獵殺時拼命奔逃，拼死抵抗，這種抵抗那麼無助，那麼勢單力薄，然而卻是生命力的最後迸發，每次撕咬都表達了生的意志，每次尖叫都是生的宣言……

3

給兔子治了傷，放在哪裡卻成了問題，李瑞珍說：「最好找個山洞，安全。」

「哪有洞呀？」

「別發愁，有山就有洞，找找。」李瑞珍說，向山上瞭望，「有了！」指給百里玉妝，「你看見山腳那堆亂石了嗎？長城垛樓的方向，色深的，對，那是採金挖出的毛石，就是不含金的石頭。準有洞，看看去。」兩人抱兔子向那堆亂石走去。

亂石堆上方果然有洞。洞口幾乎封死，只能容一個人鑽進鑽出，李瑞珍說：「抱柴草，進去看看。」

兩人先後進洞。在洞口尚能看見洞壁，再往裡，漆黑。李瑞珍點燃一把柴草，這才看清，洞很深，拐向很遠的地方。

百里玉妝捂住頭說：「會不會掉石頭……」

「不會，」李瑞珍說，「金洞的石頭特別堅硬，山金都藏在堅硬的石頭裡，金子難開採皆因儲量少石頭硬。別怕，要掉早掉了。」

燃燒柴草的亮光照著呲牙咧嘴的石壁。百里玉妝眼尖，居然發現岩縫盤著一條蛇，嚇得往李瑞珍懷裡鑽。

「別怕別怕，正冬眠，別打擾牠。」李瑞珍讓百里玉妝躲到另一側，笑著壓驚。

絮好窩，放進兔子，兩人方才放心。

牠傷得重，渾身突突顫抖，在激烈抵抗中耗盡了最後一絲力氣。女人輕柔的撫摩使牠有了安全感，像家貓一樣溫順。

「閨女，你去取饅頭，砸碎，放在窩邊。不砸碎不好啃。」

百里玉妝按吩咐置辦停當，說：「光有吃的不行，渴了怎麼辦呀？」

李瑞珍摸摸石壁，很濕滑，說：「找找，一定有水。山多高水多高。」

百里玉妝向洞的深處走，在石壁上摸索，暗暗叨咕「謝天謝地別摸到蛇……」

「怎麼樣？」

「這，濕淋淋的！」

「往下摸，看有沒有水窪。」

「有！不大……」

「這就對了。兔子自己能找到。有了吃的喝的，就看牠的造化大小了。但不知懷裡的孩子能不能活。你去，多抱些柴草，叫牠有草籽吃，能撿到松籽、酸棗更好，牠坐月子跟人一樣需要營養，不找吃的也不至於冒然出洞，跑離洞口那麼遠，差點喪命，當媽的就是遭罪……」

兩人出了洞，搬毛石插嚴洞口，留個兔子能夠進出的縫隙。百里玉妝耳貼縫隙聽聽動靜，笑笑，向洞裡招招手，戀戀不捨，離去。

第九章　恨怒想望榛莽戀　負氣要做旱鴛鴦

「仲尼先生的父母，風華正茂的孔紇和顏徵的榛莽野合同樣有這樣的擔心嗎？也是發情的貓狗嗎？說來可笑，兩千五百多年以後的一樁婚姻竟然也是野合！野合居然進入新時代！歷史兜了一圈重又回到起始點！」

我的婚床是燕山的枯草……我的婚房是黃金鑄就的宮殿……我的婚紗是陽光編織的縷縷光絲……百靈在空中歌唱，猶如萬籟仙音。喜鵲在洞外迎賓，儼然是位高貴紳士，向所有賓客道聲同喜同喜。野兔是伴娘、伴郎、伴童，各司其職……我的婚禮該多麼浪漫，多麼別緻，多麼與眾不同……可是我為什麼要哭呢……

1

在女人們苦中取樂大行「牛棚」文化之道的時候，百里玉妝不再屬黃花魚的溜邊了，有時還搭訕一兩句；學唱吐彩霞的驢皮影也能吐上一兩口，卻是客家山歌的變種，笑得大家前仰後合。

這天她心情格外好，看天，藍得透紫，百靈追逐嬉鬧；看山，巍峨雄壯，長城的殘垣猶如巨蟒上下舞動；吸口空氣，那麼甜那麼爽，感到通體透暢。「月牙湖」一般的眼睛清澈見底，波光粼粼。

她走在無名山包的荒草中，唱著客家驢皮影，吐著彩霞，故意逗李瑞珍笑。李瑞珍故意不笑，抿起嘴。她就倒退著作怪態，擠眉弄眼，仲巴掌學影窗上的影人表演，機械滑稽，同時亮開嗓門兒唱：「太陽一出吐彩霞……百里上山找媽媽……媽媽要是還不笑呀……我就上前胳肢她……」還是把李瑞珍逗笑了，娘倆摟在一起，笑作一團，笑出了眼淚。

兩人徑直走到金洞前，放下箍子和行囊，搬開洞口毛石，鑽入洞中。

「小兔兔——」剛進洞，百里玉妝向漆黑的洞中壓低嗓音喊，甕聲甕氣的喊聲在岩壁間迴盪，久久才被黑暗吞噬。自從兔媽媽生了孩子她就想來看看，但一直沒有輪到機會。為看小兔兔，打大口井的間隙撿了很多酸棗，此時掏出一把亮在手心。

「小兔乖乖，把門開開，媽媽來餵奶……」向黑暗處作敲門狀，再次壓低嗓音喊，覺得好笑，「哈哈……我成了狼外婆了！」

但她的熱情並沒有得到回應，柴草窸窣，一陣慌亂，接著便悄無聲息。

「先別理牠們，」李瑞珍看百里玉妝俏皮可愛的樣子，喜上眉稍，催促，「你去拽兩捆柴草。」

「是！」百里玉妝愉快響應，「媽媽，遵命！」迅速敬個舉手禮，噔噔跑出洞外，旋風似地拽了柴草進洞。正要向洞深送，李瑞珍卻打開柴草捆，平攤在洞口光亮處，並把棉大衣鋪在上邊，用手拍拍。「躺這試試，這床軟和不？」

百里玉妝有些詫異；在上邊打了個滾，驚歎：「太好了，又軟和又香！」

「先躺一會兒，你的小兔兔會來陪你。不信？耐心等吧，我到洞外瞧瞧……」李瑞珍意味深長地說，出了洞。

百里玉妝仰臥在「床」上，叼根草稈，專等小兔兔光臨。

太陽捋出一縷縷光絲照進洞口，照著她美麗的面龐，好像找到了夏天的一朵鮮花，吻得異常貪婪。她的面龐紅裡透白白裡透紅，柔和而含蓄，是南方溫暖和北方嚴寒的傑作。那彎彎的月牙湖束束生輝，竟能呼閃呼閃地說話，告訴陽光：幽會是她的夢，夢的煎熬，該多麼醉人！

忽聽身邊的柴草發出輕微響聲，抬頭一看，果然有幾隻小兔兔出現。小兔兔就像深灰色的絨團，小眼睛是絨團上綴著的紅瑪瑙，閃著怯生生的試探的亮光。小兔兔笨拙地蹦跳，你推我搡，想前來又不敢靠近。她從衣袋掏出一把酸棗，伸直胳膊，張開手。一隻膽大的小兔兔率先把頭伸進她的手心，很快，小兔兔一擁而上都來爭食。小小的三瓣嘴在手心裡拱動，濕漉漉涼絲絲地發癢，好像亂糟糟拱到心上。「自己雖沒做過媽媽，」她猜度，「大約媽媽第一次給孩子餵奶的感覺與此相似。」欲把手撤回，但還是堅持著，不能放棄這個體驗驚喜、甜蜜的機會。有的小兔兔爬上她的胸部，不住地蹦跳，她感到乳房受到了撫摩，很是熨貼。有的小兔兔蹲在裝滿酸棗的衣袋旁，窺探，廝磨，拿出非要罄其所有的架式。但發現，小兔兔並沒有真正吃掉酸棗；這才明白，牠們還不會吃東西。

2

她慢慢坐起身。果然兔媽媽就站在不遠的地方，脊樑的疤痕依稀可見。牠的旁邊還有一隻大兔子，不難確認是小兔兔的爸爸，在愛妻被追殺時不知逃到哪裡的丈夫。牠們該多幸運，受到了一群柔弱女人的庇蔭。一個生命的鏈條。牠們其樂融融，不愁吃喝，安全溫暖，再理想不過了。那麼今後會怎樣呢？還會繼續受到女人的庇蔭嗎？女人們又受到誰的庇蔭？所謂女人的庇蔭只能是暫時的，靠不住的。到頭來，野兔家庭中的大多數成員將被禽獸裹腹或者成為人類刀俎，只有少數倖存者能夠享有「天賦人權」，完成牠們繁衍兒孫的使命。但牠們至少現在是快樂的；牠們沒有人類的思想，這，很值得羨慕……那麼，我的快樂呢……哪怕很短暫，我要爭取這短暫的快樂！我就是一隻野兔，現在所能爭取的僅此而已！我並沒有也不想傷害誰，只渴求愛。如果將來有了兒女，提起媽媽的荒唐事準以為是天方夜譚，是浪漫的惡作劇。但我要說，這是實實在在發生過的事情……此時此刻即將發生的事情！沒有一丁點浪漫的成分，倒充滿了無奈，苦澀，淚水，恐懼，瘋狂，孤獨。我不要求兒女相信，越不相信越好。我的兒女應該是淳樸的幸運的。

我申請要和偉雄結婚，女人們提出安排個婚禮。仇廣軍抹搭著眼，背手踱步，惡狠狠地說：想得倒美，要結婚，結什麼婚！要想結婚把問題給我交代清了！也不長眼珠瞧瞧，這是結婚的地方嗎？是結婚的時候嗎？光知道發情，連貓狗都不如，貓狗還得找二八月呢！當場吐彩霞就在人群裡叨咕：我們都是母貓母狗，專下大皮鞋……

我要結婚！仇廣軍，滾一邊去吧！我這個母貓母狗真地發情了！仇廣軍，你看如何?!如何?!但我不能向媽媽挑明，更不能向吐彩霞挑明，她們試探過我的意圖都被我否認。不能讓她們為我吃掛落，能為我安排一次會面也已感激不盡。倘若事情暴露絕不能連累她們。可是，是不是有些草率，是不是有和仇廣軍賭氣的成分難以判定。我的心如此地忐忑，好像懷裡揣個兔子。怕什麼？仇大皮鞋？是，提起它心就顫……仲尼先生的父母，風華正茂的孔紇和顏徵的榛莽野合同樣有這樣的擔心嗎？也是發情的貓狗嗎？說來可笑，兩千五百多年以後的一樁婚姻竟然也是野合！野合就野合，我不在乎！我們的祖先不乏野合的範例，也生出聰明的兒子。我們的祖先原本都是野合的，司空見慣的，樹林草叢沙灘就是一張婚床。如今野合居然進入新時代！歷史兜了一圈重又回到起始點！什麼螺旋式上升，這個彎兒似乎拐得太大太滑稽了！而頭帶光環者不過在行宮享有諸如初夜權罷了……亦如時時發情的公兔，公貓，公狗，公豬……

我要證明我是對的。證明……對，我的證婚人是燕山和長城，燕山和長城是位敦厚的長者，今後億萬年仍能證明一切，最最權威。雖然長城已經殘破，以至有朝一日塵封地下，但它在人的心中永存，用句時髦的話形容——萬壽無疆，萬壽無疆！我的婚床是燕山的枯草，枯草裡藏著無數顆草籽，無須在妝新被裡塞進花生、紅棗、栗子企盼早生貴子了。我的婚房是黃金鑄就的宮殿，宮殿裡的黃金取之不盡用之不竭任何帝王和達官顯貴無法相比。我的婚紗是陽光編織的縷縷光絲，那麼輕柔，那麼絢麗，那麼華貴。百靈在空中歌唱，猶如萬籟仙音。喜鵲在洞外迎賓，儼然是位高貴紳士，向所有賓客道聲同喜同喜。野兔是伴娘、伴郎、伴童，各司其職。伴娘品格高尚，完全可以信賴。伴郎雖然懦弱，缺乏責任感，權且代之。伴童麼，活潑可愛，天真無邪，正可渲染喜慶熱鬧氣氛……我的婚禮該多麼浪漫，多麼別緻，多麼與眾不同……

3

可是我為什麼要哭呢，淚水洇濕了小兔兔的絨毛。人家姑娘出嫁都在媽媽懷裡哭泣，我，只有小兔兔為伴，向小兔兔傾訴我的恐懼與悲傷……我的淚水洇濕了它們漂亮的衣裳，可，洇濕衣裳怎當伴童呀……小兔兔也流淚了，眼睛哭紅了，別哭別哭，不懂事的孩子，公主，以後就叫你公主吧，我的公主，哭成個淚人待會兒怎能抻起我的婚紗呀……我的婚紗色彩斑斕，可是婚紗呢，婚紗呢，根本沒有婚紗……更沒有宮殿，我的宮殿是個野獸的巢穴……我已經一無所有，唯一的財富是我的偉雄，偉雄怎麼還不來呢……這裡陰森可怖，毒蛇盤踞，洞頂可能隨時崩塌，不能再等下去了。不見媽媽的蹤影，媽媽辦事怎麼這樣不牢靠呀，那麼，到底出了什麼變故？總該不是偉雄犯了膽小毛病不敢前來吧，總該不是仇廣軍聞到風聲帶人來抓我吧……

百靈百靈，別在天空鬧著玩了，趕緊去看看，快去快回，告訴我到底發生了什麼事，哪怕壞消息，壞消息也比等待的煎熬煎熬的痛苦強多了。喜鵲喜鵲，別光嚷嚷同喜同喜了，怕忘了臺詞似的，是悲是喜還不一定呢……

我不想結婚了，這裡的環境如此惡劣，只要見上偉雄一面，說上幾句話拉把手摸摸臉就知足了。他的手震裂了，捏批判稿的手指纏著膠布。鬍子拉碴，顯得很蒼老。棉襖撕了個三角口子。胳膊一定比從前更有勁，投在他的懷裡一定會……小點勁兒呀，別把骨頭箍斷了……我這是怎麼了，渾身發冷，額頭發燒，昏昏沉沉……我的心狂跳不已，小兔兔在乳房上聳動……不能躺倒在這裡，得站起來！

她捧起公主，貼在胸口，想借此平抑心跳，可是仍狂跳不已。「別怕別怕。」輕輕摩挲公主的絨毛，不知是向公主說話，還是給自己壯膽。

突然一塊岩石墜落，引發整個金洞震響，小兔兔們張惶逃竄，爭先逃向兔媽媽懷抱。這一剎那，她感到天塌地陷般恐懼，同時感到一雙碩大無比的軍用翻毛大皮鞋正向自己頭上踩踏而來，竟看到了鞋底閃亮的鐵釘，「啊啊——」她發出一聲驚叫，抓著公主逃出洞外。

她癱倒在毛石堆上，突突亂顫，一點勁都沒有了。仍然死死抓著公主，公主唧唧地叫。

直到兔媽媽撕扯棉衣，她才漸漸清醒。回想剛才發生的一幕嚶嚶啜泣起來。

可是哭哭又笑了。笑自己的膽子只有芝麻粒大小，「掉塊石頭就嚇破了膽，倘若遇到更大的事還不得嚇死！媽媽一再叮嚀，沒事不找事，有事不怕事，都讓我扔到了腦後。看來我膽小怕事、優柔寡斷的痼疾已經根深蒂固，永遠甩不掉了。最好別嚇死，寧可被他們打死。不就是軍用翻毛大皮鞋麼，踏上兩隻腳麼，來吧，我就是要結婚，你，仇大皮鞋們都來吧！」

她不斷給自己壯膽，等著消息。等得實在焦急，就取出針線包抻線紉針，一粒一粒穿酸棗。穿了一串兒掛在脖子上，瞧瞧，掂掂，聞聞，很是滿意。「大約這就是結婚的『項鍊』了，雖然有些酸……」她酸楚地想，又把項鍊繞在公主的脖子上，「你先戴著，過會兒還我，等你長大明媒正娶了再給你穿，明白？」正在和公主說話，兔子大小成員也已出洞曬太陽。小兔兔天真活潑，蹦蹦跳跳，兔媽媽警惕地向天空張望，兔爸爸在洞口探頭探腦。

天空藍得透紫，百靈翻飛吟唱。喜鵲在長城垛樓豁口進進出出，煞是忙碌。不遠處，有隻肥碩的大田鼠從洞裡鑽出，後爪著地，前爪向上方舞動、拍擊，似向太陽頂禮膜拜。這時一隻大刺蝟匍匐著向大田鼠靠近。大田鼠很快警覺，定睛觀瞧，但並不驚慌，可能估摸著距離，可能出於弱者對強者的挑戰，待大刺蝟只有幾尺遠欲發起進攻的當兒才迅疾入洞。大刺蝟在洞口用黑鼻子聞了聞，拱了拱，打個噴嚏，罵了句什麼，掃興離去。與此同時，一隻鷂鷹也悄然在空中出現，兔子家庭成員聽到兔媽媽報警逃之夭夭。公主竟把項鍊帶走。「這個世界多不平靜，真是『樹欲動而風不止』……」她不無悲哀地想，「其實大田鼠沒有多大奢望，最多想曬曬太陽，尋覓幾顆草籽。野兔大體如此，尤其小兔兔更沒有對哪位比如對鷹阿姨狼外婆構成威脅。牠們只想活下去。什麼『樹欲動而風不止』呀，多麼豐富的想像！」

她稍稍鎮定一下情緒就犯了老毛病，胡思亂想起來。

放眼望去，大口井正碎石升空，伙房房頂煙霧繚繞，歪柳掩映著遠方沙河，沙河裡的懸冰閃閃發亮，人嚷狗吠的鄉野之聲隱隱傳來。忽然，她看到山包的下端冒出兩個人，一矮一高，看體態，一人是李瑞珍，一人是何偉雄。「是了！」她驚呼，忙站起身，攏頭髮，抻衣襟，拍打身上草末和塵土。要迎上前，卻沒了勇氣。站不是，坐不是，不知如何是好，竟然縮進了採金洞。

她十分慌亂，羞得臉紅，月牙湖激蕩起來。

第十章　蠻蹄威踏野合偶　悲唱客家怨婦歌

他要在這盼得眼藍的時間，實現夢中反覆演練的一切！好像一個快曬乾了的沙漠旅行者一頭扎進水草豐美的沼澤，用攪亂了的泥湯作甘泉，一定要喝個溝滿壕平；好像山林下來的野豬闖進鳳梨地，連拱帶嚼，要破開粗硬的外皮，直搗又嫩又甜的果肉！

由胸到腹的熱線慢慢放射而出，通了超強電流一般，似乎每根線都燒得通紅，擰動，冒煙，醉人地燒灼！她顫慄。她酥軟。她溶化。她升騰。

阿哥狠心下南洋
莫忘小妹守空房
莫忘相別千行淚
莫忘帳下臥鴛鴦
南洋縱有花萬朵
哪抵土樓桂花香
南洋縱有一時歡
哪抵梅江流水長……

1

何偉雄進洞立即紅頭脹臉，把百里玉妝撲倒在柴草堆上，瘋狂地壓迫，瘋狂地摟抱，瘋狂地揉搓。兩人從光亮處滾到黑暗處，從黑暗處滾到光亮處，全然不顧被柴草埋沒，全然不顧尖石硌腰；棉大衣也不知滾到了什麼地方。何偉雄急促喘息，狂舔狂吸百里玉妝的嘴唇，眉眼，面頰，頸項。撕開百里玉妝的棉襖和襯衣，叼起玫瑰色的櫻桃，恨不得吞咽下肚。他要在這盼得眼藍的時間，實現夢中反覆演練的一切！好像一個快曬乾了的沙漠旅行者一頭扎進水草豐美的沼澤，用攪亂了的泥湯作甘泉，一定要喝個溝滿壕平；好像山林下來的野豬闖進鳳梨地，連拱帶嚼，要破開粗硬的外皮，直搗又嫩又甜的果肉！

百里玉妝由胸到腹的熱線慢慢放射而出，通了超強電流一般，似乎每根線都燒得通紅，擰動，冒煙，醉人地燒灼！她顫慄。她酥軟。她溶化。她升騰。從未體驗過何偉雄這般瘋狂的變態，變態的瘋狂。夢寐以求的事過去想都想不出來。她正被捺入令人窒息的水底……

「不能，不能！」她呻吟著，喃喃地說，用力扳何偉雄的手，扳不開，情急了就咬脖子，低聲哭叫，「我怕，我怕，大皮鞋，大皮鞋……」

烈火熊熊的何偉雄突然澆了瓢冷水。可是仍不甘心，摸一下脖子，重又孟浪操切；卻被百里玉妝堅決推開，只好摩挲她顫抖的肩，已六神無主。

「我怕，怕……」她委委屈屈地長出了口氣，「偉雄，別這樣……」

「什麼皮鞋不皮鞋的……」何偉雄即刻冷靜下來，任憑百里玉妝滾燙的淚水在自己裸露的胸前流淌，塗抹。「別怕別怕，都怨我……」

「你沒錯！我原想今天成親，真正成為你的妻子，也不知怎麼，突然怕起來了！」百里玉妝抹把淚說，「偉雄，對不起……」

「說見外話！我是誰你是誰？你給我的夠多了，已經讓我知足了。沒有你說不定驢年馬月才能見上一面，今天也算圓了夢……」

「又說違心話了，」百里玉妝揚手點了一下何偉雄的鼻子，嬌嗔地說，「我做夢經常想你！不然怎能設法與你會面。這事我想了很久。開始不敢，多虧馬潔她們慫恿。馬潔找馬那個來，讓馬那個來說伙房烙餅需要囊柴禾，要連隊幫忙，這才找到你們班，點名要你。李瑞珍和你們班長作了疏通。你們班長是她的老部下……那，怎麼來這麼晚呀，急得嗓子冒煙兒！」

「其實我昨天就知道了這件事。一宿沒合眼，淨想和你見面的事了！別笑。誰知道馬開達心血來潮，吃完早飯就到班上聽『鬥私批修』。我坐在炕上擰屁股尖兒，實在坐不住就一回一回上廁所，別人以為拉肚子，勸我找藥吃……知道你更著急，馬不停蹄往這趕。李瑞珍來來回回地跑，把我送上山包，真難為了她。」

「她是我媽，新認的乾媽。別看她身小力薄，能扛起一座山。我有了兩個媽媽，多好！」

2

「天天想夜夜盼，夢中的你已經是我媳婦了……做夢娶媳婦多美呀！近來，特別近來，夢裡和你成親不知成了多少次，在童年老屋，梅縣土樓，幹校涼炕，密林山洞……今天這夢應驗了，果然是個山洞，簡直是天上掉下來的！」

「難為你了！」百里玉妝聽了這話，好一陣悲涼，「不會叫你失望……可是，我真沒出息，原諒我嗎？」

「你看你，又說見外話了吧。」

百里玉妝趕緊捂住何偉雄的嘴：「不許你這麼說。我是你的人。是我不爭氣，害怕。讓我瞧瞧，脖子咬破了，疼不疼？」

「不疼。最好留個大疤，日後感覺你總在我懷裡！」

「回去讓校醫上點藥。」

「校醫問怎麼弄破的，我說是小狗咬的，不，姑娘咬的，不，媳婦咬的……」

「該打……你胸脯上全是我的鼻涕眼淚，擦擦。這胸脯比從前厚實多了，也算到幹校的收穫……我說今天這麼大勁兒呢！」

「等著瞧吧，以後勁兒更大！別擦別擦，留作紀念。」

「快掩好衣裳襟，千萬別著涼。」

兩人坐起身，整理，穿衣。何偉雄把百里玉妝擦鼻涕眼淚的手絹湊近鼻子美美地聞了聞，在臉上美美地貼了貼，然後裝進衣兜，重又摟緊百里玉妝，「這手絹白天揣在懷裡，晚上枕著睡覺，蒙臉上暖和！」

百里玉妝用手理了理何偉雄的亂髮：「來，讓我好好看看，襯衣這麼髒，鬍子拉碴，頭髮大老長，棉襖撕了個三角口子。你多需要個媳婦，不然當一輩子邋遢神兒。老遠就發現你棉襖破了，今天帶來了針線包，縫縫。」

百里玉妝正穿針引線，兔公主們蹦到跟前，何偉雄跳起向洞口躲。小兔四散奔逃。

「別怕，牠們是我朋友。我是牠們救命恩人。我們屋舍的人都和牠們親近，已經習慣了。」百里玉妝笑著說，「看把你嚇的，線都抻斷了。」

何偉雄詫異地問：「怎麼成了救命恩人？」

「我救了小兔媽媽，從鷹嘴裡救出來的。」百里玉妝說，「那天我和媽媽摟柴草，見崖底有隻鷂鷹追一隻野兔，我和媽媽拼命地喊，轟跑了鷂鷹。我下到崖底把牠救上來，發現是隻孕兔。我和媽媽給牠療傷，藏在這個洞裡，後來生了一窩小兔。我們女人上山摟柴草偷偷餵牠們，這樣，一來二去就熟了，不過可是個秘密……」

何偉雄撓蓬亂的頭髮說：「這年月什麼怪事都有，人世間野獸橫行，野獸出沒的有地方反倒成了人世間的天堂！」雖這樣說，仍有些不解。

「等一會兒一定能和你混熟，只要不去傷害牠們。過來，我的白雪公主。」百里玉妝上前捧起白雪公主，白雪公主的脖子仍然繞著那條酸棗穿就的項鍊，「不明白了吧？牠的項鍊是我穿的，不見你來消磨時間的……正好可以和你成親戴……又給牠繞在脖子上。來，你抱抱。」

何偉雄越發驚奇，接過白雪公主攬在懷裡。何偉雄透過柔軟絨毛感到了公主快速的心跳，柔和的體溫，不由得貼在臉上親熱，異常感慨：「這裡人與自然和諧，充滿友愛，假如外部世界、人類社會都這樣多好！」

「這是人造小氣候。存在於秘密洞穴中。是我們女人與動物的世界。」

「但願整個世界都變成這樣。」

百里玉妝說：「和諧世界是人類的理想，似乎可望不可及；但一定會實現的，只要不斷追求。」

「哈哈，我們又在談和諧了！記得麼，在梅江？」

「能忘得了麼……因為缺少和諧才談和諧。當時說，和諧是美的本質，基本特徵。」

「是是是！比如說我吧，我現在最需要你，娶你，和你和諧……因此有了巨大動力。」

「我可領教你的動力了，像頭牤牛蛋子山的牤牛！」

「饑喝難耐的牤牛找草吃，可是，剛吃一口還沒倒過嚼，草就許看不許吃了！沒了！」

「會有草叫你吃，吃個夠。會的，我們要舉行名正言順的婚禮，那時有爸爸媽媽參加，在曼谷大教堂。我們還會有孩子……別悲觀，一切會好起來的。我給你唱個歌吧，媽媽的歌。」

3

「太好了，早該聽你唱了！」

「唱個什麼歌呢？」

「李瑞珍說你會唱驢皮影，來段驢皮影吧。」

「那是逗著玩的。客家山歌怎樣？」

「好好。真佩服你們客家人，快樂唱，愁悶唱，唱歌如吃飯。我聽多了也能哼上幾句，你聽著──『要唱山歌只管來，拿條凳子坐下來，唱到雞毛沉落水，唱到石頭浮上來』。我最喜歡你唱了，不過今天用不著拿凳子。」何偉雄說，把百里玉妝摟在懷裡，嗅著撩人的幽香。

百里玉妝縫就了棉襖，輕輕唱起來：

阿哥狠心下南洋
莫忘小妹守空房
莫忘相別千行淚
莫忘帳下臥鴛鴦
南洋縱有花萬朵
哪抵土樓桂花香
南洋縱有一時歡
哪抵梅江流水長
小妹編得篦爐巧
暖手暖心暖酒甜
小妹剁得春筍嫩
翹首高阪望哥還
小妹生得好兒女
百里香火不斷堂
小妹代哥去犁田
百里倉中多米糧
小妹為哥歌一曲
伴哥長夜入夢鄉
涼衾孤枕月灑淚
捧捧淚水洗愁腸……

哀惋的歌聲在洞中久久迴響。何偉雄細細品味，默默無語。他被帶到了一個怨婦天地。

百里玉妝愁腸百結，已泣不成聲。

「我想媽媽……」百里玉妝哽咽著，斷斷續續地說，「客家女心靈手巧，尤其愛唱山歌。媽媽嗓子好，在高阪唱，在打穀場唱，睡不著覺唱。媽媽以為我睡著了，其實我在裝睡，一邊聽歌一邊流淚。我剛說話就學唱客家山歌了。客家地方融入南北方文化，山歌調子優美動聽，最易抒發情感，有很高的自由度，歌詞隨編隨唱，各人與各人又有所不同。媽媽出身印尼，年幼歸國。媽媽的父親、我老爺，我老爺和我爺爺共同經商才有了我爸爸媽媽的親事。媽媽中學畢業，識文斷字，編的歌可多了，遠近聞名，這一首是媽媽經常唱的，最能代表媽媽的心境……不知媽媽現在唱的什麼歌。現在媽媽有兩股腸子抻著，一股是丈夫，一股是女兒。我們這裡苦，媽媽更苦。想親人最苦。你想呀，我等你一小會兒，心還像下油鍋炸了似的，媽媽等爸爸一等十幾年，怎麼熬的呀！還不算等我盼我！偏偏平地起了風暴……看形勢媽媽在劫難逃，說不定也戴了紙帽子遊街……媽媽該怎樣活呀！」

「不會不會。」何偉雄給百里玉妝擦淚，「你們那裡大部分男人在海外謀生，難道留守在家的女人都『裡通外國』？我才不信呢！」

「我想也是。有個『裡通外國』的女兒還不夠麼！」

「什麼『裡通外國』呀，連父女親情都要斬斷？裡通外國不假，並不等於裡通賣國，當特務。」

「他們想抓個『裡通外國』的特務，其實枉費心機。最擔心的事不是這個。最最擔心——現在時髦說最最，最字越多越革命——我最最，最最擔心媽媽了。還有你，也最最……」

「大可不必為我最最，這不好好的嗎？」何偉雄使勁箍住百里玉妝，箍得百里玉妝求饒，稍稍鬆開手說，「我吃得飽睡得著，沒什麼可擔心的。你應該向我學，什麼都不用擔心……我也給你唱個歌，別悲悲切切！」

4

何偉雄唱了李玉和「邁步出監」、「氣衝霄漢」，唱過甚是得意。百里玉妝掩耳，說唱得不好，何偉雄便唱了家鄉小調，唱罷說：「我要在家鄉的山洞裡開音樂會，對，在山洞！你想呀，山洞是個凸凹的石頭群體，每塊石頭形狀大小不一，有麻面有光面，而且洞內彎轉深邃，洞壁對聲音的吸收和反射效果是任何劇場無可比擬的。我們那裡的山洞有水，水和石交相呼應。我想，出席音樂會的全是『神仙』。對，神仙音樂會……岩石的穹頂，鐘乳石的廊柱，小船的包廂……首先請你唱客家山歌！千萬別唱守空房什麼的，唱就唱有老公的，有我的！」

「看把你美的！」百里玉妝說，「你在大會上的發言……」

「怎樣？」

「不怎麼樣！聲嘶力竭地吼，跟吼邁步出監一個調！破鑼嗓子！」

「我正是要吼，邁步出監！不邁步什麼時候才能出監！不出監怎能娶你！」

「我不要你假積極！問你，發言的內容是你的認識嗎?!」

「當然不是！」

「既然不是為什麼還要那麼說？好像靈魂深處暴發出來的都是污泥濁水，心浸黑了，被『私』字泡大了，是中國赫魯雪夫的孝子賢孫、賢孫的賢孫……多可悲！」

「這叫開春的鴨子隨大溜！時興。誰講真話誰完蛋！」

「告訴你偉雄，我嫌丟人！我坐在人群裡恨你得咬牙根兒！」

「……」

「現在別說誰有多高覺悟，在後頭瞇著總沒人把你當啞巴賣！」

「……」

「凡事要拍拍胸脯，講良心。良心就是覺悟。覺悟就是不坑人害人。他們愛說什麼說什麼，我不要你的所謂邁步出監。想出監就要講人格，講尊嚴！有句俗話，『瞎子掉井哪都避風』，我要你當瞎子當啞巴，自己先在心裡掘個井，在井裡䁖著。保護好清白之身，這對你對我對多數人來說都很迫切。我瞭解你，希望我的丈夫清清白白，將來在自己兒女面前挺直腰板。所謂誰講真話誰完蛋，是對人格的嚴重扭曲，政治恐怖的產物。但你不講話誰知道你想的什麼？除非逼上絕路，千萬不要講話。跟你惹一肚子氣！」

5

何偉雄想不到今天的幽會是這樣的結果。

「是……聽你的。心裡掘個井，䁖著。」何偉雄知道百里玉妝喜歡一條道跑到黑，向來不作激烈碰撞，凡事讓著三分，心卻多有不甘，所以又說，「䁖著䁖著……最好把你揣在懷裡，天天摟著睡覺，外邊紅了綠了一概不聞不問，真地變成個傻頭傻腦的丈夫可別怨我……」

這下把百里玉妝說樂了：「我的傻丈夫，誰讓你睡大覺來著！拿我來說，現在的辦法是不說話，多思索。當時不想就可能失去即興的新鮮感。想得多記憶沉澱的東西就多，沉澱多了就是財富。不難想見，一定有許許多多的人在思索，我估計，思索的問題大體一致，結論也很趨同。」

百里玉妝盤腿坐在草堆裡：「另外，我告訴你，求你了，把我的東西保管好，不能有一點閃失！」

「儘管放心。」

「那本讀書筆記呢？」

「更應該放心了，在我的枕頭裡縫著，絕對安全。」

「真後悔，為什麼讀書還要寫筆記？不是給別有用心的人提供罪證麼？盡幹傻事！可別跟我學。你還是比我聰明。得想個辦法。回頭和媽媽商量商量。不怕一萬只怕萬一。其實倒算不上什麼，不就是幾本古書麼，是我破『四舊』時偷留的，看的！有什麼了不起！可是，一旦落入他們手，尤其那本讀書筆記，恐怕就沒那麼簡單了！有一個裡通外國的罪名就足夠了！」

何偉雄木木坐在草堆裡。

百里玉妝捧起何偉雄的臉，柔聲說：「別生氣，我之所以這麼想這麼說，一來自家庭，謹小慎微慣了；二來自書本，認識到從古至今巧言令色者什麼屎都拉。他們專門研究怎樣坑人害人，即如他們經常指責對手的那句話──『策劃於密室，點火於基層』，在這一點上他們有足夠的聰明才智，絕沒有他們深惡痛絕的人類之愛，這是帶中國特色的文化現象，大樹的一枝毒杈。」

「行了，我不和你爭。」何偉雄揮了一下手，搖搖頭，「我不知道你從哪來的奇思妙想。別人看書看正面，你為什麼偏看背面？」

「真也是，到一塊就爭……恰恰相反，我看的是正面！啊，別管正面背面，乖，讓我親親，上哪找這樣好丈夫呀！笑笑，再不笑就胳肢你了！摟緊點，其實我害怕，怕……唉，說來真難為了你！」

第十一章　精光肉蛋號寒鳥　瑟縮呼喚太陽升

紅太陽的光輝把原本灰暗單調的山包、樹木、屋舍、岩石以及芸芸眾生都劃分成相互對立的兩半：光明與黑暗……這幅版畫是紅太陽操刀在頃刻間雕成的，一個手法，一種風格，整齊劃一，世界畫廊絕無僅有。

冬日早晨，四個精光肉蛋的小女孩齊刷刷蹲在土胚壘起的窗臺上，猶如一排尚未長出胎毛的小鳥……抱著母雞和花貓，依偎，取暖，領略著紅太陽的恩澤。

為搶食桶裡貼大字報的糨糊，雞鴿野狗，英勇無比，野狗寧可損失幾綹老毛也不退讓……

1

紅太陽蹦上殘雪斑駁的東山頭，把灰暗單調的山包、樹木、屋舍、岩石以及芸芸眾生都劃分成相互對立的兩半：光明與黑暗。人們好像看到了一幅涵蓋四野八荒的版畫。這幅版畫是紅太陽操刀在頃刻間雕成的，一個手法，一種風格，整齊劃一，世界畫廊絕無僅有。

牤牛蛋子山坡的一戶人家有四個精光肉蛋的小女孩正齊刷刷蹲在根本沒有窗框的土胚壘起的窗臺上，猶如一排尚未長出胎毛的小鳥。紅太陽親吻著她們的肌膚，肌膚已很粗糙，有些青紫。其中最小的兩個女孩懷裡分別抱著母雞和花貓，把小臉貼在母雞和花貓的身上，相互依偎，相互取暖。鼻涕過了河，磕嗒著牙，黑眼球和懷中夥伴的黃眼球清沏見底，深藏著柔弱與無助。那個最大的十二三歲的女孩披著媽媽夏天才穿的也是全家僅有的榆白色單衫，低頭抱膝，搶蹲在窗臺最先見到陽光的西側。她們的耐寒力和生命力實在驚人，從而使「醬缸不凍，孩子不冷」的俗語，亦即北方農民冬季的生存狀態得到印證。她們看著院內的積雪，積雪上堆著的雪人；雪人頭上身上用小石子、小木棒、小草棍、小野果等等一切可能找到的東西裝點。她們真想開始新一輪的創作，可是誰也沒有蹦下窗臺。她們明白，此時此刻的紅太陽還不足以溫暖到赤裸身體在雪地上奔跑嬉鬧的地步。

幹校學員在高呼祝願、齊唱之後，每人從供飯口打碗玉米粥，一個窩頭，少許芥菜炒黃豆，尋個盡可能向陽的略微平整的凍地，蹲下來。自然物以類聚，人以群分，三五個人圍成一圈，往往「走資派」一圈，「造反派」一圈，「逍遙派」一圈，女人們不大講究劃「線」卻也分別圍成一圈又一圈。這樣，伙房前的山坡佈滿了數十個小圈圈，蔚為壯觀。仇廣軍、馬開達等校部成員並不例外，分頭湊近搭訕；對於他們的光臨，有人誠惶誠恐，有人默不作聲，所以尷尬時候多。每個小圈就是黑棉襖圍成的盆景，手捧瓷碗冒出的熱氣和口中冒出的熱氣被紅太陽點染，好像朵朵飄忽的小花。但實在難以抵擋寒風的舔噬。

伙房的東西兩側和南側矗立著葦席搭成的大字報專欄，大字報糊了一層又一層，每天都有新鮮出爐的熱辣的東西供大家品嚐，遠比伙房的飯食美味得多。其實不外打倒「走資派」「保皇黨」「野心家」「叛徒」「工賊」「修正主義」「臭老九」「特務」「地富反壞右」「變色龍」「小爬蟲」之類繁複的更迭，不外當天哪個人又被揪了出來，抑或哪個人又增加了什麼新的「罪行」。

飯前飯後無疑是奇文共賞的最佳時間。

油氈鋪頂的伙房前坡，大標語更加醒目。如果人們無暇觀瞧大字報內容，瞟眼大標語就可明瞭當天的政治動向。可以說大標語是大字報的關鍵字和核心內容，大字報是大標語的支持和解讀。

一個年輕人登上伙房前坡，一手提糨糊桶，一手掐捆紅綠紙，伏下身塗沫。他穿雙尖皮鞋，皮鞋咧開了嘴，踢掉了黑皮面。仇廣軍管他叫「攪屎棍子」。既是攪屎棍子，攪了屎，自然很臭；臭老九之所以臭看看他便可以領略一二了。他屬於那種傻愣傻愣的類。沒有任何政治背景，而且家庭出身無可挑剔。

2

百里玉妝正看大字報，吐彩霞突然把她拽出人群。吐彩霞抱一大捆紅紅綠綠的大字報，提少半桶糨糊，一直把她拽到大字報專欄背後。

「喳姐……貼……」百里玉妝疑惑，笑。

「走，跟我來……」吐彩霞拽百里玉妝下坡。

「上哪去？」

「別問了，走吧……」

百里玉妝跟隨吐彩霞避開人們的視線，沿小道直奔小鳥們的家，來到茅屋前。屋門大敞著，煙霧迷漫，只能看見灶膛裡躥出的火苗，火光映照的一團亂髮。亂髮遮住了臉。窗臺上的小鳥們並沒注意她倆，仍然對著太陽唱：

東方紅
太陽升
中國出了個毛澤東
他為人民謀幸福
呼兒嗨呦
他是人民大救星……

聲音嫩稚，脆生，和著高音喇叭，每句歌詞都搶唱一拍，可能在比賽，可能盼太陽心切。懷抱的雞卻沒那麼專注，首先發現了來人，躁動起來。小鳥們這才聽到踏雪的響動，扭頭看，「馬姐馬姐！」紛紛蹦下窗臺，擁向馬潔，五馬分屍似的往屋裡拉扯。

「大嫂！」吐彩霞在門外低聲喊，「大叔呢？」

「……喲，小馬！」大嫂慌忙立起迎到門口，「你大叔去公社了，開大會……我說沒燒的了，叫他摟點柴草，他說不去開會不給記工分，飯都沒吃……我想也是，本來家裡就人多勞少……咳，我愛嘮叨，好在你不是外人……這個死鬼！」

就著屋外的光亮百里玉妝發現，眼前這位大嫂三十多歲，長得十分俊俏端莊，細高挑，笑起來很迷人，但臉色黑黃，難以掩飾內心的愁苦；柴煙嗆得兩眼流淚。

「快屋裡坐……」大嫂熱情地說，伸手想拉百里玉妝，但覺得手髒，便在露了棉花穗兒的破棉襖上蕩了蕩，只捏一下百里玉妝的袖口，「快屋裡坐，這屋真下不去腳……」忙拿笤帚掃地。

「不坐了，大嫂。」吐彩霞笑道。

「這位姑娘是……」大嫂見來人陌生。

「我妹子，伴兒！她叫百里玉妝，姓百里，名玉妝。」

「真沒聽說有姓百里的。」

「大嫂，她是南方人，大學生，中央下放幹部，好人！」

「我說呢，跟本地人不一樣。姑娘，你頭一回來，稀客，更應該進屋坐，這家太寒磣了……」

「大嫂，要上工了，以後吧。」百里玉妝上前拉住大嫂的手說。

吐彩霞進了堂屋，在鍋臺上把大字報攤開；包著的是幾塊烙餅，一塊豬頭肉，一條白花花的豬板油！

大嫂定定盯著這些稀罕東西，只是不住搓手。

孩子們圍上來，紛紛喊「姐姐好」，扯手，抱腿，摟腰。

吐彩霞伏身把孩子們攬在懷中，把臉埋在孩子們冰涼的身體上。

許久，吐彩霞指著百里玉妝說：「她也是來看你們的，快叫姐姐。」

「姐姐，姐姐……」孩子們歡快地叫著，撲向百里玉妝。百里玉妝已經熱淚長流。大女孩伸髒手給百里玉妝抹淚。

「你們都聽媽媽的話嗎？」百里玉妝竭力控制自己。

「聽話！」抱雞的小女孩哆嗦著回答。

吐彩霞說：「大嫂，孩子們還這麼光著身子，上回拿的大衣怎麼沒給改改穿……我琢磨一件棉大衣夠改幾件小棉襖了……」

「是想改來著。你大叔常往外頭跑，幹活，開會，天嘎巴嘎巴地冷，不能總叫他耍單呀，若是凍個好歹的……咳，狠了狠心還是給他穿上。我們娘幾個好對付，頂不濟在炕上煨著。你給的棉被孩子們抻著蓋，已經知足了。」

「大嫂別急，活人不能叫尿憋死，總有辦法。回頭把烙餅和豬頭肉給孩子們熱熱，把這條板油煉煉。」

「這多不好意思……」大嫂說，撩起棉襖大襟擦淚，「還是拿回去吧，免得犯錯誤……」

百里玉妝終於明白，吐彩霞不止一次接濟大嫂家了。

吐彩霞說：「別擔心，沒事。大家都在看大字報，沒人看見。有馬開達、仇廣軍他們吃的就有你們吃的，不能都裝進狗肚子！豬頭肉是他們的下酒菜……其實，烙餅和豬頭肉大師傅昨晚就給準備好了，板油是我偷著從肉扇上片的，少了點，不如多片點了。」並向百里玉妝，「大師傅說我是大賊，我說我是外賊，你們是內奸，內外勾結，篡黨奪權麼，哈哈……我現在被困住了，能出去誰稀罕他們的東西，求姑奶奶姑奶奶奶還不要呢！」轉向大嫂，「沒有賊腥味兒，哈哈！」又轉向孩子們，「等我出去了總給你們買好吃的，領你們去北京逛動物園，看大老虎……」

孩子們很高興；看看餅和肉，瞅瞅媽媽，沒人去拿。

「叫媽媽熱熱再吃，姐姐要走了，該上工了，都聽話，外頭冷，在炕上貓著。」吐彩霞說，要走。

3

孩子們把她倆拉住。這時「轟隆」「轟隆」兩聲巨響，地動山搖一般，接著幾塊碎石落在距茅屋不遠的樹杈上，嚇得抱母雞的女孩趕緊往吐彩霞懷裡鑽。母雞從女孩懷裡掙脫，噗噗楞楞撞向東牆，掉進粥鍋，沾了一身粥，沒命地逃出門外。熱粥濺到孩子們身上，吐彩霞情急，乾脆拿起大字報擦。

「燙著沒有？別怕，那是放炮崩石頭打井，」吐彩霞邊擦邊說，「沒事沒事，不疼不疼……」向百里玉妝，「這份大字報是伙房幾個老古董的，不要緊，明天叫他們重寫。」

吐彩霞把皺皺巴巴的大字報往灶膛裡塞，大字報燃起了火苗。大嫂馬上把大字報從灶膛裡抻出，踩：「別燒別燒，留糊窗戶！」

「不要這紙，花花綠綠的大字報糊窗戶可就招人了，人家還以為新開個大字報專欄呢，哈哈……」吐彩霞說，大笑起來。

讓吐彩霞始料不及的是，大嫂突然給了抱雞女孩一巴掌，女孩哇地咧了咧嘴，但只哭一聲就憋了回去，委委曲曲地抽搭，用淚眼看媽媽。百里玉妝把女孩抱起來說：「不賴你，別哭，聽媽媽的話。大嫂不興打孩子，這孩子多乖呀！」拿起女孩凍得小饅頭似的小手故意打她的媽媽，「打她，誰讓她打這麼聽話的孩子！」女孩用力把小手扯回。

大嫂說：「跟她說多少回了，那是放炮打井，說也不管用，放一回炮驚嚇一回，嚇掉了魂！」

「別怕，那是打井，打井得先放炮，不放炮姐姐下井就刨不動了，姐姐累壞了你樂意嗎？」

「不樂意……」

「姐的好乖，」百里玉妝的臉貼在女孩的小胸脯上說，「那以後怕不怕了？」

女孩使勁點了點頭：「不怕……」

「真懂事，姐姐明天還來看你，好嗎？」

女孩破涕為笑：「真的？」

「真的。再冰天雪地亂跑，我和你馬姐就不來了。大嫂，明天我和馬潔拿幾件舊衣服來，你給孩子們改改。」

大嫂說：「這可怎麼謝呀……我算遇到活菩薩了！」

「大嫂千萬別說外道話，我們有緣！」

屋裡剛剛平息，屋外又鬧翻了天。屋外的貓和雞把糍糊桶蹬翻，正在爭食，不知從哪來條野狗加入其中。野狗霸占了桶口，把頭探進桶裡猛舔。這條野狗已經一塊塊脫毛了，脊樑好似刀背，走路兩腿打摽。雞們蹦著鴿狗，英勇無比。狗寧可損失幾綹老毛也不退讓。貓喵喵叫，轉磨磨，在一旁虛張聲勢。聽到響動，大嫂拎起燒火棍奪門而出，一個箭步搶上前，照準狗屁股就是一傢伙；野狗頭套糍糊桶逃走，逃到柵欄門才把桶甩掉，仍不時回頭，舔唇邊的漿糊。

野狗敗走，桶口立刻被公雞霸占。母雞只能啄食裹了糍糊的雪粒。

掉在粥鍋裡的那隻母雞身上還沾著粥，其它的雞紛紛去鴿，追得那隻母雞咯咯奔逃，掀起一溜雪霧，雪霧裡雞毛翻飛。大嫂忿忿地說：「不知哪來的野狗，給雞貓餵食牠就冒上來，準時準點！跟幹校放炮上班似的……」覺得話不得體，不好意思笑笑。

吐彩霞笑著說：「明天這個時候我來『上班』，哈哈！把這條狗逮住，拴腿掛在樹上，灌瓢涼水嗆死，烀狗肉吃！哈哈！還有狗皮褥子鋪……就是毛少點……」孩子們聽要烀狗肉，拍手跳起來。

抱雞的女孩說：「狗跑得快，你打不著！」

「關起門打。」

「燒火棍打不死！」

「那就用大鎬播……」吐彩霞抱著女孩頂腦門兒，「哞——我的小乖乖，真聰明！」胳肢得女孩求饒。

「姐，時候不早了。」百里玉妝說，「大嫂，我們走了，明天見。」

於是兩人向大嫂一家告別。大嫂和小鳥們相送。

「姐姐，明天見——」

「小零，來齊……再見——」

回工地的路上，兩人不斷回頭招手。老遠仍能聽到清脆的喊聲。

第十二章　偷讀焚書藏禍端　懾服坑儒說隱衷

「有人說入洞房就像騰雲駕霧，飄飄欲仙……到底怎樣，說不定本姑娘一高興也大模大樣美一回！」

「現在人的尊嚴像士兵髒兮兮的裹腳布，一文不值，女人更沒有尊嚴，踐踏尊嚴成了一些人的嗜好……人沒尊嚴還不如死了乾淨！」

「告密、登別人肩膀向上爬在人堆裡找不到我！哼，給塊骨頭就搖尾巴，就咬人，那是狗！惡狗！」

1

兩人默默走路，誰也不言語。

走了一程，吐彩霞問：「百里，想什麼呢，多愁善感了吧？」

「我呀……糊塗了！你管大嫂叫大嫂，管大嫂男人叫大叔，大嫂的孩子管你叫姐，哪對哪呀！還有，那幾個孩子哪個是小零，哪個是來齊？」

「哈哈，老少胡三輩了，亂！大嫂頭兩胎生的女兒，抬不起頭，心想可別再生女兒了，結果又生了個，叫來齊，是說女兒已經來齊了，實指望能生個兒子。最後還是女兒，就叫小零，小零小零是個零當等於零，可是頂小零聰明……就是抱母雞的那個……大叔，對，大哥，大哥老氣橫秋，像個老爺子，跟大嫂一點不般配。

「大嫂這日子過的，多難！孩子天寒地凍沒衣裳穿，上頓不接下頓，沒窗戶，四壁進風，炕還冰涼。

哪個當媽的不心疼，可惜那麼標緻的人了！這還不算，男人經常攮臭話：『你這個老母雞，生一邦咯嗒咯嗒下蛋的，吃貨……要是生個帶把兒的就打個祖宗板把你供起來！』你聽聽，是人話嗎？我看是好媳婦燒的！就欠打一輩子光棍！如果我是大嫂把家扔給他，叫他找生帶把兒的去！」吐彩霞發狠地說，見百里玉妝不搭言，想問個究竟，「怎不說話呀？」

百里玉妝說：「女人為什麼要結婚呢？女人來到世上註定要受罪？」

吐彩霞說：「我不信！我不幹！我找老爺們就讓他啃腳後跟！咯嗒咯嗒下蛋，哼，那是你老爺們沒能耐！你還沒見過大嫂的男人呢，夠瞧的了：小疤瘌眼，小丟丟個兒，說話能把人倔出三丈遠！吹鬍子瞪眼，打孩子摔瓢，進家就像坐王爺府，吃一碗得給盛一碗。懶得屁眼兒流油，把自己家當生產隊胡弄了！我盡搶白他了，氣得他翻弄疤瘌眼，見我就哼哼就躲。衝著他，請我都不去，我衝的是大嫂和孩子……人說『好漢無好妻，賴漢娶花枝』，一點不假。一朵鮮花插在牛糞上，牛糞還是冷的，凍的！大嫂有文化，初中畢業，不像他斗大的字識二升！生小零坐月子，大嫂攢了一小罐花生油藏在玉米口袋裡，想炸麵團把花生炸油當香油，炸完了向小罐裡倒，結果，小罐掉了底，坐月子連一個油星都沒吃到。大叔……對大哥，張口就罵舉手就打，罵大嫂是地主婆！運動來了更用這個壓制她。大嫂確實地主家庭出身，土地改革劃的。氣急了大嫂也叨咕：『窮農好，窮得叮噹山響，賊懶，哪能不窮！』這個千刀萬剮的小丟丟個兒，疤瘌眼！」

「真別說，你搞大批判真有兩下子，愛恨分明，有聲有色，那，校部大批判你怎麼不上場呀？」

「哪有『牛鬼蛇神』上場的！我相信，牛鬼蛇神總有講話那一天……別打岔，你看大嫂怎麼樣？」

「第一眼就看出與眾不同。」

「怎麼個不同法？」

「好看，像電影演員，林道靜，就是窩囊。」

2

吐彩霞說：「男人的眼睛成天瞟著漂亮女人，恨不得把人吞了。我不漂亮，不像你，進屋一摩挲臉、一拍打身——掉一地眼睛，男人的眼睛……依我看，女人不能長得太漂亮，太漂亮了沒好命；沒弄到手把你當寶兒，弄到手就當使喚丫頭！」

「彩霞姐，你這麼俏皮，漂亮，我看早有人愛上你了……」

「愛我？別說姑奶奶不找男人，找也不在這個流放地！小山窩，扒拉來扒拉去，哪有人模狗樣的！就說那個上伙房貼大標語的尖皮鞋，眼睛能烤化人的大舌頭，我瞅著渾身就起雞皮疙瘩。當然了，你親愛的除外，可，早讓你占上茬了。」

「正不想要呢，送你吧……」

「哈哈，我可不敢……專等抱外甥了。不不，抱個咯嗒咯嗒下蛋的，跟你一樣美的。反正我不想結婚，把你生的第一個，最好是女孩，給我當閨女。一言為定。這以後你生一個班我也不氣恨。」

兩人東一榔頭西一杠子說些沒邊沒沿的話，竟差開了去工地的小道。吐彩霞乾脆拉百里玉妝坐在大石頭上：「上工晚就晚，不信能把人吃了，碰到仇廣軍更好，我有八句話等著他呢！」

「百里，」許久，吐彩霞忽然臉一紅，「女人都想結婚，這，你是過來人了……果然那麼好？」

「不知道。沒體會。」

「說說，到底好在哪？」

「好好，反正我不知道！」

「你這個傢伙，本姑娘可是覥著臉向你討教的，有什麼可保密的！有人說入洞房就像騰雲駕霧，飄飄欲仙……到底怎樣，說不定本姑娘一高興也大模大樣美一回！」

「姐，最好自己去體驗。我確實沒結婚。」

「這就怪了……」

「沒心情……」

「百里，」吐彩霞攬過百里玉妝的肩，「怎麼，突然沒心情了？」

「姐，你敢作敢為，我呢，本來計畫好的，把腳探出去又縮回來了……」

「『臭老九』的通病，想吃怕燙！對不？」

「對對，想吃怕燙！」

「這麼說，你根本……沒動真格的?!」

「是，不騙你。」

「為什麼？」

「怕！」

「怕什麼？」

「說不太清。總覺得仇廣軍在大會上點的是我。」

「哈哈，原來這樣！那麼幾句話就嚇掉魂了？讓我學學，仇廣軍是怎麼說的。」

吐彩霞站起身，抹搭眼，倒背手，踱硬步：「聽好了，仇廣軍是不是這麼說的——『有的人，革命群眾想給他泡個溫水澡，搓搓皴，可他硬是打撲稜，尥蹶子，把好心當成驢肝肺！以為別人不瞭解底細，那是捂著耳朵盜鈴鐺！如果再執迷不悟，自決於人民自絕於黨，就得按進開水裡燙，操起鋼刷子刷，叫他來個脫胎換骨！光明大道不走，裝死豬！到時候專案組給你來個翻蹄亮掌，哼，我看你連哭都找不到北！』我學得像不像？狠勁兒夠不夠？呦，你就這麼點能耐呀！嚇唬別人可以，嚇唬我？我連腳心都不往裡去！你不就是和爸爸有書信往來麼，叫他們查去好了，哪一點裡通外國來著?!」

「姐，我不擔心這事。爸爸是來過兩封信，他們見信是從外國來的如獲至寶，拍了照，拿到軍管會用藥水作了處理，看有沒有秘密指令，封好後才交給我。」

「你怎麼知道的？」

「內線！他們也不鐵板一塊。」

「倒挺神道……那你就堂堂正正回信呀！」

「還得請示，嫌麻煩。」

「哼，又想吃又怕燙！」

3

「姐，我瞭解你的為人，相信你。直覺告訴我可能要出事……」

「什麼事？我說呢，喪打悠魂……哼，你就把我當兩氏旁人吧……」

「姐……唉，運動開始，破『四舊』，收繳了不少古舊書籍堆在公社大院，要燒掉。當時我在城關鎮當工作隊員，偷偷藏起來幾本……」

「幾本什麼？」

「有《論語》《老子》《孟子》……記得有一本《論語》清初手抄本。」

「藏幾本就藏幾本，有什麼了不起！」

「我看來著！」

「看就看！你是讀書人，讀書也算罪過？有人問就說留作批判呢！」

「不是，我還在書上寫了不少批語！」

「什麼批語？」

「多半是總結性的提要。」

「這不就得了！」

「後來我讓何偉雄保管，鎖進機關抽屜。最近成立個臨時打擊辦公室，不知把桌子搬到哪去了。前幾天何偉雄找桌子，發現被撬，書不見了！急得轉磨，也沒敢聲張。」

「不見就不見，興許碰到愛讀古書的，跟你一樣保存起來。」

「那趕情好。可是，萬一落到革委會手，恐怕有大麻煩。」

「麻煩就麻煩，讓他們折騰去。」

「正是怕折騰。有棗沒棗打三竿，欲加之罪何患無詞！如果讓他們抓住把柄，上綱上線，說你用封建主義的仁愛、善良、和諧反對對階級鬥爭和無產階級專政，反對毛澤東思想，無端戴一輩子反革命帽子，你說冤不冤！陳阿姨挨大皮鞋踹……踹陳阿姨跟踹我一樣，宿宿做惡夢，夢見大皮鞋閃亮的鐵釘！現在人的尊嚴像士兵髒兮兮的裹腳布，一文不值，女人更沒有尊嚴，踐踏尊嚴成了一些人的嗜好……人沒尊嚴還不如死了乾淨！」

「嘖嘖，針鼻大的心眼，豆粒大的膽！換成我，才不當回事呢！呸，來不來地先讓他們嚇死了！運動以來死了那麼多人，我看，嚇死的多打死的少！」

「越怕的事越作踐人，這個心呀，簡直尖刀挑著下油鍋！」

「別怕，有姐呢，他們休想動你一個手指頭！」吐彩霞摩挲她紅裡透白白裡透紅臉，臉上滾燙的淚水，「好妹妹，謝謝你的信任！千萬記住，告密、登別人肩膀向上爬找不到我！哼，給塊骨頭就搖尾巴，就咬人，那是狗！惡狗！我觀察，這地方也可能離北京近的緣故，有人學壞又像又快，清華大學今天給女人脖子掛乒乓球串兒當項鍊，小縣城明天就有人把女人押出示眾，脖子上滴嚕嘟嚕掛破鞋……我納悶，他們從哪兒淘換來的破鞋……其實呢，口號喊得響、打人下死手的只是一杆瞎槍。你看著吧，端了王八窩，小王八終有生怕逃命逃遲了的一天！王八腦袋裡都裝著算盤，爪子都會扒拉小九九，他們批判別人說『轉軸腦袋，風向標』，他們才真是。不信？有機會我領妹子去趟海邊，在沙灘上端王八窩，看王八是怎樣逃命的……」

吐彩霞繪聲繪影地比劃著說怎樣挖海龜孵化窩，小海龜怎樣滾的滾爬的爬向大海逃命，果然把百里玉妝逗樂了。

第二部　春心無依

第十三章　掘井何須纖纖手　懲罰豈管半邊天

兩個姑娘乳房高聳，急速起伏，面頰如同盛開的臘梅，熱騰騰地綻放，嫵媚中帶幾分英武，幾分野性。

「喜鵲喳喳地叫，報喜麼？哪有喜可報呀！百靈掠過，自由自在，但自由不屬於我！白雲閒適，有自己的家園，可是，我的家呢？」

1

百里玉妝和吐彩霞回到打井工地。工地沒有校部監工，大家對她倆的遲到也不在意。一切如常，放炮以後正在後續施工。

大口井外沿直徑十數米。井內階梯遞降，已經開挖了七八個階梯，每個階梯寬半米許，站人和堆放沙石料。從井底鏟料向上甩，上一階梯再向更上一階梯甩，依次形成一條流水線，直到井口，運至東側乾涸的河床。共有兩條這樣的流水線。井底作業最累，放炮沒能崩開的巨石圓骨輪礅，需用鋼釬撬，撬下來用狗頭錘砸開，直到每小塊一兩個人能夠搬得動、壘起井壁。要把井壁壘得很圓很牢必具備相當的體力和技能，這樣的活計通常由農民中的老把式擔當。

井底的面積已漸窄小，只能容下兩人作業，因此上料減少，階梯上和井上的人愈顯清閒，大多抱鐵鍬跺腳禦寒。

百里玉妝和吐彩霞迅速下到井底，置換出另外兩個女伴。

井底有塊鍋臺大小的臥牛石，花崗岩質地，十分堅硬。雖然兩人接班前巨石上砸了許多白點，掉下一個小角，但整體仍很巨大。百里玉妝甩掉棉襖，向手心吐口唾沫，握住狗頭錘木柄輪起猛砸。李瑞珍在井上催帶柳條帽和手套。這才帶上。「嘿！」隨著短促有力的吼聲，錘頭「當」地應聲而落，火星四濺。每砸一錘扭一下頭，防止石渣崩到臉上。她選位準確，著錘點集中，錘頭的運行軌跡和加速度適當，腰腹與臂膀協調驅動，吼聲與肢體相互配合，善於在錘起錘落的一剎那調節體力。吐彩霞在一旁數數，一，二，三……伺機替換；但發現百里玉妝下錘帶股瘋勁兒。

百里玉妝鬢角淌汗，巨石仍未劈開。

「歇歇，我來！」吐彩霞拎起熱乎乎的狗頭錘。這把狗頭錘足有五六公斤，木柄是用新伐的柳木棒做成的，青皮猶在，柔軟，有彈性，每每舉錘都下弓彎曲。

兩人輪番砸，輪番數數，耍開了蠻勁兒，終於把巨石劈開。

「唉呀媽呀，一碗粥和一個窩頭砸進去了！」兩人大叫，拋掉柳條帽和手套，平伸胳膊仰在井壁上，望湛藍的天空，栗樹的硬枝。乳房高聳，急速起伏；面頰如同臘梅，熱騰騰地綻放，嫵媚中帶幾分英武，幾分野性。

兩個姑娘只顧喘息，纏膠布的手指不住抖動，棉襖甩在一旁，誰也沒去拿。

「穿棉襖，小心別感冒了！」李瑞珍和陳翠珍在井上喊。

兩人並不理會。無奈，李瑞珍下到井底，把棉襖給她倆披上，掩住前胸。

抱鐵鍬的女人依舊跺腳。其中幾個女人尋座沙堆，在陽坡蹲成一排，取捲煙紙，從小口袋捏點旱煙末撒上，捲成錐形，伸舌舔紙邊粘住，然後把頭貓進棉襖大襟，遮風點燃。白色煙團剛出口，隨即吸了進去，閉嘴瞇眼，細細品味，只有很少的青煙從鼻孔閘門外逸。

吐彩霞爬到井口，嚷：「在井下都聞著香味兒了，饞得我流哈喇子，來，給我捲一捲子！」索要了煙紙和煙末，學著捲，但怎麼也捲不好，還是陳翠珍給捲了一捲。吐彩霞學老煙民的架式抽了一口，嗆得咳嗽，流淚，便一溜火星把煙捲抛向沙河，罵道：「去你姥姥的吧！」引起一陣愛憐的哄笑。

覺得快落汗了，吐彩霞和百里玉妝重又下井，向上鋤沙，搬石壘壁牆……

2

紅太陽依舊燦爛。紅旗依舊獵獵。高音喇叭播放的《東方紅》依舊大氣磅礴，由大提琴造勢，嘭，嘭。

百里玉妝不肯留保一絲體力，幾近自我戕害，拚力擺脫不時襲來的恐懼。像喝醉了酒，只想在恐懼中山崩地裂，深埋井底。她想著失掉的古舊書籍，想著可能由此引來的厄運。

「喜鵲喳喳地叫，報喜麼？哪有喜可報呀！百靈掠過，自由自在，自由不屬於我！白雲從容，回自己的家，我的家呢？爸爸、媽媽不知道女兒受苦……偉雄得到冰冷的回報……我偏要在那書上折角劃線，寫批語，寫筆記，這些，還用得著別人上綱上線嗎？我的心被一雙大手抓捏著，碎了……我的命不如大嫂，大嫂的日子苦歸苦，卻可以打雞餵狗，聽丈夫喝五吆六，聽孩子咿呀唱歌……我，一個『臭老九』加『裡通外國』加『反革命』……」

她兩手伸進一塊大石頭底部，摳牢，兩膀較勁，把石頭搬起放在肚子上，腆著，蹣跚向前挪動腳步，意在臥進新壘井壁的上端。當她從肚子上搬起這塊石頭打算舉過頭頂時，只舉到了肩部，胳膊突突地顫抖起來。「拿石如拿虎，小心，小心，堅持，堅持！」她暗暗叮囑自己。但是，實在堅持不住了，大石頭順前胸、肚子滑落；她趕緊跳起躲閃，石頭的尖稜還是刮到了小腿，棉褲也刮出一條長口子。

吐彩霞見狀「媽呀媽呀」叫，忙過來支援，可是為時已晚。

「砸著了嗎?!」吐彩霞差了聲地問，蹲下察看。

百里玉妝扶井壁走幾步，瘸，左腿有點疼。「不要緊，嚇死我了！」百里玉妝長出口氣，不覺後脊樑汗濕冰涼。

「別說你害怕，連我的心都嚇得直哆嗦！你腿腳真靈，換了我不搭上小命也得殘廢！」吐彩霞讚歎，慶幸，「今天不幹活了，上井！校部來人說工程進度慢，讓他們來試試，給他們一塊大石頭讓他們砸砸！別說砸，哭都哭不開！一個個鬆包相！」

吐彩霞連扛帶拉，把百里玉妝送到井上。

料狀。

這時，郝振海從坑凹的山坡蹦跳著來到跟前。大家以為來檢查工程進度，忙揮鍬甩料，沒有料的作鋤易，因為確實出眾。）

郝振海直奔百里玉妝：「你叫百里玉妝？校部有請，讓你立刻去。」（在人群裡認出百里玉妝很容易，因為確實出眾。）

吐彩霞一聽生了氣，翻白郝振海：「人差點沒叫石頭砸死，能活著算萬幸，你沒看見她一瘸一拐的？」

郝振海遭搶白並不在意，笑著說：「上支下派，反正我把話傳達到了……再說，砸了腿應該到校醫室瞧瞧呀！」

郝振海給自己打了圓場，打道回府。

女人們紛紛上前慰問。

百里玉妝聽說校部叫，預感到可怕的事情即將發生，周身的血呼地衝向頭部，懵住了，眼前天旋地轉，站不穩。試探著向前邁步，踉蹌一下，差點僕倒。吐彩霞把她扶住，架起了胳膊。

稍稍平息，百里玉妝顫抖著說：「沒事，能走，我去……」

「不去！」吐彩霞說，「我去告訴他們，姑奶奶去不了，砸死了！來收屍吧！」

百里玉妝笑笑說：「姐，沒那麼嚴重，我去。」撥開吐彩霞的胳膊。

李瑞珍仔細看了看百里玉妝的腿，問詢了幾句，說：「小馬，你和她一同去，先上校醫室，瞧病要緊；看情況，能去校部就去，實在不能去別勉強，就回來。」

吐彩霞說：「去瞧病可以，去校部麼，兩說著。」拿起一把鐵鍬在石頭上磕掉鍬頭，取下鍬柄遞給百里玉妝，「拄著，不疼也裝蠍虎點！」

3

「怎麼裝呀？我可不會。」

「不會？我教你……這樣，呲牙咧嘴，緊皺眉頭，兩手抱棍子，一拐一拐地，再不就單腿蹦……明白了？看見過電影裡的傷兵嗎？這跟演電影、唱驢皮影一樣，得有好作派……可別唱……」吐彩霞邊說邊比劃，引起一陣哄笑。

有人搭言：「百里，你就唱，太陽一出吐彩霞……」

「對付他們就得這樣，況且，說不定骨頭折了呢……百里，不是咒你，哈哈！」吐彩霞笑著說，「你千萬別唱吐彩霞……把我搭進去！」

叫「吐彩霞」叫慣了，馬潔自己也認可。

「喳喳喳，別一個勁兒喳喳了，人都到什麼份上了還有閒心逗悶子！」李瑞珍心急火燎，恨道吐彩霞，「快滾，上校醫室耍貧嘴去！飽漢不知餓漢饑！」

吐彩霞這才啞火，蔫蔫扶百里玉妝向校部方向走去。

兩人來到校醫室前，百里玉妝把鐵鍬柄交給吐彩霞：「姐，你先回去吧，我上校部。」

吐彩霞堅決不同意，無奈百里玉妝一再堅持才坐在門前石頭上。

到校部辦公室，百里玉妝要敲門，卻縮了回來。手發抖，心狂跳，身子飄忽。看四周，好像幾條大漢正如狼似虎撲來。仇廣軍抹搭大眼皮，揚起軍用翻毛大皮鞋踹向她的腰眼。馬桂萍給她戴上紙帽子，掄起大巴掌摑她個滿臉花。

定了定神，發覺並沒有異常情況，只有吐彩霞抱鐵鍬柄坐在石頭上生氣。

她轉身一瘸一拐地回到吐彩霞身旁，怔怔立著。

「這就對了，咱們回去，不伺候他們！」吐彩霞叫道，把鐵鍬柄向她懷裡一搡，「走，姑奶奶瞧病去！」

她不動，犯尋思：「這個火焰山非闖不可了，躲得過今天躲不過明天，與其尖刀挑心下油鍋，莫如來痛快的！是殺是剮聽天由命了！」

她扔掉鐵鍬柄，忍著疼痛，儘量邁大步走向校部辦公室。吐彩霞恨怒異常，狠命踢殘雪，不曾想踢上石頭，疼得呲牙咧嘴，抱腳亂跳。

第十四章　奇事趣事感傷事　事事哈哈哈事

「拿他的心餵狗狗都不吃！怎麼不給他爹的『老二』吊秤砣！不給他媽那個窟窿塞玉米骨頭！不得好死！」

「看大批判吧，看遊街吧，有點膩煩了，還不像莊稼人自己找樂子，看狗打架呢，倒傷不著人呀！每逢狗打架、狗『煉丹』就看不夠！」

「那小子傻眼了吧，大辯論大辯論，深挖洞深挖洞，媳婦讓人家挖洞了！」

1

馬開達對百里玉妝的美貌和學識暗自豔羨，總想以校長的身分作近距離接觸。今天難得一閒，可事不湊巧，百里玉妝負傷了，就做個順水人情，命校醫于生和馬潔護送到縣醫院。

醫院貼滿大字報、大標語，集合了內外造反人群，批鬥會如火如荼，口號不絕於耳。醫護人員值班的少，害得于生樓上樓下跑，求爺爺告奶奶。X光片顯示，百里玉妝左腿脛骨有一道明顯折痕，外科大夫給做了常規處理，打了石膏，讓安心住院靜養。于生跑得滿頭是汗，把住院手續塞給吐彩霞，急著回了縣城的家。

吐彩霞背百里玉妝爬上三樓，在醫辦室作了登記，護士把她倆領進病房。病房裡除了病人，陪床的、探視的、找七大姑八大姨的、喊三叔二大爺的各色人等進進出出，亂亂轟轟，逛廟會一般。

護士指一張床說：「四號位，就這。」在床頭掛一張卡片，調頭走人。

吐彩霞本想安排百里玉妝休息，掀開被子氣炸了肺。被子很髒，還有血跡。床頭櫃堆著果皮，抽屜裡的食物殘渣發了黴。床下盛尿的痰盂凝結了「醬油膏」，惡臊。

吐彩霞騰騰跨進醫辦室，要求換床上用具。

護士說：「沒辦法，將就吧……」

「為什麼?!」吐彩霞立睖大眼睛。

「為什麼，我都不知道！病人成天要乾淨被褥，我上哪找去？」

「你這是什麼態度?!」吐彩霞直逼護士質問，起了高弦兒，拉出十足的造反派的架式。

聽到吵嚷，一位陪床的女人趕過來拉住吐彩霞：「姑娘別動怒，我知道細情，她也是耗子鑽風箱兩頭受氣。醫院的洗衣機壞半個月了，那師傅要當革委會主任，哪有心思修呀！」

護士變色，立刻緊張：「正告二位，這話不是我說的，我可不想找事！」

「我說的，好吧？無論如何也得找條乾淨被子呀！」吐彩霞不想鬧僵，壓著火氣。

「真沒有。嫌被子髒的都自己帶。」

「阿貓阿狗都想插帽翅！」吐彩霞罵，不再和護士糾纏，回到病房。病房裡仍舊逛廟會一般。見百里玉妝正倚傍床清理床頭櫃，連忙制止：「姑奶奶，別動！我可不願有個瘸腿妹妹，你的任務是養病，服從我的領導！」

病房裡吵得讓人心煩，吐彩霞尖聲叫喊：「靜一靜！靜一靜！」但沒人搭理。忽然取出語錄本，到各床前敲打鐵欄杆：「學習了學習了，把紅寶書都拿出來，快！『一天不學問題多，兩天不學沒法活！』聽反映，這個病房向來沒學習過，這還行？靜一靜，學習了！學不學是個態度問題，忠不忠於偉大領袖毛主席問題！」

吐彩霞這一招真靈，一下子把大家鎮住了，齊刷刷看這位幹練的姑娘；那雙好看的大眼睛透出一股威嚴。百里玉妝偷著樂，心想：你什麼時候張羅過學習呀！

吐彩霞見人們面帶難色，說：「我看你們忘帶語錄本了，這樣吧，我念一句大家念一句，聽好，別說話了，開始——『關心群眾生活，注意工作方法。』」

「關心群眾生活，注意工作方法。」

如是七零八落連念三遍。

2

吐彩霞笑了，現出驚訝的神情：「讀得這麼好！毛主席說『關心群眾生活』眼下最要緊的是什麼？是逛廟會還是治病？這位大嫂說得對，不是逛廟會……這位大叔也說得對，不是趕集上店……什麼？這位小妹妹說什麼？噢，『姥姥家門口唱大戲，接閨女喚女婿』……哈哈，小妹妹說好像唱大戲……還有上半句，是吧，什麼？『扯大鋸，拉大鋸』！跟誰學的？奶奶……病房裡垃圾成堆，尿盆沒人倒，向床下看一眼能熏個大跟頭！既然是來治病的，抽筋扒皮花了許多錢，就應該創造一個環境，使病人早日康復……這樣說都同意嗎？」

紛紛表示同意。

「好，得研究點辦法。各位長輩，各位兄妹，我是這樣想的：每天陪床的一齊動手搞衛生，隨髒隨掃，不隨地吐痰，不亂扔東西。我也是陪床的，先帶頭，請大家監督。再一條，做起來困難大，不過不是辦不到。這就是，每天來探視的親友不能成群結隊進病房。除特殊情況每次探視不能超過十分鐘。平時把門插嚴，不隨便進出。我們的同志來自五湖四海，為了一個共同的革命目標走到一起來了，要互相關心，互相愛護，互相幫助……」

鄰床大嫂插了言：「這些日子頭都快炸了！我們都聽你的，大家同意嗎？」

紛紛表示同意，並填加了幾條共同遵守的事項。探視者很知趣，很快離開了病房。

……經過一番清理，室內立刻變得清爽安靜，病人喜笑顏開。吐彩霞把四號床上的用品捲了個大包袱扔到醫辦室門口，護士瞪了她一眼，沒言語，知道這個主兒不好惹。

百里玉妝疑惑不解，心想，被褥髒也得蓋呀，都拿走了蓋什麼……

正疑惑，鄰床大嫂半坐起身，指著百里玉妝的腿：「閨女，怎麼了？」

「骨折！」吐彩霞剛好回來，替百里玉妝作答。

「怎麼骨折了呢？」

「打大口井搬石頭砸的。」百里玉妝這才笑著說。

「怎不加小心！」鄰床大嫂很心疼，好像被砸的是自己。

「你們先聊著，我去去就回。」吐彩霞說，起身。

不等問明白，已跨到門外。

鄰床大嫂指著吐彩霞的背影說：「那位嘎嘣響脆的姑娘是……」

「她呀，伴兒。原來在縣人委畜牧科工作。她叫馬潔。」百里玉妝簡要作答。

「你倆這一來，變化多大呀，我不急著出院了！」鄰床大嫂笑著說。

「很高興認識大嫂。」

「客氣什麼，這是緣分！剛才馬姑娘不是說了麼，我們都來自五湖四海。其實我家不遠，就住在長城外的黑風嶺。」

百里玉妝打量大嫂，大嫂挺爽快，挺撩人。

大嫂也很喜歡眼前這個姑娘，說：「你們那還讓婦女下井？那可是老爺們的活！我們村可倒好，一入冬比劃幾下修大寨田，也沒人好好幹。主要是搞運動，開會，你整我我整你，不讓消停……我就弄不明白了，一個水靈靈閨女，怎能忍心叫她打井，砸成這樣？自己的閨女誰也捨不得！」

六號陪床說：「這麼說，你們是『五七』幹校的了。幹校男的也不少啊，怎麼打井的活計不讓男的幹？」

「我們女學員包了一眼井，從頭包到尾。」

「這可怎麼好，」大嫂說，「妹子，以後到我家、茅屋草舍串門。我不識幾個大字，可喜歡識文斷字的。我們那裡春天滿山野花，夏天不用扇扇子，秋天野果家果到處都是……」

3

「你們村的運動熱鬧嗎？」良久，六號陪床問鄰床大嫂。

「熱鬧——嗎?!『走資派』靠邊站，『地富反壞』挨批判，髒活累活他們幹，旁邊有人監督看……哈哈，說成順口溜了！成分高的七八十歲的老頭老太太，凡能爬得動的都攆出去勞動。光勞動？照樣三天兩頭鬥！我有個鄰居，地主婆，腳像小拳頭，姓薛，老姐妹管她叫薛金蓮……別打岔，是潘金蓮敢情好了，老爺們賣炊餅該劃貧農，上哪受這般罪……造反派要她站高桌，貓腰，『燕飛』；一迷乎攮下來，摔散了架。現在還沒死，呼簾呼簾喘氣，沒幾天遠限了……」鄰床大嫂說，「她人不錯，熱心腸，就是成分高點，對左鄰右舍有裡有面。誰家斷頓了，有病有災了，她都能從自己嘴裡摳出一些糧食，端小瓢登門接濟。我偷著送去幾個雞蛋，她攥住我的手不放……我不怕說階級立場問題，她是長輩，人要死了，不興看看?又沒『煽陰風點鬼火』，哈哈！批判她的時候這麼說的……村裡大小孩伢都會……」

六號陪床是個壯年漢子，看看門外，走到病房當央用手遮在嘴旁，壓低身子和嗓音說：「我們村——狠去了！才不管你散架不散架呢，拽死狗也得鬥……你們可能不信，我們村折騰人的花樣多得出奇，有人給數了數足有二十一種，有人說二十三種，二十四種，這麼說吧，連小日本的刑罰都使出來了……你們聽說過嗎，給男人的……真不好意思說出口，給男人的那個吊大秤砣！繞房子跑圈！往女人的……那個裡塞玉米骨頭！這是真的，我親眼見的，有名有姓，如果說一丁點瞎話就嘎嘣死在這！天打五雷轟！那個女的你們興許見過……叫她馬寡婦，可不是開店的……大名馬……馬春喜。她總往縣城跑，告狀，有點半瘋，披頭散髮，年輕的時候是個漂亮人……告狀的原因我不細說了，反正向縣裡要撫恤金；她好強死理，說老爺們打日本搭去小命，就跟當官的吵鬧……這麼多年了……我弄不明白，不解決就不解決唄，怎麼會這樣呢，心餵狗了?!」壯年漢子手背和手心拍在一起。

有位老太太氣得哆嗦：「餵狗狗都不吃！怎麼不給他爹的『老二』吊秤砣！怎麼不給他媽那個窟窿塞玉米骨頭！不得好死！」一激憤，卻把新來的百里玉妝忘了，有些不好意思，笑了笑。百里玉妝低頭不語。

大嫂說：「哎呀，我的心還在顫，姑娘你摸摸……現在的人中了邪，村村分兩派，今天你奪我的權，明天我把你踹趴下，都為了那塊木頭疙瘩！」

「說為了給窮農……無產階級……掌印，別讓資產階級奪去。其實是狗搶狗食盆子，都為自己好，腰裡別扁擔橫撞！」六號陪床搶過話茬說，「正號人誰幹那種缺德帶冒煙兒的事！」

大嫂說：「搶他們的吧，狗咬狗一口毛。你說邪性不，居家過日子也鬧不和，爹說要打倒這個，兒子說要打倒那個，媳婦說誰也不打倒……這叫大辯論，父母之間、兄弟姐妹之間大辯論是群眾發動得充分！毛主席說的。我們村老趙家，兒子要去參加批鬥會，批鬥生產隊長，生產隊長扣過他工分。爹不讓去，爺倆吵起來，爹吵不過，操起燒火棍，兒子見大事不好撒丫子，一前一後繞大栗樹轉開了圈，走馬燈似的！爹邊追邊罵：『小兔崽子，眼下就這麼一個人領大夥幹活了，你還要打倒，我先打折你的狗腿！』兒子且跑且說：『要文鬥，不要武鬥，有能耐辯論麼，幹嘛動武把操！』看熱鬧的問他爹：『你怎麼敢打革命群眾？』他爹說：『他是我兒子！小兔崽子，都打倒了，喝西北風去！』有人說：『他是小兔崽子，你就是老公兔子！』他爹說：『我就是老公兔子，怎麼樣?!』瞪得兩眼暄紅。有人說：『我說得不錯吧，老公兔子紅眼了！』更有人唯恐天下不亂：『你打折狗腿，那你就是老公狗了！』他爹說：『是——又怎樣……啊？你才是老公狗呢！我打折你狗腿！』

「這個熱鬧勁兒呀，硬是把這爺倆鼻子氣歪了……氣得挨追的兒子拿石頭追說他爹是『老公狗』的，前邊樂著跑，後邊罵著追，又繞開了大栗樹……他爹也拿燒火棍追，不知追兒子還是追兒子追的……圍了一大幫人起哄。啨叭，兩個看熱鬧的小孩踩斷樹杈，從樹上掉下來，順山坡向下骨碌，哇哇亂嚎……冬天大家閒得無聊，正想找個地方看熱鬧呢！看大批判吧，看遊街吧，有點膩煩了，還不像莊稼人自己找樂子，看狗打架，倒傷不著人呀！每逢狗打架都看不夠，媳婦來叫吃飯都叫不走，為此兩口子又生氣打架，閒來沒事生氣打架也算個營生……」

六號陪床說：「我們那也是，狗打架圍著看，狗煉丹圍著看，豬趕圈圍著看，貓叫秧圍著看……偷媳婦的爬牆頭很快傳遍全村……你說這個『文革』，大家越來越沒興頭了，老百姓講實際，越搞越窮，人與人的關係越搞越掰生，祖輩和睦相處的如今打得狗血噴頭，到底圖什麼，我就解不開這個扣……反正我知道，兒子的住院費還得東拼西湊，說不定驢年馬月才能還上！眼下明擺著的，把醫生打倒了沒人給看病，把護士打倒了沒人給打針輸液，被子臊氣哄哄沒人給換……難怪有人說醫院是『屠宰場』。提意見沒人給解決，這回怎不依靠貧下中農了?! 不天天說『依靠貧下中農是黨在農村的階級路線』嗎？」

鄰床大嫂說：「人嘴兩張皮，愛怎麼說就怎麼說吧。聽慣了。老哥你別打岔，方才我說到哪了……狗打架，不，對，讓你攪糊塗了……每天吃完飯往家門口一站，聽吧，新鮮事多了……還是這個老趙家，爺倆剛鬧完，小倆口又鬧起來，起因也是什麼派不派的；先用嘴說，說不過就罵，罵不過就動手，媳婦也厲害，把那小子的臉撓得花瓜似的，夾包回了娘家。那小子傻了眼，左三番右五次去請，說軟和話，恨不得下跪，可就是請不回來。那個媳婦在娘家也沒閒著，沒黑天沒白日地骨碌，跟著民兵連長搞『戰備工程』，鑽地洞。說是『深挖洞，廣積糧』，準備和美帝、蘇修打仗。洞倒挖得深，就是沒糧！民兵連長家裡窮掉底了，牛屄訇訇，在村裡搞『支左』……『支』了不少姑娘媳婦。前幾天傳出話，把一個姑娘支鼓肚了，抓了起來。老趙家媳婦順牆根溜回家，耗子似地。」

有個陪床說：「那小子傻眼了吧，深挖洞深挖洞，媳婦讓人家挖洞了！哈哈！」

「哈哈……」

「什麼『深挖洞，廣積糧』，我看是心挖洞，廣積怨！」六號陪床高叫，並不怕門外聽見。

4

講者起勁，聽者入神，笑聲不斷。門緊閉。走廊的人聽到笑聲扒小玻璃窗向裡看。

「我再說說學語錄。」六號陪床談興大發，「《毛主席語錄》人手一冊，飯前高呼祝願用，開會喊口號用。有人連自己名字都不認得，也跟著嘟囔。有人認為，周總理舉語錄高呼祝願的姿勢最標準，對對，從胸前向上舉，不像林彪向前一砍一砍地……周總理說自己的心最忠；林彪是把忠心當刀，砍敵人。可是誰也學不了人家，沒大福分麼，小老百姓麼……舉語錄，一舉一大片，紅海洋，是想把大家的心在海水裡泡紅了。紅就是忠，忠就是紅。許多村頭設崗哨，小孩兒要你念語錄，你說上一句，比如『要鬥私批修』，『學大寨』，『鬥批改』，才放你進村。過去小孩兒站崗拿紅纓槍，現在拿紅語錄；過去防鬼子偷地雷，現在防地富反壞右破壞。老百姓是桿瞎槍，最聽話，最好使喚。他們算吃到甜頭了，向老百姓要什麼有什麼……

「那天我掖兩塊白薯，邊走邊吃，到村口，一大幫孩子要我背誦語錄，這難不倒我，背完了，放行了，把半塊帶『膏藥』的扔在地下，你說怎麼著，孩子呼啦圍上去搶，踩扁了……背誦毛主席語錄，哼，不餓疼了才怪呢！」

「我認識你，以前你還裝瞎子算命……」那位老太太笑著說。

「大嬸別揭短，那才幹幾天……我認識個叫二黑的，專在小飯店門口看裡邊吃飯，發現有剩飯剩菜就衝進去抓著吃。有一回太急，吞了雞骨頭，差點沒卡死。有人喊『二黑，摸個炮樓！』就在地上爬，匍匐前進，然後拋『手榴彈』……還要背誦毛主席語錄，不過，二黑語錄大家可能聽不懂。我給大夥學學，聽好了，看誰能翻譯出來……『瞎子君臣不窪西哼排五萬囊去——義義！』結尾還挺有勁！」

大家笑得很開心，有人說：「我聽過那傻子背誦語錄，背誦了有吃的，嚼雞骨頭。立馬見效。」

六號陪床說：「怎麼樣？翻譯出來了嗎？新來的這位姑娘，你學過外國話，猜出來了嗎？」

百里玉妝笑。

「那條語錄是：『下定決心，不怕犧牲，排除萬難，去爭取勝利。』好傢伙，到了二黑嘴裡可就狗……狗娶豬媳婦，稀裡糊塗了。二青子瞎逗，不背誦語錄不給吃的，一來二去，二黑就學會了『瞎子君臣』……還有呢，二黑念完了語錄還拋『手榴彈』，他的手榴彈是紅語錄本。有人供給他。把語錄本拋出去，還喊『嘭——』，端掉炮樓，大功告成。大家笑夠了鬧夠了，這出百看不厭百聽不煩的好戲才暫告收場……二黑明白一個道理，念『瞎了君臣』有骨頭嚼……看來，真得好好學習，這不，馬姑娘帶領大夥一學，豬圈似的病房就變樣了。若不林副主席當毛主席接班人呢，林副主席說，『帶著問題學，活學活用，立竿見影，在用字上狠下工夫』：一點不假，哈哈！」

吐彩霞踢門，抱被褥進屋，後邊跟著一位五十多歲的女人。女人手提一個飯盒，一兜蘋果。

「哎呀，這半天把我折騰的！」吐彩霞把被褥向床上一扔，仰在上面，高叫。

「你就是百里姑娘吧？」來人把飯盒和蘋果放在床頭櫃上，拉住百里玉妝的手。

「她是……記得麼？」吐彩霞兩手作拉長眉毛的樣子。

「馬大嬸！」百里玉妝十分驚喜。馬大嬸忙看傷腿，心疼得落淚。

5

吐彩霞鋪好床，讓百里玉妝躺下。百里玉妝見被褥簇新，紅緞被繡著兩隻鴛鴦，枕巾上印著雙喜字，很驚奇。

「別愣著了，躺下呀！」吐彩霞拉百里玉妝上床。百里玉妝不動。

「入洞房吧，新娘！」吐彩霞又抱腿，「快上轎！」

病房裡充滿了歡快的笑聲。

吐彩霞取蘋果讓各床，都說有，別客氣，這才作罷。

「我先說說妝新被褥的來歷。這得感謝大嬸。」吐彩霞來到窗前，向遠處指，「那就是大嬸家，」轉過身，「一進門，大嬸見我先抹淚，說在幹校受罪了……我說我有要事相商，借一套乾淨被褥。我的一個最好的伴兒打井把腿砸折了，需要住院治療，醫院的被褥八百年沒洗了。大嬸一聽比我還急，立刻翻箱倒櫃，抱出妝新被。我說那可不行，大哥等著成親呢。死說活說，大嬸還是硬逼著把妝新被褥抱來。聞聞，還有衛生球味兒呢。」

百里玉妝有些犯難。

「不誤事，不等用，閒著也是閒著，等到娶媳婦不會現做！你和馬潔結婚大嬸也給做妝新被！」大嬸說著扶百里玉妝上床，百里玉妝順從地躺到床上，緊握大嬸的手。大嬸輕輕撫摩她的頭髮、腦門、鼻子、面頰。「月牙湖」水呼地湧流，大嬸忙給抹淚，連連說：「多好的孩子，多好的孩子，苦命的孩子，苦命的孩子，遭這種罪，老天不長眼……」

「大嬸，沒事，醫生說過幾天就能好，年輕恢復得快。等我好了，和馬潔一塊看大叔大嬸。」百里玉妝抱著大嬸的手，貼在臉上，感到了手的筋骨，筋骨的顫抖。

「好閨女，聽話，安心養病。我跟馬潔說了，你倆就在我家吃飯，你行動不便，她吃完了給你帶點來。我家住在醫院後身，立在三樓能看到煙筒。嬸攢了不少細糧票。有嬸吃的就有你倆吃的。你馬大叔在幹校，上班的天天不著家，我常來看你，和你倆說話省得憋悶。」大嬸柔聲慢語地說，調過頭，偷偷抹淚。

「大嬸，醫院有食堂，能揎飽肚就行。」

六號陪床插言道：「依我說，有人給送就吃，大姐多誠懇呀！這裡飯食你還沒吃呢……」

這時大嫂說：「沒油星的掛麵糗成了粥，挑不上筷子……沒病沒災的誰上這個地方受罪！」

大嬸打開保溫飯盒，裡邊有半盒米飯，一撮鹹菜，一個荷包蛋，還有一點醋溜白菜、炸花生米。大嬸笑著說：「姑娘，不一定對口，以後想吃什麼告訴馬潔，大嬸給做。」

趁百里玉妝吃飯，吐彩霞嘭地仰倒在床：「唉呀，本姑娘先美美，哈哈！」

第十五章　歡喜冤家狹路逢　直把心曲作笑語

「腦袋總閒不住，像毛驢驚車，不把轂轆跑掉停不下來。」

「臭水果？那是芒果！毛主席送給巴宗的！在機關把一個芒果分成好幾十小塊，每個人才嚐指甲蓋那麼大一點點！」

「穿撅腚襖、緬襠褲、家做布鞋，紮黑腿帶，多樸素呀……你以為他是什麼好東西！土皇上！小毛主席！在全縣他的話就是『金口玉言』！」

1

住院以後，百里玉妝沒完沒了地睡覺，剛坐起，迷迷怔怔，揉揉眼睛，又噗噔倒下。吃飯吃藥費了不少周折。吐彩霞真怕把人睡傻了。

百里玉妝的面頰越發細膩，泛起了柔美紅暈，鮮嫩得——用鄰床大嫂的話說——「像一顆熟透了的櫻桃，一掐一股漿！」話一出口，立刻引起全病房讚歎：「細琢磨真這樣——一掐一股漿，哈哈……嘿嘿……嘻嘻……」

「變色龍，剛換個環境就變了！」吐彩霞愛憐地笑罵。後來發現，百里玉妝聽別人講笑話竟翹翹嘴角，蹙蹙眉頭，有時還抱自己的手傳遞依戀和感激之情：吐彩霞會心地笑了，這才離去放心幹別的營生。

夜深了，窗外繁星似錦，病房間或傳出幾聲夢囈。百里玉妝靠向床的一邊，儘量挪出寬綽一點的地方。吐彩霞儘量挺直，怕影響百里玉妝睡覺。床中間是個窪兜，兩個姑娘還是出溜到一起。百里玉妝知道吐彩霞沒睡著，攬住吐彩霞豐腴的胳膊，輕聲說：「姐，向這邊靠，沒關係。真難為你了，白天跑前跑後，晚上睡不好覺。」

吐彩霞驚喜異常：「你倒說話了！以為傻了呢！這比漁船美多了。漁船睡覺繩子拴腰，魚網當被，現在……」

「現在怎樣？」

「入洞房了！蓋妝新被了！嘻嘻……不過，我是新郎，娶了你！」

「姐，小點聲，別吵醒人家……我才是新郎呢，娶了你！你可能覺察不到，你說話沒有第二聲，一句話總有拐長彎的聲調，抑揚頓挫明顯，特別有韻味，跟唱歌似的。聽了這歌愛睡覺。」

「啊，我說呢，你裝睡是在聽我說話，嘻嘻，那你我過一輩子好了，肉貼肉，兩口子麼，你這腿，多細滑多有彈性……你這腰，一隻胳膊摟得過來……誰娶了你我真得氣恨。」

「別瞎摸，說說就沒正形了！難怪馬大嬸說你沒正形，跟馬大嬸還撕皮擄肉……你快人快語，心裡有桿秤，善惡分明，凡事想得開。我愛聽你說話。聽不夠。我修煉到你那地步多好。」

「你沒在漁船上待過呢，幾天幾夜看不見人影，沒人和你說話，我爸一到打漁的時候眼睛只顧盯魚群和風向，說話就是把這個拿來，把那個拿來，把網摘淨了，下命令！其實爸爸非常樂觀，更沒正形，跟村裡的男女老少、上到白髮蒼蒼下到開褲襠沒有一個不逗悶子的。每回唱驢皮影，看吧，渾身沒閒地方，連唱帶舞帶耍……說起來我有點遺傳。我爸可開通了，別人家不讓女孩子上船，我爸不聽那一套，處處把我當男孩子對待。說我是福星，上船船平安。」

「我很羨慕你。我多愁善感，腦袋總閒不住，像毛驢驚車，不把轂轆跑掉了停不下來。」

「我知道你在琢磨事，說說，都琢磨了什麼，是不是想跟姓何的成親？」

「才不呢……你是不是有了相好的一個勁琢磨？還是睡覺吧，你這幾天一直沒睡好。」

「不。又不學習又不勞動，白天照樣睡。說說是怎樣琢磨那個姓何的，是不是飄飄欲仙……是不是把我當他了？」

百里玉妝側向吐彩霞，提了提妝新被，頂著吐彩霞的腦門小聲說：「沒正形的東西……我有個奇怪的感覺，覺得這張病床是張魔床，躺在上邊就睏，睡不醒。身體的各個部分跟拆散的機器似的，每個零件都散落在墊子上，要多熨貼有多熨貼。在幹校幹活累得上不去炕，炕涼屋冷，電燈泡照著，加上心不淨；住院以後大變樣了，徹底鬆弛下來了。剛通知住院，猜猜，第一件事想的什麼？是睡覺，惡補欠下的覺！」

「我傻吃茶睡，可不缺覺。」

「我沒你那個精氣神，吐一宿『彩霞』白天照樣撒歡。」

「嘻嘻！說也是，有一陣子特別想家，作夢和我爸爸唱起了驢皮影。」

體己話一直說到天放亮。

2

早飯後，護士來到病房，遞過一張紙：「四號床調到四樓一號，這是通知。」

「好好的還要瞎折騰，別的病人搬嗎？」

「不搬。」

「不搬不行嗎？」

「我可管不著，找當官的去！」

提起搬家全病房的人都不願意，鄰床大嫂拉住百里玉妝的手依依不捨。吐彩霞執意去理論，百里玉妝百般不讓；說到哪都一樣，等拆了石膏天天來看大家。

這才七手八腳搬到新病房。

新病房裡外兩間，有衛生間，寫字臺，沙發，連陪床的都住軟床。兩個姑娘糊塗了。百里玉妝說：「姐，我這個姓『牛』的怎麼一下子變成高幹了？」

「姓牛的？你叫牛玉妝好了，對，我叫牛玉潔，更像姐倆……管它牛不牛鬼不鬼蛇不蛇神不神呢，哪黑哪住店，興別人住的就興我們住！也可能有人看你是大學生，漂亮，特別關照呢。」

「我覺得必有緣故！」百里玉妝說，似乎有種不祥的預感。

「我不管緣故不緣故，先睡睡軟床。」吐彩霞說著四腳拉岔嘭地仰在上邊，「哎呀，好舒服！」

之後幾天，除了馬大嬸來過一趟，偶爾查房送藥，吐彩霞外出幾次，一切如常。

第四天下午，吐彩霞一邊哼唱驢皮影一邊給百里玉妝砸核桃，掰成小塊非向她嘴裡送，忽聽走廊響，有人直奔這個房間，迅速影在門後。

張增旺提只小網兜，輕輕敲門，從門縫探進半個禿頂，向上挑黑眼仁，黑眼仁貼上眼皮定了定移了移，這才把網兜舉在前面，輕手輕腳擠進門。突然有雙大眼睛威嚴地盯著，嚇一跳，懵了。

「噢，你……」張增旺一時手足無措，向後退。

「噢，你！」吐彩霞也有些緊張，立刻，大眼由威嚴變成乜斜的嘲諷，「今天颳的什麼風，颳來個和尚！怎麼，聽不見敲木魚呀……不跳牆了……是不是摸錯了地方，這可不是尼姑庵呀！」

「少作踐我！衝你我才不來呢……」張增旺黑著臉狠狠地說，向裡闖。

「等等！」吐彩霞橫胳膊，「貴僧休要亂來，這可是女兒繡樓，沒有你要找的人……」

「幾天不見嘴還刀子似的！我看病人——百里玉妝！快躲過去！嬉皮笑臉，貧不貧，煩不煩！早知道你在這，拿八抬大轎請我都不來！」

吐彩霞方才放行，向裡屋喊：「百里……送尼龍襪子的來了！」

「你就作踐我吧，嘴損吧，大板丫頭非臭家不可！哼，臭家都沒人不要！」

「做夢去吧……」

吐彩霞和張增旺來到裡屋。張增旺見百里玉妝正睡覺，打石膏的腿墊只枕頭；躡手躡腳坐在沙發上。

吐彩霞給張增旺倒了杯開水，坐在茶几對面。

張增旺過早謝頂，皮膚白晰，單眼皮，長瓜臉，中等偏上個頭，稱得上帥氣；雖然禿頂，自認是聰明的表現，說，「絕頂聰明，就指的我。」

張增旺在吐彩霞的臉上瞥了瞥，覺得吐彩霞還是那麼精彩；精彩歸精彩，卻是美麗的刺蝟，許看不許摸……

一瞬間，張增旺眼前蹦出那次難堪的歷險。馬潔畢業剛分配到縣畜牧科，天熱開窗睡覺，他以為一個大大咧咧且涉世不深的小姑娘輕而易舉就可就範，半夜時分穿小褲衩跳窗進屋，不曾想馬潔又是踹又是咬又是撓拼命撕打，但聽不到叫喊；他狼狽而逃，還沒來得及從窗臺蹦下又坐坐實實挨了一熱水瓶。熱水瓶是竹篾編的，盛著開水，正擯在脊樑上，開水從脊樑流到腚溝……後來發現馬潔照樣開窗睡覺；悻悻然，抓心撓肝，但是，猜度這個姑娘確實非同一般，再不敢招惹。

時間一長，仍逗逗地向前湊，沒話找話，沒樂找樂，自然任何便宜也撈不到，挨頓罵也樂不可支地撓撓禿頂訕笑。兩人到一塊就鬥嘴，吐彩霞挖空心思講有關和尚的笑話，說和尚偷蜂蜜，蜇滿腦袋包；和尚偷仙桃，蹭一腦袋毛；和尚偷爬尼姑庵，摔壞賊骨頭；和尚偷毛驢，拔木頭橛……和尚偷這個偷那個，大家不瞭解事情底裡認為小姑娘伶牙利齒，哈哈一樂，並不向深處想。張增旺則撓禿頂，黑眼仁向上一挑懟主意，伺機反擊。從此，馬潔有困難張增旺便鼎力相助，站出來護短。張增旺的嘴皮子也很厲害，在馬潔面前卻有所收斂。張增旺除見漂亮女人邁不動步，其它各方面都很優秀，縣委對他的生活作風問題也有所耳聞，仍列入了副縣長的後備名單。

3

吐彩霞用大眼睛剜張增旺：「你賊眼珠老實點，我問你，貴夫人可好？」

「好好。調到縣醫院了……還沒見過？」

「又陪床又保鏢，哪敢瞎串？」

「以後有事盡可找她。」

「不敢，人家孫部長千金，我高攀不上。」

「都是縣人委大院出來的，客氣什麼。再說我們的馬潔同志也會客氣？」

「今非昔比了，貴夫人當上了縣醫院革委會主任，我還是個姓牛的！」

「幹校是儲備幹部的學校，誰都得入。」
「巴宗的左膀右臂怎不去儲備！」
「等著吧，巴不得天天和你……」
「拉倒吧……那個什麼來著，對，叫小瓷人……」
「說說又下道了……那是個破爛貨，臊氣哄哄，從哪一過準得臊三天，誰搭理她！」
「你這個傢伙，扒了皮我認得你的瓤！這麼說都是別人編排的了……她老爺們把你堵個正著，見是你，氣得在一旁跟你要煙抽，抽完一支還要。她老爺們說你得發展她入黨，你滿口答應下來……編，能編這麼圓？全縣機關幹部沒有不知道的，是不是想讓我描繪描繪……再詳細點！」
「別價別價，夠了夠了！告訴你馬潔，千萬別輕信那一套——沒那八宗事！」
「這麼說冤枉你了？」
「反正不是我，我是冤大頭……」
「冤大頭？不是你小子張增旺還能是別人？交代吧！」
「不能說！」
「不過你小心韶華姐，她可饒不了你，別把我們姐妹當傻子。」
「完了完了！我不是來看病人，是挨批鬥來了！」
「一點不假，就是批鬥！再說尼龍襪子……」
「你怎麼專聽謠傳呀！再提那事，可走人了。」
「想溜？等說完了！」
「好好，乾脆讓我自己說……批鬥老縣長，我琢磨怎樣給大家留下深刻印象……是是，像你說的，削尖腦袋……削尖腦袋，對對，禿頭，亮，滑，不用削……同時又不像別人那樣動手打他，就憋出了這個主意。我在批鬥會上說，他送一雙尼龍襪子，目的是推行資本主義路線。批判完把襪子扔到地下，有人拾起讓他叼著。後來都給我安上了。其實是在保護他，造反派看不出蹊蹺。」

「襪子穿臭了，熏人了，對不對？」

「新的，沒捨得穿呢，是誰這樣貶斥我？是你吧……頭一回聽到這話，我看就是你！」

「人家說老縣長熏倒在會場上，不醒人事……」

「馬潔，我問你，你信嗎？那是『燕飛』時間太久，昏倒的！」

「你反正沒起好作用，算揚名了……」

「我可不知道你在這，知道你在這真不敢來。馬開達給我來電話說百里玉妝在這住院，他沒空探望，求我關照一下。他根本沒說你在這，這個馬開達，得找他算帳！簡直湊瘋狂咬傻子！」

「你以為陪床是個美差呀，我正想回去打大口井呢……你既來看百里玉妝，讓我叫醒她……不過，她的腿一直在疼，總沒怎麼睡覺，剛睡下你就來了。」

「千萬別打擾她。這不，看到人了，打電話向馬開達報個平安，就算交差了。」

4

百里玉妝吃核桃剛好張增旺進屋，趕緊抿嘴，想嚼不敢嚼，想咽咽不下，聽兩人過招想樂不敢樂。她和張增旺原是人委辦公室的「材料將」，專給縣長們起草講話稿，彼此再熟悉不過了。張增旺的眼珠子經常扒漂亮女人衣裳，想掩飾卻掩飾不住，就像禿子腦袋長蝨子，（吐彩霞語錄）讓人膩煩。再則，這小子太滑頭，屬泥鰍的，有時鑽泥，有時入水，使盡一切鑽營手段。由「保皇派」當上巴宗的秘書足以證明。所以此時的百里玉妝乾脆裝睡，少費話。猜到吐彩霞一定會拿張增旺打牙涮嘴，莫如聽熱鬧。吐彩霞也猜到了百里玉妝的壞心眼兒，更加逞人瘋。

張增旺知道百里玉妝裝睡。他自認對百里玉妝並沒有任何無理的地方，百里玉妝是他最敬重的女性。論才學在他之上，理論好，文筆好，見解獨到，而且不事張揚。論人品，心腸極熱，落落大方，不卑不亢，難得一尋。也活潑好動，向來不開讓別人難堪的玩笑，什麼和尚長和尚短之類。他垂涎百里玉妝的美貌卻不敢有非分之想。認為和這麼一位姑娘共事已經三生有幸。而孫韶華比起百里玉妝，人也漂亮，其它方面就差遠了。「哼，勢力小人！」最近他總這樣罵孫韶華。孫韶華則反唇相譏：「哼，小人得志！」所以異常煩惱，卻又無處傾訴，這時馬閒達請他探視百里玉妝就樂不可支答應下來，希望能和百里玉妝談些有品位的話。

他的目光不時在百里玉妝的臉上停留。百里玉妝仍紋絲不動躺在病床上。

吐彩霞不忘挑起事端，打開網兜，笑著說：「該不是送小瓷人的吧，哈哈！」

「小瓷人？她還沒這個資格，不管他多喜歡……」張增旺說走了嘴，剛提個頭又縮了回去。

吐彩霞不依不饒，非要他說明白不可。「別含著骨頭露著肉，把肚子裡的壞水都倒出來！」

張增旺說：「你先看是什麼東西……」

吐彩霞從網兜裡取出一個紙包紙裹的東西，打開一看，是水果，黃黃的皮，豬腰子形狀，湊近鼻子聞聞有點松脂味兒：「我以為什麼寶貝呢，原來是臭水果！」

「臭水果？那是芒果！毛主席送給巴宗的！在機關把一個芒果分成好幾十小塊，每個人才嚐指甲蓋那麼大一點點！」張增旺出示小姆指指甲蓋作比方，「都說吃在嘴裡甜在心裡，實實在在感受到了毛主席的關懷，無比幸福，沒聽一個人說有松香味兒，說臭的。」

「你怎麼得到的？」

「偷的！他，巴宗的東西在哪兒我最瞭解。有刀嗎？切開。」

吐彩霞將芒果削下半邊，向張增旺說：「不給你了，我和百里一人一半。」拿一大半貼百里玉妝嘴唇，百里玉妝暗使眼神表明不吃。

「真能睡死覺！」吐彩霞說，扒皮咬了一小口，「不好吃，松樹油子似的，八成沒毒吧？」

「這話！這是你不忠的表現……哈哈！」

「好了。」吐彩霞說，「這回該你表白了，小瓷人的那個他是誰？我看就是你！」

5

張增旺黑眼仁向上一挑，稍停片刻說：「我說了吧——可得哪說哪了，出這個屋一概不認帳——找小瓷人的是巴宗！」

「啊？他？農業合作化的典型，毛主席寫了按語的！多樸素，撅腚襖，緬襠褲，家做的布鞋，黑腿帶……」

「那是表面！你再到他家看看，凡縣革委會食堂和招待所有的東西他家全有。一肚子花花腸子，要是把他的花花事編成戲，夠演三天三夜的了……吃過晚飯我常和巴宗一塊遛彎兒，那天走到小瓷人家門口，他沒讓我進去，我就在對門等，心裡納悶。不大一會兒，小瓷人的老爺們回來了，她老爺們姓包，人叫『軟老六』，公開叫黑老六，臉黑得出奇，偏娶了個如花似玉的媳婦，像瓷娃娃，滿身臊氣，外號叫小瓷人。巴宗上任不久就和小瓷人勾搭上了……巴宗從小瓷人家出來，臉巴掌摑了似的，一紅一赤，沒好氣罵我，說我不機靈……真是『伴君如伴虎』！小瓷人入黨沒入成，就到處亂嚷嚷，罵巴宗過河拆橋……那種人把屁股當臉。有齣戲，丑角渾身賤得亂哆嗦，上臺念白，『我這破鞋沒有對，專愛聞你的臊氣味兒』，表的就是這樣兩個狗男女……俗話說『魚戀魚，蝦戀蝦，烏龜專戀大王八』，一點不假！」

「這麼說，你是魚還是蝦，是烏龜還是大王八……」馬潔一直撇嘴聽張增旺表白，這才找到空子。

「你說我？」

「魚戀魚蝦戀蝦，你們這些人瞎戀一氣，是你自己脖子長繞進去的，哈哈！」

「快留點德性！」

「好好，洗耳恭聽。」

「……我為什麼沾包呢？因為別人不敢說巴宗，把『好事』都給我安上了，說得有鼻子有眼，不背黑鍋才怪呢！小瓷人牙疼，巴宗坐專車三赴北京，給她看牙、磨牙、鑲牙……你以為巴宗是什麼好東西！土皇上！全縣，他的話就是『金口玉言』，毛主席第一他第二！」

「那麼你是第幾，第三？」

「我是腳丫泥……就在巴宗和『軟老六』遭遇的第二天，全縣開萬人大會，最後輪到他作『指示』；我寫的講稿。現在不是時興開場詩麼，開頭有這麼一句：『春風楊柳萬千條，六億神州盡舜堯。』你說他老先生怎麼念的，他用純正的山根子味兒念道：『春風楊柳三千條……』剛開頭，下面轟地炸了營，他看看會場看看講稿看看後臺，撓腦袋，我在後臺小聲提示：『萬千，不是三千！』他高聲叫道：『萬千條和三千條差不了多少！我們縣就是三千，三千條！』結果還是端起講稿念：『春風楊柳三千條，六億神州盡舜堯。』不簡單，還認識『舜堯』倆字。女秘書抄寫講稿字跡有些潦草，萬字的一撇和彎勾太連了，他認為萬字就是阿拉伯數字的3！好在是個女秘書，女秘書也是他相好的，所以沒怎麼發火……若是我，早就把我下了……那天他也是大失水準，念得鏘鏘磕磕，面向黑鴉鴉人群，拿講稿抽打麥克風罵：『哼，這材料又是張增旺那小子寫的！』」

說到這，百里玉妝實在憋不住了，騰地起身大笑，掩核桃渣……

第十六章　昨擁驕縱妻共枕　今覓憨辣妹宣洩

「當初選『駙馬』把全縣有頭有臉的小夥子一篩子一篩子過，把繡球拋向了他……他屁顛屁顛地走道都扭秧歌……」

「反正女人的『劣根性』她有，女人沒有的劣根性她還有！」

「她太愛你了，愛到什麼程度呢？愛到了扭曲變形，有悖常理。」

1

病房成了開心世界，痛快淋漓。

吐彩霞扶百里玉妝慵慵下床，坐在沙發上，百里玉妝彎「月牙湖」似在嗔怪：「你倆偷著講笑話，怎不招呼我？」

張增旺抹搭單眼皮似很生氣：「倒挺能裝扮，得便宜賣乖，哼，你一句話沒聽漏！」

「睡得正沉，懵懵懂懂覺得有人說話，沒大理會……旁邊有人說話最愛睡覺，單調刺激麼。」百里玉妝笑著辯解。

「人家不是來看病人的，既看病人，怎不打聽病情呀？也就是我這個沒臉沒皮的陪著消愁解悶！」

「病情麼，誇張點說，鄙人比病人還清楚！」

「如此看來，讓我們姐倆享受一回高幹待遇是你安排的了？還蒙在鼓裡，和馬潔天天提防，以為有人使壞，哈哈！」

「我可不敢……哈哈！本秘書找駐院處的一個老同志說找位病人。『不就是那個漂亮妞嗎？』他比劃著說，『知道知道，細高挑兒，彎眼睛，未曾說放先笑了……真氣恨人家有這樣的好閨女，我看，北京城數這個，』豎起大姆指不住誇獎；主動提出換病房，『我當家了，安排最好的！武鬥斷胳膊斷腿的都大模大樣住進去，她怎麼不能？有人干涉我頂著！』這個老同志是殘廢軍人，戴鐵絲帽子的，殺打不怕……原來人家衝的是你，百里！北京城的這個！」學住院處老同志豎大姆指。

吐彩霞說：「嘴抹蜂蜜！姐別聽他的，那是衝著張大秘！權！現如今不為權怎能打得狗血淋頭，斷胳膊斷腿！」

百里玉妝說：「謝謝張大哥一番好意，其實住哪都一樣……忘問了，韶華姐好嗎？」

「不知道。已經好些日子沒回家了！」

「是不是工作太忙？」

「不是……她說我『小人得志』，正鬧離婚呢！」

「怪了，剛結婚兩天就鬧起離婚？」

「煩透了！是她老舅的事！她老舅你們興許認識，羊洪勇。」

「光知道是縣革委會委員，到『五七』幹校抓過典型，後來貼了他大字報。」

「因為貼大字報才吵鬧升級，鬧離婚！」

吐彩霞指張增旺：「別聽他的，鬧也是假鬧。當初選『駙馬』，全縣有頭有臉的小夥子一篩子一篩子過，韶華姐把繡球拋向了他，都誇郎才女貌，天仙配……他屁顛屁顛地走道扭秧歌……如今一手拽縣武裝部長衣裳襟一手拽縣革委會主任衣裳襟『春風楊柳三千條』了，哈哈……老舅怎麼著，是老舅親還是兩口子親？依我看，她是嫌你頭髮少了點……偷驢拔橛來著……」

「你少搭言……只知其一不知其二！老舅，她的老舅，我沒那個丟人現眼的老舅，她老舅羊洪勇在『五七』幹校挨大字報轟，內容你們更清楚……有人當大就向孫部長作了通報。他找我老丈人耍瘋，非要揪出『肇事者』和幕後『黑手』不可，說這是反對新生的革命委員會，『四•二二』陰謀『反黨奪權』的繼續。我老丈人，對，縣武裝部孫部長說先別急於下結論，調查一下再動作，而且這麼大的事得向巴主任彙報……巴宗聽了彙報，哼哼哈哈不置可否；私下問我的看法，我說還是慎重為好。巴宗依我的說法回答了他，讓他碰了個軟釘子。當然不知道我在裡邊起了作用。

「這個巴宗罷霸道歸霸道，可是工作上的事一時拿不定主意都問我怎麼看。我原先是老縣長的秘書，口碑不錯，和老縣長下鄉跟巴宗挺熟，他們村多得了不少救濟糧，救濟款。他明白秘書的作用，現在用我，打個比方，就像解放北平留用幾個國民黨舊部，當成政治遺產。我充其量是他手裡的工具，『高參』？說高參有點言過其詞，是個參謀吧。你想啊，當前縣裡這麼複雜，幾股勢力組成的縣革委會，武裝部軍分區的，野戰軍的，工代會的，農代會的，還有結合的新老幹部，而且每股勢力又分不同的派系，爭權奪利，各有一撥支持者，老子天下第一，很難統起來。他對全縣的情況不熟悉，根底淺，不能不積極扶植黨羽，我就是一個對象。他發現我嘴嚴，能夠在各種力量之間搞平衡，還能給他寫點小玩藝兒，對對對，就是『春風楊柳三千條』之類……這個『三千條』算叫馬潔抓住了，哈哈……

「我呢，處處維護他。比如外邊說我和小盜人如何如何……我猜到你們那已經聽到謠傳了……小人物麼，愛誰貶損誰貶損。我有這個底氣。可是有人唯恐天下不亂，把謠傳捅給了孫韶華，這下孫韶華成了馬蜂犢子，天天和我吵架。我又沒法向她解釋，你們說窩囊吧，還不至於一腳踹不出個扁屁，小不忍則亂大謀麼……我琢磨如果一解釋，她一刨根問底，加上狗肚子盛不下四兩葷油，不壞事才怪呢！我說：『那不是我，我保證。』她問：『是誰？今天不說出來就死在你手！』我狠了狠心，話到嘴邊還是咽了回去……這個孫韶華，長得人模狗樣，看起來文質彬彬，黑邊眼鏡一挎，白大褂一穿，呵，知識女性！其實蠻魯糊塗橫，肉鍋煮燈泡渾得不透亮！結婚沒幾天就現了原形。我的工作得向她彙報，好像她是我領導，必須隨時隨地在她監控之下。我的一切都為她所有，哪怕是思想，稍一愣神兒就問我想什麼呢，非得說和哪個女人的『美事』；等我順著她哼哈了，還跟我打架，氣死人不償命……

2

「說起來也倒楣，文革來了，覆議階級，我家土改劃的是中農，這回一覆議，又改為上中農……土改麼，土改土改就是要改！西瓜皮擦屁股，沒完沒了！反正敵人越多越好、朋友越少越好！

「那時我和孫韶華還沒結婚。土改前，我爸爸收養個孤兒，成親另過以後，經常到我們家幫助幹些農活，種種地，收收秋，兩家走動得挺勤。一覆議，說是剝削！我爸爸說『他是我兒子』，工作隊不聽，算來算去剝削量湊到了百分之二十。好懸，如果湊到百分之二十五還得劃成富農呢！當時我正跟『走資派』吃掛落，工作隊純心要收拾我，放在現在，哼，諒他們也不敢……結婚前的事孫韶華也要管，跑去找工作隊打架。工作隊已經撤離，又去找當時的工作隊長，這個工作隊長造反精神更強，說她『反攻倒算』，三下五除二就把她罵了回來……她以自己是部長千斤，大學生，我上中農家庭出身，小學畢業，應該受她轄制。關於我的家庭出身結婚時也沒瞞著掖著，這會兒撓皺，黃瓜菜都涼了！她連上中農都瞧不起，可見怎樣對待地主、富農出身的了！她這個人階級意識特別強，真是她爸爸做出來的！我尋思她總會醒悟，可是越發變本加厲。

「忍無可忍就撕破臉皮，跟她對罵，什麼話損罵什麼，罵她是母老虎母夜叉母狗母狼，母這個母那個，還有河東獅吼孫二娘潘金蓮顧大嫂，凡能想到的能編出來的罵個遍，開始小聲後來大聲，開始背地後來當人面。沒別的能耐，罵人不用現學，真把我氣飛了……對對，馬潔說得不差，我是禿腦袋公老虎……公驢公馬公牛！她罵我更不堪入耳，捎帶著把那個工作隊長的祖墳都掘出來。天天吵鬧，她那個打遍街罵遍巷的媽氣得直哼哼，說了她幾句，娘倆就打架升天，哭哭嚎嚎，要抹脖子上吊。我說有精神病，她說是我氣的……」

吐彩霞說：「你的話玄了點，韶華姐可不像你說得那樣，她是在跟你撒嬌，我就不相信一個知識女性一下子變成了潑婦……」

「說潑婦還輕了點，反正女人的『劣根性』她有，女人沒有的劣根性她還有！」張增旺狠狠地說。

「哎哎，別擴大打擊面，我和百里可沒招惹你！」吐彩霞掀動薄嘴唇搶白。

百里玉妝把傷腿搬到茶几上，笑著說：「她太愛你了，愛到什麼程度呢？扭曲變形，有悖常理。」

張增旺說：「她的願望永遠也實現不了。上中農，上中農是什麼？現在農村劃分貧農、下中農、中農、上中農、富農、地主六個階級，有人把上中農向地主富農那邊推，開會的時候乾脆把上中農趕到地主富農那邊蹲牆根。現在參軍、入黨、進革委會，哪怕當工人、售貨員誰也不愛要上中農家庭出身的。中農尚且『牆頭草』，上中農自然倒向地主富農。現在黨在農村的階級路線是依靠貧下中農，團結中農……上中農呢？上中農被邊緣化了。」

「是這樣。」百里玉妝說，「這是韶華姐焦慮的根源。現行的農村階級路線來自『第二次國內革命戰爭』，《土地法大綱》，如今又有發展，把中農一個西瓜切三丫：下中農、中農、上中農，階級路線更量化了。韶華姐對你的政治前途很敏感，繫榮辱於你，認為上中農影響仕途，極要強的她不能不焦慮。你應當理解她。其實上中農也是團結對象。要向她講清楚。你倆的基礎並沒動搖，要有信心。另外……樓下有位住院大嫂講了個笑話：因為大辯論，父親拿燒火棍把兒子追得滿山跑，夫妻反目大打出手……你若親耳聽到會笑掉大牙。韶華姐在處理家庭問題上自覺不自覺表現出了造反精神。慢慢她會明白。你罵人的話夠絕的了，誰聽了也受不了，更何況韶華姐那樣有個性講自尊的人。她罵你『小人得志』，罵就罵唄，別往心裡去，調整一下情緒，多說些好聽的話，哄哄就好了，也別跟外人講什麼『母』什麼『吼』一類的話……」

「人說家醜不可外揚，」張增旺說，「我也尋思，和她對罵對我到底有什麼好處？在一般情況下，瞞還瞞不過來呢，即使跟你倆也沒打算說，不知怎麼一下子全倒出來了。」

「張大哥，說說也無妨，」百里玉妝說，「我送給大哥一句話。」

等了一會兒，張增旺說：「送我什麼話呀？」

張增旺等待，但沒有聽到下言；挑起黑眼仁，黑眼仁緊貼上眼皮停留了許久。百里玉妝只是笑。

吐彩霞噗哧樂了，笑道：「百里不是告訴你了嗎？」

張增旺撓撓禿頂，猜不出，也跟著笑。

「百里告訴你了，以後遇煩心事把黑眼仁往上挑，多挑一會兒，就像剛才那樣……哈哈！」吐彩霞說，模仿張增旺思索問題挑黑眼仁的模樣，引起一陣笑聲。

百里玉妝說：「張大哥是個極聰明的人，相信會有辦法。如果再遇到韶華姐發怒，儘量避開，慢慢感化，人心都是肉長的。女人最好哄了……」

「哄？給我啃腳後跟吧！」吐彩霞激憤地說，剛說完，覺得不妥，「張大秘，不是指你，你啃我才不讓呢！」

「怎樣，繞來繞去，把自己繞進去了吧，哈哈！」百里玉妝笑著說。

「告辭了……」張增旺起身要走。

3

「別走，」吐彩霞急了，「你說，韶華姐為什麼因為羊洪勇和你發火？」

「下回吧……」

「不行！」

「來不來又要挨批鬥了，好好，我說……簡單點行不，喳妹？」

「喳妹？」吐彩霞立起大眼睛。

「哼，你不叫馬潔，叫吐彩霞了，連晚上睡覺都沒老實氣兒，喳喳喳……不對麼，吐大妹子，喳大妹子！該我作踐作踐你了！」

「張大哥，你也知道吐彩霞的來歷？」百里玉妝問。

「知道，全縣都知道。做夢唱驢皮影……怎樣，吐彩霞，別光做夢唱，白天也吐一口！」

「讓百里唱吧，她比我嗓子好。」

「我是跟馬潔學的。」

「張大秘，叫百里唱段好嗎？」

「歡迎。」

百里玉妝並不推辭：「哼一段馬潔做夢唱影。」

百里玉妝表演馬潔夢中諸態，哼唱了一段太陽吐彩霞、小鳥找媽媽，嗓音清亮，笑意盈盈：「怎樣？」

病房內平添了歡樂氣氛。

「我宣佈，」吐彩霞仍覺得氣氛平淡，起身，繃臉，叫道，「最高指示：『革命不是請客吃飯』！現在批鬥會開始，把『勢力小人』張增旺給我揪上來！」

「這就動真格的了？」張增旺笑。

「別嬉皮笑臉，站起來！」

張增旺站起。

「貓腰！」

張增旺貓腰。

「百里玉妝同志，找雙臭襪子叫他叼著！」

吐彩霞學仇廣軍的樣子，倒背手，咚咚踱步。

百里玉妝笑著說：「馬司令，臭襪子就免了吧。」

「那就來我的那雙，打補丁的。」

「也免了吧。」

「那就先來個『燕飛』！」

「燕飛也免了吧。坐下一樣交代問題。」

張增旺笑著坐下來：「好傢伙，我算領教馬司令的厲害了。感謝革命群眾和馬司令寬大為懷。」

「態度還算老實！」吐彩霞說著取刀削蘋果。

「馬司令，本人吃蘋果從來不削皮。挨頓批鬥還真渴了。」

「邊吃邊交代！再晾杯水，渴著了韶華姐得找我算帳……先交代牛羊的事！」吐彩霞說，端熱水瓶倒水，故意在張增旺面前聳了聳；張增旺臉上掠過一絲諱莫如深的笑意。

張增旺端杯抿了口水說：「……孫韶華嫌羊洪勇俗氣，羊洪勇嫌孫韶華驕縱，到一塊就拌嘴。她希望她的這塊『紅布』不沾染任何污漬，尤其不允許家庭和社會關係出現問題。如果她老舅像大字報上說得那樣，一旦罷了官她將臉上無光。所以對羊洪勇必保無疑。事情就這麼簡單。

「籌備成立縣革委會在誰當主任的問題上野戰軍與武裝部系統各不相讓，展開激烈角逐，起先內定主任是我老丈人；誰知後來殺出個『全國勞模』巴宗……我老丈人根本瞧不起他，認為擼鋤槓的不如耍槍桿的。一天城關鎮武裝部長急急找我老丈人，說破獲一起炸毀縣武裝部、推翻縣革委會的案件。我老丈人馬上向常委會作了彙報，會上通過決議，責成我老丈人組成專案組接手這個案子。開大會，羊洪勇一夥大打出手，揪鬥了『反革命頭頭』于麻子，于麻子被打得在尿窩裡打滾。之後刑訊逼供升級，越搞越蠍虎，連『組織綱領』、『行動計畫』都搞出來了，定性為『四・二一反黨奪權』案。慢慢發現搞得不結實，翻案的翻案，自殺的自殺，漏洞百出。

「我向巴宗說：『你看于麻子像陰謀暴動的頭頭嗎？有那麼大韜略嗎？小雞子似的，一把就抓起來，大聲咳嗽嚇掉魂，出奇地窩囊。巴宗撓撓腦袋，犯開了尋思。我幫他分析案情，分析製造冤假錯案對他的影響。他把大腿一拍：『讓他媽當兵的搞去，別最後把屎盔子扣我頭上！我也不貪那個鳥功！』從此巴宗不再過問。巴宗很會見風使舵，橫草不過。屬工八的，覺得水裡不安全，趕緊向岸上爬。搞來搞去，案子實在進行不下去了，挨整的有的入了『五七』幹校，有的就地改造。

「看這情形，其他常委也不大上前了。孫部長與羊洪勇同病相連，不甘心就此罷手，又苦無良策。他明白要想搞下去非得巴宗下決心不可，搞不好，至少有巴宗作擋箭牌。於是想到了我，叫我出面說服巴宗。孫韶華利用我和她的特殊關係推波助瀾也就是很自然的了。可惜我不上套，也不惹他們。已經冤枉了不少好人，還要繼續冤枉下去？再則，我既然是巴宗的秘書也得適當向他負責，不能眼看他也掉進井裡，露個小腦袋劃拉水！案子聲勢這麼大，牽扯的人這麼多，後果這麼嚴重，早晚要翻過來；有人要身敗名裂的。」

「既然這樣，為什麼不向你老丈人和韶華姐說呢？」百里玉妝問。

「說來著！可是，剛提個頭就頂回來。他跟巴宗已經到了『凡是敵人反對的我們就要擁護，凡是敵人擁護的我們就要反對』的地步，都在活學活用……你們的韶華姐？更聽不進去！這爺倆，把好心當成驢肝肺。我老丈人和羊洪勇姐夫小舅子穿一條褲子嫌肥，孫韶華說我胳膊肘向外扭……現在，爭權爭紅了眼，就像出殯搶幡兒，搶掉了孝帽子！可能這就是政治。不明白？農村的大事小情瞞不了我，就是，就是老財主出殯，嫡庶兒子、大小兒子搶著扛幡兒，紙糊的……沒有兒子的別的親屬搶著扛，誰扛幡兒誰有財產繼承權。屍骨未寒就搶起來，想想，哪有不搶掉孝帽子的！孝帽子就是一塊白布包住頭。哼，別看鼻涕一把眼淚一把，哭得死去活來，我算看透了，權欲無親情！不信，向小縣城瞧，向北京瞧，向全國瞧，那光景多好！出殯出殯，搶搶搶！掉掉掉！人腦袋打出狗腦袋！」

百里玉妝笑道：「看來蹲『牛棚』也有好處，遠離更大的是非之地。」

「人間自有真情在……」張增旺突然說，似乎很隨意，卻另有意味。

聽了這話，吐彩霞不高興了：「哎哎，別自作多情，你還是和韶華姐講真情吧！」

百里玉妝從張增旺的停滯的黑眼仁讀到了異樣的東西，艱澀難懂……

第十七章　性恐懼打敗雄獅　再試陣張惶棄城

從前不知疲倦地體驗從脹滿到緩解的快慰，每一次過後都產生一種痛悔感和負罪感，如今所有這樣感覺都是求之不得的幸事。他萎靡不振，恍恍惚惚，完全失去了虎虎生氣。

她的身姿猶如熹微晨光裡以天穹作襯景的燕山某個段落的剪影，特別那細腰和修腿間圓潤的突起，成熟性徵和熱烈愛魂勾勒的弧線。一個睡美人，她的面頰紅裡透白白裡透紅，是藝術大師用玫瑰染料在宣紙上的點染，從腮部漸漸擴展，濃淡相宜，鮮活靈動，渾然天成。

他最終衝破「馬其諾」防線……然而，像灶膛裡的火炭剛扒出來就熄滅了，冷卻了，縮成了筋骨全無的死灰，於是拼力掙脫，撞門而逃！

1

吐彩霞躡手躡腳進屋，回身示意何偉雄跟進。何偉雄擦拭眼鏡片上的水霧，脫棉大衣掛在衣架上。

吐彩霞指沙發悄聲說：「先坐這，喝點熱水暖暖身子。忘問了，吃飯了嗎？千萬別餓著，餓乾巴了百里可饒不了我。吃了，在哪兒？衛生局，還是別人管的飯，人走茶不涼呀！這幾天百里的情緒不太穩定，夜裡眼珠子睜得燈籠似的，可能現在剛睡著，別打擾她。上午複查，傷口癒合得挺理想，很快就能出院，別擔心……我一直在踅摸你，這麼巧，撞上了，是怎麼來的？」

何偉雄向床上的百里玉妝瞟了一眼說：「騎別人的破自行車！班長叫我進城買筆、墨、紅綠紙，寫大字報用。」

「知道誰叫你進城的嗎？是她！」吐彩霞指了指百里玉妝，「我說她想你了，她反咬一口，說我想誰誰誰了。其實她那點心思瞞不了我；就給李阿姨捎信，設法讓你來一趟。準是李阿姨找你們班長促成的。別忘了，是你親愛的想你，招你來的……發現她這幾天瘦了。」

何偉雄抬眼，猛然發現百里玉妝正看自己。

百里玉妝鼻孔和嘴唇輕輕翕動，竭力克制著，可是，越克制越翕動。在美麗的「月牙湖」裡，熱烈企盼和企盼煎熬釀制的湖水氾濫了。

吐彩霞取毛巾遞給何偉雄，示意給擦淚。何偉雄木木坐著。百里玉妝接過，邊擦邊說：「圈籠子太難受……」

吐彩霞明瞭是在掩飾相見的欣喜，向何偉雄說：「我出去辦點事，不許怠慢我們姐妹，提防點，小心找你算帳！」說罷，握拳示威，作個鬼臉，笑模悠悠出了屋。

「七八十里山路，冰天雪地，難為你跑一趟。」百里玉妝似在抱怨，起身下床，扶床沿挪到沙發前，相視而坐。

何偉雄仍木木坐著。

百里玉妝笑盈盈看著他。他頭髮蓬亂，鬍子拉碴，臉也明顯瘦了，鏡片後的眼睛低垂，游移。

「怎麼，生病了？」

「沒有……」

「準是騎自行車累的……來，到床上躺躺……怎打墜葫蘆呀……這有水果，解解渴……不渴……那就等會兒吃。要愛惜身體，千萬別像我，遭罪的是自己。你我不能再有閃失。來，扶我走走，醫生說加強煆煉能儘早癒合。」她說，扶沙發站起，伸出手；何偉雄捏住她的指尖繞過茶几。

兩人在屋裡慢慢走動。她靠向他，他卻向另一邊側歪，儘量不讓靠得太緊。她的髮際和臉頰發出奇異的氣息，這氣息曾使他聞也聞不夠甚至一想起來就為之心跳，現在雖也心跳卻出於無奈的哀傷。她也聞到了他的氣息，他的氣息還是那麼誘人，便在帶有寒氣的臉上口鼻並用滾動，吮吸，很是快意。這種快意傳遞到臉上，玫瑰腮暈越發灼人，傳遞到眼裡，束束生輝。她需要撫摸，溫存，緊緊攥著他的手向自己身邊拉，他則虛與委蛇，甚至向外掙，掙，又不敢用力。

藏金洞幽會以後，他的沖天熱情突然跌落到冰川雪谷；環境惡劣、長期體力透支加上急火攻心，摧垮了原本嫩稚脆弱的神經。做夢娶媳婦已口漸減少，即使做也發生了很大變化。新媳婦的面龐似乎是百里玉妝又似乎是別的女人，後來完全沒了百里玉妝的影子；不管是什麼面龐無一例外敗下陣來。從前不知疲倦地體驗從脹滿到緩解的美妙，每一次過後都產生一種痛悔感和負罪感，如今所有這樣的感覺都是求之不得的幸事。他萎靡不振，恍恍惚惚，完全失去了虎虎生氣。再後來，連娶媳婦的美夢也不做了，見了女人就躲。貓被窩嘗試激昂亢奮的過往，卻如一台出了毛病的拖拉機，用搖桿拼命搖，也只是有氣無力地吼一下，冒股煙，接著便熄火……越發惶恐不安。他無顏見百里玉妝，也無顏面對自己。偶爾還會心悸，聽打井放炮竟嚇出一脊樑冷汗。胸中好像有條鯉魚打挺，突然樸稜一蹦，停一下，隱隱作痛，就掐脈看錶，計算停頓間隔。別人說是病了，建議去檢查吃藥，都被他拒絕。他心裡有著極隱蔽的話想要傾訴，卻不知向誰傾訴，怎樣傾訴，其實已經沒了傾訴的勇氣。機械地吃飯睡覺，機械地刷牙洗臉，機械地上山幹活，專愛蹲在人群以外直眼發愣，好似輕飄飄的蟬蛻在風中抖動，隨時可能脆裂，好似整日被一個黑色翅膀籠罩著，一切擺脫的辦法都不能奏效。

此時百里玉妝對他的反常情緒雖有所察覺，但認為是多日不見的生疏感或者對自己生病的憂慮所致，沒去多想。況且熱戀中的女人最愛犯傻，即使平時心很細，由於太陶醉也容易忽略男人微妙的變化，所以對他的到來仍像樂鴿子似地高興。

2

來到窗前，何偉雄呆呆看窗臺上擺放的鵝蛋殼。

「猜這是什麼？」百里玉妝幾分嬌憨幾分驕傲地問。

「鵝蛋……」

「知道來歷嗎？向你彙報，哈哈！住院以後，馬大嬸——幹校伙房那位眼眉耷拉到臉上的結巴，馬那個來，馬來的媳婦，家住醫院後身——說醫院的伙食不好，讓我倆吃她家的飯；馬大嬸慈眉善目，心腸特熱，一提我倆在幹校受苦就拔眼淚薅子。馬大嬸早就認了馬潔當乾閨女，比親閨女還親。每回都是馬潔先在她家吃完飯，給我用保溫飯盒捎點來。馬大嬸知道南方人愛吃米飯，想方設法掏喚大米，單獨給我做著吃……能在一個鍋裡做出粗細兩樣飯。還調著樣做菜。馬大嬸發現送鹹鵝蛋來者不拒，就隔三差五送幾個。她自家養的鵝，鵝蛋都醃起來，留馬大叔下酒的。一來二去，一罈鹹鵝蛋差不多讓我倆吃光了。

「馬潔在工藝美術廠蹲過點，由蛋雕工藝品受到啟發，把鹹鵝蛋的一端磕個小眼兒，用筷子從裡邊一點一點摳著給我吃，剩下的蛋殼就用小刀刻出圖案。後來我倆一塊創意一塊畫一塊刻。刻壞了不少蛋殼，想起來怪心痛的。還準備了專用工具，你看，幾種型號的刻刀，錯刀，量尺，顏料，都是馬潔套近乎從工藝美術廠弄來的……哈哈，病房成了手工作坊了……刻好了蛋殼，先在藥瓶蓋外刻卐字，蓋裡灌上蠟油，趁熱把蛋殼帶眼兒的一端偎在蠟油裡。蠟油能從蛋殼的小眼兒透進去，呈蘑菇形，等凝固了也就穩了。你薅薅，看能不能薅下來……」

何偉雄搖晃搖晃蛋殼，確實很牢。

百里玉妝指著一個蛋殼說：「這是馬潔的作品，取名『日出漁村』，太陽和太陽光線是鏤空的，小漁船、房屋、人物只刻掉硬皮，露出裡邊軟皮……這個也是馬潔的，取名『母子情』，鏤刻一隻大鳥和一隻小鳥，大鳥受傷了，要死了，翅膀在流血，嘴裡還叼條蟲子，小鳥正張黃嘴丫嗷嗷待哺，取材於驢皮影小鳥找媽媽的唱段，不過同原意有了很大變化，悲愴了點。你看能不能收到以小見大，無限寓於有限的效果？馬潔說，『等幹校把我開除了就回家當牧鵝少年馬季，刻蛋殼賣，不下海打漁了。』是說電影《牧鵝少年馬季》，你我在王府井南口的電影院看過，一個星期天，還記得嗎？當時你說要和我去放鵝，讓鵝看家護院，我們的家就在一片大草場上，門前開著野花，有條小河！」

何偉雄似乎專注卻茫然地聽著。

「這個是我刻的，叫『月沒竹梢』，記得麼，在打穀場上，你說要感天地泣鬼神的那天晚上……這個叫『水洞仙音』。你不是說要舉辦個神仙音樂會麼……山洞，鐘乳石，水上小船，唱客家山歌……記得麼？我琢磨，唯有聲音不好表現；想你說的意境，想古典詩詞，才有了靈感，確定：以青山為背景，刻個岩洞口，流出河水的五線譜，上有兩個跳動的音符。我想，這是靜中的動，凝固了的旋律。洞外有個牧童騎在牛背上，托腮側耳，手裡拿支笛子……我想起了藝術鑒賞的一個常識：通過聯想和想像，在頭腦裡喚起一種形象，或者說情感意象，使每個人都能從自身的經驗中得到不同程度審美享受。不知為什麼，在你跟前總喜歡表現，就像泉水向外冒。泉水泉水，你就是源頭。你看，上邊還有幾行小字呢，念念，你不念我念——『洞裡笛蕭鬧，牧童拍牛到，急急向裡闖，抓耳無門票。』哈哈，你這位主辦者應該讓牧童進去，別收門票呀，我給說情了……哈哈，都是消愁解悶的！你很有鑒賞力，覺得好玩就揀喜歡的帶回去。」

何偉雄捏起「月沒竹梢」呆呆地看。

「你一定喜歡這個了，」百里玉妝高興地說，「帶著它吧，加小心，蛋殼容易破碎。」

「破碎，破碎……」何偉雄順口答音。

3

「說什麼呀，先沒了信心！」

「……」

「我想個辦法，保證安全無虞。」

百里玉妝扶床繞到沙發前，在床頭櫃裡翻騰一陣，取出圓筒飯盒，打開，裡邊盛著滿滿當當剝好了的葵花籽，笑道：「把『月沒竹梢』裝在這裡！你先吃點，騰地方。」

何偉雄看飯盒，一臉疑惑。

她很得意：「馬潔有辦法，掏噢好幾斤不要票的葵花籽，怕我寂寞，就一邊嗑一邊說話，挺有氣氛。

後來見我光嗑不吃，攢下來，說，『又想你的那個……了吧？』說得我不好意思。她也光嗑不吃了，也攢下來。都是給你攢的！她還說，『我嗑的籽仁兒可別沾了唾沫，我的唾沫可不讓你的那個……光給你的那個攢了，饞得我流哈刺子！』就翹起薄嘴唇用牙嗑個口兒，然後用手剝。難為她了，多善解人意，只是現在還沒對象，誰找她誰福氣……我尋思，你在幹校不方便嗑，裝兜裡，想吃就抓一把按一口。又沒人跟你搶。哈哈，你這個冤家，我怎處處想著你呀！來，先吃點，可香了。」抓一小把放在手心，挪著，繞過茶几，坐在何偉雄身旁，扳過頭，向嘴裡按。

何偉雄木木咀嚼。

「香嗎？」

「香……」

她給何偉雄揞一口自己也張一回嘴，大鳥餵小鳥一般，又像做了件意義非凡的幸事。

她捏一個葵花籽仁兒放在手心，笑著說：「偉雄，你說這是什麼？當然，葵花籽的仁兒。為什麼叫仁兒呢？仁字，在已經出土的甲骨文裡還沒有發現。後來孔子用得最多。你看，仁字裡的人，兩個人，或者平躺著，或者並肩而立，可能在山洞，可能在林邊草地，我更願意在林邊草地，那裡有太陽，有野花。兩個人，一男一女，在做什麼？我猜，準是女的拉男的手，摸肚子，說是他的孩子，用現代人的話叫愛的結晶；又興許是兩群人，比如兩個部落、兩個民族，彼此友愛共居，平等，自由。核心是愛。仁，不僅象形，還是抽象思維的應用。古人很早就懂得了形象與抽象的關係，在文字創造上做得這樣巧妙。仁字出現晚，我判斷，距今三千年吧。稍一靜下來就亂想，該聽你的高見了。」

何偉雄見她頑皮執拗的眼神，忽然感到梅江畔、懷抱中的她睫毛在自己胸脯上的拂掃，氣息的溫熱；身上勃一下，熱一下，低了頭。

「仁又是生命。你看，這葵花籽，仁兒，包含了葵花生命的基礎物質，根、莖、葉、花、果的全部資訊；有著個性，沒有一朵葵花是完全相同的。核桃仁兒、栗子仁兒、花生仁兒，大凡仁兒都這樣。還有，既然是仁兒，就有堅硬的外皮，起保護作用；是說，人們渴望一個安全的生存環境。我分析，古人先管植物果實的仁兒叫仁兒，逐漸明瞭仁兒的意義，才把仁字作為道德核心提倡的。你看，一個仁字該有多麼豐富深刻的內涵——哈哈，又是愛，又是生命，又是安全防護，又是不竭希望！可惜，剝掉了外皮，失去了保護，沒法實現繁衍生命的使命了。你看，滿滿一飯盒。我嗑的，帶了口水。你現在就是我的小鳥，小松鼠，來，張大嘴！」

她又餵了一口，煞是得意，並把床頭櫃裡的食品都搬上茶几，忙著砸核桃、剝栗子、削蘋果，自然少不了摳鹹鵝蛋。拖傷腿蹦跳著，旋風般地轉，也不管樂不樂意一概向他嘴裡送。他竟然胡亂地吃，並不怕鵝蛋鹹齁嗓子。

「因禍得福，住院以後吃到了平時很難吃到的東西，市面上不多見。」她笑著說，「多吃點，吃不了帶回去。」

他眼裡噙著淚水。

她上前捶背，嗔怪：「噎著了吧？慢慢吃……喝口水向下順順。」

她心裡酸楚，悲哀地想：「林邊草地在哪呀，我的林邊草地！洞穴在哪呀，我的洞穴！還有結晶！」倒了杯開水，用另一隻空杯子來回對折，等到溫熱了，端給他，就勢湊近，依偎在身旁，用鼻子在他油漬漬的臉上滾動，瞇眼屏息，美美地笑。並張開五指一邊梳攏他蓬亂的頭髮一邊說：「頭髮多好，粗，黑，亮，豬鬃似的，不過得理了。我不願看見你邋裡邋遢的樣子，不能都改造成邋遢神兒，比農民還農民！其實農村小夥子哪怕衣裳補丁摞補丁也有乾淨俐落的。因為家裡有個好媳婦。男人不提氣，人家不笑話男人，說媳婦過日子不成攤兒。以後我要把你打理得乾淨俐落，精精神神，給你洗衣做飯，縫縫連連，洗脖子……快照照鏡子，看脖子多黑，賽過黑車軸了，白襯衣領口跟頭發一個色，溜光鋥亮！聽勸，以後多關照自己，勤快點，啊？再不你先去商店買件襯衣，把這件脫下來洗洗，反正我也能走走撂撂了。」

她伸手捏他的棉褲，問冷不冷。從腿捏到襠，突然叫道：「哎呀，這怎沒棉花！褲裡褲面也撕開了！快站起來讓我看看！」

他不得不站起來。

她帶著哭聲說：「這麼冷的天，你還穿著開襠褲！耍單兒！成了兩三歲小孩！兩三歲小孩穿開襠褲還圍個棉屁股簾兒呢……棉褲綳開綻了怎不自己縫縫！脫下來，上床圍被子坐坐，讓我先把堆在褲腿裡的棉花提上來，絮一絮，再用線納納，立刻就縫好，這有針線。」

但何偉雄不動，捂著外邊的單褲。

她只好歎氣作罷。但一再囑咐，第一件事就是縫棉褲，並取出自己的絨褲讓他套在裡邊。他還是不肯就範。

她拉著他的手說：「進屋半天了手還這麼涼，滿手皴，虎口也裂了！這有開水，燙燙手……」

她挪著從衛生間端出臉盆和熱水瓶，向盆裡倒了熱水，兌了涼水。伸手試試，「不熱，把手給我。」抻過他的手泡在水裡，「多泡會兒。涼了再加熱水。疼嗎？一定疼，我知道。泡好了退退老皴。」

4

她給他退了皴，擦了手，抹了蛤蜊油，不住叮嚀：「別忘了，從今天起常燙手，虎口貼膠布，幹活帶手套。把蛤蜊油揣著，燙完了好好抹抹，別伸出手來讓人看了像糞叉子！」

她抱起他的手貼在自己鮮嫩的臉頰上揉搓，大滴淚珠滾落。

他機械地給她擦淚。

「我說的，都記住了？」她哽咽著問。

「記住了……」他機械作答。

「難得一見，哭什麼！」她責怪自己，揉搓他的手，「我想好了，等逃過這一劫就結婚！請馬大嬸幫忙租個小屋，過平安日子。我要給你生孩子，抱孩子去你家，讓公婆高興；連公婆高興的樣子都想過無數遍。然後去梅江，讓孩子住一住祖居，向小尿缸撒泡尿，用尿淋菜。再去曼谷，在曼谷舉行婚禮。婚禮上，給每位來賓送一包長城板栗，一包北京胭脂花籽，這看似平常，可都是祖國的東西……啊，祖國！俄國人管祖國叫祖父，奧切次，英國人的祖國由母親和土地構成。祖國是生我養我的地方，我的祖先，我的親人，我的梅江，我的黃河，我的長城，我的酸棗，我的野兔，我的土樓……怎麼，止不住落淚……讓我爸我媽坐在前面照張全家福，可能還有　位新媽……不曾謀面的弟弟和妹妹……照片上我穿著可體的旗袍，你穿著對襟的唐裝，雙手托著我們愛的『結晶』。說起來真特別，抱孩子舉行婚禮！不不，不抱著，騎在你脖頸上……我相信會有那麼一天，什麼都會有的，列寧說『黑列巴』會有的……」

「會有的……」她哭著，笑著，比劃著，「現在我很放鬆，不再像以前那麼怕了。住院前馬開達跟我談話，我判斷，他們並沒有掌握那些東西。還記住仇廣軍一句話，『死豬不怕開水燙』，即便他們掌握了那些東西，也沒什麼了不起，愛怎麼定性就怎麼定性，由他們折騰去。怕也沒用，李阿姨說『有事不怕事，沒事不找事』，既然找了事，怕有什麼用，後悔有什麼用！倒擔心你，怕你的心總七上八下的。」

何偉雄真切感到了這間病房充溢著的女人特有的芬芳，特有的細密，特有的情愫。而幹校南北大炕卻蜷縮著、直挺著一群饑渴難耐的男人，散亂，淒清，講粗話，罵祖宗，各懷心事，無端仇恨，一個火藥筒隨時可能爆炸；還得羔羊一般溫順，痛表無限忠誠，洗心革面，其實都巴望儘早逃離。而且，改造來改造去，改造出一個怪胎，一個棄兒，失去了男人的尊嚴！

百里玉妝感到傷口發癢，側歪在床，向著他。

何偉雄望著百里玉妝坐了許久。

經過短時間休整，她越發地秀美了，並帶了幾分大膽的不可抗拒的風騷！她的身姿猶如熹微晨光裡以天穹作襯景的黃山的某個段落，段落的剪影；那是細腰和修腿間圓潤的突起，女人成熟性徵和熱烈愛魂勾勒的弧線。好一個睡美人。她的面頰紅裡透白白裡透紅，是藝術大師用玫瑰染料在宣紙上的點染，從腮部漸漸擴展，濃淡相宜，渾然天成。玫瑰叢中的月牙湖笑意盈盈，嬌憨地招呼：「過來呀……」

何偉雄突然感到體內有股久違了的實實在在的東西蠢動，撩撥得心狂跳，血急湧，昂揚而飽滿，便怔怔地向前靠近。床前，嗅到了多麼熟悉、多麼具有誘惑力的氣息呀，這種氣息襲襲撲面，使他的每個細胞都在躍動，每根毛發都在顫抖，每條神經都在燃燒。他驚異。他慌亂。他不由得想起藏金洞的失意，打算退走……然而，難以扼止的誘惑和突然萌發的力量又使他勇氣猛增，最終衝破「馬其諾」防線，雄獅般撲上去……

那是自由馳騁的天地……溫馨快樂的家園……未知生命的源頭……

但是但是，他的激情如同灶膛裡的火炭，剛扒出來就熄滅了，冷卻了，變黑了，癱成了筋骨全無的死灰，於是拼力掙脫，撞門而逃！

第十八章　古城三姝齊聚首　幾多歡樂幾多愁

「逼人趴冰臥雪買貼大字報用品！還必須當天打個來回！八成他媽死了等著燒紙……得問問，到底專誰的政！」

「他應付我，往好了說瞎子扛口袋進屋就倒，你們沒結過婚，不知道有多苦……」

積鬱一口惡氣，想拼力吼出，卻咬起牙，從僵硬的兩唇的縫隙緩緩地長長地扁扁地擠出，直到胸中鯉魚打挺，隱隱作痛。

1

吐彩霞騰騰進屋，直奔暖氣，撣眉梢冰霜，焐手搓手，跺著腳叫嚷：「外邊嘎巴嘎巴冷，風像小刀刮臉，腳也貓咬了似的，零下二三十度呀！滿大街不見人影，沒事千萬別出去！」回頭看百里玉妝，百里玉妝正癡癡盯茶几上的飯盒，飯盒上的蛋雕。「你猜我買了什麼？」吐彩霞掏出個紙包打開，「先嚐嚐，煮海蝦！就是小了點，倒挺新鮮，節巴清楚，八角一斤，這是五角錢的。買前先嚐了幾個，售貨員見嚐個沒完直拿衛生球眼珠稀罕我，哈哈！」取了一隻剝開，嚼蝦頭蝦尾，把蝦肉向百里玉妝嘴裡送，百里玉妝扭過頭，就追著向嘴裡哈氣。

「沒福消受……喂，親愛的呢？你——親愛的呢？」

見百里玉妝毫無反應，上前抓撓胳肢窩：「別小佛爺似地坐著，他呢？」

「走了！」

「怎麼可能？棉大衣還掛在衣架上。」

「是走了！」

「唬我吧？」吐彩霞說，發現百里玉妝可憐巴巴，汪著淚水，「怎麼，我出去這一會兒就不親愛的，生氣了？好個姓何的，敢氣我妹妹，等著吧，我抽了你的筋！」起身就要出屋。

「別找了，興許回幹校了……」

「為什麼？」

「別問了！」

「什麼時候走的……噢，估計走不遠，追！」

「別去別去，追不回來！」

一把沒抓住，吐彩霞氣乎乎衝出門。

吐彩霞跑到醫院門口，東瞅西看不見何偉雄的蹤影；剛好旁邊有輛自行車沒上鎖，就騎上向幹校的方向追……

百里玉妝異常焦急，挪到窗前向外搜尋。窗外景物模糊，便掏手絹擦淚，擦玻璃窗的水氣。這情形，活像一個非常懂事的小姑娘，本來沒做錯事卻挨了媽媽摟頭蓋臉一巴掌，解不開委屈。

院子裡，狂風捲起垃圾東踅西蕩，偶爾有人出入也把頭臉蒙得嚴嚴實實，一溜小跑，離拉歪斜。古城的大街上，狂風把電線扯成平弧，劇烈甩動，淒厲地呻吟，嗥叫，電線上掛著紅紅綠綠的大字報殘片，一些殘片刮向空中，一些殘片又掛上去，如同艦艇桅杆上撕碎了的萬國旗。濃煙剛從鍋爐房的煙筒口冒出就被狂風抹下，擰著個撲向附近低矮的平房，撲向大街烏漆抹黑的漢白玉牌樓。燕山和長城在灰色的氣漩裡若隱若現，忍受著尖利的掃蕩。亂雲不斷分化，組合，逃竄，惶惶如漏網之魚，找不到安身之所。她認為天上的雲就是自己和偉雄，聚散飄忽，很難走到一起。她渾身發抖，頭腦好像凍住了，失去了思索能力，只能簡單向自己發問：「我錯在哪？他怕什麼？」

她把窗子推了個縫，探出手，立刻，寒風裹著煤灰灌滿全屋，指尖凍得生疼，不得不趕緊關上。她擔心何偉雄，更擔心吐彩霞，吐彩霞過於莽撞，非凍壞不可，臨出門連手套都沒戴……

這時，屋門被咚地撞開，門扇哧嚓撞到牆上：吐彩霞帶著一身寒氣撞進來！

百里玉妝一驚，連忙跳上前，把她拉向暖氣，擦臉上的淚水：「傻姐，凍哭了吧……」

「沒……是風颼的……我弄了輛自行車追，出北關，過護城河，又是上坡又是頂風……棉襖打透了，手腳不知道疼了……」吐彩霞磕搭著牙說，聲音已不連貫，「騎騎，突然明白過來，咳，在這個挨千刀的天氣，他沒穿棉大衣，不可能回幹校……白里，你說我多缺心眼兒……」

百里玉妝焐吐彩霞的手，長籲口氣說：「謝天謝地，你多虧回來了！凍個好歹的我又要牽條腸子……快上床蒙被躺會兒，算妹子欠了姐的高情大意。」

「可別這麼說，是我樂意的……那，他到底跑哪去了呢？我猜，或者去了衛生局或者還在縣醫院，讓我再去找找！」

「說出大天也不放你出去了！其實我倆那點事兒沒有可大驚小怪的。」

「盼星星盼月亮把他盼來了，他竟敢氣你，甩袖子就走……看把你氣成這樣了！」

「沒氣著我。可能我氣著他了。」

「不信，準是姓何的欺負了你！」

「沒那事。」

「到底為什麼？」

「別問了，較真我也糊塗。」

2

正刨根問底，聽走廊來人，腳步急促，說話脆生，「下凡仙女，貓得結實，到了我這一畝三分地兒，」隨話音，來人推門而入，「到了我這一畝三分地兒，竟毫不知曉，顯見我拿大了！」一位女醫生活脫脫亮在眼前。

兩人愣住了，慌忙起身。

女醫生架著寬邊眼鏡，麥黃臉帶著親切卻故作不滿的笑容。白大褂罩著綠軍裝，口袋裡露出聽診器。胸前別了枚大號毛澤東像章，紅光閃閃。

女醫生見兩人驚訝，笑道：「剛得信就尥蹶子向這跑，心嘭嘭直跳！先檢討，我這個當主任的太官僚了，竟敢怠慢我們姐妹，下凡仙女……」

「呀，白衣天使！好精神！都認不出來了！」

三人蹦高高，摟脖子抱腰，擊掌貼臉，噓寒問暖，猶如演出一場說唱念打蹦、喇叭鑼鼓齊上陣的大戲，亂了點兒，聽不出個數！

這是古城政府機關最出眾的三個美人分別以來的第一次相聚。

「韶華姐，知道你太忙，沒敢打擾，妹子虧理了。」百里玉妝抑制興奮，綻開笑臉說，請孫韶華落坐。

孫韶華說：「先別坐，看我帶誰來了?!」

這才發現何偉雄立在門外。

吐彩霞拉下臉，立起大眼睛喝斥：「好個姓何的，你敢氣我妹妹！你以為甩袖子就甩乾淨了？害得我快追到幹校，凍成死倒，耳朵還在火燒火燎……過來，給姑奶奶貓腰請罪！」

何偉雄撓頭，不動窩。

「別難為他了，給我個面子。」孫韶華笑著向吐彩霞，「行了，我替他道歉，不看僧面看佛面……偉雄，別遠遠站著了，」說著把何偉雄拉過，推向百里玉妝，「完璧歸趙，毫髮無損！百里妹子，饒了他這一回，假如他賤皮子再敢起刺兒，不用你，不用馬潔，我一個人就撕爛了他！」

百里玉妝問：「你們是怎麼碰見的？馬潔四處找都凍哭了……」

孫韶華笑著說：「說來也巧，院革委會例會剛散，出會議室，偉雄過來，見我想躲。問是怎麼來的，他不答言。問是不是病了，他搖頭。問百里妹子怎樣，他說腿砸壞了，正住院。問有沒有陪床的，說是馬潔。問現在上哪去，他說回幹校。我琢磨，百里妹子住院他卻急著回幹校……沒容分說，把他提溜到這。

他不願來，推著搡著才上樓……說也是，我真地太忙，壓根不知道百里妹子住院，早知道早跑來了，妹子可別挑理！」

孫韶華簡單看了看百里玉妝的傷腿，問了問有關情況，然後說：「你跟偉雄為的什麼呀？是不是小倆口慪氣了，哈哈！」

孫韶華看百里玉妝；百里玉妝紅臉，看何偉雄。何偉雄悶不作聲，但見幾雙眼睛盯著自己，從牙縫裡擠出半句話：「不為什麼……」

吐彩霞要發火，孫韶華示意制止。吐彩霞用食指點何偉雄的腦門：「多大能耐呀，專揀脾氣好的欺負！這筆賬非算不可，叫你啃腳後跟——長記性！」

「啃腳後跟也輪不到給你呀，你我是外人，別狗拿耗子，哈哈！等會兒我們走了，偉雄，好好給百里下氣，不興調歪。聽姐勸，啊？」

何偉雄囁嚅著說：「不，該回去了，寫大字報的東西還沒買呢，班長讓當天回去。」

孫韶華輕輕冷笑：「不就是寫破大字報麼，不寫還好點！有人倒挺當回事，安上個小帽翅兒就不知道東西南北了！這麼遠的路，這麼冷的天，讓他們一天打個來回試試，站著說話不腰疼，累死人不償命！誰是你們頭兒？誰……馬開達，仇廣軍！更不回去了，我當家了！這兩個傢伙把『五七』幹校搞得烏七八糟，哼，逼人趴冰臥雪，買貼大字報用品！還必須當天打個來回！八成他媽死了等著燒紙……得問問他們，到底專誰的政！資產階級打著紅旗反紅旗，他們卻無動於衷。就說那個『四·二一』反革命奪權案，至今還懸著……不提他們不長氣！馬開達、仇廣軍那點能耐都哪去了！我看是想回家給黃世仁耪地……偉雄，今天無論如何也不回去了，聽我的吧！別怕他們，我撐著！」

3

見何偉雄有些犯難，孫韶華又說：「招待所范大肚子管吃管住。嫌遠就住醫院招待室，衛生局的老人了，不怕有人說閒話。」

吐彩霞不時用大眼睛剜何偉雄：聽到了吧，不張羅走就饒了你！

「說歸說，鬧歸鬧，我得履行職責了。」孫韶華急召外科主任複診，看片子，囑咐精心治療，並瞭解了晝夜室溫變化，檢查了每個死角的衛生狀況，顯示出令人眼花繚亂的幹練，無可置疑的權威，一切停當了，方才坐在沙發上歇息，難以掩飾得意之情。

吐彩霞攬著孫韶華的腰說：「真想不到，我們姐妹出了個一呼百應的大領導。你們醫護人員整天哭喪著臉，不嗆人不說話，好像上輩子欠了他的；也怪，在你跟前就藹聲藹氣，順牆根立規距了，全變成了耗子！韶華姐，讓我摸摸，是不是貓托生的，長了瘆人毛！」

「給我老實點！」孫韶華打掉吐彩霞的手，「你不明白，這叫民主集中制，你當領導也一樣。」

「啊，可明白了，民主集中制就是貓管耗子！縣裡，主任管副主任，副主任管組長，往下一級管一級，最終，當官的管老百姓；巴宗誰都管，一個人大拿，不是這樣嗎？全國都得聽毛主席的……大大拿，別給我扣帽子，我說的是『三忠於』、『四無限』。百里，我說的對嗎？反正韶華姐在這，說對說錯，沒人揪辮子。」

「百里，你給評評理。」孫韶華也說，「你最有學問，給分析分析，以後遇到馬潔的謬論好駁斥。」

「我沒體會，說不準。依我看，從民主集中制提出以來，在執行中，確像馬潔說的，一個人站在塔尖，下邊服從。這個人就是一把手。韶華姐的做法與常規一致，有時也很有效，醫院短期治理的效果就是證明。」

「我就是看不慣，貓管耗子，哼，把人管得順理調邊，換了我，於心不忍！」吐彩霞說。

百里玉妝笑了笑：「其實我也疑惑，任何組織的原則最核心的是少數服從多數，可是，現行原則的其它規定又限制了這個核心的實行。如果加以擴大，變成法律，就說不通了。再極端的一把手制，我今天見到了。」

吐彩霞說：「怎樣？主任大人，給你上的課，聽到了嗎？哼，別當了官就長瘆人毛！」

孫韶華說：「你認為我長疹人毛，你當去呀！」

「我祖墳沒冒青煙。我爸是打漁的。」吐彩霞起身，故意躲避孫韶華。忽然煞有介事地說，「說到打漁，你算趕上了……」把煮海蝦攤在孫韶華面前，「怎樣，不賴吧？瞧，暄紅暄紅的……」

孫韶華掩鼻，後仰：「嘖嘖，請走，我嫌熏人！」

「沒福消受！」吐彩霞白了一眼，撇了撇薄嘴唇，取一隻扔進嘴，邊嚼邊說，「忘了吃飯和我搶臭豆腐了……我也是不知進退，當著陳勝說撿豆，還不宰了我！」說罷在自己的臉上摑巴掌，「我叫你沒臉，我叫你沒臉！」

「記吃不忌打！」孫韶華給了吐彩霞一拳，「越來越耍貧嘴了，把你那點聰明勁兒往正地方用用……馬潔，當領導得先學《為人民服務》，你能背誦嗎？一較真就露餡了吧……我當院革委會主任以後專抓背誦《為人民服務》，現在連看門老頭都背得滾瓜爛熟，莫說醫護人員了。還有《紀念白求恩》。開完早會我馬上到下邊檢查，凡遇到對患者態度不好的，分管衛生區有髒物的，不直接批評，先背誦《為人民服務》《紀念白求恩》，哪怕旁邊圍著患者也得背，我盯著！」

吐彩霞說：「你的民主集制中真厲害，背地說不定怎麼挨罵呢！」

「錯了！不信去問問。我通過關係從天津小站弄來一批計畫外大米，大小孩伢按人頭平均，每人十斤。要知道，眼下每人每月憑票才供二斤。十斤呀！過年不發愁了，大夥嘴都樂歪了。你說，能罵我嗎？都說孫主任大公無私，能辦事，從沒見過這麼好的領導。有位老工友，燒鍋的，沒熬過這冬。他膝下無兒無女，是我給張羅的後事。按毛主席教導開個追悼會，寄託我們的哀思。大家說我有深厚的無產階級感情。我媽看我帶白花在她眼前晃，跟我打架……」

吐彩霞笑笑，心想，「做樣子的！」但只是說，「我們的韶華姐真是當大幹部的胎子！」

百里玉妝笑道：「韶華姐一進屋我就有個感覺，你說什麼，就像剛出爐的鐵塊，紅亮，火星四濺！」

「喲喲，快別這麼說！」孫韶華一向慶幸自己根紅苗正，很在乎女伴如此高看，麥黃臉真地紅亮起來，「這，也許和性格有關，我太追求完美了，凡事都跟好的比，你強我比你更強，非占上風頭不可。現在到各科室各病房看看，和從前大不一樣了。過去有人把醫院叫『屠宰場』，『垃圾站』。現在叫什麼？紅旗醫院！不是我自封的，在錦旗上大紅字繡著的。前幾天，北京的檢查團來檢查工作，特別專業，結果非常滿意。檢查團長當著巴宗和一大邦人向我說：『你這麼年輕有為，去北京吧，把大醫院交給你一個。』我沒搭言，心裡講話，哼，到大醫院怎樣？比這還得出彩！別說大醫院了，哼……就不信在後邊打狼！團長說我的經驗『領導強，方向對，起步快，效果好』，共十二個字，是活學活用毛澤東思想的範例，要組織全系統參觀學習。到會議室看看，才整頓幾天，錦旗就掛滿牆。我呀，要錦旗也不要大字報。想貼大字報？街上去！我限令下星期一以前把大字報專欄全拆了。反正我看不慣就得拆。拆了我負責。沒狠勁兒幹不成事。當然了，我沒向那位團長說拆大字報專欄的事。得講分寸。」

馬潔說：「你敢上街嚷嚷，說以後不准貼大字報了？」

「缺心眼吧！我只管我這一畝三分地兒，別的管不著。醫院就是醫院，已經把權力從資產階級反動權威手裡奪過來，今後不能再折騰無產階級了。哼，馬開達、仇廣軍連自己的一畝三分地兒都管不好，占著茅房不拉屎，我看，還不如女流之輩！別小看女流之輩，男人能幹的女人照樣能幹，而且幹得更好。你看人家江青，到底比哪個男人差？聽講話的聲調，看做派：『同志們，你們好……』我學不太像，依我看那才是女中豪傑，無產階級女性的時代正在到來！」

「你說，我這個窮漁民出身的是不是無產階級女性？也是，那我也有奔頭了！可我現在是牛鬼蛇神……」吐彩霞說。

「不管那一套，我瞭解我的姐妹。先調到縣醫院，當辦公室主任，專管整頓紀律，準壓得住茬。明天就辦。」

「壓茬不敢說，可是……說調就調？仇廣軍說我是『土匪司令』……」

「胡唚八道，他才是土匪呢！只要你想來，說辦就辦，信不？」

「不信。」

「不信？等著瞧，不過得事先徵求你的意見。」

「我可伺候不了你，西太后！」

「哈哈，剛才是貓，這回又是西太后了，我看，得照臉抽鞋底子……噢，以後不許提帝王將相，現在人民當家作主……都是為人民服務。」

「西太后！別狡辯，你已經承認了，哈哈……西太后為人民服務！《為人民服務》……真地當了你的兵，背誦不下來呢？」

「這個……一視同仁，背誦不下來就在醫院給你找個男朋友，叫他幫你，哈哈！」

「饒了我吧，還是蹲我的『牛棚』吧。」

「蹲牛棚也得找男朋友。」

「好啊，正發愁呢，韶華姐給我找一個好了，哈哈……」

「我手裡倒有個目標，不過太個性，到一塊準打架。你找對象非得像偉雄，比偉雄還偉雄，哈哈……偉雄別生氣，姐沒說你，哈哈……」

吐彩霞笑道：「你說何偉雄？他是蔫土匪，剛才差點把百里氣得背過氣去，不信給你，你試試！」

「我可不敢要，搶百里，當紅鬍子！」

病房裡笑聲不斷。

百里玉妝一直靜聽，月牙湖裡緊鎖淡淡的薄霧，不時看何偉雄，何偉雄只是低著頭……

孫韶華發現了飯盒裡的葵花仁和蛋雕，問：「市場上有賣葵花仁兒的？從哪買的？」

「我買的，」吐彩霞詭秘地笑著，向百里玉妝呶嘴說，「人家專門給嗑的，一個粒一個粒地嗑，沒黑天沒白日地嗑……」

「是嗎？」孫韶華說，「工夫倒不小，可是多髒呀……我可不敢吃！」

吐彩霞噗哧樂了：「想得倒美，恐怕沒人給你嗑。那是百里專門給眼前這位專門氣人的嗑的！」

笑過，孫韶華向何偉雄說：「多大的情意呀，動不動就要杈，大男子主義，衝著這盒葵花仁兒就得給我寫份書面檢查……當然不是給我了，我是說慣了，哈哈！」

5

何偉雄木木坐著。

「提到大男子主義，我恨得牙麻骨酥。就說我的那個蔫土匪，真正的蔫土匪，姓張的，張大秘！給外人的印象特別隨和，溫文爾雅，全縣的筆桿子，能不夠！和巴宗穿一條褲子嫌肥！開大會，巴宗還拉他到主席臺就坐，狐假虎威，可回家就不是他了，枝兒是枝兒節兒是節兒地跟你較正。他總以為媳婦是塊大『白薯』，好像聽媳婦的話就低人一等。你們看，有我這樣的大白薯嗎？到衛生局、縣醫院問問，哪個敢這樣說？無論擁護我的還是反對我的，有一個人敢這樣說，我就大頭沖下栽進土裡，當活白薯！哼，要我天天跪著伺候他眼珠不動？想得倒美！人說，老張家攀上了高枝；照理，應該知恩圖報，可他可他，純粹是……用著那句話了：『子係中山狼，得志便猖狂』！最近，連死長蟲都不裝了，說忙得腳打後腦勺子，實際呢，忙著偷雞摸狗！瞅不冷就往破鞋家裡鑽，和巴宗使喚一個窟窿！」

吐彩霞笑出了眼淚：「韶華姐，我才不信呢。多精明的人呀，什麼都信？」

百里玉妝說：「韶華姐，多疑生嫌隙，像這種事千萬別多疑，不然大家都被動。」

「多疑？他應付我，草草了事！在興頭上翻小人書……小人書？全縣誰不知道，就是那個小瓷人……往好了說，瞎子扛口袋進屋就倒……不怕你們笑話，現在連應付都不了……倒不著影了……你們沒結過婚，不知道有多苦……」

孫韶華悲從中來，聲淚俱下，竟大老婆似地嚎起來。

吐彩霞立起大眼睛說：「還是革委會主任呢，嚎什麼！兩條腿的蛤蟆找不到兩條腿的男人到處都是，憑韶華姐的模樣，學問，職務，在北京城也得拿鞭子趕！不就是個巴宗的貼身秘書麼，叫他跟小瓷人，小泥人，小狗人去！不信我們姐妹沒男人活不了！」

「馬姐，別那麼說，兩口子的事你我沒有發言權。韶華姐和張大哥很般配，就是都好強。至於我和偉雄更沒有大不了的，都是我不好。」百里玉妝說。

孫韶華發現剛才有些失態，擦淚，正眼鏡，搖頭苦笑：「叫他氣得蛤蟆似的，不忍性大肚子早爆了。」很快恢復了剛來時的神態，和叶彩霞鬥起嘴來。

何偉雄如坐針氈，恨不得趕快逃離這個是非場。他悲憫孫韶華躊躇滿志的哀傷，不理解張增旺熱衷仕途與出入煙街柳巷有何種必然聯繫。他想，張增旺畢竟有能力任意揮灑，自己連「瞎子扛口袋進屋就倒」都求之不得，已經被棄於男女間的欲欲求求恩恩怨怨之外了。

「唉，我這個死不死活不活的皮囊！」他哀歎，悄悄把手墊在襠下，恨不得掐碎它，閹了它。

他積郁一腔無名惡氣，從兩唇的縫隙硬硬地扁扁地擠出，直到胸中鯉魚打挺，隱隱作痛。

第十九章　風騷尤物耀市井　癡情癲姑陷幽窟

她是城內很多人的一本小人書，把書頁翻爛了仍興致不減，並且邊翻看邊添枝加葉，你抹點顏色，他畫上一筆，就創編出了不同的版本，核心內容自是風流韻事……

一個時期以來，性的需求似乎被政治熱情沖淡了，壓抑了，但是需求並沒有消亡，即使階級、政黨、國家消亡了這種需求依然新鮮熱辣。

耗子們也亢奮起來，在地下東奔西突，好像穆桂英統帥下的嘍囉兵個個摩拳擦掌，舞刀弄槍，赴湯蹈火，拼死一戰……

1

何偉雄住進縣革委會招待所。是孫韶華的客人。孫韶華新近晉升為縣革委會文衛組副組長，專管全縣衛生事宜。既是孫韶華的客人，當然要得到范所長的格外關照。天擦黑，范所長挺大肚子，呼哧呼哧把晚飯端進客房。主食是一碗玉米粥和兩個小饅頭，菜倒有些特別：崗尖一大碗公涼拌裡脊肉。白亮如玉的肉片，香油、醋、薄蒜片的調料，據說是清庭御膳房偷饞的體己菜；整條豬最嫩的內脊，精華，現殺現溜，好吃實惠。但何偉雄味口欠佳，胡亂吃了個小饅頭、幾片肉，匆忙離開招待所。有意躲避孫韶華。

他漫無目的在街上閒逛。

這時，慘澹的太陽正在有氣無力地從城牆的殘垣墜落，夜幕四合。家家戶戶的煙筒冒出滾滾煤煙，又刺鼻又嗆眼，整個古城好像鑽進了倒風的灶膛。

何偉雄掩鼻子，不想過早回去。

他來到十字街中心，毛澤東雕像前。

雕像的基座原址是一棟古代閣樓，站在頂層觀瞧，哪裡是鼓樓，哪裡是牌樓，哪裡是衙門，哪裡是胭街柳巷，哪裡經常變換大王旗，都盡收眼底。初春，市農工商、衙役走卒、善男信女登樓者絡繹不絕，整個古城被吐綠的垂柳，返青的麥苗，粉紅的桃花所環繞。

如今，眼前高大的花崗岩雕像獨領風騷。縣廣播站的高音喇叭嘶啞地為其壯大聲威。

沒有路燈，玻璃窗、紙窗透出的燈光晃著四街殘缺的石板路，形成一些光段，像似夜間覓食的黑蜈蚣。最亮的光源當數剛出現在花崗岩臺階上的那盞電石燈。電石燈鐵罐裡的水咕咕冒泡，細鐵管頂端呼呼噴著乙炔白綠色的火焰，火焰在寒風中彎曲著，抗擊著。燈光把盛燒雞的箱子扯出長長的黑影。賣燒雞的中年漢子喊：「熱乎燒雞——十年老湯燒雞——」喊過便抄手跺腳等待買主。這是全城唯一的夜市。電石燈旁圍了一些人，來湊熱鬧，打發冬季長夜。大家期待中年漢子多喊幾嗓子；喊聲悠遠，似乎觸動了內心深處某個痛點，絲絲拉拉地，好像喚起無名的呼喊，點燃無名的燈火。去年，與之相毗鄰的還有一份賣大杆糖的，一份賣吊爐燒餅的，因為用糧食作原料，今年從夜市消失了。

中年漢子見有位帶眼鏡的人圍觀，揭開箱蓋主動搭訕：「同志，買燒雞嗎？小笱雞，十年老湯，現出鍋的，聞聞這味兒，別說吃了，光聞都能忘了姥姥家！」

何偉雄搖頭。

「回去下酒麼，小倆口對吃對喝，吃飽了喝得了往熱炕頭一扎，上下對乖乖，多美！哈哈！」

「哈哈……」

何偉雄面紅耳赤，立刻退出人群。

「對乖乖……上下……」何偉雄心裡叨咕，身上竟癢癢地拱動一下。

何偉雄站黑燈影看那座雕像。毛澤東身穿單薄的風衣，風衣的下擺被海風撩起一角，露出寬大的制服褲子，熨燙過的褲線。身後不再是濤天的白浪，撫今追夕的碣石，而是鱗次櫛比的古城，濃重的雲團，被黑暗湮沒的醜陋的燕山，殘破的長城。他竭力放眼「紅旗漫捲」的大地和「風雷激蕩」的五洲，卻什麼也沒有看到。他想吟唱「爛漫山花」「換了人間」，卻激發不出一點詩意。

煤煙的灶膛中，雕像的神情凝重而憂悒。

2

理髮店的燈光吸引了他。這個理髮店由老式店鋪改造而成，安了寬敞的玻璃窗。廊簷下探出歪脖煙筒，濃煙撲面而來。向裡看，桌子上有台收音機，正播放阿慶嫂和刁德一的對唱。牆上貼著馬恩列斯毛的畫像和幾條語錄。日光燈下有兩把理髮椅，女理髮員從火爐裡取出火剪，湊近臉頰試試熱度，然後在一位男青年的頭髮上熨燙，翻夾。何偉雄也曾領略過這樣的待遇，每燙一下頭髮都要劈剝作響，冒出一股青煙和焦糊味兒。這位男青年一直盯著女理髮員的敏感部位。

在如此的年代，這女理髮員確實有些另類。她面孔白晰細嫩，腦門兒好像漫不經心點綴一個不大的拔火罐印記，淡紅色，在秀髮裡忽隱忽現，似乎常年都病懨懨地可人疼。箍身的紅毛衣凸顯出未曾生育過的堅挺的乳房，好像成熟石榴隨時可能綻裂。黑棉褲也剪裁得別具匠心，細腿吊臀，不會埋沒每個優美結實的線條。走路有些誇張，喜歡扭腰，三道彎，渾身冒美氣。當然，條椅上的男青年們正用目光在她身上交錯游移，猶如擠公共汽車的竊賊欲探乘客口袋虛實卻怕露了馬腳。他們多為機關愛美的單身漢，大男孩，她的常客；理髮非她莫屬，無疑，光顧這間理髮館是他們首選的去處，可惜，很長時間才有一次。

用火剪燙髮在這裡剛剛實行，火剪燙髮髮梢交織穿插在一起，不用化學藥劑固定，不必特別呵護，髮型可以保持一兩個月，到下次理髮之時，而且硬硬地挺挺地很能顯出男人的陽剛之氣。她的師傅是全縣公認的理髮高手，但此時已無事可做，弓身埋進理髮椅，把腿架在椅子的扶手上，調過臉，叼小煙袋抽煙。

「小瓷人！風騷的傢伙！」何偉雄驚歎，差點喊出聲來。

小瓷人給他最後一次理髮是在夏天，穿著連王府井百貨大樓都不容易淘換到的蟬翼一般的白地淺藍格的確良短衫，胴體若隱若現，（尤其逆光）香氣襲人；當時不知是有意還是無意往他身上貼，使他旌心搖曳。此後，再也不敢冒然光顧了。準確地說，想光顧卻害臊了。據稱小瓷人的丈夫是個屠戶，五大三粗，生性粗野，（也就是張增旺說的「軟老六」「黑老六」）沒少毒打她，恨不得拴四蹄挑四梢，她則殺打不怕，不掉一個眼淚疙瘩，說「姑奶奶這輩子不能太虧了自己」，只是換件長衫遮掩一下青一塊紫一塊的傷痕，仍按自己的生活軌跡運轉。萬般無奈，丈夫只好睜一眼闔一眼，順鑼打噹，時間長了還可以和有頭有臉的人物套近乎以至推杯換盞，從而感到社會地位提升，心裡很是受用；說到歸齊，確確實實割捨不掉不知哪輩子修來的洪福，砸在自己懷裡的金蛋，天上難找地下難尋的尤物。

何偉雄推門進了理髮店，不抬眼皮走到老師傅跟前。老師傅一愣，慌忙架胳膊把身軀從理髮椅裡拔出，向鞋底磕煙袋鍋，撣塵，給客人圍上布單，問明剪什麼髮型，理髮剪快速響起來。

何偉雄從大鏡子裡看到，小瓷人在忙碌之餘偶爾還極迅捷地瞟自己一眼。

「同志，這麼長時間沒來呀，如今在哪為人民服務？」靜默片刻，小瓷人拈小收音機的音量，開口問。笑得甜。

何偉雄權當沒聽見。

「同志，我認識您，您是衛生局的幹部。」

「……」

「您是大學生，中央下放的，姓何，有位漂亮對象……對嗎？這麼長時間沒來，是不是嫌店小人土……」

「很好……」

「下回再來我給您設計個新髮型，毛式中分的，毛主席去安源就是這種髮型。忘了那幅畫麼，毛主席手裡拿把雨傘，走在一個高崗上……憑您的個頭、臉型、學問、風度這個髮型最合適，漂亮對象看了一定滿意。可，我應該是第一個滿意的，理髮員麼，哈哈……」

小瓷人沒話找話，不鹹不淡。但不難發現，她思維敏捷，談吐自如，熱情似火，很能在不知不覺間與人拉近距離。

「何同志，如今是不是高升了？在哪兒？」

「『五七』幹校……」

「噢，鍛煉呢！像您這樣的人才一定會高升。」

小瓷人發現幾位男青年遭到了冷落，又轉向他們說：「稀客常客都是客，我這個人喜歡說說笑笑，這叫什麼來著？對，革命樂觀主義，哈哈……」

小瓷人給顧客燙了髮，刮了鬍子，刮了耳朵內外的絨毛，然後退到稍遠的地方，點燃一支香煙，翹起梅花指俏生生夾著，吐著煙圈，朝剛理過的髮型端祥一會兒，然後作些修整，再把方鏡端起讓顧客前後左右打量，直到顧客滿意，這才向她的「作品」說聲「同志請多光臨」，握手道別。

給下一位顧客理髮了。問明什麼樣式，然後梳子前引，剪刀跟進，銀光閃閃。像蝴蝶翻飛，又像喜鵲間或離巢，節奏異常鮮明，手指的舞蹈和自我陶醉的神態自然使人聯想起鋼琴家的演奏。

她是城內很多人的一本小人書，握鐵鉗的手翻看，耍秤桿的手翻看，舞文弄墨的手翻看，身處高位的手翻看，把書頁翻爛了仍興致不減。並且人們邊翻看邊添枝加葉，你抹點顏色，他畫上一筆，因此就創編出了不同的版本，核心內容自是風流韻事……

3

何偉雄跟小瓷人握別，拐進黑燈影，偷偷吸一下手心裡難得的幽香，特別感慨：在中華民族發展史上，把女人的身體包裹得最嚴實從而泯滅女性性徵，如今可謂登峰造極。男人探索女人身體的秘密必然成為強烈的渴求，這對於男人和女人都是莫大的悲哀。而無產階級所要解放的天下婦女，實現男女平等，就是這樣的麼？小瓷人不願意掩飾自己是個女人，僅此而已，反倒成了叛逆者，長久以來的人性史、人性的根本真地顛倒了；像我這樣的失意者都能感受得到，就更加不尋常了。

他搖頭苦笑，不覺來到醫院門前，站在街對面向樓上看。病房窗戶迷濛，一直不見百里玉妝出現。

他想：「我愛她，卻要遠離她。她一定很痛苦。不過，長痛不如短痛……」

胸中的鯉魚又在打挺。他感到，一條無形的線把他和百里玉妝的兩顆心拴在一起，她傳遞給他的是熱愛，是溫情，是希望，而他傳給她的是冰冷，是傷害，是壓抑著的苦楚。

「必須把這條線掙斷！」他呆呆立著，思慮重重，決意不再回招待所。「那，我要去哪呢？她一定在等我，手裡捧著《水洞仙音》。《水洞仙音》，洞中的流水，水上的小船，小船上的她，婉轉的五線譜……她憧憬著愛，刻畫著愛……我已經心灰意冷，要掙斷心與心連結的線！怎麼，掙得越緊心越疼……鯉魚要撞破胸膛了……她的心會更疼……不，不能掙斷，我要突然出現在她的面前！」

於是急步向醫院走去。

卻被一個女人喊住。

一看，是王菲醫生。

「你不是在幹校嗎？這麼久沒見面了，怪想的，你和百里都好嗎？」

「好好……」見王菲手裡提著熱水瓶和飯盒，便問，「王大姐，上哪去？」

「去看個人……唉！」

「看誰呀，有人住院？」

「唉，實不相瞞，去看鶯鶯——韓鶯鶯，你認得的。」

「不就是一年前挨批鬥的那個小姑娘嗎？她怎麼了？」

「唉……瘋了！」

「瘋了！嚴重嗎？」

「叫我怎麼說呀……」王菲神色黯淡，拉何偉雄到僻靜處，「唉，事情起因你可能有所耳聞……那天我在婦產科值班，收了一個大出血的產婦，我給搶救的，搶救以後由鶯鶯看護。不湊巧，鶯鶯的對象趙清濤來找，說她媽得了重病。鶯鶯請假，我答應了，安排一個實習女生接替。就在這個節骨眼上，產婦停止了呼吸……其實產婦送來晚了，失血過多，嬰兒是個死胎……可是縣革委會抓點的說責任在鶯鶯，鶯鶯是大地主的女兒，擅離職守搞階級報復，那個產婦是貧農……唉，我費盡口舌講明情況，他們就是不聽。這以後就開始了批鬥，強迫她在太平間跪死屍，把大門從外邊鎖上！還把她揪到工廠，吊天車，扒衣裳，抽三角帶，挑逗……產婦的丈夫帶一邦人端槍督陣……專案組逼趙清濤劃清界線，趙清濤嚇得不敢露面……一來二去，鶯鶯就瘋了，有時光著身子滿街跑，找趙清濤，非常淒慘……」

「大致的情況我知道一點，想不到這麼嚴重。現在鶯鶯在哪兒？」

「在哪兒？偉雄，見到你真高興，沒要緊事跟我去看看。」

「姐，不能空手去呀！」

「我帶了飯，天天送。今天晚了點，回家得現做。」

「王大姐，等我一下。」何偉雄說罷擠進人群買了兩隻燒雞。賣燒雞的中年漢子喜出望外，亮開嗓子揶揄：「同志，別睡扁了腦袋，摟小媳婦……」人群少不了添油加醋，平添了亂哄哄的歡樂，活像煮雞開鍋。「可能人家還沒結婚呢！」「那就摟你媳婦！」「去你的吧，摟你媳婦，你的媳婦肉多著摟！」「哈哈哈哈……」

「瘋子，摟你媽！」何偉雄暗罵，並沒停留。

4

兩人向黑暗路段走，王菲打手電筒引路。出了東城門，（已經沒了城門）王菲在城牆殘垣的垛子前站住，照見一扇小門。門裡黑咕隆咚，沒有動靜。

「鶯鶯，姨送飯來了……」王菲扒門縫輕聲喊。

窸窣作響。拉動門栓。

王菲貓腰走進去：「鶯鶯，別怕，衛生局的何同志來看你，你認得他，他是好人，給你帶來好吃的。」

王菲找到煤油燈，劃火柴點亮。何偉雄方才看清，這是個挖磚取土掏出的洞穴，如同小口大肚的瓶子，向地下延伸，挺寬敞，尚存鐵鎬刨過的痕跡。洞頂結了冰霜。不很冷。洞穴的邊緣鋪了麥秸，麥秸上有個床板，床板上被褥散亂。一張兩屜桌穩在洞當央，放盞煤油燈，碗筷，還有一個小圓鏡，一把木梳，一台收音機。黑燈影裡有個痰盂，硬紙板蓋著。

鶯鶯二十歲的樣子，五官端正，身材適中，並不像人們想像得那樣蓬頭垢面，衣衫襤褸，頭臉和衣著與常人沒有多大區別，只是頭髮和棉衣沾了些麥秸，不說話，嘿嘿傻樂，兩眼直勾勾盯著何偉雄。

王菲灌了熱水袋忙著給鶯鶯焐被，在被窩裡倒換。

鶯鶯一直水蛭似地盯著何偉雄，吃力辨認，嘿嘿傻樂。

「清濤！」鶯鶯試探地叫一聲，稍作遲疑，突然大叫，撲向他，緊緊抱住，連捶帶咬，連哭帶喊，「清濤清濤！」熱烈而瘋狂。

這時，一群耗子從麥秸堆鑽出來，有的爬上腳面子。

何偉雄嚇壞了，向一旁躲，掰鶯鶯的胳膊；抱得緊，脫不開身。

王菲忙拉住了說：「鶯鶯，看準了，他姓何，叫何偉雄，好人，來看你，送來了燒雞……」把燒雞湊近鶯鶯鼻子，舉燈照何偉雄的臉，「看準了，他可是帶眼鏡的……」

鶯鶯不為所動，仍死死抱住不放。

王菲摘下何偉雄的眼鏡拿給鶯鶯看。

「眼鏡，眼鏡……」鶯鶯緩慢回憶，癡癡地說，鬆開手，一把奪過燒雞，大口啃嚼，並撕碎扔向麥秸堆。

耗子嘰嘰搶作一團。

鶯鶯只顧啃嚼。

何偉雄又震驚又害怕。

「別卡著了，你看，還有呢，」王菲動手拆燒雞，把雞肉和雞骨分開，摩挲鶯鶯的頭發問，「香嗎？」

「香，香！」鶯鶯嘟囔，並不抬頭。

王菲哽咽著說：「她在醫院養過小白鼠……現在養起老鼠來了，老鼠陪她吃，陪她睡……好像老鼠是她唯一的親人……起先城裡有二混子進洞撿便宜，臉讓她撓了，鼻子讓她咬了。我就請就木匠給她安了門，告訴她別人來不給開。這點她倒記得牢，讓我放心。」

「沒大姐鶯鶯該怎麼活呀！」何偉雄心裡湧起一股熱流。

「我在贖罪！」王菲歎口氣，沉寂良久，王菲見何偉雄迷惑不解，「你還記得影兒嗎？」

「記得，大姐的閨女，跟鶯鶯年齡相仿。」

「偉雄，你不是外人，我告訴你，是影兒爹主張揪鬥鶯鶯的……看了鶯鶯就想起影兒……」

何偉雄發現，王菲像換了個人，神情有些呆滯；單薄的身體裝滿了倒不出、無處可倒的苦水。不知如何安慰好，抱住王菲瘦弱的肩膀，把臉埋進她的短髮，喃喃低語：「姐，姐……」

鶯鶯見狀，拋下燒雞，不顧一切撲上去，張開利爪撓他的臉，嗷嗷亂叫，如此迅猛，如此猝不及防。耗子們也亢奮起來，東奔西突，好像穆桂英統帥下的嘍囉兵，個個舞刀弄槍，要拼死一戰……

何偉雄直想大哭大笑，竟攬過鶯鶯，攬過王菲，三人緊緊相抱……

第二十章 鵝黃向日新春到 春心無依歸心鬧

「這才是真正意義上的家，真正意義上的小巢。人總能在壓縮的彈性的空間繁衍生息，住的地方再小再簡陋也要活出味道。」

「有時偷著想，讓男人的鬍子在臉上蹭，哪怕蹭流血，讓男人的大手在身上揉，哪怕揉熟燙，讓男人下力抱，哪怕抱斷骨頭，像一塊糖在懷裡融化……」

你看到月牙了吧？被遮住了大部分，可仍周而復始在自己的軌道上運行，總有滿月的時候。」

1

日上窗櫺，天已大亮，圈裡的鵝「曲項向天歌」了。百里玉妝聞聲醒來，從被窩伸出修長豐腴的胳膊，挺個弓形懶腰，毫無顧忌地打了個哈欠，大聲學鵝叫，屋裡屋外宛如熱鬧的鵝塘。

「花萼立清晨，鵝黃向日新」！她奇怪，腦袋裡突然蹦出兩句七絕古詩，脫口而出；卻想不起後兩句，猛地坐起，摩挲摩挲臉，略微沉吟，竟調出了兒時的儲備——「金杯承玉露，偏醉蜀鄉人。」於是用客家方言歡呼：「蹣跚的春大醉了！」

月牙湖充溢了波光粼粼、東東牛輝的春水。

昨天她和吐彩霞掃了塵，擦拭了板櫃和板櫃上的撣瓶、茶具、酒壺、小梳粧臺，鏡框鑲了紙花邊，給大缸倒貼了大福字，剪了一串彩球吊在燕窩下。

「春到福也到了！」她看了眼自己寫的柳體大福字，迅速穿好衣裳，磨下炕，拄拐杖來到堂屋。堂屋冷鍋冷灶，吐彩霞和馬大嬸清早排隊置辦年貨還沒回來。

她從屋角取出白菜，剁碎白菜老幫，拌入米糠和少許鹽面，端食槽來到當院。

鵝姐鵝妹叫得急切，從柵欄縫探出四條長頸，用扁嘴叼她的手，晃起肥大的尾巴。她逐一拍拍鵝頭，捏捏脖頸黑色的肉贅：「乖乖，開飯了！」

看鵝悶頭吃食，馬上打開院門向胡同兩側張望。不見吐彩霞和馬大嬸的身影，趕緊回堂屋熬玉米粥。按照馬大嬸的工作程序——抱柴、刷鍋、添水、點火、下玉米餷兒、用鐵鏟和弄、放鹼、撤柴。微黃的玉米粥在鍋裡噗噗作響，好像憨厚的老朋友款款敘談，溢出一股鹼香。接著又切了鹹菜，生小灶炒了豆芽，在馬大嬸的東屋放上炕桌，擺上碗筷，想著馬大嬸的誇獎，一種成就感湧向鮮嫩的臉頰。

一切停當了，就搬小凳坐在灶膛前，把拐杖擔在窗臺下，聽外邊動靜。滿屋蒸氣，好像置身嶺南早晨的雲霧中，溫暖，愜意。不知不覺間，想起了幾千里之外的媽媽。

……媽媽可能也坐在灶膛前，孤單一人。大年根子卻沒有女兒陪伴！若知道我受了傷準得拼死拼活趕來！不過，就是想來也不一定得到允許……媽，陪伴你的只有豬和雞，笨重的農具，冰冷的木床，西阪的殘月，永無盡頭的思念，思念的山歌……媽，我已經變成了喝玉米粥的北方人了，要在北方和偉雄結婚，住在這樣的小屋，經營我們共同的小巢。要像馬大嬸那樣餵鵝，醃鵝蛋，用自己的鵝蛋雕刻，刻我的梅江，我的竹林，刻犁冬曬白，插秧割禾……我要把你接來，住住北方的火炕，喝喝北方的玉米粥，登登長城，逛逛北京，會會李媽、馬大嬸。老姐妹相見一定有揪不斷扯不斷的話要說……媽，當然了，住夠就送你回去……媽，你身體好嗎？可能又蒼老了許多，哪能不老呀……女兒讓你不省心……我真沒出息，又哭了，見到媽是件好事呀……媽媽媽媽，和偉雄結婚的事女兒擅自做主了，是女兒不孝，不過，知道你會同意的，你喜歡偉雄，是嗎？偉雄也不成心思，最需要疼。最近他情緒有些不對頭，已經多日不見了。他不會照顧自己，我可以給他做口熱飯，縫縫連連……我鐵了心踩地面接地氣，踏踏實實過日子，這不，今天學會做玉米粥了……

媽，我周圍盡是好人，她們像親人一樣待我。馬大嬸怕我過年想家，非把我接來不可……馬大嬸說，結婚沒地方住就住她家西屋。其實兒子正張羅結婚呢。只希望馬大嬸能幫我租間小屋。這裡的火炕伸不開腿，一伸腿就把枕頭拱到地下，現在我和馬潔順著炕沿睡……搭炕就得自己脫坯，脫坯不成問題，我和偉雄下鄉的時候脫過。搭炕講技術，好炕滿炕熱，不倒煙，睡上去可舒服可解乏了。媽，你來了以後冬天住炕頭，夏天住炕梢，委曲不著。我要找木匠打口板櫃，栗木的，很結實，能夠使喚幾輩子……幾輩子，我讓你抱上外孫、外孫女，孩子逗你天天合不攏嘴……這裡的板櫃用處可大了，盛糧食，盛衣物，板櫃上邊擺撣瓶、茶具、酒壺、小梳粧檯，擺些零星小物件，我的蛋雕。關於蛋雕的事以後再向你說。還要打個寫字臺，安上檯燈，這一點和別的人家不一樣。書架暫時不能打，沒地方放。其實也沒有書可放。我量了，各家的屋子都不寬綽，擺了書架就擺不下大缸。大缸必不可少。醃酸菜。入冬家家戶戶醃一大缸酸菜，吃到來年開春。晚上聞著酸絲絲甜絲絲的酸菜味兒睡覺踏實。

梅縣不是屋子的犄角長年擺放小尿缸麼，雖然開始聞著不習慣。這才是真正意義上的家，真正意義上的小巢。人總能在壓縮的彈性的空間繁衍生息，噢……我又說轉文了，好像和偉雄說話。就是說，住的地方再小再簡陋也要活出味道。不騙你，來了就知道了。細酸菜絲燉粉條，加上幾片肉，嫌淡蘸點老抽，這地方管老抽叫醬油、青醬……熱熱乎乎，和客家筍片釀豆腐一樣。這裡保留了許多滿族的生活習慣，馬大嬸馬大叔都是滿族，從前住在長城以外……媽，要過年了，別想我，我很好。多關照自己，如果感到太憋悶就到處走走，找女伴聊聊。能回我姥家更好，姥雖不在了還有舅舅舅媽，外甥外甥女，在那過個年多熱鬧呀！凡事往寬綽想才對。我多想枕媽胳膊睡覺呀，媽，這會兒好像又聞到了奶香……媽，求你了，要為女兒好好活著……你永遠是我的好媽媽。我也要為媽媽好好活著。春天來的時候，春天來的時候……

這時吐彩霞進院尖聲喊叫：「百里同志，出來幫忙呀！怎麼，還抱枕頭呢？日頭照腚了！」

2

百里玉妝慌忙擦淚，取拐杖立起，推門出屋。

吐彩霞端隻大碗遞給她：「快接著，手凍掉了！」

百里玉妝趨前接過大碗。是大半碗香油。

「哎呀媽呀，凍苦了！排半天隊，輪到打香油了，油瓶子咣地撞臺階打了！急得轉磨，從糧庫食堂借了只大碗，這一道把我凍得呀……還愣著幹什麼，端屋去呀！」吐彩霞說著，搶先噔噔進屋，從缸裡舀瓢涼水咕嘟咕嘟地灌，抹一下嘴，把手伸進灶膛，卻迅速撤出，「自行車在門外，得推進來！」又噔噔出屋，從大門外搬進自行車，吩咐，「找個馬大叔的空酒瓶，涮乾淨，倒進香油，別撒了！」轉眼不見了吐彩霞的身影，院牆外傳來喊聲，「碗架櫃裡有漏斗，靠左邊……我去接媽……」

百里玉妝見自行車車把、車筐、後衣架、車梁全是大包小包大袋小袋，就一點一點往下卸。正卸著，吐彩霞連提帶扛跨進院，馬大嬸也提一隻凍雞跟在後邊。

馬大嬸邊捶背邊說：「我打算先少買點，馬潔下狠非要買齊不可。這個大隊排得呀，要不是馬潔，真搶不上槽。去年，有人想等人少了再買，到後來，沒貨了，聚在商店門口罵，扔得各種票呀……跟下雪似的！有人說票上印著毛主席語錄，這是對毛主席不忠。老百姓的勾當，誰管得了呢……今天你沒去看呢，人擠人，呼號喊叫，擠掉購物票的，踩掉鞋的，商店的人站在櫃檯上維持秩序！有點像老北平搶糧行！馬潔抱東西放在我旁邊又跑回去，我坐馬路牙子護著，怕踩了。」

百里玉妝接過凍雞：「大嬸，上炕歇歇腿。馬姐也歇歇，我一個人往下卸，告訴我往哪放就行了。」

「不用忙著卸。閨女，餓壞了吧？」馬大嬸說，「我這就做飯。」正要去抱柴禾，吐彩霞捧飯碗跨出堂屋，薄嘴唇沿碗邊轉半圈吸溜一口粥，嚷：「飯早做得了，不涼不熱！想不到熬得這麼好，哈哈，我先偏了！」

「別沒樣，挺大的閨女走走inv吃飯，要吃飯就給我上桌子！」馬大嬸笑著申斥。吐彩霞做個鬼臉縮回屋。

馬大嬸盤腿坐炕頭叼長桿煙袋抽煙，催倆閨女先吃。百里玉妝在炕沿上坐著，把打石膏的腿耷拉到地下。吐彩霞剛坐定，突然問：「百里，香油碗騰出來了嗎？撒沒撒？沒撒，好！」說著蹦下炕，從堂屋取過大碗，「這裡邊還有香油底兒呢，」把鹹菜倒進大碗，「香油拌鹹菜，還人家碗省得洗了，哈哈！」

百里玉妝從鍋裡鏟出一張粥嘎嘎遞給吐彩霞，吐彩霞嘎嘣嘎嘣嚼起來。

兩個姑娘情同兩朵眼花，馬大嬸不住誇獎百里玉妝粥熬得好，鹹菜切得細，誇吐彩霞能幹，辦事俐落。

吐彩霞飯吃得差不多了，從口袋裡掏出一張紙：「我彙報一下今天都買了什麼……平時供應的不算，春節加供的有，每人大米二斤，五人共十斤……媽家三人加上我們倆，五人……有的要票，有的要戶口本、糧本，我們倆是集體戶口，要證明信，幸虧早開了。馬開達還算有人心，提另給的不在其內。記住了，這是春節加供的，剛買的有……大米每人二斤，共十斤；白麵五斤，共二十五斤；花生油半斤，共二斤五兩；香油二兩，共一斤；豬肉二斤，共十斤；白糖半斤，共二斤五兩；紅糖四兩，共二斤；水果糖二兩，共一斤；花生四兩，共二斤；葵花籽半斤，共二斤五兩；凍豆腐一斤，共五斤；粉條半斤，共二斤五兩；帶魚半斤，共二斤五兩；鹼麵一兩，共一斤；凍雞一隻，調料一包，點心一盒……反正紙上打叉的都買了。」

百里玉妝取過紙單看了看，笑道：「我看沒有不打叉的！」

「這你就不明白了，告訴你，還有不要票的！還得搶！下午賣刮皮油，是皮革廠熟皮子從豬皮上刮下來那層煉的；豬皮成堆，在地上拖，贓去了，煉出的油色黃；沙子和土沉底，撇上層的油，只是沒沙子。平時買要走後門，這回不知哪位當官的人發慈悲，決定賣一部分，我估計得搶掉帽子。消息傳開了，反正搶不到的倒楣。」

馬大嬸笑著說：「看我們馬潔，街面上這點事瞞不了她！」

吐彩霞說：「這叫賣什麼吆喝什麼……賣東西的也看人下菜碟，把我氣壞了。就說那個賣肉的！有個老太太，使大勁買四斤肉，賣肉的一刀下去拉了一半囊囊膪拋給老太太，老太太不要，哀求給塊好肉。」

百里玉妝問：「什麼叫囊囊膪呀？」

「豬肚囊！肚子部位又鬆又軟的肉。我向賣肉的求情：『同志，老太太成年見不到肉星兒，一年一節，就給點好的吧，興許指望這點肉招待新姑爺呢，閨女受氣豈不成了囊囊膪！再不，把囊囊膪給我！』說得一群人全笑了，賣肉的抬頭一看是我，立刻給老太太拉了一疙瘩硬肋，一疙瘩瘦肉，一疙瘩板油，搭配得挺好。老太太向我千恩萬謝。我說別謝我，謝就謝賣肉的師傅。等輪到我了，你說給拉了什麼肉？囊囊膪？不是！從豬腿上挖了塊瘦肉，足有五六斤，連骨頭都剔去了，另外又給了條外脊，搭了塊板油。是給了囊囊膪，也秤了秤，其實是白搭的。」

「你怎麼知道？」

「在家賣魚常耍秤桿子，這點勾當還看不出來？不信你把一塊肉放那，只要我用眼一掃就知道是多少，八九不離十。」

百里玉妝笑道：「賣肉的可能看我們馬潔同志是個當官的。」

「別逗了，當官的排隊買肉？」

「那就是看你長得俊，大眼珠。」

「完全不是。過去在畜牧系統跑前跑後，他可能認識我！」

馬大嬸笑道：「我說呢，八成相上我們馬潔了！」

3

鵝叫，馬來突然進院；滿身冰霜，耷拉到臉頰的長眉全白了。

馬潔跑前接自行車：「大叔，天多冷呀，凍著了吧？」

「啊……放放……放假了！」馬來吃力地說，憋得臉紅，出了口長氣。

「別叫了，幾天不見就認生！」馬大嬸轟鵝，看著馬來的長眉笑著抱怨，「大老早，老胳膊老腿向家跑……以為來了個白毛大仙呢！」

百里玉妝給焐眉毛、鬍子上的冰霜，向屋里拉，「大叔，怎不等晌午回來呀？」

「放假……天不那個亮，就……跑光了。打開……籠，籠子的……那個鳥！」

馬來被推上炕。

馬大嬸取剪子說：「那麼長的眉毛多礙事？快剪了去！」

馬來急躲：「長長……長壽。」

「馬大叔，幹校放假了？」

「放……了。正月十……那個五……報到。牛……那個神班也也……也放了。」

馬來取出個紙條，遞給吐彩霞，吐彩霞接過念：「最高指示，移風易俗……通知：為過革命化春節，經縣革委會批准，決定幹校全體同志放假二十天，自農曆臘月二十六至正月十五。茲對有關事宜作如下規定：一，宣傳毛澤東思想，學習無產階級專政下繼續革命理論，背誦『老三篇』，返校測驗；二，……逾期不歸者予以嚴肅處理。」

「解放了！」

「要回家了！」

「媽媽萬歲！」

兩個閨女笑著，跳著，喊著。

馬大嬸抻衣襟抹淚。

馬來不住歎息，抱起窗臺上的二鍋頭，一揚脖灌了少半瓶，抽動長眉，拍大腿，「哇」地嚎起來！

「我還活活……活著！」

馬大嬸相勸：「可不活著！這個老沒出息的，孩子回家高興，你哭哭嚎嚎為的哪樁！」

馬來吃力地說：「苦，苦命的……孩子！」

馬大嬸明白過來，伏在馬來的肩上，不由得想起西元一千九百六十年病餓而死的女兒，小嬌嬌。

屋外的鵝姐鵝妹們如此地肅靜……

入夜。馬大嬸和馬大叔想女兒。百里玉妝和馬潔想媽媽。

忽然，古城鞭炮驟響。馬大嬸拉亮凹屋夾門窗電燈，進屋摸兩個姑娘的頭髮小聲說：「孩子，起來，坐坐，打春了！」

兩個姑娘披衣坐起，看窗外升空的月牙。

「精神精神，打春了！碰上夜裡打春媽媽喊孩子坐一坐，老例了。」

「為什麼呀？」吐彩霞問。

「春天有精神頭兒！」馬大嬸說著從酸菜缸舀碗酸菜水，「都喝口，又酸又甜，聞聞也行。」

馬潔抿一小口，百里玉妝喝一大口；馬大嬸笑著說：「好了，躺下吧。」

「我說呢，大半宿沒闔眼，早就來了精神頭兒，原來打春了！」

馬大嬸樂了：「春天了，沒精神頭兒怎能種好地？」

稀稀拉拉的鞭炮聲很快結束。

吐彩霞把手伸進百里玉妝的被窩，攬過胳膊：「我平生第一次失眠。讀書放寒暑假，頭天晚上同學們都睡不好，我照樣大睡。工作以後每次回家，一進屋，屁股還沒沾炕沿，媽就急不可待地問：『……怎不帶回家呀？』我說：『還在狗肚子轉筋呢！』媽又得不高興好幾天。媽以為我大大咧咧，沒把結婚當回事，其實是不瞭解我的心思。貓在幹校那個小山包掄大鐵錘，根本沒有女人的感覺，再說了，就那麼兩個半人，上哪找去……早有人早抱孩子了，才不管有房沒房有錢沒錢呢！我羨慕小鳥媽，生一群小鳥。窮也不怕，反正大家都窮。我結婚會把男人頂在頭上，啃他的腳後跟。媽就厲害，從不對爸使性；也是遇到了好男人，找個爸那樣的男人一門心思愛老婆愛孩子，是上輩子積下的德。爸為多掙工分幾次險些海裡喪命，回家卻隻字不提，怕媽惦記。哪能不惦記呀，爸每次出海，媽算計該返航了，不管風多大天多黑，必須靠望夫石看船上的燈火。

「我有時躺在被窩裡想，剛才就想：乾脆回家當漁民，找個漁民丈夫，一塊出海，一塊打漁，一塊生兒育女，一塊唱驢皮影。我也出海，就不信女人出海就翻船。漁民出海很自由，沒有仇廣軍、馬開達，沒有張增旺和孫韶華……張增旺和孫韶華賭出身、賭政治，多沒勁！哪像個夫妻！孫韶華一會兒哭一會兒笑，活活是個氣迷心……我現在想回家又怕回家，回家也不愛出屋，怕看見小時候的夥伴抱小孩叫姑叫姨，怕媽媽叨叨咕咕。心煩！累！」

百里玉妝說：「馬姐，想不到你也有發愁的時候。」

「以前个，現在發愁了。」

「現在該高興呀！」

「我呀，想男人！」

「你心目中的男人是什麼樣的，真沒聽說過。」

「我的男人，當然得像我爸；幹梲那幾個饞貓，我眼毛都沒夾下！有時偷著想，讓男人的鬍子在臉上蹭，哪怕蹭流血，讓男人的大手在身上揉，哪怕揉熟燙，讓男人下力抱，哪怕骨頭折了……其實，找男人的事我最敏感。有時想男人不自覺臉就發燒。回想起媽媽想報怨又不忍心，想幫忙又束手無策，當女兒的不發愁才真地缺心少肺！」

「馬姐，我就喜歡你的坦率。」

「不是坦率，是心急。好傢伙，可開了一回花，是朵謊花，沒授過粉，還開在鹽鹼地上！那不白活一世麼！當又大又謊的花更不幹！」

4

百里玉妝笑：「說得雲山霧罩，到底想嫁給誰吖？」

「沒目標，反正不是何偉雄。」

「是敢情好，算他的福分。」

「搶你的人，我怕折壽。」

「馬姐，不能光說狠話，要嫁人總得有個影子目呀！」

「沒有。」

「不老實，你細想，尖皮鞋……」

「哪能瞧得起他呀！」

「我說你看上他了。」

馬潔欲分辨，骨碌大眼珠，一拍腦門，驚叫：「唔，別說，經這一提，還真有點那個意思！百里，你真神道！」

百里玉妝笑：「我早看出了來脈，博成良爬伙房貼大標語，你不動窩地看，叫都叫不走。」

「看的人多著呢，又不是我一個。」

「看和看不同。」

「是看他寫一手好字。我要真有意思，哼，早搶到手了！大舌頭，滿臉酒刺疙瘩！」

「小舌頭大舌頭，因為關裡關外說話不一樣，酒刺疙瘩，是肉裡拱出來的精氣神，可比何偉雄有氣質。更男人。」

「那小子眼饞眼毒，眼光扎人後脊樑！」

「現在還扎嗎？」

「也怪，離開久了，真有點扎。」

「是不是攪了你的美事？」

「哈，八字沒一撇，我坦白提個頭你就順桿子爬，好像有鼻子有眼了。」

「我誤了馬姐的大事，不然，馬姐早讓博成良蹭流血了！」

「你才蹭流血呢！」

「這回放假，你若是真把博成良領回家，全村還不得炸開鍋呀！」

「哈哈，你倒成了媒婆了！」

蒙被說笑打鬧。毫無睡意。

立春的月牙半仰著升空，猶如黃綠的柳芽，分外鮮嫩。星星漸少，可以看見牆外黑乎乎的樹梢了。

百里玉妝說：「馬姐，你可以回家了。天亮做做回家的準備。」

「你不回我也不回。」

「不用牽掛，放心走吧。」

「走？沒心腸。」

「姐應該回家，及早準備，及早起程。估計何偉雄也在做準備。理髮，洗澡，換衣裳，把春節供的東西打包，好多事要辦。醫生說我的腿還得一個月才能痊癒，急也白急，現在不急了。主要是高興，替你高興，替偉雄高興，比自己回家還高興。我要讓偉雄轉道梅縣，看媽，媽見了他就像見了我。不過得編個瞎話，說我春節留守機關，以後回家可以多待些時日。媽會信的。我攢了二百元錢和二十斤全國通用糧票，寫封信，讓偉雄捎去。對，再用北京麵票買幾斤掛麵，最多不超過十斤，多了拿不動，再說也沒那麼多麵票。掛麵給兩家分分，給媽留兩子兒就行，就她一個人，一時半會兒吃不動……」

百里玉妝構想著回家的所有細節。忽然感到吐彩霞身體輕輕抖動，一摸，滿臉淚水，忙說：「怕沒領男朋友向媽交不了差，也不至於哭呀！」

「不是不是……」吐彩霞哽咽著說，「是你……」

「我多高興呀！」

「我哭你的『高興』……」吐彩霞把百里玉妝摟起來，「可憐的妹妹，你還蒙在鼓裡，我分析姓何的不會來了！」

「別多慮。」

「百里，老早就應該告訴你，姓何的調到了文衛組，當了辦公室主任，給孫韶華當助手……」

「有韶華姐照顧不更好嗎？」

「孫韶華讓姓何的住進招待所，兩人出雙入對，兩口子似的，鬧得滿城風雨。」

「我對偉雄有信心。韶華姐再不好也不會搶我的人。量她也搶不到。別哭了，問題沒那麼嚴重，偉雄新上任工作太忙，會抽空來的。別以為現在什麼都要搶，搶權還搶人。」

「妹妹，你太天真了！你想呀，孫韶華家庭出身好，官運亨通，姓何的為了自己的前途不會不攀高枝的。」

「我瞭解他，不會。」

沉默良久，百里玉妝緩緩地說：「你看到月牙了吧？多鮮嫩，總有滿月的時候。」

「哼，月牙，柳芽，我把話放這——不等滿月就讓人掐去吃了！都想嘗鮮兒，更何況就在嘴邊！」

「嘗鮮兒嘗鮮兒，兔子還不吃窩邊草呢，更何況人，一個好姐妹！打死也不相信世上的人都壞了雜碎！」

兩個姑娘望著魚白的窗外。

圈裡的鵝姐鵝妹不斷騷動。

第二十一章 施粉彈降駕屈尊 出緩招撩撥雄起

「痛苦是苦膽和絕望烹製的佳餚……世俗者會說：看吶，一對瘋子，還傻樂呢！我將回答：我該多麼快樂！因為超脫就是快樂，失去自我就是快樂！可悲，可悲，我不僅瘋狂，還失去了偷嚐禁果的能力！」

「噢，二十世紀中葉，軒轅台卜，混沌的人世造就了新的東方女神，愛和美的至尊——快樂而美豔的小瓷人！瘋狂而執著的鶯鶯！哀怨而通透的百里玉妝！」

「手指是她思想的延伸，專門撥弄是非……不過這手指倒與眾不同，煞是誘人，可惜長在她的手上！」

1

何偉雄被驟然炸響的鞭炮聲驚醒，怔怔地瞅著朦朧的星空，黃嫩的彎月，並不知道打春了。而打不打春，放不放鞭炮，以至春節放不放假，要不要回家，於他都很冷漠，就連前些日子脫離了「五七」幹校那個傷心地也絲毫高興不起來。他感到自己是個被射傷的快僵死了的原始人，蜷縮在深山老林的樹窟裡，已經與世隔絕，與世無爭，外界怎樣風和日麗、鳥語花香，怎樣合圍獵物、採摘野果，女人和男人怎樣勾肩搭背、蓋天鋪地，同他沒了任何干係。

「女人女人！」他強迫自己從頭腦中轟跑女人的糾纏，卻屢屢失敗，猶如此時柿樹枝椏在玻璃窗上的投影欲意擺脫媚力四射的彎月是無論如何也做不到的。

沒有擺脫鶯鶯。彷彿鶯鶯正抱著他，撕咬他，腮頰的撓痕是一種愛的瘋狂、瘋狂的錯位所給予的賞賜，火辣火辣……昨晚他看到鶯鶯又一絲不掛上街了，手拎棉襖舞弄，扭擺少女細弱的腰身，抖動尚未發育完全的乳房，聚焦了貪饞的目光，也引起了良善者深深的歎息。鶯鶯對自己的閃亮登場毫不害羞，踩著《地雷戰》的旋律，打著拍子。但不停地尋覓著；黑暗角落的野狗竟然是她的「清濤」，就拼力吆喚，追得清濤嗷嗷奔逃。「痛苦是苦膽和絕望烹製的佳餚，慶幸鶯鶯再也品嚐不到了。」他想，從心底萌發出羡慕之情，痛恨自己尚存清醒意識，「唉，鶯鶯，你前邊跑吧，我將跟隨，跑向癲狂者的伊甸園！世俗者會說：看吶，一對瘋子，還傻樂呢！我將回答：我和鶯鶯該是絕佳的一對！我該多麼快樂！因為超脫就是快樂，失去自我就是快樂！我倆不會對任何人構成威脅，不會褻瀆你們一寸『聖地』，我倆躲在犄角旮旯不出來是了，你們只當沒看見是了！只是可悲，可悲，我不僅瘋狂，還失去了偷嚐禁果的能力！正好充當因嚇破膽而逃離的清濤！」

沒有擺脫小瓷人。他有時也用手指蘸唾沫翻「小人書」流覽。書中的「三道彎」極盡女人之能事。「她像條玻璃缸裡的金魚，款款游來，留連一下，眨眨眼，搖搖頭擺擺尾，作個甜甜的暗示，然後掀起一朵浪花優雅地游去，害得貓氏家族抓耳撓腮。她要從中獲得快樂，追求快樂是她執著的癖好；雖然心中埋藏著鮮為人知的苦楚。她的手是那麼柔軟，輕靈，溫熱，香韞，她的腺體是那麼具有誘惑力，容易引起男人臉燒心跳。是的，臉燒心跳，許久不曾有過這種感覺了！但願垂青於我，她的魔法或許能對我的病體發生奇效……為了百里，寧可走三道彎的路，然後回到原點——我的真愛……而我，有勇氣嗎，敢於把手伸進玻璃缸裡嗎……」

更沒有擺脫百里玉妝。「她才是，曾是我的真愛，為了她，愛她，又必須遠離她。今後只有把她裝在心裡呵護了……難道，遠離不是傷害嗎？事實上正在傷害……雖說長痛不如短痛，但是，這長痛線不可能輕易掙斷。她是小瓷人，鶯鶯多好，或者有思想，僅僅信守人生快樂的原則，不要承諾，不要責任；或者沒有常人的思想，無所謂痛苦無所謂快樂，同樣不要承諾，不要責任，如果這樣，我將毫不遲疑地飛到她的身旁！而她，我的真愛，神智那樣清醒，對愛情那樣珍重！她為什麼不是鶯鶯、不是小瓷人呢？」

他感到百里玉妝是聖潔的彎月，不斷眨動眉眼。「噢，就這樣靜靜掛在天上吧，永遠地，陪我度過孤寂的長夜……」

他不由得想起了金洞的失意和醫院的敗逃、隱痛、驚恐，但憑執拗的稟性，不甘沉淪！於是翻身朝下……但是，但是，只有鐵床作響，只有徒勞做功，只有氣喘吁吁，日夜企盼的火苗沒等燃起就被冷汗澆滅，於是發出一聲無奈無助的歎息……

縣革委會招待所有個院中院，一道緊閉的門與外界相通，除了他，闃無一人，所以胡思亂想成了排解煩惱的全部營生。攪擾思緒的鶯鶯也好，小瓷人也罷，甚至百里玉妝都是冥想的，虛幻的。

他慨歎：二十世紀中葉，軒轅台下，混沌的人世造就了新的東方女神，愛和美的至尊——快樂而美豔的小瓷人！瘋狂而執著的鶯鶯！哀怨而通透的百里玉妝！（好像西方苦悶而悲憤的美台亞，恬靜而優美的維納斯，純潔而高貴的雅典娜。）

何偉雄趴在床上搖頭，苦笑：「現在，能夠看得見摸得著的女人只有孫韶華了，而孫韶華是哪路神仙呢……」

這時，雄渾的《東方紅》樂曲在整個古城響起，中央人民廣播電臺開始了全國新聞聯播，一男一女以高八度的腔調高呼祝願，祝願最最偉大的領袖、偉大的導師、偉大的統帥、偉大的舵手毛主席萬壽無疆，萬壽無疆！祝願毛主席的親密戰友林副主席身體健康，永遠健康！號召黨政軍民學、東西南北中在偉大毛澤東思想的指引下以實際行動迎接中國共產黨第九次全國代表大會勝利召開。當然少不了打倒叛徒、內奸、工賊，中國的最大的走資派，中國的赫魯雪夫劉少奇。東方，紅太陽噴薄欲出，中天，報春的彎月張惶隱退，古城重又鑽進了倒煙的灶膛。

2

這當兒，英姿颯爽的孫韶華準時準點推門進屋。

孫韶華脫下軍用大衣放在椅子上，掏手絹擦擦寬邊眼鏡，笑著走到床前，柔聲說：「何老弟，裝睡呢，該起床了。」

得不到回應。

摸爐筒子，冰涼，提水壺看爐膛，只剩幾個火炭，便操起爐勾穿張舊報紙抵擋灰塵，順爐箅子向下摟灰。邊摟邊說：「何老弟，又忘了添爐子，做了什麼好夢？」

「夢見你了！」他閉眼說，比爐子還冰冷。

「你呀，夢不到我！」她說，笑容在臉上停了停。

他半夜分明醒著，本來鏟了煤要添爐子，卻噹啷拋回煤斗。「『金枝玉葉』當勤雜員，我姓何的可沒請你！」尤其開頭幾天，在家連碗都不洗的孫韶華被煙嗆得鼻涕一把眼淚一把，他竟蒙被竊笑。「哈哈，黃鼠狼『為人民服務』來了，活學活用呢！」

爐子生著了，嗡嗡作響，爐筒燒紅了半截，向爐子一面的被子烤得熱烘烘的。孫韶華從軍用挎包裡取出簇新的襯衣，小心在爐筒上烘烤。等到烤熱了，笑著說：「這回該起來了吧——換襯衣，乾乾淨淨回家過年！」把襯衣塞進被窩。

他並不領情，把襯衣捅到床下，翻身向牆，閉著眼睛沒好聲氣地說：「回家，誰說回家來著?!」

她並不在意，撿起襯衣依在床沿上，摸摸他濃密的頭髮說：「老弟，換上吧。乾乾淨淨回家，爸媽早盼眼藍了。可以在家多待些日子，我准你的假。」

「我說了，不回去就是不回去！」

「有什麼打算嗎？」

「沒有！」

「哈哈……人家招待所也放假，沒人給你做飯，你一個人怎麼過？」

「值班！」

「值班？早安排好了，你插不上手。」

「不用你管！」

「這麼彆扭！」她笑了，「從前可不是這樣的呀，到底有什麼打算，盡可向我說。」

他不再吭聲。

她重又烘烤襯衣，塞進被窩，扳肩膀讓他坐起。接著取下牆上掛著的航空牌羽毛球拍，從抽屜裡取出剪刀、錐子、魚腸線，動手連接昨天打斷了的弦，「昨天打『小狗』打得太狠了，把弦都打斷了，哈哈！」她嬌嗔地說。但聽不到回應，轉身一看，見又蒙頭躺下。便笑著用纖細的手指捏被頭輕輕掀被，摸摸腦門，「不熱呀！別要熊了，起來吧。」又扳肩膀，幫助換了襯衣，穿上棉襖棉褲，還有已經烤熱了的襪子、棉鞋。

提起打羽毛球他似乎來了精神。

小院有個羽毛球場，新拉的球網，畫了單雙打線。每天早晨兩人都要打上半個小時，等釀汗了，稍事休息，共同吃過早飯，她囑咐些什麼，精神飽滿去上班。打羽毛球是他全天最開心，最放鬆，最提神的時刻。故意用羽毛球追打她，如果打中了，就大聲歡呼：「砸『狗頭』了！」「打『狗爪』了！」她也用力回敬，一旦打中，也歡快地喊：「打上『小狗』了！」有時引來大肚子范所長前來觀戰，喝彩，恭候早餐。她敏捷的身手，動感十足的身段，清脆的嗓音，嬌媚的笑臉，臉上泛起的紅暈，這一切，他已逐步適應，非但不反感，還很快慰。閒來躺在床上顛三倒四想心事，每每看到掛在牆上的羽毛球拍都盼著再大戰一場。「打你這隻狗，母狗，狗日的！跟要飯花子搖尾巴的！」惡狠狠地暗罵。「打狗」使他臉上驀然露出平時很難見到的笑容。為使球飛得快，打「狗」效果好，堅持不更換打禿了的羽毛球，她則堅持更換，兩人爭執得十分認真，熱鬧。他有時還偷偷抽掉一兩根毛，一經被發現，定要打一場「官司」。

在他面前，她完全沒有頤指氣使、凌駕於人的氣度。她是個迷，怎麼也猜不透。「首先，幫我脫離『五七』幹校，應當感謝她。否則，口號喊得再響，活幹得再賣力，『洗手洗澡』用開水燙禿露皮也未必過得了關。說調就調回來？沒門！她卻不費吹灰之力，讓組織組一個電話打過去，第二天就看到了仇廣軍們巴結的笑臉，派專人送我進城！這個女人神通如此廣大，現在不讓我上班圈在象牙塔裡養著，葫蘆裡裝的什麼藥？非親非故，又不是她老公！我是有愛人的，未婚妻是百里，這，她再清楚不過了。難道心懷不軌？不不，不會看上我的，我是『臭老九』，沒有她期望的政治前途。她最看重政治前途，否則不會和張增旺鬧翻。她竟有兩個面孔，很會偽裝。我決心破罐子破摔，所以不怕她，也用不著感謝她，哼，哪裡也不如我的犴牛蛋子山！現在離群索居也不錯，姑且在這養幾天，反正也不願露面，且看她怎樣動作。」大約對孫韶華迷惑不解找到了對策。

……打完羽毛球，還沒落汗，范大肚子把早餐端進屋。近幾天的早餐一模一樣，枸杞紅棗黑米粥外加燉牛鞭；燉牛鞭只放了少許鹽，淡而無味。

他用筷子翻了翻燉牛鞭：「這是什麼鳥東西？膠粘，天天這個菜，難道招待所一點鹹菜都沒有？」

她一聽樂了：「你不懂，這叫牛鞭！特意給你淘換來的！全食品公司一年才攢這麼幾根！」

「牛鞭，不就是打牛的鞭子嗎？很長，一頭粗一頭細，打起來很響很脆，放牛的在兩個山頭比賽，看誰壓倒誰……」

「哈哈哈……叫我噴飯！」她捂嘴樂，「別給我裝糊塗了，牛鞭就是打牛的鞭子？中醫說吃什麼補什麼……公牛才有『鞭』！」

「我沒鞭！你才有鞭呢！你補吧！」他把燉牛鞭推向一旁，索性扔筷子，咕咚躺在床上。

他窩著一股無名孽火。

3

孫韶華咘咘笑。笑過坐在床沿上，輕輕拍了拍他的肩：「偉雄，我一直把你當小弟弟對待，羨慕你的才華，看重過去在衛生系統建立的友情。聽馬潔的口風，觀察你的反常表現，加上論斷你的脈象，可以初步判斷，你身體出了點事。但問題不大。我們首先是朋友，要對你負責。」

「饒了我，放我回犴牛蛋子山吧，那兒有的是牛鞭！這回還真得好好學牛鞭……」

「裝聾賣傻！逃還逃不迭呢，出來了還要回去？」

「是，回去！」

「別說氣話。回去也可以，得有個前提，必須治好病，我對百里妹子也有個交代！」

他越發糊塗了，看她的寬邊眼鏡後面的眼睛，一時不知說什麼好。怏怏坐起。

「有人說我是女強人，強不強自有公論，但承認我個女人。作為女人，完全能夠體會百里妹子此時的心境。總也不去看她，她能沒有想法嗎？她有心數、重感情是盡人皆知的。我結過婚，儘管婚姻已經名存實亡，正因為這樣，更瞭解女人，也瞭解你。」

「瞭解我什麼？我不像張增旺前程遠大。」

「別提他，不提心不煩……他鐵了心要裂杆子，離婚已成定局。我也受到不少傷害，心在淌血。在縣醫院我說一不二，看似紅火，別人卻敬而遠之。特別苦惱。每天和你在一起，聽冷言冷語，看耍熊使壞，感到很愉快。其實你也在幫我療傷，幫我體會怎樣才能做個真正的女人，應當感謝你……我同時明白治好病有相當難度，但偏要碰碰，不信憑我的能力，憑我掌握的知識就治不好。現在可以誇下海口，我孫韶華如果連這個病都治不好，就不是孫韶華！當然要求醫患密切配合，無論採取何種醫治手段。你沒有氣質性病變使我增強了信心。你心情一直十分緊張，不願見百里，怕傷害她。你朝思暮想和百里在一起。她更是這樣。我敬重百里妹子，希望她幸福。現在最緊要的唯一能做的就是把病治好。當然要有個過程，心急吃不上熱豆腐。偉雄，你太心急了，越急越難痊癒。我的治療方案是思想開導、心理放鬆第一，食補加藥補、增強體質第一。現在常提『政治工作第一，思想工作第一』，治療方案就遵循了這一原則。別撇嘴，就是這個道理。食補從你進駐招待所就已開始，害得我跟你一塊把肚子都補大了。今天早飯吃的枸杞紅棗黑米粥和燉牛鞭就是系列食補的一款。怎樣，明白了？『小狗』？就欠打不疼！」

把他拉下床。取出個報紙包打開。是幾味中草藥。「這叫海狗鞭……哈哈，除了牛鞭又出來個海狗鞭！海狗鞭也叫海狗腎，補腎壯陽的。這個黃褐色的叫肉蓯蓉，寄生在深山的赤楊根下，肉質，也是補腎壯陽的。它的特點是補而不峻，從容和緩，藥性溫和。這個叫淫羊藿，根葉藥用，性能相同。這個叫冬蟲夏草，一種菌類，生長在兩廣和雲貴。昆蟲的成蟲和幼蟲寄居在上邊，菌絲蔓延於昆蟲體內，夏天菌的子實見於昆蟲體外，呈草形。冬天不見子實而為蟲。這種藥非常珍貴，許多大藥店都沒貨，是我託人從北京同仁堂淘換來的。根據辯證施治的原理，仔細斟酌挑選了這幾味藥，符合你的病情，考慮到了長期和短期的治療效果。這幾味藥在《本草綱目》裡都有記載，為了更有把握，我這個學西醫婦產科的花不少時間翻看了這本書。」

他聞了藥味鬧心，注意力一直不離指點中藥的手指。心想：「第一次注意她的手指，纖細，滑膩，帶有淺淺的指窩，筒形的指甲，指甲鮮亮。手指是她思想的延伸，專門撥弄是非……跟小瓷人的差不多，不，完全不同……她正在用手指指點『江山』……哼，別在我跟前賣弄了，虛情假意！不過這手指倒與眾不同，煞是誘人，可惜長在她的手上！」

「你看怎樣？怎麼不說話？希望你配合，放鬆下來，藥是治標的，主要是幫你恢復自信。回頭向范所長要點白酒，用酒泡了，天天喝點。」說著，把纖手放在他的手上，透過寬邊眼鏡看他。他並沒有把手撤回，體驗著肉體的質感。

他看她的手指。她則笑著看他呆呆的神態。

冷不丁地，他好像看到了百里玉妝的手，這手，蒙住哀怨的淚眼……就一巴掌掀翻報紙，把藥材掃落在地，立起身吼叫：「不吃！孝敬你老公去吧！」

4

萬想不到如此粗暴，如此不盡情理，她也猛然站起，吼叫：「何偉雄，你這個把好心當成驢肝肺的傢伙！狗，狗咬呂洞賓！牛，牛沒鞭的牛！滿身能耐，敢向我耍叉了！就讓你自暴自棄，然後去見百里玉妝！這該多好呀！一個沒血性的男人，也配叫男人……我我，我怎麼盡碰上這樣的男人呀！告訴你，我最不怕餓茬兒了，最討厭不服管的男人了！如果男人服管，在我面前順順溜溜，我寧可給他唰唰舔舔，伺候得眼珠不動，如其不然，就給我滾，滾！今天非要擼餓茬兒不可！你覺得我的付出是有求於你，大錯特錯了！你捫心自問，我費勁把力淘換藥，給你治病，到底為了什麼？圖哪般樂……姓何的，你是怎麼把藥掀翻的就怎麼給我撿起來！」

出乎意料，她會發這麼大脾氣，臉由黃變青，由青變白，差點扇他嘴巴子。他口發乾，抱住腦袋，已六神無主……

不知過了多久，感到她在摩挲自己的頭髮，她的身體在顫抖，淚珠撲撲滴落他的脖頸。

她攬著他的頭，抽搭著說：「唉，小弟弟，小狗狗……嚇著了吧……今後不許在女人面前無理……是我不好，不該這麼凶，你是我的病人，我的朋友……別往心裡去。醫生要求病人配合醫生卻先不配合了……我能理解你的心情……保證以後不再這樣了！我吃驚，也高興：你男人胚子沒變！」

他用力攬住她的細腰，把頭埋在她豐滿的胸前，喃喃地說：「姐，謝謝……我不是男人……」

她推開他，攏攏頭髮，正正眼鏡，抻抻衣襟，長出口氣，笑著說：「行了行了，都過去了，生活還得繼續。不用謝，我是心甘情願的。別自暴自棄，你是男人，好男人。要經常向自己說，向我說，大喊：『我是男人，我是男人！』如果到個空曠地方，更要大喊。這太重要了，承認自己是男人，增強自信，是解決全部問題的關鍵。現在就喊給我聽，喊，『我是男人，我是男人』，不好意思了，那以後喊……若是以後再說『我不是男人』，真地扇嘴巴子了……記住，喜怒哀樂為人之常情，就得這樣，該罵天王老子就罵天王老子。搞運動以來人人脾氣見長，你卻一錐子扎不出血，這不好。不痛快就拿我撒氣，可以罵我，甚至打我。注意，打人別打臉。你最大的弱點是壓抑自己，知識分子的通病，長期受歧視的結果。你在我心目中不是臭老九，是才華橫溢的有為青年，不然不會要你當助手。反正也放假了，你我分分工，我管泡藥酒，你呢，去看百里。她一定在盼你。告訴你，百里出院了，在馬來家養病，不過還得個月期程才能拆石膏。這有馬家的位址……她問這些天你在哪兒，就說跟我在一起，千萬別瞞著掖著。」

「不去……哪也不去……」他抻被蒙頭，說也說不動，拽也拽不起。僵持了一陣，她說：「暫時不去也罷。先回家過年。我想好了，坐武裝部的車去前門站倒火車。我幫你扛東西。請爸打電話找戰友買張臥鋪票，最好是下鋪的。回家多帶點東西，米、麵、肉、油我來打點，找范大肚子。只要下火車能拿得動，拿多少都行。農村日子過得艱難，未必置辦許多年貨。多拿些東西家裡一定高興。不過，臨走前一定給百里寫封信，就是普通朋友也得講情講義。」

他仍不為所動，帶著哭腔說：「姐，求你了，別逼我了！」

「你不去看她又不回家也罷，她和馬潔在一起不必多慮……我倒有個提議，去趟北京看個衛生系統抓革命促生產展覽。展覽會有我和縣醫院的事蹟。你看，這是《解放軍報》，上面登了我的照片，題目是《毛澤東思想開新花抓革命促生產見成效》。本來是拿給你看的，卻包了藥材……怎樣？去不去？若去今天就成行。當然了，你去的目的主要是換換環境，透透氣，看不看展覽不重要，隨你的便，本主任願牽馬墜鐙。等你強壯了保證完璧歸趙，我也算成全了人世間一樁美事。聽姐一句話，放鬆身心，什麼自怨自艾呀什麼警覺呀都沒有必要，姐沒那麼壞！」

他盯著報紙上的照片。照片裡是個躊躇滿志、意氣風發的白衣戰士。

第二十二章　當替代投懷送抱　使機關鳩占鵲巢

她心慌意亂，竟用舌尖舔食他嘴角的涎水。卻有些害臊：「這個下賤胚子，想男人想瘋了！」見她白亮的胴體變成一團火，很烤人，突然，他雄力勃發，頭腦暈厥，渾身顫抖，一把搶過她的纖手……

「把自己的情感和身體作為病人慾念實施的客體，就是性替代。」

1

北京引領新潮。大街小巷所有寒酸的牆壁和房山都被大標語、大字報充斥著。自然，當家的品種是「三忠於四無限」——「忠於毛主席，忠於毛澤東思想，忠於毛主席革命路線！」「無限熱愛、無限信仰、無限崇拜、無限忠誠毛主席！」還有「四個偉大」——「偉大的領袖、偉大的導師、偉大的統帥、偉大的舵手毛主席萬歲！萬歲！萬萬歲！」少不了與之相配套的口號——「堅持無產階級專政下繼續革命理論」「鞏固無產階級專政反對資本主義復辟」「打倒叛徒內奸工賊劉少奇」等等。居然把劉少奇字上部的「大」寫作「犬」，下部的「可」寫作「句」，這樣奇字就演變成了「狗」字，而且是趴著的，打了叉的，落水的……

何偉雄微微感歎：「魯迅先生倘若活到今天，一定把鬍子樂撅了，其痛打落水狗精神竟與造反派一脈相承，造出了新文字、新文化！而魯迅本人也變成了一雙大手揮舞的投槍和匕首！看來號召學習魯迅著作和……相得益彰了！」

不覺跟隨孫韶華來到後海北岸，坐北朝南的四合院前，孫韶華邊敲門邊說：「姑父姑母住這，別認生。」

何偉雄回身看後海，後海冰面骯髒，抽冰尜、溜冰車和放風箏的孩童如同黑色的棉球滾動，尖叫。

開門的是位中年婦人。

「呦，小華呀，就猜你該來了，快進屋，冷不冷？你爸你媽好嗎？」婦人滿臉堆笑，抓過孫韶華的手。

「好好，嬸好……姑母姑父在家嗎？」

「去青島你大哥家過年了。」

「偉雄，這是田嬸。嬸，我和偉雄特地來看個展覽，住這。」

兩人穿過小院，進了正房西客廳。田嬸忙著沏茶。

「嬸，您歇著吧，我來。」

田嬸偷偷打量何偉雄，殷切親暱，又有些不知所措，轉向孫韶華悄聲說：「我的小華好福氣，好眼力……」笑模悠悠出了屋。

「哈哈，天大的誤會，她以為你是他呢……」

「可別，鄙人高攀了！」

「姑父是位全國聞名的作家，你知道的……四九年進城買了這個四合院。田嬸的丈夫是姑父山東的本家，姑父見夫妻倆沒住處，人又本分，就讓搬進了西廂房。家務都由田嬸做，我剛記事的時候還以為是一家人呢。『文革』開始時造反派紛紛搶佔四合院，這個院子因早被田嬸『無產階級』進駐才保全下來。」

客廳花木蔥綠，迎春花金黃耀眼，蟹爪蘭青翠欲滴，茶葉花異香撲鼻。西牆上掛了作家的手跡，行楷體，是首一九四二年太行詩抄。順北牆立著高高的書架，藏書豐富。東北角方桌上擺了台電視機；孫韶華打開電視機說：「姑父訪問蘇聯帶回來的……他沒受衝擊，這在作家裡極少……噢，你隨意看，我去張羅午飯。」

2

……之後兩三天兩人一直在北京城海跑，馬不停蹄。孫韶華給何偉雄的任務是走和百里走過的地方，回憶細節，盡可能講出當時的心境。

「就把我當百里好了。」特意叮嚀，「醫生的身分倒可淡化，最好忘掉。」

「那你不成了替身？」

「對呀，真聰明，就是替身！」

到過展覽會址，何偉雄不想進去只好作罷。逛白貨大樓，何偉雄提不起興趣，只在東風市場買了兩張手工繪製的賀年片和兩把袖珍鴛鴦劍。而在上海遷京的中國照相館前卻停留了許久。櫥窗裡盡是勞模和軍人的大幅照片。孫韶華很奇怪，再三追問才弄明白。原來百里玉妝曾在這裡照張二寸照片，後來照相館偷偷放大、著色擺了出來，整個廚窗裡數這張照片顯眼，幾乎到過北京、逛過王府井的人都見到過。同學們發現後告訴了她，她聞訊索要，人家要二元錢，她沒錢，只能由它擺著，直到畢業離京。「那是因為百里太美了！」孫韶華笑著說，「對，你要回憶當時的感覺，當時的激情。」

在前門大街力力飯莊何偉雄一連吃了兩碗擔擔麵，特別愛吃麵條底下的油炸花生米，辣得額頭冒汗。看他貪婪的吃相孫韶華分外高興，猜度必有值得留戀的故事，笑模悠悠地卻故意不問。

而從動物園坐三十二路公共汽車來到中國人民大學，何偉雄突然亢奮起來！

校園十分冷清，早放假了。他指圖書館說：「這是我的風水寶地，打敗了所有百里的追逐者，人人羨慕！」在溜冰場，說：「這是我和百里溜冰和游泳的地方。同學們挖了這個長方形大土坑灌上水，夏天游泳，冬天溜冰。百里是游泳高手。游泳的人太多，攪成泥湯也不嫌髒。」在南五排宿舍，他找到了曾住過的房間，扒玻璃窗向裡望，說：「緊裡邊雙人床上層是我住過的鋪位，每回班內開辯論會就居高臨下發言。往往獨當一面，和全體同學辯論，脖子粗嗓門高，同學們給我起個外號，你猜叫什麼？『花腔男高音』！多可笑，男高音還唱花腔，虧想得出來！後來才弄清是廣東姓黃的同學最先叫的。我最約好的同學。這位同學暗地向我說，『可別當花腔馬列主義！』現在想，當時有許多幼稚的詭辯，空泛的推理，真不知深淺。反正一到開辯論會我就來精神。同學們誰也說服不了誰，吵半天吵不出個結果。」在運動場，說：「這是我永遠難忘的地方，每次開全校運動會都要拿兩個第一，一個百公尺，一個跳遠，當時有百里加油更能超水準發揮。百里也喜歡運動，田徑是她的特長……有一回上體育課女同學比仰臥起坐，她和一位女生較上勁了，你瞅瞅我我看看你，整整做了一堂課不分輸贏。百里的腰腹肌和柔韌性特別好。」在沙坑前做了立定跳遠，說：「不信你量量，現在還能跳兩米六七！」

在足球門前，他越發興奮：「就在這個地方，背靠右邊這個門柱，我解開棉襖扣兒把她整個包在懷裡，緊緊地摟，親她的臉，她的臉那麼熱那麼香！是個深秋明亮的夜晚，月亮又大又圓，嘿，甭提多……」瞇起眼睛，美美做環抱狀。

「那你就……」孫韶華試探著說，透過寬邊眼鏡看他，臉突然紅起來。

「行！」他跨步搶上前，張臂攬住她的細腰，高高抱起，轉起了圈。

「迷乎了！」直到尖叫求饒才放下，並在面頰響亮一吻，同時贏得當胸一拳，一串清脆笑聲。

「真有勁兒，快掄散架了，現在還迷乎呢，哈哈……」

更出乎意料的是，何偉雄竟緊握拳頭，仰天向四周大喊：「我是男人，我是男人，我是男人，我是男人——烏拉！」最後用俄語歡呼起來。

「好，好！嗵！」跑道上的一位挑皮的男生起哄，「我也是男人，喂，女兵，讓我嘬一口吧，烏拉！」

兩人繞四百公尺跑道追逐一陣。她在前面跑，他則三步兩步追上，像鷹抓小雞……

3

初戰告捷。孫韶華想不到初戀有這樣神奇的力量，儘管屬於別人。心飛到了半天雲，手舞足蹈起來，說話語速更快了，儼然是個小姑娘。「擁我，吻我，是我大膽要求的，這，是不是有些過分了？」她暗自拷問，壓抑不住驚喜和快慰。

回到家裡，孫韶華忙著燒洗澡水，見飯還沒熟，就拉何偉雄直奔後海，抓過一個男孩手中的搖輪，拽起風箏在冰面上瘋跑，惹得一大溜孩童尾隨尖叫，岸上行人駐足觀看。哧溜幾個筋斗也不在意。直到田嬸喊吃飯方把風箏交還。仍意猶未盡。

餐桌上已經擺齊菜肴，孫韶華順手捏隻紅燒大蝦連皮嚼，吃相比馬潔還狼虎。又從筆筒取鑰匙打開酒櫃，翻出一瓶陳年汾酒：「算你有口頭福，來，慶祝慶祝！」於是斟了兩杯，高高舉起：「我的……男子漢，為找回白我，乾！」

兩人一飲而盡。

何偉雄也斟了酒，舉起酒杯：「借花獻佛，願老佛爺靈光普照，乾！」

「等等，老佛爺，靈光普照？才不普照呢，只照你一個人！」

「好好，照我一個人，乾！」

「不不，得說你是什麼人！」

「我，就是我呀！」

「不對！」

「一個男人，行了吧？」

「不行，得說是什麼男人……」

「真正的男人……行了吧？」

又一飲而盡。

「真正的男人，我也敬你一杯。」

「你是誰？」

「我呀，孫韶華。」

「不對，孫韶華是誰？」

「女人！」

「不對！你知道，說！」

「不知道！」

「不知道，罰酒！」

她喝了一杯酒，說：「我還是不明白。」

「裝蒜！你說你是陰謀家，大壞蛋，來，大壞蛋，喝，喝……」

三杯酒下肚，何偉雄已難自持。

「倒要問問，我為什麼是陰謀家，大壞蛋？」

「讓我把你當百里，騙我，若真地把你當百里，百里往哪擺……你，你就說是百里的替身，來，孫替身，舉杯，乾！」未等孫韶華搭言，一揚脖把酒倒進嗓子眼兒。

「哈哈，一個真正的男子漢果然回來了！佩服，佩服！」

「不用佩服，酒壯英雄膽……英雄，狗熊，熊膽，熊膽泡酒，酒壯熊膽……來，百里，來，孫替身，這回不罰了，獎你三杯！」

孫韶華並不含糊，說：「剛好相反，你一杯我三杯。」

「什麼？小瞧人，忘了我是男人？英那個雄……雄爾，一定要實現……我三杯你一杯，乾！」沒等她舉杯，又倒進了嗓子眼兒，並搖頭晃腦吼了《國際歌》最後一句，「英特納雄納爾就一定要實現。」

孫韶華已熱血奔湧，春意蕩漾，但還是說：「你我都不勝酒力，就此打住。光喝酒了，連口菜都沒吃。」給他夾口菜放在食碟裡。

「這是什麼鳥菜，噢，牛鞭！哪來的？」

「我帶來的，嚐嚐，還淡嗎？」

他胡亂嚼了嚼，說：「不不那個淡，有，有咬，咬頭，怎麼我也也結巴，馬馬那個來了……不那個淡，把酒給我，都消消滅了它……把敵人統統消滅光！」說罷胡亂唱了一句「把敵人消滅光」的流行歌詞。

「好了，不能再喝了，想喝酒還有特別的，晚上臨睡前跟你一塊喝。先吃點飯，喝點湯，待會兒睡一覺。」

「早那個灌飽了……」他拍了拍肚子說。被她攙扶回到寢室，一頭扎在床上。她也鑽進被窩，抻被蒙頭躺下。

田嬸只知道「小倆口」打酒官司，聽不明白說了什麼，從心裡樂。

4

孫韶華一覺醒來，發現正跟何偉雄相抱著。頭枕著他的胳膊，臉埋進他的胸脯，他的一條大腿環騎著她的腰，齁齁向頭髮裡吹酒氣。她感到自己是一隻可憐的小鳥，飛累了，歸巢了，與一隻大鳥相依，被結實的翅膀包圍。「做女人多好，溫柔嬌小，有人疼愛，何必爭強好勝！」她想，「對男人來說，可能意味著難抑的放縱，無奈的痛苦，勞作的艱辛……男人鼾氣混合酒氣具有奇怪的征服力，而力，誰是力的受體，我嗎？」

她蔫蔫仰起頭，和他臉對臉。他臉上的稜角、油膩使她心慌意亂，竟用舌尖舔食他嘴角的涎水。於是全身騰地燃燒了，害臊了。「這個下賤胚子，想男人想瘋了！」雖然自責，仍把嘴唇和舌尖湊上去。「其實，摟我的這個男人曾經多麼優秀，多麼自信，否則在大學的愛情角逐中不會勝出。可惜落到了窮山溝，又好咬文嚼字，自命不凡，穿著打扮也與眾不同，加上沒有任何靠山，幾乎成了棄不足惜的人。他的肉體和才能受到雙重壓抑，命運毫不留情地捉弄著他。有誰能幫助他呢？他遇到我可能是短暫的緣分吧。卻諱疾忌醫，心裡豎起一堵牆。

「我在玩危險遊戲！首先，如果我太投入，無可救藥地愛上他了，還有勇氣把他返還給百里嗎？是信誓旦旦的保證才使他就範的呀！再則，他對白里癡心不改，若不返還能饒得了我嗎？勉強捏合，難道還要和張增旺一樣貌合神離，分道揚鑣，到頭來雞飛蛋打，變成街談巷議的笑料！現在面臨艱難的抉擇，一是遊戲就此收場，二是繼續玩下去。玩下去，不投入真情倒也無妨，到時候交人是了。交人，我是真誠的，表態是真誠的，所作所為是真誠的。唉，可是陷得太深了，我發現他多麼可愛，不知不覺付出了真情……就這麼走下去吧！走下去，就說現在，別說往後，向田嬸田叔怎麼說呢？向姑母姑父怎麼交代呢？呀，原來膩膩糊糊光天化日同被而眠的『小倆口』竟是假的！滑天下之大稽！當然還會傳到爸爸媽媽耳中，傳遍全縣各個角落，真地變成『不齒於人類的狗屎堆』！至於張增旺，氣急敗壞去吧，咬牙切齒去吧，我並不怕他，他越恨我越樂。問題不在張增旺。

「啊，偎在他的懷裡該多熨貼，但願永遠這樣，永遠，直到海枯石爛。男人與酒與女人同命相連，之於男人與金錢與地位是不可回避的主題。他的氣味兒如此地濃烈，如此地醉人。他的腿健碩有力，壓得腰好疼好麻。要保持這個姿態，不能驚醒他，也不能驚醒我。他，他是男人，活脫脫的男人，優秀的男人……誰的男人呢？」

她把被子掀了個小縫看他的臉，猶如一隻闖入客廳的蜜蜂，躲進茶葉花叢，偷嚐著現實而又虛幻的愛蜜，感歎著愛的力量與愛的錯位。發現屋子暗下來，便慢慢扳下他的大腿，從懷裡縮回，仰臥著，平息平息心跳，活動活動扭疼了的脖頸，壓麻了的腰。然後由被子一側挪出，坐在床沿上，帶著笑意思索晚間的安排。忽然想到洗澡水該涼了，迅速下地來到衛生間。伸手在浴盆裡試了試水溫，並不涼；田嬸說田叔下班以後重又燒過，現在洗澡正合適，不過最好先吃晚飯。她說等偉雄醒來一起吃，田嬸很知趣，回了西廂房幹自己的營生。

5

她躺在浴盆裡，尖聲叫兩聲，逐漸適應了水溫。瞇眼靜躺，不久便細汗淋漓，通體透暢。然後欣賞清水中修長豐滿的身體，撫摩身體的每個部位，又嬌羞又騷癢，感到自己是一朵山間的野花，絢麗，招人，但是花柱奮力地搖曳，饑渴地呼喚，卻沒有愛的回應。原來是朵謊花，將迅速枯萎下去。不覺哀歎起來：「孫韶華呀孫韶華，可惜生了個美人胎子，活到二十六七歲竟沒有一個男人真正愛撫過！如今有了地位有了榮譽卻沒了愛！是不是站得太高了，別人夠不著？是不是太強悍了，別人望而生畏？幾天來，愛的真情偏偏不期而全，由朦朧變得清晰，由淡漠變得強烈，這愛，不屬於我，屬於更加出眾的百里！我，寧可不要地位，不要榮譽，只要愛，做個實實在在的女人！」她想到了自己枯萎的情景，得不到雄性花粉青睞的花柱和柱頭隨風飄散，花瓣零落……趕緊撩水洗淚。覺得自己十分可憐，想，最好就這樣躺著，如同嬰兒在愛意濃濃的「羊水」中生長，再出生一次，出落成個大姑娘，追求真正的愛，不錯過愛的賜予。

她真地把頭縮進羊水中。「機會機會！」羊水悶聲悶氣向壓抑的耳膜敲響。

她洗了澡，抹去鏡子的水霧，憐惜自己的模樣，開衛生間門，取外間衣架上的襯衣，這時，猛然和匆忙跨進正解腰帶的何偉雄撞了個滿懷！兩人誰也想不到會出現這樣的場面，驚呆了。她明晃晃地暴露在他的面前，下意識抱住雙乳。慌亂中何偉雄竟然關上衛生間的門。這樣，兩人愣著，對視著……

還是何偉雄狼狽而逃。

吃晚飯的時候兩人誰也不說話，還沒有從剛才難堪的場面裡回過神來。飯後默默看了幾眼電視，分頭睡去。

何偉雄毫無睡意。茶葉花的香氣更加濃郁。夜靜得能聽到枕頭下手錶的滴答聲。彷彿孫韶華仍明晃晃站在眼前，攝人心魄。他感到手心和腳心發熱，接著，全手和全腳都熱了，把手放在臉上，燙，便伸出被外。過一會兒，小腹也熱起來，產生了難以自抑的亢奮，居然「綱舉目張」了！

「這是怎麼了，臨睡喝了兩盅藥酒的緣故？還是她……」為排解亢奮，排解孫韶華明晃晃的紛擾，打開了床頭燈，順手摸本書翻看。精神卻難以集中，只知是本詩集，裡邊寫了什麼全然不清，每個書頁上都印著明晃晃的玉體。「出浴的她如此地美，修長，豐滿，光潔，白亮，嬌羞，熱烈……簡直要人的命！她不是石頭做的，不是顏料堆的，是尊活生生的藝術品！有血有肉，會思想有情感，質地真實，滋潤且有彈性！」他越發難以自抑，乾脆把詩集拋到一旁，看天花板；天花板上是床頭燈投放的光影，光影裡明晃晃的玉體更加鮮活，並點綴一雙荒亂熱辣的眼睛。「可惜不是百里，此時百里正想著自己，不，已經忘了，忘得一乾二淨，但願……」

這時，門開了，孫韶華臉泛紅潮，紅至耳根，手裡提隻熱水瓶，掩飾著慌亂：「見房間忽然亮燈，怕你半夜口渴……藥酒這麼有勁，渾身發燙！」到了杯熱水放在床頭櫃的邊沿上，竟把熱水瓶的軟木塞扔進水杯。

在他眼前白亮的玉體變成了一團火，很烤人；突然雄力勃發，頭腦暈厥，渾身顫抖，一把搶過她的纖手，攬住細腰；她則順勢磨上床。不覺打翻了水杯，地下的軟木塞熱氣升騰。

……她呻吟著，斷斷續續地：「把我當百里，我是百里……注意過程，注意快樂……過程快樂……別考慮結果……不要自責……對，男子漢，勇敢點，放鬆點，找回自我……對，真棒，真優秀，本來就優秀……過程，快樂……別考慮高潮，別考慮結果……真地偉雄，偉雄偉雄又偉又雄，啊——」

……何偉雄骨碌到床上，抓枕巾蒙住臉，枕巾在臉上噗噗鼓動。孫韶華摟住他，但鼓動得越發厲害。

「要哭，就大聲哭吧！」孫韶華連連安慰。

6

兩人哭了一陣，孫韶華擦了擦淚：「偉雄，你成功了！」

「你才成功了呢！」何偉雄說，帶著濃重的鼻音。

「我呀，替你高興！」

「我做了什麼呀……」何偉雄擤了把鼻涕，孫韶華立刻用枕巾裹住。

「老毛病犯了，又自責了。」

「她，百里，多可憐！我這個忘恩負義的傢伙！」

「行了，別多慮了。」她親了他的淚眼，下地撿水杯，冷卻了的軟木塞，去衛生間洗涮，回來仍見他倚在床上發呆，「別落汗了，感冒了可不得了。」把他按倒，掩被子，擦汗，「口渴了吧？喝點水，別傷了身體。」到了杯水，也鑽入被窩。

「我的偉雄，祝賀你，成功了，真棒！」

「成功的應該是你！」

「你這個沒良心的！」

「良心？」他顯然對「良心」二字很敏感。

「我也問自己是不是真誠，」她說，「不可否認，我成功了。說陰謀家也好，大壞蛋也罷，我一律不去辯駁。試想，一個原本很健壯的男青年，坦白地說，我現在仍然暗戀的，儘管他已經屬於別人……由於心理、生理、環境等原因造成了陽萎和性恐懼，從而自暴自棄，心理變態，失去了做人的尊嚴，甚至破罐子破摔，輕生，該是多麼大的人生悲劇！為治療這種類型的病國內外學者提出過許多方案，其中就有性替代的特例，我從中受到啟發，大膽涉獵其中。在進行心理開導和藥物治療的同時，作為醫生，我把自己的情感和身體作為病人欲念實施的客體，就是性替代。患者，你，給我造成的困難是局外人難以想像的。你一直『抗拒改造』，恨得我回醫院拿別人煞氣，有時真想扇自己嘴巴子，心想何苦費力不討好呢，你是我孫韶華的什麼人！但考慮到任何成功都伴隨著冒險，即是冒險就有成功和失敗兩種可能，這剛好符合我的性格，冒險，成功，一定要成功，所以咬咬牙還是堅持了下來。當然了，這與張增旺給我造成的性饑渴不無關係，也可以說是陰謀家，大壞蛋。怎樣看我都不在意。反正既成事實了，病人新生了。我堅持了下來，是，堅持了下來。毛主席他老人家說，有利的情況和主動的恢復，往往取決於再堅持一下的努力之中。也叫活學活用吧，看看……又撇嘴了！

「我之所以心甘情願當替代物，替身，確有個人的企圖，說明白了，我愛你。擇婿時不能不放棄你，因為有個百里。我承認，當時像一張紙的兩面，一面寫著羨慕，一面寫著妒嫉。和張增旺感情破裂以後，作為一個年輕女人想到了從前傾慕的人，從他那裡尋到少許感情慰藉，並為他做點事情，以至作出犧牲，無論怎麼衡量都符合人之常情。萬想不到，心中隱藏的愛有這麼大的始料不及的爆發力。是，沒想到，事先想到就是小狗，隨便讓你打……我突然很矛盾。把你歸還給百里已滿應滿許，毋庸置疑。但，設身處地想想，放棄你無疑等於剜心割肉，能輕易把你歸還給她嗎？此時此刻這種感情尤其強烈。說是佔有？也罷。請相信，事先並沒有設計好什麼，絕非陰謀詭計，一切自然而然地發生了。輕易歸還給百里，難道對我就公平嗎？我也是女人呀，愛你呀！我處事向來果斷，現在反倒猶豫了。也恨自己。所謂成就感已經拋到九霄雲外。百里是我的朋友，我竟『卑鄙無恥』地奪朋友之所愛，良心何在？能不遭到世人鞭撻嗎？能不遭到你的鄙夷嗎？況且連我自己都懷疑起自己來了，你問我是不是有良心，問到了節骨眼上。

「現在有一句話要問你，希望像男子漢那樣回答。我問你，到底對我持什麼態度，有沒有一點感覺，進而說愛不愛？現在不想回答也罷。最好現在回答。不過我先亮明態度，以便你作決定時主動：如果壓根喚不起你的感覺，不可能有愛，僅僅視為性替代，我寧可退出，馬上退出。我孫韶華說一不二。真誠的愛在心裡告訴我不能違背你的決定。否則立刻鑽後海的冰窟窿。回答吧，男子漢！」

他避開灼人的目光，說：「愛，都愛……」

「都愛？就是說你愛我，不想得罪我。倒說出了我盼望已久的話，值了！是嗎？明確說聲『我愛你』……」

「我愛你……」

「謝謝，謝謝！謝謝了！」緊緊抓住他，頂著他的前胸，似在扣頭，哭道，「天吶，你愛我了愛我了！我更愛你愛你！天吶，不是做夢吧……」

7

等到稍稍平靜，孫韶華用纖手在他身上游走一會兒，用嘴貼他的胸脯說：「親愛的，真是一場夢……既然相愛，必須把什麼都交給你，包括思想。突然想到，突然明晰的思想。向你坦白。你可能認為想法骯髒，又要撇嘴。你家庭出身好，大學生，有上升的政治空間。雖然現在大學生普遍遭歧視，但不能總這樣，我就是大學生，不也當了革委會主任？關鍵不在是不是大學生，關鍵在於有沒有政治背景，掌握不掌握政治資源。什麼是政治資源？比如，我要把你從幹校調回來，組織組立刻就打電話，調回來了；我要你住進招待所，住進去了，所長范大肚子唯恐伺候不周了。這是關係，政治資源就是關係，政治關係。政治資源的核心是政權——別忘了我是學習毛澤東思想積極分子，可能扯遠了點，扯遠點也是對你的愛，因為你平時不考慮這些東西，該換換腦筋了——有了政權就有了一切，喪失政權就喪失一切，這個馬列主義的重要理論顛撲不破，但請記住這個『一切』！文化大革命實際上是一切政治資源的再分配，而最終的目標是經濟等等一切資源的再分配。政治決定經濟，精神決定物質。

「你說弄反了？『精神萬能論』？不不，現實就是這樣的，從上到下幾乎到處活躍著精神萬能論者，已經調動一切可能調動的手段強力形成了精神決定一切的社會氛圍，不然天天活學活用毛澤東思想為的什麼，林副主席說『一句頂一萬句』為的什麼！懸了？別打岔。到底怎樣，你自己理解好了。現在表面上批判精神萬能論，實際上正在大力推行。精神的能動作用才是第一位的。這很清楚，很現實，難道住縣革委會招待所的院中院，享受優厚的生活待遇能說與政治無關嗎？這僅是眼前的小事，事情的端倪，而廣闊前景請拭目以待——隨著政治資源再分配而來的經濟資源再分配必將到來。

「稍稍展開來說，誰最終分配到了並掌握了政治資源，政權，誰將分配到並擁有物資資料及其物資資料的生產、分配、交換、消費的權力，掌握多了多有，掌握少了少有，不掌握沒有。革命革命，革命者不是虛無主義者，革命者也不吃素。『政治是經濟的集中體現』這個定義的玄機就在這裡……歪了？曲解了？虛假？悲劇？對一些人來說是悲劇，而對另一些人卻是喜劇。別忘了，現在是階級社會，隨時面臨資本主義復辟的危險。非常時期。好了好了，我是在聖人面前念三字經，念得還挺起勁兒，用得著那句俗話了，在情人面前結巴也健談，呆子也賣弄，哈哈……年輕人，『世界是你們的，也是我們的，你們像早晨八九點鐘的太陽……』哈哈，這麼一說我倒成了老太婆了！偉雄，利用我家的政治背景、政治資源，以此作橋樑，你我攜手開拓，將大有作為！」

「可倒好，來不來先把我分配了！」他抱頭苦笑，喃喃地說，「有點害怕……」

「怕什麼？」

「怕你……」

「我又不青面獠牙，有什麼可怕的？」

「怕……你燒得我發冷！」

她緊緊摟住他，湊上嘴唇和舌尖。心裡卻暗自嘀咕：「有些話是不是說得太早，嚇著他了?!」

第二十三章　妻兒嚶嚶冥界寒　忍噎鼠食慰團圓

「他一睜眼就看見窗下的墳塋，想到墳塋裡的妻子和女兒，彷彿妻子和女兒沒黑天沒白日和他生活在一起，分不清一窗之隔的陽世陰間，墳裡人是死了還是活著，屋裡人是活著還是死了。」

「依我看，泛愛眾就是博愛。博愛並不是西方資產階級的專利，早在一千多年前唐代的大思想家韓愈就說：『博愛謂之仁，行而宜謂之義』。做人首先要愛人，愛世上的人。但要有行動，做得到位。講義氣就是實行仁。仁是客家人的也是所有中國人的安身立命、治國興邦的根本。仁愛如同布帛菽粟、陽光雨露，須臾不可或缺。」

1

郝振海站在伙房大籠屜和大案板的夾空，仰視秫秸泥牆上毛澤東和林彪的畫像，揮動「紅寶書」，帶領大家高呼祝願，祝願毛主席萬壽無疆，林副主席身體健康。毛澤東的畫像被熏得不再光鮮，起了水鼓，隨時可能脫落。林彪身踞柴灶的正上方，「滿面塵灰煙火色」，似乎剛從戰爭的硝煙中走來。

大家注意到，春節過後郝振海揮動紅寶書的方式由林彪的下砍式改成了周恩來的上舉式，對這一虔誠創新無不投以欽佩的目光。接著又齊唱一首頌歌：

天大地大不如黨的恩情大，
爹親娘親不如毛主席親，
千好萬好不如社會主義好……

郝振海有意提高嗓門兒帶動。大家瞥著大案板上快涼了的菜肴呼應。唱罷，郝振海笑吟吟給每人倒兩盅酒，回到大案板北端主席，舉起酒盅：「同志們，今天是正月十五，大家剛過完革命化的春節就按時返校，人雖不多，也夠得上『三五個人七八條槍』了，哈哈……還有兩位女同志，特別是百里玉妝同志病剛好就回來了，充分體現了『五七』指示精神！嗯，我代表全體留守同志——留守的其他同志已經回去補假了——同時代表馬校長、仇校長向大家拜個晚年，並祝同志們元宵佳節快樂！現在每位面前有兩盅酒，一盅是白的，一盅是帶色的，帶色的是留守同志特意泡製的補酒……」

「補酒裡怎麼有渣兒呀？」

「為什麼要雙盅，有講究嗎？」

「雙盅……湊巧，噢，好事成雙呀，祝願同志們在新的一年走『五七』道路革命、勞動雙豐收，哈哈！」郝振海面帶幾分得意幾分詭秘，「願喝哪種喝哪種，來，舉盅，喝！」

「苦！活糟蹋人！」吐彩霞抿了抿帶色的，吐地。

「哈哈，這你就不懂了，喝了這種酒能明目！」郝振海笑道。

「就聽郝主任的吧，明目，心明眼亮幹革命嘛！」有人急著隨聲附和。其實也糊塗。只是盯著大案板上的菜肴。

「哈哈，」郝振海綻開小白臉說，「馬潔同志，你說酒苦吧，好就好在這個苦字上……哈哈，我可沒說在苦字上下工夫，這跟『活學活用、在用字上下工夫』是兩碼事，只說酒苦——這是蛇膽酒，廣東名酒！百里玉妝同志是廣東的，應該知道。我去廣東外調喝過，五角錢才一小杯，五角錢差不離能買六七兩肉呀！我們留守的同志抓了幾條蛇，蛇肉吃了，蛇膽泡了酒。元宵佳節麼，特地款待大家。一人一盅，要多喝還真沒有，馬校長他們還沒嚐到呢……」又從籠屜裡端出一大一小兩個盆，指大盆，「這是紅燒野兔，」指小盆，「這是清燉刺蝟。都是留守同志的勞動成果，一片心意。少見？哈哈，靠山吃山麼，都伸筷呀！滋味兒怎樣？」

男人們興高采烈，甩開槽牙大嚼特嚼，並向百里玉妝和馬潔獻殷勤。百里玉妝礙於面子，分數次喝了一盅白酒，只是沒向野味伸筷。

馬潔繞大案板輪流敬酒，帶頭起盅，敬誰誰必須喝，一連轉了三四圈。馬潔向自己的酒盅裡偷倒了白開水，不時在伙房東翻西看，男人們並不在意。

「馬潔同志家那麼遠都提前返校了，值得我們學習。」郝振海小白臉開始泛紅，訕訕找話。

「我才沒那麼高覺悟呢，」吐彩霞摟住百里玉妝說，「我在完成校部交給的革命任務，陪床！還得補假呢！」

「倒叫我忘了，看這腦袋……」郝振海故意拍腦門，「回頭請示馬校長，一定補假。先喝酒，敬勞苦功高的馬潔同志！」

馬潔撇嘴：「理所當然要補假，還用請示？什麼都要請示，請問郝主任，陪床是不是革命工作？當誰願意呢，陪床不比掄大鎬好受，憋屈死人，不信你郝主任試試！」

「不用郝主任，我試吧！」有人聽出了破綻，急忙搭言，引起一陣哄笑。百里玉妝羞得臉紅。馬潔把酒潑向搭言者：「叫你狗舔門簾露尖嘴！」

哈哈！

男人們劃起了拳……

2

郝振海劃拳興致正濃。吐彩霞故伎重演，鬼魅魘道閃到屋角，從大笸籮裡包了一包元宵，用報紙蓋著，哼著小曲，和百里玉妝攀牤牛蛋子山來到「牛棚」，鑿凍鎖、扛凍門進了屋。屋裡寒氣襲人，冰窖一般。滿牆冰霜形同闊葉林，毛絨絨，白煞煞，葉脈葉齒十分逼真；「走『五七』路做革命人」「坦白從寬抗拒從嚴」的條幅掩映在枝葉中；豪情滿懷的毛澤東影在枝葉背後凝視這「寥廓江天萬里霜」。鐵壺的綠蓋被凍冰頂落在地，彷彿從壺裡生出了新蓋，染滿灰土。

炕沿下新增了與炕洞相連的耗子窟窿，整鋪炕密佈著耗子的傑作，猶如一幅用炕洞黑灰勾勒的炭筆畫，一串串，一片片，濃淡相宜，斑駁有致；有工筆，有寫意，細碎的爪印大約是工筆，打架滾動的塊狀大約是寫意——在女人們寄放筋骨與夢想的地方畫出了耗氏家族的放肆與快樂……

「畢卡索！」百里玉妝笑笑，放下行囊，上炕翻行李，突然「媽呀媽呀」驚叫，一雙黑黢黢的反客為主的耗子夫妻從安樂窩竄出！吐彩霞慌忙用腳踹，耗子吱吱叫，耗子丈夫（可能是）困獸猶鬥，蜷身咬一口鞋邦，跳下炕，鑽入炕洞。這才發現踹斷了半截尾巴。百里玉妝驚魂稍定，忙著打掃被子裡的耗子屎，草籽，磕碎的堅果。

抱被褥到屋外抽打晾曬，堵耗子窟窿，生爐子，掃南北大炕和屋地；兩人一口氣兒幹了這些活計，百里玉妝說：「姐，串門去吧，挺想李大叔。」

「對，屋裡比外邊還冷，走！」

兩個姑娘踏著殘雪和蒿草，朝長城上行，不時尋找酸棗、堅果揣在衣兜裡。到了山梁東坡，李大叔家盡收眼底。屋脊上一溜麻雀正曬太陽。樹梢上的喜鵲見來人翹尾巴，喳喳地叫。天空兩隻百靈啾啾歌唱，表演著空中芭蕾。沙河浮冰的空殼被矮柳叢支架著，閃閃發亮。沙河岸邊的楊樹生了很多瘡疤，像貼了膏藥。李大叔家的石頭院牆不見了豁口，房山新壘了茶壺嘴煙筒，冒出似有似無的藍煙。

空氣凜冽甘甜，負氧離子極其豐富，百里玉妝張臂深深吸了一口，依她的經驗，大約四千六七百毫升的樣子。心中油然升起一種莫名的歸屬感，眼前的一切是她在病中經常想到的。

屋脊上的麻雀早已警覺，振翅欲飛。

「彎大叔在家嗎？」繞到門口，吐彩霞向屋內喊。麻雀呼地飛走。喜鵲佔據了麻雀地盤，施紳士禮。

「別叫彎大叔，」百里玉妝說，「人家姓李，見面可別這麼叫。」

「本來沒人知道我姓李，」彎勾了搭了言，已經推門探出半個身子，曬乾了的老茄種似的臉向上仰著，異常驚喜，「你們倆呀！我說呢，喜鵲喳喳叫必有貴客到！快進屋，冷不冷？」聲音仍很豁亮，扶門框向屋內讓客。

「大叔過年好！」百里玉妝笑著問好，鄭重其事地鞠恭。吐彩霞上前牽手。

「好好，都好，謝天謝地，」彎勾了看了摸了摸百里玉妝的腿，不斷唏嘘，「姑娘，腿好了？罪孽，罪孽……全好了？好了好！向前走走讓大叔看看……」

百里玉妝跺了跺腳。進堂屋，聞到鍋裡的玉米粥味兒，吐彩霞問：「大叔，晌不晌夜不夜，怎這時候做飯？」

「眼下天短，莊稼人吃飯都是兩開廂。飯早熟了，就等外甥了。噢，北溝有幾棵栗樹，是自留樹，早該鐮了，我腿腳不俐落，外甥是來給鐮樹的。估摸鐮完該到家了。」

吐彩霞揭開秫秸鍋蓋，見鍋裡除了玉米粥還餾了幾塊白薯和一碗鹹菜，說：「這麼簡單呀，大正月十五的……」

「正月十五？看我這忘性腦袋！」

「正月十五！可到家了！」百里玉妝說著徑直進了裡屋，想脫鞋上炕，卻被彎大叔連人帶鞋推上炕。上了炕，百里玉妝笑道，「呵，好暖和！大叔也上炕歇歇腿。」向炕頭拉彎勾了。

彎勾了仰臉仔細端祥百里玉妝：「姑娘瘦了。你這一病，我見到幹校的人就打聽，也不知什麼時候能好……」

「這不挺好麼，住院的時候總想坐坐這個熱炕頭。」

發現炕梢多了套行李，行李疊得四棱見線，行李上的舊軍用棉大衣也疊得齊整。窗戶紙不見了大窟窿小眼，地下的豁口大缸貼了個倒福字，泥牆的木柱貼了幅長條春聯。百里玉妝注視著，念道：

宜入新春萬象更新五穀豐登風調雨順林果滿枝牛羊成群人丁興旺朗朗乾坤繩庥套具妥善保存鍬鎬鋤筢做好備耕春種秋實勤勞是金

百里玉妝說：「真好，誰寫的？」

「外甥！」

「他編的？」

「沒別人。我這外甥挺能琢磨。中學畢業，當過兵，在農村也算見過世面的，破爛是個秀才！反正上面寫了什麼我不認識，只圖個吉利。」彎勾了並不掩飾驕傲的神情。

「我家過年也貼長條春聯，沒仔細看過，想不到挺講究。」吐彩霞說，也念了一遍，不住誇讚。

彎勾了端碗餾白薯非讓兩人吃不可。兩人說剛吃完飯，無奈生往手裡塞，一人只好吃了半小塊。

彎勾了又從大缸裡掏出一小瓢栗子和兩捧花生，說是外甥拿來的，要點火給兩人炒著吃，兩人百般不允。問還有什麼要洗要縫補的衣裳，彎勾了說沒有。兩人說了一會兒家常話，這才告別。

吐彩霞把元宵放在鍋臺上，叮囑別忘了煮著吃。彎勾了笑顏逐開：「老惦記我，真是好閨女，唉，莊稼人正月十五也能吃上元宵了……」

看天空陰暗，兩個姑娘急著趕路。走出很遠，忽聽身後一聲哭嚎，接著就沒了聲息；不知出了什麼事，撒腿就向回跑。端開院門，只見彎勾了跪在墳前，雙手捧著一個上供的饅頭，老淚縱橫，不斷哭訴：「啊，閨女呀，今天是八月十五，你的生日呀，怎麼捨不得吃呀，都讓耗子盜空了，閨女呀，昨晚我聽到你在窗外哭，我把你拉上了炕……」

兩個姑娘好言相勸。彎勾了只是鼻涕一把眼淚一把，坐在雪地上哭閨女命苦！

馬潔跑回屋取元宵放在青磚上：「大叔，不稀罕那個破饅頭，這有元宵呢，比饅頭好！」

百里玉妝從彎勾了手裡拿過饅頭；饅頭蒙了塵土，被耗子盜得剩個空殼。就取個元宵放在空殼裡，哽咽著說：「大叔，這比饅頭好……」

彎勾了怕兩個姑娘也跟著哭，方止住悲泣，執意要送一程。

3

彎勾了把兩個姑娘送上山坡，指向北溝：「看到了吧，那是我的自留樹，外甥還在樹上。」

「夢生——」彎勾了喊。

「大叔，他姓什麼？」吐彩霞問。

「李，李夢生。」

長城下，大栗樹上的李夢生身穿綠秋衣，腰裡拽著斧頭和手把鋸；聽到喊聲招了招手，探出長長的鉤鐮，勾牢另一棵大栗樹的枝椏，縱身一悠，飛在空中，雙腿攀住粗大的樹枝，摟住；剛好越過兩樹間兩三丈寬的深溝。嚇得兩個姑娘驚叫起來。「太懸了，掉下去還不得摔扁呀！」吐彩霞按胸口說，「嚇死我了，心嘭嘭跳！」百里玉妝臉煞白，一時說不出話來。

彎勾了笑了：「別害怕，沒事，鑲樹的人很少下樹，一般都用鉤鐮飛，嫌爬上爬下費工。習慣了，沒人害怕。」

「大叔也在樹上飛過？」

「飛過！」

「挨過摔嗎？」

「手藝都是摔出來的，現在不行了！」

兩個姑娘不住感歎。

「大叔，我倆去金洞是看看那群兔子。」百里玉妝說。

「兔子？此為看兔子最好別去。早餵王八羔子，變糞了！他們把洞口一堵，用鳥槍打，用煙熏，連冬眠的蛇都沒放過，這群王八羔子！」

「我說呢，那個姓郝的還覥臉讓大家嚐野味呢，他是怎麼吃的就怎麼給我吐出來！不吐出來就剁他王八脖子！」吐彩霞大眼睛噴火，立手掌作下剁的狠狀。

「大叔，那也得去看看。」百里玉妝越發急切。

「估計要下雪了，俗話說『八月十五雲遮月，正月十五雪打燈』，去年八月十五就是雲遮月的，準著呢，今年正月十五肯定得雪打燈。正月十五下雪多在夜間。雪打燈就是月亮照雪地。」彎勾了說，「要去就快去快回，回來大叔給你倆炒栗子，炒花生。」

「不了，直接回幹校。」

「大叔等你倆把該洗該縫的衣裳拿去。天冷，脫了一件貼身的破褂子總感到後脊樑像背冰。蝨子咬得睡不著覺，吭吭撓夠不著後脊樑。人說『蝨子多了不咬，饑荒多了不愁』，蝨子多了怎能不咬……破褂子掛在柵欄上凍著，縫裡的蝨子撅著屁股，凍黑了也凍不死，掃不淨，這得用開水燙。」彎勾了以為這樣一說，兩個姑娘定準能回來，「一定回來呀，別撥大叔的面子。我立這瞅著，不回來可要去找。」

「你老別在山坡挨風吹，我們回來是了。千萬別炒栗子、花生，答應了我倆就回來。」百里玉妝說。

「答應！」彎勾了樂了，「把這個拿著，仗膽。」說著把鐮刀遞給吐彩霞。

走出很遠還能聽到彎勾了的喊聲：「一定回來——」

兩人趟著枯草和殘雪，躲避著酸棗的尖刺，急步向金洞走去。眼前的一切——天空、太陽、燕山、長城，一草一木一石都灰暗起來。野雉驚起，咕咕鑽入黑松林。烏鴉歸了巢，憂心忡忡向天空張望。田鼠進進出出，盡可能多尋些裹腹的食物。

「造物主」正躲在陰沉的幕後不動聲色地謀劃對人世間的關愛：下雪！

走了一程，吐彩霞見百里玉妝神情肅穆，小聲問緣由。

「大叔年歲大了，特別見喝人。他一抬眼就看見窗下的墳塋，想到墳塋裡的妻子和女兒。他孤獨悲苦，甚至分不清一窗之隔的陽世陰間，墳裡人是死了還是活著，屋裡人是活著還是死了；彷彿妻子和女兒沒黑天沒白日地和他生活在一起，久而久之就把幻覺當真實的了。一年一節到了，他更加生活在幻覺中，所以對女兒僅有的一點年過活、一個上供的饅頭讓野鼠吃了，加上你我勾起了他的思念之情，哪能不悲慟，不失態！他是位矜持、執著的老人，並不糊塗，唉，見到他真像見到了我爸爸，爸爸在海外，不知道這輩子還能不能相見！世界上的事，懵懵懂懂，很難一下子說清道明。」

「你心腸那麼軟，簡直是菩薩托生的！」吐彩霞望著百里玉妝的臉，「你確像菩薩，眼睛是長的，鼻子、耳朵也那麼周正，讓人一看就覺得善善道道！你們客家人說開朗真開朗，說聰明真聰明，早就聽說客家人是中國的猶太人，在全世界做生意……可是，我認為，好像，說不明白，好像愛發愁，對對，有一種憂患意識，反正挺神秘。不知我的感覺對不對，你說說。」

4

「我說不明白。猜想與客家人的經歷有關。我們這支客家人的先祖性溫，幾百年前住在中原河洛一帶。為了躲避戰亂和旱澇災害不得不拋家捨業逃亡，過潁水，渡長江，攀高山，穿密林，風餐露宿，啼饑號寒，經歷了許許多多磨難。『逢山必有客，有客必有山』，可見逃亡的艱辛。我的一位幾百年前的老祖母把一個男孩生在密林中，因有兵丁追殺，剛生過孩子就逃了一天一夜，最後還是倒下了。所幸，密林中有一戶姓百里的人家收留了這個奄奄一息的嬰兒。這家人是幾百年前由潼關逃過來的。後來他們也輾轉來到梅江，湊巧與老祖母相遇，便把孩子交還給了老祖母。這時孩子已經長大。為感謝救命之恩，溫家決定孩子的姓氏依舊隨歸百里。這樣，百里家族一點點壯大起來……

「我媽經常向我講這個故事。你想呀，一群外鄉人到了個新地方，開墾荒山荒地，抵禦自然災害，對付狼蟲虎豹，反抗外族入侵，流落異國他鄉更要艱難謀生，哪一點都要求客家人抱團。就說建房，大家一塊建，建成個圓形土樓，住在一起。有機會你去客家土樓看看，是大家的居住地，又是堅固的堡壘。客家人最不愛記仇，像『仁者愛人』『泛愛眾』『孝為仁之本』這些孔子的話差不多人人記得。客家之鄉就是詩書禮儀之鄉。我從小受到仁愛道德的薰陶，用現在時髦的話真是『融化在血液中，落實在行動上』。這也成了我偷讀焚書，耽驚受怕的原因。」

「泛愛眾是什麼，是不是現在批判的博愛，西方資產階級思想？」

「依我看，泛愛眾就是博愛。博愛並不是西方資產階級的專利，早在一千多年前唐代大思想家韓愈就說：『博愛謂之仁，行而宜謂之義』。做人首先要愛人，愛世上的人。講義氣就是實行仁。仁愛是客家人的也是所有中國人的安身立命、治國安邦的根本。仁愛如同布帛菽粟、陽光雨露，須臾不可或缺。」

「那，你在讀書筆記裡是這樣寫的嗎？真可惜，如今只講仇恨！」

「意思差不多。這正是我害怕的！」

來到毛石堆前，見洞口被柴草捆堵著，不仔細看以為是草垛。吐彩霞用鐮刀扒個縫向裡看，洞口仍插著大塊毛石，容一人進出。「百里，知道為什麼堵柴草嗎？這是偽裝，洞口不易被人發現，誘使野兔進洞安家，王八羔子們好來捉兔子下酒！我先進去，你跟著。」

進洞，立刻感到了溫暖，潮濕，黑暗。百里玉妝習慣量了幾步，揚手在濕滑的岩石上摸索，喊：「還在這！」取下一個罐頭瓶，一把火鐮，幾根松樹明子，拿到洞口光亮處。先把火鐮揣進衣兜裡，吸去鐮片上的水氣。然後擰開罐頭瓶蓋，倒出一個煤油泡過的幹棉花球，撕散，用左手姆指捏在一片火鐮刃上，拿另一片猛力碰擊，嚓嚓碰擊出串串火花。吐彩霞早已把松樹明子用鐮刀劈成火柴杆似的細條作引柴，對著火鐮刃上的棉花。沒費多大周折，火花把棉花球迸著，用嘴吹起綠色的火焰，點燃了松樹明子，照亮了鋸齒狼牙的洞壁。

「李瑞珍媽媽發現火柴在洞裡著潮劃不著，想出了打火鐮的辦法。還搓棉球放在罐頭瓶裡密封。火鐮是向李大叔借的。從前燒火做飯點煙都用它。」

「現在沒人再用。」

「火鐮是老祖宗的發明，有了火鐮就不用特意保存火種了。想不到我們變成了穴居人。」

「我挺想李阿姨。」

「這次回來見不到她，心裡有點發虛。」

說著，小心翼翼向洞深摸索。「小兔兔——」兩人輕輕呼喚，生怕嚇著了某處藏覓的驚魂。

「小兔兔——」甕聲甕氣的聲音久久迴響，被黑暗吞噬。

來到兔窩旁，發現窩裡殘留一些兔毛和斑斑血跡。找到金洞盡頭仍不見蹤跡。

「都斬盡殺絕了！非剁姓郝的王八脖子不可，哼，姓郝的有能耐紅燒兔肉，我就有能耐紅燒你王八肉！」吐彩霞恨恨地罵，整個山洞放大了罵聲。

「渴王八湯也行！」百里玉妝也罵，不知怎樣罵才解恨，「郝振海小白臉一臉奸相，其實是校部的一條咬人不露齒的狗！」

「哇，你也會罵人呀，準確準確，解恨解恨，哈哈……」

兩人把松樹明子插進岩縫，從洞口拽進兩捆柴草，攤開，躺下。躺了一會兒，吐彩霞說：「百里，我知道你心裡難過。是你救了兔媽媽才有了這個兔子家族。」

「不是難過，是後悔。狡兔有三窟，我把牠們放在一個岩洞裡讓人逮個正著。看來，光憑人的意願不行，動物有動物的生存習性。」

「依我看，兔子急了也咬人，你想呀，他們不可能把洞堵得那麼嚴，兔子會拼命向外闖，興許能闖出去幾隻。」

「心好不一定好報。四條腿的最好別跟兩條腿的交朋友。」

第二十四章　進退無奈皆因愛　浴火哀凰不了情

假如尋找統一於寂靜，統一於純潔，統一於溫暖的世界，單純得不能再單純和諧得不能再和諧的世界，千萬別以為癡人說夢，這個世界就在眼前：雪花如席，山川若平，皓月千里，春意暗萌——正月十五雪打燈！

「如今哪個還講信講義，信義早裝進棺材貼上『忠』字封條了；出賣靈魂的人還少麼，連祖宗肉都能剮了賣，剩下骨頭熬湯！」

別了，雪藏大火！

別了，金洞春夢！

別了，司徒雷登！

1

百里玉妝從草堆裡坐起，周身慵懶，責怪自己：「怎麼睡著了，大叔還等著呢！」松樹明子早已熄滅，伸手不見五指，便摸到洞口，推草捆；很沉，費很大勁才推開，噗地一聲一團東西摟頭蓋臉潑下，幾乎把她埋住。「雪，下雪了！」她驚呼，忙掬脖頸，抖露頭髮，探身張望。

洞外已大雪封山，月光和大雪交相輝映，白晝一般。她掙扎著爬到洞外，不見了石頭，不見了灌木，不見了溝溝坎坎。大栗樹閃光起伏，投影參差，彷彿清澈的海底突然冒出了巨大的白珊瑚群。

假如尋找統一於寂靜，統一於純潔，統一於溫暖的世界，單純得不能再單純和諧得不能再和諧的世界，千萬不要以為癡人說夢，這個世界就在眼前：雪花如席，山川若平，皓月千里，春意暗萌——正月十五雪打燈！

「正月十五雪打燈，」彎大叔家的方向迷濛一片，她想，「臨來的時候大叔那麼殷切，囑咐快去快回，這一覺全耽誤了，該多著急……」試著把腿從雪裡拔出，抬到雪上，卻抬不高，只能趟雪前行，而趟雪又如此地吃力，左腿仍有些酸疼疲軟。

「百里，快回來，別掉崖底！」突然吐彩霞在洞口尖叫。聲音很小，好像被雪吃了。

回到洞中，吐彩霞說：「凍醒了，一模，人沒了，發現洞口通亮，一看，你老先生正趟雪。好大的雪呀！」

點起松樹明子，洞裡重又亮堂起來。吐彩霞給她拍打身上的雪：「冷了吧，烤烤火。」抱一捆柴草，「離洞口柴垛遠點，可別火燒連營了。」

吐彩霞抓把柴草用松樹明子點燃，不時抓些柴草向火堆裡絮，烤手暖身。火光發出特有的清香，映照著兩個姑娘鮮嫩的臉。

「傻妹妹，不喊你你還往前趟呢，該多險呀，再向前就掉懸崖讓雪埋了！想不到下這麼大雪，這回好了，大雪封山了，就在洞裡貓著吧，哈哈……」

「姐，李大叔該多著急呀！」

「他萬想不到會在獸巢過夜，準以為回幹校了。」

「心裡七上八下的。」

「天亮了再去不遲。」

「不知怎麼，見了李大叔那張皺巴巴的臉就想起我爸，我爸也該老了……」

「你爸在泰國，受不著彎勾了這種罪。」

「我、我媽、土樓、梅江是我爸在國內的根，思鄉之情一定很苦，特別國內處在這個時期……有時我感到好像在泰國的某個地方活動著我爸的身影，從他身上發出一縷閃亮的光波，穿過千山萬水，一湧一湧地撞在我心上，好疼，好暖。我也發光波湧向他，包圍他……他老了，我已經不恨他了，只是心疼……」

「我也有過這種感覺，血脈相連麼。不過，別太多慮了，還是現實點，多想想自己吧。」吐彩霞摸衣兜，遲疑著，鼻子發酸。許久，竟摸出一把酸棗遞給百里玉妝，「也算夜餐，頂元宵了……傻妹妹，怎麼不吃呀？別沒情沒緒，你生病不久那個姓何的就和孫韶華混在一起了，變心了，別再想他，薄情寡義的男人不值得動情！」

「他當了人家的部下，身不由主。春節期間太忙，脫不開身。」

「糊弄小孩的話也信？你太傻了！再忙總不能一個照面不打呀！哪個單位春節不放假，哼！」

「韶華姐越發顯赫，哪能看上他……」

「怎麼不能？孫韶華恨不得把他含在嘴裡，看那作賊似的眼神兒就知道，只是你不注意罷了。我分析，孫韶華嫌張增旺那個禿驢不老老實實拉磨，還尥蹶子踢人，選姓何的正合胃口，大學生，出身好，可以擺弄得嘀溜轉。孫韶華自認高人一等，佔有欲極強，認為世上一切好東西她都有份！狼混狗群，只是長得像狗！她跟你不一樣，千萬別以君子之心度小人之腹！」

「就算她別有用心，偉雄也不至於變。」

「完全可能，而且板上釘釘！不能脫離形勢看問題，現在重新站隊，許多人都在政治上找靠山，難道姓何的就超脫了？打死我也不信。變色龍，無論從前說得多好，什麼心肝寶貝呀，白頭偕老呀，都言不由衷！如今哪個還講信講義，信義早裝進棺材貼上『忠』字封條了；出賣靈魂的人還少麼，連祖宗肉都能剮了賣，剩下骨頭熬湯！別說對你百里玉妝了，『臭老九』加上『裡通外國』！」

「我不懷疑他的人品。」

「傻妹妹，你太糊塗了！」

「春節前的來信寫得明白，他要出差，來不了。他不會說謊。從來不說謊。」

「假設，假設說謊了呢？想過嗎？」

吐彩霞向火堆掐送把柴草，看著火光中的百里玉妝。百里玉妝低頭不語。

「現在來個假設，」吐彩霞說，「假設姓何的背信棄義了你該怎麼辦？能不能扛得住？」

「可別假設，不能假設。」

「偏要假設！我的假設有根有據。現在真有把那對狗男女殺了的心思……噢，可別像我這麼激動，噢，傻妹妹，希望你扛得住，」吐彩霞忽然落淚，「你還蒙在鼓裡！瞧瞧，從來不會撒謊的親愛的幹了什麼！」終於從盛酸棗的衣兜裡掏出一封信，扭臉遞給百里玉妝，「自己瞧吧，瞧了就明白了……一直不忍心讓你看……告訴你，姓何的不配愛！別像八輩子沒見過男人！兩條腿的蛤蟆找不到，兩條腿的男人到處都是！」

2

百里玉妝就著火光打開信。

百里：

前者去信，諒已收到。其間病魔作祟，男人不再，萬念俱灰。考慮長痛不如短痛，決定不再相見。後蒙孫韶華取非常規之醫治手段……漸漸就範，不能自拔。

我——

懦夫，叛徒，

不可救藥！

咎由自取！

然情緣已斷，痛悔不及，雖成陌路，切望釋懷。

另，求贈《水洞仙音》一枚，尤與重託永珍永志。

泣血！

苟且者何偉雄　正月初十

百里玉妝看了許久，似乎很認真，又似乎什麼也沒看，雙手顫抖，身體搖晃，大顆淚珠滾落。

「傻妹妹，」吐彩霞說，「你這邊苦苦煎熬，望眼欲穿，他那邊挖窟窿盜洞，男歡女愛，還扮可憐相，賣弄風雅，多絕情呀！說明他從來就沒有認真愛過你，有什麼可藕斷絲連的，有什麼可哭的，到了這個地步誰還管你哭不哭笑不笑死不死活不活呢！算了吧，保重自己最重要！」

百里玉妝淚水不斷湧流。有傾，慢慢說道：「姐，其實我早有預感，只是不相信來得這麼快……在事情或明或暗的時候總提溜著心才真止折磨人。現在好多了。我會保重。可是，可是……」

「不用可是！」吐彩霞挪到百里玉妝坐的草捆上，摟著肩膀說，「還是好妹妹能看透事理。以後呀，該說說該笑笑，偏不讓那對狗男女稱願！答應我，你說『該說說該笑笑，不讓狗男女稱願』，說呀！好妹妹，姐和你在一起。姐幫你找個更好的，我也找，如果眼前有兩個男人並肩站著你盡可先挑。去渤海漁村，去梅江上樓，妹妹願意到哪姐跟到哪……天天撒網打漁，餵雞種地，過神仙般的日子。這個是非之地讓人傷透心了！在狗窩裡嗷嗷掐架，掐得頭破血流！最後落個挨宰，烀狗肉下酒！『知識分子』為摘『反動』帽子先跳進醋缸把骨頭泡軟了，滿嘴時髦口號，革命革命，批判批判，姓何的可倒好又加上了之乎者也！蛇蠍歹毒，一肚子男盜女娼！別的能耐沒長，學會了這一套！哼，沒好下場，瞅著吧！讓你爬，爬，追，追！明裡甜哥哥蜜姐姐、暗藏殺人刀的，不管姓何還是姓孫，姓馬還是姓牛，都沒有好下場。愛人生病住院他卻無關痛癢，跟在母狗屁股後頭顛顛地跑，吸溜鼻子聞臊膀襠，『漸漸就範』，苟合！苟合苟合——狗合狗合！就欠用小鐮刀把他老二砍了去！讓你騷，見了母狗就追，就聞，就上！還有那條母狗，更欠剜去那個……叫你滿身臊氣！站高岡上了還要搶男霸女！」說著把鐮刀刨在岩石上，刨下了岩石碎片，迸起了火光。

吐彩霞翕動薄嘴唇這番繪聲繪影的怒罵、文武兼備的聲討逗得百里玉妝破涕為笑。

這當兒，百里玉妝正伸手燒信，迷迷瞪瞪把冒火苗的信放在草堆上。吐彩霞只顧罵，突然發覺洞中徹亮，一看，柴草堆著火了！上前踩，為時已晚，延燒起來，頃刻變成了火洞！百里玉妝慌了手腳，向山洞深處跑，吐彩霞追上前，拉住返回，摒氣抱頭鑽入火中，逃向洞口。好不容易才鑽到洞外，爬過草垛，僕倒在雪裡。

「別怕別怕！」吐彩霞抱著百里玉妝滾動，大嚷，「太險了，怎能向洞裡跑呀，還不得缺氧憋死！多虧逃出來了！」

兩個姑娘站起身，拍打身上的雪，察看棉衣，所幸棉衣完好無損，只燒焦了幾綹頭髮。

「哈哈……」吐彩霞大笑。

「哈哈……」百里玉妝也笑，「這下惹禍了，把辛苦摟的柴草燒光了！」

「管它呢，逃命要緊。校部問就說我幹的，為什麼？屋冷炕涼，難道躲山洞取暖還有罪過？郝王八羔子應該在學員返校前把炕燒好把屋烤暖……他們留守人員疏於職守，才不怕他們呢，有能耐衝我來！」

「好了好了，讓他們折騰去吧，永生了！」

「什麼永生？」

「鳳凰呀！鳳凰！」

「對，鳳凰，你是凰我是鳳，姓何的和姓孫的是一對烏鴉，狗男女！啊，讓狗男女貪歡苟合去吧，哈哈！」

「啊，都燒了，了結了，永生了，我是鳳凰，我是海燕，讓暴風雨來得更猛烈些吧！哈哈！」

「我的傻妹妹，聰明的傻妹妹，萬歲！」

「我的傻姐姐，聰明的傻姐姐，萬歲！」

兩個姑娘連滾帶爬，連打帶鬧，大笑大吼——

別了，雪藏大火！

別了，金洞春夢！

別了，司徒雷登！

3

「朝哪走呀？」

「背著火光。」

「踩我腳窩。」

「不，踩我的。」

兩人繞過很難辨認的灌木叢，交替試探前行……

身後的火光漸漸變小，終難辨認。兩人停下來，看月亮，看腳印，確定前行的大體方向。

雪淺了，發出踩雪聲，吐彩霞「哎呀」驚叫，衝起一溜雪霧，墜下懸崖！

百里玉妝俯身向崖底看，不見人影。

「姐——」用力喊，聲音卻很微弱，更沒了往常的回聲。

雪窩已經把吐彩霞埋起來。吐彩霞奮力掙扎才探出頭，向崖頂喊：「站那別動——」

「摔著了嗎——」

「我肯定上不去了，等天亮吧——」

「下邊怎樣——」

「太險，別向前走了——」

「等我——」

「你瘋了吧——」

話音未落，百里玉妝縱身跳下，扎向黑暗的崖底。等到從雪窩裡探出頭，吐彩霞已伸手摸過來。

「受傷了嗎？差點沒砸著我……可好，沒人回去報信了！」

兩人商量大亮了行動，偎個雪窩，半躺半坐。向崖頂看，看不見月亮，天空越顯明亮。

「挺暖和，睡一覺吧。」

「別睡，睡覺體溫下降，容易凍壞。」

「那就說話。」吐彩霞撣百里玉妝頭髮上的雪，摟過，貼著臉，「害怕嗎？」

「不怕，有姐呢！」

「把鐮刀拉洞裡，沒了仗膽的，千萬別遇著狼……想不到你這麼勇敢！」

「姐比我勇敢！豁命把我從火洞向外推！」

「最擔心你想不開。」

「不會。」

「那就好。哈哈，你還知道跑，還以為你要跳火坑，撞金洞呢！」

「看信的時候眼前一片漆黑。跳火坑撞金洞倒不會。其實已經過了最痛苦的時候。」

「這就怪了，剛收到信呀！」

「不奇怪……金洞相會……我怕了，把他推下去。可想而知，這對偉雄打擊多大！他卻沒有怨言。愛我才尊重我。將心比心，他無論作出何種選擇，我都應該接受。說朝三暮四也好，薄情郎也罷，他必定有自己的理由。

「信中說男人不再，萬念俱灰，再聯想起在醫院的情形——這一節向來沒跟你說過——他並沒有說假話。我是他病痛的根源。自己釀的苦酒必須自己喝，更何況給他治病沒出過一點力。現在唯一抱怨的是，他生了病不讓我分擔痛苦。在這種情況下孫韶華無論採取何種手段，常規的非常規的……具體情況不清楚，只能猜想，可是把病治好了，不再『男人不再』了，幫了他，也幫了我。至於孫韶華的動機如何，可以不去多想。愛他才尊重他，這是我作人的原則。

「偉雄調回機關本來有足夠的時間去醫院探視，尤其春節前後。可他沒來。這些反常現象逼著我思考。第一封信實際上告訴我發生了嚴重的事情。他不會說謊，說了謊也容易被識破。大批判經常提到欲蓋彌彰，他就在欲蓋彌彰。加上你提供的情況，孫韶華揚言要和偉雄三個月內成親，看似激怒張增旺，卻預示了一個發展中的事態。從那時起我就作了最壞的準備。而蒙在鼓裡最矛盾最痛苦。偉雄太單純了，真地書呆子氣十足……總想早日離開幹校，就是他所說的『邁步出監』，表明他對自己政治前途的考量和追求發生了變化。像他這樣的男人找位各方面都很強勢的女人作妻子未必不是好事。我呢，什麼也不能給他。他老大不小的了，又是個本來就很精壯的男人，不能耽誤他。今天看信證實了我的想法，反倒解脫了。痛苦？當然痛苦，如果說割捨就割捨，沒一點絲拉心，就不是人。他痛苦，我知道。他後悔，我知道。生米做成了熟飯，願他交好運。」

吐彩霞恨恨地說：「可你一直瞞著我！」

「因為有些事還沒想好。」

「不明白！」

「開始接受不了，想找偉雄、孫韶華大鬧。那是最痛苦的時候。後來一點一點分析才冷靜下來。也奇怪，發生在自己身上的感情問題尚能作冷靜分析，多不正常！活像個冷面學究！唉，沒有能力把握自己的命運呀……我已經不認識自己了……」

「妹妹，你變了，有點認不出來了！」

「是變了，不得不變。偉雄能『邁步出監』興許是最好的結局。」

「為什麼？」

「我說了，沒有能力把握自己的命運。而且總有種不祥的預感。」

「不能總往最壞的地方想，依我看還沒到山窮水盡的地步，我問你，還愛他嗎？如果還愛就搶回來！我幫你搶！不信那個邪，哪怕孫韶華有三頭六臂！」

「能逃出一個是一個！今後難說會怎樣。」

「太多慮了，誰敢把你怎樣？還得罵，狗男女，拿小鐮刀……可惜鐮刀丟到洞裡了！」

兩個姑娘從黑乎乎的雪窩看著雪打燈的天空，不斷傾談。

第三部　風中紅燭

第二十五章 軒轅台下見落霞 如席大雪載生靈

這雙手是個履歷表，記錄了他的勞苦，護佑著兩位老人，卻兩手空空，嚇跑了數不清的相親姑娘……

烏鴉吃飽了便扯開破嗓子叫，向優雅的喜鵲和美麗的野雉顯示非同凡響的唱功，同時嘲笑依附於人類的麻雀。烏鴉心態良好，從來不會感到自己醜陋，不會感到五音不全。

雪野的寂靜被各種喧鬧聲所打破。這裡，充滿生機，依照自己的規矩和信念生存繁衍，愉快、和諧而多樣。

1

李棟樑這個名字在生產隊的記分賬上通常劃個勾兒，由於腰越來越彎，頭快著地了，記工員就沿襲老祖宗創造象形文字的傳統把勾兒改成圈兒，所以彎勾了又添了彩兒，稱之為「圈勾了」。彎勾了圈勾了李棟樑折騰一宿沒闔眼，兩腿耷拉地，圈在炕沿上抽悶煙。打發李夢生去幹校找，可是女子屋舍的門掛個鐵鎖，用手電筒向裡照，南北大炕空無一人。又上山找金洞，沒能找到洞口。彎勾了把盛炒栗子、炒花生的小笸籮摟在懷裡，不斷用手指挖耳朵眼兒，竭力挖出鳴叫的「蟬」，分辨遠處的動靜。離離乎乎，好似咕咚門，馬上彎下炕，急奔堂屋，可是，剛開個門縫就被灌進的雪團咽得哏嘍一聲，退回來。熬到放亮，忙催促炕稍囫圇個兒仰著的外甥……

這回總算找到了金洞口。李夢生發現洞口堆放的柴草大部燒光，火是從洞裡延燒出來的。洞口向遠趟出深深的雪溝，判斷兩個姑娘已經離開。為窮盡可能還是鑽了進去，在黑暗中摸索，呼喊。沒有回應。趟到喧騰的東西，抓一把湊鼻子聞，是草木灰。回到洞外，用雪洗洗手，順雪溝曲曲折折來到懸崖邊。這裡，足跡完全中斷，顯然兩個姑娘落崖了！便向崖底大喊：「喂——」

百里玉妝和吐彩霞剛剛睡著忽聽有人喊，睜眼一看，天已大亮，陽光分外刺眼，逆光仰望，崖頂立個背槍人，人影扯在對面的雪坡上；驚擾兩隻野雉拖著長尾巴飛躍。

「喂——是你們嗎？我是李夢生，舅讓我找你們——」

「是是，是——」兩個姑娘歡呼，相扶著站起。

「李大哥，是怎麼找到的——」

「腳印——」

隨著喊聲，李夢生舉槍跳下，揚起的雪花見出一道彩虹，嘭地扎入崖底雪窩。雪窩沒頂；立刻扒開，向兩人爬動，喊：「別動，我過去！」

兩人也急忙爬向從天而降的大救星。但雙腿不聽使喚，匍匐在雪裡。

李夢生爬到跟前，百里玉妝解下頭巾給他抽打頭上的雪，跟做了錯事的孩子似地問：「大哥，是怎麼找到這兒的？」

「舅不放心，昨天夜裡雪越下越大，打我發去幹校找，沒人。去金洞找，不見洞口。天亮發現金洞失火了。洞裡是空的。才履腳印找到這。」

「讓大哥受累了……」

「累倒不累，就是怕出事。金洞失火是你倆攏火不小心吧……多危險吶！」

「可不是，」吐彩霞說，「差點沒燒死，揀條小命！這個正月十五過得可值了，又是火洞逃生，又是坐雪車下凡！」

「這麼說你是馬潔，她是百里玉妝了？」

「怎麼看出來的？」

「誰眼睛大誰眼睛彎舅向我說過了。怎樣，餓了吧？這裡有炒栗子、炒花生、烀白薯，先墊補墊補。」

「大叔想得真周到，」百里玉妝接過軍用挎包打開，「哇，還真餓了。」

吐彩霞說：「裡邊沒有白薯呀，吃花生、栗子不如吃白薯擋急，白薯呢？」

李夢生解開棉襖，從懷裡掏出兩塊烀白薯遞給兩個姑娘，有些不好意思地說：「怕白薯凍了啃不動……」

兩個姑娘接過烀白薯捧在手裡，明顯感到了李夢生身體的溫熱；看李夢生真誠、鼓勵的目光，心裡湧起一股熱流。

吃了東西，暖和多了，也有了力氣。

「我在前面趟路，你倆跟著。到對面山坡，上山脊，向東。東山脊雪淺。然後再過沙河，從坡度小的地方攀過去。」李夢生指著對面山坡說，挎上背包和步槍起身，身後留下一溜齊胸的雪溝。

2

李夢生來到對面山坡，見兩人在雪裡掙扎，並沒爬出多遠。

「腿沒知覺了！」百里玉妝喊。

「腳丟了！」吐彩霞喊。

「等著我！」李夢生放下步槍，重又趟回，「你倆準是夜裡睡覺來著，睡覺的時候腿腳凍僵了。」架起吐彩霞的胳膊，倒退著拉到山坡，安頓靠大栗樹坐下。又拉百里玉妝，安頓好。「遇到這種天氣，如果沒有特別的防護絕不能睡覺，得活動身體，尤其腿腳。好在夜裡沒颳風，若是颳大風雪會把人埋起來；睡覺也不能在崖下。怎樣，能立起走動嗎？」

「是不敢睡覺，不知怎麼說說話就睡著了。真有點後怕。」

兩人扶栗樹站起身，可是剛邁步就跪倒在雪地上。

「哎呀，腿腳像木頭棒子！」

李夢生撓了撓粗硬的短髮，說：「我在內蒙當過兵，有的戰士腿腳凍僵了，估計有凍傷的可能，班長就用雪給搓腳……我看你倆可以互相搓，別怕涼，搓搓就熱了。搓雪可以擴張毛細血管，促進血液循環，增強抗寒力。」

「好，百里，給我搓！」吐彩霞高興回應，爬回大栗樹，靠在樹幹上脫鞋拉襪。

照李夢生的吩咐，百里玉妝跪下，撩雪給吐彩霞搓腳，問：「涼嗎？」

「哪涼呀，知道涼還好了呢！我說，看你手背凍得通紅，還一個勁兒皺眉頭，住手，讓大哥搓吧！」吐彩霞大膽懇請李夢生。李夢生只是低頭看腳下的雪，遲遲不前。

「當兵的，來呀！」

李夢生看吐彩霞挑皮的大眼睛，伸出的雙腳；硬著頭皮跪下，捧雪，紅著臉，不抬眼。他向來沒和年輕姑娘這樣近距離接觸過，更何況揉搓肌膚了。感到這雙腳如此地滑，如此地細，肉肉乎乎，側過臉不敢看。記得十歲左右曾見過一雙年輕女人的腳。鄰居的一個十七八歲的姑娘坐在炕上縫補襪子，雖然有意把赤腳壓在腿下，卻被他不經意看見了，牢牢記住了，隨著年齡的增長總能時不時地想到，勾起對女人肌膚觸摸和探求的慾望。他曾想，有朝一日自己娶了媳婦要天天捧著她的腳把玩。眼前這位陌生女子的腳就握在手中，任意揉搓，呼地一陣，湧血暈頭。

「大哥，別蠍虎子拍巴掌小手小腳，使點勁兒沒事。不疼。大哥不來我倆還不得凍死，餵狼呀！」吐彩霞竭力打開尷尬局面，「冰手嗎？真得好好感謝大哥！」

李夢生方才放鬆。揉搓腳趾、腳心、腳背，揉搓腳的側面、腳踝、小腿，等到雪快化了再換，如是反覆。突然吐彩霞猛然把腳抽回，「哈哈，太癢癢！」吐彩霞叫道，「好了，發熱了，起來走走！」百里玉妝幫助把腳擦乾，穿上襪子和鞋。吐彩霞在雪裡蹦蹦，邁幾步，「呀，真靈，這腳總算找回來了！大哥，我到山上看看風景。百里你也搓搓。可好了。不然可沒人背你。」

3

接著給百里玉妝搓腳。

百里玉妝看著李夢生的臉。臉色黑紅，油漬發亮，長了紫疙瘩，每個疙瘩都頂顆不太顯眼的黑臍，臉還有一些小坑，散發一股油漬味。重眉毛，單眼皮，短髮直挺，硬齶微突，鼻下的鬍鬚長及下唇張嘴便能嗑斷。兩道抬頭紋，刀刻一般。雙手碩大厚實，手指很粗，骨節間彎曲的地方凹陷很深，拇指和食指有些伸不直，保持著握鎬握槍的樣子。看似笨手笨腳，動作卻快速而熟練。軍用舊棉襖沒有外罩，腰上繫了條軍用皮帶，綠絨衣的袖口已經破損，無不表現出軍人的舉止和風度。

百里玉妝看得出神，目光停留在他的手上，想：「這雙手是個履歷表，記錄了他的勞苦，護佑著兩位老人，卻兩手空空，嚇跑了相親的姑娘……」仍記得彎大叔說過他落寞的家境，找媳婦遇到的挫折，此時卻不忍心往下想，只是說：「大哥，在部隊用雪搓過腳嗎？」

「搓過幾回……戰士……」李夢生回答，並不抬頭，尚很羞澀，說話的聲音卻不失頊直，粗獷。

「大哥，原籍在哪？」

「往前捯，吉林扶榆。」

「是滿族？」

「不錯。」

「知道麼，你老家是滿族的發祥地？」

「知道。」

「大哥，請別介意，我看你有一像……」

「像什麼，一個臭莊稼人！」

「不知為什麼，看了你的模樣突然聯想起了努爾哈赤！我在歷史書上看過他的畫像，長相就是你這個樣子。」

「是嗎？不敢當。我的祖輩屬於滿族下層，狩獵，征戰，入關以後看守獵場、林場，直到失去奉祿開荒種地，後來又參加抗日，國內戰爭，搞土改，入社……就這麼折騰下來了，折騰了幾百年……我呢，當兵，種地，陪老媽……」李夢生抬眼看了看百里玉妝，微微一笑。百里玉妝覺察到，在他的笑容裡似乎隱藏著悽楚，壓抑，還有幾分猥瑣，幾分忿忿之情，「好像要找人打架……」

「大哥，累了吧？歇歇再搓。」

「不能停。好些了嗎？」

「有知覺了。大哥不來我倆恐怕爬到天黑也爬不到家。」

「舅總誇你心眼好，我不在這他也會來找。」

「經常來看舅舅嗎？」

「農忙的時候兩頭跑。」

「距這多遠？」

「抄近道：爬三道山梁，登長城，估計四五十里，得走小半天。從縣城繞可就遠了。」

「什麼村？」

「栗樹溝，百八十戶人家，住得分散。」

「在村裡負什麼責任？」

「給安排個民兵連長……」

「民兵連長也帶槍？」

「每個民兵連配備一支退役的半自動步槍，公社武裝部讓民兵連長保管。全民皆兵麼，『招之即來，來之能戰』，哄嚷說要和『美帝』『蘇修』打仗……歡迎你和馬潔抽空到栗樹溝串門。」

「一定，去看看大娘。大娘好嗎？」

「好好。她也惦念我舅，只是路太遠來不了。我每次回去也都要刨根問底，打聽一遍又一遍。」

「你是個孝子。」

「人麼……只是不惹老人生氣，順著點，不強嘴。媽懷揣著我爬壕溝鑽山洞，生我的時候還難產……屎一把尿一把把我拉扯大，不容易。還有我舅，身邊無兒無女，腿腳不俐落，勉強能自己做口飯吃。生產隊還算照顧，讓他春天爬壟溝薅薅苗，夏天坐地邊看看雞，秋天在場裡搓搓玉米，胡弄掙點工分把糧食……」

「你舅說你出生前爸爸就犧牲了。」

「是，我是夢生。」

「根紅苗正……」

「其實大家都靠苦大力吃飯，倆飽一倒，還飽不了……你都看到了！」

4

李夢生和百里玉妝來到山脊，見吐彩霞正蹲在雪坑裡探半個頭悄悄向松林邊張望。吐彩霞發現身後的人影，回頭示意別向前走，別出聲。只見：山脊下，兩隻松鼠剛從樹上跳下，東張西望。雪地散落著酸棗、榛子。松鼠高翹碩大的尾巴，遲疑不前；終難抵禦誘惑，逐漸靠近。另有幾隻松鼠伏樹枝怯生生觀察，躍躍欲試。

李夢生和百里玉妝慌忙後退，蹲山脊後偷看。

松鼠見人並不想惡意傷害，紛紛下樹。吐彩霞又揚把酸棗、榛子；松鼠們先是一驚，接著大膽搶食。百里玉妝忍不住也把衣兜裡的酸棗、榛子全抛撒過去，引來的松鼠越來越多。

「真可愛！」百里玉妝欣喜地說。

「我幫你捉一隻，再用秫秸稈插個小籠，裡邊安個輪子，讓松鼠登著轉。」李夢生說，比劃，「小的時候都這樣玩，好玩著呢！」

「謝謝，不要。」

「山裡人差不多都會捉鳥獵獸：煙熏，水灌，拉網，下套，安夾子，挖陷阱，縱狗圍，用火槍打，有的把百靈鳥裝在籠子裡掛在最高的樹尖上唱，逗其它鳥上當，以便讓蘇油膠粘住翅膀。更有人貓在坑裡蓋門板捅小豬叫，引來餓狼從窟窿眼兒伸進爪子，再抓住爪子連門板一塊往家背，辦法可多了。」

「……看牠們多快活！」百里玉妝呶嘴，指雪地上的松鼠說。

「人餓急了，心閒了，什麼損招都想得出來。尤其在冬天，大雪封山，上山打點野味解饞，找樂，打多了還能換錢，添補油鹽醬醋，不然這一冬還不得憋死，總不能蹲在炕上你瞅我我瞅你呀！」

「大哥也打獵嗎？」

「現在搞運動、生產、民兵訓練，哪有空。」

松鼠們頃刻把意外得來的食物吃光，有的上了樹，有的仍在雪地玩耍。不諳世事的小松鼠跑到吐彩霞跟前，用一雙晶瑩的小黑眼珠和吐彩霞一雙挑皮的大眼眼對視，滿嘴巴子滿鬍子雪，伸出小舌頭舔爪，尾巴翹得越發地高。

「哈哈！」吐彩霞伸手抓沒抓著，從雪坑裡站起身，大笑，翻開衣兜，「沒有了，下次一定多帶些來！」

受驚的松鼠們四散上樹，松林由近及遠蕩下一團團雪，雪的彩虹。

「馬潔，」百里玉妝問，「你挖那麼大的雪坑，就是為了貓起來餵松鼠？」

「不是。見一隻野鼠鑽進雪裡就扒雪找，發現個洞，摸，摸，摸不著，後來聽松鼠叫……」

百里玉妝笑道：「該走了，爭取回幹校吃午飯，忘了今天是報到的日子？」

「不急，這麼大的雪沒人來。」

兩個姑娘在山脊上捧雪解渴，跟隨李夢生上路。

雪地非常刺眼，眼前黑一陣紅一陣。李夢生沿著山脊向東走，故意直著腿趟雪，不時提醒哪裡有突出的岩石，哪裡有刺人的荊棘，哪裡有可能滑進雪窩。

向北還有道迤邐而行的遞增的山脊，可以辨認出最高山脊上聳立的垛樓。兩座垛樓間的白色起伏表明長城的存在。再向南是條沙河，立陡的懸崖，廣闊的丘陵，迷濛的平川。現在，一切都被厚厚的積雪覆蓋著。積雪和太陽構成了輝煌的世界。

但這個世界並不平靜。除了冬眠的蛇、蜥蜴、蟾蜍，除了晝伏夜出此時在岩洞裡樹洞裡養精蓄銳的貓頭鷹，燕山一帶幾乎所有的鳥類和哺乳類動物都舉家出現在雪野上，用喙用爪扒雪，尋覓種類繁多的美味佳餚，草籽、漿果、堅果、昆蟲、樹葉和草根。但必須隨時警惕猛禽猛獸特別是人類的偷襲，牠們本能地知道，人類和猛禽猛獸是以它們為美味佳餚的。鳥類很容易滿足，稍稍裹腹就縮在窩裡訴說情話，抻著各色脖子向對面樹上的鄰居絮叨家長裡短，或者在雪地上嬉鬧，追逐，鍛煉覓食、求偶和逃生的本領。烏鴉憑藉出類拔萃的頭腦可以比任何鳥類更容易找到食物，而且挑挑撿撿，喜歡用掏空的屍體調劑味口；吃飽了便扯開破嗓子叫，向優雅的喜鵲和美麗的野雉顯示非同凡響的唱功，同時嘲笑依附於人類的麻雀。烏鴉心態良好，從來不會感到自己醜陋，不會感到五音不全。百靈鳥並不徒具虛名，很樂意展示自己的歌喉，唱起自編的或學唱的歌，無憂無慮，婉轉動聽。兩隻小巧玲瓏的百靈鳥貼頭頂飛過，可以看清茶褐色的羽毛，細長的爪。

雪野的寂靜被各種細微的喧鬧聲所打破。這裡，充滿生機，依照自己的規距和信念生存繁衍，愉快、和諧而多樣。

百里玉妝被眼前的世界陶醉。感到身上發熱，解開棉襖扣，想：「雪上的世界如此地熱鬧，那麼雪層以下呢？白色走了綠色來，必然地，悄悄地，離動物狂歡節不遠了！」

忽見李夢生從肩上順下步槍瞄準，要射殺沙河裡的一隻野兔。野兔毫無知曉，正在虔誠地拜太陽，拍舞著前爪。

「呵——呵——」見狀，百里玉妝不顧一切地大喊。野兔是打個愣怔，轉了一下耳朵，迅疾撒腿奔逃。

槍響了！

野兔被擊中，踉蹌起來。

動物們以為世界末日來臨。這時，不知從哪裡又暴露出那麼多大大小小的動物，能飛的飛，能跑的跑，能蹦的蹦，能跳的跳，能嚎的嚎，能叫的叫，不管人類是否發現了牠們，總歸要逃命。

李夢生舉槍向受傷的野兔追去，衝起一股高高的雪浪，使人聯想起大白鯊追逐魚群的情景。

「別追，別追！」百里玉妝和吐彩霞在後邊大喊。

李夢生不知何故，停住，扭頭看兩個姑娘，驚訝不解。

「別追了，饒了一條性命吧！」吐彩霞近於哀求地喊。

李夢生只好悻悻回到山脊：「你倆這一喊，打腿上了。本向腰部瞄準的……」

「大哥，」吐彩霞看著李夢生的細眼，「大哥有所不知。百里曾從鷹嘴裡救過一隻母兔，給母兔療傷，藏進山洞。後來母兔生了一窩崽。等我們放假回來發現兔子讓幹校留守人員下酒了，百里現在還難過呢……」

李夢生看著百里玉妝月牙湖裡的愧疚，撓撓粗硬的短髮，又帶領兩個姑娘前行。

百里玉妝緊走幾步，悄聲說：「大哥別生氣，對不起！」

李夢生只顧梗脖子。

這時，一隻鴰鷹出現，俯衝而下，追逐受傷的野兔。

「快打呀，鷹，鷹！打！」

「呵——呵——」

兩個姑娘焦急地大喊。

李夢生向鴰鷹的方向開了一槍。

鴰鷹倉皇逃遁，飛過長城。

百里玉妝看到那隻野兔趔趄著，倒下了。便不顧一切衝下山坡，犁出一條雪溝，掀起的雪霧五顏六色……

第二十六章　盼春天春天難產　避危難危難臨盆

燕山進入了春天難產期。

「朋友是一面澄澈的鏡子。逆境中的朋友最難得，而虛假的居心不良的朋友比公開的敵人還難防範，信任這樣一個朋友就意味增加一個敵人！」

這個走了扇的木門平時可以輕輕推開，輕輕關上，但要想真正走出去談何容易！要求在紅磨盤裡磨碎，重新塑造，塑造成長了犄角的或只會咩咩叫的「自我」！

1

西元一九六九年初始，北緯四十度的燕山熬過了嚴冬。登長城俯瞰北京廣大地區，冰雪漸漸變薄以至消融，山脊、丘陵、沙河、林木和田野好像皮包骨的老婦人，見出幾分醜陋。西伯利亞和貝加爾湖的寒流仍然跨越壩上、古北口隔三差五開展新一輪襲擊，似要扼殺河柳的柔枝，枯草的新綠，考驗所有生命的忍受力，實行「資本主義復辟」。中午時分，房頂積雪覆蓋的黃稗草悄無聲息地向下淋水，在屋簷結成冰溜，冰溜脹粗，抻長，墜落，摔斷。冷暖兩股勢力反覆較量，但不知還要持續多久——燕山進入了春天的難產期。

屋舍的南北大炕熱氣騰騰，七扭八歪擠滿了人，大家無不慨歎：「罐養的王八，越養越抽癟了！」因為到今天為止幹校相當多的學員分配了工作，剩下的能夠集中到一起的也就這麼一屋子人了，其中包括「站錯隊」的、「歷史問題」未作結論的、「沒改造好」的、有不滿情緒的、看著不順眼的、養豬的、趕車的、做飯的、打鐵的，全為了種那幾畝兔子不拉屎的山坡地，支撐「五七」幹校門面。馬開達兩腳在屋地挪動重心，作動員，讓大家收心，認真討論，端正態度，以迎接中國共產黨第九次全國代表大會勝利召開。然後甩下幾份「兩報一刊」，指定了臨時召集人，匆匆離去。由於大家剛和親人團聚，暫緩了相思之苦，此時對去留好像並不怎麼在意。其實在意也沒有辦法，誰也弄不清組織分配這個極其神秘的機器、機器的心臟是怎樣運轉的。各想各的心事，張飛拿耗子大眼瞪小眼。可是，得知仇廣軍和馬桂萍調離的消息立刻活躍起來，說開了有關他倆的笑話。也不外仇廣軍耍皮鞋戰惡犬，馬桂萍褪褲子贏豬頭一類的老生常談，雖然又編了幾個歇後語，例如「罵大奶奶亮腚片——把屁股當臉」，卻沒有更刺激的東西。之後又比了一陣運屁和放屁；那位尖皮鞋大學生給作了分類，什麼粗俗的、文雅的、帶水音兒的、薦臭的、零的……雖趣味不高，仔細琢磨倒挺俏皮。他對一些笑談趣事、俚語掌故、風土人情饒有興致，忙不迭地在小本上寫幾筆，如果誰講得有聲有色就捧杯熱水奉上。

炕頭，端小煙袋脖子窩在牆上的「大鼻子李書記」很少講話，由於長了個蘇聯人的大鼻子，張口能把人倔個仰八叉，所以尖皮鞋大學生很樂意從他身上挖掘笑料。

「……李書記，」尖皮鞋大學生發現有些冷場，把鋼筆捅進濃密散亂的頭髮，揶揄道，「你是位老幹部，起早貪黑拍馬屁，（趕馬車的車豁子）早就該調回去當官了，現在還戴著『特務分子』帽子，是不是因為長了蘇修的大鼻子……」

大鼻子李書記沒好聲氣地罵：「小兔羔子，又他媽逗話……哼，現在紅山頭整白山頭，在白區工作過的差不多都打成了叛徒、特務……那天我正趕車回來，郝振海領兩個外調的找我，外調的說他們單位跟我一起做過地下工作的都承認自己是特務了，問我：『難道你就不是特務？』我說：『難道你媽就不是特務？』把那小子嗆得哏嘍一聲，讓我連冤帶損罵跑了！難道，在白區工作過的就要難道！你媽才難道呢！哼，難道你媽不是破鞋？大破鞋裡套著的難道不是小破鞋？」

「哈哈……好好！」在一片哄笑叫好聲中尖皮鞋大學生畢恭畢敬向大鼻子李書記奉上一杯熱水，大鼻子李書記嫌他貧氣，推在一旁，尖皮鞋大學生笑道：「中國人哪有你這麼大鼻子的，難道，難道不是『難道』？」

大家笑得很是開心。在學員中不分高低貴賤，沒有尊卑長上，好似步入了志士仁人為之拋頭顱灑熱血的人人平等的大同世界，不管誰曾經當過領導，誰給領導端過茶送過水跑過腿，盡可一律尋開心，涮你沒商量。

生了淺白麻子的「麻書記」蹲在屋地用爐鏟子專心致至地拍打一隻不知從哪淘換來的癩蛤蟆，一邊拍打一邊逗：「鼓，鼓！」癩蛤蟆果然越拍越鼓，幾個年輕人蹲著圍看。突然，麻書記揚起爐鏟子狠力一拍，癩蛤蟆血肉橫飛，圍觀者作鳥獸散。

2

南炕梢，五六個女人圍成一圈，形成個小天地。百里玉妝靠東牆坐著，一邊看男人惡作劇，一邊聽女人嘮叨。女人都白皙了許多，漂亮了許多，發出了「民主集中」的維爾膚的香氣。剪了短髮，罩了新褂，棉襖袖口繃了襪套，有意露出紅秋衣，可謂尋常都不見「偶爾露崢嶸」了。而最明顯的變化是手上不再貼膠布，半個多月的精心養護取得了良好效果。她們嘮叨孩子見了媽媽怎樣認生，公婆怎樣沒人照管，又當爹又當媽的丈夫怎樣怒氣不打一處來，左說右說罵開了校部不給添好柴禾，怎樣怎樣瞎眼！

臨時召集人早已把馬開達的信任置之腦後。他心知肚明：這些人出去了好歹混個帽翅，該當領導的還是領導，今後說不定求著人家。

女人圈裡已經沒有吐彩霞、李瑞珍，據說，吐彩霞分到縣生產指揮部跟隨一個空軍「支左」的機修副大隊長管養豬了，李瑞珍早些時候就分到了縣革委會下屬的一個什麼組。

百里玉妝感到特別孤單。

她看著窗外的冰溜、白雲、藍天，思緒難平：「馬潔終於闖過嚴冬，化作春水，變成了白雲。白雲像個風帆，馬潔正駕風帆在大海裡捕漁，海鷗翻飛，唱著一首歌：自由，是水，是雲，是風，是海……」她癡迷著，祝願著，然而自己尚身陷枯井，井裡還有一群同樣仰望天空的男人和女人。

馬潔的離去對她是個沉重打擊。「馬潔該多仗義，多值得信賴！馬潔跟自幼浸泡她的海水一樣……人又長得好，大眼睛那麼有神，說話那麼婉轉動聽……自從把私藏孔孟書籍的事告訴她她就不動聲色去找，可惜沒能找到。對孫韶華，她提醒，我聽不進去。對何偉雄，她提醒，我聽不進去。她比我強，絕不會思慮多決斷少。只有失去了才知道曾經擁有的珍貴。她生於善良，生於正義，對我這麼一個避之不及的『另類』竟不嫌棄。可惜，可惜把我倆分開了！現在後悔沒聽她的話。她說孫韶華可能心懷不軌，我卻不以為然。假如馬上找偉雄，問明白，講清楚，也不至於落到無可挽回的地步。她要挺身奪回我的偉雄，我卻猶豫了，退卻了。一事當前，不能按自己的感受去做，哪能不誤事！倘若稍稍坦誠一些，勇敢一些，接受朋友的幫助，即使孫韶華再有權勢，機關算盡，也絕難得逞。朋友是一面澄澈的鏡子。逆境中的朋友最難得。

「孫韶華也是朋友，曾經那麼親密，可是，是個什麼朋友呀！虛假的朋友！乘人之危的朋友！奪朋友之所愛的朋友！而虛假的居心不良的朋友比公開的敵人還難防範！信任這樣一個朋友就意味增加一個敵人！孫韶華不講友誼，只講利害，拋別人孩子下井……可是，我這樣咒她，公平嗎？她也需要男人呀，如果偉雄不動搖她不可能乘虛而入。她應該還是我的韶華姐，或許能關照好偉雄，那是求之不得的……偉雄跟了她總比跟我強呀，是，比跟我強……相信冰雪總要消融，這不，正在消融……」

百里玉妝有些迷離，想何偉雄了。她不斷問自己，真地不愛偉雄了嗎？不是，不是！恰恰相反，此時對偉雄的思念竟這樣強烈！「沒人知道我的心了，」她想，「馬潔姐在這我會把一切都傾吐給她。最大的悲哀是有話沒處說，沒人聽你說。」

屋舍裡又暴發一陣哄笑聲。尖皮鞋大學生樂不可支地跳下地，從馬蹄壺裡倒杯熱水放在北炕上。是送給坐被摞的那個人的，那個人正在壞笑。

「搞惡作劇是男人部落的一種生活方式。」百里玉妝再次被眼前熱鬧的場面所吸引，「可是，在這個部落裡他們真地都是樂天派？不見得，有誰知道其中的憤懣，企盼，無奈！他們真地那麼粗俗不堪？不見得，他們中有大學生，中專生，有多年的領導幹部，在大庭廣眾的場合大多不苟言笑，現在，人的另一種蟄伏的本性和才能被開發了出來，他們要發洩呀！要保護自己呀！不能總窩囊著呀！笨嘴拙腮的也能巧舌如簀，被別人取笑了也不惱怒。他們真地異化了……這些男人就像壓在地下的火焰，奔突，冒煙……他們簡直是群孩童……」

3

百里玉妝知道，尖皮鞋大學生是中國人民大學的新聞系校友，好引經據典，出口成章，工人家庭出身，沒有造反或保皇的背景。他能利用這些優勢，向大家最恨怒的對象發難，如同混在野蜂群裡伸出毒刺，蜇過便像沒事人一樣說笑打鬧，似乎缺心少肺，因此不乏炮轟羊洪勇這樣輝煌的戰例。馬桂萍們咬牙切齒卻無計可施。他找到了喜怒哀樂的溢出口，生活的支點。

百里玉妝想：「險惡的環境把人分成勇敢者、怯懦者、樂觀者、悲觀者、堅定者、漂浮者，如同洶湧的洪水來襲，對河床裡的一切物質進行蕩滌，分揀……偉雄不缺乏熱情、理想、才能，可是在處理現實與理想的關係上出了毛病；一為順應，二為壓抑。現在的日子好過嗎？孫韶華能付出真愛嗎？噢，是我把他推到了孫韶華的懷抱，而他是那樣地愛我……我害了他……噢，尖皮鞋又送上一杯熱水……尖皮鞋和馬潔才是般配的一對……如果生個小吐彩霞或者小尖皮鞋多好……我也要結婚，生孩子，生小尖皮鞋……真臉紅……也生小尖皮鞋……可是可是，我跟誰結婚？偉雄已經屬於別人了！」

百里玉妝迷離而繚亂。

「百里百里，有人找！」女伴搖她膝蓋，「想什麼呢，喜事喜事！」

她發現於生立在屋地，於生笑吟吟地說：「百里玉妝同志，校部有請，馬校長在辦公室等著呢！」人們唰地把目光投向了她。

「呵，又走一位！」

「饠養的……抽癟了！」

「張軍長，拉兄弟一把！」

「我鼻子不大呀，怎麼還『難道』！」

「我呀，不散夥，就在這生糟活漚了！」

「把我埋這好了！我早相上個墳塋，占校部那個窩子，坐北朝南，是塊風水寶地！」

「你呀，學人家馬桂萍褪褲子呀！」

「你才褪褲子呢，拿屁股當臉！」

「哈哈，哈哈哈……」

好一陣騷亂。每次調走學員都是於生前來通知，每次都能引起一陣騷動。人們並不避諱於生，知道於生奸滑得橫草不過，不會出賣人。

女人們尤其羨慕她，真希望於生明天就來喊自己。

尖皮鞋大學生雙腿耷拉在炕沿下，頭低在胸前，埋住了臉。

突如其來的喜訊使她措手不及，看著于生的笑臉，討好的眼神，終於明白過來是怎麼回事，直到被女伴推下炕，在一片哄嚷聲中走過坑凹的屋地。

她注意到，那隻癩蛤蟆仰在地當央，四爪平展，死寂的黑眼珠有些淒涼。

尖皮鞋大學生猛然抬頭，熱烈地看了看她，很快又把頭埋在胸前。

她推開了房門。這個走了扇的木門平時可以輕輕推開，輕輕關上，但要想真正走出去談何容易！要求在紅磨盤裡磨碎，重新塑造，塑造成長了犄角的或只會咩咩叫的「自我」！

屋簷的冰溜滴著雪水，雪水咚咚溢滿簷下水溝，向坡下爬，騰起絲絲熱氣。屬於民間的太陽正大顯身手。樹上的鳥雀忙碌著，歡叫著。幾朵白雲組成了詭譎的圖案，似風帆，似馬車，似城堡……彎曲的小道佈滿雜踏的織著花紋的腳窩，踩上去柔柔的、窣窣的。河邊最先萌動的歪柳微微擺動，好像要綠了。跟屋舍裡的煙草味男人味比起來空氣愈顯清新。

「月牙湖」波光閃閃，難以掩飾從湖底湧起的激蕩。她故意矜持地放慢腳步，如果沒有於生在前會飛跑起來，跑向日夜思念的地方，跑向馬潔、李瑞珍、梅縣的媽媽、曼谷的爸爸，好像還要跑向何偉雄……

何偉雄？他輕輕搖搖頭。

……進了馬開達辦公室。馬開達用力與她握手，斟茶倒水，相對而坐。

「百里玉妝同志，」馬開達說，並不看她，「接縣革委會組織組通知，你吃過午飯就去報到……我派兩個同志幫你拿東西……」

她立刻按住胸口。月牙湖水默默溢出，嘴唇不斷哆嗦。「這是真的嗎?!真的嗎?!」她想，心要蹦出來了!重重疊疊的畫面急速在眼前展現，畫面裡有和媽媽徹夜傾談的，和爸爸相擁而泣的，和馬潔出海打漁的，挑燈伏案的，披婚紗的……到處是陽光、鮮花、小鳥、笑臉……「是的是的，多麼不可思意!我掙掉鐐銬，是美洲大陸的黑色自由人了!」

4

馬開達蒼白的臉表情異樣，很複雜，其中有傷感、有憐憫、有無奈，一直沒敢正眼看她。終於迅速掃了她一眼，卻不讓撲捉到眼裡藏著的東西。

「百里玉妝同志，」許久，馬開達看著自己蒼白的手指，壓抑著，慢慢地，很不連貫地說，「你是個好姑娘，好學員，我很敬重你……一路來對你照顧不周，還讓你負了傷，請原諒。可是……我實在幫不了大忙!臨別向你提個希望，希望你堅強，無論遇到什麼情況……請記住，前途是光明的，道路是曲折的……現在有一個人要見你，這就帶你去……」

馬開達說罷，低頭推門出屋。百里玉妝仍定定坐著。已經沒了站起來的力氣，好像一座大山一下子把她埋起來，眼前發黑，呼吸困難。「果然!果然!」在脹痛的嗡嗡作響的頭腦裡昂揚著這個唯一的強烈的意識，「果然!果然!」實難忍受一會兒升入天堂，一會兒跌落地獄的折磨。她差不多完全被擊垮了。馬開達的話意味著什麼，再明白不過了。感到眼前出現了那個剛剛推開的走了扇的木門……她死了，躺在門板上，被抬著，飄飄忽忽;扔到崖底野兔奔逃的地方，惡狼在撕咬，禿鷲在鵮食……

馬開達回到她的身旁，動情地像個犯了罪的父親似地說:「好閨女……走吧!」把她扶起，「堅強點，前途是光明的，道路是曲折的……」馬開達先不堅強了，低了頭，不敢看她。

她跟隨馬開達向南走，來到沙河邊。河心，一個扶自行車的人緊張向這邊張望，頭戴皮帽子，捂著口罩。

來到跟前，那人略微把皮帽子一摘，露出禿頂，認出是張增旺！

張增旺黑眼珠向上定了定，抹下口罩說：「我和巴宗坐車下鄉，就在後邊那個村。這次下鄉是我提議的，到村以後我說要看個老房東，才借輛自行車特地來找你。巴宗還等著，就在這說幾句話，不能耽擱太久。」

百里玉妝見張增旺這麼詭秘，兩腿無力，順歪柳滑坐在河邊，怔怔盯著他。

馬開達退到稍遠的地方裝作漫不經心散步。

「我照直說了。儘量簡單點。」張增旺說，「前天開常委會，武裝部王參謀突然抱進一堆舊書，說要彙報階級鬥爭新動向。他說，反黨、反社會主義、反毛澤東思想的老根還沒挖盡，敵還在心不死。借孔孟大搞反革命活動。反革命分子不但不交出破『四舊』的書籍，並且如獲至寶，在書上寫批語，公開鼓吹階級鬥爭熄滅論、人性論、反對毛澤東思想。他還說，已經找人辨認了字跡，不是一般人寫的，後來用你曾起草過的文件對照，證明出自你的手筆。我也看了，確實是你寫的，但沒說什麼。孫部長催促立刻成立專案組，一查到底，更要追查反革命動機。事情來得突然，巴宗不置可否，就這麼定了下來，常委會作出了決定。」

百里玉妝眼前一片漆黑，金星飛躥。若不是倚著歪柳，可能就勢躺倒在河邊。

張增旺又說：「百里，千萬別上火，別害怕。反正事已至此，壓力不能太大。我瞭解你，你不是反革命，絕不是。你有學問、好讀書、好思考，保持了良好的讀書習慣，只是經驗太少，不知道社會的複雜性，不會保護自己。我想，他們一定要下大力追問反革命動機，例如階級仇恨，對毛澤東思想的仇恨。千萬不能上當。你就說歷史學家是怎樣評價的，教師是怎樣講的，屬學術問題。不能亂說，不亂說就很難定罪，頂多說你中毒太深，犯了錯誤。也不能硬頂，硬頂吃虧。明白？」

百里玉妝倚歪柳坐著，只聽清大概意思，默默點頭，大股淚水從月牙湖裡湧出，用幾乎聽不見的聲音咕噥：「謝謝大哥……」雙手捂了臉。

張增旺看看手錶說：「百里，沒有闖不過的難關！他們整你有政治目的，反映了政治鬥爭的複雜性和殘酷性，你不過是政治鬥爭的犧牲品。當然，最後的結果未必如他們所願，他們是註定要失敗的。現在，不是要開『九大』了麼，上邊給了個代表名額，本來應該是巴宗的，可孫部長要爭。孫部長搞的『四．二一』反革命奪權案壽終正寢了，這回聲言要打個漂亮仗。實際上是要當『九大』代表，按倒巴宗當。他們為了一己私利，什麼壞事都能幹得出來。希望你堅強，做到心中有數，我在外邊設法保護你，最後讓巴宗站出來講話。要記住，今天找你只有馬校長知道，至於談什麼並沒有告訴他，只說你回去暫不分配工作，可能參加個學習班，整頓思想。估計他從別的管道知道了消息。不過這人挺好，心軟，不像仇廣軍是桿瞎槍。對仇廣軍你還不太瞭解，我和他熟，淨罵他了……其實他也是好人，先不說這個。今天我和你的談話千萬不能招出去。明白？明白了就好。萬一露了餡兒就一口咬定說我來向你求愛！孫韶華搶了你的何偉雄，我要搶你，報復孫韶華。你說我讓孫韶華氣懵了，神經有些錯亂，死皮賴臉，不是好東西。若說『我愛你』……哪有這個福分！掏心窩子說，我一直喜歡你，不知你是否有所察覺……我哪有這個福分……」

張增旺彎腰握手道別，百里玉妝抱住他的腿哭起來。

張增旺捧起了她的臉……

第二十七章　三支兩軍兵坐殿　強攻文化碉堡群

「文化碉堡群，修了幾千年……想攻佔卻不知在哪裡放炸藥包，插爆破筒！真是吊著難受捆著發麻！」

橫幅爬下幾道蚯蚓狀墨蹟，左右掛著佈滿等高線的軍用地圖、三角帶、皮鞭、手銬、木棍，桌上放著擴音器、電話、手槍、皮包，行軍床邊的白牆有些黑紅血污。

「世界這樣不公平，把所有的美都給了她，而且組合得這樣協調！她有著運動員的身材，美人的臉；她的笑眼這樣迷人，她的乳房這樣適中，棉衣也難遮掩其挺拔！」

1

王參謀精心刮了鬍子，套了嶄新的外裝，在縣革委會招待所小餐廳款待六個年輕女人，加上馬桂萍。飯菜很豐盛，女人們從未見識過這樣的場面，未免受寵若驚。風捲殘雲過後，王參謀交代了任務：在秘密地點看守一個瘋狂反對毛澤東思想的女反革命，「同志們不能再當自由百姓，都得接受馬桂萍的嚴格管理。」接著馬桂萍念了一段毛主席語錄，「加強紀律性，革命無不勝」，公佈了事先擬好的紀律：不許與要犯交談，不許向要犯透露任何消息，不許給要犯任何溫情；不許外出，不許待客，不許說笑，不許與外人說話，不許單人上廁所，遇到非常情況必須彙報。輪休每次允許一人，具體安排另定。王參謀再三強調：「同志們都是挑了又挑選了又選的忠於毛主席的革命戰士，任務光榮艱巨，誰也不許扒豁子！誰扒豁子就吃不了兜著走！必須把醜話說在前頭！」

這個秘密地點就在遠郊的縣農機廠，兩間孤零零的小房。女人們一見撇了嘴，但情緒高昂，個個摩拳擦掌，如臨大敵，以為將要面對一個怪物：滿臉橫肉，張牙舞爪，眼冒凶光，瘋狂至極。有人提議，如果這個怪物膽敢用犄角頂人，大家就來個餓虎撲食，制服它。

可是，這個怪物竟是位姑娘！

女人們一致驚歎：哇，從沒見過這般精彩的人物！好一個林道靜！個頭高挑，不胖不瘦，臉蛋紅裡透白紅，彎彎的笑眼煞是迷人，謙和，文雅。說話完全沒有長城根子味兒，慢聲細語，特別中聽。於是，陰暗窄小的屋子好像突然亮堂了，緊張尷尬的氣氛馬上緩和下來，有了壓低的說笑聲，幫她解行李，放東西，忙著向地爐子添煤，怕她住炕梢涼著。一個小圓臉姑娘說炕頭「太熱」，把自己的鋪蓋搬到炕梢，和她緊挨著，而且張口就喊姐姐。

小圓臉早早把她的鋪蓋攤開，帶著可愛的笑容說：「這樣鑽被窩不涼。姐，我看你像個大學生，在哪上的學？」

「北京。」

「啊，北京！我爸就在北京，我叫張麗君……」

張麗君正要往下說，看年齡稍長的女人使眼色，把話咽了回去。晚上睡覺的時候張麗君趴耳根告訴她，看守裡有馬桂萍的侄女，縣革委會常委的外甥女，工代會和農代會主任的親戚……都有來頭。張麗君爸爸給中央一號首長當廚師，縣裡的官員都想巴結。

她們住的平房座落在廠區東北角，東側、北側挨著廠區的高牆，房前長滿蒿草，蒿草上堆放著爐渣、廢鐵。剛出爐的爐渣倒在蒿草上火星在風中飛躍。黑乎乎的廠房門窗大敞，牆上刷著應景的大標語。工人帽子連著披肩，如同古代武士。化鐵的鼓風機嗡嗡吹著，提升重物的捯鏈嘩嘩響著，電焊機的弧光噝噝閃著，鍛造重件的扁擔錘山搖地動地夯著。哪裡知道，孫部長幾番考察才欽定了這個風水寶地。

2

這時孫部長正在急火攻心。有消息證實，孫家的乘龍快婿、睡在自己身邊的「赫魯雪夫」張增旺早已把巴宗當「九大」代表的事上上下下作了秘密疏通，並上報了相應的材料，和巴宗一道在北京挖窟窿盜洞，得到了中央某位關鍵人物的首肯，辦得嚴實合縫。孫部長原打算抓「現行反革命」製造轟動效應，增加競爭籌碼，想不到竹籃打水，尤其敗在胳臂肘向外扭的親人手裡，哪能不窩火！同時，老婆罵罵咧咧，說女兒跟他二影不差，學他年輕時的風流，和別人搞上了，弄大肚子可就活現眼了；閨女姑爺就要裂杆子，當爹的卻死氣不出。一天，孫部長正喝悶酒，被罵得心煩，破天荒打了老婆一個滿臉花。老婆馬蜂犢子似地又撞又撓又咬，撒潑打滾，要抹脖子上吊，找縣武裝部、縣革委會聲言要去北京告御狀，揭他嫖老婆、打野種的老底。巴宗出面好言相勸也無濟於事。

別看孫部長行武出身，炸過錦州周邊碉堡，掃過天津解放橋鹿砦，鑽過湘西十萬大山繳匪，豪橫勇武，但就是懼內，可謂一物降一物，鹵水點豆腐。關於他怕老婆的逸聞趣事可以裝幾筐籮，諸如頂燈、量炕沿等等民間怕老婆的笑料都加給了他，成了各縣武裝部長開會必不可少的「下酒菜」。因此得了個雅號——「武部長」。挺文雅，挺貼切，武裝部的部長。他卻不以為然，「光會賣吆喝，武大郎算個什麼東西！」微微一笑，胸中自有韜略，「老子是軍區常委，你們，給我拾鞋去吧！」

這幾天，他躲進招待所的院中院。牙疼，牙床子腫得饅頭似的。疼厲害了就亂哼哼，含口二鍋頭。堅決不去縣醫院，怕碰見孫韶華暴露行蹤，老婆打上門。

悄悄接觸的只有專案組成員。專案組由王參謀掛帥，外加幾個工代會成員。羊洪勇主動請纓，他堅決不允，認為這個小舅子成事不足敗事有餘，是個一百斤的壽桃廢物點心。馬桂萍倒擠了進去，充其量是個看守，只要百里玉妝不逃跑不自殺就算功不可沒。可是，說到提審，審什麼，怎麼能夠炸開鹿砦和碉堡直抵敵人心臟卻傻了眼。那些古舊書籍都是繁體字，沒有標點符號，沒有注釋，誰也沒學過，誰也看不懂。信得過的幹部文化最高的只是高小畢業。只知孔老二「反對毛主席」，一較真卻說不出個所以然。另外，同樣看不明白百里玉妝的批語；特別那些曲拉拐彎的草體字，頭尾勾連著，如同胡亂扭擺的小蛇。曾想打退堂鼓，「算了，何苦操心費力，釣魚打鳥去，活個悠閒自在，把眼睛睜得大大地專撿巴宗的漏，『別看現在洋棒，總有踢他下巴頦兒的時候！』」可是又一轉念，「老子什麼時候見硬就回過呀，我要他們知道馬王爺三隻眼！媽的，小小個反革命，就當敵人的炮樓端是了！」便向王參謀佈署：必須請個明白人，這個人必須具備三個條件：初通破爛書籍內容；看懂蛇形字體；緊跟毛主席和林副主席。最後，從北京軍區某部請了位學過中文的秦幹事才解燃眉之急。

把百里玉妝弄來三四天了，可是連個前哨戰都沒打，專案組成員犯起了嘀咕；為了安撫大家，他把這叫作「不戰而屈人之兵」，實際上是無奈之舉。「老子從來沒打過這種窩囊仗！」喝口二鍋頭在嘴裡咕嘰幾下，噴向玻璃窗的一隻越冬的蒼蠅，蒼蠅被擊中落在窗臺上，「挨槍崩的東西！」狠狠罵一句，似乎出了口惡氣。

他粗通軍事理論。在軍校進修時教官說，毛澤東軍事理論是古今中外軍事理論的頂峰，學好用好毛澤東軍事理論就能攻無不克，戰無不勝。其實他腦袋裡裝著的不外是黨對軍隊絕對領導，槍桿子裡面出政權，農村包圍城市，支部建在連上，軍民、軍政、官兵一致，集中優勢兵力各個殲滅敵人，寧可斷其一指不可不傷其十指，以及敵進我退、敵駐我擾、敵疲我打、敵退我追一類的游擊戰術。對林彪的「四快一慢」「三三制」「一點兩面」卻有較深的領悟。他明白，自己向來沒接觸過當「揩屁股紙」都讓人噁心的舊書，沒接觸過舞文弄墨的反革命，但他想：「文化碉堡群，修了幾千年，正圍困毛澤東思想，向外突突機槍，殺傷力很足，想攻佔它卻不知在哪裡放炸藥包，插爆破筒！真是吊著難受捆著發麻……羊洪勇，就知道咧大嘴喊百分之五，好像消滅百分之五天下就太平了，笑話！」所以他堅信有了毛澤東思想尤其軍事理論，有了那麼多實戰經驗，攻克百里玉妝這個小土圍子簡直就是顯大神吃西瓜，「凡是反動的東西你不打他就不倒，掃帚不到灰塵照例不會自己跑掉！」

他不缺政治敏感，信誓旦旦：過去跟隨毛主席攻城拔寨，打下了江山，現在要跟隨毛主席打文化仗保衛江山了，「總攻已經開始，毛主席揮手我前進！」

他心中充滿戰鬥激情。在他看來，「三支兩軍」（中國人民解放軍支左、支農、支工、軍訓、軍管）就是軍隊全面掌控國家政權。但不怕硬碰硬，毛主席說要打倒走資派、叛徒特務、地富反壞，消滅了是了；就怕看不見摸不著的軟棉花，老祖宗留下來的軟棉花，（文化）拿刺刀捅吧，拿腳踹吧，渾身有勁使不上。「乾脆，端起毛澤東思想火焰噴射器，都燒了個毬！」可是，燒也燒不盡，偏有不怕燒的，還要寫批語，從碉堡裡射出曲拉拐彎的子彈，這不分明不讓人腫牙床子麼！

所以又喝了口二鍋頭，尋找窗上越冬的蒼蠅，殲敵務盡……

3

剛吃過午飯，張麗君就把盛垃圾的鐵簸箕當鐵鍋，放在地爐子上嘩啦嘩啦炒葵花籽。炒好，潑在炕中間，大家圍坐個扁圈，邊嗑邊扯閒篇。年紀稍長的女人抱怨沒炒熟：「這個丫頭片子！見著好吃的不興過夜，婆婆不打嘴才怪呢！叫你饞！」真地打了小圓臉一巴掌。

「饞貓，喵喵，哈哈！」

正說笑，忽聽有人敲門。張麗君慌忙去開，馬桂萍帶兩個工人進來，直奔裡屋！

馬桂萍見這陣勢：百里玉妝坐正席，大家圍著，眾星捧月一般，嘻笑還在臉上定格。馬桂萍氣得哆嗦，想發火，但只轉一下眼珠，向百里玉妝冷冷地命令：「走！」

誰了也沒料到此時突擊提審。女人們紛紛下地，躲到外屋。

馬桂萍見百里玉妝不動，低吼：「走！」

百里玉妝下地，攏攏頭髮，抻抻衣襟，跟隨來到屋外，跨過爐渣和廢鐵，走向車間西南一座很隱蔽的水泥澆鑄的房子。

馬桂萍用力拉開塗了工業灰的厚重的大鐵門。透出燈光。

「進去！」馬桂萍催促。

百里玉妝遲疑著，向裡看。門裡空洞潮濕，一股又腥又黴的氣味撲面而來，感到毛骨悚然，不由得向後退。

馬桂萍惡狠狠用肩膀把她扛了進去。

前邊是個地洞，有臺階向下延伸，可看到敞開著的第二道大鐵門。

「什麼地方……」她問，不肯下去。

「戰備工程，地下指揮中心！」馬桂萍很不耐煩。

走下臺階，過了第二道、第三道大鐵門，終於到達水準巷道。巷道似筒子樓走廊，不遠處就設有通風孔和暗門，三路岔開，牆壁塗得煞白，刷著紅色標語——「要準備打仗」「全民皆兵」「深挖洞，廣積糧，不稱霸」。她竭力鎮定自己，隨著踩踏水泥地面發出的滿巷道的響聲心咕咚咕咚直跳。向右拐，過第四道大鐵門，再向右，在一扇木門前站住。

「到了！」馬桂萍說，把門推開。燈光刺得睜不開眼。

她按按胸口，緩緩舒口氣，走進去。這是個長條形的屋子，桌子後邊坐著兩個軍人，一個胡茬駿青，一個戴深度近視鏡。兩廂分列兩張條桌，桌後坐著穿藍棉襖工人。

駿青胡茬歪頭蹙眉，似威嚴似不屑一顧地盯著她，呶嘴：「坐那！」

屋地中間早已擺放一個方凳。就慢慢坐下。

「姓什麼？」駿青胡茬坐姿挺直，兩隻粗手平放在桌子上，首先發問。

「百里！」

「哪個百里？」

「行百里路的百里，百里奚的百里。」

「百里奚是哪的？」

「百里家族先輩。春秋人。」

「……你叫什麼名字？」

「玉妝，百里玉妝。」

「知道找你幹什麼嗎？」

「不知道。」

「不知道？你以為我們的同志陪著你養尊處優嗎？幾天不動你，就認為沒事了嗎？」

「不明白。」

「裝糊塗！今天你要徹底交代反毛澤東思想的罪行！不明白，非要你明白明白不可！」

百里玉妝看著他震怒的臉。

「向你交代一下政策。坦白從寬，抗拒從嚴。坦白了可以得到革命群眾的諒解，寬大處理。膽敢抗拒，死路一條，自絕於人民自絕於黨，變成不齒於人類的狗屎堆！哼，別說走百里路，讓你一里也走不了！管你什麼百里西百里東呢！」駿青胡荏自覺說得俏皮，有些自鳴得意。

「交代，交代！」幾個工人衝上前，對著她的耳根大喊，噴唾沫星，揚起胳膊要打。

深度近視鏡擺手示意退回去，慢條斯理地說：「你是個大學生，對黨的政策應該明白。不能心存僥倖。不要耍小聰明。若想人不知，除非己莫為，雁過留聲，雀過留影麼。應該想想，我們動用這麼多人力，花這麼長時間都幹什麼來著！全縣那麼多幹部，不找別人偏找你，難道單單和你過不去？要記住，如果沒有確鑿的證據不會輕易找你。難道還要點出來嗎？到那時，算主動交代的還算被動交代的？」

百里玉妝看著深度近視鏡，看著牆正中毛澤東畫像、畫像下「坦白從寬，抗拒從嚴」的橫幅，橫幅爬下的幾道蚯蚓狀墨蹟。以畫像為中心，左右掛著的佈滿等高線的軍用地圖、三角帶、皮鞭、手銬、木棍，桌上放著擴音器、電話、手槍、皮包，行軍床邊的白牆上有些黑紅血污。

「允許你有個思想鬥爭過程，」深度近視眼鏡見百里玉妝呆呆不說話，清了清嗓子又說，「我理解，你有些顧慮，怕說了以後如何如何處理你，其實完全多慮了。怕沒用。怕就能把事情怕沒嗎？」

駿青胡荏說：「怎樣？聽明白了？剛才秦幹事苦口婆心講得再清楚不過了。不能敬酒不吃吃罰酒。怎樣，說吧，別浪費時間！」

百里玉妝低頭不語。死一樣沉寂。駿青胡茬氣得喘粗氣，屁股在椅子上來回擰個兒，擰得椅子吱吱作響，突然大吼：「給臉不要臉，站起來！」

「站起來！」工人又衝上前大喊大叫，唾沫星濺了她一臉。

她不站。瞇眼捂耳。工人把她抻起來向毛主席請罪。

4

「怎樣？你的態度不端正，工人階級憤怒了。」秦幹事變得和顏悅色起來，「這樣吧，我替你求個情，請他們息怒……你們幾位先回去落座……你也坐。你是大學生，有知識有文化，如果交代清了完全可以改造成對革命有用的人。那時，我們把你當好同志一起幹革命，這，該多好！聽我的，一切為你著想。可是，這道坎終歸要跨過去呀！這麼說你聽進去了嗎？」

百里玉妝坐下，默默點頭。

「允許你有思想鬥爭過程，這個過程是痛苦的！」秦幹事滿臉堆笑說，「不能諱疾忌醫，不能有抵觸情緒。耍小聰明，往往是，聰明反被聰明誤。忘了那句話麼，機關算盡太聰明，反誤了卿卿性命。我們有足夠的時間等待。我們的苦口婆心、滿腔熱情僅是外因，是條件，其目的是促成你內因的變化，靈魂深處爆發革命。不妨再想想，在坐的同志和你無冤無仇，沒人要坑害你，都為了你好。你在交男朋友上遇到點挫折，我深表同情。而政治問題，前途問題，比個人生活問題更大。所以要認真考慮我方才說的話，如果能聽進去說明我們沒白認識一場。我最愛將心比心，我是真誠的。假如這事我不管了，把你交給工代會、農代會，就不太好辦了……」

「對，不好好交代，我們絕不答應！」幾個工人立刻大聲附和。

秦幹事又說：「不就是那麼點事嗎？說了算了。我看沒什麼了不起的。我可以提示給你，在處理犯錯誤同志的時候我們黨一貫尺度靈活。你如實說清問題，我敢保證，一定能說服縣裡的同志，甚至可以不給處分。不是誇口，今天把話先放這，王參謀還有幾位在坐的同志能夠證明。是不是呀，王參謀？」同時用眼睛向王參謀發問。

王參謀立即點頭稱是：「是麼，秦幹事給你指出了光明大道，走不走就看你的了！」

秦幹事拍拍桌子上的黑皮包，說：「重證據重調查研究是毛主席他老人家教導我們革命軍人、革命幹部必須具備的工作作風，我辦了許多案子，首先堅持這一條。不想先下結論，一切結論產生於調查研究的末尾。相信你絕不是頑固不化分子。興許一時糊塗犯了點錯誤，但沒關係，犯了錯誤改了就行麼！回去睡不著覺想想，我的話是不是善意的，哪句話不是為了你好！我過說了，同樣的錯誤就看怎麼理解了，伸縮性很大，我知道這裡邊的內情。我自認能夠分辨是非曲直，絕不會無限上綱。縣武裝部、縣革委會這次請我來協助辦案，我要切實負起責任來。我曾經在北大學過中文，離你的母校不遠，相信更容易溝通。當聽說你是在中國人民大學畢業的，便仔細回憶是不是見過。我常上你們學校去。今天見面好像有印象……你是不是那個跑八百公尺的十號，高校運動會拿過第一？是了是了，沒差！你們學校體育不太行，地院、礦院、清華最好，北大也差點……你這個人很容易讓人記住。所以我更有責任保護你，也希望你珍重，配合。另外，如果在生活上有什麼需要，可以不客氣提出來，我們會盡可能滿足。你是個聰明人。是的，要走百里路，可是這第一步第一里最重要，希望你勇敢邁出第一步第一里……」

秦幹事看著百里玉妝，想：「她是十號，很容易讓人記住……恐怕最能綻放女人之美的就是中距離跑的田徑運動員了，世界這樣不公平，把所有的美都給了她，而且組合得這樣協調！她有著運動員的身材，美人的臉；她變而長的笑眼這樣迷人，她的乳房這樣適中，棉衣也難遮掩其挺拔！能見到她實屬偶然，令人振奮，可是自己此時扮演了什麼角色呢？我為什麼要上這裡來呢？我剛才胡說些什麼呀！是她！北京高校的明星！」

「攻乎異端，斯害也已！」不覺脫口而出，「唉！」暗暗歎口氣，感到深深惋惜。

當然，王參謀和工人並不明白其中的意義。

第二十八章　猩猩謀皮淫作畫　求師跪拜杏壇下

她後背上大猩猩的抽象畫作補充了更加狂亂的創意，另一個乳頭也頃刻催熟為紫櫻桃，晶瑩剔透……

祭壇上供奉一個犧牲，剛從拯救靈魂的作坊新鮮出爐，蜷縮著，恰似一隻羊，一頭牛，一口豬，一盤熱騰騰的熟爛的北京烤鴨。

「仁之大道，惟遠惟艱，若穿密林，蛇視虎眈，若涉大河，難覓舟船……彼一小女，黷眉愧然，世間重擔，何加弱肩！」

1

女看守們越來越感到自己的神聖使命並不神聖，越來越難以忍受小黑屋的震撼，加上從沒離過家想家心切，「姑奶奶不伺候了！」稍長女人一串通，一起哄，造了孫部長的反，捲舖蓋離去。孫部長吹鬍子瞪眼，摜酒杯，責令馬桂萍立即回印刷廠反省，發狠話給處分，甚至「就地正法逃兵」；無奈都「根紅苗正」，同時不願得罪精心扶植的幾根臺柱子，只好委派土參謀逐一進行保密教育。

張麗君不肯走。添了五個新夥伴。

百里玉妝一直穿棉衣側歪在炕上，緊鎖眉頭，輕輕呻吟。棉襖不見了扣子，雙手一直護住前胸。

「姐，兩天水米沒進了，吃點吧，求你……」張麗君用筷子挑根麵條向她嘴裡送，噙著淚說。麵條在嘴唇上擺了擺，堆了堆。但不張嘴，也不睜眼。

房屋在扁擔錘強烈的鋼鐵震撼中顫簸。

「姐，喝點水也行呀……」張麗君又舀一勺糖水。還是不張嘴，不睜眼。糖水順嘴角淌在枕頭上。

「姐，再不把棉衣脫了，舒服點……」張麗君伸手要脫棉衣，她卻死死護住，調過身。

張麗君坐在炕沿上俯身向著她。她的額頭生個核桃大小的包，青紫發亮，像將要拱出頭皮的羊犄角。從顴骨到下頦有條通長的傷痕，結了血嘎嘎。上嘴唇也腫了，歪歪著。張麗君把手懸在她的臉上，欲摸，但不忍心，就攏頭髮。發現頭髮少了一綹，翻開看，頭皮有枚一分硬幣大小的光禿，也結了血嘎嘎；用食指輕輕點了點，問：「姐，還疼嗎？」沒有回答，「月牙湖」水溢出，順臉頰淌下，張麗君趕緊用手堵截，沒堵住。

「毛巾！」張麗君令靠窗臺呆立的女人。接過毛巾給她擦淚。

「姐，脫棉襖吧，蓋了被好受點。」張麗君說罷上炕，架她坐起，向女人們，「過來幫幫手！」脫下棉襖才發現，白襯衣撕裂，也有血污，一兩處和皮肉粘連在一起。抻襯衣，抻不開。有人提議用水洇，端來半碗開水。張麗君把毛巾捲成三角形，用三角形的尖兒蘸水，在凝結的地方洇。一邊洇一邊問疼不疼。反覆洇了幾回，終於把襯衣和皮肉分離。掀襯衣一看，後背有幾道通長的橫豎交差的傷痕。看看前胸，奶油般的乳房有淤血，兩個乳頭也明顯不同，右邊的小，玫瑰色，左邊的大，青紫色。

「怎麼弄的?!」女人們揪心地問，有人不覺捂住自己的乳房，扭過頭。

「還用問嗎？臭流氓打的！」張麗君哭著說，小心撫平撕裂了的襯衣，蓋上被，掩好。

女人們有的靠窗臺呆立著，有的背過臉落淚，有的因暈血蹲在地上……

扁擔錘的震撼難以使她入睡，眼前仍上演無產階級專政的全武行……大吼亂罵，掐脖子向牆上撞，揪頭髮掄圈，踢肉體足球，別胳膊，扒棉襖，撕襯衣，襯衣蒙住頭，三角帶抽脊樑，撓臉，抓乳房，捏乳頭……活像虐待狂暴打作惡多端的女賊……

「起來起來！」不知過了多久，忽聽耳邊咆哮。似夢非夢，每回被打倒都能聽到這樣的咆哮。

「起來起來！」兩個工人立在炕沿旁。「起來，別裝死狗了，走！」

張麗君搶上前把兩個工人隔開，哀求：「兩位同志，大哥，她兩天水米沒進了，看，這碗麵條熱了好幾回，一根都沒吃，剛脫衣躺下……」

「……走！」

張麗君呼啦揭開棉被，撩開襯衣，露出後背橫七豎八的傷痕，哭著說：「她是女的，大姑娘，讓你們……她已經走不動了，應該找醫生看病！」

兩個工人也驚訝，似有難色：「這個……我們管不著……」

「求二位同志了，找醫生吧！」女人們紛紛求情。

「上支下派，領導讓帶必須帶，走！」

張麗君轉勸為怒，要和兩個工人打架。女人們向外推。僵特了許久。

百里玉妝用胳膊肘支起身子，說：「二位同志等一等，我跟你們去……」

女人們都說不能去，等傷好了再說，靠炕沿站成一排，護著她。

但兩個工人不依不饒，態度堅決。

「去！」百里玉妝皺著眉頭說，「二位同志等一等，容我穿衣裳……」

兩個工人這才退到門外。「別磨蹭！」不斷在窗外喊。

她穿上棉襖，可是棉襖沒了扣子。張麗君說：「買去來不及了，這樣吧，把我的釘上，這裡有針線。」

「那哪行，這麼吧，我們一人剪一個，湊一個色的。」女人們七手八腳剪自己的扣子，往她的棉襖上釘。扣子大小不一，仍有一枚差了色。

她下地張羅洗臉、梳頭。洗臉，只是用濕毛巾擦了擦，避免碰到傷痕。梳頭，儘量把揪掉的部分遮住。接過女人們遞過的維爾膚，仔細抹勻。並雙手捧小鏡子照了照，嘴唇微微顫抖，苦笑。月牙湖湧起一股閃光的熱流，接著便暗淡下來。儘管窗外一再催促，還是吞下幾口麵條。

2

兩個工人督著她跨過爐渣和廢鐵，進了碉堡，沿陰森的臺階而下。她渾身無力，傷口劇烈疼痛，扶冰冷的牆壁儘量不使自己摔倒。經過大鐵門，踩著灌滿巷道的恐怖的聲響，來到戰備指揮中心的密室。

自從和秦幹事第一次接觸，秦幹事再也沒露面，此時只有王參謀和幾個工人嚴陣以待。王參謀的屁股早已在椅子上擰個兒了，見她進來，立刻把一雙大手按在桌子上，好像黑猩猩盯著一隻受傷的隨意捉弄的小猴子，充滿噬血的激情。

她立在地當央，下意識掩了掩頭髮的缺損部分，撫了撫草草釘好的大小不一的雜色扣子，直視王參謀，月牙湖水一片茫然，透出似平靜似驚恐的光。

王參謀也直視她，最終垂下眼睛清了清嗓子說：「百里玉妝，我再次向你申明，如果繼續頑固不化，當死硬派，必定死無葬身之地，遺臭萬年！別說個小小的反革命了，就是有三頭六臂……國民黨的八百萬軍隊怎樣？照樣消滅！蔣介石也屁滾尿流逃到臺灣去了！蘇修不是侵佔珍寶島嗎，照樣難逃失敗的下場，坦克沉入江底了！正告你，無產階級專政的領導階級——工人階級的忍耐是有限度的！你把自己裝扮成好讀書，搞學問的樣子，其實從骨子裡反動，和資產階級、修正主義一脈相承，害怕、反對毛澤東思想！對你這樣的人決不能絲毫慈悲，慈悲了就是對人民的犯罪！你這條裝成美女的蛇，凍僵了的蛇，滿肚子毒汁壞水的蛇！我們沒那麼天真爛漫，不是農夫，我們是用毛澤東思想武裝起來的有火眼金睛的革命戰士，毛澤東思想的捍衛者！放明白點：一條生路，一條死路，由你選擇！」

百里玉妝直視王參謀，這套話已經不止一次聽到了。

「白紙黑字寫著的……」王參謀說著翻開一本古舊書籍，又翻開早已備好的謄清的稿紙，低頭念道，「我問你，孔老二說，『弟子入則學，出則弟，謹而信，泛愛眾，而親仁。』你在書上批了什麼？以為你的字曲拉拐彎我們就看不懂嗎？聽好了，你在上邊寫——『泛愛眾即博愛，對人類普遍的愛。中國自孔子始。法國，一七八九。博愛之為仁。』孔老二，對，在這，孔老二孔二扁頭說，『仁者，人也，親親為大。』再看你是怎麼批的——『親親即泛愛眾，博愛。』還有，這裡，孟子說，『惻隱之心，仁之開端』，你是怎麼批的——『惻隱同情才能仁，愛人』『仁的開端絕非仇恨……』還帶了刪節號！還有還有，老子說，『大道廢，有仁義』。你是怎麼批的，你說——『仁義即大道』。夠了夠了，一派胡言亂語！你反對階級鬥爭，反對無產階級專政，反對社會主義，反對毛澤東思想的動機昭然若揭，白紙黑字寫著的，證明了的，你不是要證據嗎？這就是證據，現行反革命的證據！大道，什麼是大道？毛澤東思想才是大道，無產階級解放、當家作主才是人道！這是放之四海而皆準的真理！我再念給你一條毛主席語錄，毛主席教導我們說：至於所謂人類之愛……聽著！站直了，別亂晃悠！站不直？把她架起來！貓腰，向毛主席請罪！」

王參謀繼續念：「至於所謂『人類之愛』，這個人類之愛是帶引號的，『至於所謂人類之愛，自從人類分化為階級以後，就沒有這種統一的愛。過去的一切統治階級喜歡提倡這個東西，許多所謂聖人賢人喜歡提倡這個東西，但是無論誰都沒有真正實行過，因為它在階級社會裡是不可能實行的。』你應該學過毛主席這個偉大指示，學過嗎？」

「學過。」

「好，算你老實。問題就在這裡。你學過，可是偏偏反其道而行之，就是說，反毛澤東思想出於你的內心，故意地，自覺地。沒有給你扣帽了吧？還有，你在這段話上劃了線，這段話是，『吾十有五而志於學，三十而立，四十而不惑，五十而知天命，六十而耳順，七十而從心所欲，不愈矩。』看你批的什麼？你批，寫，『學習成長之路』『不逾矩乃人的一生悟出的大道，』分明在反對毛主席革命路線！你跟劉少奇的黑《修養》一樣，用封資修那一套改造偉大的黨，實行資本主義復辟，讓人民重吃二遍苦，重受二茬罪，完全是黨內最大的走資派，叛徒、內奸、工賊劉少奇，中國赫魯雪夫的孝子賢孫！你想想，不交代反毛澤東思想的動機，能走出這個屋嗎?!工人階級能答應嗎?!」

「不，堅決不答應！」工人們揮拳怒吼。

「我交代……」她感到一陣暈眩，以手加額，低聲說。

「這就對了，早交代何苦引起工人階級的義憤！」王參謀露出笑臉，「爭取寬大處理……讓她坐下交代！」

工人踢過凳子。

她緩緩坐下，說：「文革開始破『四舊』，我在『四清』工作團當秘書。從各村收繳了許多古舊書籍堆在公社大院燒。我看裡邊有不少學校圖書館珍藏的文化典籍，覺得燒了可惜，就順便撿幾本拿回。王參謀桌子上擺的那幾本就是。我讀書有個習慣，經常對一些內容劃線，在書的天頭頁角寫要點……」

「別說這個了，耳朵快磨出膙子來了！」王參謀說，「該說什麼你清楚！」

「那時『四清』工作團將要解散，暫時無事可幹。」

「這也說過了，往下說！」王參謀很不耐煩。

「是，往下說。我在書上寫提示語出於一種習慣，同時也有想法……」

「什麼想法？把想法說清楚了！」王參謀難抑興奮，以鼓勵的目光看著她，心想：「天生的賤骨頭，不敲疼了不就範！」

「我在學校學哲學，哲學有兩門必修課，世界古代哲學史，中國古代哲學史，還分為斷代史，古希臘古羅馬的，春秋戰國的。關於孔子、老子、孟子、莊子、墨子、韓非子等等，在課堂上教師教過，我也學過。」

王參謀繃起臉來：「別繞遠兒，交代動機！」

「馬克思、恩格斯創立自己的學說也重視對歷史文化遺產的研究和繼承，這個學說有三個來源三個組成部分，盡人皆知。其中哲學部分，辯證唯物主義和歷史唯物主義批判和吸收了黑格爾的『合理內核』，費爾巴哈的『基本內核』。任何哲學都有淵源。馬克思主義也研究傳統文化，傳統文化的真諦。歷史的原貌怎樣就應該怎樣。」

王參謀的屁股又在椅子上擰個兒了，提高聲音說：「別跟我來這一套，別拿馬列主義唬人！我問你，馬列主義就主張泛愛眾，仁，主張博愛？世界有統一的愛嗎？回答！」

「王參謀剛念的語錄已經作了回答。我在書上批的字只是把孔子的泛愛眾，仁，仁者愛人，與十八世紀法國反封建革命者的自由、平等、博愛的主張聯繫起來看，兩者相距兩千二百多年，很是驚異，但沒涉及有沒有階級性。關於孔子對各個人生年齡段的感悟，跟《論共產黨員的修養》無關。」

「這麼說你滿情滿理了，我們冤枉你了！不老實，給我站起來！站直了！告訴你，小小的百里玉妝，小小的反革命，不見棺材不落淚！」王參謀怒不可遏，緊繃的黢青的臉不住顫抖，突然抱起桌子上的稿紙和書籍，哼哼兩聲，「我可沒時間伺候！你不是講泛愛眾嗎，仁者愛人嗎，好吧，騎驢看唱體走著瞧，倒要看看別人愛你不！人類有沒有統一的愛！狡辯吧，脫胎換骨吧！看你這個土圍子能頑固多久，賤骨頭！哲學家！走你的大道去吧！」說罷，悻悻一樂，離去。

……工人們心領神會，於是，她的額頭裝飾了青紫的新的肉角，頭髮間伐成更加新潮的髮型，後背上大猩猩的抽象畫作補充了更加狂亂的創意，另一個坟塊色的乳頭也頃刻催熟為紫櫻桃，晶瑩剔透……於是，被兩個工人架著穿過陰陽兩界的大鐵門，一道，兩道，三道，爬上要和美帝蘇修打仗的臺階，拖回小屋；小屋在鋼鐵交響曲中跳著踢踏舞，迎接她的榮歸……

這樣，在紅太陽高照下，軒轅台下築起了一個虔誠的祭壇，祭壇兩側垂下兩條鮮紅的緞帶，一條寫：「誓將無產階級專政下繼續革命進行到底！」另一條寫：「迎接中國共產黨第九次全國代表大會勝利召開！」

祭壇上供奉一個犧牲，剛從拯救靈魂的作坊新鮮出爐，蜷縮著，恰似一隻羊，一頭牛，一口豬，一盤熱騰騰的熟爛的北京烤鴨。

3

百里玉妝蜷縮在土炕上，沒了痛感，脈相微弱，呼吸細如游絲，身上火炭似地烤人。靈魂好像脫離軀殼，漸漸升騰，飄蕩在白濛濛的天空。雲端的牧羊人手擎十字架甕聲甕氣地召喚：「來吧，東方那個姑娘，可憐的罪人！」她爭辯：「我沒罪！不去！」黥青胡茬黑猩猩似地追趕，在腳下咆哮：「火候不到，趕快回爐！」她抗議：「該回爐的不是我！我不喜歡你們的爐子！」

「姐姐，醒醒！」張麗君和女人們不斷哭喊。卻沒能撥弄到她的聽覺神經。

她在天空飄蕩著，辨認著，尋覓著，跨越江河，大地，從一個一覽眾山小的地方下落，來到一個人煙稠密然而整潔肅穆的去處，立在一個柴門前。院裡有棵合抱銀杏樹，偉岸挺拔，華冠蔽天，白果累累，篩下滿院光影。一位山東大漢端坐在蒲團上，身著布衣，目光炯炯，氣度非凡。身旁放著筆硯、竹簡、琴和缶。壇下，同樣端坐一片黑鴉鴉學子。

一位中年婦人正燒火做飯，見門外來了位年輕女子，形容柔弱憂怨，十分驚訝，急急走出行禮：「貴客何來？有失遠迎。」婦人慈眉善目，美麗動人。

山東大漢見狀，問道：「來客，有何賜教？」

她囁嚅著：「學生歷盡艱辛，特來拜師……」

「噢，請進慢慢道來……」

講完課，學生散去，漢子進屋，笑容可掬，似說似吟：「有朋自遠方來，不亦樂乎？」

她興高采烈，喊道：「啊，我讀過你的書，你果然是孔子，我的先師！」

孔子笑道：「哈哈，姑娘一路風塵僕僕，饑否？請留便膳，慢慢言語。」

她真地餓了，見孔子和藹可親，真誠相讓，就同桌而食。飯菜很簡單，一摞煎餅，一盆青菜，一碟幹肉，一碗醬，一把蔥。

孔子專心吃飯，並不問話，她明瞭，是在遵循食不言寢不語的規矩。飯後，孔子正襟危坐：「姑娘，來自何方？」

她說：「我來自長城腳下的小山溝。那裡正搞文化大革命，破『四舊』，我因為研讀您的仁愛思想正遭遇不幸……」

孔子見她額頭的紫包，簡單察看了傷情，拍案大怒：「世風日下！不肖子孫貪欲膨脹，致使中國動亂，生靈塗炭，堪憂也！」

說罷陷入沉思，良久，說：「以吾觀之，實施仁愛乃人類永久之課題，如布帛菽粟然，生命血脈然，泊來對抗極端難成大器也！爾良知未泯，勇氣可佳，非等閒之輩耳！」

「那，請收我當學生吧！」她不失時機提出請求。

孔子說：「吾主張有教無類，吸納窮苦子弟，然……」

她求學心切，浸沉在濃濃的愛意中，恢復了女兒般的嬌憨：「我知道，您輕視女人……」

孔子一聽笑了：「爾觀《論語》之故也。吾曾云『唯女子與小人為難養也』。時為魯國司寇，齊景公窺魯定公好色，饋以八十美女，魯定公沉湎酒色，疏於朝政。吾力諫，充耳不聞，履遭國相季桓子之陷，故，怒之所致出此妄言。女中亦有偉丈夫和小人。女中小人絕跡否？大行不道者有之也，貴鄉亦然。吾教誨弟子孝父母，親妻子及子女，非泛泛輕視女人焉。反思之，吾於弟子教育確有疏漏，且以訛傳訛，方助後世輕視女子之風氣，難洗其咎耳；三人行必有吾師，雖聖人亦有所不知，況吾非聖人乎？」

「收我當學生吧……」她再三懇求。

「善哉，破例，受之！」孔子極豪爽，說：「女公子，可聞名姓？」

「百里玉妝！」她喜出望外，趕緊跪地行拜師大禮。

「爾暫棲寒舍，與亓官嬸為伴。視其遭遇，脩脯免矣。爾必以仁為本，為仁必行恭，寬，信，敏，惠五者。恭則敬人，寬則豁達，信則至誠，敏則勤勉，惠則施惠於人也。」

「先師，這樣就能做到仁了嗎？」

「欲求其奧，且切且磋。誠如老子所言，千里之行，始於足下。」

「先師，仁就是西方所說的博愛，對嗎？」

孔子笑了：「愚見，博愛之說西方遲之二千餘載。爾觀《孝經》否？書云：『是故先之以博愛，而民莫遺其親。』繼之韓愈者撰《原道》，言之鑿鑿：『博愛之謂仁。』仁如明月之朗朗，旭日之昭昭也。」

「什麼是克己復禮？克己復禮之說正為世人所非議……」她急於請教。

「克己復禮為仁。為仁由己，豈由人乎哉？禮，敬也恭也，賢者也。禮，履而行之，忌空談也。禮，仁為魂也，因時而易之，無禮即無序也。」

孔子撫琴擊缶吟唱：「仁之大道，惟遠惟艱，若穿密林，蛇視虎眈，若涉大河，難覓舟船，彼一小女，鬚眉愧然，世間重擔，何加弱肩！英才英才，泰山泰山，邦兮邦兮，德奐德奐……」吟罷，誇讚：「亂世之豪傑也！偉丈夫也！」

孔子很動情，低頭沉思。少年孔鯉忙在竹簡上作記錄。

她深受感動，憂傷地說：「我們那裡講階級，講鬥爭，焚書坑儒，文攻武伐，相互猜疑，相互攻訐，相互踐踏，造成社會恐怖，生計凋零，民不聊生。像我，只是翻翻您的書就要拷問反革命動機，就要專政，為湖南痞子踏上一隻腳……我真不敢回去了！」

「唉，莫懼，權且在此研讀詩書，明禮習樂，待惡風遁形，撥雲見日，重返家園未為晚矣。」

她喜上眉梢，月牙湖碧波蕩漾。

第二十九章 泛沉渣頑劣作浪 攪屎棍倒海翻江

> 人的生命走到盡頭，在無邊無際的黑暗中會出現一道白光，照亮一生所追尋的最隱蔽、最神聖的角落，耗盡僅存的能量，猶如殘燭火焰最後那幾下跳動。
>
> 「工人和貧下中農過去賣苦人力，『苦人仇深』，現如今當了領導階級，農村依靠對象，一下子從地底下升到了天上，說打仗，衝！說打人，打！反正指哪打哪，大老粗好糊弄！敢把腦袋掖在褲腰帶上！」
>
> 「現在許多知識分子學老農誇張得很，邋裡邋遢，腰繫麻繩，說話粗俗不堪，罵罵咧咧，認為這才是改造的最高境界……不能光改造呀，得有事幹呀，這回有了新專業，新專業是什麼？造反呀！」

1

人的生命走到盡頭，在無邊無際的黑暗中會出現一道白光，照亮一生所追尋的最隱蔽、最神聖的角落，耗盡僅存的能量，猶如殘燭火焰最後那幾下跳動。這才有了百里玉妝的杏壇之旅。

但是她對現實的情形卻一無所知——又一個清晨，紅太陽蹦上長城的殘垣，俯視愁腸百結的大地；古城的炊煙和山巒的霧靄混合成低空雲層，無情地削減了紅太陽的威力，使之見出疲態。但紅太陽的頌歌依舊在高音喇叭裡昂揚，攝人心魄；和著高音喇叭，扁擔錘依舊恣意造勢，碩大的錘頭夯著沉重的節拍，囚室跳起踢踏舞。

面對這震撼，這境遇，她的靈性面臨嚴酷的抉擇，或者自暴自棄，咽下半口氣，撒手人寰；或者頑強抗爭，調動生命潛在的力量，哪怕多麼微弱，活下去！

於是，奇跡出現了，緊鎖的「月牙湖」張開了！

她迷迷瞪瞪看到一張中年女人的臉，善善道道，古典美人一般，好像亓官氏；可又不像，因為很焦急，愁苦。

「睜眼了睜眼了！」中年女人不由得驚叫。百里玉妝感到脹裂的頭被一雙瘦弱的手抱住，唇邊滴落一股濕熱。

「亓嬸……」她吃力地認辨，輕輕地呻吟，伸出乾燥的舌頭在唇邊舔了舔，好像繈褓中的嬰兒嘗到媽媽抿在嘴裡的奶水；弄不明白是舔到了中年女人的喜淚。

「夫人怎哭呀……」她似乎在問。

「姐，她是王醫生，你燒糊塗了！」張麗君說，哭著哭著笑了。女人們也抹淚，感歎，好像連陰天突然開了晴，炕上炕下把她圍起來。她很迷惑，慢慢環顧四周，看這陌生的世界，看王醫生，看女人們，看牆上釘的釘子，釘子掛著的輸液吊瓶，手背上粘的白膠布，白膠布壓著的細針管，重又把目光停留在王醫生的臉上，眯起月牙湖。

「我要……聽課……和孔鯉……采白果，……給恩師……」

中年女人輕搖她的頭說：「醒醒，我是你王姨，王醫生，在給你看病！」

她輕聲說：「謝謝……」月牙湖水迷惑地上漲，上漲，在堤岸邊停頓許久，溢出。

「好了好了，有救了有救了！可別激動……」王菲像自己得了救，「現在感覺怎樣？」

她吃力挺身子，挺不起來，皺眉頭。

「知道疼就好！你的生命力真強！」王菲說著給她量體溫，聽心臟。

「認出來了，王姨……」她說，並發現自己的襯衣已經換過，沒穿內褲，臀下還墊個花棉墊。

張麗君說：「王醫生說輸液的時候尿液多，怕你漚壞了，特地趕做兩個小墊子……原來穿的那件襯衣洗了，縫好了……給你換襯衣的時候可把我們嚇壞了，東邊撒手倒東邊，西邊撒手倒西邊，怎麼擺弄怎麼是，連哼哼都不會，真以為……」

提起換襯衣的事，女人們又唏噓抹淚。

「姑娘，想排尿嗎？」王菲見她挺身子，關切地問。

她略微動動腰腹，騰地臉紅了，掙扎著要起炕。

王菲按住了說：「萬幸，還有自覺排尿意識。聽王姨的，千萬別動……拿臥便器來……」

便後，腹部舒暢了些，周身卻更加疼痛。王菲說知道疼是好事，又給她檢查了後背，看有沒有化膿，檢查了雙腿，看有沒有骨折；見她雙腿修長勻稱，豐腴細膩，特別撩人，卻青一塊紫一塊，怒罵：「這些活牲口！造反造反，造到女人頭上了，連個姑娘家都不放過！專政專政，非得把人逼瘋了逼死了才樂！挨千刀的，不得好死！」

社會上向來沒人敢公開罵這樣的話。女人們倒抽一口涼氣，面帶懼色。

「王姨，大家只當沒聽見。反正我沒聽見。姐妹們都是本分人家出來的，祖輩沒坑過人害過人，」張麗君說，向女人們，「記住了，誰扯閒篇說出去就爛嘴，生大疔！」

一個短髮女人說：「反正我沒聽見……專案組的狗鼻子可靈了，到處聞味兒……」作狗吸鼻子向牆腳吸溜東西狀，逗得大家忍俊不禁。「讓他們聞到味兒準得刨根問底，問什麼時間什麼地點聽誰說的，有誰在場，叫你添油加醋寫證明材料，骨碌手指頭印，瞧那個折騰勁兒吧，不好好說就辦『學習班』，總認為你和反革命穿一條褲子嫌肥……弄得你人不人鬼不鬼，就像當了特務！」

「當特務，我才不幹呢！」

「誰當特務誰挨槍崩！」

王菲向大家感激地一笑，欠身調節輸液速度，說：「我不怕！活蹦亂跳的年輕人被整得死去活來，上點歲數的，像我，土埋半截了，整死了倒乾淨……」

「王姨，謝謝了！」百里玉妝說，淚水止不住地流。

2

張麗君說：「王姨真是好人，算百里姐造化大，換個醫生，溜溝子舔眼子的，恨不得人快點死……」

王菲歎口氣：「唉！你們知道縣革委會有個叫陳奇的吧？」

「縣革委會副主任，常作報告，知道！」

「陳副主任是……」

「影兒爹！我的那個……活現眼的老爺們！」

王菲的特殊身分使女人們大出所料。

王菲又歎口氣：「陳奇和孫部長車馬不離橋，陳奇整了鶯鶯，這回輪到孫部長整百里了！不知道他們中的什麼邪！」

「什麼邪？」短髮女人說，「我也納悶。往日無冤近日無愁，怎能下死手打人？你們說為什麼？」

「無產階級專政唄……毛主席說的！」

「別什麼都往毛主席身上安……毛主席可說『要文鬥，不要武鬥』。」

「……反正毛主席說：革命是暴動，是一個階級推翻另一個階級暴烈的行動。什麼是暴烈行動？還不是打人！往死裡打，輾臭蟲！」

「那是指戰爭年代。」

「《毛主席語錄》是這麼說的，大家也都天天念，並沒說哪個時代管用哪個時代不管用……現在大家不都在活學活用嗎？『放之四海而皆準』嗎？」

「林副主席說了，毛主席的話一句頂一萬句！」

「大家別高聲大嚷！我可怕當反革命，把小命搭進去！今天的話千萬不能外傳，今後在任何場合也不能提……其實，其實，我說其實，其實剛才大夥不是在學習《毛主席語錄》麼，談心得，討論特別熱烈，要對反革命採取暴烈的行動，都說毛主席的話一句頂一萬句……哈哈，是不是這樣？就是這樣麼……別以為出身好就打了保險，我可害怕！」短髮女人下地，推門到屋外四處看看，回屋說，「放心，外邊沒人。這麼大的震動，貼窗戶也聽不清屋裡說什麼。不過還是得小聲點。你們不是說他們為什麼打人嗎？這回我可知道了。那天，就是把百里姑娘拽回來拋在炕上的那天，我去食堂吃飯，去晚了，飯菜都涼了，看著發愁，一個粒一個粒數雜交高粱米子兒。心情也不好，想著百里姑娘的慘相。忽聽伙房裡大吵小嚷，喝酒劃拳，什麼『螃蟹一呀，爪八個呀，兩頭尖尖這麼大的個呀……』我就順打飯口向裡看，見裡邊坐著幾個地質隊工人，大案板上放一碗麵醬，一掐大蔥，一人眼前一碗酒，抱豬爪子啃。他們發現我鬧得更歡了。一個操東北口音的小子拉過一個小白臉的手捂在自己的臉上說：『我問你，抓了幾把大媽媽……呵，我說你這手又白又嫩呢，哈哈！又白又嫩！大媽媽熏的！』小白臉說：『得了吧，數你抓得多，瞅不冷就抓一把，我可沒搶上槽去！』都涎著臉笑，得了歡喜寶似的。我心想，『怎麼不抓你姐姐你妹妹，你姐姐你妹妹的乳房又白又嫩！』他們算缺大德了！提起這事心就顫，恨不得把他們嘎崩嚼了！他們又說：『這個女反革命夠硬的，怎麼打也不吭聲，頑固到家了！』

「其中有個連鬢鬍子，可能是他們的頭兒，說：『王參謀表揚同志們了。王參謀說，同志們苦大仇深，是毛主席他老人家從水深火熱中解放出來的，分了房子分了地，還參加了革命工作，成了產業工人，響噹噹的領導階級。當前，修正主義，反革命要我們吃二遍苦，受二茬罪，毛主席號召我們打退他們的進攻，這個任務光榮偉大。從大夥的表現上看是忠於毛主席，忠於毛澤東思想，忠於毛主席革命路線的。王參謀還說，要在同志們裡發展黨員，進革委會。到那時就是幹部了，不用天天在野外受凍、饞人家大姑娘小媳婦了……最後這句話是我加進去的。對，你們手裡的豬爪子、碗裡的酒就是王參謀獎的。我拿王參謀的條子騎自行車跑了趟招待所，招待所的那個大肚子所長太摳，我偷拿一碗肘子讓他發現，他拉拉臉奪了回去。這個大肚子，犯在我手非踹出稀屎不可……』大夥都說要找那個大肚子算帳，踹出稀屎！」

「難怪氣兒鼓得這麼足！」

「總不該下死手打人呀！」

短髮女人說：「工人和貧下中農過去賣苦大力，『苦大仇深』，現如今當了領導階級，農村依靠對象，一下子從地底下升到了天上，說打仗，衝！說打人，打！反正指哪打哪，大老粗好糊弄！敢把腦袋掖在褲腰帶上！我猜，這才是毛主席打敗蔣介石的法寶，如今又使上了……去打劉少奇……打黃花姑娘！」

「可是，我還有點納悶，大老粗還算罷了，頭腦簡單，好胡弄，那，陳叔叔呢？他可是知識分子呀……王姨別介意……」有女人問。

3

「我不介意。」王菲淡淡一笑。

張麗君看一眼王菲，囁嚅著：「知識分子的事，我可說不清……」

「一理，向上爬！知識分子也好，大老粗也罷，覺得可有人把他當回事了，有人逞著了，沒束沒管了，加上迷魂藥一灌，什麼事都幹得出來，打人？打人算個什麼……王姨別惱，我沒指王叔……」正冷場，一個一直不搭言的女人插話。

短髮女人說：「知識分子，我說不明白……」

王菲歎了口氣：「這事，我想很久了。毛主席宣導知識分子和工農相結合，和工農相結合成了知識分子改造的目標。毛主席說，革命、不革命以至反革命就在這裡分界，呵，意義該多麼重大！所說的結合，就是脫胎換骨。現在許多知識分子學習老農民邋裡邋遢，腰繫麻繩，說話粗俗不堪，罵罵咧咧，以此為榮。認為這才是改造的最高境界。其實已經換了腦，不會用自己的腦子思考了……他們原來也有理想，想憑自己所學的知識幹番事業，結果事業沒幹成，現在專事改造，改造就是一切，可是，不能光改造呀，得有事幹呀，這回有了新專業，新專業是什麼？造反呀！所以，哪能不瞎蠓似地亂撞！顯示有才能有價值！其實幹了些什麼他們自己也未必明白。好人和壞人只隔一層窗戶紙，一捅破，一撕破臉皮，什麼事都幹得出來。我覺得可疑，這，這就是把毛澤東思想溶化在血液中，落實在行動上？影兒爸，我向他說，『好好混日子比什麼不強！』他就是聽不進去！」說到這裡，王菲氣得渾身哆嗦，唉聲歎氣。

「我看王姨是個大好人，屋裡又沒外人，我提供個情況。」另一個女人說，「方才提到地質隊的那個小白臉，我認識，我們西獄村的，扒了皮認得他的欜！他叫馬有財。有財有財，家裡窮得叮噹山響。說苦真苦，說窮真窮。他爹敲哈拉巴的出身……什麼是哈拉巴？聽長輩說，哈拉巴是豬膀骨，像小蒲扇，上邊拴銅錢，一晃嘩啦嘩啦響，挨門挨戶要飯，唱喜歌……他爸入社了專管積肥，也是挨門挨戶，倒尿桶，量尿，再報給記工員，折合成工分秋後分糧食。他傻媽臉白，若不他怎會小白臉呢……他媽身段總像個姑娘，人頭不錯，就是缺心眼兒。一回，可分了點救命糧，讓她換乾豆腐吃了，挨了他爹一頓胖揍，揍癱了，如今還癱在炕上。這小子饑一頓飽一頓，偷雞摸狗，不拉人屎，惦上了鄰居六歲的小女孩，把小女孩禍害了。到了娶媳婦的年齡，哪有人給呀……文革來了，他呼啦一下來了精神，打打殺殺，比他爸還狠，走道晃膀子，踱方步，眼看著這個村盛不下他了。說來也走運，地質隊招工，給村裡一個指標，村裡把這個禍事疙瘩推了出去，當了領導階級。哼，如今又成了土參謀的紅人。」

張麗君說：「反正覺得有人摟後抱腰，餵豬爪子！就欠敲哈拉巴要飯去！」

短髮女人說：「你們沒見到喝酒的勁頭呢，那個東北人還唱起了二人轉，做語錄操，又唱又扭。和小白臉打酒官司打急眼了，要開了菜刀，連鬢鬍子把刀給下了……」

「這就是，什麼來著？是了：革命是造反派的盛大節日！」短髮女人說，「今天可打開話匣子了……王姨，我們說的您可別往心裡去……」

「其實，誰願意說自己老爺們，真氣瘋了，不說說還有好人走道的地方麼！」

百里玉妝握王菲的手，看著王菲失神的眼睛，瘦弱的肩，伸手要給王菲擦淚；王菲就勢抓住，貼在臉上，喃喃地說：「影兒……影兒……」

「王姨，我們都是您的影兒……」張麗君撫摩王菲瘦弱的肩安慰。

「是，我們都是您的影兒……」

王菲稍稍鎮定，苦笑：「看，我這是怎麼了，好像不是來治病，自己先嘮叨起來了。可，實在憋不住呀，唉！現在渾身直突突……」

「那，王姨先躺會兒……」張麗君攤開行李，王菲佝僂腰歪在上邊。

張麗君說：「王姨，好好歇會兒，別急著回去。您身體也不太好，醫院怎麼派您出診呢？」

「掂量來掂量去，覺得我最可靠……閨女，好好照顧百里姑娘，人在難處幫一把，修好積德。」

「是呀，差不了，王姨放心。我們都差不了。」

「唉，這是怎麼了，總提不上這口氣……」王菲說，忽然發覺百里玉妝握著自己的手鬆開了，慌忙喊叫，大家重又緊張起來……

第三十章　辟紅界畫地為牢　置聖燈晝夜熬鷹

「他們剝奪我的人格和尊嚴，不惜剝奪我的生命，歸根結底是為了剝奪我的思想，思想的自由。」

鷹隼以野兔為食，後進以先進為食，在此基礎上建立起來的秩序意味著謬誤，倒退，血腥，死亡！

「人的尊嚴是人的生命存在的一種形態……他們可以折磨你的精神，消滅你的肉體，但絕不能消滅你對生命的承諾。他們可以剝奪你的一切，唯獨自己不能剝奪自己，自己才是人格和尊嚴的監護人！自己剝奪自己才是莫大的悲哀，莫大的恥辱！」

1

正如王菲所說，百里玉妝的生命力極強，「陰曹地府的小鬼鎖不住她！」才幾天的工夫又能聽女人們說家長裡短悄悄地樂了！額頭別致的肉角和臉頰斜長的花飾也已模糊，以至泛起了紅暈。後背的抽象派畫作漸漸剝落，淺淡，猶如一幅價值連城的名畫從世界文化遺產中不無遺憾地湮滅，尚不知大猩猩先生還要如何搶救。

可是好景不長，她又被恭請到地下。

她立在直徑不足半米的圓圈裡。圓圈用粉筆畫在水泥地上，很紅很紅，很粗很粗，很圓很圓，圓圈中心還畫了兩個腳印，大約是按三十九號鞋底描摹的。這可能象徵高牆、電網、牢房和監規，雖然沒有探照燈照射，沒有荷槍實彈士兵居高臨下監視，沒有鐵窗和牢房，卻顯示出了不竭的想像力和毋庸置疑的權威性。卻有一盞一百度的白熾燈從毛澤東畫像下方集中照射她的臉和前胸。燈光刺眼，疼，不得不瞇起來。專政隊員強令把眼睛睜大瞪圓，用手扒眼皮，但剛扒開又闔上。後來，再也不用扒了，果真睜開了，完完全全睜開了！她感到眼前黑紅一片，在黑紅的幕布上印著衝擊力極強的圖案，那是許多六邊的不封閉的紅絲。紅絲互相勾連，奔移著，跳動著。護衛毛澤東的三角帶、皮鞭、手銬，牆上的血污，催人再造靈魂的條幅統通躲到了絢麗大幕的後邊。

起初還能大致猜測白天黑夜，例如現在是早晨，是中午，是晚上，後來模糊起來。她本想憑鋼鐵的震撼判斷時間，而地下深處是躲避美帝、蘇修炸彈的，鋼鐵的聲波已被厚厚的土層吸納，對她來說，永遠是黑夜，是白天，是黑紅一片。偶爾傳來灌滿巷道的腳步聲，咚咚，咚咚，門呀地開了，有人走進，又有人走出，腳步聲由遠至近、由近及遠，不時有新的腳步聲繞她響上幾圈，在面前停留，或者在臉上噴幾口膩乎乎的酒氣；然後聽行軍床吱吱作響，打鼾，吹氣。

這回沒有挨打，僅僅站站圓圈兒罷了。到底為什麼這樣，不得而知。不過專案組反覆強化一個信號：不交代反毛澤東思想的動機甭想走出紅色中央……

（假如一九三六年柏林奧運會主辦者突發奇想增設這個比賽專項，由於百里玉妝如此這般的潛質和優異表現或許能拿到含金量極高的金牌。這招兒，在卍字旗飄揚在華沙街頭，膏藥旗插上長城垛樓的年代頗為盛行；其實發祥地在中國，中國的文化底蘊深厚，孫部長借用起來駕輕就熟。假如希特勒先生和東條英機先生的陰魂到軒轅台朝聖，孫部長將表現出足夠的倨傲：「嘿嘿，哈哈！送你們具有中國特色的小菜一碟，好好學著點！告訴你們，給我聽好了，這叫熬鷹，對，紅圈熬鷹，是對人類忍受力極限的凌遲！切割靈魂的軟刀子！創造勞動價值和使用價值！你的，明白？」）

百里玉妝的腰又酸又疼，腿又脹又麻。後來，這種感覺消失了，像木頭樁子戳在那裡。便不動聲色自我調節，將脊椎彎下，挺直，扭動，如是反覆。將身體重心放在一隻腳上，另一隻腳點地，如是交替，只是在鼾聲持續時動作大一些。她想，大約站崗的軍人就是這樣的，看起來筆管挑直，實際上都在自我調節。不過，軍人可以換崗，她卻無此幸運。

無休止的睏倦實難招架。頭腦裡的粘稠物一點一點擴展，一點一點凝滯，一點一點沉重。上眼皮墜了鉛，怎麼也睜不開。想打個哈欠，光張嘴怎麼也哈不出來。她認為，挨三角帶抽，挨大皮鞋踹，揪頭髮撞牆只疼一陣子，到後來就沒了痛感，僅僅像敲打盛滿秕糠的口袋或者嘭嘭或者叭叭罷了。

「唉，這關真地過不去了！」她特別絕望，「乾脆交代了吧。說你反毛澤東思想就反毛澤東思想，不就是戴頂反革命帽子蹲監獄麼，蹲監獄總有放出來的一天。眼下反革命多如牛毛，不也照樣活著麼！留口氣就行，回梅縣，給媽媽養老送終。」這時頭腦中的粘稠物越發地沉重，身體搖搖晃晃飄飄蕩蕩，回到了梅縣的土樓，有了丈夫和孩子，抱孩子唱搖籃曲，她搖，孩子搖……駕小船在梅江上漂流，小船也搖……一切都搖搖晃晃飄飄蕩蕩……口渴難奈，爬樹摘楊桃，樹更搖，突然從樹上搖下，猛一磕頭，睜開了眼。

但眼皮這麼沉，這麼粘，重又闔上，就再搖晃——孩子搖，小船搖，樹枝搖，聚光燈搖，黑紅的幕布搖，自然，幕布後邊的畫像、橫幅、三角帶等等都在搖……她感到睡在搖籃裡，舒服極了，安全極了，聞到了母奶的芬芳，好香好甜……

行軍床上的專政隊員被噗噔的響聲驚醒，趨前踢她，她以為媽媽喊早，撒嬌：「媽——別別，讓我再睡會兒，真睏！」直到專政隊員架胳膊把她提溜起來，方才明白已經趴伏在水泥地上。

2

「站直了，死狗！」專政隊員吼。

可是剛撒手，再次僕倒。

「跪地！別出紅圈兒！」專政隊員無計可施，命令。

她便跪紅鞋印。月牙湖張開一會兒，接著，又緊閉。眼前黑紅一片，點綴著不封閉的六邊光環……

「向毛主席請罪！」專政隊員命令，並扭動白熾燈把光線打向毛澤東畫像，由於光線是自下而上照射的，畫像變成了陰陽臉，如同電影導演對反面人物作了特殊處理。

「是是，向毛主席請罪……」她扣個頭，嘟囔一句，同時對毛澤東心存感激，因為跪姿確實優於站姿！

不知過了多久，肚子開始疼，知道要犯老毛病。水泥地的冰冷透過棉褲傳遞到膝蓋，膝蓋徹骨地涼，最後傳遞到頭腦，頭腦反倒清醒了些，可以斷斷續續思索了。

她想：「交代了吧，他們說反什麼就反什麼吧……可是，人格呢，尊嚴呢？屈服於他們的淫威才真正是人格和尊嚴的大不幸。

「有誰知道我的屈辱！這種屈辱看不到盡頭呀！他們不惜任何代價撬開我的嘴，剝奪我的人格和尊嚴，剝奪我的生命，不外承認反對毛澤東思想。事實並不複雜。假如他們把我的肉體消滅了，隨心所欲加個罪名，有誰替我雪恥呢？那時真要『遺臭萬年』了……留個活口或許有說話的機會，而要有說話的機會只能活下去；活下去，只有一條道，交代！他們剝奪我的人格和尊嚴，不惜剝奪我的生命，歸根結底是為了剝奪我的思想，思想的自由。他們靠戰爭起家，不惜殺戮，不惜死人，不惜流血，最怕思想自由。他們明白，思想自由將撼動大廈的根基，撼動正在建立的秩序……難道大廈需要屍骨奠基嗎……我將含冤死去，含恨死去，我冤，我恨！誰救我……」

她聽到了巷道急促的腳步聲，有人破門而入，李夢生端槍闖進，射殺了專政隊員，背著她逃走，摘個良晨吉日成親。和她一起成親的還有馬潔。在煮肉鍋裡漂起一個豬頭，豬頭帶有黢青胡茬；還有一個非驢非馬的令人作嘔的物件……她拿起菜刀砍向豬頭，砍成了兩半，砍向令人作嘔的物件，砍成了兩截……她出了口惡氣，笑了。

「李夢生，哪裡有李夢生！眼下能指望誰呢？」她打個機靈，「張增旺？何偉雄？張增旺的許願是靠不住的。何偉雄倒在孫韶華的懷抱裡，不會牽連進來；我也不願意。我是那麼愛他，又不能不捨棄他，失掉他；在失掉人格和尊嚴以至生命之前最先失掉的就是他了……李媽媽、吐彩霞、彎大叔、小鳥媽、張麗君、王阿姨……她們給了我難忘的愛，愛我卻不能拯救我……小兔兔……難道小兔兔能拯救我嗎？牠們正在獵槍槍口下在鷂鷹追逐下奔逃。牠們可以鑽洞穴，在洞穴裡舔傷，生兒育女，我也在洞穴裡，是人工洞穴，抓進來的……我遠不如小兔兔，噢，小公主，小公主一定還活在人間，不不，不能活在人間，在人間反而活不下去……鷹隼在天空盤旋，專事捕捉家雞和野兔。家雞可以相互報警，躲過劫難。野兔有洞穴和樹棵躲藏，有時不能不靠快速奔跑、快速轉身逃命，實在逃不脫就仰地用四爪抗衡。我呢？和誰抗衡？和專政隊員？和鋼筋水泥地下掩體？我有四爪嗎？我的四爪被牢牢釘在水泥地上……野兔可以靠快速生兒育女綿延不絕，樂有三窟，因為它們是哺乳類，遠比鳥類先進，經過了更多更大的磨難，億萬年的選擇。鷹隼卻以野兔為食，後進以先進為食，這是生物界最大的悲哀，苦難的根源；在此基礎上建立起來的秩序意味著謬誤，倒退，血腥，死亡！鷹隼的筵席擺放著一道道大菜，都以人格的屈辱和尊嚴為原料。對我這道大菜，可能認為還沒有從內部熟透，旺火急攻之後又加上了文火慢煲。如果我丟掉做人的基本操守，丟掉尊嚴，丟掉本來屬於我的嚮往自由的權力，苟且偷生，是他們最願意看到的，就有理由彈冠相慶，噬血的本性就更加亢奮。我呢，那時我向人們覥臉說，『口供是逼出來的，我清白無辜』，似乎從此就可以心安理得了，混跡於人群了。是這樣嗎？後人會怎麼認為，兒孫會怎麼認為？人們將說：『你是鷹隼的幫兇，懦弱恥辱的代名詞。難道，這就是你留給我們的遺產嗎？』我將張口結舌，無地自容。人們還會說：『人的尊嚴是人的生命存在的一種形態，失去了它無異於失去生命，無異於行屍走肉，你將永遠釘在恥辱柱上。他們可以折磨你的精神，消滅你的肉體，但絕不能消滅你對生命的承諾。他們可以剝奪你的一切，唯獨自己不能剝奪自己，自己才是人格和尊嚴的監護人！自己剝奪自己才是莫大的悲哀，莫大的恥辱！』那時，我該怎樣回答呢……腳下這個紅色疆界只要稍一挪動就能跨出去，大約剎那間就能實現由鐵血的現實向世俗的現實的轉化，可能回到梅縣的土樓，過與世無爭的生活……啊，世俗的現實！現實的枉想！梅江梅江，土樓土樓……」

她慢慢扶膝蓋站起身，慢慢跨出紅色疆界，艱難地挪向專政隊員，嘟囔：「我要坐，給我把椅子！」聲音很微弱，但很清楚，很堅決。

她渴望挨頓暴打，肉體受虐的痛苦就是最最現實的快樂。

「不交代就別想坐！快回去……」專政隊員見月牙湖腫脹，血紅血紅並放出似要拼命的光，膽怯了。

「不讓我坐，永遠聽不到我的交代！」她提高了聲音。

「那……上邊不讓呀！」

「不管讓不讓，給我把椅子！」她說，趔趄著挪到桌旁，癱坐在椅子上。這把椅子是王參謀的專用席，背對著燈光。

3

兩個專政隊員你瞅我我瞅你，沒了主意。其中一個要上前拽，被另一個制止：「兩三天了，讓她稍稍坐會兒……」

「上邊追查怎麼辦？」

「你不說我不說，沒人知道。」

她為自己的舉動震驚，完全沒了睡意，只感到昏昏沉沉，頭疼欲裂。這才在六邊形的光環裡辨別出眼前的專政隊員一個年長，有鬍子，一個年少，光嘴巴；同意她坐下的是那個有鬍子的。

有鬍子的見光嘴巴很緊張，說：「別怕，她也是人。算我們來的一天已經兩天三夜，換換人早熬困死了，今天你我修回好積回德。出了事我擔著。專案組來人巷道先響，聽到響聲再讓她回去。你只管睡覺好了。」

光嘴巴很不情願，看看有鬍子的，躺回行軍床。

有鬍子的尋思著，捲了顆旱煙，劃火柴點燃。他的臉皮又糙又厚又黑，包著顴骨，鐵鉗般的手捏著點燃的煙捲舉向她：「抽棵煙，提提神……啊，你不抽。我離不開這玩藝，悶了就抽口煙解悶，也算個營生。這是蛟河煙，吉林特產，我就認這個。每次探親都帶回幾斤，曬乾，揉碎，用細羅篩了，裝布口袋。還得省著點，你一捲他一捲好歹就抽光了。快接不上頓的時候寫信讓家裡郵點來。」聞旱煙味兒，屋裡像換了空氣，有股辛辣的快感。

她十分驚訝。在地下第一次聽「人」說話，有幾分警覺。這時想起了馬潔，馬潔捲煙抽的情景，便說：「叔，給我抽棵。」

他把皺紋堆向眼角，笑道：「我給你捲。」捲了顆遞給她，點燃，看她怎樣吸入。

她剛抽半口，就噎得止不住咳嗽，把煙扔在地下。他趕緊拾起，用手抹一下，自己抽起來。

他說：「這玩藝你抽不慣！你兩天水米沒進了，還是喝點水吃點東西好。我這有一盒高粱米飯，雪裡蕻燉豆腐。」說著給她倒了一杯開水，打開飯盒，放在桌子上。

感覺告訴她，他並沒有惡意，倒像個長輩在表明坦誠，忽然心裡一熱，哽咽了：「謝叔叔了……」

「隨便點，別不好意思，人都到這份了還客氣什麼！」他說，側耳聽著巷道有沒有動靜，「現在不到接班的時候，沒人來，放心大膽吃吧。」指著行軍床上的光嘴巴，「他是我徒弟，新招進來的，跟我學司鑽。心眼不壞，就是二虎，人家裝槍他就放。我們師徒剛來……到這來按野外作業補助，糧食指標由三十六斤升到四十二斤，還管飯，一掏糧票不掏錢。一聽說上這來有好處，差不離搶掉孝帽子。我打算攢點細糧票，探家的時候買掛麵背回去。飯盒的高粱米飯是我準備的明天的早飯……地質隊東北人多，一條道跑到黑的傻麅子、愣頭蔥也多，還有殺打不怕的，加上地質隊的和縣城的人不認識，打了人一抹臉就走……哼，縣革委會真會選人！姑娘，讓你受罪了！姑娘，慢吃細嚼，別噎著了，高粱米子兒不好消化……」

4

「叔，你心真好……」她喝口開水說，直想流淚。

「世上還是好人多，別看他們瞎鬧哄。那幾個打過你的回單位到處顯白，講怎麼受款待，怎麼打人，其實沒有不罵他們的。他們說你是反革命，可我怎麼也看不出來。多善道呀，哪有這樣的反革命！你有學問，大學生，別不把自己當回事……我們地質隊成年到輩子和天氣打交道；七八月老天爺抽瘋，傍晚熱得喘不過氣，不一會兒就來陣風，來塊雲，就下雨，有時還下雹子，呵，又涼快了。一時一變，誰知道以後會是什麼樣子，今天說你是壞蛋，明天興說你是好人。看開點。慢慢吃吧，我聽著巷道的動靜。」

她發現他的黑眼仁不時在眼角閃動，總以挑戰的甚至蠻橫的眼光看人，雖然作出和善的表示，仍使她害怕。

他在黑燈影裡捲煙抽，只偶爾看她一眼。

「叔，你睏了就睡下吧。」她說。

「不睏……我想起了那娘倆。閨女九歲了，上小學二年級。」他說，從聲音裡聽出了柔情。「糧食不夠吃，她媽在林邊刨了塊巴掌大的鎬頭地種幾棵玉米，前不久來信說挨批判了，說是搞資本主義！如果我在家，非得把他們的眼珠子摳出來當泡踩！瞎了眼，看不著大夥吃不飽，怎麼過冬?!」說著，呼地站起身，眼裡冒出凶光，像頭憤怒的東北虎，「你不知道，我這個人最愛打抱不平了，難道，餓得打晃才是社會主義？臭工人講實際，刨鎬頭地為楦飽肚子！我不怕他們……我這個人乾巴節骨，就是有勁，打人手黑，別讓我黑上。你看，眉角這個疤就是打架留下的。

「有一天吃午飯，工人在大食堂吃大夥，書記、隊長、辦公室主任在小食堂吃小夥。這說的文革前。大夥小夥花同樣的錢和糧票，工人在底下罵。我懶得搭理他們，尋思，反正經常在野外吃飯，不愛管那麼多閒事……那天小食堂燉帶魚，地質隊有個師傅在海邊長大，帶魚燉得好。有個東北老鄉，跟我一樣賣苦大力的，他爹從東北來看他，他想買點燉帶魚。可是賣飯的不賣，人家說了多少好話也不賣。我在一旁看了氣不打一處來，壓著火氣說情，說人家老爹大老遠從東北來，應當照顧照顧。你聽賣飯的說什麼，賣飯的說：『想吃鮮酒活魚，長能耐，當書記當隊長去！當毛主席去！』把我氣得呀，騰地竄進伙房，把菜刀架在賣飯的脖子上，問賣不賣。這時，小食堂的書記、隊長，還有辦公室主任孫大美人出來勸解，孫大美人上前奪刀，讓我一腳踹個大骨碌。我又跑到小食堂，掀翻圓桌，酒菜撒了一地……事後以為一定要處分我，由於他們多吃多占引起了公憤，自知理虧，還真沒敢。哼，處分我，先把書記、隊長、孫大美人，孫大美人叫孫毅英，美人胎子，專會耍賤……先把他們砍了！來了『文革』，號召打倒『走資派』。沒用怎麼發動工人就起來了，心想，這回該收拾你們了……據我笨眼光看：當官的不走正道，群眾不滿，群眾運動一點火就著，加上有人趁機收拾好人，哪能不亂！其實批鬥會簡單得很，高呼祝願，念語錄，宣佈罪狀，掛牌子貓腰，喊口號，不認罪就打，打了就散，散了就把人圈起來，再打……主要是打人解氣，也有假積極裝革命給人看的，打人更狠……我上臺一腳把書記踹到台下，這一腳把腰踹傷了，整整住了仨月院。當時也把腳抬起來想踹陪榜的孫毅英，但見她淚眼八岔，況且以前挨過一腳了，是個女人，心軟了，又把腳收回來……打人得有理由，不能瞎打……我也知道你的『罪名』……其實你到底說了些什麼我也不知道……我手黑，打人狠出了名，不然他們不會選我來收拾你。我們這撥人的任務是監督你罰站，這回偏不讓打，讓打早把你打癱了，現在我是這撥人的頭兒，其餘五個人歸我領導，都是徒弟輩的，聽我的。六個人三班倒，每班八小時。我才三十六，長得老氣橫秋，人家都問我五十幾了……我叫馬慶，踹孫大美人踹書記踹出了名。等你把事情抖露俐落，來地質隊串門……管我叫大哥，叫馬慶更好。你嫂子要來探親，讓她認你乾妹妹。」

這之後馬慶值了幾個連班。馬慶堅持讓她睡行軍床，用油漬麻花的棉大衣給她蓋上，和徒弟搬椅子輪流坐在門外，只要巷道口大鐵門一響就馬上通報她立回紅色中央，並囑咐她在專案組進屋時晃搖腦袋，東倒本歪。王參謀審訊幾次，沒看出破綻，沒得到任何口供，也晃搖起腦袋：不明白她為什麼有如此大的忍受力！王參謀走後，馬慶嘿嘿樂，她也抿嘴樂。

第三十一章　斷韁馬疾趨鬼火　謝枷人披掛野蜂

「黑暗裡危機四伏，也是安全所在。一定要爭取自由，哪怕多麼短暫，多麼不確定！」

「現在可好，鍛煉身體是為了逃亡，在祖國的疆域逃亡……噢，沒有自由就沒有祖國，我的祖國已如傾坍的長城，殘磚碎石，枯枝敗草……」

放眼望去，泉水曲曲折折流下，流經的地方似在舞起一條綠色的飄帶。春天在覺醒。

1

百里玉妝蓋馬慶的棉大衣臥在行軍床上。旱煙味兒，汗腥味兒，機油味兒，男人腺體味兒，風霜雨雪凝結的曠野味兒，粗暴剛烈隱覓的柔情味兒——這些氣味兒混合在一起，通過油漬麻花的棉大衣把她包裹起來，睡得安適，放心。沒有夢，不知道自己的存在，不知道白天黑夜。無聲世界是她擁有的一切。遭受重創的神經、筋骨、皮肉和身體各個連結點悄悄地快速地調節著，頑強地證明：年輕的生命蘊含著驚人的自我修復能力。

馬慶見熟睡中的她想起了遠在東北的妻子……忽然臉熱耳燒，一陣亢奮，羞愧，連忙退到屋外，告知徒弟：「聽明白了，沒我的話不要進屋，讓毛主席他老人家陪著她吧！」

由於聽不到她的一絲氣息，心裡還是疑惑，「可別睡死過去！」便悄悄用鐵鉗般的大手試她的鼻息。昏睡中的百里玉妝竟然聞到了旱煙的辛辣，很濃烈，噗地睜眼，靜靜看馬慶從鼻尖撤回的大手，旱煙熏得黃黑的手指；惺忪慵懶的月牙湖湧起笑意：「馬大哥，睡多久了？」馬慶有些不知所措：「我不放心，來看看……又十個小時了！」她說：「真對不起，好像剛睡一小覺……」渾身酸疼，酥軟，矜持打個哈欠。

馬慶不讓她起身，欲用手按住，卻後退了一步。她掙扎著坐起，感到酸疼裡有舒暢，酥軟裡有振奮，腳脖子掐下的坑明顯變淺……

透過噙在眼裡的淚珠看：馬慶的面龐很清亮，整個人的輪廓變大了。

2

最近幾天，專案組好像忘了百里玉妝的案子。

百里玉妝不明白，為什麼讓她從地底下鑽出來，回到顛簸的小屋。

去廁所的時候，一個戴工裝帽和大口罩的女工尾隨進來，迅速把手裡的紙團塞給她。她打開一看，上面寫：「就要異地審訊！」像小學生字跡，分辨不出是誰寫的。

「誰？」

「……」

「你是誰？」

「揣兩天了，一直送不到你手……」

她心狂跳。女工聽外邊有腳步聲，迅速拿回字條攥在手心，匆匆離去。

剛從廁所出來，她木木走到小屋門前，但立刻要求返回，又犯了尿頻尿急的毛病……她明白，地下掩體的審訊頂多是進入煉獄的預演，並且不可能再有張麗君、馬慶們相助，而那紙條是誰寫的呢？張增旺嗎……那女工為什麼這樣慌張……我該怎麼辦?!

夜間她不敢脫衣睡覺，一次次推門小解。開始，女人們尚能跟到室外盯著，後來便躺在炕上聽聲音；次數多了，乾脆由她折騰。

她再次下炕，推門而出，蹲在工業垃圾堆旁。在車間嘈雜聲和鋼鐵的震撼中仔細辨別異常的響動。向工廠大門看，大門敞開著，沒有車輛開入。一切如常。星空襯托出高牆的輪廓，牆頭的敗草在冷風中瑟縮，心猛地鼓蕩起來：快逃，快逃！站起身，按住怦怦的胸口，摸索著向牆根靠近。牆很高，翹腳夠不到牆頭，就回到垃圾堆裡找可墊腳的東西，可是，只有廢鐵、爐渣，根本搬不動。突然，咚地踢到個物件，聲音很響，嚇出一身冷汗。貓腰看小房、廠區，並沒異常反應，才稍稍放心；發覺踢到一隻空漆桶，便輕輕抱起移到牆腳，蹬上去，扒牆頭仰頦向外看。外邊是廣闊的田野，田野連著縣城，縣城的燈火稀稀拉拉，以遠就是燕山了。她估量，翻牆而上應該不太困難，牆外就是朝思暮想的自由天地。可是，逃向哪裡……彎大叔家？彎大叔在死亡線上掙扎，怎能養活得了我！還要擔風險！小鳥媽家？不行，距幹校太近，太招眼。她想起馬潔的話，「屎殼郎哭它姥姥，兩眼迷瞪黑」，現在想來來，一點也不俏皮，倒挺貼切，是呀，舉目無親，我認識誰呀，哪裡是藏身的地方……逃向北京然後坐火車南下？天一亮，他們半路就能追上……

實在走投無路。便跳下漆桶，回到小屋，合衣躺下。

女人們正在熟睡。她想：逃，天放亮發覺人沒了肯定報告上邊，上邊一定會大肆追捕。張麗君們還要坐坐實實挨批評，受處分，真地對不起她們，說真格的我也捨不得她們。她們個個是好姑娘，卻被我連累……難道，坐以待斃？他們為要剝奪我的思想自由首先剝奪我的尊嚴，並不惜剝奪我的生命，絕對不會輕易撒手認輸，現在又來個異地審訊……到底逃不逃？和誰商量？張麗君？張麗君太年輕了，不會有主意。不能把知情的危險壓給她。她正在我身邊熟睡，單純正直，如果讓她受到牽連怎能對得起連日來的大膽幫助？豈不成了忘恩負義之徒！沒人可以商量，只有靠自己作出決斷。遇事就沒主意，今天才真正體會到該多麼致命！是的，要決斷，在稍縱即逝的時間裡。後半夜了，我是這樣害怕，這樣沒主意。他們倘若抓到逃跑的我決不能輕饒，那麼，不逃跑就能輕饒嗎？反正背著抱著一邊沉，莫如冒險一試，或許天無絕人之路。說不定明天一早就來抓我，現在是個機遇。抓住機遇才可能出現轉機，哪怕前途多麼不確定。機遇的大敵是優柔寡斷，優柔寡斷是橫在機遇外的一堵牆。最壞的結果是讓他們抓回去。至於逃到哪裡，不知道。

她從靠牆的褥子底下摸出錢和糧票，迅速把簡單的衣物、洗漱用具裝進背兜，挎上，下炕，示意性地親了親張麗君的小胖臉，心想：「小妹妹，別賴姐心狠！」悄悄出屋，輕輕掩門，站在門前聽了聽，四外看了看，重新來到牆下，登上漆桶，探出半個臉向外張望。忽聽玉米秸垛裡有響動，好像有人埋伏，一驚，立刻蹲下身，心跳得紊亂。「確實在冒險，說不定落入王參謀的陷阱……也可能已經走露了消息……那個戴大口罩的女工到底為誰服務……」又跳下漆桶，向回走；向回走更加恐怖，眼前一下子展現出被拷打被羞辱的情景，而「異地審訊更意味著屈辱和死亡！」想到這裡不寒而慄，又停下腳步，蹲下來。看廢鐵堆，廢鐵堆就像墳墓和屍骨。看夜空，星光閃爍，冰冷迷濛，好像對世事並不關心。「星星在眨眼，危險不也在眨眼麼，星星向危險眨眼又向機遇眨眼，機遇就在危險之中！撞大運了，往好的結果想，假設王參謀沒有得到情報，戴大口罩的女工是張增旺的親信，對，不妨賭一把！李媽說，遇事別怕事！」再回到漆桶前，登上去，向外張望，牆外是玉米秸垛，開闊的田野，縣城的燈火，深不可測的燕山。「自由與牢籠只有一牆之隔。黑暗裡危機四伏，也是安全所在，曙光的前導。一定要爭取自由，哪怕多麼短暫，多麼不確定，即使短暫的不確定的自由也該多麼寶貴！為了自由，為了擺脫屈辱，上！」竟躍上牆頭，在牆頭向後看看，毅然跳到牆外的黑暗中！

這時，玉米秸垛嘩啦作響，驚出兩個黑影，仔細看，原來是兩隻狗，幽會的情侶。兩個情侶張惶逃走，甚至沒叫一聲。

3

「嚇我一跳，跑什麼呀，對不起了……」她看逃跑的狗，蹲靠在牆腳捂狂跳的胸口想，「你們是自由的，而我，到哪裡棲身，有情可偷嗎？」平息片刻，聽聽動靜，確認沒有人類的危險，才大膽站起來。「向哪個方向逃？繞大牆向南，從北京南下最好。」可是，走到工廠大牆南頭，忽然站住，想：「他們首先要向南追，天剛亮就可能在半道把我抓住。只能向北，上山，燕山也許能容留自己的女兒……」

於是橫豎抹斜，絆絆坷坷，照準燕山的方向走去。北斗星在燕山頂上召喚。燕山坦露著博大的胸懷。冷風讓她盡情呼吸。宿鳥撲稜翅膀，不明白為什麼有這樣一個夜行人……

走出很遠才發覺從牆頭跳下時崴了腳，有些疼。但顧不上這麼許多了，逃，趕緊逃，利用黎明前的黑暗，黑暗裡的光明。她用雙腳把田壟、墳塋、土丘、林叢、河流、壕溝串連起來，盡可能取直。感到渾身發熱，頭腦也已清醒，猶如破籠而出的小鳥恢復了對天空的記憶。「是誰在那裡向南！向北！向北！哈哈，讓他們向南去吧！」她借用馬雅可夫斯基的詩歌格式在心裡喊；記得馬雅可夫斯基在一首詩裡寫，「我的憂愁就是眾人不幸的憂愁，是誰在那裡向右！向左！向左！」自覺對方向的選擇很是堅定，向北，向北，暗暗猜測並嘲笑追逐者的愚蠢，慶幸久違活力的恢復。這時她強烈地體驗到，軀體自由和思想自由如此地不可分離，「難怪他們欲剝奪思想自由還要剝奪軀體自由，思想的載體。誠然如此，自古以來，製造一切牢籠，一切殺戮，一切攻伐，無所不用其極，就不難找到解釋了。」

她取直而行，欲儘快到達山頂，登上長城；長城頂端相對平坦可以在短時間內逃得更遠。尚不能確定在何處落腳，逃，只有逃，逃離了再說。

漸漸地，星星稀疏了，北極星消失了，燕山在黑暗中隱沒，只能從身後縣城少許的燈光和來風辨別方向，深一腳淺一腳前行。不久，縣城的燈光也不見了。不得不站下，努力辨別哪兒是北，哪兒是南。「從剛才的北極星判斷，颳的是東北風，風向一直沒變，得找好偏角……」她想著，忽然撞上一叢矮柳。矮柳的枝條已很柔軟，長出了細葉。蹲下摸索，想掰一根柳木棍，可怎麼也掰不動，就按倒用腳踹，用手擰，勒得手疼，終於擰斷；去掉枝杈，於是有了觸角，也有了仗膽的武器。

她溜下一道很深的斜坡，穿過佈滿河光石的沙河，再分開樹叢，爬上對岸的坎塄，可是，剛探出半個身子突然驚呆了！不遠處有團火，淡綠色的火焰，好像有人打燈籠到處尋覓！嚇得縮回身，用袖頭擦擦額頭冷汗，打算向回逃，可是腿腳已經不聽使喚。「火，燈籠……是什麼呀?!」她疑惑，萬分驚恐。想看不敢看，不敢看又必須看個究竟。過一會兒，還是爹著膽子探出頭，只見：淡綠色的火團從不遠處冒出，向她飄來。沒等飄到跟前，消失了……

「鬼火！鬼火！」她在心裡驚呼。想，「從前聽說墳塋在夜間出現鬼火，古書上有『神光兮熲熲，鬼火兮熒熒』的說法，今天讓我碰到了！古人認為兵死之血為鬼火，可見戰爭之慘烈，戰死者冤魂之悲涼，之飄零。」她判斷前邊有個墳塋群，為爭取時間，闖！就爬上河岸，緊握柳木棍，向鬼火出沒的地方走去，不斷給自己壯膽：「別怕，沒有鬼，那是磷火，死人的骨格和毛髮生成的……」自己的毛髮卻倒豎起來，肉皮子發緊發麻。

又有一團鬼火迎面而來；她撲上前，掄起柳木棍抽打，柳木棍掄圓了，上抽下抽，左抽右抽，加上腳踢腳踩，打了一場夜戰鬼火的遭遇戰。可是，哪裡打得著！鬼火飄忽不定，似有似無。追殺到墳塋群，略微喘息，她向墳塋默念：「告慰爺爺奶奶亡靈，爺爺奶奶保佑我逃離虎口，以後一定前來上墳燒紙，爺爺奶奶有冤屈向我說，我一定主持正義……」彷彿真有鬼魂跪地哭訴，戚戚然，哀哀然。揉眼睛看，只有黑暗，只有小蟲唧唧，不禁啞言失笑：「我的冤屈呢，我的冤屈向誰說呀……」

穿過墳塋群，繼續用右肩抗風向北，走出很遠，總感到有鬼魂跟隨，若即若離，並向後脖頸吹氣，伴隨著哀哀的呻吟……於是，重又汗毛、頭髮根倒豎，肉皮子發緊發麻。不敢回頭，不敢出大氣，故作鎮靜，慢慢走，慢慢走……柳木棍握出了熱汗……接著，猛地跑起來，百米衝刺一般。摔了幾個筋斗，爬起來又跑。奇怪，腳不再疼了，柳木棍卻始終握在手中。

用柳木棍探路走了一程，過了幾道溝，幾道坎，發現風也亂了，實難判斷大致方向。不敢再走，如其不然或許在溝坎間打轉，也可能繞回墳塋。索性躺溝底的草叢裡歇歇腿，感受草叢的柔軟，樸實的芬芳。

忽然一種奇特的聲音傳來，聲音微弱卻連綿不絕，暗含深沉無邊的氣勢。「噢，松濤，已經到達山腳了！」她非常驚喜，一骨碌坐起，趟過草叢，向上爬。石壁很陡很滑，爬了幾次又出溜下來，找不到下手下腳的地方，只能重回草叢。

「王剛哥——」鳥叫了！東叫一聲，西和一聲。相傳有個王剛的後生上山採藥墜崖身亡，他的戀人，一個美麗的姑娘漫山尋找，再也沒能歸來，就夜夜在山裡呼喊，很淒婉。她知道這個當地流傳已廣的故事。想到了何偉雄。何偉雄雖然活在人世，卻不得相見，不能呼喊。她想著短短的人生際遇，努力趨趕睡意，等待破曉。

隨著遠處的雞鳴，天漸漸放亮，就拋掉柳木棍攀爬。很快到達山頂，登上長城，沿長城殘垣馬不停蹄向西，登上了一座垛樓。

4

垛樓立在絕壁頂端，十分險要，和對面的垛樓遙相呼應。中間是道峽谷，谷底鋪著南北走向的沙河，河心有條季節車軌，權當穿越長城豁口的通衢大道，已有趕早的人和車輛往來。

她站在垛樓裡，一手扶垛口，一手掐腰，不住喘息。兩腿突突發顫，連立著的力氣都沒有了，腳也一剜一剜地疼。就坐在滿地乾鳥糞上，脫鞋拉襪，看左腳踝，左腳踝已經腫得發亮，用手按了按，皺起眉頭。忽然想起李瑞珍的辦法，解開棉襖扣兒，撕掉襯衣半個大襟，趁著汗的濕熱緊緊裹起來。穿上鞋，立起跺跺，真地緩解了疼痛。她驚異怎麼能夠憑這雙腳一口氣爬上長城，在長城頂上趟草叢，邁殘磚碎石，又一口氣登上垛樓。她想：「若有人追還能跑，決不能讓他們抓住，他們未必跑得過我，我是田徑運動員呀！過去說鍛煉身體建設祖國保衛祖國，為祖國健康工作五十年，現在可好，鍛煉身體是為了逃亡，在祖國的疆域逃亡……噢，沒有自由就沒有祖國，我的祖國已如傾圮的長城，殘磚碎石，枯枝敗草……地底下的紅色圓圈尚難跨越，而現在面臨著放大了的圓圈呀！長城，長江，嶺南……到處都有光明與黑暗的較量。」

挪到東垛口向下看。長城上下的殘磚碎石被霞光扯出無數道細碎的長影。黃白色荒草的根部長出了翠綠的嫩芽。更有一些無名的銅錢般大小的花，藍色的，黃色的，最先覺醒，最先開放，土蜂在花間忙碌。松濤陣陣，幾隻烏鴉和喜鵲在林間喊叫。百靈鳥在霞光裡翻飛。崖縫生長的紫荊、酸棗、榛子和山腳盤踞的栗樹都挺著堅硬的枝椏。遠處炊煙嫋嫋，丘陵阡陌縱橫，並隱隱傳來莊嚴神聖的樂曲，伴隨著大提琴的合弦。陽光刺得睜不開眼，便用手揉，感到額頭發出輕微沙沙的響聲，竟摸下白色的粉狀顆粒，伸舌頭舔舔，鹹的！於是從挎包裡取出小鏡子照了照，發現額頭上汗鹼痕跡明顯。便漱口唾沫用毛巾擦，梳頭，拍打身上的草末、樹葉、塵土、鳥糞。再用小鏡子照，遮掩、撫平頭髮缺損部分，方才笑笑，彎起了月牙湖。

這個垛樓相當寬敞，中間隔了道南北走向的厚厚的青磚牆，磚牆北端斷開來使東西兩間相通。垛樓四面留有垛口，垛口上端呈拱形，下端牆垣寬闊，可以半躺一個武士。顯然，古人修建垛樓的目的是便於瞭望，指揮一個作戰建制。垛樓南有個烽火臺，在荒草中若隱若現。

她靠隔斷牆坐下，面對東垛口，瞇起眼睛，盤算下一步行動。不知過了多久，感到臉上手上有些騷癢，似有什麼爬動。睜眼一看，嚇壞了。原來爬滿了土蜂！她知道土蜂經常把牛羊攻擊得漫山跑，攻擊起人來更是兇殘，而且多為群體作戰，尤其可怕。她不敢動，忍受著騷癢。瞇眼看，土蜂個兒很大，細腰，黑色的前身長滿細毛，突出的複眼，赤褐色的翅膀，腹部斑紋為虎狼色，大有王者風範。牠們的觸角不停探尋，吮吸臉上手上的汗漬。「噢，牠們可能渴了！」她想，自己也口渴難耐，就用舌尖小心翼翼趨土蜂、舔嘴唇，竟舔出了乾燥的聲音，鹹鹹的味道。嗓子冒煙，想找口水喝，卻不敢動，也不知道哪裡有水。估計土蜂們吮吸不到水會飛走的，只能耐心等待了。可是不但不飛走，反而越聚越多。抬眼看，垛樓的東南角上方有兩個足球大小的蜂巢，土蜂密密麻麻在巢外趴伏，飛動，並從垛樓口飛出飛進。「牠們為什麼不攻擊我？噢，我沒有傷害牠們！我闖進了牠們的王國，牠們還善待我！如狼似虎的土蜂可能把我當報春花了！」她對土蜂的善待很是感激。

但不能久留，想了想，慢慢站起身，慢慢向垛門走，慢慢下山，提心吊膽。心裡不斷叨咕，「可別蜇我呀，可別蜇我呀，我不想傷害你們……」她感到額頭、臉頰、雙手發癢，感到兩腿直突突，生怕打趔趄惹怒土蜂，只好坐在山坡上，張手向山下滑動，琢磨如果土蜂一旦發起攻擊該如何應對。漸漸地，臉上手上的土蜂減少了，完全飛走了。方鬆口氣，摸摸臉，雖然仍有些騷癢，但完好無損。

「啊，土蜂，人們多麼不瞭解牠們！」

她慨歎。發現進入了河北境內。「這可能是土蜂的指引，最佳的選擇……追捕的人也會向北追，追上山，追進垛樓。假設追進垛樓，尚不知土蜂們能不能輕饒他們，他們未必過得了土蜂這道關隘……土蜂是我的鎧甲，我的護佑，這是個好兆頭……乾脆，大大方方去河北。但不能走大道，得鑽山溝。」這樣一想，高度緊張的神經放鬆了下來。回頭看看高聳的垛樓，看看土蜂群，慢慢下山。雙腿酸軟無力，只能坐著向下出溜。用腿登，腿疼，就匍匐著，像壁虎吸附在牆上，一點一點倒退，借助雙手的力量，挽住一把草，或者摳住石縫。有時匍匐休息一陣，拔根綠草的嫩莖放在嘴裡嚼，雖然水分少得可憐卻能刺激唾液分泌，緩解口腔的乾燥，喉嚨的燒灼。

她時下時停，溜到了半山腰；發現腳下有塊突兀的巨石，想在巨石上方躺一會兒，避免一旦睡著了骨碌山。

忽聽巨石下有小鳥嬉戲。趴在石後悄悄看：在草叢的掩映下，藏著一片閃亮的東西，細看，原來是一汪水潭，小鳥正在飲水。小鳥紅頭綠身，嬌小可愛。旁邊還有一隻刺蝟，伸出黑鼻子黑嘴也在飲水，和小鳥誰也不理誰。

「有水了！天無絕人之路！」她熱烈地想，繞過巨石，爬向水潭。小鳥見來人，一驚，飛走。刺蝟見來人，蜷成個圓球，扎煞起灰白的尖刺。她趴伏在潭邊，撥開雜草，學小鳥的樣子把嘴伸進水裡盡情地喝，攪亂了臉對臉的倒影。喝飽了，想洗把臉，見小鳥重又聚攏來飲水，只是有些警覺。刺蝟也舒展身體，露出黑鼻子黑嘴。

她想：「這是鳥獸的家園，燕山的乳汁養育了牠們。」薅把雜草墊手抱起刺蝟，（刺蝟又蜷成尖利的圓球）放在兩腿間，輕輕撫摩。不久，刺蝟探出頭，用晶瑩的黑眼睛打量她，乖巧可人。她把玩刺蝟的黑鼻子，讓刺蝟的小舌頭舔手，用腦門親了親，重又放回。刺蝟回頭看她，細微地叫一聲，慢慢悠悠消失在草叢裡，留下一股濃烈的臊氣，煞是熏人。

放眼望去，泉水曲曲折折流下，無聲無息，流經的地方雜草茂密，似在舞起一條自由的飄帶。春天在覺醒。

第三十二章　國風驟衰民風在　是重是輕秤明白

呱呱落地的嬰兒不就在叫喊嗎？小學校的孩童不就在叫喊嗎？那是人類向未來的宣言：「啊啊啊，我來了！」可是，我來了我來了——我向誰叫，到哪裡去，一個紅色疆域的逃亡者！「抗日的時候老百姓豁出性命保護抗日戰士，這回輪到保護你了。」

你要戀花就向前，
你要戀妹莫挨延，
世間只有船泊岸，
盲曾見有岸泊船。

1

百里玉妝悄悄穿過燕山北麓的通衢大道，鑽入山溝，向西攀爬。過兩道山梁，已是豔陽高照，熱汗淋淋，就找個背風向陽的陡坡蹲下，警惕地四下看看，從挎包取出姑娘們給縫補好的襯衣換上。她一向不在意自己長得怎樣，這回是個例外，看到自己雙臂修長，雙肩圓潤，雙乳奶油般細膩，乳頭玫瑰般鮮亮，頓生自憐自艾之情；回首刻骨銘心的屈辱，慶幸脫離了魔掌。仔細檢查了棉襖，搓去泥巴，套上中式罩衣，舉小鏡子扭身照了照，「還像逃亡的嗎？」問自己，淒苦地一笑。

山梁上荒草沒膝，怪石嶙峋，發現不遠處有踩踏的痕跡，就順著走，來到溝底。抬頭看見了山間小道，小道掛在北山南坡。

剛爬上去，沒走多遠，路暗了，天窄了，北山和南山並起來了：小道鑽入了崖洞。

洞裡只能容一輛馬車單向通行，洞頂和兩壁岩石尖利，如同怪獸的巨口長滿獠牙。水珠從洞頂滲出，連成串，越走越黑，好像進入了雨夜。口渴難耐，索性張嘴接水，沒接到多少臉卻像水洗了似的，渾身也濕了。冷不丁，覺得腳下一震，發出沉悶的聲響，水濺在褲子上，原來一塊大石頭從崖頂砸下，落在身邊。隨之，蝙蝠嗖嗖掠過，在頭上撲打，打出了眼淚。她趕緊靠洞壁捂住腦袋。稍稍平靜，才貼石壁摸索著向前移動。仍不時趟到墜落的石塊。她心驚膽戰，同時感歎造洞人的果敢。許久，發現了若隱若現的光亮，便加快腳步，走出洞口，這情景宛如推開一扇陰陽相隔的無形的大門，由短暫的黎明突然進入了輝煌的白日。迷離中，一馬平川鋪在腳下，一條蜿蜒的山路伸向遠方。田野、村落、樹木罩上一層淡藍色的煙霧，漸遠漸深。

她從挎包取出毛巾擦了擦濕漉漉的頭髮和臉上的洞水，抽打抽打棉襖，站在陽光下曬一會兒；儘量克制腳踝的脹痛，保持平時的姿態走下緩坡。山風習習吹來，混合著樹木、雜草、殘雪的甜甜的清香，吸上一口格外舒暢。她彎起了「月牙湖」，月牙湖已由憂鬱變得開朗，泛起了晶瑩的漣漪。忽聽平川裡噹噹敲鐘，急促，短暫，心立刻提起來。再聽，聽到一片嘈雜叫喊，噢，學校下課了，小學生正在追逐嬉鬧！這才長長吁口氣，笑自己嚇破了膽。

她奇怪，在眼前竟然浮現出無數雛雞，雛雞裝滿笸籮，擠擠擦擦，都要把脖子仰得最高，叫得最響：「喳喳喳，我來了！」事實上，呱呱落地的嬰兒不就在叫喊嗎？小學校的孩童不就在叫喊嗎？那是人類向未來的宣言：「啊啊啊，我來了！」她深深感受到了從禁錮到解放的律動，急促，昂揚，純美……可是，我來了我來了——我向誰叫，到哪裡去，一個紅色疆域的逃亡者！

2

村落挺大，一條東西正街，茅屋和磚房相雜，有供銷社、郵局、衛生院、飯館、旅店、黑白鐵業作坊的小門臉，最醒目的當屬黑風嶺公社革委會、黑風嶺公社貧下中農協會、黑風嶺公社民兵營的大木牌子，字跡鮮紅，在這個色彩單調的季節比起土裡土氣的小門臉尤為搶眼；在此地，公社革委會簡直就是本地的帝國大廈。她看到黑風嶺的字樣忽然想起了什麼，在頭腦裡飛快搜索……街牆刷了些時髦的標語口號。一溜由紅旗引路的獨輪車隊正從街心通過，車斗裡裝滿農家肥。青年農民紛紛向她投來驚異的目光。

她徑直走進飯館，一位圍烏漆抹黑圍裙的胖大男人笑著請她落坐，介紹飯菜。飯菜很簡單，不外炒餅、燴餅、炒雞蛋、松蘑炒肉片、雞蛋湯幾樣。分裡外兩間，裡間炒菜做飯，外間擺兩張方桌用來客人進餐。她拉把木凳向門而坐，要了一碗雞蛋湯，四兩炒餅。胖大男人立刻走進裡屋，開爐，向鍋裡加油，用鐵勺敲擊鍋沿，敲得花哨，顯示手藝的熟練，對顧客的熱情。

「同志，從哪來？」

「關裡……」

「稀客稀客！我們這山高路險，從關裡來必從縣城繞，過十八盤，初來乍到過十八盤得把眼睛閉起來，看崖底眼暈。同志，沒怕吧？」

「……沒怕。」

「還真不簡單。同志準是搞外調的，猜得差不離吧？搞外調也不打發個男的……」

「我來找人，這不就是黑風嶺嗎？」

「是，一提黑風嶺挺嚇人，人家還以為飛砂走石，賣人肉包子呢……找誰？街面上的大小孩伢我都認識。」

「找一位大嫂……春節前帶兒子在關裡住院……」

「知道！瞞不了我。她叫孫玉枝，對不？老爺們叫秦福山，家住街西頭。」

她慶幸天無絕人之路。方醒悟，自己想必是奔黑風嶺來的。

胖大男人詳細介紹了去孫玉枝家怎麼走，家庭的大致情況。她也誇飯菜滋味兒好，服務熱情周到。

從飯館出來，又進了供銷社。供銷社為三間一明的屋子，擺放著繩麻套犋、鍬鎬鋤筢等農用物資，油鹽醬醋、筆墨紙張等生活、學生用品，還有蘑菇、酸梨等山貨。她花五斤全國通用糧票和五塊錢買了五斤動物餅乾，餅乾為北京產品，牛皮紙圓桶包裝，沒有商標；便抱著，出門西行。

……孫玉枝家有石頭院牆，長城青磚的門垛，薄石板蓋的門樓。

百里玉妝見孫玉枝正登梯子在茅草房前坡晾曬白薯，便輕聲喊：「大嫂！」

孫玉枝回頭看，叫起來：「百里百里！」迅速連爬帶蹦而下，扎煞胳膊奔到門口，「真是你，大妹子！累不累？快進屋，知道你來怎麼也得迎迎呀！」向屋里拉，「我說呢，早起眼皮跳晌午貴客到，真來了貴客，哈哈！」

孫玉枝的上眼皮貼了小紙塊，挺俏皮，百里玉妝感到這次鬼使神差的相見真有點心靈相通的意思，喜出望外，緊緊拉住孫玉枝激動得兩眼發酸。

孫玉枝把她讓進東屋，接過牛皮紙桶和挎包放在板櫃上，推她脫鞋上炕，她說：「不累，想大嫂了，特意來看看。」

「知道你會來，初次見面就知道姐倆投緣……馬潔呢？」

「有事，來不了。」

「腿好俐落了嗎？」

「好了。小侄好了嗎？」

「好好……」

「怎麼沒看見大哥？」

「去白薯炕了。眼下正白薯育秧，他燒火，看火候，黑天白日離不開。這不，育秧剩下點白薯，一人分幾斤。你小侄放學進家就嚷嚷餓，烀了曬乾留著零叼……想吃嗎？可甜了！」

「不吃……半道上買了幾斤餅乾，給小侄的。」

「讓你破費了。多住幾天，來一回不容易，就當自己家。這家寒酸歸寒酸，諒你也不會嫌棄。先等會兒，我出去一下……」說著，給她倒了杯開水，一陣風似地跑出屋。

她打量這間不大的屋子。窗臺、炕沿一塵不染，泥地掃得溜光，炕梢的被褥疊得齊整，玻璃貼了窗花，板櫃上的茶具用花手絹蒙著，撣瓶插著雞毛撣子和幾根野雉翎，一個碩大的葫蘆擦拭得鋥亮。房樑掛著一串紅辣椒，一串架瓜乾，一串栗花火繩，一串艾蒿火繩，還有高粱穗，穀子穗。牆上掛著一家三口沒有立體感的照片。當然少不了裝飾一幅毛澤東畫像，一個紅「忠」剪紙大字。

經過半宿半天驚心動魄的逃亡，百里玉妝忽然放鬆下來，頓覺困累，身子像泥一樣，就倚在山牆上打盹。可是剛瞇眼，孫玉枝噔噔跑回來，端個小瓢，瓢裡盛著白麵，笑著說：「這就做飯，吃餃子還是烙餅？稍等，頃刻就得，說吧，吃什麼？早該餓了……不怕大妹子笑話，山溝麥子少，家家沒有白麵，這不，跑了幾家才淘換一小瓢……」

她無論怎樣說在飯館吃了孫玉枝也不相信。這時聽大門口有人嘰嘰喳喳說話，順窗看，是一群年輕女人和小孩。孫玉枝讓大家進屋，大家不動。百里玉妝走到屋外，笑著向大家說：「姐妹們進屋坐吧，不是外人……」抱起一個小男孩，小男孩用小髒手怯生生摸她的臉。

孫玉枝笑著說：「這個臭屎蛋，每回見了生人就哭，這回可好，也喜歡俊俏的，等你長大了也給你娶她這樣的媳婦，哈哈！」把大家說笑了，臭屎蛋卻哭了。人家見這位來客文靜靦腆，高䠷苗條，笑眼彎彎，紅裡透白白裡透紅，衣著得體，和藹可親，說話中聽……一下子就喜歡上了，紛紛問寒問暖，邀請到自己家做客。

孫玉枝非要包餃子，無奈百里玉妝打撲楞不允，費盡口舌才把白麵放在板櫃上。孫玉芝說眼下家家吃兩頓飯，其實她來之前已經做得了，是菜餑餑，真不好意思用菜餑餑招待初來乍到的客人。百里玉妝說自己不是外人，就一同吃了點。菜餑餑薄皮大餡，餡裡沒放油，放了不少大醬和花椒面。本地盛產花椒，花椒面的氣味兒鑽鼻子。吃飯的時候孫玉枝介紹了一日兩餐的原因：

一九五八年大躍進吃大食堂，沒堅持多久，各家各戶重又埋鍋造飯。糧食卻一天比一天少，不得不把一日三餐改為一日兩餐。白天下地幹活餓了可以磨磨蹭蹭，晚上睡覺餓了可以做個豬肉燉粉條的夢。有個口頭禪：「早睡晚起，又省柴禾又省米。」倘若家裡有位精明能幹的主婦，也能夠對付著混日子。老太太有五愛：姑爺、外甥、雞，菜餑餑、榆樹皮。把曬乾了的榆樹皮碾碎過籮，作玉米麵、高粱麵、白薯麵的粘合劑，包薄皮大餡的菜餑餑，能楦大肚，省糧食。（所以，一日兩餐的日子一直延續至今。）

吃過晌不晌夜不夜的晚飯，太陽還挺高，百里玉妝一頭扎在炕上，本打算瞇一會兒，卻睡著了。這一覺睡得酣暢淋漓，只在傍亮天和大嫂說了會話，然後又睡，一直睡到姑娘們到來。

3

天已大亮，聽孫玉枝在當院壓低聲音喊：「別吵嚷了，讓她多睡會兒！」

姑娘們反倒提高了嗓門兒：「再睡腦袋就扁了！」

她坐起身，向扒窗戶的姑娘們招手：「進來呀！早醒了。」

姑娘們這才進屋，紛紛問候。

她趕緊掀被下炕，姑娘們發現她左腳踝裹著，問怎麼了，她說崴了。一位吊眼梢黑紅臉膛的姑娘立即解開看：「還有點腫，燙幾回就好了。」命人登高從房樑取下艾蒿火繩；刷鍋的刷鍋，添水的添水，抱柴的抱柴，燒火的燒火，七手八腳熬艾蒿水。熬好了淘在臉盆裡，命她燙腳，說村裡人都用這個方法。

這時當當響起敲鍾聲。

「我叫秦玉蓮，」吊眼梢說，然後轉身向窗外，「敲吧，催命似地！」

百里玉妝坐在小板凳上，看熱氣騰騰的艾蒿水不肯下腳，微皺眉頭：「聽說淤腫不能用熱水燙，越燙毛細血管越擴張，不易止痛消腫……」

「這個……我們真不知道，還是大學生有學問！」

於是，姑娘們又找來空盆對折，恨不得馬上涼下來。

她把左腳放在盆裡，秦玉蓮蹲下身，把艾蒿向她左腳踝上蒙。她實在不好意思，就自己來，笑著問：「姐妹們，都吃飯了嗎？」

「吃了。今天修大寨田，尋思帶你到山上看看，想不到攪了你的覺，又不知道腳崴了！」

孫玉枝說：「看把你們急的，以後把她交給你們好了。」

姑娘們自是高興。屋裡充滿歡聲笑語。

上工的鐘聲再次響起。孫玉枝說：「你們先上工吧，她還沒吃飯呢。」

提起吃飯，姑娘們紛紛掏白薯乾，剝栗子，嗑榛子向她嘴裡塞，使她應接不暇。她也讓姑娘們吃餅乾，姑娘們一人抓一塊，猜像什麼動物……

這樣，她成了姑娘們的客人，爭著請到自家吃飯，睡覺。修大寨田的時候和大家一道搬石、挖土、壘壩、推車，免不了爬樹採果，捉鳥，瘋跑瘋鬧，搞惡作劇。腳很快就自我修復了。姑娘們還把她圍起來，要她唱歌，她唱了客家山歌，都說好聽，有趣。她也學唱了河北民歌，稱讚河北民歌和姑娘們一樣俏皮。秦玉蓮說她能幹，逼記工員給記工分秋後分糧食，弄得記工員哭笑不得。她和姑娘們形影不離，孫玉枝想和她說說話還得到處「打官司」。

「我們這裡的姑娘個個是潑辣貨。她們多喜歡你呀，看你長得好，有學問，隨和，當了貼心夥伴。」孫玉枝躺在炕上，看著窗外的星光，拉她的手說，「她們都是真心實意的，看誰對勁恨不得把心掏出來給你吃。那個秦玉蓮是你大哥本家妹妹，民兵連長，女頭目，壞點子歪點子都是她出的。家裡的老閨女，使性兒慣了。有言多語失別往心裡去。」

「我更喜歡她們，都像她們那樣多好！她們的心跟一汪水似的，特別透亮，連和誰戀愛都不瞞我……」

「我也有那麼一段。和你大哥。雙方家長不同意就鑽山洞。山洞潮濕，涼，他得了腰疼病，水蛇腰了……幹不了重活，當生產隊技術員……那時你大哥模樣不錯，可不像現在這樣豬不嚼狗不啃的。是個機靈鬼。他會唱小調，自編自唱，專逗你開心。他爸給他娶了個後媽，後媽對他不好，他就跟我唱『小白菜地裡黃』……我不是心眼好使麼，看他怪可憐見的，讓他糊弄到手。他小嘴可會說了，能把死人說活，像他爸……別看人不起眼，還想當村革委會主任呢，也不撒泡尿照照，哼，連讓我當革委會主任我都嫌掉價……軟枝顫葉的……不如個老娘們，家裡壘壘抹抹抬抬扛扛我都得驢似地幹……」

這時，聽當院有響動，百里玉妝問：「什麼響？」

「貓，貓叫殃，深更半夜幹那個……不是鑽山洞，哈哈……是上牆頭！該死的！」扒窗看，果然看到有隻貓立在牆頭上，這才放心。「大嫂，我來這六七天了，感謝大嫂的關照。也待慣了，捨不得離開——可得走了。」

「走？不行！被窩沒焐熱就走？再待十天八天，到那時也不強留你，以後可以常來常往，把這當自己家。」

「大嫂，有件事……翻過來調過去想，不能不向你說明白！」

「什麼事呀，碰到難處了？」

「是，很嚴重！我是逃出來的！專案組說我讀孔子、老子的書是反毛澤東思想，反革命，整得我實在受不了了……」她講述了事情原委，誤闖誤撞投奔大嫂的經過。

「他們說你是『反革命』，到這就是我的好妹妹！反革命，哼，你要是反革命我們都是！別怕，不回去了，這有吃有住，住一輩子都行。就不信老天爺瞎眼！天再黑也有亮的時候！在這待著最保險，大山溝，沒人能找到。走？上哪走，哪是你去的地方？讓他們抓回去不收拾死才怪呢！認我這個嫂子以後別提走！從這走就等於嫂子把你向火坑裡推！相信嫂子，嫂子沒看錯人。抗日的時候老百姓豁出性命保護抗日戰士，這回輪到保護你了。反革命？到底誰是反革命？我們村就瞎打反革命，上回向你提到的薛金蓮，還記得嗎？是個最本分的人，出身富農家庭就給扣上個富農分子帽子……結果，薛金蓮被收拾死了，死得慘……老百姓誰不罵收拾人的呀！大喇叭天天宣傳，說地主富農的房子、地讓貧下中農分了，連睡覺都盤算反攻倒算，這是階級仇；地主富農崽子也不是好東西，說他們是『可以改造好的子女』，其實是下等人，當對立面改造。宣傳說，貧下中農與他們水火不容，要堅決把他們踩在腳下，避免重吃二遍苦，重受二茬罪。我們村收拾死個薛金蓮，還不如撚死個臭蟲。如今好像不抓出幾個反革命就心裡癢癢！莊稼人好抬死杠，就不信人和人總要你收拾我我收拾你，殺殺砍砍，下輩子不得消停！妹子，別怕，有嫂子呢！」

孫大嫂把她摟在懷裡。

當院又有響動，大嫂拍窗，喊，罵，趕走了牆頭的貓……

她深為大嫂的豪爽和義氣感動，躺在大嫂的懷裡鎮定了下來，想：「向大嫂道出實情之前曾拿不定主意，想不到大嫂是個大丈夫！是了是了，大嫂在保護我，我們的民族在保護我……」

4

次日吃過晚飯，秦玉蓮到大嫂家來看百里玉妝。姑娘們越聚越多，炕上盛不下，靠板櫃立了一溜。天沒黑透，不知是誰從生產隊隊部拿來一盞汽燈，打足了氣，青亮青亮。姑娘們的中心自然是秦玉蓮。秦玉蓮拉著她的手說話。大嫂屋裡屋外忙活，嫌姑娘們礙手礙腳，不時笑罵。

姑娘們極富感情色彩，真地又潑辣又熱情。一般不當家理計，對生活負擔體驗不深，加上少女憧憬幸福的天性，不能不是一個樂天群體，特別在紮堆的時候，嘰嘰喳喳，經常發出突如其來的笑聲。她們各有各的煩惱，而一傾訴，哭一陣，笑一陣，互相感染，便把煩惱拋在腦後。她們較多關注愛情和婚姻，關注生活細節，對政治最隔膜，如果談到也只當笑料。

突然街上傳來幾個小夥子的喊聲，「呵——」「哈——」顯然是衝屋裡起哄的，但不敢冒然闖入。

「別搭理他們，這群活旱魃！」秦玉蓮叮囑大家。

她聽罵得稀奇，問：「什麼是旱魃？」

「旱魃……都這麼罵，我也不大清楚。」秦玉蓮說，問大嫂。

大嫂說：「我們這裡常這樣罵人……傳說有個南方蠻子，哈哈，我們這裡坐個南方人，可不是說百里，哈哈……是個妖怪，兩三尺高，光屁股，眼睛長在頭頂上，走路像颳風，走到哪兒哪兒就大旱，一千里地都著火，火苗是紅色的……」

「嫂子，那叫赤地千里！」納鞋底的姑娘糾正道。

大嫂笑著說：「誰嫁給門口那幾個活旱魃地裡的莊稼準得著火！看我怎麼收拾他們！嗷嗷亂叫，貓叫殃！有色心沒色膽，活旱魃！」

姑娘們笑作一團。

秦玉蓮挑皮地向窗外喊：「活旱魃，滾！」

大家也喊：「活旱魃，滾，滾——活旱魃——哈哈哈哈！」

果然，街上銷聲匿跡了。

笑過，秦玉蓮向一個姑娘說：「二胖，你天天想的那個人跑了，覺得心疼趕快追！可別讓別人追到手……」

二胖面紅耳赤，吃吃地說：「愛誰追誰追，誰喜歡他呀，一個饞貓……」

「包涵是買主，看把你美的！」

「那，我這就追去了……」

姑娘轟轟亂嚷，笑不夠。

秦玉蓮說：「今天玩個你們南方人沒玩過的。把大嫂的寶貝拿來！」

有人打開板櫃，取出老舊的盛過點心的木匣，抽開木蓋，嘩啦把裡邊的東西倒在炕席上。秦玉蓮問百里玉妝：「知道這是什麼？」百里玉妝仔細看，是一塊塊骨頭，每塊三四分長，略扁，兩邊是稜，一面突起，一面凹陷，凹陷中心還有個小坑，無論突起或凹陷都十分圓潤，磨得烏亮。

「這是豬骨。」百里玉妝說，「豬爪上的，把筋肉啃去，剩下的骨頭。」

「看來你沒少啃豬爪。這裡邊有豬骨，大的，有羊骨，小的。可是，知道叫什麼嗎？幹什麼用的？」

「不知道。」

「告訴你——嘎達哈，欻著玩的。在炕席上這麼一摟，欻啦一聲，所以叫欻嘎達哈。我估計嘎達哈是滿語，也有的說是蒙語，不明白什麼意思。來，誰跟我比比……」

秦玉蓮拋起一個嘎達哈，在炕席上欻啦抓起一把，用同一隻手接住，數數手裡共抓起幾個。然後把嘎達哈排成一排，將一個拋起，隔一揀一，再把拋起的接住，也比誰手裡的多。

「我們從會抓東西就玩。大雪封山……大嫂愛招人，坐炕上幾撥幾撥輪著玩。」

「還說呢，都是你帶的頭！」大嫂進屋說，「一冬欻啦壞好幾領炕席，要你婆家賠！」

「那你就找去吧，我沒婆家，哈哈！」

於是，仨一撥倆一夥欻起了嘎達哈，一邊爭執，一邊呼叫，一邊開心地笑。

百里玉妝也學著玩，進步很快，秦玉蓮誇她心靈手巧。

5

幹了一天活，吃了晚飯，姑娘們集中在大嫂家，還是欻嘎達哈，唱客家山歌和河北民歌，變著法地說笑打鬧，把自帶的吃物堆在炕上誰都可以大大方方地吃，成了一群沒拴籠頭的小馬駒子，一直鬧掌燈時分。大嫂笑罵：「讓你們瘋，房蓋抬起來了，作翻天了！哎呀媽呀，那個坐窗臺的別用屁股拱玻璃呀，挺大的閨女撅個大腚片衝著窗外不知道害臊，還覥臉樂呢！誰又穿鞋上炕了，快給我滾下來！都像人家百里那樣給我盤腿坐著！」但沒人理會她，照鬧不誤。其實百里玉妝和大夥鬧得同樣歡乍。

玩興正濃，一個姑娘進屋說：「我們這裡有位……深更半夜還派人外邊端槍站崗……我出去解手，聽房後有響動，走近一瞧，你們說是誰？一村的於小會！」

這一說，人家齊刷刷看秦玉芝，看得秦玉芝低下頭。

秦玉蓮奪過鞋底說：「人家玩你納鞋底，做這麼大的鞋，準是扳於小會的腳量的，還沒結婚就這麼惦記了。玉芝，別讓人家等著急了，去吧！」

秦玉芝不好意思，但看秦玉蓮吊眼裡的笑意，被人家拉下炕，推出屋。

「誰若是心裡長草，想你的那個，趕快走！」秦玉蓮說，「過不了三兩年，我就成光杆司令了，哈哈……不願去的陪百里再玩一會兒。」

剛玩上，秦玉芝回屋叫秦玉蓮，說有情況彙報。秦玉蓮讓當眾說，見犯難，才磨下炕……

大家猜測，準是秦玉芝父親要財禮要得太狠，於小會父親請秦玉蓮給說合的事。

「都是什麼財禮呀？」百里玉妝問。

大嫂說：「自行車、縫紉機、手錶，還有一百斤細糧。糧食好說，口挪肚攢，粗換細，可錢上哪找呀？不是要了於小會爸爸的老行市麼！我是姑娘家就淨身出戶，嫁人不是嫁給自行車……有能耐結婚以後自己置辦！非得把公婆逼個好歹的？現在於小會爸爸瘦成人乾兒了，一陣風都能吹倒……」

姑娘們議論紛紛，有主張要財禮的，「不能白給人家養活個大板兒姑娘」。有主張不要的，理由和大嫂說得差不多。

突然秦玉蓮背半自動步槍騰地進屋，向大家發令：「散！把該死的汽燈也提走！」

姑娘們不知何故，也不敢問，很快離去。大嫂點亮油燈碗。

秦玉蓮坐在炕沿上湊近百里玉妝小聲說：「沒大事……用不著緊張……我問你……是不是逃出來的？這事大嫂今天告訴了我。我沒當回事，只想讓你在這背風。」

大嫂說話已不連貫，被扶上炕，靠山牆，直撓頭：「奇怪呀，他們怎麼知道的?!」

「別問了，反正有人告密！」秦玉蓮惡狠狠地說，氣得兩眼噴火。

「誰……」

「還有誰……要真問就真說了——還有誰，我家的大哥，活現眼的水蛇腰！」

「他?!這個天打五雷轟的！他算缺大德了……前天晚上犯疑惑，我說呢……外邊有動靜，以為貓叫殃……響兩回，第二天早晨發現大門虛掩著，想是臨睡前忘了拴……不行，找他算帳，這個天打五雷轟的，參加文化大革命別的沒學會，學會了當特務！」大嫂氣得拍大腿，抽自己嘴巴子，「算我瞎眼！」渾身亂哆嗦，要下炕。

秦玉蓮說：「大嫂，這會兒不是算帳的時候，別去。等著吧，不用你，我一個人就把他水蛇腰摵直！公社武裝部馬上來抓人，正集合一村民兵……民兵出發前我讓於小會再來報個信。這小子怕我，有心數，婚事全在我一句話。事不宜遲，得想想辦法！」

秦玉蓮罵秦福山，急得轉磨磨。百里玉妝兩腿癱軟，順板櫃蹲在地上，抱住頭，心快蹦出了嗓子眼兒。

孫玉枝用力摟她，拍後背壓驚，哭著說：「我們活活在一起，死死在一起，這就送你走！別怕別怕！」

百里玉妝提挎包要走，秦玉蓮把她推回，「我帶你！黑燈瞎火，人生地不熟，跑不出他們手心……就是抓不住你還不得凍死餓死，讓狼掏了！」

「狼掏了更好！」百里玉妝緊抱秦玉蓮和孫玉枝，熱淚湧流，「在這抓人你們更受連累，必須逃，剩一口氣也要逃……他們抓不到我！放我走吧！」

秦玉蓮說：「不能一個人走，我送，我有槍！」

「不，我送！躲在孩子姥姥家，和他們在山溝裡轉！」

「不，我送！」秦玉蓮挎槍，拉百里玉妝，罵，「這群挨槍崩的，在我們村抓人不通知我們村！別說我槍子不長眼！先斃他個仨倆的！誰知道深更半夜來幹什麼——興許反革命破壞呢！」

孫玉枝把半桶餅乾塞給百里玉妝：「拿著，說不定在山裡轉幾天呢，餓了吃餅乾，渴了吃雪。唉，真揪心……記住，這是你的家，家裡有嫂子……嫂子有個白臉狼老爺們，丟人現眼了……哼，看我剮了他不！」

6

百里玉妝慢慢鎮定下來，說：「我看這樣，讓玉蓮送我一程，大嫂去找大哥。」

「這會兒不去找，反正有剮了他的時候！這個天打五雷轟的！」

「不對，馬上去。」百里玉妝說，「找他——給我翻案！逼他說那晚聽擰了，是在說別人。然後讓大哥和公社的對質！對質得有大嫂在場。千萬記住。消除公社的懷疑，大家以後不會再受連累。大嫂，能做到嗎？」

孫玉枝略一沉吟，猛拍腦門：「對呵，真氣糊塗了！看我的了！」說著疾步出屋，並叮嚀秦玉蓮，「把百里交給你了，不許有半點閃失！」

百里玉妝喊住孫玉枝：「別急，大嫂，有把握嗎？」

「有！」孫玉枝笑了。

看孫玉枝扛把鐵鍬風風火火跑出大門，秦玉蓮也笑：「那個水蛇腰怕嫂子怕得一帖老膏藥！就是有點松奸壞……百里，我怎沒想到這一招兒！」

百里玉妝摒住心跳，到當院聽聽動靜，回屋掀櫃蓋，扔進挎包，取出舊點心匣，嘩啦把嘎達哈潑在炕上，並添了燈油，撥亮燈撚兒，把油燈碗放在窗臺上，用木匣墊高，屋裡屋外照得徹亮。然後催秦玉蓮脫鞋上炕，相對盤腿而坐。秦玉蓮仍摟著那桿槍。

「把槍放一邊，凝手凝腳的。接著玩，還玩隔一跳一的，玩它一宿。」百里玉妝說，取槍掛在牆上，伸手向秦玉蓮，「石頭剪子布，看誰先來……」

見秦玉蓮木木不動，百里玉妝瞇起月牙湖：「再不，唱個歌吧。」

「我不唱！」秦玉蓮說，「我在想，公社的來了該怎麼對付！心裡直撲騰！」

「有事別怕事，我等著他們！這樣更容易消除懷疑，大家也就洗清了。以後再收拾那個水蛇腰……哈哈，我也叫起水蛇腰了！怎樣，唱不唱？」

「哈哈，我唱我唱！」秦玉蓮這才清了清嗓子，唱道：

你要戀花就向前，
你要戀妹莫挨延，
世間只有船泊岸，
盲曾見有岸泊船。

唱畢問：「什麼『盲曾見有岸泊船』呀，唱『沒見到過岸靠船』多好！百里，我唱得有客家味兒嗎？」

「有！」

「那我可就船靠岸了！」秦玉蓮說著摟住白里玉妝。

「哼，我才不要你靠呢，你是要嫁人的……不過黑風嶺這個岸我算靠定了，哈哈！」

「記住，我嫁到哪哪就是你的黑風嶺，對不？」

「啊，對對！」

兩人笑著擊掌。聽聽外邊的動靜，秦玉蓮故意高叫：「這回該你唱了，回娘家……這就是你娘家！」

百里玉妝叫：「你就是我的郎君，一塊回娘家！」也清了清嗓子，唱道：

春風楊柳唰啦啦啦
小河流淌嘩啦啦啦
誰家的媳婦走呀走得忙呀
原來她要回娘家
身穿大紅襖
頭帶一枝花
胭脂和花粉在她臉上擦
左手一隻雞
右手一隻鴨
後邊還背個胖娃娃
咿呀咿嘚兒喂……
哎呀
我怎去見我的媽

「不行不行，沒唱下雨跑了雞跑了鴨！」

「不唱那段了，你想呀，眼看天下雨還出門，還要帶上雞和鴨，也太慌三馬四了！」

「哈哈……」

秦玉蓮找來柳條筐讓她挎著，說裡邊裝著雞和鴨，搬枕頭讓她背著，說是胖娃娃，非得扮小媳婦一個字不拉唱一遍不可。她則扎煞著胳膊由著性讓秦玉蓮擺弄……

第三十三章　密窖睡個俏妹妹　遠京槍聲驅陰霾

「她是誰的閨女？老百姓的閨女！老百姓的秀才！提起這事就透心涼。就像一家人過日子總打架，打得腦袋開瓢，油瓶子倒了沒人扶，吃菜園子，沒力氣幹活……日子能過好嗎？不越折騰越掰生、越折騰越窮嗎？」

長城腳下的山谷迴盪起憤懣，狂喜，兇悍的槍聲！

鳥獸驚恐萬狀，以為世界末日來臨！

1

次日吃過早飯，秦玉蓮和孫玉枝大大方方把百里玉妝送到汽車站。等車的時候，百里玉妝進供銷社給兩人買了尼龍襪子，給住姥家的小侄買了二斤水果糖，給秦大哥買了兩瓶牛欄山二鍋頭。百里玉妝上了汽車，秦玉蓮和孫玉枝在車下告別，可是，剛要關車門，百里玉妝就迅急蹦下，三人偷偷鑽了山溝。

昨晚孫玉枝找到秦福山，把鐵鍬架在脖子上，秦福山的腿肚子轉了筋，腦筋轉得飛快……其後的表現出人意料地優異。

他在黑牆角蹲著，瞟公社武裝部韓部長帶人過來，並不抬頭。有人見黑牆角煙火一明一滅，發現了他。韓部長上前盤問，說他家窩藏個反革命逃犯，要他領路去抓，而且說是他檢舉的。

他乾巴硬證，說沒那八宗事，反正自己不知道，也沒說過。但他承認，那天半夜回家取旱煙來著，聽媳婦和來客扯閒篇，聽了聽，也聽大不準。「再說了，來客的爸爸是北京軍區的大官，這大官你們興許聽說過，叫白……白什麼來著？看我這記性，嘴邊上的，一時蒙住了，這破腦袋！孫玉枝，你告訴大夥，她叫什麼，她爸多大的官……這個敗家娘們，跑哪去了……等等，讓我想想……大夥說說，我敢瞎說八道嗎？我還沒這麼缺心眼，雞蛋撞石頭，除了傻透腔了！一提來客我就腦瓜仁兒疼，都知道，這年月來個客多犯難！總不能給人家菜團子吃呀，又不知住多少天！再說了，十天半月掬不著媳婦，這滋味，你……不是說你韓部長，大傢伙試試！抱光桿子睡覺的光棍除外……我看薯炕不像你們天天摟老婆睡覺，都是『打短』，別笑，是打短麼！沒個準時候，這回可好，欺窩了……對對，不能再鑽山洞子……誰也別住那地方，落個水蛇腰……我這個長氣呀！對，敗家娘們還給來客包餃子，我連餃子湯都沒喝著，簡直不把老爺們當打雞巴棍！哼，不就是在關裡住院認識的麼，現在可好，當成八桿子胡嚕不著的親戚了。聽說她是來體驗生活的，給報紙寫文章暗訪的……我不管她體驗不體驗，暗訪不暗訪，打短憋得慌！我不管官多大，小老百姓不想高攀，臭莊稼人種我的地得了……你也別當笑談，沒擱到你身上呢……是了，我在薯炕發過牢騷……是了，我離離乎乎聽屋裡說有反革命，逃跑什麼的……逃跑，我們村的那個老『右派』整急歪了不就逃跑來著？對對，說的是那個老右派！再說了，我沒找公社說我家來個逃犯呀，光在薯炕念叨，說那個老『右派』的事……不知哪個剜口剝舌的向公社匯了報！誰不相信這就到我家去，和她當面鑼對面鼓，就說她是反革命，是逃犯；敢去嗎?!韓部長可不像你們偏聽偏信！哼，你嘴快腿快，開講用會怎麼看不著影兒?哼，我知道是誰跟我過不去，天亮我就砸他家的鍋！你不讓我好受了我也不能讓你舒坦……反正我不想攀那個高枝，不管大官小官，不像老娘們眼皮子淺……哼，向我身上安髒，我看是上輩子掘他祖墳來著……惹了這麼大的禍，讓我背黑鍋！哼，還半夜三更驚動公社領導，簡直是沒病找病，想在黑風嶺露一手……毛主席是怎麼教導的？沒有調查研究就沒有發言權麼！我看他是喝養漢老婆洗腳水喝糊塗了！」

孫福山這一陣怒罵，韓部長竟沒能打斷。

孫福山邊罵邊用眼睛瞅孫玉枝，孫玉枝心裡樂：「這個鬆奸壞，瞎話編得這麼圓！」

韓部長咬牙切齒，不知生誰的氣。欲到秦福山家看看軍區大官的閨女，打打進步，卻沒勇氣；給了孫福山一棵恒大煙，率眾離去。

秦福山因禍得福，美滋滋呷了半斤散裝白薯拐子酒，吃了一碟炒花生米和追加的兩個荷包蛋。竟借酒勁在外屋啃了孫玉枝一口，腰眼挨了一拳，啃不到孫玉枝就抓個蘿蔔，唱唱唔唔回了白薯炕：

小白菜，
地裡黃，
三十多歲怕婆娘呀，
天上掉卜個乾妹子，
人家吃麵我喝湯呀，
打短打個水撈月呀，
家炕燙人薯炕涼呀……

後半夜了，白薯拐子酒纏頭，他奔奔磕磕，摔了幾跤，手裡始終著握著咬了半截的心裡美脆蘿蔔。整條街狗咬吵吵。

2

秦玉蓮和孫玉枝領百里玉妝走一條砍柴的小路，很隱蔽，兜個大圈子才登上長城。長城以北的高山蒼莽連綿，皺褶的低凹處點綴著少量殘雪。長城以南的丘陵延展著迷濛的丘陵、平川，乾枯的沙河通向遠方，河柳泛著新綠，已有簇簇野花綻放。

臨別，秦玉蓮脫下軍裝罩衣給她套上，摘下軍帽給她戴上，說像造反派，不使人起疑。她並不推辭，把自己的中式罩衣回贈給了秦玉蓮。孫玉枝說，站不住腳還回關外，黑風嶺永遠是她的「堡壘戶」，並告知了娘家地址。

灑淚相別。

目送兩人消逝在樹叢裡，她噙著淚水一步一回頭地順長城而行。突然萌生回老家的念頭，就坐下掏出錢和糧票算計。如果向東，出古北口，在就近的火車站上車，取道秦皇島，走海路去上海，去廣州，或者從秦皇島坐火車去廣州，而這需要很多錢，可自己只有不到一百元，怎麼算計怎麼不夠。考慮沒有介紹信，經不起盤查，回老家難上加難。

「最現實的辦法是去李大叔家，到那再相機而動。」她向自己說，看看太陽，用小鏡子照照軍裝軍帽，一笑，站起身。

……踏長城西行，晌午歪看到了牤牛蛋子山，彎大叔家就在山下；選個隱蔽的山溝踅到門前，急速進院。

樹上的烏鴉鴰鴰叫兩聲，似報客人到來，叫聲卻有些敷衍。院子死寂。窗前的墳塋長出新草，還沒能取代蓬草的衰敗。用來擺放供品的長城青磚上蹲踞一隻大老鼠，啃噬七擰八歪的老樹根磨牙，見來人慢悠悠鑽入墳塋。井沿放隻水桶，桶梁和井繩的吊鉤相扣著，半桶水，水上落滿草末和樹葉，還漂浮一隻斃命的小鳥。

「李大叔！」她向屋裡喊。門敞開著。沒有回應。

走進堂屋，見鍋蓋掀翻在地，鍋裡的髒水泡一隻碗，碗裡有幾個膀玉米粒，髒水邊緣生了一圈紅色鐵銹。窗臺上的刀勺瓶罐躺在灰塵裡。屋西北角仍舊堆放些柴草，堵住地窖口，散亂的柴草連著灶門。

她揀起鍋蓋放在鍋臺上，進東屋。剛跨門檻，一股臭氣撲鼻而來。彎大叔彎在炕頭，閉眼張嘴，哈剌子順嘴角流下，洇濕了枕頭。乾茄腫似的臉更加抽癟，花白的頭髮跟墳塋的蓬草無異。炕中間竟擺一灘屎，有些乾巴。

她屏住呼吸，給彎大叔蓋好踹到腳下的被子，敞開門窗，輕聲喊：「大叔！」沒有反應。再喊。彎大叔睜開眼，吃力地看她，終於開口：「夢生……」

「大叔，我是百里玉妝！」

「……你呀，穿了身綠褂子，坐，坐！」彎大叔突然眼裡發亮，聲音微弱，欲起身，「從哪兒來……」

「ㄇ外！」

「ㄇ外，ㄩ外……」彎大叔喃喃叨咕，辨別「ㄇ外」的含意。

「大叔，你生病了。別急，等一會兒，讓我拾綴一下。」把挎包放在大缸蓋上，來到當院，從牆上撼下兩塊薄石片，從墳頭薅把蓬草，回屋用薄石片挖去炕中間的屎，再用蓬草擦。但席篾裡的摳不淨，就去井臺打水，蘸水擦洗。

經過打掃，屋裡屋外清爽多了。

彎大叔也有了些精神，說：「難為你了，閨女，真過意不去！這幾天總腰疼，前天就不能下炕。盼夢生，想不到你來了！」

她坐在炕沿上拉住彎大叔彎曲粗燥的手說：「大叔一直沒吃飯吧？」

「可不是，想下地，怕爬不上炕。」

她揭開缸蓋，看缸裡只有少許玉米，問：「沒別的糧食了？」

「沒了。你準餓了，自己烀點玉米粒……這沒碾子，碾子在莊裡。」

她忽然想起臨來時大嫂塞進挎包的一個菜餑餑，拿出來說：「先熱熱，燒點開水，順便燒炕。炕這麼涼，好人都能冰出病來！」

「不用熱了，我這個人賊皮，涼的硬的都能將就。肚裡沒食兒，真地前腔貼後腔了。」

扶彎大叔歪在行李上。彎大叔狼吞虎嚥，頃刻吃光，誇好吃。

她想，總不該讓彎大叔吃烀玉米粒呀，可是沒碾子，情急，又去當院挑一塊盡可能平整盡可能大的石頭搬到堂屋地，抓把玉米粒放上，然後找塊河光石硃，搓，搓碎了摟到簸箕裡，簸去皮和臍。就這樣一把一把地硃，搓，摟，簸，同時燒水燒炕，打點彎大叔喝水，和彎大叔說話。

彎大叔問她工作情況，馬潔和李瑞珍情況，她都胡亂作了回答。彎大叔只顧高興，並不生疑。她也餓了，到井沿扳水桶喝個水飽，繼續幹活。

忽聽東屋噗噔一聲，趕緊跑進看，原來彎大叔掉在炕沿下，正吭哧，呲牙咧嘴捶腰。

「大叔，怎麼了?!」要抱彎大叔上炕。

「扶我去趟茅房……」彎大叔夠炕沿，要起身。

「不行！」她急了，不容分說把彎大叔抱上炕，「言語一聲呀，怎不把我當閨女了！」她笑著說，取尿盆。

「使不得，使不得！」彎大叔用力推。她非要幫助不可。彎大叔只是歎氣。

她發現彎大叔棉褲褲腰沾了屎，大腿也有屎嘎嘎。就打了熱水，脫棉褲，擦大腿。怕用水刷棉褲不愛乾，便晾在外邊過風、揉搓、抽打。彎大叔說受之有愧，想起了墳塋裡的母女，不禁唏噓落淚。

經過一番折騰，彎大叔的腰越發地疼了。她立刻想起秦玉蓮的辦法，從房後坎塄採來越冬的艾蒿，沏艾蒿水，又洗又敷又按摩。

終於搓好一些玉米麵和玉米渣兒，又從罐子裡找出花椒，用石頭鑿成花椒面。一切停當了，安頓彎大叔睡下，來到房後找野菜。大宗的野菜還沒長出來，石壩下的苦蕒菜卻生得旺，順手揪一棵放在嘴裡嚼，苦森森，甜絲絲，嚼出一股白漿。採了一筐挎回，用開水焯、涼水拔、攥乾、剁碎和上玉米麵，加進花椒麵和鹽，攥成團。偷偷攥兩個淨玉米麵夾芯兒包在裡邊，做個記號。等水響邊兒貼在鍋裡。

吃飯的時候彎大叔還是發現了菜團子的秘密，挑出玉米麵夾芯兒裝在碗裡推向她，嗔怪：「從進屋就沒閒著，早該餓了，還惦記我，我又不幹活，老不死的能度命就燒高香了。」

「大叔千萬別這麼說，好人長壽……你老兩天沒吃飯了，吃飽了身子骨硬朗。」

「硬朗不起來了……這輩子半饑半飽的時候多，餓一兩天是常事。年輕人可別餓壞了。」

正你推我讓，彎大叔聽到腳步聲，忽然把筷子啪地拍在「飯桌」上：「來了！」

她聞聲向當院看，只見到一個背槍人的側影，慌忙下炕。李夢生出現在面前！

她急忙下炕，迎上前，驚叫：「李大哥……」

李夢生愣住了。

「大哥真地來了，大叔天天盼你！餓了吧？快上炕，只是……」但看碗裡的菜團子頓生難色。

李夢生怔怔地問：「你怎麼在這?!」

彎大叔笑道：「怎麼，你們不認識了？」

李夢生再看舅舅的笑模樣，越發疑惑，問：「你是怎麼來的？」

彎大叔說：「我腰疼癱在炕上兩天了，她中午到這一直手腳不失閒，收拾屋子，挖屎接尿，做菜團子……」說說差了聲。

她給彎大叔擦淚：「不是說好了麼，我是你老人家的閨女！」

彎大叔用手蒙住臉，許久，歎口氣：「咳，你妹妹活著多好，也該像你這麼大了……」

「我就是閨女呀，掙錢養活你……」她也低頭落淚。

爺倆哭一陣。她攏了攏頭髮，向李夢生說：「我的情況李大哥不會不知道……十多天沒抓到我，想不到在這碰上了。李大哥，有什麼想法……是不是要把我帶走？」

李夢生很生氣：「走?!是了，縣武裝部佈置任務抓你，拉大網。」

「其實當天早晨就逃到了關外……又逃到了大叔家。」

「不去關外早讓他們逮著了。那，下一步想怎麼辦？」

「逃！向南方……」

李夢生掛起槍，盤腿坐在炕上，抓個菜團子一口咬去半拉，稱讚：「呵，不錯！你怎麼會做這個？」

「在關外學的。」

「苦蕒菜大都蘸醬生吃。山野菜品種很多，苣蕒菜、莧菜、蕨菜、馬牙菜、落落菜做餡兒最好，過些日子就能長高。」

「我只認得苦菜蕒。」

「鄉下人不認得可不行，特別在青黃不接的時候。」

李夢生便把拉大網搜捕的情況大致講了一遍。彎大叔聽後很是義氣：「閨女，不逃了，大叔護著你！別看我彎蝦米似的，不信對付不了這群小日本！夢生，我可告訴你，不許傷天害理，要是拿她請功我就撞死在你懷裡！再不，斃了我！反正我也活夠了！」

李夢生笑著說：「舅，聽你的，放心吧。其實，領搜捕任務我要的範圍最大。帶民兵根本沒往容易藏身的地方去。還找到鄰村的民兵連長，說我認識那個女『反革命』，是冤枉的……就是抓住了也要偷偷放人。」

彎大叔拍大腿，高叫：「這就對了，有種！可我就解不開這個悶兒，把自家閨女打成反革命，往死裡整，這就是腦袋掖褲腰帶打仗的目標，『樓上樓下電燈電話』，『三十畝地一頭牛老婆孩子熱炕頭』？那，血不是白流了嗎？攆跑小日本，老毛老蔣老哥倆動起了武把操，搶地盤，死多少人呀……地盤搶到了，又開始窮折騰！我是個窮農，窮掉底了……跟著搶地盤了，舉『三面紅旗』了……旁的不說，老婆孩兒真地餓死了，全村全縣全國餓死多少人呀，看不著？瞎了？怎能把人的性命當兒戲！非得打死了餓死了人心裡才痛快？你當你的皇上得了，整了上邊整下邊，非得靠大片大片死人取樂？現在又整起自家閨女來了……她是誰的閨女？老百姓的閨女！老百姓的秀才！提起這事就透心涼。就像一家人過日子，總打架，打得腦袋開瓢，油瓶子倒了沒人扶，吃菜團子，沒力氣幹活……不越折騰越掰生、越折騰越窮嗎？哼，要抓反革命先抓我……我是窮農……氣得我快瘋了……是，是，我沒看錯人，你是李家的一條根！把這個吃了！」說著，把玉米麵夾芯兒扣在李夢生的碗裡，笑了。

4

彎勾了彎大叔肚裡有了食兒，睡上了熱炕頭，洗敷和按摩了腰，下炕了。馱著雙手在當院遛達，不時仰望東邊山路。遛達累了就彎在小木凳上，抱根榆木鎬柄抵住身子，瞇眼聽動靜。忽聽烏鴉鴰鴰叫：有人從東山坡下來。影影綽綽，是個女人。

腳步聲在柴門前停住，「大叔，看誰來了？」果然聽到一個女人拉長聲喊。

他心裡一驚，沒抬頭，也沒睜眼。

女人推柴門，推倒了摞著的水桶，咣啷啷啷，房脊上的麻雀呼地飛走。

他仍不抬頭，眼睛張個小縫瞟來人。

「大叔，睡著了？不認識了？我是馬潔！」吐彩霞來到跟前。他偷眼看馬潔的身後，東山坡。直到馬潔趴耳根大喊「我是吐彩霞」才仰起臉。

「你是誰?!」他捂耳問，很冰冷。

「馬潔——吐彩霞！」

「沒聽說過……同志，有事嗎？」

「沒事不興來看看，想你老人家了！」馬潔說著要拉他進屋。

「同志，有事就在外邊說，屋裡像狗窩，臭氣哄哄，別把你這個漂亮人熏個好歹的！」

「大叔，沒關係，這個『狗窩』我沒少來，哈哈！」

馬潔說著要進屋，他說：「等等他們……」

「等誰呀，就我一個人。」

他警惕地向東山坡看看，確實沒有異常，跟吐彩霞進了屋。

「大叔，真把我忘了？記得麼，正月十五下大雪，你打發李大哥找我和百里玉妝……」

「我忘性腦袋大，問我今天吃沒吃飯、吃了什麼飯都想不起來。你說什麼？百里……莊，這個莊一百里……上百里外打聽吧，我沒出過遠門，腿腳不靈便……」

吐彩霞坐在炕沿上打開個紙包說：「大叔，看買什麼來了，這是最好的點心，窖藏豬油打的，紙都油透了，先嚐嚐。」

他扭臉躲著送到嘴邊的點心，看一眼吐彩霞美麗揶揄的大眼睛，說：「我可沒口頭福，吃了拉稀！」坐在堂屋的小木凳上，一邊和吐彩霞搭訕一邊聽有沒有人進院。

馬潔見窗臺擦得溜光，炕上擺放兩個行李捲，地下有些零散的柴草，就拿掃帚掃地，笑著說：「今天不走了，大叔，炕梢是誰的行李？」

「外甥……你不走住哪兒？哪有大丫頭片子和大小子睡一個炕的……鍋裡有玉米粥，餓了自己盛，別嫌髒。」

「不餓，就是有點累。」吐彩霞說著枕炕梢的行李捲躺上去。可是，剛躺一會兒，翕動鼻子，又坐起來，笑模悠悠問：「大叔，還有別人來過嗎？」

「你說什麼？噢，你說來人吶……誰搭理我這個老棺材瓤子，沒人來，除了外甥。」

「大叔，被子和枕頭怎麼有股香味兒呀？」

「臭味兒！別熏了你！」

「真是香味兒！」

「我是瞎鼻子，聞不出來……不像有的人，狗鼻子到處吸溜，聞屎都是香的！」

「哈哈，這味兒，我聞過！」

「越說越玄乎了！」

「哈哈，是女人身上的味兒！」

「那敢情好，外甥就不用打光棍了。你可別在這住，你這麼個漂亮人，臭莊稼耙子可高攀不起……這屋二十年沒住女人了。」

「哈哈……是我認識的女人！」馬潔笑得前仰後合，「大叔耳不聾眼不花，記性特別好，精明得出奇！可是你攆不走我！」直奔堂屋，要扒西北角的柴堆。

彎勾了急了，猛然站起身，緊握鎬柄，嚇得馬潔後退，雙手護住腦袋央告：「大叔別打，我知道她在地窖裡，有好消息！」

「好消息好消息……八成要要發粳米白麵了?!」

馬潔衝柴堆喊：「百里妹子，出來吧，我是馬潔，沒事了，我來通知你，有好消息！」

過一會兒，聽柴草響，百里玉妝撥開柴堆呼啦出現在面前。

「哇──唔唔──」吐彩霞上前抱住百里玉妝大哭，「真找到你了，還活著！」邊哭邊跳腳……

彎勾了躲到當院，看東山坡，重又把兩隻水桶摞在柴門下，彎在小木凳上，抱起榆木鎬柄。

百里玉妝摟著吐彩霞說：「姐，別哭，不是好好的麼……」馬潔說：「我是高興……」哭一陣，拉百里玉妝進東屋，仔細端祥：「看打扮像紅衛兵……這些天你是怎麼過來的？」

「從農機廠逃出來在黑風嶺孫大嫂家住十來天，在大叔家又住了兩宿。」

「他們拉人網抓搜，派專人到北京站蹲守，都不見人，以為你逃遠了，也興死了。死了得有屍首呀，就組織民兵看機井、大口井、山洞。這些情況是張增旺告訴我的。昨天張增旺找我，張口就跟我要人。我說，你們動員全縣找不到，跟我要得著嗎？就說我是窩藏犯把我抓起來好了……他說都什麼時候了還要貧嘴，你最瞭解她，勞你大駕了。當時我這個急呀，火苗子往上躥……跑去找李瑞珍，她和我一樣不知道你的情況，最後李瑞珍出主意到大叔家找……看大叔假裝不認識我的架勢，屋裡整潔，再看炕上多了個行李捲，問行李是誰的，大叔說是李大哥的，我不大相信，躺上去一聞，心裡全明白了。大叔說我是狗鼻子，還真對，你的味兒一聞就能聞出來。」

百里玉妝笑著說：「讓我摸摸狗鼻子！」

馬潔也不躲閃：「不用摸，混在一百個人裡我一下了就能把你挑出來，對，聞出來！」

「我有什麼味兒？」

「臭味兒！不不，別打，香味兒……」

兩個姑娘重又開始了說笑打鬧。

馬潔的大眼睛笑意盈盈，說：「光顧說話了，這有封張增旺的信。」

百里玉妝接過信看。

百里同志：根據事態進展，巴宗召集縣革委常委會聽取了專案組彙報，會上不少常委認為：你有錯誤，但反革命證據不足，沒有必要再追查下去，責令專案組立即解散。由於常委意見分歧很大，暫取妥協辦法：持帽不戴，分配到小學教書，以觀後效。這個結論當然不理想，但就當前情況看只能這樣了。委屈點吧，從長計議。可是不知你的下落，正組織人到處尋找。見信請到縣革委會文衛組報到。余容詳談。切切。張增旺即日

趁百里玉妝看信，吐彩霞跑到當院，拎柴門下的水桶放在井臺上，向彎大叔說：「敵情解除了！大叔，別放哨了，快回屋躺會兒！」

彎大叔將信將疑，站起身，手裡仍握著榆木鎬柄。

「敵情真地解除了，百里正看縣革委會的信呢！」

彎大叔定定彎在那裡。吐彩霞笑著說：「大叔，我不是特務，哈哈，今天算揀條小命，差點腦袋開花！」

「我日他親娘祖奶奶！」彎大叔狠狠罵一句，突然把鎬柄拋出去，鎬柄砸在轆轤上，把水桶掃下井臺，咣啷啷啷……

5

李夢生從東山路下來，急切地看舅舅的茅草房。陡峭處連跑帶蹦，平緩處大步疾走，公山羊一般。瘦

削的臉好像塗了黑紅的油彩，兩道刀刻了似的抬頭紋汪著熱汗。忽聽房子裡有女人說笑，臉立刻黑下來，拾起一塊山石砸去，山石貼山坡飛下，在亂石間撞擊，滾落到院牆外。他幾乎和山石同時奔到跟前，一腳踢開柴門。見堂屋的門板卸下來，只剩空洞洞的門框；正要厲聲申斥，吐彩霞跑出來，扎煞雙手，手上沾滿麵粉，大眼睛充滿驚喜，亮開嗓子喊：「李大哥，真不經念叨！」欲把手握，但見李夢生怒氣還沒收斂，只好作罷。

李夢生懵住了，用眼睛申斥：「怎麼回事！？你跑來添什麼亂……」

「敵情解除了！」吐彩霞笑著說，「專案組撤了，我是來通知的！剛從幹校弄來白麵和豬肉，正準備包餃子慶賀，想不到大哥來了，真好！」

百里玉妝也滿手沾著麵粉出屋，說：「李大哥，是這樣！收到了巴宗秘書的信，信在東屋，大叔正看呢。」

「我說呢……唱起戲來了，也不怕招人！」

李夢生轉怒為喜，猛然轉身順槍，推子彈上膛，向天空噹噹放兩槍。

於是——

長城腳下的山谷迴盪起憤懣，狂喜，兇悍的槍聲！

鳥獸驚恐萬狀，以為世界末日來臨！

李夢生一隻胳膊夾一個姑娘輪開了圈，輪得連聲尖叫！

他雖然做夢娶媳婦多有摟摟抱抱的場面，不曾想，今天竟發生在光天化日之下。

可是，剛把兩個姑娘放下，臉卻紅了，嘿嘿地傻樂了。

第三十四章　蕩蕩游絲牽薄命　恨恨佳人弄勁舞

她的性命被一條細細的蛛絲拴著，在風口上飄來蕩去，風勢稍緊就可能颳斷。而新的颱風眼已經生成。

期待的焦慮、焦慮的煎熬遠遠超過肉體折磨。這種痛苦是看不到盡頭的黑夜，尤其在自我獨處的時候。

「百里呀百里，你先把自己打倒了！」

才一個月的光景，燕山由禿白到枯黃，由枯黃到淡綠，呼地全綠了。

百里玉妝卻與春天無緣，關在冬的樊籠。

她請求作政治結論被拒絕，請求回梅縣探親被拒絕。心中煩悶，就在招待所大通鋪上聽慶「九大」遊行，看報紙。

她明白：想要打倒的都打倒了，想要上臺的都上臺了，並在中國共產黨第九次全國代表大會上鞏固了毛澤東的思想路線、政治路線和組織路線。這條路線是建立在無產階級專政下繼續革命理論的基礎上的，一定要把階級鬥爭、黨內路線鬥爭進行到底。

所以她越發恐懼，認為「反革命」帽子可能隨時戴上，所謂持帽不戴，不是不戴……新一輪的鬥爭將更加殘酷；自己的性命被一條細細的蛛絲拴著，在風口上飄來蕩去，風勢稍緊就可能颳斷。而新的颱風眼已經生成。「能找個背風的地方多好！可是，有這樣的地方嗎?!」她很絕望。

大通鋪只有她的行李是鋪開的，其餘的疊床架屋般擺在鋪角。她想媽媽，特別想男人，不斷把男人具象化，時而戴眼鏡，時而禿頂，時而有兩道刀刻般的抬頭紋，或者三者重疊。尖皮鞋大學生也不時煩擾他，據傳，新近馬潔把他抓到了手。

期待的焦慮、焦慮的煎熬遠遠超過肉體的折磨。這種痛苦是看不到盡頭的黑夜，尤其在自我獨處的時候。

夜深了，她真想扒開胸膛按住慌亂無主的心。躺不是，坐不是，便在屋地走遛遛，最後變成了田徑運動員的折返跑。跑得大汗淋漓，就坐在大通鋪上低吼，撕床單，撕報紙，撕裂聲似乎使她快慰。她感到自己就要爆炸了，「炸就炸吧，一了百了！」眼前浮現出麻書記用鐵鏟拍擊癩蛤蟆、癩蛤蟆血肉橫飛的情景……她橫屍在鐵鏟下……也血肉橫飛……

她感到自己掉進了冰涼刺骨的水井，奮力擺脫水裡蛇蠍的襲擊和雜草的纏繞，嗆了一肚子水，終於從水面冒出頭，看到了井口的亮光。亮光就是生的希望，愛的去處。好不容易爬到井口，發現井口被一個碩大的碾盤壓著，亮光是從碾盤拳頭大小的圓孔照進的！她拼盡最後一絲力氣推碾盤。碾盤紋絲不動。她聲嘶力竭地呼喊，喊聲那麼微弱，很快被井壁吞噬。就拼命用頭撞，撞得鮮血迸流。她知道隨時可能滑落，一旦滑落，就真正成為蛇蠍的大餐了。

迷迷乎乎，發現自己跑到了街上。

黑夜清冷。全城少見燈火。電線抽搐著，低吟著。

她兩腿僵直，梗梗脖子，目光呆滯，斜著身子向前走，並哼起客家山歌，扭擺腰身，舞動雙手。突然，發現十字街有個黑影，就奔過去，憑藉微弱的燈光看出，也是個夜的幽靈，披散頭髮，哼著歌，似很快樂。

「鶯鶯，鶯鶯！」她喊。鶯鶯並不回頭。

她尾隨著，直到鶯鶯拐進城牆垛子的洞穴，關上門。

她站在洞外，聽洞內發出雜亂的響聲，接著，門縫透出燈光。正在插門之際，她猛竄一步撞開門！鶯鶯煞是驚恐，但並不聲張，撲向她，抱住了亂抓亂咬。

她急忙招架，閃到桌子一邊；鶯鶯隔著桌子看她，看一會兒，癡癡地笑了。

「鶯鶯，我來看你！」她攏頭髮，彎起了「月牙湖」。

鶯鶯癡笑，趨前捧她的臉，捧向馬燈：「真俊……」

「跟你一樣，王阿姨的朋友！王阿姨提到過你，我早就想來，是朋友，記住了？」

「王阿姨……朋友……真俊……」鶯鶯摸她的臉，她的鼻子，她的笑眼，生出愛憐之情。

「真俊……」鶯鶯癡癡地笑著。

「我來陪你玩……」

「玩……」

她指桌子上的答錄機：「陪你唱歌，跳舞！」

鶯鶯立刻明白，高興地打開答錄機，放大音量。答錄機播放出「地道戰」的男女混聲合唱。

聽到這氣勢十足的歌，兩個姑娘不約而同地扭擺起來，越扭越歡。跳上木桌，扭一陣又跳下，氣喘吁吁，頭髮精濕，棉衣濕背。

有耗子助興。

直至精疲力竭。

這時她的頭腦好像清醒了，張羅回去。鶯鶯不讓。她答應明天再來，費了好大力氣才掰開鶯鶯的手。

回到招待所睡了半宿好覺。日上三竿才坐起，渾身酸疼，像散了架。

剛坐定范所長就呼哧呼哧端一碗掛麵湯臥雞蛋放在大通鋪上；見她紅腫的兩眼，鋪下撕裂的床單和報紙，輕輕歎氣，好像自己是個罪人。

她急急下鋪，道謝。老人低頭看地，忽然神色慌張，迅速拾起撕裂毛澤東畫像的報紙，團巴團巴塞到懷裡，緩緩出門，步履蹣跚……

「爸爸！」她望著老人的背影在心裡呼喊，「百里呀百里，你先把自己打倒了！」

第三十五章　花開堪折直須折　切莫有花悔折枝

柳紊無論怎樣飄終歸要落地，還不能落在光溜溜的地方乾巴死，得找個有土有水的地方。無情棒打散的鴛鴦鬼使神差相遇，隱在荒寂的草叢，交頸哀喚，無聲傾訴，面對曾經屬於牠們的浩浩湯湯的江水……

後悔無疑是蠢人的皮鞭，自己抽自己。現在不能檢討對與錯，事情已經無可挽回。既然選擇了就不要後悔。況且沒人強迫，是自然發生的。

1

百里玉妝忽聽闃寂的院子傳來尖聲說笑：吐彩霞來了！

吐彩霞用膝蓋當地拱開屋門，大嚷：「哇，你老人家貓得倒結實！」把一個沉重的旅行袋甩上大通鋪，徑直奔向她，翕動鼻子，「掛麵湯臥白果！還是妹子好，知道我來早飯都預備好了！」操起筷子夾一個雞蛋，嚼巴嚼巴只兩口就吞咽下肚，「好香……差點沒噎著，哈哈！」向下摩挲脖子，拉她坐在身旁。

她發現吐彩霞每個指尖都流出異樣興奮之情，正想問明緣由，吐彩霞向屋外喊：「進來吧，老小子，沒人吃了你！」

只見一個高大男人跨進，手裡也拎個旅行袋。卻有些局促，立在門旁。

「老小子，認生了？過來過來，快讓百里妹子相看相看……」

她略微看了看眼前的男人，驚叫起來：「呀，博成良！果真是你！」慌忙讓座，「真不敢認了，一改邋遢作風，今天怎沒穿尖皮鞋呀，哈哈！」

博成良穿了雙翻毛皮鞋，簇新，頭髮顯然剛用火剪子燙過，似乎冒著焦糊的藍煙。

「好帥氣！新姑爺一般，誰給打扮的？」

博成良看吐彩霞：「老吐！還有誰……」

「老吐？」她大笑，「頭一回聽說，虧你想得出來！告訴你，老吐不是你叫的！」

「這老小子總這麼叫，該掌嘴巴！」

她嗔怪：「張口閉口老小子，不怕別人笑話！」

「叫什麼？」

「人前叫名——成良，人後叫親愛的……」

「哈哈，我可叫不出來，還是叫老小子順口！妹子你不知道，拽他進理髮店就像逮肥豬下湯鍋，打撲稜，咬人！店裡的人看了還以為兩口子打架呢，哈哈……」

博成良坐上大通鋪，叉開五指掀掀頭髮，顯出不屑一顧的樣子，反唇相譏：「三句話不離本行，就知道劁豬宰豬！來不來管得頭緊腦緊，邋遢怎麼，邋遢正時尚！」

「我不要邋遢，哼，那些土包子認為邋遢才是革命的，穿蹶腚襖，腰繫麻繩，挎個不大點的《語錄》兜，走路全腳掌子叭嗒叭嗒著地……哈哈！」

博成良不甘示弱：「你說的是羊洪勇，還沒說我剃大禿瓢咧大嘴呢……盡作踐人！」

「好了，別鬧了。」她笑著說，「成良，別跟她一般見識，把這碗麵條吃了，下湯鍋也得先餵個飽，哈哈……」

吐彩霞說：「妹子要你吃你就吃，先墊補墊補，等一會兒下館子。百里，你不知道，這老小子胃口可好了，下半夜準嚷嚷餓，得給他預備點心，水果……」

「怎麼又說起老小子來了？不長記性，就是欠打！」她申斥吐彩霞，把麵條端給博成良，博成良不肯動筷。

吐彩霞說：「別不識抬舉，這是坐月子飯，高看你了。」

她笑了：「姐打算什麼時候坐月子？」

「你才坐月子呢，還沒結婚就坐月子！」吐彩霞緋紅著臉說，卻笑看博成良，「老小……成良，今天是第一關，想讓妹子相上就得表現表現，吃了這碗麵。」

「別顛倒了，不是我相，是你相。」

「是你替姐相看，行了吧？」

「你們倆的事我也剛知道，進展這麼快！吃了吧，別讓人家白惦記。一個針尖一個麥芒……成良成可得記住，不許欺負我姐。」

「欺負你姐？不欺負我算是謝天謝地了！」

吐彩霞說：「我看了那雙破尖皮鞋就長氣，鞋尖踢白了，張著嘴，鞋跟剩半拉，讓我扔護城河裡了。把他心疼得呀差點跟我絕交，好像我是蘇修，搶了他的珍寶島……哈哈！」

「是麼，那是文物，留給子孫後代的！」博成良說，仍有些激動。

「留雙破鞋？我看實在沒可留的了，對，還有破筆記本，放在旅行袋裡走走撂撂帶著。」

「那是社會記錄，也是留給子孫的。你不讓我帶著，往哪放？正串房簷，媳婦又不管！」

吐彩霞故作輕蔑：「哼，也不撒泡尿照照，哪有瞎眼的給你當媳婦！」

「有瞎眼的，上趕子找上門……」博成良剜一眼吐彩霞，自鳴得意。

吐彩霞一撇薄嘴唇：「先別美，即便過了這一關，青島那一關還得過！滿臉酒刺，大舌頭，日頭熱曬人肉……什麼稀罕對象，說不定把你轟出門！」故意抻舌把「日」「熱」「人」「肉」說成東北話，沒有捲舌音，「哈哈！村裡人聽了，哩啦哇啦，哪來個小日本，不引起全民抗戰才怪呢！」

2

吐彩霞難以掩飾欣喜之情。這才道明，已經商量好明天從塘沽港坐船到青島農村老家，在家待幾天，然後經大連、轉乘火車至瀋陽。吐彩霞說：「到我家以後，非得逼他跟我爸下海打漁不可，讓他倒出腸子肚子，看他再敢抖公雞翎！哩啦哇啦……」

「哈哈，真能貶排人……姐，話一到你嘴裡準出彩兒！」

吐彩霞說：「下飯館讓博成良請客，好好款待百里妹子。」說著拔腿向外走。

博成良不動窩：「我吃飽了，你倆去吧，背後好用我遣詞造句，狗嘴吐象牙！」

「妹子，他一點虧不吃，這不，又拿捏起來了！」吐彩霞拽博成良，「走吧，老小……弟！」

「『姐夫』，走吧，我請客。」她也上前拽。

「先別姐夫姐夫的，本人嫌他現眼！」吐彩霞扳博成良脖子，笑道，「走吧，要團結不要分裂，別來不來就搞分裂，走吧，求你了……」

「馬姐多心疼你呀，走吧！」

博成良說：「我看別去飯館了，那個髒勁兒兩位姑奶奶就受不了，油漬麻花，汁水橫流，垃圾成堆，一不小心就滑個跟頭……我自告奮勇跑一趟，你倆專等，怎樣，買點什麼？」

「我有一個臥白果墊底，你也吃了半飽，就給百里買碗粥吧，其餘的你看著辦。這有鹹鵝蛋，正好就粥，」吐彩霞說，打開旅行袋，「昨天領這個活現眼的見馬大嬸，馬大嬸還誇他呢，說他臉『光溜』，說話『利索』，誇得他走道都不會邁步了……馬大嬸塞了幾個鹹鵝蛋讓半道上吃。」

博成良邁俏步，摩挲燙髮從吐彩霞眼前過，出了屋。

她接過鹹鵝蛋，要找小刀剜眼兒，吐彩霞一把奪過磕碎：「又想蛋雕的事了！給誰雕？那個狼心狗肺的正張羅和孫韶華結婚呢！孫韶華美飛了……那天，她倆從縣武裝部汽車下來，一人穿身綠軍裝，大包小包地扛。我從旁邊過，想躲沒躲開。孫韶華說要結婚了，剛從北京置辦嫁妝回來，要請我喝喜酒。我沒下自行車，一隻腳支地，我說：『我可沒時間，眼下正搞豬的二元雜交，別沖了喜！』讓她討個沒趣。」

「這就是你的不是了，即便心裡不願意也得讓人家過得去。」

「我沒你那涵養，請你你去嗎？」

「去！」

「口不對心，有能耐別後悔呀，別想人家呀！」

「想又有什麼用，當時是我樂意的。」

「妹子，現在到了關鍵時候，為了今後不再吃後悔藥，還是那句話，把何偉雄搶回來！讓博成良出主意，那老小子點子多，殺打不怕。」

「別添亂了，你倆還是回老家吧。」

「回不回老家不重要。我的婚事我做主，那老小了跑不了……實不相瞞，和他住好幾宿了……我琢磨，向三十奔的人了，不能總苦了自己。該嫁人不嫁人，該生孩子不生孩子，是跟自己過不去……頭一回流了不少血，那老小子，對對，成良，過後哭了，直喊我『媽』……是呀，騰雲駕霧了，哈哈……別人不把你當塊肉，自己必須當，不然還有什麼活頭。狗都『煉丹』，貓都『叫殃』，公雞把母雞脊樑登禿擼毛……其實，現在人連動物都不如，這，仇廣軍還嫌壓抑得不夠呢。我畢業比你早，一熬就是五六年，人生最好的五六年。以往的教訓太沉痛了，拿你來說，不壓抑自己哪能把何偉雄讓給別人！沒有你和何偉雄的變故，我也不會產生這樣的想法。人若餓了管它什麼菜呢，剜到筐裡就是菜！不剜就不是女人！管他滿臉疙瘩嚕蘇，『日頭熱曬人肉』呢！

「也有從不壓抑自己的，像張增旺，追仕途和追女人兩不誤。離婚以後更沒束沒管了，牙狗似地在街上踮踮地跑，到處鑽胯襠聞臊。和主子巴宗臭味相投，誰也不避諱誰。最近辦公室又調進個狐狸精秘書，動不動就勾眼吊膀……巴宗把宿舍全換成了毛玻璃，還加了層窗簾……趁巴宗不在，張增旺就替猴替猴往前湊。張增旺見了我也是臊喀彩話不斷，賊眼珠在身上亂骨碌，像糞缸裡的蛐在身上爬。我罵他：『涮你媽去！別剛吃完大魚大肉拿我當瓜籽嗑！』他樂了，可能罵舒坦了……估計他準找過你。」

「是來過，挺鄭重其事，只是表功：怎麼和孫部長、王參謀鬥法，怎麼爭取秦幹事同情，怎麼鼓動巴宗站出來講話。我分析，他的話基本可信。可是，對在農機廠傳字條的事卻一無所知，猜半天猜不出來。策劃異地審訊確有其事。」

「看來張增旺還有點良心。得給他戴高帽，讓他通過巴宗幫人幫到底。我明白過來了，他要揀便宜就讓他揀點，多踅摸幾眼，快樂快樂嘴，身上又少不了肉！也不吃虧，狠狠擂他幾拳！」

「我能像姐那樣灑脫多好！」

「哼……妹子，也別一棵樹上吊死人。我的意思，你願意搶就搶，不願意搶就另圖他策。別猶豫，機不可失。上次提到的李夢生，你看怎樣？」

「沒成兒的事。不可能。」

「為什麼？」

「不敢高攀。」

「你真地認為自己是反革命？不認為。好。恐怕認為一個窮莊稼人和一個大學生不般配。我的想法跟你不一樣，如果不因為博成良窮追不捨就嫁給個打魚的。噢，對，是我窮追不捨，哈哈……我不讓別人追，追就追別人……有沒有學歷，當不當幹部我才不在乎呢！找丈夫是找睡覺的，過日子的，知涼知熱的，遮風擋雨的；誰愛扯老婆舌誰扯，讓他們爛舌頭。不衝別人活著。你看外邊飄著柳絮，無論怎樣飄終歸要落地，還不能落在光溜溜的地方乾巴死，得找個有土有水的地方。依我看，萬般無奈就徹底和工農結合，走『革命』康莊大道，哈哈……是呀，我探親回來得找李夢生談，他準樂跐了！」

3

早晨，天空一碧如洗。百里玉妝提壺打水，剛出門，突然看見何偉雄在這邊門框上貼紙條；血往上湧，定在那裡。何偉雄更加驚愕，慌亂。

她脹紅著臉，做個讓客手勢：「你，進……」

何偉雄看左右沒別人，急速進屋，坐在大通鋪上，沁起頭。

她找杯子倒水，恍恍惚惚端著，灑灑潑潑向前移動：「喝點水……」

何偉雄只是沁頭。

她僵立著，茫然地問：「拿紙條做什麼？」沒有反應。

「我住這等分配……還想回趟老家……」她竭力鎮定，不知說什麼好，不知如何扭轉揪心的局面，「你發胖了，整潔多了……最近忙什麼？」

何偉雄肩膀不住聳動，手裡仍捏著紙條，紙條上寫「衛生會議」幾個字。

「有不遂心的事嗎？想開點，別在心裡憋著……韶華姐好嗎？聽說你們要結婚了……」

見何偉雄肩膀越發聳動，她上前撫摩。何偉雄冷不丁抱住她，把臉埋在她的胸前。

她手足無措，柔聲說：「別哭，讓人家笑話……」自己卻哭出聲來。

這情景，猶如無情棒打散的鴛鴦鬼使神差相遇，隱在荒寂的草叢，交頸哀喚，無聲傾訴，面對著曾經屬於牠們的浩浩湯湯的江水……

何偉雄撒開她，擤鼻涕，揀起掉在地下的眼鏡胡亂擦了擦，苦笑著說：「沒事，真沒事……」

她按住怦怦的胸口說：「準遇到了不遂心的事，不然不會這樣。」

「沒有。挺好。」

「韶華姐待你好嗎？」

「還好。」

何偉雄警惕地看窗外，仰在大通鋪上，直勾勾盯房箔，雙腿耷拉在鋪下。

她笑著說：「別怕，你我沒有見不得人的事，韶華姐看見了也別怕。」

「她隨後就來……你知道她的性情。」

「她不會難為你。你說她對你好，我倒想聽聽怎麼個好法。」把何偉雄拉了起來。

「沒什麼可說的，不外雞毛蒜皮的事……每天從打羽毛球開始。她神通廣大，讓革委會辦公室在食堂前打個水泥地面，畫上白漆線，扯上網子，安上燈。打完羽毛球，從鍋爐房拎兩壺開水回她家洗嗽，吃早飯……吃雞蛋不讓我吃蛋黃，怕膽固醇高，不讓我吃肥肉，怕發胖，蛋黃和肥肉留給她媽。襯衣還沒髒就扒下來扔給她媽，還總抱怨洗不淨。伺候得她眼珠不動。她爸常不在家，她是家裡真正的主人。不知她跟《解放軍報》社有什麼特殊關係，她的事蹟報上登了好幾回。據說軍隊裡有人提攜。結婚的大事小情一律她說了算，我乾脆不吭聲。周圍的同志說我有靠山。」

「我的『反革命』的帽子可能隨時戴上……你們木已成舟，但願有好的結果。性格有差異慢慢磨合是了。聽我的話，別猶豫。」

「當初不發生這些變故多好……」

「唉，我前途未卜……你和韶華姐要結婚了，我先祝賀你……」

何偉雄突然說：「我想和她吹了！」

「什麼?!」她一時起急，「偉雄，千萬別這麼想。我也曾盼你離開她。細想，後悔無疑是蠢人的皮鞭，自己抽自己。現在不能檢討對與錯，事情已經無可挽回。既然選擇了就不要後悔。況且沒人強迫，是自然發生的。所謂『早知如此悔不當初』於你於我沒有任何意義。現在更應該這樣想。」

「你說該怎麼辦？」

「怎麼辦，當然和韶華姐結婚。高高興興地結婚。首先，她把你當小弟弟呵護，真心實意，這一點最重要。結婚又不是搞政治，要搞她搞，你不搞，不相安無事嗎？凡事由她操辦，雙方都可以滿意。我，要家沒家，要業沒業，讓人追得夾尾巴逃……情況可能越來越糟，可不希望你也這樣！」

「跟她在一塊反正不自在，覺得一碗水側歪著。」

「無論怎樣側歪，水面是平的不？平就平在她真心實意待你。這最關鍵，是我最放心的地方。如果你在這方面不出問題，我什麼都不怕了。以前總怕，怕怕，結果怕出了問題。是不是這樣？我的所作所為都來自恐懼。『九大』召開，恐懼的大山壓得失去思考力，快瘋了，產生了扼止不住的破壞衝動，撕報紙竟撕毀上邊的毛主席照片，幾乎引來殺身之禍……真地這麼嚴重？比想像得還嚴重！假如不遇到好人，說不定今天就見不到你了！這是前天發生的事……我清醒一陣糊塗一陣，清醒的時候少，糊塗的時候多。怕就怕在時而清醒時而糊塗，如果總糊塗，是個女瘋子，沒有思想，沒有追求，反而沒有恐懼，沒有痛苦。」

「別太悲觀，我相信你……」

「有這句話就足夠了！」她低聲飲泣，捂臉囔囔地說。

「我要你！」何偉雄突然抱住她，咬她的淚眼，「我要你我要你……」

她感到自己怪可憐見兒的，稍作掙扎，捧住了他的臉，重新領略火樣的燒灼，緊箍的窒息，依依低語：「摟緊點……我要走了，以後難見面了……」

這時，向門的何偉雄發現孫韶華立在門口！趕緊向外推，卻推不開！

第三十六章　幸福只一牆之隔　進門要先開鏽鎖

打開心靈鏽鎖、推開幸福之門是為了人生的根本準則，活得快樂。快樂是一種愉悅感，主觀感受，人與人的擁有量大體相等，區別在於門開得大小，取得多寡。

遠處有座突兀迷濛的山峰像高級靈長類的器物，高挺雄壯，上空彎起一道彩虹，「簡直就是一扇生命之門！」

赭紅的土地埋藏著鐵礦，生長著鐵質豐富的板栗，板栗被山民用來裹腹，也鑄就了鐵的品格，赭紅的土地，土地……不就是陽剛之氣的根基麼！

1

夜雨下個不停，澆著大沙河坎塄上一排低矮破落的磚瓦房。

東屋，嬰兒醒來，哭聲大作。穆老師瞇瞇瞪瞪坐起，用乳頭掩住哭聲。可是，嬰兒急急嘬兩下，狠狠咬一口，又沒完沒了地哭。哭哭，沒了聲，小腳丫亂刨，小臉憋得發紫，許久，才哇地順過氣來……

「好大的脾氣！這小夥子！」百里玉妝醒來，攥住小腳丫。卻被用力蹬回。

「嗚嗚……現在就學會咬媽媽了，多虧沒牙，有牙還不得咬下來……」穆老師忍著乳頭疼痛，用腿把嬰兒顛得老高，不住拍打。

「乖乖，阿姨給你沏奶粉，等著……」百里玉妝披衣下地，摸索著點亮煤油燈。

燈光照亮了半截炕上的母子，照亮了桌子上的瓶瓶罐罐和簡單教學用品。嬰兒見百里玉妝給沏奶粉，張著晶瑩的淚眼笑了，「呵呵」說起話來。

「真懂事！」百里玉妝誇獎著，端起熱水瓶搖搖，卻是空的。「別急，阿姨馬上燒水。」從水缸舀瓢涼水倒進馬蹄壺，又從牆角取些柴禾，掀地爐蓋點火。

「百里老師，半夜三更讓你也跟著受罪……」穆老師向燈下的百里玉妝說，「孩子白天在老鄉家吃不飽，晚上嘬兩口就沒水兒了，唉！」

「穆老師別上火。」百里玉妝邊安慰邊點火。雨天柴禾反潮，劃了半盒火柴點不著。情急，向爐裡的柴禾倒了些柴油。

柴油的火苗炸起了黑煙，黑煙升騰，從棚頂折回，墜落無數黑色的「驚嘆號」，很快，整個屋子變成了黑炕洞，嗆得大人和嬰兒連連咳嗽。穆老師扯枕巾蒙嬰兒的臉，連說：「別哭，別哭……」已經嗆得鼻涕一把眼淚一把。

百里玉妝打開門窗，梧桐樹的闊葉立刻迸進陰冷的雨水；蹲在屋地說：「把孩子給我，貼地面煙少。」接過嬰兒。

嬰兒在百里玉妝懷裡撲稜腦袋，隔著襯衣唵到了乳頭，大口咬住。她感到乳頭濕濕地癢，癢癢地疼，好像直接咬在心上，卻不肯推開，默默地承受著，又驚異又甜蜜又酸楚。

水終於開了。她把開水倒進奶瓶，調好奶粉，放在水缸裡晃動，認為涼得差不多了把奶瓶遞給穆老師。

穆老師把奶擠在胳膊上試試，送到嬰兒嘴邊。嬰兒一口嘬住，旋即嗆出來，殺豬一般哭嚎。

「燙著了！嗷嗷……是媽不好……誰讓你嘴急！餓死鬼托生的！」

百里玉妝重又把奶瓶放在水缸裡晃動。遞給穆老師。

嬰兒抱住奶瓶咕咚咕咚地嘬，不時「呵呵」兩聲，緩緩氣，勾起了小腳丫。

「這小夥子，真賣力氣！」

「跟他爸一樣，急性子！」

奶瓶很快喝空。費很大勁才奪下來。

嬰兒向奪走的奶瓶抓撓著，「呵呵」幾聲，好像說什麼，一點一點闔眼，睡著了，帶著笑模樣。

兩人也會心地笑笑，如釋重負。百里玉妝關上門窗，擦擦桌子上的雨水，吹了燈，上炕擠在穆老師身旁躺下。

「向裡躺，別掉地下。」

「沒關係，別擠了孩子……怎麼沒給孩子起名字？過百歲幾天了？」

「沒起，起了幾個都不合適，又是紅旗又是文革又是衛東的，我嫌太俗氣……過百歲一個月了，他是辰時生的……頭天就絞病，折騰了一宿，等生下來天大亮了。」

「奶怎麼不夠吃呢？」

「這得問他爹……」黑暗中，穆老師向嬰兒扭一下頭說，「我租個七倒八歪的房子坐月子。那天他從公社回來，撲騰往炕上一躺，四腳拉叉，鐵青著臉，問話也不言語。我說該買糧了，今天就斷頓了。其實坐月子以前都由我買，糧本上每人每月供多少油多少豆多少糧，又是細糧又是粗糧，買了多少存了多少，跳著頁地畫，他哪看得懂，這回只能由他跑糧店了……回來的路上他光顧悶頭騎車，到了家，別的糧食偏偏不漏，大米差不離漏光了！原來小口袋被耗子嗑個窟窿，誰也沒發覺。你想呀，攢了半年留坐月子的……能不心疼嗎？我罵他廢物，他可好，揚手就給我一個大嘴巴，蹬車子回了公社，從此七天沒照面。我天天哭，一下子就沒了奶。後來他服軟了，又是說好話又是買老母雞熬湯……這奶，一直沒下來，活該我們娘倆受罪……」

「我看姐夫挺隨和。」

「隨和？以前隨和來著，文革開始不久脾氣就變了……老縣委內定的副縣長名單裡有他，文革了，造反派把這事抖露出來，說他是走資派的『孝子賢孫』『資產階級接班人』，下放到公社跑腿。緊接著把我下放到這個深山老峪。剛滿月就催著報到……起大早坐上大車，逃難似的。孩子在屎窩裡偎著，天冷不敢打開被子餵奶，也沒奶。想沏奶粉，活該倒楣，熱水瓶掉車下摔碎了……整整走一天，太陽壓山時分可到了，看到的就是這個半截炕，燒不進火，又不敢開窗開門。我尋思孩子準得嗆瞎眼……

「可憐這孩子，摸摸，身上哪有肉呀，真擔心活不長……大人餓了吃雜交高粱能楦肚，孩子楦什麼，買奶粉還得欠情短禮託人去北京淘換……剩半袋了，心裡起急……相處這些日子，每回都是你深更半夜給沏奶，他又不在身邊……」

「別說外道話。我特別喜歡這個小外甥。眼有神，像你，大骨脈，像他爸，長大了該是很帥氣的小夥子。穆老師，我看這幾天孩子身上長肉了。」

2

忽聽被子叭嗒一下，又叭嗒一下，伸手摸摸，濕了一片。「漏雨了！你那漏嗎？」百里玉妝急忙下地點燈，找臉盆接水。

舉燈察看，發現棚頂有幾處懸著混濁的小滴，水滴不斷抻落，砸在半截炕的被褥上，屋地也砸了兩個小坑。

「怎麼辦吶?!」穆老師說，「明天向王校長反映，趕快修房，若不管就讓他來住！」把嬰兒挪到雨水滴不到的地方。

一陣忙亂。兩人穿好衣裳，圍被而坐，看臉盆迸濺的泥水，完全沒了睡意。

穆老師慢慢把目光移向百里玉妝，端詳一會兒，突然笑著說：「百里，人說燈下觀美女……在不在燈下你都美，在燈下更美。乍見到你，想，他們心真狠，把一個水靈靈的美人發配到這個地方！有人管這個地方叫西伯利亞，叫伊犁，叫滄州……沒人願意上這來當教師。你來後的第三天，艾黑子找我、王校長、小高老師談話，說你是『反革命』，要監視你的一舉一動，見異常情況及時彙報，不能打草驚蛇。你沒注意艾黑子常來？表面上檢查教學，實際是聽有關你的彙報。他聽了彙報挺不滿意，說我們階級覺悟不高；說既是『反革命』肯定『人還在心不死』，『狐狸尾巴藏不住』，一大套……我發現你是個好姑娘，待人和善，人品好，模樣好，又有學問，才敢告訴你這件事。我根本不信像你這樣的人是反革命！王校長老實忠厚，不會瞎給人扣帽子。對小高老師得提防，她爸爸是村革委會主任，不然小學還沒畢業怎能來教書……你這一來，王校長打算讓你教高中，自己教小學，小高老師教育紅班。可是小高老師說什麼也不幹，王校長惹不起人家，只好要你教育紅班了。真委屈你，大學生爭不過一個連中文拼音都不會的半文盲！」

「我不在乎，育紅班更好，啟蒙教育。」

「心路倒寬綽！現在說社社辦中學，大隊辦小學，可是又缺教師又沒教材，純粹瞎胡弄。單說教材，總不能小學、初中、高中天天學『老三篇』呀……從報紙上隨便找一段，老師在黑板上寫，學生在底下照貓畫虎抄。我從保定師範畢業就沒好好教過一天書，不是批鬥校長就是批鬥教師，一天也不讓消停。」

墜落的雨滴漸漸清澈，終於連成串。梧桐樹的闊葉在山風裡嘩嘩作響，雨水斜刺掃在玻璃窗上。

百里玉妝把煤油燈拉在嬰兒身旁。兩人沉默著，一動不動瞅著嬰兒的小臉。

煤油燈罩的頂端已經熏成個黑筒，黑筒向房箔投放團團的光暈，輝映著雨水的細流。

百里玉妝摸著光滑的小腳丫想心事，回憶在招待所與何偉雄忘情的擁吻……孫韶華勝利者的姿態……何偉雄怎樣離去……

「百里老師，你怎麼不結婚呀？」稍頃，穆老師好像看出了她的心思，問。

「你看到了我的情況……再說了，誰要呀！」

「你人長得這麼漂亮，又是大學生，是不是心太高了？」

「不是。沒心腸。」

「我不贊成。說說我……凡事得一節一歎。有了丈夫，在你中有我我中有你的時候……那種美妙全靠自己體驗了。人生不就圖個樂兒麼……懷了孩子，妊娠反應確實很痛苦，可是想到一個生命在體內生長，蹬肚皮，一摸又把腿骨碌回去，跟你鬧著玩，有話還可以向他說說，這時什麼痛苦都不在話下了。生活的重負向來和幸福結伴而行，我想，與其一個人承擔不如兩個人承擔，女人的肩膀畢竟單薄，有了丈夫就大不一樣了。我爹媽家在保定農村，孩子他爸抽空去看望，為省錢有時做賊似地爬火車，真難為了他……缺糧食他想法接濟，沒有錢花他攢了給，有病有災他設法淘換藥，髒活累活他搶著幹……這就是丈夫！頂天立地！每每提到他真想哭，讓我怎能不惦記……我也發脾氣，生氣，有時覺得沒活路了，不過不經常這樣，一會兒就過去。你興問為什麼這樣『缺心少肺』，說不太清。不過我有個笨想法：你說現如今能有多少讓人高興的事呀！可是，總不高興總不高興還不得憋屈死！那不太虧了嗎？不高興往高興上想，儘量想開了，想希望，壓縮心裡不高興的空間，一來二去就形成了習慣，再也不愁眉苦臉了。人活著能樂呵就樂呵，能傻樂呵就傻樂呵。孩子他爸比我懂得的道理多，我說的這些還都是跟他學的呢。但女人更皮拉，別總看女人小心縫。盆裡的水快滿了，白甲老師，再換一盆……

「孩子的爺爺家在山西，住鐵路工房，上有年邁父母，下有大兒大女，三代人擠在一間小屋，南北兩鋪小炕，中間留條窄道，晚上睡覺跟烙餅貼似的。我們結婚的時候，在炕上讓給一個褥子寬的地方，靠牆，臨時圍了布簾和大家分開算是『新房』……等回到縣城工作，星期天他上我這來，我上他那去，還得同志們讓出宿舍。可說『房無一間地無一壟』。現在住煙不出火不進的半截炕，周圍沒有人煙，屋裡透風露雨，外邊野獸嚎叫，加上孩子沒奶吃，每天晚上起來好幾遍，迷迷瞪瞪沏奶粉，挖屎接尿……多虧你的幫助……能說不苦嗎？可是心裡總裝著個人，惦記他是不是吃飽了，襯衣是不是該洗了，頭髮是不是該剪了，工作是不是順心……天天盤算該來看我們娘倆了，盤算他要來頭天晚上就整宿睡不著，眼睛瞪得燈籠似的……這一惦記這一盼，心裡就產生一種幸福感，倒比沒人可惦記沒人可盼強呀！

「再說這個孩子，看孩子就像看到他，替他分擔責任。孩子的小臉貼在我的胸前，咬我，捧起精光肉蛋的小身子，看著藕棒一般的胳膊腿，心裡特別熨帖，不怕你笑話，聞到孩子的尿臊味兒都是香的，有時把屎褯子往臉上蒙，聞也聞不夠，真的，乾香乾香！有愛才有幸福，無論環境怎樣惡劣，我從不懷疑結婚的必要性。

「真希望你早日成親，有人可想，有人想你，再生個孩子，有所惦記有所盼！女人是一條生命流淌的河，不能只站岸上看，涼了熱了深了淺了什麼都不知道。我和孩子他爸也奇怪，為什麼有的家庭幸福，有的家庭不幸福？為這事我倆沒少嗆咕，最後還是由孩子他爸作了總結：幸福家庭和不幸福家庭各不相同，又都一樣，都是由人格是否缺失，心態是否失衡決定的。幸福的大門往往關著，假如心裡總裝把鏽鎖，沒有知足的時候，看什麼都不順眼，誰都對不起自己，這個大門永遠也推不開。打開心靈鏽鎖、推開幸福之門是為了人生的根本準則，活得快樂。快樂是一種愉悅感，主觀感受。這對每個人都是衡定的，人與人擁有量又是大體相等的，可以開掘的，所以就看你的大門開得大小，取得多寡了。怎麼活都是一輩子……人困苦到了極點可能最需要最懂得這點，人說『花子屙屁股窮歡樂』，一點不假……哈哈，這話太砢磣了……孩子他爸說的，我聽挺對，其實幸福對窮的富的貴的賤的一理。我的家庭，在外人看來不能說幸福，甚至在受罪，但我卻認為幸福，正在用心體驗，如果錯過了對生活對幸福的體驗就追不回來了……你知道我為什麼會有這些想法嗎？是受孩子他爸的影響，剛才說了，他讀了不少書，他是全縣少有的幾個大學生，我管他叫精神領袖……哈哈，你說有意思不！」

「我認識他，有學問，只是他平時不愛說話，沒共過事……」百里玉妝說，細細琢磨穆老師的話。

3

天大亮，雨也停了。

兩人簡單洗把臉，從後窗臺端下剩雜交高粱粥；粥有些變餿，在搪瓷盆裡凝成個紅彤彤圓坨，就用筷子切了，胡亂吃過早飯。飯後簡單歸攏歸攏，百里玉妝扛自行車走下高高的坎塄，在穆老師的目送下，順大沙河向南騎行。

大沙河的河床足有東西長安街寬，河心延展著流域各村去縣城的幹道，除非突發洪水幾乎長年通行。河心印著大車輒，略顯光溜，騎行要快得多。可是車輒很窄，騎騎經常跑偏，劇烈蹦跳，摔倒。

沙河兩岸的柳行、荊叢綠汪汪亮閃閃。鳥雀在藍天穿梭，啾啾鳴唱。「臥牛」露出龐大的石質身軀貪婪地吃草。惠風徐徐，空氣甜爽。彩蝶起舞，追前追後，她不時伸手去捉，彎起了「月牙湖」。

忽見一個熟悉的身影躬腰曲臂騎車迎面而來。原來是穆老師的丈夫。

「姐夫！」她喊，跳下自行車，「怎麼這些日子沒來?!」

「……噢，百里老師，上哪兒去？」

「打算去縣城找你，託人買奶粉。」

「謝謝百里老師。我估摸奶粉要斷頓了……」一時半會掏換不到，耽擱了幾天。百里老師，此為買奶粉就別去了，買來了。」

於是，兩人一左一右向北騎行。騎行中她介紹了母子倆的情況，誇獎孩子如何地可愛，不覺來到學校的坎塄下。

她說：「姐夫，請轉告王校長、穆老師，我去看學生，吃飯別等著……也興今天回不來，路太遠。」

……越往北路的坡度越大，燕山也越來越近。燕山雲霧繚繞，掩映著綠色的裙擺。最後沒了路，便推車在亂石中穿行。

走了一陣，渾身出汗，即使步行都很困難，不得不放倒自行車藏進樹叢，仰望雲霧喘息。「這可能就是公虎嶺了……」她感到好像有股什麼力量在心裡催促，早錯過了去學生家的路口。「找李大哥嗎？」很是疑慮。馬潔一再攛掇找李夢生，她雖明確回絕，但李夢生那抑鬱恨怒的眼神，刀刻般的抬頭紋，粗燥彎曲的手指，挺拔的身材，軍人的舉止和風度都時時浮現在眼前，攪得心緒撩亂。「是呀，我正在去栗樹溝的路上，可並沒有路……」

提起公虎嶺連育紅班的孩童都知道，在孩童的心目中是個神秘可怕的去處，據說嶺上雄踞一隻大公虎，下邊還有八隻小老虎把守。現在只能看清下面的幾隻，上面的完全被雲霧遮住。她踩著碎石向上攀爬。這裡的碎石與大沙河的卵石不同，稜角銳利，且有山水迸濺，很難落腳。兩旁是懸崖，小老虎就分列在窄溝兩旁；窄溝實際是條四十五度立陡的河道，大沙河無數源流的一支。

她手腳並用向上攀爬，不敢直腰。石上佈滿青苔，須小心摳牢，但還是僕倒了，硌得鑽心地疼。她數了數，剛征服五隻老虎已經有些體力難支。「去做什麼呢？怎樣向李大哥解釋呀？」她想著，又慢慢下山。「如果回到學校，住不蔽風雨的教室倒沒什麼，可是，穆老師一家三口好不容易團聚，我會給人家帶來許多不便……」抬頭看山上的雲霧，好像李夢生正站在雲霧深處等自己，已經燒好了熱炕，熬好了熱粥。「是呀，我是去串門的，學校放假了，看望曾經幫助過自己的李大哥也在情理之中。」

她似乎找到合理的解釋，重又向上攀爬。

爬過第八隻虎，才真正看清大公虎的本來面目。虎尾連著山脊，蹲踞著，好像隨時一躍而起。虎頭稍稍偏過，俯視牠的臣屬，淹沒在霧靄中大沙河的河道。

4

她緊爬幾步，登上山頂。走近了看，卻怎麼看怎麼不像虎，只是一尊碩大猙獰的青石；剛下過一場雨，濕淋淋，凹陷處仍有積水。青石下有個能夠容下幾個人的透空的地方，其中有個石柱支撐，石柱磨得光滑，還亂劃些字；方才明白，這就是公虎的「器物」了。她想：把高山險要的巨石想像成公虎，可見，這裡繁衍生息的男女有著雄性崇尚的傳統。

她靠在公虎的器物上微微喘息，向西看山路，向下看大沙河，居然老毛病復發，猶豫了：西走，通李夢生家，向下，通學校，而向相反方向邁出一小步該多麼艱難，可能不同的命運從這裡開始。

她向西看一陣，向下看一陣，目光停留在一朵絳紫色的牽牛花上，牽牛花的藤蔓滋意生長，衝著陽光，俏麗的花朵扯著藤蔓開在酸棗棵的尖刺堆中，大敞著喇叭在風中搖曳，召喚蜜蜂吮吸，盡情展示固有的天性。「這不就是馬潔麼！」她想，「而我，卻是牽牛花下的那塊石頭，被陰暗和潮濕包圍，聽任蟲豸孳生咬噬，又沒有勇氣翻身，哪能不痛苦。痛苦痛苦，和偉雄見面前痛苦，見了面更痛苦，雖然這種痛苦已經沒了任何意義。這不，心，此時此刻還在一剜一剜地疼……李老師睡在不避風雨的小屋裡，孩子沒奶吃整夜啼哭，和丈夫難得見上一面，她說，心裡裝個人，去想他，這就是幸福。我呢，心裡卻裝把鏽鎖！」

西邊，遠處有座突兀迷濛的山峰，更像高級靈長類的器物，高挺雄壯，上邊還頂個帽兒，跟遠眺承德避暑山莊的棒棰山毫無二致。器物上空彎起一道彩虹，恰似架在兩山之間的拱橋，內虹清晰，從上至下依次為紅橙黃綠青藍紫七種顏色，外虹則模糊得多，顏色從下而上倒著排列，紫藍青綠黃橙紅。「噢，太奇妙了，簡直就是一扇彩色之門，生命之門！」眼前的奇異景觀使她驚歎。

燕山山坡長滿栗樹，栗樹的枝椏粗壯堅硬，相互穿插，許多碗口粗的樹杈被鋸掉一端，蘊涵著再生的力量。栗樹正處盛花期，五六個貓尾狀的雄花簇擁著裹了尖刺的雌花組成一個個繁育體，錯落有致，隨風飄擺，彌漫香氣，引來蜜蜂大軍不停忙碌，嗡嗡的歌聲雖然單調卻有強大的氣勢，聽了很容易醉醉昏昏。燕山和長城無不被栗樹雄花的香氣籠罩，這種香氣似乎有感情，會思索，使人感到涼絲絲的慰藉，藍藍的純淨。香氣似乎有重量，在整個山川凝結，沉積，好像一個無比巨大的容器把人們放進薰製。

她看著栗樹下赭紅色的土地，判斷地下一定埋藏著連綿不絕的鐵礦，於是按照頑固的積習，作出邏輯思考：赭紅的土地埋藏著鐵礦，生長著鐵質豐富的板栗，板栗被山民裹腹，鑄就了鐵的品格，赭紅的土地，土地……不就是陽剛之氣的根基麼！她深深吸口氣，儘量讓這樣的空氣在胸中充填，體味一種蒙朧奇異的感覺。然後起身掐下那朵絳紫色的牽牛花，她的「馬潔」；一隻蜜蜂嗡地從喇叭口飛走，在空中踅兩圈，落在她的頭髮上，撥弄撥弄，飛起，飛出一串似驚恐似快樂的曲線，又鑽進了喇叭口。她銜牽牛花笑笑，連同花裡的蜜蜂夾在耳朵和髮際間，向彩虹橋和突兀迷濛的山峰走去……

第三十七章　萬木炎蒸喊急雨　急雨遲來滾悶雷

隱隱滾動的悶雷，情鳥姑娘哀婉的呼喚，草蟲焦渴的唱鳴，所有生命都在呼喊一場及時雨。黑暗中，她從他的舊軍用上衣聞到汗腥味兒，青草味兒，太陽的烤肉味兒，比栗樹花香更濃烈，更原始，更生猛，具有難以抵擋的誘惑力。

所謂「人民公社是金橋」，「通向共產主義的康莊大道」，實際上是通向貧窮落後的空橋，死胡同。

1

對百里玉妝的到來最喜出望外的莫過於李夢生的媽媽花大娘了。花大娘剛好從縣城歸來，見了她立刻看作一朵眼花，認定是從天而降的兒媳婦，拉住手不放；把走到哪帶到哪的軍刀、軍號掛在騎大白馬的丈夫遺像兩旁，講述丈夫參加長城抗戰的故事，彷彿長城抗戰就發生在昨天。還剝了煮雞蛋掰成小塊向她嘴裡塞，怕炕頭熱搭了門板挨著自己睡，專等丈夫榮歸。特意從扳櫃翻出用被面縫製的大花裙子讓她穿，見她犯難就自己齊胸勒緊，呼呼啦啦屋裡屋外走，裙子掃著地面，像隻快活的蝴蝶。

李夢生實在看不過眼，卻不敢惹，向百里玉妝歉意地一笑，一跺腳鑽進西屋。

西屋零亂，炕稍雜物上放支半自動步槍，靠北窗戳著佈滿彈孔的胸靶。行李捲旁堆一摞馬列主義著作，她順便翻看，發現許多折角劃線的地方，很像自己的習慣；其中就有《哥達綱領批判》、《國家與革命》、《論持久戰》、《戰爭與戰略問題》單行本。夾門窗貼幅署名李夢生的小畫，畫著遠山、松樹、孩童、老者，空白處題賈島五言絕句一首：「松下問童子，言師採藥去，只在此山中，雲深不知處。」走筆有些生澀，卻能表現出空靈的意蘊。「難怪李大叔誇外甥，」她暗自慨歎，「一個農村青年，多麼不可思議！」

她和花大娘說了一宿話，告別的時候花大娘死乞白賴地拽，撕扯了好一個時辰，她眼含熱淚，直到答應星期日再來才勉強脫身。花大娘腦袋一根筋，此後大天看月分牌，每逢星期六就早早打發李夢生到學校去接，接到家還必須住兩宿，星期一清早送回。

這幾天，趁學校放假，她索性住了下來。幫花大娘做些家務，洗洗涮涮，餵雞做飯，上山砍柴，裡裡外外拾掇，儘量打點李夢生吃飽睡好。主要聽花大娘形影不離的嘮叨。她也盡其所知講述長城抗戰的歷史，是哪年的事，希圖老人從時間倒錯中走出來。

2

吃過晚飯，百里玉妝從後山坡割一捆青蒿堆東西屋地點燃，等到煙氣騰騰，清香彌漫，就敞開門窗趨趕蚊子，邀李夢生到對面山坡坐在大栗樹下乘涼。

這裡的夏夜通長比山外來得早，周圍已經很陰暗，兩山間狹長的天空卻很明亮。漸漸地，鑲了金邊的白雲淡去，晚霞隱退，星星逐一登場，現出一道順山尖流淌的狹長的星河。

今晚星河沒有出現，只是偶爾忽閃一下似有似無的光，許久，傳來隱隱滾動的雷聲。

沒有一絲風。她身上被熱汗漚著，感到胸悶。此時多想沖個梅縣那樣的涼……竹片浴欄，提樑木桶，清水溫熱，撫摸少女胴體自愛自憐的羞澀……她伸手攏了攏額頭的濕發，忽然手背落一顆水星，水星細小，不留神很難覺察。

「呀，下雨了！」她輕喊一聲。

李夢生聞聽仰臉向空，稍傾，笑了：「不是雨，是樹上蟲豸的分泌物，有人管它叫蟲蜜，經常遇到的。」

「那，落在身上……」

「沒人考究有害無害，習以為常了，幹一天活難得坐樹下涼快，解解乏。」

「噢，可別說，真是這樣！」她說著，也仰起臉，感受著奇特的蜜意。

山溝裡不時傳來情鳥姑娘哀婉的呼喚，青蛙嘶啞的鼓噪，草蟲焦渴的唱嗚……所有的生命都在呼喊一場及時雨。

她解開上衣兩個衣扣，並向李夢生說：「別漚著了，多難受呀！把衣裳脫下來透透風。」

李夢生隔衣撓撓雙肩：「沒事……」

「人家背山的到家先光膀子，你可好，漚一天了！」她嗔怪，欲上前幫解衣扣。

李夢生這才很不情願地把舊軍用上衣脫掉。

她接過上衣撩衣襟給李夢生扇脊樑。感到上衣濕沉，在汗腥裡聞到了紫荊和青草味兒，太陽的烤肉味兒；上衣傳遞的氣味兒比栗樹花香更濃烈，更原始，更生猛，具有難以抵擋的誘惑力。她偷偷把上衣蒙住臉，迅速吸了吸，意識到臉紅了，所幸黑暗遮掩了失態。

「好些嗎？」

「好些了。」

「還疼嗎？」

「有些癢。」

「你背山回來換上衣見我一進屋又趕緊穿上，像大姑娘似地害羞。你的肩被麻繩勒了兩道埝，手指粗，腫得老高，通紅……真擔心化膿。」

「當你面光膀子不雅觀……」

「那也不能漚著呀！」

「習慣了，身上拉個口子化點膿村裡的人向來不當回事。捨不得穿上衣的比我勒得還重，流膿淌水……第二天照樣背山。」

勞力的乾著急。」

「怎不墊上點？」

「都嫌費事。其實墊也墊不住，勒出老繭就好了。地裡的麥子長得挺高，搓搓麥穗大都半拉粒，原因是灌漿的時候地力沒勁了。玉米也是，淨瞎尖的。化肥供不上，養豬又少，實指望漚點高溫底肥。生產隊規定，背回一百斤給記二十個工分。天不亮起身，晌午歪下山，大半天能掙平時兩天的工分。家裡沒有壯勞力的乾著急。」

「你背多少？」

「二百多斤。就近的地方紫荊少了，得去長城外，過幾道山梁。」

「少背點，何苦背那麼多……」

「都想秋後多分點糧食，糧食普遍不夠吃呀！也想分倆錢，過日子哪都要錢，用布票買布，打油鹽醬醋……除了掙工分沒別的出錢道。可就一樣省錢——有病強撐著，頭疼腦熱、碰破點皮壓根不當回事。如今什麼都金貴，唯有人賤，肉皮子賤。」

「聽說村村有赤腳醫生，為什麼不去看看？」

「公社革委會委指派本村接生婆當赤腳醫生，除了能接生、拔火罐，餘下的什麼都不會。也騰出個屋子掛個『合作醫療』牌子，可是大隊沒錢進藥，門成年到輩子鎖著。」

「人民公社實行公社、生產大隊、生產隊三級所有，以生產隊為基礎，大隊既是一級所有單位，連進點簡單藥的錢都沒有？」

「這你就不明白了。公社、大隊主要是政權實體，文革前公社建黨委會、管委會、民兵營、貧代會、婦代會、團委會、公安員，跟縣上對口。大隊也相應建一套與公社對口的組織，在經濟上卻是空架子。公社、大隊的經濟活動是下達種植計畫，催繳公糧，攤派勞役。對，我管它叫勞役，歷史的叫法……他們有個鐵定的原則，生產隊豐收也好，歉收也罷，按田畝折算的公糧必須如數收繳。生產隊交了公糧留下種子、飼料，剩多剩少算作社員口糧。交給國家的糧食要做到幹、白、淨，就是沒有多餘水分，沒有雜質，成色好。落場的十糧食全分給社員。

「只能說生產隊是個勞動組織，專管種地。種什麼、種多少縣裡下達指標給公社，公社分解指標給大隊，大隊再分到生產隊，生產隊必須落實。還經常把壯勞力抽出去修水庫，搞戰備工程，到公路兩旁修造裝潢門面的大寨田。那時，全公社的壯勞力大會戰，紅旗招展，人歡馬叫，吃大鍋飯，賽歌，好不熱鬧！公社、大隊沒人真正管種地，等到地裡的草沒腰了才著急，號召搶荒。每年分給社員的口糧比例也是公社批准的，比如人七勞三，人六勞四……生產隊只能執行。原來不許有自留地，現在允許了，每人多少也由公社決定。檔規定耕地面積的百分之五當自留地，可是，這裡地少，不夠百分之五，都是兔子不拉屎的……」

「那麼，『三級所有，隊為基礎』，這個基礎不就空了嗎？」

「是空。國家可以隨意佔用土地，支配土地和土地的產出物。土地歸國家所有，不是集體所有。生產隊對土地的使用權也很有限。」

她說：「我明白了。『各盡所能，按勞分配』的社會主義分配原則並沒有真正實行，目前這個分配首先按國家需要分配，再按人頭分配，最後按勞動力分配。真正按勞動品質和數量分配的很少。國家有了土地所有權，當然決定分配。」

「是。社員沒人好好幹活。」李夢生說，「過去吃食堂，人們說『勞不勞一馬勺』，是指幹不幹活每人每頓分到一馬勺粥。現在，不吃食堂了也好不到哪去，反正勞不勞都得分糧食。能幹不能幹、幹多幹少沒多大區別，這哪能有勞動積極性。不大搞計件，農業生產和工廠不同，很難計件。累死累活背山，此為多掙點工分……」

她不覺把手放在李夢生的肩上，用手指肚輕輕撫摩腫脹的肉埨，想了想說：「從前搞土地改革，實行耕者有其田，激發了農民的熱情，捨命參加國內戰爭，去保衛勝利果實。戰爭打贏了，又搞合作化，人民公社化，使農民最終失去了土地。對這一點農民有深切體會，你舅就向我講過。現在的社員之所以沒有勞動熱情，歸根結底是失去了土地和支配土地的權利。你說是這樣嗎？」

3

李夢生說：「是這個道理。反正我在馬列主義經典裡找不到答案。興許沒看懂。」

她給李夢生扇風，向黑夜沉默許久，突然想到了看過的古書，於是邊琢磨邊說：「我想起了中國古代的一個生產方式，就是孟子所說的『制民之產』，主要指『井田制』。井田制始創於西元前二十六世紀的黃帝時期，後來不斷完善，到周朝末年至少推行了兩千五六百年。這是大體脈絡，當然情況要複雜得多。如果從實行井田制算起，到現在已經四千五六百年了。我們說中華民族有五千年文明史，井田制是這部文明史分量最重的部分。可惜沒人認真研究，認為是些垃圾，是我們民族不值一提的過往……為什麼一個生產方式能夠延續這麼久，由此帶來中華民族的繁榮興旺，創造那麼多燦爛文明，並且先進於狩獵、游牧民族？我認為，必定有它存在的理由。馬列主義歷史學家不斷爭吵，進行奴隸制和封建制分期，興趣在於表現自己的階級意識。他們說中國的歷史就是一部階級鬥爭史，好像抽去階級鬥爭就沒有歷史了……對於從祖先那裡受到什麼啟示根本不去關心。

「黃帝時期在土地上鑿井，井旁是公田，作為一個區。公田旁修四道，呈井字形，形成八個區，稱私田。私田由農戶耕種，收穫歸己，此外不再納稅。公田由四周的農戶助耕，收穫歸國家或領主。周朝，土地面積由每區七十畝擴大到一百畝。那時的畝比現在小，一百畝合現在的三十一畝二分。如果把人民公社的『三級所有，隊為基礎』的制度和井田制比較，會看到很大區別，更能折射出人民公社這一生產方式的落後。

「首先，井田制事實上的土地所有權相對明確，穩定。而人民公社的土地所有權相對模糊，本質上屬於國家，不屬於農戶，而且變過來變過去；從一九四九年到一九五八年，僅十年的工大就折騰了好幾回，由農戶所有的單幹變成互助組變成土地入股的初級社，又變成農民失去土地的高級社，最終變成農民與土地所有權更加無緣的人民公社，看來『雞毛』真地要飛上天了，『窮棒子精神』真地是靈丹妙藥了……

「其次，井田制的賦稅相對穩定，豐收歉收一樣，僅僅上繳助耕公田的收穫物，而人民公社則不管豐收歉收都要如數上繳按田畝折算的公糧；數量可以隨意變化，只能增加不能減少。這樣，遇到歉收年景農民的生活更加難以為濟。還要負擔各種名目繁多的比歷史上哪個時期規模都要浩大都要沉重的勞役。所謂一九五八年『大躍進』就是一種亙古以來最典型最大規模的勞役，並且包括無償平調農民的財力；這在中國歷史上也是突出的，是一種國家對農民的掠奪行為。

「第三，噢，第三，別笑，我按教條思維慣了……井田制的勞動單位是家庭，規模小，易於農民自我管理；人民公社太龐雜，婆婆多，誰都管，誰都管不好。所謂三級所有、隊為基礎，這個基礎並不是土地所有權的基礎，生產隊僅是個勞動組織。這樣，三級所有、隊為基礎就是很混亂很虛假的概念了。三種所有權作為所有權的「基礎」卻沒有所有權。多可笑。

「那麼第四……實行井田制國家不干預生產計畫、分配等諸多事項；人民公社什麼都要干預，瞎指揮，滋生主觀主義，官僚主義，強迫命令主義，脫離客觀實際，必然限制生產的發展。

「第五，實行井田制，農戶明確付出和收穫的關係；人民公社則不然，社員很少瞭解也很淡漠這種關係，因此勞動熱情很難調動起來。

「最後，井田制是個單純的經濟組織，而人民公社實行政社合一，即政權和經濟合一，公社和大隊兩級更多地履行政權職能，難以專注經濟活動。公社充其量行使國家對土地所有權的管理……簡單地說，農民對土地的所有權和支配權是問題的關鍵。這些說法都是臨時想到的，一、二、三、四、五、六，共六條，是我早就思考了的，不一定對，夢生，你說呢？」

李夢生說：「我知道歷史上有個井田制，在我的印象裡那是個很壞的制度。更沒想過跟人民公社有什麼不同。你這麼一分析使我明白了許多。看來，不管什麼制度，能讓大家好好幹活，多打糧食，吃飽了，不受窮就是好制度。」

「我並不主張開歷史倒車、實行井田制美化井田制。我是說人民公社這個生產方式該多麼不合理，多麼沒有生命力！人民公社是小生產者幼稚的烏托邦，多麼異想天開！很遺憾，有人高高在上大唱『人民公社好』的讚歌，連篇累牘地宣揚，甚至大標語寫滿村村寨寨。所謂『人民公社是金橋』，『通向共產主義的康莊大道』，實際上是通向貧窮落後的空橋，死胡同，預示了經濟的崩潰。這樣說是不是過於嚴重了？反正我在農村看到的就是這樣的。人民公社的生產方式是無產階級專政的經濟基礎，是為政治服務的工具。我們搞建設允許試驗，允許失敗，但是一切都應從百姓的根本利益出發，就像老子說的『以百姓心為心』。很遺憾，處處標榜馬列主義、把馬列主義發展到『頂峰』的人卻對經濟發展規律一竅不通。一個辛勤勞作的農民完全比得過一百個蹩腳的經濟學家，更不用說專吃政治飯的了！可惜有誰聽聽他們的聲音，關心他們的痛癢！」

4

李夢生感歎：「真沒想到老祖宗實行過這麼久遠的生產方式，不是一兩年，幾十幾百年，而是實行兩三千年，多了不起！」

她一邊給李夢生扇脊樑一邊說：「我認為，雖然不可能也沒必要回到歷史老路，但是，農民在分得土地以後，在生產力水準低下的條件下，比如沒有大型農業機械，沒有更加便利的交通、通訊，特別是，沒有湧現出成批的新知識武裝的農民，這樣，沿襲傳統農耕生產，農戶所有、農戶經營可能是最好的選擇，並且需要穩定相當長的時期，直到成為生產力發展的障礙再自然尋求新的突破。如果強行突破，全國一刀切，急於搞『共產主義』，只能事與願違。井田制的興盛是由於找到了當時農民與土地的密切關係，而隨著鐵器和耕牛的普遍使用，又束縛了生產力的發展。我分析，耕者有其田與耕者無其田的相互轉換在中國長長的歷史上可能多次發生，但都應以提高生產力為前提，空想和命令都不可取……這是歷史告訴我們的。歷史似乎看不見摸不著，虛無縹緲，其實是全民族的財富，有許多寶貴的東西可以使後人變得聰明，明白走什麼路更好。一己私利，怕醜，捂著，並不可取。不知中國人什麼時候才變得理聰明一些。」

李夢生說：「我不明白那麼多理論，對大撥轟倒有體會。現在社員普遍流傳一句話：『工分兒工分兒，社員的命根兒。』你也知道。社員下地幹活直接的目的是為了掙工分，至於幹多幹少，幹得怎樣全不在關心範圍之內。反正幹一天活，不忘給記工分就行。每天晚上不管多晚多黑，路怎麼難走都要去一趟生產隊隊部向記工員報工，生產隊長在一旁核實；看到記工員確實用筆在自己名下劃了道道才肯離去。社員出工主要是耗時間，耗一天記一天工分。工分分幾個等級，最好的男勞力每天十分，最好的女勞力每天八分，依次向下排，老人和兒童也有三四分兩三分的。掙到五分稱作半勞力。只承認勞力強壯與否，不承認同等勞力的勞動差異。偶爾也實行計件工分，如背紫荊條子，挖土方，但這種情形很少。社員勞動僅僅是為了掙工分，哪個還肯下力氣幹活。每天上工，生產隊長恨不得把鐘敲破社員才慢慢騰騰從家出來。派了工，先在地頭坐一大陣子，等到生產隊長催促了，帶頭幹上了，才慢騰騰抬屁股。在半天的勞動中，還要休息個夠，看太陽走到哪了，抽煙，打鬧，勤快一點的薅豬草，剜野菜……這時肚子早空了，比劃比劃，盼早點收工。生產隊長著急，罵人的事經常發生。社員承認自己是『窮命腦袋』，可幹起活來照樣磨磨蹭，哪能不窮命……依我看，『三級所有，隊為基礎』的人民公社山窮水盡了。」

她說：「檢驗一個生產方式的優劣需要相當長的歷史時期，而人民公社在這麼短時間就走到山窮水盡的地步，這證明了什麼，一目了然。事實上，無產階級專政的主要經濟基礎正在崩潰……既然經濟基礎出了問題，那麼建立在這個基礎上的一切，就是經常說的上層建築必然動搖。那，現在，人民公社還有黨組織嗎？」

「沒有了。公社黨委成員分成兩個部分，一部分靠邊站，一部分結合進了公社革委會，黨員也不再活動。一切權力歸革委會。其實革委會的活動主要是貫徹無產階級革命路線，把無產階級文化大革命進行到底。組織上實行民主集中制，革委會主任是一把手，大拿。民主集中制是假，權力集中在個人手是真。也成立個生產指揮部，聾子耳朵，配戴。公社的核心部分是民兵營，公社武裝部長是民兵營長又是革委會副主任。從縣武裝部到公社武裝部，再到大隊民兵連成為一個系統。武裝部有支『左』的任務，專門支持造反派。公社除了政社合一就是勞武結合。」

她給他扇著脊樑，忽然叫道：「呀，下雨了！」

第三十八章　眠蠶聽心咬破繭　酣石著意方惺忪

「你是個堂堂七尺男兒，別跟我一樣犯傻！我不在天上，你也不在地下，你和我都是人——人——人！明白嗎?!摸摸你再摸摸我，把手伸過來，來呀，來呀！怎麼膽小了……別忘了，你我天熱了也流汗，蚊蟲咬了也疼，傷心了也哭，繩子勒了肩膀也腫，你是個真實的男人，我是個真實的女人，現在什麼也沒必要回避了——娶我吧！」

他一把拽起她，緊緊攬在懷中，啃臉揉胸，抱著輪圈，呼哧呼哧地喘氣，狂放地大叫……她頓覺一陣昏厥，飄飄忽忽向天空升騰，飄飄飄忽向崖底墜落……

1

「回家吧！」李夢生伸手接雨，立起身；見她沒有要走的意思，只好坐回原地，用舊軍用上衣蒙住她的頭，關切地說，「別被雨激著了！」

她蒙在汗濕的上衣裡，心狂跳起來，忽然想起公虎嶺的牽牛花和蜜蜂，覺得自己就是那隻執拗的蜜蜂被牽牛花的花瓣包裹著，多想在裡邊長久地吮吸……「這是我的小巢，小巢小巢……我的小巢僅僅是一件蒙了頭的熱汗漚透了的舊軍用上衣……卻不屬於我！」思想及此，不由得一陣傷感。

正傷感，上衣的破洞猛然透進強光，急急揭開來，只見眼前白晝一般，草木、山石、房屋一清二楚，甚至能看清栗樹果實外殼的尖刺，接著焦雷炸響，「媽呀！」她大叫著鑽進李夢生赤裸的懷抱。

「別怕別怕！」李夢生攬住她，拍揉後背，連連撫慰，「別怕別怕！我在這呢，我在這呢！」

她把臉頰緊貼在李夢生的胸脯上，感受到了心臟激烈雄壯的力量，嘭，嘭！同時，一種急迫的等待鼓舞著她，使她不能自己。

於是她瞇起了眼睛。

然而這一刻並沒有等來，腰，只被虛攬著。

她感到，李夢生的手指在自己的腰際傳遞了愛意，似有似無，若重若輕，實難琢磨。心懸了起來。

「別怕，這地方兩山夾得緊，雷沒擊過人。」

她看看天：雷聲大雨點稀罷了。便長出口氣，不好意思地笑笑：「嚇死我了……今晚說了許多話，大發宏論，不想說的話也一下子冒出來，你不覺得太可怕吧？這就是我，一個持帽不戴的『反革命』！」

李夢生憨憨地說：「今晚才真正瞭解，他們抓了那麼多反革命，宣傳怎麼怎麼窮凶極惡，怎麼怎麼不共戴天……原來是這樣的！」

「必須透透亮亮讓你看個明白，這是我做人的信條。有話說在前頭比藏著掖著強，如果看皮看不到穰，誤了事，對你對我都不好，尤其對你……如今人心隔肚皮，對誰都要留一手，虛假取代真誠，隔閡取代親密，仇恨取代仁愛，你我不應該這樣。當然了，你我相處時間不長，但瞭解人不能以時間長短衡量。專案組那麼整都沒能擠出半句今晚向你說的話。他們整我是因為我在破『四舊』的時候私藏了古書，在書上寫了關於仁愛、善良的簡單的提示語。他們說我反對階級鬥爭，反對毛澤東思想……我分析，他們不會善罷干休，很可能舊事重提，總得找個鬥爭的靶子，出經驗，好升官呀！」

她非常希望得到李夢生的愛撫，被有力的臂膀包裹起來。可是，腰仍被虛攬著。

「你的事我知道。」李夢生說，「馬潔向我講過。」

「什麼時候？」

「到縣裡找我媽……縣裡，我媽誰都認識……那天剛好碰上馬潔，馬潔把我拉到宿舍談了小半天……」

「好呀你，瞞得風煙不透……」

「百里妹子，是馬潔讓你來找我的吧？」

「我自己的主張！不過，那天來找你走在半道差點沒跑回去……爬公虎嶺是道坎，好難爬呀！什麼坎？明知故問！你看，我是不是賴漢子求食？」

「若說賴漢子，我才是。」

「不想欺騙你，這就是我的情況。明天就要參加學習班了，能不能常來還難斷定……」

「不來?!我媽不下山跟你急眼才怪呢……你來以後我媽再也不向外跑了，比吃藥還靈。你隨時可以來，把這當自己的家。」

「是呀，家！請假回梅縣探親他們死活不准，又不給作政治結論，真地快把我急瘋了。現在，心靈的自由是唯一的家，我就躲在這個的家裡。」

「有話盡可向我說，別憋出病，反正沒外人聽到。」

一片光明，一聲炸響！她居然沒有驚叫，僅略微哆嗦一下。

「別怕別怕！」李夢生撫慰，在她的腰際匆匆箍了箍。閃電中，李夢生的坐姿猶如一尊粗礪的酣酣的雕像……

2

她認為自己很可憐，很委屈，想：「事實上，作為一個大姑娘正向一個男人求婚，本身已經顛倒，可是，得到了什麼?得到了琢磨不透！」不禁抱住雙肩，看眼前的黑暗，淚水從「月牙湖」湧出，悄悄滾落。「他真地不愛我嗎？他的眼睛訴說著什麼？我需要男人的溫存，男人的熱烈，也有正常人的情感呀！難道，愛情和婚姻真地與我無緣？僅僅做了場一厢情願的夢？依目前的情勢如果他不愛我還有誰愛，誰敢愛？一條無形的河把他和我分隔在兩岸……我著實累了，厭倦了。雷怎麼還不來，雷公雷母呀，把我擊了吧，讓我死在他的身旁……權力能製造幸福，也能生產罪惡……罪惡正吞蝕我，我的筋肉，我的神經……還有愛情和婚姻！可笑，本來已經失去的權利還要苦苦追求。命運，如果有命運的話，偏偏對我不公平。

命運對我來說不是慈母，而是惡毒的後娘。這個後娘緊把欲求之門，叉腰堵住門口，甚至不讓靠近。我的少得可憐的再平常不過的欲求難道真的是個泡影？」

她拭去淚水，攏攏頭髮，抻抻衣襟，自認不至於哽咽失態才慢慢說：「你放下手裡的農活來來回回接我送我，怕上山下嶺磕著碰著。大嬸知道南方人愛吃米飯就跑到縣城『求借』，做好了熱騰騰地端到我的跟前……看到大嬸就像看到了梅縣的媽媽，我想媽媽……一想到要來你家，頭天晚上就激動得睡不著覺，有點像我們學校的穆教師……覺得和你和大嬸在一起自己才是個人！」

說到這裡，還是哽咽了。

他用力攬了攬她的腰，動情地說：「你的名字特別，第一次聽舅舅提起就記住了。舅舅孤苦伶仃，和你非親非故，得到了你的照顧，他說老了老了從天上掉下個閨女……你上山來，全村轟動了，我媽樂得走道都扭秧歌。人們議論紛紛，我說你是我爸部下的女兒，來體驗生活的，可時間一長人家還是看出了眉目，也不客氣，管你叫嫂子叫兄弟媳婦，叫得我不敢見人；不是害羞，是心裡不好受！為什麼？因為你不應當落到這個窮山溝，你屬於更廣闊的天地，有光明的前途。不能只看現在的遭遇。一時一變。你不是一般的姑娘，有學問有思想，我考慮來考慮去，不能乘人之危！保持兄妹關係、朋友關係倒來得現實，久遠；這是福氣，別人哪有呀！我土裡刨食，要學問沒學問，要工作沒工作，雖然是個黨員，轉業軍人，民兵連長，又是烈屬，在當今夠時髦夠風光的了，可是不能憑它得到不應該得到的東西。我十分敬重你，你是位非常非常特殊非常非常少見的女性。說真話，碰你一下都意味著褻瀆。想想，你是誰，我是誰？一個在天上，一個在地下！天上掉下來的東西，原本不屬於我的，是顆金蛋也不能去撿……」

她非常絕望，頭腦一片麻木，這樣坐了許久，以至頭上怎樣澆了雨，重又蒙了上衣，上衣的氣味怎樣誘人全然不曉。淚水悄悄湧出悄悄滴落。

腰際的一彎撥動使她醒來。

她揭上衣給李夢生披上，邊想邊說：「第一次見到你，無論怎麼看都像個訓練有素的軍人，只是眼神憂鬱，好像要找人打架，瞅著讓人害怕。今晚明白了，眼睛後面藏著那麼多東西。你說我在天上你在地下，恰恰相反，你在天上我在地下！我的直覺沒錯！爬公虎嶺半道沒跑回去——對了！什麼學歷呀，工作呀，城市呀，農村呀，農民呀，幹部呀——我要的是棲身的小巢！遮風擋雨！生兒育女！」

沒有回音。腰仍被臂膀虛攬著。粗礫岩石雕像的臂膀。

「是不是出於政治原因，嫌我出身資本家，思想『反動』？」

「不是！」

「是不是嫌我太輕浮，不知自重？」

「不是！」

「是不是覺得我發瘋，嚇著你了？」

「不是！」

「是不是看我走投無路，非得一棵樹上吊死?!」

「更不是！」

「都不是，好。你有你的教養，你的道德觀，不過可別忘了，我也有！我曾有過嚴重心理障礙，這，你從馬潔那知道了……那時我怕字當頭，自以為做出了雖然痛苦卻十分『正確』的選擇，實際上是在漠視和扼殺雙方的感情，而且一錯再錯！過去，一事當前想得多，輪到要做了，又想吃又怕燙，所以不能不自吞苦果，牽連對方也痛苦不堪。多可悲，機會在手裡居然放棄了……不，」她呼地立起身，搖晃一下，差點在碎石上滑倒，「夢生！你聽好了，我的教養我的道德觀也告訴我：絕不放棄！愛情就是愛情，愛情不是政治！你是個堂堂七尺男兒，別跟我一樣犯傻！我不在天上，你也不在地下，你和我都是人——人——人！明白嗎?!摸摸你再摸摸我，把手伸過來，來呀，來呀！怎麼膽小了？你不是很勇敢麼……摸摸這，心在跳！再摸摸……別忘了，你我天熱了也流汗，蚊蟲咬了也疼，傷心了也哭，繩子勒了肩膀也腫，你是個真實的男人，我是個真實的女人，現在什麼也沒必要回避了——娶我吧！」

她直直站在那裡，直直地叫喊，直直地盯著李夢生，並不理會炸響的焦雷。

「你是塊金子了……」李夢生感到整座山都在搖晃，痛苦地痙攣，無聲地哭泣，一時不知如何是好，囁嚅著說，「好大的脾氣！雨下大了，先回家吧……」

3

夏夜苦短，百里玉妝好像剛瞇著就聽花大娘在堂屋躡手躡腳舀水，刷鍋，拉風箱。風箱拉得很慢很輕，沒有往日呱嗒呱嗒的響聲。

她睡在炕中床——在炕頭搭起的懸空的門板——睜眼看，天已濛濛亮，就舉起白晰勻稱的胳膊伸個懶腰。

她看著紗窗。幾隻傻傻的蚊子爬伏在紗窗上，一心想飛到窗外找個水坑產卵；壁虎正悄悄靠近，突然咬住一隻吞食。貪婪的壁虎又向屋外房簷下結網的蜘蛛靜臥一陣，虎視眈眈，意欲撲上去，雖做幾次嘗試，無奈有紗窗阻隔才悻悻爬回屋樑，交頸玩耍。窩裡的燕子媽媽見了壁虎立即警覺起來，探出黑亮的小腦瓜在窩口的泥丸上蕩喙示威，並等待開啟紗窗飛到屋外捕捉樹上的蟲豸餵養黃嘴丫的兒女。燕子兒女唧唧叫著，急不可待了。

她側耳聽西屋李夢生的響動，心疼地想：「他太累了，肩上有傷，最好多睡一會兒，早起要送我下山，趕回背山呀……」

花大娘大約忙完了，進東屋開始了每日的早課：照鏡子梳頭，換上大紅大綠的裙子，用抹布擦拭東牆掛著的照片，照片裡是位騎大白馬的軍人，無疑像今日的李夢生……照片左邊掛一把軍號，右邊掛一把軍刀。花大娘點支香煙插在香爐裡，仰望照片悄聲叨咕：「孩兒他爹，你就要娶兒媳了，快回來看看，不知哪輩子修來的福……」聲音很小，很詭秘，事實上百里玉妝並沒有聽明白，只聽清娶兒媳三個字。

「兒媳，兒媳在哪呀……」她直想哭，「我就要走了，不會再來了！大嬸呀，你若知道實情可怎麼活！我惹了大禍，不在作孽麼……是呀，要走了，不再來了……睡大嬸的炕上床多好，可惜可惜沒福消受了……」

她不敢往深裡想，起身挑紗窗放燕子，下地幫大嬸忙活。可是，已沒有可幹的活計，連堂屋地都掃得光光溜，就掏粥、放桌子、擺碗筷，端上早已備齊了的四碟小菜，茨菇、芥菜、煮黃豆、醃青核桃。（當地滿族習俗）

這時李夢生已經穿戴整齊，從缸裡舀涼水沖頭洗臉，噗噗刷牙。

李夢生和她匆匆吃過早飯，抓緊時間上路。臨出門，大嬸拎過一個荊條筐，筐上蒙著桑葉，滿臉歉意：「實在沒有好拿的……讓老師們也嚐嚐，一個一個挑的，可甜了。空著兩手人家笑話，好歹是自己家的出產呀！」

她揭開桑葉，是桑葚，紫紅紫紅，水靈靈煞是喜人。桑葚裡還楦了四個紅皮雞蛋，摸摸還熱乎。她說：「雞蛋留大嬸吃吧，攢幾個多不容易呀！」

「要你拿你就拿！我看你吃不慣大嬸做的飯，瘦了，回去補補身子。」向她懷裡推筐，「回去把雞蛋藏起來，偷著吃。大嬸再給你攢，攢夠了讓夢生送去，別捨不得吃，今年的新雞也快下蛋了。」

「拿著吧，」李夢生說，「不拿媽睡不著覺，還不得叨咕三天三夜呀！」

「讓夢生拎筐——」花大娘揚手在後邊喊，「夢生在前邊走，趟露水，閨女，可得早點回來——」

她回頭看花大娘，大花裙子在晨風中飄擺，不覺眼裡噙滿淚水。

走出很遠，又聽大嬸在後邊喊，追上來，上氣不接下氣：「看我這記性……想著想著又忘了！」遞過一塊疊得四四方方的花布，「回去做件裙了，姑娘家麼！」

「大嬸，當下沒人穿……」她說，可又覺不妥，「穿慣了藍褂子，你老人家留著吧……」

「要你拿你就拿！我在百貨公司挑的，花了五尺布票，壓箱底壓兩三年了……專給你買的！」

她一下子把花大娘擁在懷裡。花大娘連連說：「給你買的，給你買的……」

她哽咽著：「是是，拿著拿著……」

花大娘用乾瘦的手摸索她紅裡透白白裡透紅的臉：「可得快回來呀，媽等你……」說罷，低頭慢慢轉回。

李夢生挎筐甩開大步趟露水，不說話，不回頭。今天換了件白襯衣，用軍用皮帶紮在褲子裡，保持著軍人的姿態，精幹，英武。

她快步跟隨，趟得雜草嚓嚓，露珠串串，褲筒濕了半截。

「李大哥，慢點，別急，上午能報到就行。」

李夢生放慢腳步，但不說話，不回頭。

「我看大嬸身上挺瘦……」她故意找話說。

「哪有不瘦的，成宿成宿不睡覺！稍不順心就往外跑，上縣裡管這個叫大侄管那個叫大侄女，給人家遞煙，恒大牌的給人家抽，大福字的留自己抽。不讓向外跑就生氣，再不就站門口嘟嘟吹軍號，說我爸要騎白馬挎戰刀回來了，到了東山口了，招來男男女女看熱鬧！」

「你真是個孝子，也不容易。」

「不孝有什麼辦法？認了。我爸有個老部下在北京，領我去工作，剛去半個月，你說怎麼著，她老人家追去硬是把我拽回來！」李夢生顯然有一肚子煩惱，卻頭一次透露。

「李大哥，其實你的日子過得很苦。」

「苦?!」他自嘲地一樂，並不回頭，突然揚腳惡狠狠踢向一堆酸棗棵子，踢飛一團白亮的露珠。

她發現酸棗棵子長滿青色的尖刺，忙跑幾步拽住李夢生，蹲下看，見兩根折斷的尖刺在襪子上立著，心直顫，又是向李夢生又是向自己說：「不疼，不疼……」拔掉尖刺，尖刺沾著血，「這何必，別糟蹋自己呀……」

他並不搭話，扭頭徑直向前走。

太陽還沒有照進山溝，狹窄的天空益顯明亮，山道益顯幽暗。腳下流水潺潺，樹上鳥聲不斷。梯田裡的玉米齊人高，正嘎巴嘎巴地比賽拔節。

「王剛哥——」那位美麗的「少女」喊了一宿，喊聲淒惋。山谷也跟著喊，卻不知王剛哥在哪裡。

李夢生的腳步慢下來。公虎嶺傲立在眼前。

來到公虎前，李夢生倚公虎的器物坐定，放穩荊條筐，把濕褲筒伸向陽光照得到的地方。

她矜持地坐在對面，也把濕褲筒伸向陽光。

過了一會，她說：「李大哥，就送到這吧，你還要回去背山，大嬸也惦記……」

李夢生埋著頭。沒有回話。

「李大哥，有事給我捎個信。我打算給你買點外用消炎止痛藥，給大嬸買點胃舒平，託人帶回去。」

李夢生埋著頭。仍不說話。

「李大哥，我給你剝個雞蛋，你早飯沒吃好……」

李夢生用腿彎住荊條筐，表示不願意。

她默默地坐著，看李夢生粗硬發亮的短髮，刀刻般的額頭，心緒難平：「是呀，急風暴雨折斷了我的翅膀，有家不能回……我需要什麼，需要什麼？」

她在心叫喊：「當然當然，一個小巢！安全快樂的小巢！在這個小巢裡有我的尊嚴，我的快樂！能輕易放棄嗎？猶疑猶疑，悔恨悔恨，猶疑和悔恨無疑是條致命的繩索，套在脖子上很久了，嘗夠了個中滋味……啊，牽牛花已經從酸棗棵爬上來，爬到了公虎的腳下、身上，公虎披上了絳紫的新裝、閃亮的水珠，精神抖擻。蜜蜂成群結隊飛來飛去，在花瓣裡進進出出，忙忙活活，牠們為了生存，也許是快樂，是幸福，但從不說放棄……前不久每每和他在這裡歇腳，他見了花說花，見了鳥說鳥，其實他很健談，用京郊農民的語言和表達方式很純熟，而且聲音渾厚，經常喜怒哀樂溢言於表，自己在不知不覺間就受到了感染……可是，他只低著頭，悶不作聲，不讓我看到他的眼睛，他在想什麼？為什麼手指在顫抖？啊，『王剛哥』，情鳥少女又叫了，他皺了皺眉頭，噢，他的褲子上沾著血跡，是不是沒把尖刺拔淨，還在疼?!」

她的心也像無數尖刺扎著，就伸出食指小心翼翼去摸。

李夢生見了她的手，忽然抬起頭，眼裡噴出嚇人的火，騰身站起，向著太陽，操塊石頭砸去，隨著火花的迸濺，握雙拳大喊：「哈——呵——」

「王剛哥——」情鳥少女剛叫一聲，止住了，噗啦啦驚飛，翅膀在草叢上方扯起一條五顏六色的彩綢。

「我是王剛哥——我是王剛哥——我是我是——」他可著嗓子喊，目送情鳥少女飛過山梁。

回音未了，一把拽起她，緊緊攬在懷中，啃臉揉胸，抱著輪圈，呼哧呼哧地喘氣，狂放地大叫……

她頓覺一陣昏厥，飄飄忽忽向天空升騰，飄飄忽忽向崖底墜落……

第三十九章　清平校園漫硝煙　煩擾獵豔山大王

她用頭撞擊鏽跡斑斑的大鐵門，擂戰鼓一般，直到撞出一片紅桑葉……

由於得過御封，等於不花一文錢上了萬種保險，可以盡享榮華富貴，赦免一切罪愆；農民的一切優點和劣根性均得以施展，慢慢地更加無所顧忌。

「我一定把那群王八羔子剷了！」

1

送走百里玉妝，花大娘進屋扶炕上床愣神兒，發現百里玉妝遺留在枕巾上的兩根頭髮，就捏起，抻兩頭看，頭髮又黑又亮，很像自己當姑娘時的，不覺驀然一笑。出屋在柴門外向東山路張望一陣，回來發現那兩根頭髮不見了，便急急劃火柴找，這才在屋地找到，放回枕巾，以至平鋪的方向、有幾道彎曲都擺弄成原樣。然後坐在炕沿上發呆，想百里玉妝睡覺時好看的模樣，「像小貓弓著身子，探著小爪，吁吁的出氣聲好像小貓打呼嚕，似乎還在和自己慢聲細語說話……」

百里玉妝走後花大娘就成宿成宿失眠。有時糊裡糊塗做夢，夢中的丈夫騎大白馬榮歸故里，接受新人跪拜，百里玉妝身穿大花裙子，鬢角綴朵大紅花，笑眼彎彎，脆生生喊爹喊娘，喊得丈夫開懷大笑，喊得她哧哧地樂醒。

掐指頭盤算，「為什麼還不家來呢？」越發心慌，唉聲歎氣。催兒子去打聽，兒子說忙；催兒子去公社領結婚證，兒子說要等百里玉妝辦完學習班。天天嘮叨，擺花心，站不是坐不是，只想瘋跑。摘下軍號在柴門外吹，「嘟」一下卻停住，心想，「要娶兒媳了還老沒正形，該多讓人笑話！」並沒有意識到突然有了多年不曾有過的抑制情緒的能力。

這天——準確地說，百里玉妝走後的第六天——她在騎大白馬的丈夫面前做了早課，打點了兒子上工，給豬雞加了料，找一塊花手絹仔細包起煮雞蛋、隔年核桃、白薯乾，抱著，匆匆出了柴門。趟露水，下公虎嶺，走大沙河，足足走了半天，終於踏上杏黃營鎮、本區片「紅色都城」的街道。驕陽下，都城破爛不堪的房山和牆垣充斥著紅色標語。腳下的土地蒸騰似火。街道兩旁僅有的幾棵楊樹樹葉發蔫，知了躲藏其間，好像烤焦了烤糊了，痙攣地尖叫。

找到杏黃營鎮中學已是大汗淋漓。露水打濕的大花裙子卻乾了。

用手絹包抹了抹額頭的汗水，抬眼看，中學大門的門垛高高插著兩桿紅旗，紅旗褪了色，無精打采地耷拉著，看不清是哪家的造反旗號。大門左側掛個大木牌子，上寫「××縣杏黃營鎮中學革委會」，字跡猩紅；「革委會」幾個字她是認得的。生銹的大鐵門緊閉，敲敲，推推，毫無聲息。小鐵門也插著。隱隱聽操場有人說話，就使勁推門咕咚。

「誰呀！？」這才有人搭話。接著，嘩啦抽門栓，小鐵門開了半邊，一個十四五歲的男孩探出半個身子，堵住門口。男孩光膀子，皺皺巴巴的「毛澤東思想紅衛兵」袖章纏在細瘦的胳膊上，打量一眼來人發問：「造反有理，找誰？」

「……啊啊，革命無罪！找一個老師……」

「哪個老師？」男孩對她的回答很滿意，嫩稚的臉露出笑容；一個老太太能答出革命無罪已是很革命很出奇的了。

「大侄……我找，找百里玉妝老師。」

「總校長有話，辦學習班期間不讓找人！。」

「大侄，我大老遠來，求你跟校長說說，大侄！」

「等等，我請示一下。」男孩說，嘩啦拴上小鐵門。

可是，左等右等不見動靜。

太陽直照在頭上，沒有背蔭的地方，曬得滿臉流油，便再喊，再咕咚，岔開五指拍打，用腳踢，扯開嗓子大喊：「開門開門，找人找人！！」

2

過了許久，小鐵門打開，跨出一個黑臉膛，翻著紫唇的瘦高男人，男人略微掃了一眼，無不輕蔑地申斥：「搗亂，正辦學習班，趕快走！」

「我找百里玉妝老師！」

「什麼百里玉妝！我問你，她是你什麼人？」

「……我，我兒媳……你是誰？」

小鐵門裡一個帶紅袖章的男人很不耐煩，向紫唇說：「艾校長，別搭理她，一個女瘋子！」

艾校長卻樂了：「我說呢，教育系統出了個女反革命，這回，放屁又崩出個臭蟲！提留起來一看又是個母兒！花的！老的！我問你，你說百里玉妝是你兒媳，有結婚證嗎？有嗎！？沒有吧，拿不出來吧！告訴你，我不給開介紹信休想結婚！看來哌……生米做成熟飯了，若是那樣百里玉妝又增加一條罪狀，亂搞男女關係，道德敗壞！你是不是給她湊材料來了？我說呢，她的材料還缺點什麼，原來只差這一條……瞎說八道？怕人瞎說八道就快回去……領結婚證？若真能領結婚證我去喝喜酒，哈哈……做夢吧！」

紅袖章作吹軍號狀：「回去吹喇叭，嘟嘟——別搗亂了，死熱荒天的上哪兒涼快不好！」

「百里玉妝就是我兒媳，讓我進去！」

艾校長橫在小鐵門前，翻著紫唇，用手背向外轟：「滾，再搗亂把你抓起來！」

「什麼?!你再說一遍……」她氣撞腦門，擺開螳螂決鬥的架式，岔開五指輪圓了狠狠扇了艾校長一個滿臉花！猝不及防，鑽進小鐵門，撞翻紅袖章，跑向操場。

只見操場的太陽地兒立著百里玉妝，百里玉妝胸前掛個打了紅叉的小黑板，低頭貓腰。見她闖進來，躲在樹蔭下和躲在窗口乘涼的老師們紛紛趨前看熱鬧。她分開人群，直奔百里玉妝，扯下小黑板扔在地下，踹一腳，拉著就向外跑，大喊：「學習班學習班，我看是閻王殿！跟我家去！」

百里玉妝眼噙淚水，向後墜，哀求：「大嬸，不行呀！你趕快回家吧！」

艾校長哆嗦紫唇，大吼：「破壞學習班，把這個瘋婆子給我弄出去！」

幾個紅袖章略微遲疑，捋胳膊綰袖子一齊上，抻胳膊的抻胳膊，抱腿的抱腿，殺豬似地向外抬。花大娘打開了撲稜，翻滾，吼叫，撕咬，掙脫又跑回。紛亂中眾人踩破了手絹包，踩碎了煮雞蛋，核桃、白薯幹也撒在操場上。

有人在一旁喊口號：「辦學習班是個好辦法！」「無產階級專政萬歲！」

「你們不能這樣呀……」百里玉妝也聲嘶力竭地追喊，搶花大娘。

「家去，家去，這個閻王殿！」花大娘拽百里玉妝向外衝，紅袖章們擋住去路拳腳相加，百里玉妝就把花大娘摟在懷裡，用自己的身體抵擋。

艾校長質問百里玉妝：「我問你，瘋婆子是你什麼人，今天給我說清楚了！」

「我婆婆！」

「婆婆?!」

「不差，我是她兒子媳婦！」

「哼，少他媽給我來這套——打！」

「打?!她可是個老人呀！」

艾校長上前踹花大娘一腳，踹了個大骨碌。百里玉妝見狀不顧一切地衝過去，狠力頂向艾校長的前胸，把艾校長頂了個屁股蹾，大喊：「有能耐衝我來，不許打老人！」

艾校長呼哧呼哧從地上爬起來，整張臉都氣紫了：「反革命，真地反了你！」帶領紅袖章們把百里玉妝按倒，踩住頭髮。

另一撥紅袖章又殺豬似地抬起花大娘。花大娘不斷打撲稜，撕咬，嚎叫：「啊啊——跟我家去，家去，家去——小日本，黑驢聖，騍騍了屄——打跑了膏藥旗，又來了，來了打紅旗的——等他騎大白馬回來，回來，把黑驢聖剁兩截，殺——大刀向——啊啊——向鬼子頭上砍去——跟我家去，去——下定決心，不怕犧牲——排除萬難，去爭取勝利——」最後竟喊起語錄歌，拋出了無往而不勝的法寶，亦如《三俠五義》裡賈明的靴子！

無奈人多勢眾且年輕力壯，最終把她抬出小鐵門，扔到門外。

以後，無論怎樣拍打，踢，叫罵，再也沒人理睬。

看熱鬧的人見她頭髮、衣服水撈了似的，上前勸解：「花大娘，回家吧，再不到我家歇歇腿，消消氣，小路膊擰不過大腿！看你這身子骨，瘦成人乾兒了，犯不上跟他們致氣！」

她頭頂大鐵門哭喊叫罵，慢慢地，岔開的五指順著鐵門滑落，抹下兩溜汗水，頹喪坐地。就用頭撞，擂戰鼓一般，咚咚咚，咚咚，咚……鼓聲一點點衰竭，直到鏽跡斑斑的大鐵門撞出一抹紅，好像地圖上塗了一片「桑葉」……

3

在花大娘的觀念裡，現在的政府仍是當年的「背包政府」，可以一道跨塹壕，鑽山洞，一鋪土炕擠著住，一塊白薯分著吃。而那些分吃過白薯的並沒有忘記在她丈夫率領下的戰鬥生活，仰慕其傳奇人生，對她無不高看一眼，所以管頓便飯，安排個過夜床鋪並不厭煩。她呢，哪個機關的門檻都踢，腳面水——平趟。另一些人，討支恒大牌煙抽抽，湊上幾句笑談，博得哈哈一樂，倒也能消愁解悶。況且，在穿衣非灰即黑男不男女不女的年代，年輕人碰上一位穿大花裙了的老太太更願意搭訕，樂不可支……

花大娘沒有接受鄉親的挽留，搖搖晃晃去找她的背包政府了！

花大娘摸上公路，一直西行，「小日本，黑驢聖，我要剁你兩截！」走一道罵一道。

太陽高懸，公路兩側的樹木灑下陰影，但她已經不會想躲避太陽的淫威，竟走在路當央，昂著頭，僵直著身子，惡狠狠地咬牙，岔開五指，臉色時而通紅時而煞白，頭髮猶如一團燃燒的蓬草。大花裙子也點綴了新圖案——紅花上的黃蕊：褶褶巴巴的被面大紅花沾上了斑駁污穢的雞蛋黃，且有砂粒柱頭閃光，自然是中國這個地盤上全新的頗具立體感的印染傑作！

她帶著印染傑作不斷叫罵，不看四周，不回答行人問話，不理睬行人嘲笑，終於走完通向縣城的公路，踢進了縣革委會的門檻。勤雜員正挺在傳達室小炕上睡午覺，大院空無一人，灌滿知了鼓噪，整個革委會儼然是知了造反兵團的大本營。毛澤東安坐籐椅的巨幅油畫充當了衙門大堂的屏風，為劣質油彩畫成，經不起風吹雨打曝曬，暖色首先失去了光澤；倒是一襲大花裙子匆匆從面前掃過，更要光鮮。

穿小柏樹林向北，過個門洞，從最北端的月亮門再向西，眼前是個通長的小院。小院花壇的胭脂花、雞冠花、芨芨草沒能引起她的注意，徑直來到緊裡邊的屋門前。推門，推不開，就岔開五指拍打。沒動靜。看窗戶，鑲著毛玻璃，裡邊拉著窗簾。

「巴宗，是我！」她喊，聲音只在喉嚨眼兒咕隆，喊不出聲，改成用腳踢。

「誰呀！？正睡午覺！有事涼快了再說！」屋裡的人大聲喝斥。

「巴宗！」她心裡狂喜，側耳靜聽，揚起的巴掌反倒遲疑了許久。

又過一陣，屋門呀地開了。巴宗出現在眼前，紅頭脹臉，汗流浹背！巴宗肩扛藍色農家汗褟兒，一手提白布腰的黑細襠褲，一手舉小茶壺喝水。

「花……大娘，怎麼是你?!」巴宗笑笑說，「這麼急，他媽的我以為革委會大院著火了！」

花大娘想說話說不出來，跨進屋。

一個身材窈窕的鼓眼珠女郎招呼聲「大娘」，掩衣低頭出了屋。

「打兩壺開水……」巴宗甩脖叮嚀，並向花大娘，「這群廢物，一大晌午連壺水都燒不開，乾脆給我回家榜大地！你來前我正訓斥她，這個秘書是怎麼當的……一大晌午連壺水都燒不開！」

她立在屋地感到悶得慌，不容分說敞開屋門，推開南北窗戶。一陣穿堂風穿過，掀掉了辦公桌上一張《人民日報》，報紙趄到地下。原來報紙蓋一幅春宮圖，一對赤裸男女做著姿態。

「……這是他們從老縣長櫥子裡翻出來的『四舊』，拿給我看，說是張傳神的工筆劃，我說我才不看那玩藝呢，趕快塞大茶爐……還沒來得及燒……」

4

她不理會畫不畫，也沒聽解釋，從懷裡掏出半盒恒大牌香煙，哆嗦著取出一支敬巴宗。可是，煙已濕透，變成了深褐色，壓扁了，彎曲著。

「這不是汗漚過的嗎？大娘怎麼出這麼多汗?!」巴宗很驚異，打開老式大漆雕花立櫃，取出香煙給她點燃。

巴宗把春宮圖捲巴捲巴扔進大漆櫃，然後提白褲腰抖抖襠下的汗濕，把褲腰緬上，擀了個圓「腰帶」。

「大娘渴了吧？」巴宗提熱水瓶倒水，卻只倒出小半杯。

這時鼓眼珠女郎提兩隻熱水瓶踮腳進屋，倒滿開水，退去。

花大娘端水欲喝，水太熱，又放回原處。

「眼珠子倒挺大，有目無珠，不知道水是開的？」巴宗向鼓眼珠女郎的背影以長輩身分責備；找只空杯，和熱水杯對折，邊折邊吹氣，很專注，畢恭畢敬放在花大娘面前。

花大娘喝了溫開水，想說話，卻發不出聲，就咿咿呀呀比劃，比太陽，比女人，比貓腰，比掛黑牌子，比牌子上打叉，比抬人……比劃半天巴宗還是沒明白。

「大娘，殺豬來著？怎麼殺豬惹你生這麼大氣……殺豬沒分給你肉？都不是，誰欺負你了？我給你出氣！不過千萬別著急……」大罵，「誰他媽吃了豹子膽，活膩歪了，等老團長騎大白馬回來把他們統通槍斃！這群王八羔子，花大娘抗日的時候你們還在狗肚子轉筋呢！」

可惜不懂她的啞語，便狠狠搖電話。好久才搖通。

「增旺嗎？不在！哪去了？不知道？給我找回來，馬上！我死屍不離寸地，等著！」巴宗向電話另一頭吼叫，回身激憤地說，「我就說頂高粱花的腦袋幹不了縣革委會主任這個差使，大熱天在辦公室悶著，喝口開水還得廢唇舌……哪跟回家薅苗耪地，躺在樹蔭下睡晌覺，小涼風吹著，多美！大娘，我算倒楣透了，受洋罪，頂高粱花的腦袋哪轉得過喝墨水的，轉得過大兵！老子跟老團長打游擊的時候他們還在敵佔區舉膏藥旗呢……」

花大娘無心斟酌哪個喝墨水的哪個大兵使他如此恨怒，仍不斷比劃。

「大娘，哪撞的呀，頭撞流血了！身上也滾髒了，沾的什麼？」巴宗說，取來笤帚抽打大花裙子上的泥土和雞蛋黃。金塵飛揚，落英繽紛。

正掃著，張增旺噔噔跑進來，看眼前這情景，忙說：「巴主任，有事嗎……啊，花大娘，有一程子不見了……」

「還有事嗎！嗎！大娘挨欺負告御狀來了，又急又氣，光比劃說不出話。我猜了半天也弄不明白什麼意思。把花大娘交給你，找個對勁兒的勸解勸解，等能說話了再來找我。」

張增旺把黑眼仁向上定了定，滿臉堆笑：「大娘反正你一時半會說不明白是怎麼回事，跟我走，找個好地方歇歇。大侄不會虧待你。」

花大娘還要比劃，無奈張增旺連勸帶哄，推到門外。

巴宗叮囑找醫生給額頭上藥，做碗涼麵，並拉住她的手塞給一條大前門香煙：「大侄孝敬你老人家的，回去慢慢抽。把汗漚的煙扔了。有事儘管找張秘書，漿養好了再來找我，別生氣了，我一定把那群王八羔子劁了！跟他們氣個好歹的犯不上，你是誰他們是誰，你是我的好大娘……抗日時那個小媳婦多漂亮呀……響噹噹的女英雄！」

5

巴宗的辦公室是座老舊的房子，小瓦紅椽，很隱蔽，為歷任縣令、縣長的寢室，傢俱古色古香，各種擺設一應俱全。外屋，靠北牆、西牆呈直角擺兩排太師椅，用於召開小型會議，東側擺張大辦公桌，坐北面南，桌對過也有張太師椅，便於近距離交談。

裡屋，毛澤東畫像下掛個大鏡框，鑲幅毛澤東和巴宗握手的照片。巴宗戴頂長遮沿解放帽，表情興奮而虔誠，毛澤東身穿寬大的中山裝，表情凝重。剛從新華通訊社弄來的照片可不這樣，原來照片上的巴宗只是個側面的象徵性人物，露半拉臉，有位高人說「不雅」；張增旺自有辦法，請來縣文化館汪旺攝影大師，汪大師讓巴宗按照當年的打扮和張增旺拍了張握手照片，再把照片上張增旺的手從腕部剪斷，把原照片上毛澤東的手從腕部剪斷，才放大拼成了現在的巴宗眉眼清楚易於辨認的照片。汪旺在毛澤東的臉上塗些油彩，毛澤東馬上容光煥發起來，掩飾了憔悴。汪大師暗室技術高超，處理得天衣無縫，且特別詭秘，這樣，世紀握手的照片赫然出現在展覽館、辦公室以及其它莊重場所，同時成了與報紙精彩文字相匹配的點睛畫面，萬人景仰的光芒四射的旗幟。在這一畝三分地，巴宗由於得過御封，等於不花一文錢上了萬種保險，可以盡享榮華富貴，赦免一切罪愆；使飄飄然，暈乎乎，不知道自己吃幾碗乾飯了，農民的一切優點和劣根性得以施展，慢慢地更加無所顧忌，說一不二。「巴宗就是小毛主席！」人們私下議論，無不敬畏。裡屋大漆木床的床頭還擺了長長一溜馬恩選集、列寧全集、毛澤東選集和各種語錄本。語錄本大小不一，最小的如掌心《聖經》，印刷裝幀之精良無以復加。

今天大漆木床上分外熱鬧。巴宗的寶貝孫子牛牛在床上橫滾豎蹦，呼哈喊叫，就差掀掉房箔了。害得倚在被摞上的花大娘不得安生，由著性地讓他騎肚子耍歡。盤腿坐在花大娘身旁的李瑞珍不得不把牛牛哄下來。立在一旁的革委會總務杜順永手裡拿著餅乾、糖果，肩挎塑膠長槍，不動眼珠瞧著，生怕牛牛受委曲。牛牛說要撒尿，杜順永就一溜小跑取來痰盂。可能由於隔代遺傳的原因牛牛故意撥郎牛牛，不過，僅僅向杜順永臉上撥郎尿液罷了，比起爺爺來簡直是小巫見大巫，爺爺能把牛牛的分泌物抹在女人的臉上，嘴裡……杜順永並不氣惱，只笑罵一聲，舉巴掌做出要打屁股的姿態。牛牛奪過塑膠槍戳花大娘的臉，大喊：「舉手投降！」李瑞珍說：「老少胡一輩，你管巴主任叫爺爺，你爺爺管她叫大娘，都四輩了，快叫祖太奶奶！」牛牛尖聲大喊：「我沒祖太奶奶！」把槍指向了李瑞珍，「叭！斃了你……快倒下！」把李瑞珍撲倒。李瑞珍真地給了牛牛一巴掌，牛牛哭號起來。杜順永抱起牛牛喝喝地哄，黑了臉。

此時巴宗正在外屋突擊批閱文件。每份文件的前面都釘一頁紙，紙上油印了巴宗及縣革委會常委的名字，名字下有空格，看過便輪流劃圈，也可以在空格內寫上自己的意見。

巴宗見張增旺進屋，像見到救星，把一摞文件推向桌邊：「煩！看花搭眼了，還是你圈吧……人都來了？來了好。」並向裡屋喊，「老杜，鬧得麻煩心，把牛牛弄走！辦正事了……」

杜順永背牛牛、挎長槍出了屋。

6

同時進來兩個人，一個白皺臉，一個八字眼。二人悄悄坐在門邊的太師椅上，掏筆記本準備接受指示。張增旺分別給二人倒了茶。

巴宗笑道：「怎麼屬黃花魚的溜邊呀，坐近點。」

二人這才挪了挪。

「有件事得你倆辦。」巴宗說，向白皺臉，「馬校長，噢，馬主任，到文衛組上任幾天了？」

馬開達笑道：「一個星期。」

「文衛組那個大兵讓我攆跑了，好作用不起，專走後門！供銷社、屠宰場快讓他們劃拉光了，時興走後門都是他們支『左』支出來的！」巴宗說，「有件事……我有個表弟要結婚，叫李，李……」向裡屋，「大娘，叫什麼來著？」

「李夢生！」花大娘在裡屋作答。

巴宗笑著說：「這可不是走後門，你們認識花大娘，她的兒子，我表弟要結婚，得開個結婚證。開結婚證為什麼要勞動二位？聽我說。杏黃營鎮有個校長，說結婚得他批准！我就不信沒有螻蛄就種不了地……王局長，」向八字眼，「今天民政局就把結婚證開了，讓那個螻蛄瞧瞧，沒他能不能種地！」

王局長犯難，低垂八字眼說：「雙方有介紹信嗎？得證明未婚……」

「沒味的屁！誰結了婚還開結婚證？拿你來說，孩子一大幫了，還敢找個小寡婦結婚？借給你個膽子也不敢。也就是現在要結婚證，我們那時候誰要結婚證來著？倆人把行李捲一搬就算明媒正娶了，我那個『金不換』就是這麼來的！不信你問問屋裡的兩個大娘，她倆知道我的底細……公社的介紹信隨後送來，增旺打電話了。問題出在女方。馬主任，學校不是歸你管麼，女方的介紹信由你開。」

馬開達笑笑說：「可我現在還不知道女方是誰呢……」

「哈哈，倒忘說了，你認得，在你們幹校勞動過，叫百里玉妝，那個中央下放幹部。」巴宗見馬開達吃驚，說，「人家兩個年輕人對相對看願意了！我就佩服不小瞧莊稼人的……我就是莊稼人，不照樣坐這個位置，誰能保證李夢生將來不發旺。馬主任管開介紹信就行。另外，把那個杏黃營鎮的校長拿下！騾騾子……翻紫唇，等著挨劁吧！是是，對了，騾騾子不用劁……哈哈，這是大娘形容的……」

「大娘，他叫什麼名字？」

「我也不知道，有人管他叫艾校長，壞透腔了！」

「對，艾校長！便宜了他，不劁了，造反派，先拿下！哈哈！」

「什麼理由呢？」

「活人叫尿憋死，理由明擺著麼！記住了嗎？你倆一個管開介紹信，一個管開結婚證，馬上去辦。公社給李夢生開的信隨後就到。我死屍不離寸地等著，讓老杜給弄一瓶好酒，事辦完了我請客……」

王局長說：「回去商量商量。」

「商量什麼？」

「巴主任，你不知道，現在是造反派當家……」

「誰？」

「莊顯齋。」

「他呀，不就是那個火化場鑽煙道掃骨灰的小子嗎？我知道，上我們村砍紅旗的就有他，我正想找他算帳呢，也拿下，讓他回去掃骨灰！」

「他現在還把著印章……」

「奪過來，你親自把。大印就是大權，這個理兒造反派比你比我明白，不然為什麼造反先奪木頭疙瘩！有人看我手裡的權眼熱，也想奪，可我就是不放！上級看我是個橛兒把我釘在這，是橛兒就得拴驢！現在有人又想偷驢又想拔橛兒……」

張增旺說：「百里玉妝的政治情況是不是向二位說說？常委會有結論……」

「什麼他媽結論！反革命，還得把帽子拎著什麼時候想戴就戴！什麼時候想鬥就鬥！反革命，要麼是，要麼不是，沒有證據就不是，別他媽給自己找臺階下！哼，孫大肚子！增旺記著，下回開常委會討論這個問題。馬主任，王局長，怎麼樣？剛結合的幹部挺不起腰板成了通病，王局長把你眼角向上摩挲摩挲，別成天耷拉著……幹吧，我摟後抱腰！具體的事讓增旺交代。」

第四十章　高壇飛燕女兒祭　奪得犧牲蒙蓋頭

「向毛主席請罪」，這就是請求上帝寬宥他的罪人，天賦人權，三分之二天下受苦人的解放……紅蓋頭底下左眼流的是膽汁，右眼流的是蜂蜜。

1

作為祭祀的犧牲，百里玉妝已經不是兩三個月以前地下戰備洞裡的一隻羊，一頭牛，一口豬，或者一盤熱騰騰的熟爛的北京烤鴨了，現在變成了一隻飛燕，飛燕的雕像，同樣供奉在「紅太陽」下炙烤。

杏黃營中學教室。她足蹬一張再造靈魂的搖晃的課桌，撇著，胸前掛張「反革命」牌子。頭顱必須緊貼膝蓋，如若稍稍抬起，就打一巴掌，向下按一按；如若胳膊不像飛燕那樣高翹雙翅，就打一巴掌，向上抬一抬；保持著始終如一的姿態，為國頒標準。雖非創新，但祭壇之高險、祭祀者之虔誠比起泱泱清華大學更具特色，只是脖子沒有加掛乒乓球項鏈罷了。

課桌佈滿幾代中學生刻劃的痕跡。她的熱汗從臉頰和發根湧出，不斷滴落，汪在刻劃的凹陷裡，幾隻綠頭蒼蠅趕來忙碌，好像找到了豐美的草地和交錯的河網。

艾校長作為總監製、總導演坐在教室第一排，黑臉泛紅發亮，外翻的紫唇唇角下拉，難以掩飾得意之情。眾教師有的目不忍睹低下頭，有的怕輪到自己倒楣惴惴不安，有的如臨大敵激昂亢奮。有的則正襟危坐，近距離鑒賞迷人的身段，白嫩的肌膚，想入非非。就多數人來說，因為在這個漫長的暑假有家不能回，蚊蟲叮咬，酷暑難耐，能見識見識批鬥人的花活倒有點營生可幹，就隨幫唱影，喊口號壓，把胳膊舉低點口張小點，打人麼，比劃比劃，熬日子。自然也有人想好好表現表現，「艾校長盯著每一個人呀」，或許博得龍顏大悅，賜給個小學校長當當，這大小是個官兒，管上三五個人七八條槍，也算祖宗墳上冒青煙；只要把心夾在胳肢窩，發揚魯迅先生「痛打落水狗」的精神就有可能做到。

正在紅袖章聲嘶力竭念批鬥稿的時候，穆老師突然喊：「向毛主席請罪！」「向毛主席請罪！」沒人敢不張口，口號聲蓋過了樹上知了的鳴叫。

於是，百里玉妝慢慢轉身，慢慢立起，慢慢向毛澤東行三個大禮。由於課桌離石灰牆太近，汗濕的頭髮拂掃了毛澤東臉上的灰塵，留下閃亮的汗漬，好像毛澤東也熱得淌汗，卻並不惱怒這「犯上作亂」，反而報以慈祥一笑。

艾校長用眼睛翻白穆老師：「多事！」在艾校長看來，桌面凹陷裡的汗液越積越多，「燕子」的翅膀耷拉下來，要挨巴掌了，以至渾身哆嗦要從課桌滾下來達到更加理想的效果了，穆老師竟帶頭喊起了口號，使得即將被摧垮的機體得到短暫的調解。

穆老師也用眼睛剜艾校長，撇了撇嘴：「缺德！」認為呼喊「向毛主席請罪」堂而皇之，估摸百里玉妝快堅持不住了就再喊一嗓子。

「四海翻騰雲水怒，五洲震盪風雷激……要掃除一切害人蟲，全無敵……」一個滿臉稚氣的代課女教師尖聲念開場詩，噝唾沫，拉動乾燥的舌頭進行了千篇一律的批鬥，「百里玉妝……你是孔老二的孝子賢孫，裝成美女的蛇……從骨子裡反動，反對戰無不勝的毛澤東思想……嗡嗡叫，幾聲淒厲，幾聲抽泣……我們無產階級造反派一千個不答應，一萬個不答應，要踏上一千隻腳，一萬隻腳……打倒反革命分子百里玉妝！毛主席萬歲，萬萬歲！」念到後來幾乎發不出聲，自覺口腔冒煙，舌頭沙沙地響。終於念完，急急逃回坐位，已是大汗淋漓，差點虛脫。

百里玉妝身體搖晃，雙腿顫抖，擔心扎下課桌，便默念毛澤東《語錄》，「往往有利的情況和主動的恢復取決於再堅持一下的努力之中……」實在找不到好辦法，直想哭。

她昏昏沉沉，稠血灌頂，「不要扎下去，不要扎下去……」尚能提醒自己。彷彿正在臨時宿舍睡覺……後半夜，好不容易迷乎著了，蚊子在頭上唱歌，挑肥揀瘦，然後把分散而集中的嘴吻入……「嗡嗡叫，幾聲淒厲，幾聲抽泣……」不知是蚊子叫還是蒼蠅叫。

渾沌中，她吃驚穆老師的機敏和膽量，突然有所領悟——「向毛主席請罪」，好像毛主席是寬宥罪人的上帝，請罪的是在接受上帝的懲罰，請了罪似乎可以得到靈魂和肉體的片刻安寧以至快慰，這大約就是天賦人權，解放三分之二天下受苦人，威力無比，立竿見影……啊，嗡嗡叫，幾聲淒厲，幾聲抽泣……啊，綠頭蒼蠅在喝水！穆老師，快喊請罪呀！

2

飛燕搖晃著，顫抖著，稠血灌頂，昏昏沉沉，但還有一絲意識……

這時，教室外人聲吵嚷，花大娘突然闖入，直奔白里玉妝，拽牌子，要拉她下來。她雙腿不聽使喚，癱坐在課桌上。

眾教師驚呆了，呼啦立起。

艾校長火冒三丈，大吼：「該死的瘋婆子，又找病來了！給我打！」

花大娘岔開五指撲向他，抻脖領子摔臉，人罵：「你要敢動我一手指頭就把你黑驢聖剁兩截！告訴你，她是我兒媳，是貧農了，你校長的小毛刺兒也擼下去了！」

艾校長被一下子鎮住，向外看，操場黑鴉鴉一片，不時有人擠小鐵門湧進，不知如何是好，向紅袖章喊：「給我打，怎麼不上呀！」可是已經沒了底氣。

紅袖章們面面相覷。

花大娘摘下牌子，摩挲百里玉妝濕漉漉的頭髮：「孩子，別怕，回家媽給你叫魂！別怕別怕！」

「月牙湖」水淹沒了眼前的一切。

花大娘向門外喊：「兒子，把她抱下來！」

李夢生背槍帶幾個民兵跨進屋。艾校長從沒見過這樣威猛之徒，自覺瘆得慌，倒抽一口涼氣，腿肚子篩了糠。

李夢生抱起百里玉妝。百里玉妝伏在李夢生的肩上抽泣：「哥，回家……」話語已不連貫。

來到操場，花大娘仍大喊：「姓艾的，你不是校長了，她也不是反革命了，她老爺們是貧農，她就是貧農了……你再敢欺負她就是反對貧下中農，就是反革命！」

艾校長稍稍鎮定，也向花大娘喊：「破壞學習班，你才是反革命，花反革命，瘋反革命！我問你，你有什麼資格搶人！？你說她是你兒媳，有證據嗎?!」

「在這呢！」花大娘掏出結婚證在艾校長眼前晃了晃，艾校長剛要接，卻交給了旁邊的老師。

花大娘岔開五指罵：「這是什麼？告訴你姓艾的，黑驢……你那個腳丫巴泥的小官一擼到底了！」亮在眾教師眼前的確是結婚證，大紅的封面赫然印著毛澤東頭像和語錄，分明寫著李夢生和百里玉妝的名字。「是！是！」眾教師證實，「還蓋著革委會大印呢！」

艾校長很疑惑，翻了翻紫唇，和花大娘對罵。

李夢生並不搭理艾校長，抱百里玉妝徑直穿過操場，出了小鐵門。花大娘風風火火追出說：「這是明媒正娶，不走小門，退回去，走大門！」

李夢生抱著她回到操場。

花大娘撥拉一下大鐵鎖，命艾校長：「開門！」

艾校長微微一笑，攤開雙手：「沒鑰匙！」

「沒鑰匙……你平時就鑽狗洞？」花大娘搶上前抓撓，要鑰匙，艾校長感到臉熱辣辣地疼，趕緊向後躲：「丟了，丟了……」

花大娘命李夢生：「給我踹！」

李夢生放下百里玉妝，踹大鐵門。但只踹落一些鐵銹。紋絲不動。

「媽，還是走小門吧……」

「不行，非走大門不可！」

花大娘搬來塊石頭，狠力砸鐵鎖，「咚，咚！」

百里玉妝上前解勸：「走小門沒關係，我不在意。」

「我在意，走小門下半輩子不吉利！」

李夢生接過石頭也狠力地砸。砸不開。

「看我們的！」十幾個年輕人自告奮勇，喊著一二三，「轟！轟！」只兩個回合就把大鐵門、門垛插著的旗幟踹倒，大鐵門和木牌子扇起一股塵土，引來一陣歡呼：「毛主席萬歲……」

「萬歲萬歲……抱你媳婦，走！」花大娘命令。

李夢生抱起百里玉妝從大門豁子通過。

幫忙的年輕人興高采烈，前呼後擁，不斷喊叫，施展各自的語言天賦和唱工。

原來不遠處停放一輛北京牌一三〇雙排座運貨車，馬潔和李瑞珍正在車旁焦急等候。司機一個勁兒按喇叭，「嘀嘀嘀——嘀嘀嘀——嘀嘀嘀嘀嘀嘀——」如同大戲開鑼。

上了車，百里玉妝伏在後排花大娘和李瑞珍中間，馬潔坐在副駕駛位置上，好事的年輕人簇擁李夢生擠滿車門。汽車緩緩開動，後邊跟著一群瘋跑兒童，稍大一點的攀馬槽向上爬。人群湧動，喊叫起哄，好像有股說不清的熱情突然找到了渲泄冂。

「花車」在大街上嘀嘀走了兩個來回，快樂的人們意猶未盡，直到李夢生答應請大家喝喜酒才算告別，從長城外繞道開向栗樹溝。

3

西屋，火山牆上掛支半自動軍用步槍，百里玉妝盤腿坐在槍下，紅蓋頭遮住臉，黃流蘇垂在胸前。

整間喜房經過了打掃和裝飾。新鋪的葦編炕席白亮清爽，一改往日的破舊和污穢。新糊了窗紙，新增了窗櫺上的「窺望鏡」；不知是從哪裡揀來一塊玻璃鑲在窗戶下沿，呈不規則形狀，卻也擦得一塵不染；從窺望鏡向外看，可以看到院內新搭的灶台，冒蒸氣的籠屜，忙碌的農家廚師，進進出出的男女。屋角沒了塵吊和蛛網，牆根堵了耗子窟窿，撒了生石灰，散發出松花蛋的氣味。炕沿上方沒了通長的麻繩和麻繩墜著的破爛衣裳。堆放的農具、彩旗、佈滿彈孔的胸靶也不知挪到了什麼地方。靠北牆增加了剛從東屋移過來的栗木板櫃，板櫃上放兩隻嶄新的竹蔑熱水瓶，一隻粗瓷貼花茶壺，幾盞單色茶杯，一個臉盆，幾包報紙包著麵粉的「禮盒」；禮盒上寫了送禮者的名字。貼在牆上的紅雙喜剪紙和薏苡果穿成的鴛鴦戲水的門簾平添了喜慶氣氛。北窗用木棍支起，颳進陣陣山風，立陡的山崖探入一枝紫荊，紫荊連同小花輕輕搖曳。兩隻離群的蜜蜂在小花間不停勞作，踅兩圈落在紅蓋頭上。

馬潔坐在百里玉妝對面，握著她的手，看紅蓋頭上的蜜蜂若有所思。蜜蜂一無所獲，一隻從紅蓋頭邊緣向裡爬，爬到百里玉妝的臉上採集淚珠；另一隻仍在外邊探爪猶豫，可能不太相信裡邊深藏著如此離奇而豐富的「蜜源」。

「不是你待的地方，滾！」馬潔揚手驅趕，蜜蜂嗡地飛走，撞牆，逃出窗外。

馬潔一直握著她的手默默交流。這手，再熟悉不過了，細嫩光滑，十指修長，指甲紅潤，指窩柔和，曾不止一次抱著把玩……這手，寫文章意到筆到，言之得當，娟秀流暢……這手，數九寒天震裂凍傷，磨掉膠布，留下斑斑血跡……這手，給彎大叔縫縫補補洗洗涮涮是那麼靈巧……這手，撫摩青紫的傷痕，結枷的後背，攀長城，爬懸崖，每個指尖都凝聚了自由的渴望……這手，緊箍著無形無色無質感的戒指，卻由多舛的命運打造……這手，此時被另一雙唯一能抓到的手包裹著，熱汗漬漬，卻不肯抽回，傳遞著深深的依戀，百結的愁腸，使人難以猜透的情思……

馬潔感到身上躁熱，便把紅蓋頭揭開一角想讓她透透風。發現鬢角淌汗，「月牙湖」噙滿淚水，很是生氣：「大熱天，活受罪！」呼啦把紅蓋頭掀掉。

這才看清，紅蓋頭是面錦旗，錦旗扯掉了襯裡的紅面，紅面上「優秀民兵連」「縣武裝部獎」的字跡雖然搓掉一些瓷漆，尚能辨清字跡；頓時瞪起大眼，尖聲叫道：「我說呢，還耷拉黃穗子！真作踐人，好傢伙，可得到便宜媳婦了，這東西也當紅蓋頭！我們姐妹再賤也賤不到這般程度！聽我的，不蒙了，結婚不是耍猴！」呼啦拋向西牆，還不解氣，又坐在屁股底下。「好哇李夢生，來不來就狗眼看人低了！錦旗錦旗！你當好東西，我可屁眼兒沒夾下！沒那個條件用不著擺窮譜！」

百里玉妝急了：「姐別生氣，不能揭！這是婆婆的主意，不能惹她生氣！」重又蒙在頭上。

馬潔扯了一把大花裙子說：「我一進屋就看著不順眼，穿裙子可以，也不能穿這樣的呀，你瞧瞧，花被面，多俗氣，可歎你這個標緻的人了！啊，有個花婆婆，可好，又添了個花媳婦！讓人笑掉大牙，脫了！」說著就要扒。

百里玉妝向馬潔哀求：「不能呀，求姐了。婆婆壓箱底好幾年了，是專為娶兒媳婦準備的。不能傷了她的心。」

「什麼破婆婆呀，不能事事順著她，她精神不正常你不能也不正常！」

「姐，好歹穿一會兒，對付過去這場再脫也不遲。今天必須由著她。你還不明白娶兒媳婦對她的意義。瞭解她的一生，苦熬苦曳這麼多年……什麼都想通了。今後也要順著她，夢生有時氣得發昏還得按她的意見辦呢。夢生是個大孝子，他能做到的我也能做到。嫁人麼，嫁人就得跟過去告別。孔子說，『夫孝，德之本也』。還說對父母『居則致其敬，養則致其樂，病則致其憂……』我再加上一條——『爭則致其順』，分清大事小情，凡是茶碗磕飯碗的事不去計較……」極力開導馬潔。

「我看你秉性難移，又提那個姓孔的害人精了，你受他的害還少麼?!說到歸其還是『克己復禮』那一套！你修養真好，換了我我可不幹！」

「你也不會像自己說得那樣……我問你，你的那個『老小子』怎樣，好嗎？今天怎麼不來看看我？」

「沒讓他來。來了也是彆彆扭扭，他看見你這個樣子說不定……把那個瘋婆子臭罵一頓！」

「小點聲……我說他不敢，你早把他管得順理調邊了。姐，有了嗎？」

「什麼有了？」

「別裝假沖愣，我問你有喜了嗎？」

「沒有，我說他是個廢物……」

「別著急，會有的。其實最盼孩子的是婆婆。」

4

正說著，花大娘挑簾進屋，把一個荊編笸籮亮在炕上，笑道：「馬潔勸勸她，別把眼睛哭得桃似的，待會兒拜天地讓人笑話……你倆興許餓了，先墊補墊補。」

馬潔見笸籮裡盛些紅棗，花生，還有青栗子，嗑開青栗子說：「這栗子還一股漿呢！」

「你在你媽肚子裡一開始不也是一股漿麼！」花大娘詭秘地一笑，看了看紅蓋頭，「夢生去接他大舅，我琢磨也該回來了；和李瑞珍站路口望望得眼睛發酸，這把人急得呀……還得去瞧瞧……」匆匆出了屋。

花大娘走後，馬潔說：「紅棗花生栗子，『早生立子』，沒入洞房先把這東西端來了，恨不得一下子把孫子從你肚子裡掏出來！哪怕一股漿！一兜水！妹子，今後姐不在你跟前要多長個心眼兒。我知道你愛肚子疼，別冷一把熱一把地給他們當牛做馬，肚子疼了就熱炕煲煲，別強撐著。真替你擔心……就說那個該死的開臉！抻了線在臉上撚，絞，把汗毛全拔掉了，像薅雞毛，多疼呀！我在一旁瞧著心都揪起來了，你還說不疼……」

「姐，是不大疼。婆婆說她們出嫁那年月人人開臉……我想，她讓開就開，於她是回憶，於我算一種人生體驗。穆老師說，幸福的家庭與不幸福的家庭不管窮了富了都一樣，只有人格和心態的不同，過窮日子苦日子並不見得不幸福。這對我啟發很大。這樣說你就不用擔心了。」

「我不管你的什麼木老師鐵老師，最好把你婆婆也按炕上薅毛，狠歹歹地薅，讓她再回回爐！真沒想到你受這般罪，都怨我，早知道這樣才不把你和李夢生往一塊捏合呢！」

「你沒錯。夢生人好，我心甘情願嫁給他。姐，我身邊沒親人，我的婆家人是你和李媽媽。如果沒有李媽媽向張增旺出主意，鼓動巴宗，我現在還在站桌子。沒有你，這個婚宴也辦不起來。婆婆發愁沒錢買米買麵買肉，就是有錢也買不到，打算給客人貼玉米餅子，殺了那幾隻老母雞，正為難遭窄，你送東西來了……」

「這得說張增旺和范所長好。我去找張增旺，張增旺給范所長打個電話。范所長見了我眼圈都紅了，哀聲歎氣，要我給你捎好。米、麵、肉都是他親手打點的，腆個大肚子呼哧呼哧往車上抬，難為了他。還多給五十斤大米，留你慢慢吃。給錢他不收，要你親手交，他很想你……好像你出嫁摘了他的心肝……」

她哽咽起來，捧紅蓋頭捂臉，紅蓋頭連同黃流蘇不斷抽動。

5

人說紅蓋頭底下的淚水左眼流的是膽汁，右眼流的是蜂蜜；告別父母拉心拉肝，投入異性懷抱激情難抑，其悲苦和甜蜜自不待言。這是通常的情況。百里玉妝則要複雜得多，以至一位擦肩而過的老人給些愛憐都能打開淚水的閘門。

馬潔胡亂相勸：「嫁人衝著男人，不衝著婆婆。你婆婆確有點格路，說到歸其還是知道心疼人……論長相，論人品，論出身，論政治條件李夢生可說百裡挑一。我和博成良商量，你結婚以後也搬到城裡，託人給李夢生找個工作，把你婆婆帶上，和我當鄰居，只盼天天姐妹相見。包好餃子先給你端去，趁熱乎……妹子，你心裡不乾不淨我也難受，前些日子總惦記你，像丟了魂似的。這一輩子真想和你車馬不離橋，彼此有個照應。」

百里玉妝說：「姐心裡透亮，快人快語，敢作敢為，對人像團火……算是我的幸運。」

「相反，今生今世能碰上妹子這樣的人，對我更是幸運，妹子才貌雙全，講情講義，凡事能看得透……怎麼說呢，我不會形容，你就是我心中最紅最紅的『紅太陽』！哈哈！」

百里玉妝噗哧樂了，打馬潔一巴掌：「要你胡唚八道！還了得，他們聽了去興許把你也打成『反革命』！我有時想，你像古書中描寫的女中豪傑，開『黑店』的……」

馬潔笑道：「哈哈，我呀，只不過東一下西一下搉癢癢，若是女中豪傑早挨整了。在原縣人委大院裡，你、我、韶華姐不知道天底下還有個『愁』字，成天在一起膩抹，樂和，紫旮旯變著法地說悄悄話，給對方設計找什麼樣的男人，商量必須同一天舉行婚禮，婚禮穿一樣的衣裳，戴一樣的花，為戴什麼樣的花沒少爭吵，吵急了躲一旁生氣，生了氣再吵……可是韶華姐搶先結了婚。雖然張增旺有點謝頂，其它條件都很般配，誰能想到剛結婚就格格生生，吵吵鬧鬧，最後反目成仇。韶華姐太看重家庭出身，張增旺對政治前途自有一番韜略，你想呀，一個優越感極強一個自命不凡不裂桿子才怪呢！」

「真沒想到會這麼嚴重，」百里玉妝說，「韶華姐心數重，進取心強，業務水準高，辦事麻利都在你我之上。嗳，我呀我……」

「別我呀我的！過去的事了，看人得有個過程，用不著後悔！」馬潔說，「這回她撬來個出身好的大學生，你的姓何的，應該隨心如意了吧……你說怪不，這事你想不到！」

「什麼事呀，這麼嚴重？」

「別說吧，沒什麼可嚴重的。」

「說麼，含著骨頭露著肉不是你吐彩霞的脾氣呀！」

「今天不是日子，以後吧。」

「不行，現在就說！」

「其實也沒什麼大不了的，倆口子哪有不磕磕碰碰的！」

「別賣關子了，我想聽！」

「那好！前天，我在醫院看見了韶華姐，她把我拽進辦公室，進屋就哭，把我哭矇了。你猜怎麼著——挨何偉雄打了！這事新鮮不，萬萬沒想到！我不信，何偉雄天生窩囊肺，不是故意貶斥他……怎麼敢打『老佛爺』？不翻天了麼！她摘下眼鏡讓我看，果真眼眶青了一片。我說，我要掐他的小細脖給你下跪！她說何偉雄離家出走五六天了。我說過幾天準回來。她說找遍全縣不知下落……韶華姐這個說一不二的人物哭成個淚人，最後竟大老婆似地嚎，好像真不想活了，勸也勸不住，我心都軟了！」

馬潔見紅蓋頭抽動得厲害，揭開來看，只見百里玉妝雙手捂臉，卻捂不住湧流的淚水，就去拉，百里玉妝反而扭過身子在火山牆上撞頭。馬潔也抹淚，不知怎樣安慰，只是說：「那邊嚎這邊哭，賴我嘴欠，好妹妹，要哭就哭出聲來……」

這時，忽聽柴門外有人高喊：「新姑爺到，拜天地——」

第四十一章　苦蕒苦越嚼越甜　紅燭紅越撥越亮

此時的她——
是一個虔誠的朝聖者，長途跋涉，進入峰巒疊嶂的山間，撫摩著每一塊山石，激情難抑……
是一片孤單的雲，被風撕扯，終於凝聚，化作雨，落在乾涸的土地，狂野的溝壑，滋生著無邊的希望……

1

兒子結婚以後，花大娘合群了。早晨，準時準點出現在隊部，向蹲牆根等待派工的男女發香煙。香煙是大福字的，抽著衝，最便宜，如果不來人來客也不買。

「……什麼時候抱孫子呀？」大夥有的叫奶，有的叫嬸，有的叫嫂，用不同輩分的稱呼七言八語相問。

「等著吧，快了！」她翹起小姆指抽煙，扭擺大花裙子，美美作答。

「……什麼時候生個騎大白馬的呀？」更有人婉轉打趣。

「等著吧，快了！」她並不氣惱，彷彿喜事就要臨門。

「哈哈……」亂哄哄的笑聲把她淹沒。

一盒煙發完，看著噴雲吐霧的男女，聽著五花八門的揶揄，特別是對兒媳婦的嘖嘖稱羨；等上工的人走淨了，才扭扭搭搭呼呼啦啦離去。仍意猶未盡。

對她來說娶兒媳婦無異於通過生命最後一座大橋，固然夢寐以求，但真正具有吸引力的還是橋那頭最為閃亮的目標——生個孫子，延續本姓煙火。這種感情如同嬰兒對母乳的口慾、青年對異性的情慾，同樣是人生不同階段的慾望，甚至愛丈夫向愛孫子作了轉移，越盼孫子越思念丈夫，越思念丈夫越盼孫子；這兩股無形的繩索繫纏繞著她，左右了她的全部生活，而自己的性命已經微不足道了。

幾天來，三天？五天？七天？蹲牆根的男女突然不見了花大娘，不免作出各種猜測。

入夜，天還沒黑下來她就催促：「累一天了，早早睡覺！」自己也躺在炕上，側耳聽西屋的動靜，希望作生龍活虎的演出。因為她的新婚就是生龍活虎的，丈夫是個領兵打仗的「生馬蛋子」，自己也饑渴難耐，那情形，彷彿端蜜碗上山下嶺，蜜都搖盪出來了。

但她期盼的事情一直沒有發生。只是新婚的頭一宿西屋有些騷亂，往後便傳來兒子的鼾聲。她嫌在東屋聽不真切，就光腳丫倚西屋門框靜聽。她明白這是讓老臉臉紅的勾當，怕露出馬腳，臨睡前特意把堂屋地的柴葉掃淨，把雜物挪走，打開一條秘密竊聽通道……

不知西屋的葫蘆裡裝的什麼藥，又不好問，後脊樑透涼氣：老李家要斷後了！

於是，天大亮也不起炕，起了炕也不梳頭洗臉，不做早課，端來飯胡亂吃幾口，扔了滿地煙頭，臉明顯瘦了一圈。百里玉妝主張去區片衛生院給她看病，但拽不下炕。實在勸急了就撩大花裙子抹淚。

辦婚宴的時候她留一塊精瘦肉，切成片，用細鹽搓了裝進玻璃瓶，封好繫到井裡，每天拔上來看看聞聞，想盡可能多存放幾天，使兒媳吃上肉片炒蕨菜。炒好端上桌，先把肉片向兒媳碗裡夾，兒媳再夾給她，來回倒當，直到她真地動氣，兒媳再夾給丈夫，她自然不讓，非看著兒媳吃下不可。

——現在完全沒了這些心思。

忽聽西屋的兒媳驚叫，兒子嘟囔。心裡一喜，再細聽，又沒了動靜，就坐在炕上狠狠地抽煙，瘦削的臉一明一暗……

2

大凡大齡未婚男子都可能有不可名狀的苦悶，向自身求援的心馳神往的排解，相繼而來的痛悔感罪惡感，如此反覆，從而造成長期心理負擔；一旦娶了媳婦，夢想變成現實，卻又糊裡糊塗地緊張。李夢生背山已使體力嚴重透支，加上對種種事端日夜勞神，更加不在狀態，淺嘗輒止而已。這對自信心是個很大挫折。他選擇了逃逸，堅持背山，過去背二百斤荊條已是向奧林匹克極限挑戰，現在卻逞能背二百多斤，等到荊條過完秤，回家舀瓢涼水灌進肚，立刻爬上炕。渾身散了架，每個關節都疼，就像紅雙喜門簾斷了線，薏苡果嘩啦堆落在地。

掌燈時分，百里玉妝點亮紅燭，端盆熱水放在炕上，用腿擔住他的腳，把住，輕輕向腳上撩水，見皺眉頭，「嫌燙吧？燙點好，解乏。」一邊撩水，邊揉搓，撓腳上的老皴，笑著嗔怪，「別踹，小心登翻臉盆！勸你在家陪我待兩天，又不吃了你！」

洗過腳，換盆水，又用毛巾給他擦身子。看她專注喜盈的模樣，他的眉頭這才舒展開來。

「難為你了……」他忽然說，「做夢都想不到……」

「想不到什麼呀？」

「想不到大學生……」

「大學生怎麼著？大學生就不是媳婦？乖乖在家給我待兩天，讓你好好體會體會……」

「可惜福分太淺！」

「不許胡說！這體格多棒呀，腿上、胳膊上、胸脯上的肌肉掐都掐不動！」百里玉妝說，用力掐胳膊上的犍子肉，「什麼病也沒有，這麼多年不如意的生活壓抑了你，消耗了不少精力，我理解。應該自信，自信力會復蘇的。雙肩腫老高，流血了……折磨自己不是好辦法。」

「現在不拿肉皮子換工分，來年青黃不接餓得打晃更難受。大夥都這麼幹。」他故意回避主題。

「才不讓你打晃呢！我每月掙六十一塊五，是大學畢業生工作一年以後的月薪，在縣裡不算低了，這對家裡也是個幫襯。結婚第二天你就上山，上山也可以，為什麼背那麼多？生產隊長說看你背荊條晃晃搖搖上山下嶺就眼暈！夢生，不能戕害自己，你不心疼我心疼！」

「這，我知道。可，總愧得慌。你遭那麼多罪，嫁給一個……」

「別說了，再說就見外了。一點也不賴你。其實，辦學習班那些天晚上蚊子叮咬，白天挨批鬥，等到結婚也是提不起精神，跟你的情形不差許多。不過，枕你的胳膊，聞你的餿汗、臭腳丫，聽你打呼嚕、說夢話已很知足。你沒有對不起我的，千萬別責備自己。瘋勁兒上來不管不顧，那還行？最近你的話明顯減少，我不願意這樣……你沒發覺你的體格有多棒，活活是頭公牛！」

3

李夢生終於笑了：「可是，公牛不公……公牛還沒飲飽呢，求求牛倌，舀瓢涼水來。」

「不讓你喝涼水！回家第一件事就是喝涼水，連瓢都奪不過來！」

「你不知道，上山背荊條累不累倒其次，最難受的是口渴，見馬蹄坑裡的馬尿都想喝。別笑，不誇張。我真地趴過馬蹄坑，只是沒喝……」

「以後改喝涼白開，每天給你準備好，帶著。」

李夢生喝了兩杯涼白開，摩挲一下嘴說：「莊稼快成乾枯的老苗子，必須大水漫灌！做個揖，求你舀瓢涼水來！」

百里玉妝揉了揉李夢生的肚子：「成水鼓了，想喝也得等一等。先吃飯。你現在體內缺鹽，以後要給你配淡鹽水。」

「不用費事，頂不濟回家多啃幾口鹹菜。」

「我說呢，一大缸鹹菜眼看讓你啃光了。」

「莊稼人自有莊稼人的辦法。」

李夢生吃罷晚飯，把桌子一推，不等收拾碗筷，吹滅紅燭，攬她入懷。

兩人相互溫存。已感輕鬆。但仍然有意回避主題。

「稍等，忘了件事。」百里玉妝說，下炕把栗花火繩引著，「聽蚊子叫，別咬了我的如意郎君，嘻嘻！」火繩冒起縷縷青煙，滿屋清香。

她從櫃蓋端隻大碗放在炕上。李夢生見碗裡盛著苦蕒菜，卻是老的，開了小黃花，很疑惑：「想吃？苦得像黃蓮！」

「你不明白。」她盤腿坐在李夢生身旁，搬肩膀，「乖乖，翻個身。」李夢生就勢匍匐在炕。

「趴著別動。我淘換個消炎解毒的偏方。」說著抓把苦蕒菜揞在嘴裡咀嚼。

「不行，太苦太苦！」李夢生欲制止，卻被攔回。

她邊嚼邊說：「苦苦就甜，不要緊。別說，還真是甜的！不信你嚐嚐！」

「不嚐，用嫩芽蘸醬我都嫌苦。」

她彎起「月牙湖」笑著咀嚼，不斷皺眉，苦蕒菜的白漿順嘴角流出。

「這是何苦呢？」李夢生心疼地抱怨。

她示意別動，把嚼成糊狀的苦蕒菜吐在李夢生的肩上，用舌頭攤平，敷住傷口，這才長吁口氣：「人家都用石頭搗，我怕深更半夜影響媽睡覺……有唾液裹著消炎的效果更好，哈哈，髒？在公虎嶺吃我的時候怎不嫌？我向你說，唾液也能消炎，嘴裡子咬破了沒有發炎的，是唾液的作用……怎樣？」

「涼絲絲的。看把你苦得呲牙咧嘴。」

「不苦，甜的……」

「哪甜？」

「心裡甜！哈哈，你要我這句話，多狡滑呀！別動，老實點，還有一個肩膀沒敷呢……」又抓把苦蕒菜揞在嘴裡。

李夢生把臉埋在她光潔修長的極富彈性的大腿上，用牙叼，用舌舔。

「別狗似的，癢癢！」

李夢生照叼照舔不誤，加上胡茬子滾動，臨了，使勁咬一口。她則探身，向他嘴裡蹭苦蕒菜白漿作報復。

兩人說笑打鬧。

花大娘懸著的心慢慢下落……

4

燕山和長城都睡著了。狹窄的天空繁星似水，樹影婆娑，萬物都在安適而自由地呼吸。她枕著李夢生的胳膊。李夢生的大腿環著她的腰。她想：「他太累了！噢，男人的軀體堅硬粗獷，女人的軀體細弱柔軟，可憐兮兮，看來女人生來就是要男人保護的！」

此時的她——

是一個虔誠的朝聖者，長途跋涉，進入峰巒疊嶂的山間，撫摩著每一塊山石，激情難抑……

是一片孤單的雲，被風撕扯，終於凝聚，化作雨，落在乾涸的土地，狂野的溝壑，滋生著無邊的希望……

……李夢生並沒有讓她失望。

茅草屋低矮簡陋，卻為她所有，因為住著她生命交流的男人。

她不停在李夢生身上撫摩。李夢生的每塊岩石般的肌肉於她都是陌生的，她要熟悉它們，感受蘊藏的力，力的火種，火種在她下腹、胸間、全身的點燃……李夢生出汗了，熱汗使她涼爽愜意。她探到一根毛髮，不覺怦怦心跳，和著汗水輕輕地撚，並把毛髮送到嘴裡，用舌尖舔，淡淡地鹹……她興奮，卻睏了，睡著了，仍不停地撫摩，機械地撚動……

但沒睡多久就開始做噩夢。夢見火車穿過一個又一個山洞，黑天和白日在洞裡洞外交替……何偉雄在人頭上爬，爬上行李架，彎坐著，細長的腿耷拉下來……人們把他抻下，斥罵，痛打……吊角樓，何偉雄正倚窗吹奏短笛，如泣如訴……水洞仙音……眼睜睜看著何偉雄投入暗河，不見了蹤影……她跳河裡打撈，只撈出一根毛髮……

她魘住了，在嗓子裡哼哼。一急，喊出聲來：「偉雄——」

「啊?!」李夢生答應，嘟囔一句。

她摸摸臉，摸到一把淚。活動活動腰，被李夢生壓迫著。

她完全沒了睡意，僅有一個希望：何偉雄儘快回到孫韶華身旁。「我能做什麼呢？應當去找他！」恨不得立刻衝出茅草屋，就用力翻個身，掀掉李夢生的人腿。李夢生醒來，見她雙眼閃亮，很驚訝：「怎麼，還沒睡？」

「睡不著！」

「想什麼呢？已經答應在家陪你了，好好給我睡覺，有話明天說。」

她坐起，撫摩李夢生的肩：「現在就陪，白天困了隨時可以睡。」

李夢生響亮打個哈欠：「行，說就說！」呼地坐起，雙手把她鏟在腿上，摟住，聽軍號起床般迅捷。

「夢生，我做個夢。」

「說夢呀！明早說。」

「為什麼？不！」

「這兒有忌諱，夜裡說夢，好夢說破了會沖了好事，壞夢說破了讓人心裡不乾淨。小的時候媽就不讓。」

「不讓夜裡解夢呀……你信嗎？」

「我才不信呢！莊稼人……我也是莊稼人，別看莊稼人接受科學挺費勁，接受迷信倒很快。傳言哪個地方出了仙姑，就紛紛求拜。有誰遭遇什麼不幸，就說命裡註定。一切結果都有原因，而原因只有一個：命！村裡人說，你我成親是前世姻緣，你在前世欠我一筆情債……扯遠了，做了什麼夢？準是好夢，給我說說，我不怕沖。」

「不是好夢！夢見何偉雄了！坐火車挨打，投水自盡……我喊，我哭，嚇醒了！你摸摸，現在心還跳！」

「我知道何偉雄離家出走的事，馬潔告訴我的。那大拜天地你暈倒可能跟這有關。」

「不全是。可總惦記他。」

「惦記何偉雄……怎不問我生氣不？」

「我說過，要把我透透亮亮交給你，別說你不會生氣，就是生氣也得說。」

「什麼氣都生就沒活頭了。我明白一個道理，信任是愛的基礎，真正的愛，要瞭解一個人得用真情對待，不然一輩子也隔膜。你和何偉雄在學校就相愛，現在斷了，他和別人結婚了，又遇到出人意料的事，哪能不惦記！多年的感情說斷就斷，一點不絲拉心兒才不正常。」

「你真好！我還在惦記韶華姐！她很不幸，離婚結婚，結婚鬧矛盾，丈夫出走又不知去向。」

「你一點都不恨她？我還真不太明白。」

「恨，我坦白，對韶華姐不能說一點沒恨過。天天生活在恨的漩渦裡哪能不受影響。恨，整個社會都讓恨攪糊塗了，好像人的本性就是恨，批《三字經》主要批『人之初，性本善』。恨這個恨那個，最終成為萬人恨……我呢，從小媽媽就沒教過恨，所以長大了想恨也恨不起來。現在只希望偉雄平安回家，和韶華姐言歸於好。最好能去打聽打聽，不知道偉雄回來沒有，若回來把他倆叫到一塊勸勸。」

「不好。你不便出面。這樣吧，你給馬潔寫封信，讓馬潔去說合。」

「馬潔不一定願意。」

「試試，免得總惦記做噩夢。天亮我跑趟縣城，快去快回，不耽誤回家吃午飯。」

「是個辦法。其實何偉雄真地回老家倒沒多少可擔心的，早晚要回來，就怕出別的差錯。」

「出不了事呀，放心吧。我一直在想，何偉雄為什麼要大動干戈……你想過嗎？」

「只是不敢往深裡想……」

「不用擔心。我要設法見到何偉雄，再把枕頭裡的東西要回來。」

5

「虧你想得到……提起枕頭裡的東西我就害怕！」她說，蜷縮在李夢生的懷裡。

「今後他們再敢欺負你就叭一槍斃了他！就不信那個邪，一個老爺們連自己的老婆都保護不好！」

「記住，今後不管發生什麼事不許蠻幹。那天從桌子上搶我你的表現就不錯。這些事無論如何得聽我的。我在你身邊。他們再整我，今後不端國家飯碗到家到業了！」

「不教那個破書了！莊稼人怎麼著，莊稼人也是人，沒有莊稼人誰也沒法活！到那時，髒活重活不讓你幹，夏天領你上山採藥，冬天領你上山打野味，你還可以在家裡教子女讀書……」

「就從『子曰學而時習之』『一而十十而百百而千千而萬』教起……」

「還收學生不？我先報名。」

「自願。不收乾肉……」

「什麼意思？」

「孔子招學生收乾肉。」

「那你就收甘薯，你愛吃的，哈哈！現在的學校除了造反就是造反，照這樣下去我們的子孫後代大字不識幾個，橫眉立眼，腰裡掖扁擔，瘋狗似地你掐我我掐你……哼，瞧著吧，倒楣的還是老百姓！」

「這是所謂教育為無產階級政治服務，培養無產階級革命事業接班人。」

「我有孩子不讓他上那個鳥學，你我辦個私塾，你教書，我當校長。」

「哈哈，李校長，太可愛了，讓我好好看看李校長，只是太嚇人，看你的眼睛誰敢來呀……」

「現在還那麼可怕嗎？以後得學你，彎起眼睛笑……我還有個想法，你樂意聽的。腿壓麻了，坐這聽我說。」

百里玉妝靠在火山牆上，摇李夢生的胳膊：「快說！」

「我想去看丈母娘！」

「你再說一遍！」

「看丈——母——娘！」

「真的？」

「騙你是狗！」

「什麼時候想的？」

「結婚那天就想了。人家閨女結婚都有爹媽在場，你的爹媽卻由李阿姨代替，你心裡能不難過嗎？當時都不敢用正眼看你……」

「哎呀，真沒看錯人……」百里玉妝撲在他身上，抱起頭就親，連連說，「太好了太好了，媽媽，女兒要去看你了，還有你的新姑爺……」

「只怕這個新姑爺拿不出手！」

「哼，我保證，這麼出眾的新姑爺人見人愛！媽媽還不歡喜得暈過去呀！」

「就這麼定，後天就走，明天準備準備。」

「真夠雷厲風行的！婆婆能願意嗎？這幾天她總不高興，只怕犯病到處跑。」

「你不明白呀！我去說，一說準樂意，依我看，又該到處發煙了……去可是去，得設法借倆錢……」

「錢不成問題，我的存摺還有六百元錢，在馬潔手裡，你明天進城都取出來，路費綽綽有餘。再從縣城買一兩身新衣裳，不，新衣裳到北京買，我給你選……糧本也在馬潔手，糧食暫時不買，先把黃豆買回來，我給你做客家瓤豆腐，培訓客家風俗……對，別忘給媽買兩條香煙，恒大牌的，大前門的也行……對，再給媽買二斤核桃酥，油大的。」

「行行行，依你，這就向媽請假！」

李夢生說罷磨下炕。

「等天亮呀……我問你，媽不同意怎辦？」

這時花大娘在堂屋地發了話：「同意，去的時候向親家母捎好！放心走吧，不用惦記我……」

「哇，太棒了！」

李夢生從炕上抻下百里玉妝抱著輪圈，碰到炕沿上的臉盆，臉盆落地，百里玉妝尖叫：「媽呀看你兒子，快救救我！」

花大娘端燈來到西屋，抹搭眼，笑著數叨：「長這麼大了，要當爸爸了，還沒正形！到丈母娘家給我規矩點！」

「媽媽首長，堅決執行命令！」李夢生向媽媽行個標準軍禮。

第四部　一炷青魂

第四十二章 同簷老鳥也相欺 毛嫩嬌鴿空悲啼

「當兵的打江山坐江山，偏偏找個農村二流子當幌子！現在可好，支左支左，放屁崩出個臭蟲！」

「男人追你的時候像小貓，藹聲藹氣，可憐兮兮，把爪子藏得嚴嚴實實，結婚以後就不是他了……」

「如今的人中了邪，身上長滿邪刺兒，別說整個社會，連一個家庭也難抱團兒！」

1

傍晚，孫部長被焦雷和烏雲追趕，急急騎行，到家門口撞開鐵門，把自行車拋向柴棚，跨進正房屋。隨後，風裹雨點劈裡啪啦砸下。

孫夫人見他駟馬汗流，遞過印有「毛主席揮手我前進」的搪瓷缸，搪瓷缸裡盛滿涼茶，他就仰起粗短的脖子，咕嘟咕嘟「前進」下去，並迅速甩掉汗濕的軍帽和軍上衣，展露出一身黑皮贅肉。孫夫人趕緊持蒲扇煽風，問話，他並不搭言，吐了口茶梗，喉嚨眼兒拉出絲兒絲兒的金屬的聲音。接著，用夫人端來的溫水洗了頭臉，擦了前胸，胯襠；無奈胳膊太短夠不著後背，依舊由夫人代勞。

感到清爽了，便拉開電燈，到大衣櫃前扭動腰身照鏡子。雖然柳肩滾圓，十月滿懷，但見軍帽在前額壓出的痕跡自覺仍很英武，便挑挑眉，捋根白髮，向笑容可掬的自己做個簡捷優雅的手式；聽到夫人的腳步聲，馬上收斂，四平八穩落坐。餐桌上早已擺好油炸花生米，拌黃瓜，小蔥，大醬，還有一盤燉鯽魚，昨天剩下的半盤蹄筋兒、脆骨，更有每餐必不可少的白酒。他端起酒瓶，見是習水大麯，立刻蹾放在旁，向夫人：「這酒沒勁兒，拿瓶有勁兒的！」

「不知道哪個有勁兒，我又不會喝……」

「拿衡水老白乾，六十七度的！」

夫人在酒櫃裡翻，卻不認得字。

「就是它，」他說，接過酒瓶，用槽牙嗑白鐵瓶蓋。

「不要牙了！」夫人正遞瓶起子，見瓶蓋已經嗑掉，心疼地抱怨，「才幾天不牙疼呀，忘了抱著歪腮幫子吭哧，轉磨磨撞牆……」

「那是心不淨……這杯太小，拿喝水的玻璃杯！快，別磨蹭！」

夫人很不情願取來玻璃杯。他向玻璃杯和八錢盅倒滿酒：「來，老婆子，陪陪！」

夫人心裡疑惑：「驢打滾了！八成得了歡喜寶……」立在酒櫃旁不動，歎氣。

「別霜打了似的，不就是姓何的王八蛋走了麼，走就走，有種的永遠別回來！」美美呷了口酒，「再說了，小倆口打架是家常便飯，當老家的別犯傻……你我少打架來著，不也是兩天一場三天一出麼？你的蠻勁兒上來，把我的枕頭拋到房上，氣得我到外面尋宿，過兩天還得回家，嘿嘿……出門一日難，在家千般好，在家麼，扳臭屁股對乖乖也是香的！別翻白眼，你的不臭……來，老婆子，先對個乖乖……起杯，幹！」

「老沒正經！」隨著響亮一吻，夫人端酒盅抿了抿，抹搭一眼說，「我就納悶，那個香屁股香乖乖怎麼不管酒、不管飩魚？」

他不理會夫人的挖苦，抓把小蔥蘸醬塞進嘴裡，邊嚼邊續邊咽，唠唏唠唏，鼓腮撐喉，饒有性致。

「大叫驢！怎不噎死！」夫人心裡罵，但見他好像品味著特別高興的事情；犯糊塗。

他又呷了口酒，然後嚼蹄筋兒、脆骨。

看到這麼好的牙口，夫人叩一下自己的半口假牙，不免心生羨慕。

「六十七度，不纏頭！」他端起玻璃杯一飲而盡，很快升入「酒仙」境界，通體透暢，壯膽橫生，自然也就口無遮攔了。

「老爺子，我問你，是不是打聽到了姑爺的消息？」

「沒有。小事一樁。最好死在外頭，活不見人死不見屍！你以為他是省油燈？我看穿了他的五臟六腑，王八蛋！」

「好歹也是親姑爺呀，有能耐把話說給你閨女，不砸爛你的狗頭才怪呢，我先把話放這……」

「她敢?!」

「那就走著瞧……」夫人說，怕閨女進院，偷眼看院門。院門被風雨鼓開，撞擊著院牆。

「巴宗！大褲襠巴宗和那個牛眼珠子明鋪夜蓋，誰不知道？他是走到哪搞到哪……在村裡勾引人家媳婦，被追得兔子似地蹽……搞合作化上山打柴買生產資料，其實是別人帶頭搞的，他遊手好閒，一回山沒上過……對了，倒是上過，在他們村的東山坡，被人家媳婦的老爺們追……皆因窮得跳井掛不住下巴，加上認得幾個字，能說會道，瞎眼的記者一寫，上邊一拔高，批示說是什麼什麼精神——所有功勞都歸了他，榮譽也來了，地位也來了……現在，我抓的案子他處處刁難，放了那個女反革命，給開了結婚證……這還不算，在縣革委會各部門換上了他的人……這回，栽在我手了！當兵的打江山坐江山，偏偏找個農村二流子當幌子！現在可好，支左支左，放屁崩出個臭蟲！」

「我看，你沒他蹽得快吧……別覥臉說人家，你也沒少搞，讓人追得蹽！」

「瞎說八道，我哪敢呀，有你這個母夜叉整天前追後拿……」

「提起褲子不認帳，你不問問，我為什麼前追後拿？」

「那是你好吃醋……別說這個了，今天不想和你打架。再說巴宗……」

「我問你，是不是兩條牙狗爭那個牛眼珠子，掐不過更橫的？」

2

「你知道什麼！這是大是大非，兩個階級、兩條路線鬥爭！」

「大是大非，還不是爭權奪利！胡弄別人胡弄不了我！你有幾根花花腸子我不知道？前些日子哀聲歎氣，喝悶酒，不就是為了權麼！權權，有了權就可以吃香的喝辣的，就可以明鋪夜蓋，扳小寡婦屁股對乖乖！」

「別打岔，醋簍子，臭老娘們給我一邊眯著……巴宗以為自己是縣裡的土皇上……有人給編個順口溜：『春風楊柳三千，誰敢說是一萬，大權由他獨攬，小權也不分散，好事全歸陛下，壞事與他無緣，扶正牛眼珠子，就差三宮六院……』你看我背得多溜，告訴你，你老爺們手裡也沒托豆腐……哈哈，栽到我手了！你知道他犯了哪一條？包庇反革命，喪失無產階級立場！這頂帽子不大不小，是他自己給自己定做的……我這有證據！」

「編順口溜，可惜我沒文化，若有文化也給你編一個……我不管你們階級不階級路線不路線，證據不證據，光知道你這個矮坯缸裡盛著壞醋！說我前追後拿，哼，你和財政局那個姓馮的小寡婦，穿透亮兒汗衫的，倆大媽媽一聳一聳的，走大街滿街筒子臊的臊貨，沒讓我堵住，揪掉一綹頭髮？倒也是，不在山上，是在招待所……哼，狗改不了吃屎，你的階級鬥爭路線鬥爭就是倆牙狗打架，爭風吃醋！現在你成宿成宿不回家，誰知道又睡哪個透亮兒的了？這回可好，閨女好不容易找個大學生，讓你攆跑了！缺大德的，給自己編個順口溜吧，就說『矮坯缸，盛壞醋，舔臊襠，偷寡婦……』唉，把我氣風乾了……」孫夫人說罷，憋得臉紅，掉眼淚。

「哈哈，我的母夜叉真是個天才……」孫部長上前給夫人捶背，訕笑討好。

「少扯閒篇，是你把姑爺攆跑了，還不承認！」

「是我攆的？也沒拿鞭子趕！」

「矮坯缸，就是你！我尋思把姑爺結婚前的破被褥、破枕頭拆了洗洗，不曾想從枕頭裡找出個筆記本，破秋褲夾著，也沒大理會。姑爺回家見當院晾著枕芯，問我發現沒發現枕頭裡的東西，我說在窗臺上。可是連影兒都沒找到。他賴韶華，韶華說沒拿，兩人就打死架。奇怪呀，家裡沒來過別人呀，想了這些日子……這才想起，那天你回家換衣裳，鐵定是你拿去了。我問你，筆記本呢？」

「你知道什麼，就知道姑爺呀，閨女呀，告訴你，這是反革命證據！」

「這麼說你閨女嫁給個反革命，對不？當時怎不把反革命抓起來，還讓他跑了？」

「肉鍋煮茄子混蛋大紫包！告訴你，筆記本不是你姑爺的，是百里玉妝的！」

「百里玉妝是誰？」

「你寶貝姑爺從前的對象，女反革命！」

「她是反革命跟我們家沒關係，可，你也不能偷著覓起來，看小倆口打死架！」

「不是怕連累她倆麼，做得神不知鬼不覺，就是說，誰也不知道我的證據是怎麼得到的，這，不更好麼！」

「好你娘的屁！多好呀，姑爺跑了，閨女急瘋了，我也背黑鍋……這就是你的反革命證據！大牙狗，讓你掐架，讓你灌貓尿！」

孫部長正提瓶倒酒，夫人一把奪過，舉過頭頂要往下砸，孫部長連忙抱頭；孫夫人把酒瓶嘭地摜在菜盤上，上前抓撓。

孫部長趕緊招架，臉被撓出了血道子，渾身沾滿了大醬，魚湯。揚腳要踢夫人，但把腳收回去，在嗓子眼兒嘟囔：「半瘋！都是我慣的，你算摸準了我的脾氣，以為我不忍心打你！」

「啊，我不活了，把我斃了吧……」夫人坐地大嚎，「缺大德的呀，不拉人屎呀，嫁給你算倒血楣了……」搬孫部長的腿讓孫部長踢，「怎麼不踢呀，給你踢，踢！你大下巴媽不就生你這個小短腿麼，啊，我不活了……」孫部長拖著夫人移動，癆不出腿。

老倆口鬧得正歡，孫韶華突然穿雨衣進屋。見屋子像酒瘋子鬥毆的小飯館，尖聲吼叫：「嫌不熱鬧嗎？還有心腸湊打架，滿屋地骨碌！」

老倆口一下子蔫了。夫人自動從地上爬起來，坐在凳子上，孫部長擦身上的污穢，嗓子眼兒絲兒絲兒地穿衣。

孫部長正要出門，夫人大罵：「老牙狗，聞臊去吧，掐架去吧，有種的死在外頭，活不見人死不見屍！」

「媽，沒邊了，怎麼這樣咒我爸？」

「咒他？你問他是怎麼咒偉雄的？姓孫的，是你那個大下巴嫣下的再向閨女學說一遍！」

孫部長在閨女的怒視下低頭不語。

「你不說，我來學學。這個老不死的說，偉雄最好死在外頭，活不見人死不見屍……」夫人向孫部長，「我問你，學得對不對？差一個字不？冤枉你沒有？」

孫部長不說話，扭頭向外走。剛要出院門，夫人冒雨瘋了似地追上前，抻脖領子向屋裡扭。孫部長只好回屋。

「閨女，這回得讓他說清楚，他幹了什麼缺德事，免得攪散了這個家，別人跟著背黑鍋！」

孫部長不吭聲。兩人又撕擄起來。

「別打了！」孫韶華厲聲制止。兩人這才罷手。

孫韶華氣得摘眼鏡抹淚：「都照鏡子瞅瞅，多大歲數了，一句話不投機就動武把操！這輩子還嫌打得不夠嗎？已經打跑了一個……你們不要臉我還要呢！」

把媽媽拽進裡屋，安排爸爸坐好，分別端上一杯茶水，向孫部長說：「爸，媽對你多好呀，知道你愛喝酒沒下班老早就把下酒菜備齊。有病有災都是媽湯湯水水侍候。別氣媽了，應該知道她的脾氣……」

孫夫人向來不允許別人提自己的毛病，在裡屋忿忿搭言：「我的脾氣不好，他的好！哼，你問他做的缺德事！」

「媽，有事慢慢說。犯不上發那麼大火。」

「發火？」孫夫人從裡屋闖出插腰吼，「家裡鬧翻天了，快出人命了，到處找筆記本……他可好，把王八脖子一縮不吭氣兒，看熱鬧！你問他，還有點人味兒嗎？」

孫韶華一時不明就裡，說：「媽也是，有話不好好說，在氣頭上什麼噎人說什麼……不是我說你，爸在全縣是個有頭有臉的人，撓了臉讓他怎麼見人？上臺怎麼作報告？人家看臉上的晃子先笑話你！你也是出了名的……依我看，都這麼大歲數了，該改改脾氣了！」

「他脾氣好，蔫土匪……話得往硬肋上說，問他筆記本在哪個混帳王八蛋手！」

孫韶華怒視孫部長血紅的眼睛。孫部長低頭，有頃，慢慢問：「有偉雄的消息嗎？」

孫韶華不言語。怒視著。

孫部長又說：「其實，我對偉雄的出走心裡也不好受。我承認說過氣話……」

「別表白了，我不愛聽。筆記本是不是在你手裡……在偉雄跟我要的時候怎麼不拿出來？」

「我是為你倆著想。事關重大，你想，筆記本是反革命證據，由偉雄長期保存是不是犯嫌疑？」

「我沒見過筆記本，不知道裡邊的內容。恐怕不像你說得那麼嚴重。我是百里玉妝的好朋友，瞭解她，她喜歡讀書，記點筆記也不為過。你們那麼整她，到後來沒整出個所以然，不也重新安排了工作？」

「你只看表面，根本不瞭解本質。我研究了，裡邊的內容反動透頂，完全是反毛澤東思想的，非常露骨。」

「還有誰知道筆記本的事？」

「沒誰，有王參謀……」

「沒有就好，趕快交給我。另外告訴王參謀保守秘密，王參謀會聽你的。」

孫部長撓撓頭說：「偉雄太死心眼兒，對百里玉妝的事何必那麼認真？早八桿子胡嚕不著了。」

我。」

4

孫韶華爭辯：「他愛過百里玉妝，對百里玉妝託付的事認真對待說明他可靠。相信今後也能這樣對待我。」

「畢竟不是他的事，為了那個女的跟你打死架，我懷疑對你是不是真心……」

「我不懷疑！懷疑他就是懷疑當初的選擇，他的事就是我的事。」

「怎麼講？」

「已經破壞了我倆的關係，現在人走了，音信全無，你真地希望他死在外頭？」

「那是氣話。偉雄的政治立場有問題，我們有責任幫助他。」

「現在顧不過來立場不立場，只想儘快把偉雄找回來！」

「你呀，在政治上還嫩，別看當了縣醫院革委會主任，又是縣文衛組副組長，依我看，事情擱在自己身上最能考驗人。」

「立場立場，人跑了還沒回來！這事若放在你身上比我還不講立場！你們當官的哪管別人死活，只要不影響升官！」

「胡唚八道！虧你也是個領導幹部！」

「錯了嗎？哼，我就是例子！你們幹的事我也沒少幹，不過比你們還差點，拿你的話說——毛嫩，沒你們老奸巨滑！」

「哈哈……今天可聽到閨女『鬥私批修』了，這叫什麼來著？狠鬥私字一閃念！好了好了，相信老爸，只要不說出真相，筆記本的事就和偉雄無關，就不會影響你的政治前途。而且，偉雄早晚要回來，不會恨你。若恨恨我好了。但相信不能總恨，在大是大非面前會醒悟的。」

「不，還是把筆記本交給我！」

「交……不是不可以，得過兩天，明天我去北京出差。」

「現在就交！」

「天晚了，正下雨。」

「不，現在，我跟你去辦公室。拿到筆記本明天就去找偉雄！」

「犯不上這麼急！」

「犯得上。『嫁雞隨雞嫁狗隨狗，嫁給掃帚抱著走』，這是你常向媽說的。你也從年輕的時候過過，現在可好，飽漢不知餓漢饑，有個張增壯還不夠麼……你怎不替我想想！」

「當然想了。過兩天一定交。」

孫韶華取雨傘遞給爸爸。

「不行，過兩天。」

孫韶華拉爸爸的胳膊。孫部長笑著說：「黑燈瞎火，下著雨，泥一腳水一腳的……沒聽我直喘……」只是不動窩。

「好爸，求你了！回來我給你洗腳，陪你喝酒，這回行了吧？心疼閨女就去一趟。爸，走呀……以後你喝的酒閨女全包了，縣裡買不到就去北京糊門盜洞，垛半屋子讓你看著喝……」

孫部長拗不過，起身和閨女出屋。

雨一陣緊似一陣，只能瞄著城裡星星點點的燈火辨別方向，可是越看燈火越看不清腳下。一趾一滑一歪一斜。

「哪是人走的道呀！回去吧！」孫部長抱怨。

孫韶華並不理會，不時提醒注意水坑和泥潭。走走，發現身後沒了動靜，用手電筒一照，見爸爸好像陷在泥裡。

孫部長抹抹臉上的雨水，覺得混沌的頭腦已經清醒，作了快速思考，於是向閨女喊：「走不了了，腦袋太沉，再走就得爬了！」竟打雨傘返回。

孫韶華又急又氣，在雨中大喊：「我攙著你——」

可是孫部長繼續向回家的方向摸索，故意趔趔趄趄……

孫部長進屋的時候渾身已經淋透：「太冷……」從酒櫃裡取出白酒，仰脖就喝。

孫韶華臘黃的臉忽然轉青，搶上前一把奪過酒瓶摜在地上：「喝！喝！酒是你親閨女！啊啊……」號啕大哭。

孫夫人在裡屋竊喜：「哼，這回碰上祖宗了，看怎麼砸爛你的狗頭……」

5

孫韶華翻個身，習慣地把胳膊摟向身旁，可是摟空了，這才意識到何偉雄並沒回來。但不像往常那樣沮喪、發狠，而是把枕頭抱在懷裡，用大腿騎住擰動身體，喚起缺失已久的百般美妙。

樹上鳥叫，天已大亮，便趕緊起床，坐在梳粧檯前左照右照。發現眼角起了細細的魚尾紋，就顧影自憐地按摩，然後盯住牆上掛著的航空牌羽毛球拍出神。球拍的頂端早已斷了弦，一直沒有修理；就找出剪刀、錐子和魚腸線，穿，結，抻，熟練地把斷弦接上。「這是我的大媒！」她想。

握球拍上下揮了揮，似乎仍能感到柄把的溫熱和汗濕，看到白球在網上穿梭以及何偉雄東躥西跳的令人笑岔了氣兒的模樣。

此時特別想鍛練身體。匆匆洗把臉，換上運動鞋，來到環城路，繞殘破的城牆慢跑。燕山和長城被恩加的輝煌、山野散發的醉人的芬芳、處子般順溜飄逸的垂柳、上學孩童的追逐嬉鬧使她的心情分外好，跑得很輕快，盡顯成熟女子的風騷。直到渾身發熱，腦門釀汗，一邊做行進體操一邊向家裡遛達。和爸爸一樣，進屋急不可待照鏡子，驚喜臉頰現出一抹紅暈，俏生生地一笑，哼唱一句「跨雪山，過草原」，頭腦響起昂揚的旋律，於是決定幫媽媽做飯。

難得下一回廚，媽媽自是高興。

做好飯，剛端起飯碗，忽聽大門外有人尖聲吆喝：「韶華姐，在家嗎？」

一聽，是馬潔！慌忙跑出向屋裡讓客，摟脖子問：「吐彩霞！哈哈，吃飯了嗎？」

「吃了——昨晚的，哈哈！」

「知道你人駕光臨，親自下廚備好早膳，請格格入席！只是簡單了點，諒你不會挑理，哈哈！」

「我是專來奪飯碗的！」馬潔抓個饅頭咬，塞滿嘴，向大叔大嬸問好。問何偉雄，孫韶華說不在家。

兩人用過早膳，來到新房。馬潔四處摸四處看，說向來沒見過這樣的床，這樣的櫃，這樣的擺設，於她連做夢都不敢想。

「我有個當縣太爺的老爸多好……哭著喊著結了回婚不得不竄房簷，全部家當是一個破柳條包，有個破柳條包就歡喜得什麼似的！是混半輩子的家當……」

「別哭窮，錢都攢起來了，包子有肉不在褶上！」

兩人相互打趣一番，孫韶華故作生氣，笑著說：「我結婚的時候三番五次請你你不給面子，以為中蘇兩黨兩國斷交了！」

「是斷交了，珍寶島讓蘇修搶去了！」

「有那麼嚴重？」

「比這更嚴重！記得麼，你、我、百里比一個媽生的還親，你是大姐，哼，竟搶了當妹妹的男人，真是畫人畫虎難畫骨，知人知面不知心！」

「搶了誰的男人？」

「自己做的事自己不知道？恨不得嘎嘣一口嚼了你！」

「天大的冤枉！等偉雄回來問問，是我搶的嗎？告訴你，是他追的我！起初覺得對不起百里妹妹，一直沒吐口風。偉雄氣哼哼惡狠狠地揉搓我，我的這個心呀，讓他揉搓熟燙了，才有了鬆動。再說，他若不和百里斷了，打死我我也不幹，別說自己感到缺德，光你一個人的唾沫就能把我淹沒脖！」

馬潔轉了轉眼珠，撇了撇薄唇：「其實呢，我是瞎打抱不平。誰跟誰結婚是老天爺給配好了的。就說博成良，大舌頭，滿臉酒刺疙瘩，看不出一點成色，我連眼皮子都懶怠撩他一下，可是，你說可笑不——

成了倆口子！天天聽他扯大舌頭哇啦哇啦白話，好像天底下的話不夠他一個人說……」

「哈哈，那是愛你，看把你美的！我看，準是你欺負了他。」

「欺負他？他一點渣兒不吃，動不動就立楞眼。納悶，男人追你的時候像小貓，藹聲藹氣，可憐兮兮，把爪子藏得嚴嚴實實。結婚以後就不是他了，爪子也露出來了，只是沒動過手……」

「偉雄比你的成良霸道多了……你這個消息靈通人士一點沒聽過我倆的事？」

「倒是聽到點，傳到我耳朵晚八春了……他還沒回來？」

「回封電報，一半天到家。你不知道我給他家的公社革委會打了多少電話，轉來轉去，多不容易……」

孫韶華從梳粧檯抽屜取出電報讓馬潔看。

6

馬潔說：「我就猜何偉雄的勁兒抻不長，我看他是在福窩裡燒的！」

「他能有自知之明敢情好，告訴你吧，會——打——人——了！」

「打人?!麻秸杆似的胳膊，搖筆桿的手，竟會打人？不可能！」

「新鮮吧？下手狠去了，把眼鏡打掉、踹碎了還不解恨……這不，眼鏡碎片還留著呢，等他回來跟他算帳！」

「我看他是活膩歪了，為什麼呀？」

「……」

見孫韶華不肯說出緣由，馬潔說：「我很瞭解偉雄，文質彬彬，擰是擰點，不過在一般情況下別人騎脖頸拉屎也不興吭聲。變化這麼大，依我看，如今的人中了邪，身上長滿邪刺兒，別說整個社會，連一個家庭也難抱團兒！你說說，我給斷斷！」

「清官難斷家務事，別問了。」

「偏問！讓我給你們斷斷，準是你的過錯……我比清官還清官，說吧，從頭道來。」馬潔搖頭晃腦捋「鬍子」，振振有詞，「如今世風日下，人心不古，造反造反造到我們姐妹頭上了……把何偉雄押上來……可惜不在，也沒驚堂木，哈哈……」

「又開鬧了，這不是唱驢皮影！」

「你不說，是吧？本縣官要退堂了……」馬潔起身欲走，「人家把你當外人，你還自作多情！」剛欠身，立刻被拉住。

「可沒把你當外人，這個急溜屁！」

馬潔在新房裡來回走動，說：「想當初，我們三人擠一個被窩嫌被寬，這下子你當了官，不把小老百姓放在眼裡了。你拍良心問問，我和百里哪件事瞞過你，連屁丁點的事都得向你彙報……」

「煽你嘴巴！好像不刨根問底就活不過今天。其實不想瞞你，只是覺得……」

「不用覺得不覺得。越覺得覺得的越要問。說不定妹妹有餿主意，能幫上一把。記得麼，有一回我得了重感冒，水米不進，是你陪了兩天兩夜，又打針又餵藥……現在輪到我為朋友兩肋插刀了，可是，不明了情況這個刀怎麼個插法？」

「首要的是幫助百里。百里現在怎樣？她受難的時候我真吃不好睡不著。後來聽說當了小山溝的小學教員，我打算把她運動出來，哪怕回縣城中學……」

「嫁人了！嫁給個農民，叫李夢牛，栗樹溝的。李夢生是個黨員、轉業軍人、民兵連長，論長相——不是我口冷——比何偉雄帥上三分，博成良更是馬尾穿豆腐提不起來。結婚的時候我去了，告訴她你們新近發生的事，她很震驚。後來捎信，讓我給你和何偉雄做工作，從中說合說合。這不，來信還裝著。特地打發李夢生捎來的。」

馬潔掏信給孫韶華看。

馬姐：

考慮韶華姐平素為你我所做的一切，在她遇到困難的時候應當幫助一把。偉雄愛強死理，一時半會兒轉不過彎，韶華姐自尊心強，又有現在的身分，怕僵持下去傷害感情。希望見信找兩人談一談，成人之美。切記，友誼意味著責任。

拜託了。靜候佳音。

順致夏安！

百里妹　七月七日

看罷，孫韶華摘眼鏡擦淚，說：「我也惦記苦命的百里……告訴你吧，偉雄和我打架是為百里筆記本的事。他賴我拿了，我說沒拿……原來我爸藏了起來，怕大家都不好。」

孫韶華取鑰匙打開大衣櫃，從妝新被褥裡掏出筆記本：「就是這個，百里的讀書筆記。」

馬潔喜出望外，接過筆記本。筆記本中的字跡潦草，認不太準。「你看過嗎？」問孫韶華。

「沒看，看也看不懂。」

「想怎麼處理？」

「是誰的給誰。」

「真是我的好大姐！要不要由我代勞？」

「不，等偉雄回來，讓他親自送去。」

馬潔竭力掩飾驚喜、急切之情，恨不得何偉雄立刻返回；連誇孫韶華講情講義，叮囑妥善保存；臨了，奉上一枚拳頭大的毛澤東像章作為遲到的結婚禮物，說禮輕人意重，相擁而別。

第四十三章　災星入土災還在　蜜蝶蜜身怕過河

這樣，在墳塋群中新增了一個稀奇古怪的土堆，裡邊葬著一個神靈，一個災星，一個厄運，一個嬰兒，一個夢想，一顆惶恐的心……

「外來的狗加入狼的種群，和狼聯姻……說穿了，是和政治聯姻，一己政治！」

「幻境中的真實更真實，因為它更豐富，更完美……別人看到無緣由地甜甜地一笑，絕難猜出心底隱藏的秘密。這，不也是一種生活，一種快樂嗎？」

1

百里玉妝從何偉雄手裡抓過筆記本，迅速翻了翻，按住狂跳的胸口，淚眼婆娑；環顧四周，似要撕碎，似要塞進石縫，但見何偉雄鼓勵的目光，狠了狠心：燒了它！

她捏筆記本的塑膠殼使扉頁鬆散，何偉雄劃火柴湊近，於是，小學校東山坡的墳塋中燃起一團火。火光慘澹，躥起「黑蝴蝶」，黑蝴蝶掛在小松林的松針上。眾亡靈慶幸收到「大紅包」，搶在手裡看，立刻開罵：「這鳥東西不能吃不能穿——莫名其妙！明知我們是一群文盲，偏送些龍飛鳳舞的文字——可惡至極！」發現眼前這對青年男女滿臉淌汗，驚恐不安，很是疑惑：「陽間的東西為什麼要偷藏陰間?!混帳的世人是不是熱昏了頭?!」

呼呼的火苗就要燒到手指，她甩掉塑膠殼，掰松枝在火堆裡攪拌；確認燒得一個字不剩了，頓感一陣悲涼。塑膠殼燒得捲曲，尚能辨認烏黑的毛澤東的頭像，就慌忙抓起，全然不顧餘威的厲害，手指竟被紅糊糊蜇燙了一下，趕緊甩掉，踹山皮土將其下葬，搬石頭壓住。這樣，墳塋群中新增了稀奇古怪的土堆，裡邊葬著一個神靈，一個災星，一個厄運，一個嬰兒，一個夢想，一顆惶恐的心……她默默撅三個松枝插在旁邊，磕三個頭，匍匐在地，頭抵碎石，弓著腰，雙肩不斷聳動。

何偉雄見跪得時候不小了，把她拉起，見額頭嵌了幾個小石子，伸手把小石子摩去；額頭留下幾個小坑，小坑殷紅。

她只覺得胃向上翻，就扶樹乾噦。何偉雄掏手絹給她擦淚擦嘴，胡亂安慰。

「還留著？」乾噦過後，她指著手絹問。手絹是她從前送給何偉雄的，印著淡淡的井字藍格，疊得四四方方。

「總帶在身上，平時不用。」

「不應該留著。」

「……現在感覺怎樣？」

「好了。沒事。光忙著燒那東西，好不容易見回面，還沒問你家裡的情況，叔、嬸好嗎？」

「都好，常念叨你……我們那裡天高皇帝遠，越發地窮。去過『三支兩軍』的軍人發動批鬥幹部，可是本地族群觀念特別重，怎麼發動也批鬥不起來，以後就不大去了。老樣子，種田、打獵、砍柴、祭祖，唱歌追姑娘，娶妻生子。馬潔說你回了趟梅縣，那裡怎樣，嬸好嗎？我總惦記她……」

悲戚的淚水在「月牙湖」裡湧動。

她哆嗦嘴唇，竭力壓抑著，說：「沒見到媽……我和夢生擠火車，爬汽車，坐單車，折騰三四天才到家。遠遠看見樓前的楊桃樹，向家跑，可是樓門緊鎖，砸開一看，屋地躺著三封發黴的信。信是我寫的，一封在運動初起，一封在幹校，一封在招待所。屋裡零亂，被子攤在床上，好像媽剛起床……媽和爸的合影不見了，鏡框掛在原處。爸過去的來信也不見了。我和夢生到附近人家打聽，都說運動開始不久就不見了媽。以為去了舅家。到舅家打聽，舅說得知失蹤的消息在山上江裡找個遍，只是不見人。猜來猜去恍然大悟，估計去了泰國。許多人向海外跑，其中有華僑家屬……如果去了泰國，跟誰去的呢？她平時很少和人聯繫……」

「真去泰國最好。怎不來封信呢？」

「媽未必敢寫，怕連累我。」

「我想，去泰國的可能性最大，看情形是跟別人一塊走的，走得匆忙。現在偷渡出國的人頗多，我的家鄉是一條偷渡通道，和緬甸搭邊，雖然有邊防軍巡查，可是邊境線太長，草深林密，查不過來。給當地人幾斤糧票幾塊錢就能帶過邊界。邊界那邊很多居民跟這邊有親戚，如果再花點錢，去泰國不成問題。越過邊界就沒人管了。偷渡的人成分複雜，有懷揣『紅寶書』解放『天下受苦』人的，有父母挨批鬥沒人管的，有造反組織垮臺被追捕的，有投奔海外親戚的，有尋求海外發展的……所以，我更相信嬸參加了偷渡大軍，但不是走雲南廣西一線，很可能通過陸路或水路先到香港，由香港轉道去了泰國。」

「從運動開始就沒收到媽的來信，心裡一直犯嘀咕。不管怎麼說沒白回趟家。現在，該受的罪受了，筆記本燒了……可以安穩了。唉！這得感謝韶華姐……」

2

「感謝她？她有她的考慮，主要怕我不依不饒！」

「馬潔說她爸把筆記本藏起來，是她要出來的。留在她爸手裡後果就難說了。我勸你，既然夫妻一場，千萬好好相處。我發現你的脾氣變了。」

「脾氣再好也得變……她要把我打造成她那樣的人，非讓我去報導組不可，寫昧良心文章，當吹鼓手。寫什麼文章呀，都是些文革八股。明清時盛行八股文，從破題、承題、起講到大結，並沒有規定具體內容。現在可好，不僅在形式上更在內容上作了規定。我總結八個字：忠，詩，引，證，編，頌，伐，豪。」

她樂了：「頭一回聽說，報導組成天編這個呀！指的什麼？」

「忠，當然指忠於毛澤東和毛澤東路線，這是靈魂，鐵打的；詩，在文章標題前寫一段毛澤東詩詞或者一句貼題的經典語錄，顯得花哨；引，引用馬恩列斯毛語錄作為文章的指導思想；證，用事實證明所論為顛撲不破的真理；編，沒有事實就編造、剪裁、扭曲；頌，歌功頌德；伐，討伐千夫所指；豪，豪言壯語表決心。以效忠口號、三呼萬歲收尾，前後呼應。文革八股就是這『八字股』，像條蛇，頂翎，翹頭，舞身，擺尾。」

「虧你想得出來！」

「我跟著邀稿催稿，製造謊言。比如經濟崩潰了，就說九個指頭和一個指頭關係。各省革委會成立的祝詞成為文章樣板。謊言是什麼？是支撐將摧大廈的鍍金的朽木。我現在做什麼，給朽木貼金！他們的文化專政和武力專政並行，歸結為四個字：文攻武衛。所謂文化專政首先要有御用文人興風作浪，實際上毒害了一大批知識分子，進而毀掉一個民族的黃金時期！危言聳聽嗎？居心叵測嗎？絕不是！」何偉雄非常激憤，「我和孫韶華是夫妻，不假，竟建立在這樣的基礎上，你曾想過嗎……」

她很震驚，很自責，又不知怎樣搭言，說：「你不願意搞宣傳就提出幹點別的，犯不上生自己的氣。以後別再向別人說這樣的話，和韶華姐也得留分寸，不是掰生……我算嘗到政治的厲害了。」

何偉雄說：「調動工作的事倒是提過幾次，她死活不同意。可是，即使幹別的也得納入她的軌道。我現在是……外來的狗加入狼的種群，和狼聯姻。你過去說我和一個有根底有作為的人結婚，那麼，到底和哪個有根底有作為的人結婚？說穿了，是和政治聯姻，一已政治！所謂的無產階級政治！」

聽何偉雄這番話，她越發不安，想了想說：「我能理解你的憤懣。中國的文明史告訴我們，在社會矛盾日益尖銳，社會問題積重難返的時候，各種思潮急劇分化，知識分子首當其衝。一部分知識分子不怕殺頭提出救國救民的主張，另一部分知識分子充當腐朽勢力的衛道士。當然也有騎牆頭的，在多數。人們都是真實的存在，凡有點思想的都在思索，抉擇。每一個有良知的人都會像你這樣。但是，敢於捨命吶喊者寥寥。我勸你好好保護自己，我過去說過了，出頭的椽子不是你我當得了的。我沒那個膽量和氣魄，而且知識儲備不足。我已經經歷一場危機，嚇破了膽，不希望你重蹈覆轍。一定要記住我的話。可以和韶華姐約法三章，在家裡不談工作，不談政治，不作爭論。過日子就是過日子，回歸到柴米油鹽的老套。你說，行嗎？」

「行倒行。可是，過去的事不能說忘就忘了，我曾暗暗比方，我的心和你的心被一條無形的橡皮筋拴著，相距越遠、分離越久這條橡皮筋抻得越緊，心越疼。現在，你厄運連連，身處逆境，前途未卜，我的心哪能不疼，更疼了！」

「唉，都是我的過錯！自幼和媽媽相依為命，家裡沒有男人，養成了謹小慎微，自我封閉，自尊好強的性格。在大學聽課，有位講中國封建社會分期、批評郭沫若的教授，姓孫，你記得……他講的中國古代思想史引起我極大興趣，認為孔孟的思想養育了一個偉大民族，比世界上哪個思想家的影響都要久遠，都要廣大，那時便萌生了當中國古代思想史學家的念頭，專門研究孔孟，中外道德比較學。所以才頂風看破『四舊』的書，記筆記……想毀了筆記又不甘心，差點釀成大禍。」

3

月牙湖水溢出堤壩。何偉雄用手絹給她拭淚，發現臉頰增添幾顆淡淡的褐斑被淚水浸泡著，心如刀絞，就不顧一切地抓起她的手，熱烈地說：「逃吧，我和你一起逃！」

她立刻止住哭泣，萬分驚訝：「燒了筆記本還想逃?!」

「我想起了張增旺的分析。他說，孫部長可能掌握了可靠的證據。那時張增旺還不知道筆記本的事。現在筆記本燒是燒了，可我打冷戰，判斷：誰能保證他們事先沒影印？如果把我們的行為建立在良好願望上後悔可就晚了！逃，對，堅決逃！」

「往哪逃?!」

「泰國！」何偉雄把她摟在懷裡，箍得緊，吻她的淚水，淚水裡的褐斑。

「不，我不走！」她從何偉雄的懷裡掙脫出來，找石頭向小土堆上壘，然後抓山皮土攥碎，讓細土順指間流下，慢慢填充石縫。

「別想了，越想越誤事！」何偉雄看她的眼睛；她盯著細細的土流，土流旁的三柱「高香」，說，「你完全不用擔心，保證萬無一失，我是邊界當地人，不用親屬帶路。我換上過去穿的服裝，背個籮筐，拿把砍刀，又會講地方話，熟悉一草一木，沒人能看出破綻。你緊緊跟住我，不說話是了，實在要說就說客家話，扮我媳婦。邊防軍也不會懷疑，他們不管當地人上山採藥砍柴。只要中緬邊界一過就算大功告成。那邊有親戚。另外，到緬甸以後的花銷不用你管，我自有辦法。實情告訴你，我跟偷渡客走過，看到他們在邊界那邊向我招手簡直羨慕死了，真想和他們一道走，只是當時沒到山窮水盡的地步……這樣一說你放心了吧？」

她向山下望去，大沙河對岸的小學校已經下課，學生在操場上嬉鬧，說：「再上一節課夢生來接我，他準時準點到。」

「別打岔，走不走？」何偉雄著急，掰松枝，「我離不開你，你也離不開我。別以為我一時心血來潮。」

「你有你的妻子，我有我的丈夫，面對現實吧。」

「哼，妻子妻子，丈夫丈夫……多現實！」

「韶華姐對你不是很好嗎？」

「哼，是好，好大發勁兒了！」

「對韶華姐應一分為二地看，主要是她愛你，對你抱有很大希望。」

「我不稀罕她的希望，她的希望是要我入夥！我想，到泰國以後你可以和家人團聚，盡兒女孝道，又可以做學問，研究你的中國古代思想史，道德比較學。泰國的華人很多，圖書資料並不難找，我可以和你一塊研究。不過，先得找個飯碗，最好能到中學教漢語，或者給華文報紙寫點文章，不能總讓你爸接濟。」

「研究中國古代思想史在哪也不如先哲的故鄉。雖然現在沒這個條件，相信會有的。你我一走了之，拋下妻子和丈夫……孔子說，『不恒其德，或承之羞』，到時候這個臉往哪擱？即使到了泰國，有傳統道德觀念的華人也會把你我罵死，這，我可不幹！」

「倒楣就倒在你的孔孟之道上！」

她爭辯：「翻打調個想想，把你換成夢生，把我換成韶華姐，你我會是什麼感受？啊，丈夫跟別人的妻子逃跑了，妻子被別人的丈夫拐走了……」

「迂腐！怎麼向說你好呢！」

「你我彼此已經非常熟悉了……可是又沒有越界體驗，這勢必保持一種神秘感，要去探求，湧動出永不枯竭的熱情，調動起豐富的想像力。幻境中的真實更真實，它更豐富，更完美；在心裡實行靈肉融合，倍加珍視，彼此成為穩定的精神財富豈不更好。別人看到無緣由的甜甜的一笑，絕難猜出心底隱藏的秘密。這，不也是一種生活，一種快樂嗎？」

「柏拉圖，活龍活現的柏拉圖！不可救藥！」

何偉雄從小松樹上狠狠地擄松枝，狠狠地折斷，看著淚水裡的褐斑哀聲歎氣，折樹枝發狠。

4

小學生上課了。松濤陣陣。黑蝴蝶已經被風刮得無影無蹤。兩人默默無語。

何偉雄又折斷一根松枝，呼地站起，扳住她的雙肩說：「唉，實在說不動，那就告訴你……本來不想讓你知道，怕你扛不住。張增旺說，孫部長正加緊查辦，已經行動，行動的第一步是控制你。張增旺還說，如果有了新的證據巴宗也不好講話。」

她靠一棵小松樹蹲著，雙手插在頭髮裡，抱著頭，披散的頭髮遮住了臉，就像被暴風雨折斷了翅膀的一隻鳥，等待她的是更加猛烈的摧殘。何偉雄摟住她，撫摩她的肩，連連說：「別怕別怕……」

稍稍鎮定，她說：「偉雄，我不是不願跟你走，我也想過偷渡，打算逃向蘇聯，反正逃出這塊土地。想得可逼真了，想怎樣泅渡界河，在草叢潛伏，躲避探照燈，向異國他鄉的人討要吃物……每每想到這就坐立不安。還默默溫習俄語，背變格。雖然會少量英語單詞，也儘量記住……這，在農機廠的小炕，在地下掩體，在逃亡路上想得最多。可是，情況變了，就打消了這個念頭。認了吧，不能幹出無情無義的事。」

「我分析，上回孫部長一夥整你讓巴宗攪了，這回捲土重來決不會輕饒。如果再有個三長兩短，你要保全的一概落空。」

「或許天無絕人之路。」

「或許？危險步步逼近，千萬別或許！已經到了山窮水盡的地步！說不定今天、明天就把你抓起來！」

「我總想吐，胃一直向上翻……」

「可能懷孕了！」何偉雄摸摸她臉上的褐斑，愛憐地說：「沒關係，你的孩子管誰叫爸我不在意。你想呀，懷了孕再挨整，那是兩條性命！跟我走吧，趕在他們行動之前！」

「不，不能走，要他們整吧，看能把一個孕婦怎樣！再說，是不是懷孕也難確定。」

「別幻想他們大慈大悲！」何偉雄說，「你的筆記本我看了，你所寫的內容打成『現行反革命』綽綽有餘！知道打成現行反革命意味著什麼？殺頭！中共中央一號文件明明寫著的，他們殺人殺紅眼了！想想吧，是束手待斃還是另尋他策！時間不允許多想，只能馬上作出決斷！上了火車就算到了泰國，到泰國以後把李夢生的孩子生下好好撫養，有朝一日還給他。」

她捂著肚子思索，終於一字一板地說：「那，跟你走！」站起，抱住李夢生的胳膊。

「現在？」

「現在！」

恨恨的何偉雄大喜過望，扶她下山，「你我不能回縣城，繞道從北京以遠的火車站上火車，把心放平穩，有人問就說回家探親。我兜裡總裝著空白介紹信，一填就行了，錢和糧票也有，放心吧。所有的事由我操辦。」

到了山下，何偉雄從樹棵子裡取出自行車，推到大沙河河心，調頭向南，讓她坐上。

這時，小學校放學的鐘聲敲響，她習慣地向北看，遠遠看到李夢生騎自行車的身影。

「夢生接我來了，偉雄，等等，我去去就回。」她說，蹦下車。

「別婆婆媽媽了，他不能讓你走！瞞還瞞不過來呢！」何偉雄欲拉她上車。

但沒拉住。她跑向李夢生。

何偉雄隱在樹棵子裡焦急張望。見她和李夢生說會兒話，然後蹭上自行車後衣架，抱住李夢生的腰，並向自己的方向擺擺手，順河彎而上，不見了蹤影……

第四十四章　天堂地獄門虛掩　開啟只在一瞬間

她被太陽的黑洞吸進去了——帶著生命的幼芽！這個黑洞，高溫高熱的中心，無時無刻不在吞噬生命，沒有司法程序的繁文縟節和人道主義的遮羞布，只需要神聖的淫威，黑色的心機，很簡單，吸進去氣化是了！

「對我來說，最大的不幸莫過於為愛而不敢愛，對他來說，最大的不幸莫過於昏聵中的清醒！」

渴望自由的頭顱貼在一起，兩雙青年男子的手包裹一雙青年女子的手，這三雙手，淚洗了的，要去開啟天堂之門！

1

何偉雄深信不疑，憑筆記本敏感性的內容，當前政治的瘋狂走向，百里玉妝正在墜入萬劫不復的深淵。他毛骨悚然，哀傷地想：「她被太陽的黑洞吸進去了，帶著生命的幼芽！這個黑洞，高溫高熱的中心，無時無刻不在吞噬生命，沒有司法程式的繁文縟節和人道主義的遮羞布，僅僅依靠神聖的淫威，黑色的心機，很簡單，吸進去氣化是了……可憐的生命，可憐的幼芽，可憐的靈魂……」

他忽覺視物抹糊，揉揉眼，蹲在地上茫然看腳下，發現細沙裡有個知了在風中扭擺，順手捏起；輕飄飄的，跟活著的一樣，不落架的筋骨支撐著它。翻過來欲看個究竟，眼淚濕了發聲器和翅膀。「它的靈魂原本是有分量的，可是升天了！為了愛！愛的義務！」他苦笑，抽搐嘴角，哀歎生命之短暫，之脆弱，之空泛，之無常。天空由藍變黑，燕山和長城在搖晃，他趕緊抓樹棵子穩住身體。耳朵也尖利地叫起來，彷彿集納了全世界知了的哭聲。萬般無奈，不得不拽自行車回縣城。

突然，見北邊騎過來一輛自行車，影影綽綽，似很熟悉，騎車人瘦高個兒，留平頭……車後坐個女人，臉被遮住，腳快耷拉到地下……他懵住了。待稍稍走近，才確定：「那不是李夢生麼，後邊坐著她！」

李夢生停下，推車向著他走來。

他在心裡驚呼：「找我來了！」

可是，李夢生爬上坎塄，同百里玉妝進了小學校。

何偉雄把知了裝進上衣口袋，坐在樹棵子裡整理緊張紛亂的思緒：她重情義，對剛建立的家庭難割難捨，加上認為可能懷了孕，見了丈夫忽生變故似乎能夠理解。那麼，已經走出很遠，為什麼要轉回呢？興許她向李夢生亮了底牌，兩人正在猶豫，要找個清靜的地方商量。聽馬潔說，李夢生不傻不呆，敢作敢為，在農村青年裡非同一般。可是，他倆進小學校一直在磨蹭，為什麼還不出來？是了是了，任何一個有血性的男人都不會讓自己的女人跟隨別的男人去逃亡，去賭命呀，尤其跟隨我！

他仍希望出現奇蹟。時間好像停滯了，貼耳根子聽錶，敲打，擄樹枝哢嚓哢嚓折斷，下狠跺腳。

「真折磨人，太陽平西了！他倆哪裡知道，孫部長要摳扳機了！」他似乎看到孫部長端著長槍，黑洞洞的槍口興奮地抖動；於是狠了狠心，帶著七分僥倖二分怨氣一分希望，拉開忘我的架式順大沙河向北走，三步兩步躥上坎塄，來到小學校牆外。側耳聽，聽不到動靜，探頭向院裡看，李夢生正升火做飯，架在牆角的鍋冒著熱氣。

「誰呀？」李夢生好像發現牆外有人，扭頭喊一嗓子。

李夢生的勇武和甕聲甕氣的嗓音嚇得他順牆根溜到房後。「多虧沒發覺！」怕李夢生追過來，貓進紫荊叢。

李夢生到牆外望瞭望，走到房後，向紫荊叢扔塊石頭。一堆麻雀炸了營。

何偉雄嚇出一身冷汗。

2

百里玉妝彎在小學校的半截炕上，按揉發脹的乳房，想著何偉雄。「他該回去了……回到他的『狼窩』。按照他的邏輯，當了狼駙馬，得到狼公主的寵愛，以在狼氏家族呼嘯山林，但是他竟敢對抗，選擇了逃離！這，都是為了我。而我，有了當初背叛，又有了今天的背叛！我根本不值得愛，越發地優柔寡斷，毫無血性了！對我來說，最大的不幸莫過於為愛而不敢愛，對他來說，最大的不幸莫過於昏聵中的清醒！他生活在狼窩裡，憑稟賦不缺少拼爭精神……但願與韶華姐有個好的歸宿……而這，可能嗎？」

她胃向上翻，趴在炕上，頭探出炕沿，乳房壓住枕頭，吐出了綠色的膽汁。

李夢生聽到嘔吐聲跑進屋，給她輕輕捶背：「真遭罪，吃點飯就好了。」

「不想吃。」

李夢生從作訓服掏出個小紙包，打開來：「看這個，媽叮囑你吃的。」

「什麼？」

「酸棗麵。這個地方滿山酸棗，採摘、曬乾、磨麵、過籮，稍稍勤快一點不愁沒你吃的。媽可樂了，說『酸兒辣女甜禿子』，愛吃酸的準生個男孩，騎大白馬的……」李夢生笑道，眼裡的火花在她的臉上閃動。

「這麼說愛吃糖就生個禿子了……」她淒苦地一笑，舔舔黃色粉末，果然很酸，便按了一大口。一下嗆著了，嗓子眼兒嘖乾麵，連忙用手捂嘴。

李夢生急了：「別乾吃呀，我就去燒水，用開水沖了吃。酸棗面安神，吃了好好睡一覺。以後不讓你爬公虎嶺了，我天天來學校給你做飯，陪你過夜。嫌學校不方便也像穆老師賃間房子。」

「兩頭跑可不行，幹一天活夠累的了。只是今天有些懶怠動……」

「非常時期。沒事，不累。見你沒精神，多虧回了學校。」

李夢生見一包酸棗麵已經告罄，很吃驚。端來兩碗玉米粥放在炕上，用筷子和弄和弄，無不表示歉意：「清湯寡水，沒擱鹼熬不黏糊，先湊合一頓。吃吧，撈糙的。吃了才熨貼。」

她喝了口米湯。李夢生發覺沒有下飯的菜，到書桌裡翻。見個小鹽罐，罐裡盛少許大粒鹽。犯了難。一拍腦門：「有了！」衝出門外，邊跑邊喊，「頃刻就得，稍等——」

李夢生跑到牆外，在坎塄上找野菜。揪了把馬牙菜，嫌老，拋下，便去房後掐莧菜尖兒。看大沙河的遼闊，燕山的輝煌，草木的蔥蘢，亮開嗓子唱起來。

王寶瑞，
小開荒，
打下糧食餵老娘，
切羅切羅切羅切，
嚇得尿了褲襠！
聽敲鑼，
鞋底光，
蹬著醬缸上了房，
切羅切羅切羅切，
大醬捅了半缸……

就在後窗底下唱，她聽得真切，抿嘴樂。

「真沒聽你唱過歌，真逗，王寶瑞是誰呀？」等李夢生回屋，她笑著問。

「我們村的一個上中農，一腳踹不出個屁來的。偷偷在山上開了片荒，人說搞資本主義。運動乍起，聽敲鑼打鼓喊口號以為要來揪鬥他，就慌了神兒，尿了褲子，腳底抹油，蹬醬缸上房逃跑，不曾想把醬缸捅倒，灑了半缸大醬，哈哈……誰聽了誰笑，若批鬥誰批鬥他呀……好湊熱鬧的編了這個歌，《鍋大缸》的曲調。他由此得了個外號：半缸醬。臭莊稼人窮樂和，後來你一句我一句編得越來越離譜，說『半缸醬，聽敲鑼，鑽進板櫃上了鎖……板櫃當了廁所，半缸醬，聽打鼓，貓進豬圈直突突……差點餵了肥豬』，凡是倒楣的事都給他安上……公社開民兵大會有人唱，公社武裝部長聽了又是尿褲襠又是捅醬缸又是當廁所又是餵肥豬，亂七八糟，氣得翻白眼兒。後來這個武裝部長也會唱上幾句……哈哈……」李夢生一邊洗莧菜一邊開心地說笑。洗好莧菜，擀鹽，撒鹽，搓了裝碗，放到她跟前，「吃吧，山珍海味，哈哈……最有營養了。讓孩子也嚐嚐，孩子準嫌苦咧嘴，可別哭……哈哈！待會兒我上樹掏鳥蛋，給你增加營養，委曲不著你。」

莧菜綠得可人，透出山野的清香；她就著喝了半碗粥，又彎在炕上，迷迷乎乎想蹬醬缸上房的慌張，《鍋大缸》的詼諧，臉上掛了一絲笑意。但乳房發脹，且有些疼；眼前突然出現專政隊員抓捏乳房，用三角帶抽脊樑的情景，心一縮緊，坐起，看四周。窗外，梧桐樹在落日餘暉裡沙沙作響，這才長吁口氣，倚東牆，低頭抱膝，蜷成個團兒。「逃，逃！」怎麼也擺脫不掉逃跑的念頭。「蹬醬缸上房，策劃偷渡……生命在危險突發時不是決鬥就是逃跑，逃跑是最無奈的自我保護。逃跑，偉雄是對的。說不定孫部長這就下手，不能再猶豫了。唉，當時聽偉雄的話很可能遠離了危險。可是，夢生呢……現在夢生還不知原委，該怎麼向他說呢？會同意嗎？」

她感到發冷，胳膊、腿起了雞皮疙瘩。恐懼完全鑽入軀體，正從每個收縮的毛孔向外擠。

3

李夢生端洗好的碗筷進屋，笑著問：「怎麼起來了？」。

「睡不著……夢生，有件事還沒來得及告訴你。我拿到筆記本了！藏在何偉雄枕頭裡的……」

「萬歲，太好了！給我看看……」

「燒了……」

「……燒了？燒了……親手燒的？噢……燒了好燒了好，應了那句老話，『不圖金不圖銀，只圖禍害出了門』，你怎麼拿到的？」

「韶華姐讓何偉雄送來的。」

「真想不到，應該慶祝慶祝！那，何偉雄呢？走了……怎能讓他走呀，這就是你的不是了。不能讓他走，得請他喝兩盅，哈哈……這回好了，他們倆口子肯定不打架了，你也不用成天提溜著心了！我就說麼，好人不能倒楣一輩子，這回可以把心放在肚子裡了，來，讓我親親……」

李夢生欣喜異常，上前親。她把胳膊抽回。

「手這麼涼！我去關窗戶。」李夢生關窗，「千萬別著涼，你是我的重點保護對象！」

李夢生的欣喜和愛憐使她更難道明原委。

她恐懼，又憎惡恐懼，亦如鐘鼓樓的鳥雀被鐘聲撞得心疼心慌。血的教訓告訴她，恐懼曾使她產生虛幻的判斷，作出錯誤的選擇，造成終生悔恨。她感到，自己正被三股繩索捆綁著，一股是孫部長、王參謀們的殘暴，一股是對何偉雄命運的憂慮，一股是向李夢生道出實情的歉疚。「告訴他嗎？不告訴他嗎？我還有作出正確判斷的能力嗎？」

「夢生結婚以前的日子苦歸苦，倒也過得安寧。是我攪擾了他的生活，現在要為我付出沉重代價。他那麼知涼知熱，善解人意，可是現在還蒙在鼓裡。當初不在雪窩相遇，不爬山邁嶺去栗樹溝多好。唉！不切實際的奢望造成無可挽回的後果，悔呀，可太遲了！」

李夢生堅硬的手傳遞著溫熱。她勉強笑笑，攏攏頭髮：「夢生，筆記本燒是燒了，想呀，萬一別人看過，研究過，比如孫部長、王參謀們，或者一個緊跟形勢的人，會是個什麼結果？」

「孫韶華是你的好姐妹，知道利害，不會讓人看，放心吧。再則，即便有人看過，想整你也是空有狠心，燒了證據，你說怎麼個整法！」

「想整人還用證據？『欲加之罪，何患無詞』，古往今來概莫能外。上次整我沒整到底，他們不會甘心失敗，你想，再回次爐能輕饒了嗎？得有個思想準備……」

「不用準備，不可能！有我呢，休想動你一根毫毛！」

她看著李夢生額頭上刀刻般的皺紋，結婚以來幾乎消失了的要找人打架的眼神，柔聲說：「每天早晨從你的懷裡醒來，樑上的燕子也從窩裡探頭看我。燕子向窩裡顧盼一下，說『大姐，孩兒餓了！』我便打開窗戶，讓燕子飛出覓食……其實我何嘗不是一隻燕子！剛離開媽媽的餵養就帶著憧憬從梅江的土樓飛到北京，不知憂愁為何物。後來淪落到長城腳下的這個小縣城，環境雖然不好，仍幻想過個腳踏實地的日子。但癡心不改，打算有朝一日研究中國古代思想史……從此也就厄運連連，被戲弄，被摧殘，好像被狗捉住的小燕子，這時你收留了我，容我叼泥築巢……」

「怎能說收留啊，和你結婚現在還像做夢！」

「是呀，我更是一場夢。和你結婚，我終於成為真正的女人，找回做人的尊嚴和自由。這很瑣碎，很具體，在別人看來微不足道，於我卻彌足珍貴，可以無拘無束地袒露鬱悶的胸懷，心安理得地滿足原始的渴求，毫無羞澀地展現女人的天性，甚至放縱。這些都是你給的，毫不吝惜。想到這，不能不心生感激。」

「我瞭解你的心情。我做得不好，有時還挺生硬。」

「已經很好了。我現在很容易知足，哪怕給一個友善的眼神，說句體貼的話都久久不忘，更何況你給了那麼多，不，我索取了那麼多……」

「我能給什麼，心太粗。」

「有人說和你結婚是知識分子與工農群眾徹底結合……不過，這種結合再好不過了。在你身上發現了很多我所不具備的優點。為擺脫家庭困境你堅持背山，經受了皮肉之苦，還要按時八節去照看舅舅，關心他老人家的吃穿用度。媽媽精神受過刺激，經常做出常人難以想像的事，九煉十八磨，你卻和媽媽相依為命，老大不小娶不上媳婦，凡是當晚輩該做的你都做得很好，在你身上我體會出了孝為德之本的道理。你很聰明，肯於學習，善於思索，對很多問題有自己的看法，多麼不尋常！論長相，也是明擺著的，是個不折不扣的男子漢……」

李夢生笑了：「怎麼恭維起我來了？聽話音不像夫妻了呀，是不是要開表彰大會總結材料……哈哈！

可又不像，讓人琢磨不透，好像再也沒有說話的機會了，挺淒涼……」

她聲音顫抖，月牙湖水流過褐斑，順兩腮滴落：「只是怕失去你……我一直想把現在的房子翻蓋了。磚可以少買，一千塊足夠，在泥坯外貼面，貼出圖案，挺好看的。自己打水泥瓦，沙子到處是，自己挖，自己篩；水泥麼，也不貴，得託人買。現在房子的火山牆已經傾斜，住著害怕，外牆也快塌了。要在房後挖條深溝，免得山水沖刷，洇得屋地常年不見乾。最好能打個水泥地面。我們有幾百元積蓄，存摺放在板櫃黃豆口袋裡，別記錯了地方，免得用的時候抓瞎。買木料是用錢的大宗，錢不一定夠用，可以放掉牆外的柳樹當大柁，我量過，夠粗了。彎是彎點，可以隨彎就彎，木匠有辦法。還缺一架柁，得花錢買。椽子麼，上山砍，硬雜木更好，細點也行，擺密點是了。片笆也可以自己編，山上有荊條。我看過別人家蓋房子，心想有朝一日也能住上那樣的房子。記住了，不管我在不在，有沒有我，都要把房子翻蓋起來。現在的房子東倒西歪，哪家姑娘願意來……」

「嗨，剛才還好好的，來不來這樣了！有了你還要人家姑娘幹什麼！」李夢生越發糊塗，把她攬在懷裡，「別說喪氣話，有我呢！」

「有我呢！」她突然想到何偉雄的話，「有我呢！」兩個男人都不缺少保護自己的決心，可是有誰能做到呀！尊嚴和自由，到底在哪裡？

她蜷縮在李夢生的懷裡啜泣。

4

與異性的自由交流是生命存在的一種方式，一首美妙的歌，如涓涓細流，如洶湧波濤，這，她得到了，在李夢生的懷裡。安貧守命，營造乾淨純樸的生活，這，她也得到了，在簡陋的新房。依據她的經歷，她的性格，她的教養，她自認找到了快樂，這，經常裝在心裡，寫在臉上。

啜泣中，思想及此，她對自己方才說的一番話反到有些後悔：「是呀，生離死別似的，為什麼把形勢估計得那麼悲觀？或許還沒到預想的地步，會出現轉機……」

她稍稍鎮定，攏攏頭髮，說：「夢生，看你後脖頸長了不少粉刺，讓我擠擠。」

李夢生很順溜地坐在炕沿上，探出脖子。她跪著，扳過尋找。她特別愛聞他身上每個部位散發出的氣味兒，今天聞起來尤為濃烈，尤為難捨。不由得把嘴唇貼在李夢生堅硬的肩膀上，撫摩上面的傷疤，環起了腰。

這樣待了許久，李夢生忽然覺得肩上濕熱，轉身抱住她，不知怎樣安慰：「又哭了……今天怎麼了……」

她並不說話。李夢生摩挲她的頭髮，親她的淚眼：「身上這麼涼呀……他們是不是要下毒手了?!」

「恐怕再也見不到你了……」她說，淚如泉湧。

「別哭，沒那麼嚴重……」李夢生強忍悲痛，「我問你，到底發生了什麼事？」

她要下炕，李夢生趕緊攙扶。

她要洗臉，李夢生趕緊舀水。

她要照鏡子，李夢生趕緊取來。

她洗臉，照鏡子，攏頭髮，推開前後窗，向外看。落日的餘暉輝映著梧桐樹稍，天空一派輝煌，百靈鳥在天空啾啾鳴唱。她用目光追逐百靈鳥，直到消逝。然後彎起月牙湖，笑道：「唉，在你面前就是愛哭……別擔心……你猜得對，他們要下毒手了。」

「有那麼嚴重？筆記本燒了……筆記本上究竟寫了什麼？」李夢生焦急地問。

「學習孔孟著作的心得。」

「那又怎樣！他們不學不興人家學?!」

「問題就在這。他們認為這就是反對毛澤東思想，反對毛澤東思想就是現行反革命。」

「奇怪的邏輯，好像孔孟在兩千多年前就反對毛澤東思想了！要下毒手向孔孟下去，可惜找不到孔孟的骨頭渣子了……」

「我明確把觀點寫在筆記本上，自然成了他們認定的反革命證據。」

李夢生大吼：「日他奶奶，世上還有好人走道的地方麼！」躥到門外踹梧桐樹，「日他奶奶，非得一個一個斃了不可！」從房門奔向南牆，又從南牆奔回房門。好說歹說才勸進屋。

她把李夢生摟在胸前，在顫抖裡感到了李夢生難抑的憤怒，憤怒的暴烈，勸慰：「你這樣不但幫不了我，自己還可能捲入是非，想想，你再有個三長兩短媽可怎麼活?!心放寬綽點，樂樂，樂呀，我的男子漢……」

李夢生勉強苦笑。

她摟著李夢生動情地說：「我非常感激你。你有恩於我，不知怎樣報答好，可是，現在連累了你。已經到這份上了，一定要堅強。你原本就是堅強的，我沒看錯人，是嗎？」

她竭力安定李夢生的情緒，摩挲他粗硬的短髮和刀刻般的抬頭紋，扳過脖頸，卻不知要為李夢生做些什麼。

她擠出一顆白色粉刺顆粒，舔在舌尖，抿上嘴，和著淚水。

5

聽有人敲門，只敲兩聲就推門而入——何偉雄突然出現！

百里玉妝血往上撞，用手背向門外比劃，要說話說不出來。

李夢生不認得莽撞的來人，以為可怕的事情就要發生，從炕沿蹦起，搶前一步，影住百里玉妝，要拼命。

百里玉妝略微定了定神，拉開李夢生，慌忙介紹：「夢生，他就是何偉雄……」

「噢噢——請坐！」李夢生只好尷尬讓客。

「不坐。」何偉雄說，牙關緊咬，正了正眼鏡。

「你沒走……夢生說要感謝你呢！」

「先別謝。根本談不上謝。」何偉雄盯住李夢生並不友善的眼睛，「我沒走。不能走。你們的話我在窗下聽了個大概齊。我知道自己在做什麼。夢生，別激動，聽我說，噢，這事也沒全向百里說……縣軍管會、武裝部影印了那個筆記本，縣革委常委會決定立即採取行動，責成孫部長掛帥，確定了專案組成員，專案組得到的第一個授權是抓人；估計在今晚，最遲在明天。必須想個辦法，當機立斷！」

李夢生想不到事情竟如此嚴重，問：「都是真的?!」

「這麼大的事，誰敢誆人！」

李夢生看何偉雄，看百里玉妝，想辦法，卻什麼也想不出，其實根本沒想；擁百里玉妝就要出門，吼叫：「跟我家走，進山洞，我在外邊把守，來一個斃一個！」

「等等，聽我說！」何偉雄也吼，關上前後窗，出門看有沒有可疑的人，然後壓低聲音說，「吼叫、拼命都沒用！你想呀，你面對的是一個強大的專政機器！把你也搭進去太不值！」

「……你說怎麼辦?!」李夢生抱頭蹲在地上。

「偷渡出國！」何偉雄說。

李夢生覺得可笑：「偷渡出國？怎麼偷？跟誰？」

「跟誰跟誰……跟我！就是我！到泰國和她家人團聚！我家在雲南，已經踩好點了，我這次回家本來想偷渡的……出境就安全了。」

李夢生聞聽，抓住何偉雄的脖領子，怒不可遏地低吼：「早就想帶她跑呀，舊情不斷呀，廢了你！」舉拳欲打。百里玉妝急忙上前拉扯。

何偉雄並不掙脫：「打死我能打掉這場災禍就打，讓他打！」

李夢生的拳頭舉在空中。

何偉雄完全鎮定下來，笑了笑：「我承認，是舊情不斷，我愛她，過去愛現在也愛。倒看怎麼個愛法。現在不在於愛不愛，在於能不能讓她逃離虎口，保住兩條性命！」

李夢生放下拳頭，嗷嗷叫著衝出門外，奔向坎塄，搬起滿懷的河光石舉過頭頂，「日你奶奶！」狠狠砸向大沙河，砸斷一棵矮柳，砸了一塊又一塊，呼哧呼哧喘粗氣，從胸腔憋出不可扼止的低吼。身體側側歪歪，這使人想起在長城頂上「大刀片」舉大青磚砸向日本兵的壯烈，而指揮者的額頭同樣刻了兩道深痕，決眥噴火。

可能砸得筋疲力盡了，李夢生頹然蹾坐在亂石堆裡，茫然看著彎曲的河道。這條河道，走了二十多年，去上學，去參軍，去趕集，去領撫恤金，去參加民兵訓練，去慶祝「九大」召開，特別是來來回回接送新婚妻子……他熟悉每一塊臥牛石，每一叢紫荊，每一棵樹上的鳥巢，總能喚起企盼歡樂之情，如今成了愛妻的逃亡之路，剜心割肉之路……

何偉雄和百里玉妝見他愣愣發呆，方才有些放心。

過一會兒，李夢生慢慢站起身，鐵青著臉，來到百里玉妝跟前，定定地看，捏了捏臉頰的褐斑，揉了揉臉頰，然後攥住她的手遞給何偉雄，低沉地向何偉雄說：「讓她跟你走，好好待她！記住，她生男生女都叫——李百里！」

百里玉妝說：「我想回趟家看婆婆……」

李夢生想了想，說：「不行。這事不能讓媽知道。根據剛才介紹的情況，估計他們可能夜間去栗樹溝抓人，絕不能自投羅網。」

「如果他們在栗樹溝抓不到人，」何偉雄分析，「很可能連夜來小學校，我看，也不能在這裡久留。」

「這樣吧，我把你倆送到個安全地帶，然後趕回家，纏住抓人的，說百里玉妝去了縣城看朋友。儘量把他們拖在縣城。現在作簡單準備。何偉雄，好兄弟，把她交給你，拜託了！」

李夢生顯示出了罕見的果敢。百里玉妝彷彿看到了公公。

這樣，渴望自由的頭顱貼在一起，兩雙青年男子的手包裹一雙青年女子的手，這三雙手，淚洗了的，要去開啟天堂之門！

第四十五章　喝猛藥觸及靈魂　蹈彩環折斷神經

「為什麼要把人參當歸湯倒掉，換成全蠍蜈蚣這類猛藥，人人都要喝？」

吉普賽女郎帶著腳鐲舞蹈，水一樣地流，風一樣地轉……把世界當作展示才華的舞臺，她們在臉上鐫刻著兩個大字：自由！

——「啊，自由花環！」

「媽媽，女兒正在受難，救救你的女兒吧！可是可是，媽媽在海外苦苦思念女兒，也在受難，又有誰救媽媽……」

1

孫韶華惘然盯著窗外。美好的夜晚無疑是莫大的諷刺，她恨星星恨月亮，更恨身下的席夢思床。這張床，前不久睡過一個貌合神離的男人，而今的這個男人大氣不出，死屍般挺著。她自認具備成熟女性的一切優勢，論臉型，論身段，論身上每款柔美的線條都無可挑剔，可是不能引起這個冤家的興趣，猶如搖曳多姿的大麗花無人採摘，便默默流淚，月光下，淚水拉出兩條閃亮的「銀河」。

她聽何偉雄咳嗽，就用手掌給焐後脊樑，掀毛巾被蓋上，掖嚴；何偉雄竟一把擄下甩出，砸掉窗臺上的盆景。盆景是她特地從北京淘噢的結婚擺設，據說出自宮庭；在何偉雄出走的那些日子經常看著發呆，那拱橋流水、翠山茂松使她百感交集，生出無限悲情。

她聽到盆景落地的爆裂聲怒火中燒，恨不得騎在何偉雄身上撕咬。她向來沒受過這般對待，爸爸不敢，媽媽不敢，醫院的人尤其不敢，更何況打嘴巴，沒完沒了地慪氣，居然為了另外的女人。她恨恨地想：「給臉不要臉，太不知道進退了！他摸到了我的軟肋，一味耍蠻，讓他轄制一輩子就是自作自受！哼，敢欺負我，我是誰？睜狗眼看看！」

「何偉雄，給我滾起來！」她渾身戰慄，正欲咆哮，卻強咽了回去，緩和口氣說，「偉雄，你身為大男人長出息了，會打老婆，會跑了……我呢，胳膊折了袖口褪。你一走了之，知道我是怎麼熬過來的，有人問還得撒謊，說你是個大孝子，回老家探望雙親了……你知道我找過多少地方，打過多少電話……盼星星盼月亮可把你盼回來了，還得向你說小話，陪笑臉……一根針在心裡扎著！」

何偉雄背朝她躺著，輕輕咳嗽一聲。她又揀起毛巾被給他蓋上，掖嚴。仍一把擄下甩出。

「你從老家回來擰著格著要筆記本。是我打架升天從爸爸手裡摳出來，讓你親自送給百里玉妝的。我不是不理解你和她的感情，當時也猜到了你倆見面的情形，心裡明鏡似的。罷了，給你倆提供個見面的機會，敘敘舊……你怎不拍良心問問，換了哪個女人能像我這樣下三爛！難道不是對你最大的信任？萬萬想不到，倆人繞個大彎跑密雲住野店去了……你最清楚，出事以後我刁難過你嗎？」

「住野店怎麼了?!」何偉雄呼地坐起，「店沒住成，不是讓你們抓回來了嗎？其實當時根本不該住店等班車！」

「說氣話沒用。你說我們把她抓回來，就是說，包括我了。告訴你，有人認出了百里，告的密……去抓百里又不是抓你……掏心窩子說我更反對抓百里，她是我的好姐妹！如果我事先知道一丁點消息就天打五雷轟！再說了，他們去抓百里，我事先知道也不能讓你和她在一起呀！挺明白的人怎麼翻不過個兒呀！我最恨那個告密的了，要我調查出來就抽掉他的筋！」

「哼，你們翻拍了筆記本，等到要抓人了才把筆記本交出來，還要我送給她，裝好人！」

「天大的冤枉，怎麼總懷疑我呀！」

「這回樂了吧，百里抓進大牢，不用擔心威脅你了，陰謀加陰損，吃人不吐骨頭！」

「紅口白牙把誣衊人當飯吃！我和百里是最好的姐妹，怎會把她抓進大牢，手裡有那麼大權？照你這麼說，我算壞透腔了……你難過，我心裡也不好受……就知道拿我撒氣，我的氣向誰撒去……」

孫韶華委委屈屈哭起來：「我好像前輩子做了缺德事，欠了誰的債……你對工作不滿意，可以調換，想上哪個單位由你挑，我豁出臉求人，哪怕給人家嘲嘲舔舔……陰謀也好，陰損也罷，敢對天發誓，事先根本不知道……我和她是姐妹呀……明明沒做虧心事還要被懷疑，我冤不冤……」

她哭得那麼傷心，何偉雄拽毛巾被蒙了頭，不言語。

2

孫韶華哭訴：「你和我大學畢業參加工作，沒有黨沒有毛主席行嗎？我，先說我，剛冒話就會喊毛主席萬歲，第一次帶紅領巾就對毛主席宣誓。讀毛主席的書，聽毛主席的話，照毛主席的指示辦事，一切都發自肺腑。再看看百里在筆記本上寫了什麼……當然了，我沒看過，是聽專案組介紹的。今天我找了專案組，本意在瞭解情況，順便說情。專案組的說，那筆記本送北京找人看過，一致認為反動透頂，直接攻擊偉大領袖毛主席；你應該明白，攻擊偉大領袖毛主席，就是犯天條，死罪呀！可歎，一個不笑不說話，有學問，模樣出眾的姑娘，情同手足的妹妹偏偏向火坑裡跳，又沒人逼著她！」

何偉雄蒙毛巾被落淚：「當時就走，趕上班車，追捕必定撲空。一把沒抓住，放走了她，就一把呀！人的命運就在這一把上，抓住了就升天，抓不住就下獄！兒女私情和遷就游移是抓不住命運的，她從我手中溜走了，一把沒抓住……」

孫韶華非常愛身旁這個冤家。多日來一直在想：「他才氣非凡，全縣搖筆桿的隨便拉出來哪一個也沒有他功底深厚。文章嚴謹順暢，天生就是一塊歸納、推理、判斷的料子。講話雖然帶濃重南方口音，可是邏輯性極強，記錄下來就是一篇文章。他外表靦腆懦弱，骨子裡高傲倔強，必定能成大事。我不恨他。恨爸爸。因為爸爸才夫妻反目，父女成仇。亂了，真地亂了。毛主席說文化大革命是觸及靈魂的政治大革命，難道就這麼觸及？難道——拿人的身體來說——通上強電流，每根神經都要燃燒，每塊肌肉都要顫抖，每個細胞都要振盪？事實上，所謂觸及靈魂，首先觸及皮肉，挨嘴巴子，挨打了還得陪笑臉，窩囊不窩囊……這就是我，孫韶華，縣醫院的革委會主任，大小是個人物！非常奇怪，觸及觸及，人人要觸及，難道這就是文化大革命深藏的玄機，史無前例的地方？現在明白了，觸及靈魂比觸及皮肉還要痛苦，皮肉壞了可以慢慢修復，感情的裂痕怎麼彌合？家庭狼煙四起，我孫韶華也不能倖免！」

她痛苦迷惘，想伸手撫摩，卻矜持起來，慢慢縮回。

她頭疼欲裂，連坐著的勁兒都沒有，就側身躺著，向著何偉雄，繼續想著有關觸及靈魂的事。

她清楚當前的革命要在傳統觀念上、思想上挖掉封資修的老根，一切的一切由馬列主義、毛澤東思想代替。但她非常不理解，「代替就代替唄，為什麼還要發動群眾打一場轟轟烈烈的人民戰爭？觀念上、思想上的東西要靠急風暴雨式的群眾運動去解決？為什麼要把藥罐子裡祖傳的人參當歸湯倒掉，換成全蠍蜈蚣這類猛藥，人人都要喝？可倒好，這麼短時間床上就睡過兩個男人，一個鬥法離去，一個沒完沒了地慪氣……原來的朋友更站在水火不容的立場，成為勢不兩立的階級！害得我頭疼欲裂……這就是觸及靈魂！」她感到有個法力無邊的力量操縱著每個靈魂，「它，是什麼呢？」

她想：「爸爸說，敵人的炸藥包拋到我軍塹壕，哧哧冒煙，你是拋回去還是眼看在塹壕裡爆炸？這個大是大非問題，考驗階級覺悟的時候。是呀，階級覺悟，大是大非！百里玉妝反對毛主席，要毀掉我們的一切，我們的江山，想起來就後怕，血淋淋的……從此偉雄死了那條心，沒了舊情的藕斷絲連，我也沒了虛假的友誼……」她感到靈魂出竅了，在夜空裡飄蕩。

「有些心懷不軌的人混跡在人群裡，這些人妄圖推翻紅色政權，青面獠牙，手裡拿著刀。他們是中國的赫魯雪夫，地富反壞右，叛徒特務，變色龍、小爬蟲，一句話：階級敵人！階級敵人要殺掉的首先是爸爸這樣的人，想起來就不寒而慄。爸爸不僅是家庭的頂樑柱，而且是時代英雄，建國功臣。事實上，階級敵人並非青面獠牙……」

於她，「階級敵人」這個抽象符號已經具象化，如同一隻噬血的蝙蝠在頭腦中盤據，足以煽起戰鬥激情。

此時她才真正意識到百里玉妝的威脅。她想起了樣板戲的念白：「有我沒他，有他沒我」。看著身旁的何偉雄想，「連拉帶哄好不容易上了身子，他偶爾為之，百般推委，敷衍了事……使我成宿成宿闔不上眼。這，全為了她！而我，我是誰？我是個女人！一個不缺雌性激素的女人！」

孫韶華記起在女宿舍與百里玉妝相處的那些日子：經常看著彎彎的笑眼說體己話，就像兩股泉水，你向我這裡淌，我向你那裡流。「她，見我手上拉口了流了點血都犯暈，怎麼會提刀殺人？她的心又透亮又善良，以至簡單得犯傻，那裡會有反革命心計？而把讀古書與反對毛澤東思想扯到一起，是不是太牽強附會了？坑人害人的事、冒險的事萬萬找不到她。她得知我與何偉雄打架的消息，想方設法說合；在她那種情況下。事實上，是我搶了她的人，可是她並不因此結仇。掏心窩子說，搶了她的人就應該心安理得？唉，頭這樣地疼！我該怎麼辦？誰能告訴我？孫韶華呀孫韶華！」

3

百里玉妝從審訊室出來添了行頭：鐵鐐鏽跡斑斑，扁圈啃著腳踝，鏈條掃著地面。這副鐵鐐年代久遠，雖已磨損卻依舊堅固，嘩啦嘩啦地抗議著無情的暴虐，上演了人世間又一齣活劇。

聽到響聲，各牢房鐵欄杆立刻擠滿了的眼睛，無不驚愕：「如此年輕貌美的女子重罪加身，不像殺人放火的呀！」等到回通鋪面壁而坐仍然想著這只有在說書唱影裡才能見到的佳人，撩撥僵死的神經，編織蠅營狗苟的幻夢。

她跟往常一樣通過普通牢房，來到小裡院的平房。身穿國防綠軍裝的國字臉女子開鎖，抽栓，推開牢門，威嚴地命令：「進去！」於是她被門扇撞進屋，撞了個趔趄。

咣當鎖上門。

屋內如同多年沒燒火的炕洞，黑古隆冬，黴氣鑽鼻，壓迫呼吸。忽聽撲騰一聲，一個肉乎乎的東西落在腳面上。耗子跳下桌，逃竄。

她摸索著來到床邊，閉起眼睛，想著前幾天砸鐵鐐的情形。砸了鐐，跛腳公安大叔悄悄向她說：「他們要給你砸重鐐，我挑了個小號的……回去用布包好，別磨破肉皮子。」等到張開「月牙湖」，方能辨別斑駁暴裂的石灰牆，笨重的木椅，油漆剝落的桌子以及桌上的粗瓷大碗、碗裡的一小塊肉餅。耗子又跳上桌子狼吞虎嚥。「碩鼠碩鼠，無食我黍」，她有感於碩鼠的貪婪，脫鞋要拋過去，忽然想起與耗子為伍的鶩鶩，「耗子是鶩鶩的朋友，可能人處絕境時這樣的精靈就會出現……耗子也有靈性……」便把鞋放下。是隻胖大的耗子。牠經常蹲牆根小眼瞪大眼和她對視，晶瑩的小眼睛無疑是黑暗中的光亮。牠在膽怯警惕之餘一點點靠近，有意示好，她驚奇地發現：「啊，牠可能懷孕了！」便給牠起了個好聽名字——妮妮。

「相鼠有皮，人而無儀，不死何為？」她又想起《詩經》的句子。「古人很要臉皮，也就是尊嚴，把尊嚴和生命看得同等重要。我已經失去了尊嚴，等於失去了生命。」扭頭看牆根的妮妮，妮妮的灰皮，灰皮下的鼓脹，不覺一陣悲戚。「是的，他們要剝奪我的尊嚴，砸上鐵鐐就是證明。鐵鐐，從明代開始的刑罰，當時朝廷規定三斤一副，而我的不知多少斤，反正是小號的。那麼，大號的多重？難道鐵鐐重量是鐵鐐政治嚴厲程度的標誌？如今的鐵鐐政治還將怎樣演變？」她想。

很奇怪，入獄以後不嘔吐了，不尿頻尿急了，想吃飯了。每天兩頓飯，每頓一碗玉米稀粥，幾條鹹菜。她把碗底的粥末舔得溜光響淨，倒好，不用洗碗了。不知為什麼，前天從門縫塞進一張肉餅，她拿起就咬，咬了一口尋思，「是不是有人下毒？我可不想不明不白去死。」吐出給妮妮；見妮妮吃了沒特別反應，才掰成四份，只吃一份，給妮妮一份。一天過去，還剩一份。她下地走到桌前，發現碗裡的肉餅已被啃爛，碗底留下幾顆「黑燕麥」。捏起這小塊殘缺的肉餅用牙叼下一點，倒掉黑燕麥，重又放回碗裡。

肚子咕咕地叫。

她坐在床上盯著鏽跡斑斑的鐵鐐，磨紅腫的腳踝，想跛腳公安大叔的話發愁：裹鐵鐐，用什麼呀！就看眼前的被子。被子疊得四稜見線，監規要求監獄和兵營一樣，全國學習解放軍。（國字臉要檢查的專項）被子是入獄時家裡送來的妝新被，紅地黃花綠葉淡藍的天，於她如同百花盛開的曠野；貓在被子裡還可以回味丈夫的溫存，忘卻饑餓的煎熬，度過每個長夜。

她狠了狠心，把被子抖開，拆去被頭的針腳，用牙在被面上嗑個豁口，然後撕出布條，再用布條裹腳踝，裹鐵鐐粗硬的扁圈。扁圈裹得又平整又結實，紅白藍三色最為顯著。看著這花環，想著世界各國國旗，但怎麼也想不起哪個國家是三色旗，法蘭西的？義大利的？為防止鐵鍊嘩啦作響，乾脆把鐵鍊也裹上，這比先輩和同輩要精細得多。然後再撕被面，拼繩子，把繩子一頭拴在鐵鍊中間。拴好穿鞋下地，拎繩頭走動。來到桌前，撕一疙瘩肉餅扔向耗子洞口，自己也慢慢地吃，慢慢地品味，想著腹中孩子長筋骨的樣子，彎起了月牙湖。

她低頭看腳踝上的花環，很奇怪，眼前突然浮現出一位吉普賽女郎，可能是哈爾斯的油畫。女郎擺出一副優雅的姿態，似邀她跳舞。她知道，從印度北部走出的吉普賽女郎就是帶著腳鐲舞蹈的。她們水一樣地流，風一樣地轉，即興而歌，風情萬種，似歡樂，似挑逗，把整個世界當作展示才華的舞臺。她們還看手相，占卜，施展小計謀，該愛則愛該恨則恨，品嘗生活為她們釀製的酒漿，她們在臉上鐫刻著兩個大字：自由！

「啊，自由花環！」她興奮極了，學吉普賽女郎的樣子，一手舞動一手提彩色繩索跺腳。花環上下抖動。妮妮伏在洞口觀瞧。她跳跳噗哧地樂了，哪裡是什麼吉普賽舞呀，分明是客家的麒麟舞……「哈哈——唔唔——」樂樂又哭起來，月牙湖裡熱淚盈盈，就頹然坐在床上，連連向自己說，「我要爆炸了，炸就炸碎這間牢房！媽媽，女兒正在受難，救救你的女兒吧！可是可是，媽媽在海外苦苦思念女兒也在受難，又有誰救媽媽……」

4

正伏在「全國學習解放軍」上哭訴，忽聽皮鞋矗矗響，由遠而近。接著開鎖，抽拴，推門。她趕緊擦淚，眯眼見門口強光裡出現兩個人影。

原來仇廣軍站在門外！

身後影著國字臉。

她下意識地看仇廣軍腳下那雙軍用翻毛大皮鞋，不覺向床裡靠。

仇廣軍抹搭眼，矗地跨進屋。吸溜一下鼻子，重又退到門外。

「又黑又潮又黴，是人住的地方嗎?!」仇廣軍厲聲問國字臉。

「仇局長，這事不歸我管，我管拿鑰匙……」國字臉囁嚅著，一臉迷惑，「歷來這樣……」

「歷來歷來！我問你，別的牢房都生火去潮，為什麼不給她生?!」

「不知道……」

「告訴你們所長，今天就給生上！」

「沒有爐子……」

「買去！明天我來查！」

仇廣軍見唯一的小窗戶釘了幾塊橫木板，木板已經糟朽，就從上邊掰下一塊，扔在國字臉腳下。

「我問你，給她放風嗎？」

「所長不讓……」

「告訴你，以後和別的犯人一樣！還有，你們把她家送來的肉餅餵狗了，有這事嗎？沒有，沒有就是餵了兩條腿的！你吃了嗎？肉餅是從脊樑骨下去的吧，啊？今後誰再敢苛扣犯人家屬送來的東西，就把他也圈起來！『三大紀律八項注意』是怎麼學的?!毛主席還主張優待俘虜呢！」

仇廣軍罵興未盡，吩咐國字臉：「你先買爐子去！」跨進屋。

仇廣軍在地下踱步，四下打量。發現有隻耗子在洞口張望，急趨上前一腳踹過去，狠狠踹平了洞口，連聲罵：「耗子成精了，看什麼熱鬧！」這才笑著說：「唉，想不到會是這樣，從幹校出來一直沒見過面……生活上有困難儘管提，我現在調到了公安局。我在部隊當營長的時候李夢生是三連三排一班的班長，營裡比武的尖子，彼此又是老鄉。這一說你就明白了。他昨天找過我，才知道你們的關係。在案情上我幫不了你，權力有限，生活上能辦的儘量辦。」

「謝謝仇校長。」她說。

仇廣軍發現她臉色蒼白，說：「那個拿鑰匙的是軍分區政治部一個科長的女兒，門子貨……我不能在這久留，專案組的紀律不許和你單獨接觸。我今天來是例行檢查。生活有困難可以通過那個瘸子向我提。

瘸子靠得住。我這次來想告訴你一句話：保住性命要緊！你是個大學生，應該明白我的意思。」

末了仇廣軍壓低聲音說：「只有自己能救自己……千萬別整胡說了！」然後喊瘸子鎖門。臨出門故意高聲向屋裡呵斥：「生活上已經很照顧你了，別不知進退，只有好好交代問題，否則沒有別的出路！」

5

第二天，牢房大為改觀。釘窗的橫木板全都揭去，可以開窗，黴氣味兒大大減少。生了爐子；取走鐵爐蓋，用一塊土坯代替。並且為她代買了洗漱用具、臉盆、衛生紙、一把小圓鏡。屋裡也乾爽多了，頂棚聚了一層水珠，水珠不斷滴落，被泥地吸收。

她用爐勾子剜開耗子洞，掰半個燒餅放在洞口，坐在床上等妮妮，猜燒餅的來歷。

蝨子從草墊子鑽出，向她身上爬。如此多的蝨子不知何年何月在這裡潛伏，喝過多少代死刑犯的血。她想，「小爬蟲，對，小爬蟲，因為可惡，渺小，完全沒有生存價值，使很多人得此罵名。」入獄以來，小爬蟲被鮮嫩的肌膚和甘甜的熱血所吸引，又是女性的，欣喜若狂，無不奔相走告，縷縷行行，頃巢出動。卻苦了她。

她感到脖頸發癢，伸手捏下一個鼓溜溜的大蝨子放在爐子上。蝨子紫紅紫紅，她分析可能與自己同屬萬能血型。她脫衣一個個拿，一個個向爐上放，劈劈暴裂，絲絲冒煙。至於衣縫裡排列整齊的白花花的蟣子只能用牙咬了。這位嶺南女子的神態與北方農民差不多，咬得特別仔細，特別除惡務盡，特別有成就感。

穿好上衣，仰臥在床，雙手撫摩腹部。腹部好像拱動一下。「這是真的嗎？」不由得心跳。再摸，等了許久，卻沒了動靜。「不，不是真的！」

這時聽有人敲門。過一會兒，開鎖拉拴，跛腳公安人叔提大白鐵壺進來；看裏得別致的鐵鐐，露出驚異贊許的笑容，說：「姑娘，把水放這，敞開使。有事就招呼一聲，我常在門外。」說罷，搬下土坯，看看爐火，添好煤，坐上白鐵壺，要退回去。

「謝謝大叔。」她連忙下地，彎起月牙湖表示感謝。

「姑娘，還有事嗎？」

「大叔，草墊子裡的蝨子太多，拿不淨……」

「按規定不給這個號子噴藥……這樣吧，我就去找噴霧器找藥。」

跛腳公安大叔取來噴霧器，在草墊子上、牆上、被褥上噴灑，並說：「出去曬曬太陽，關門窗悶悶，悶完了再把草墊子和被褥拿到屋外過過風。」

她跟隨來到屋外，問：「那包燒餅也是仇局長送來的？」

跛腳公安大叔向裡院小門看看，小聲說：「這個仇廣軍現在學得窮橫，連我們所長都怕踹。我們是表親，他沒當兵時候就熟，人嘛，是個愣頭蔥，愣裡藏奸，他爸就這個德性，遠近出名的。我沒少說他，別出馬一條槍，向上爬也得給自己留個側身步……你他媽的得學會修好積德！我罵他，他嘿嘿樂，在我面前不敢擺架子。噢，燒餅是一個帶眼鏡的送來的。」

「認識他嗎？」

「面熟。縣革委會的幹部，和仇局長認識。現在，局長不發話什麼東西也送不進來。」

「能見他一面嗎？」

「我看……不能，誰知道呢，如今這世道……唉，牛犢子拉車亂套了！」

她發現房山下長一溜野草，開著紫瓣黃蕊小花，分外嬌人；伏身摘下兩朵插在鬢角，扭過臉，月牙湖笑模悠悠，似在問：「大叔，你看怎樣？」

「好看好看……閨女！」跛腳公安大叔誇獎，心一絞眼一酸立刻背過身蹲在地上，翹起一隻跛腳……

第四十六章 樹死藤生纏到死 藤死樹生死也纏

「當前雖然濁流滾滾，迷霧重重，其實每個人都在按自己的品格劃著人生軌跡，這個軌跡可能是違心的，彎曲的，狂亂的，而共固有走勢和歸宿大致不會偏離。」

「所謂歷史死結，說穿了是人性的死結，而人性的死結無不由歷史人物的貪欲和嗜殺無節制性決定。」

「自由和尊嚴是我的神靈，我的真理，我的法律，我的女貞！」

「真心地愛也被愛了就不是墮落……社會的畸形造就了愛的畸形。」

1

百里玉妝十分孤寂。所幸內有妮妮、外有公安大叔相伴。妮妮不再爭搶食物，放在洞口的已經足夠；吃飽了就蹲在一旁與她對視，早已不帶領兒孫日日夜夜上上下下地鬧騰；有時還趴伏在她的腳面上，頭枕「自由花環」小憩；用柔柔的體溫、輕輕的憨叫、微微的心跳與她溝通，傳達母性的愜意。放風時，公安大叔也打聽她的家庭和個人成長情況，對客家人的風俗習慣很是新奇，並介紹了長城沿線的歷史掌故、逸聞趣事，宛如父女傾談。由於牢房設在單獨院落僅羈押一個政治要犯，放風時間可以很長，甚至能應她的要求打開牢門，只是把小院院門從裡邊鎖緊，活動大都局限在房山背眼的地方。

這天上午進行了例行審訊，不外讓她在反對毛澤東思想、反對無產階級專政、反對社會主義的「認罪書」上簽字。她則以沉默拒絕，王參謀、羊洪勇、仇廣軍等並沒有強逼。

回牢房，先給苦菜花澆水。一簇苦菜花栽在豁口的瓦罐裡。她端起瓦罐用鼻尖撥弄紫色的花瓣、黃色的花蕊，品味襲襲的清香，心中自是愁苦，忽然想起一首兒時記得的客家山歌，不覺慢慢哼唱：

入山看見藤纏樹
出山看見樹纏藤
樹死藤生纏到死
藤死樹生死也纏

連日來，關於生與死的問題蛇一直纏繞著她，哼唱過後生出無限感慨：「樹和藤在人跡罕至的山中相互纏繞，生死相依，愛到了骨子！可是，為什麼非要提到死呢？未免有傷感之嫌，應該藤不死樹也不死才對。藤是山歌要表達的主體，沒有藤就談不上纏與不纏，殊不知，光有纏到死的決心不行，必須起勁地活著，領略活著時光的快樂！」此時彷彿進入了鬱鬱蔥蔥的嶺南，於是改唱：

入山看見藤纏樹
出山看見樹纏藤
樹生藤長纏不休
藤長樹生世世纏

雖然這樣唱了，擺脫了「死」字，可是怎麼也唱不出原汗原味的地道。「可見，死亡與愛戀多麼不可分離！客家山歌的底蘊多麼深厚！切膚地體驗了死亡對人生的意義，並以豁達的方式唱出來！」

正琢磨，有些頹喪，忽聽開小院門，上鎖，有人走來，腳步雜遝；判斷一個是公安大叔，還有一個陌生人。精神一下子緊張起來。但知道，陌生人不可能是專案組成員；提審一般都由公安大叔前來帶人，而且隨著顛簸的腳步誇張地嘩啦鑰匙。也不可能是國字臉，國字臉已經調離。更不是仇局長，仇局長的腳步特別。正疑惑，聽兩人來到牢房前，低語，敲門。靜默許久才開鎖，拉拴，推門。

——背著強光，陌生人出現，一看，竟是何偉雄！

幾乎同時，「月牙湖」呼地上漲，奔湧，眼前白亮一片，淚水中的何偉雄膨脹著，扭曲著，搖晃著……她側側歪歪，不由自主地靠在暴裂的石灰牆上。

……公安大叔剛走，何偉雄趕緊掩窗，撲上前抱住她。

……她跺腳，擂何偉雄的後背，淚洗何偉雄的臉和脖子，壓抑著哭聲。

她連連叨咕：「真像做夢，真像做夢……」

稍稍平靜，倚在床邊，何偉雄說：「我特意寫篇〈新局長新氣象〉的廣播稿，向仇廣軍套近乎，猶豫再三才找他。可是話到嘴邊還是沒敢說要見你。他見我吭哧半天，把胸脯一拍：『要我幫忙你就開言透語！』這才奓著膽子提出。他當時沒答應，滿臉歉意，顯然還記得在幹校對你我放過的狠話。我的心徹底涼了……萬沒想到，第二天剛上班，收到公安局辦公室電話通知，表示可以接受我去『採訪』，今天中午，在看守所。我趕到看守所，只有仇廣軍和李所長在場。仇廣軍告訴李所長——開門的那個瘸子，原先的看守所所長——送我進牢房以後把牢門和小院門從外邊鎖好，絕不能讓專案組的知道我在這裡。強調時間不受限制，出入越少越安全。並且研究了專案組突然提審時的應急辦法。仇廣軍是參加提審的。仇廣軍咧嘴笑：『他媽的，我變成雙重間諜，對付國民黨了！』我問李夢生能不能進來，他態度堅決，說太招搖，過於冒險，只能虧了他。」

「真得感謝仇局長和李所長。」

2

何偉雄正正眼鏡說：「仇廣軍答應我來看你，是個險招，奇招，相對安全，謹慎就行。他像個猛張飛，實際粗中有細，腦子相當靈活。往深裡說，當前雖然濁流滾滾，迷霧重重，其實每個人都在按自己的品格劃著人生軌跡，這個軌跡可能是違心的，彎曲的，狂亂的，而其固有走勢和歸宿大致不會偏離。所謂牢牢掌握革命大方向不外一廂情願。文化大革命是他們營壘的一次大振盪大分化，由於根本路線的荒謬，各山頭利益的尖銳衝突，特別是背離大多數人的意願，這個大動盪大分化還將繼續下去。許多人的良知並沒有泯滅。一座冰山正在崩坍。時間將吞噬一切。以前認為仇廣軍是個打人幹將，跳樑小丑，以至恨之入骨，可能沒有真正認識他。同時，大動盪大分化又使一部分人的行動變得更加瘋狂和殘暴，很可能還要出現突發事件。運動開展至今突發事件連連，令人眼花繚亂。所以漩渦中的人都可能前途未卜。歷史進入了人們最難把握命運的時期。」

她挽何偉雄坐在床上，提著彩色花環，摸何偉雄的臉：「我看誰變你也沒變，只是瘦了……別擔心，事已至此，擔心也沒用。聽話，啊？瘦了，也不刮刮鬍子，讓人家看了笑話……」

何偉雄摘下眼鏡，抱住她：「最怕失掉你！」

「見到你簡直是老天爺的恩賜。你看，這不活得好好的嗎？有你送來的肉燒餅吃，有開水喝，剿滅了蝨子……」仍然淚眼婆娑，「在這裡見面多好，就我們倆，兩個人的天堂……知道麼，我該多想你……當初沒聽你的話，讓你牽掛，人都瘦了……苦了你……不過我不後悔，勸你也別後悔。是呀，錯過了機會……可是，當時不能不向夢生說一聲拔腿就走呀！入獄以後一直回想，能走到今天，對我個人而言問題出在哪裡……是不是太執著了，面對那種險惡的環境還要讀古書，在大難臨頭時還要回去看夢生，對你自以為能保護起來其實大錯特錯……凡事總愛前思後想，寧可負了自己，加上膽子小，哪能不亂了方寸。」

「唉，我也想通了，吃後悔藥沒用。」

「能明白這個就行。我不後悔，俗話說腳上的泡是人走出來的，但終歸向前走過……知道夢生的消息嗎？」

「知道。他和他媽急得轉磨，正四處營救。」

「回去千萬告訴那娘倆，不要再求爺爺告奶奶，誰也救不了我。見到他一定要說：『百里生氣了！』人活著要有尊嚴，李家人向來是有尊嚴的。他爸爸為了民族的尊嚴獻出了尊嚴的生命，不能在他這一輩低三下四壞了門風。要把這話帶到，啊？夢生很聰明，有他爸的稟性。」
「行。只怕不頂用。哪家遇到這種人命關天的大事都會活動。」
「我的情況特殊，他娘倆再不聽你就說已經判了死刑，無法更改了……讓娘倆有個思想準備，只可惜，是我攪亂了他們平靜的生活……專案組抓了我的案子志得意滿，欲殺之而後快，正要放一顆人造衛星。你說，我的判斷對嗎？」
何偉雄把她抱得更緊，她也用力抱住何偉雄。
「……」何偉雄欲說出最沒有勇氣說的話，但只是說，「……不怕嗎？」
「怕！很怕！可是光怕沒用。我主張，寧可讓他們殺死也不讓他們嚇死！寧可有尊嚴地赴死也不再蒙受人格的屈辱！」
何偉雄茫然盯著暴裂的牆，許久，終於沉重無比地說：「是仇廣軍告訴我的，他說死刑判決報告已經遞送北京，縣裡正等待批覆。據說，北京有關方面十分重視，認為像你這樣露骨攻擊偉大領袖毛主席的案件在全國也屬罕見，白紙黑字寫著的，影印的筆記本是最確鑿的證據，連旁證材料都不怎麼需要。」
「唉，我猜到了……看來要引起一場小小的轟動了！」她從何偉雄的懷裡掙脫，趟自由花環繞爐子走一圈，苦笑著，激憤著，舞動手臂高聲說，「他們該多開心啊，殺了個女反革命！因此會有人立功受賞，彈冠相慶，也會有人會當古今講，哀歎幾聲，流幾滴眼淚。轟動過後一切都會平靜，生活將照常進行。對了，你告訴夢生，有種的不哭，他媳婦沒做不光彩的事。我死後你儘快幫他把房子翻蓋起來，不能出力就出錢，翻蓋了房子再幫他說上媳婦，生個兒子……婆婆盼孫子盼得發瘋。你要經常去他家，翻蓋了房子、說上了媳婦才算完成任務。若這樣，我走了也安心。能保證嗎？一定要保證。記住，你是替我做的。可惜，我的生離死別見不到要離別的人……」
她已泣不成聲。何偉雄吮吸她發燙的臉頰，熱淚，無限悲苦。
「記住，改改自己的脾氣……」她哭道，「要善待韶華姐。韶華姐再強悍也是女人。你們要從我的陰影中走出來，我在九泉之下也少股牽掛的腸子……」

她摩挲著何偉雄散亂的汗津津的短髮說：「我覺得自己很可憐，很怯懦。對愛著的人不敢愛，放棄愛。對丈夫不能廝守終生，使他突遭打擊，更殘酷的是剝奪了孩子生的權利……我分析了，坦白不坦白認罪不認罪都一樣，只可憐這孩子……我怕，怕失去這一切。要知道，殘暴的政治正是靠怯懦維持的。空想愛，空想正義……懦弱加上手無縛雞之力，再愛再正義也必定被踐踏……我真不想死，不想死……摟緊點，就這樣，摟緊點……我將帶著巨大的恐懼和深深的遺憾死去……梅江不再屬於我，燕山不再屬於我，太陽不再屬於我……死在你的懷裡多好……還有別的奢望麼……沒有了，沒有了……累了，累了，該回家了……」連日來，由於無窮的思慮，極度的悲傷，不可扼止的緊張，她彷彿是個落海者，在鯊魚的追逐中掙扎，精力和體力幾乎消耗殆盡。她的呼吸細如遊絲，感到自己好像沒了重量，正一點點融化，變成白霧飄蕩在空中，看到了家鄉的竹林、江河、土樓，回到了童年，投入了媽媽的懷抱。她向媽媽訴說著，喃喃的話語斷斷續續，微弱含混，最後沒了聲息。她懵懂地意識到：「大約這就是死亡……死亡該多麼舒服……多麼美妙……」

3

不知過了多久，她漸漸聽清何偉雄吆喚。睜開眼，見何偉雄落淚，輕聲說：「別哭……我方才怎麼了？好像回老家了……」

「把我嚇壞了，還以為……」

「在你懷裡真舒服，真想永遠躺下去……」

「別說喪氣話，若死，我跟你一塊……」

兩人相擁而泣。她哭著說：「你千萬不能死，替我好好活著。現在人與人仁愛、善良的關係被徹底毒化，檢舉揭發，反戈一擊司空見慣。還是那句老話，多看少說，別像我這樣幼稚，讓他們一網打盡。一定要活到正本清源的一天。這幾天我在想：歷史是條河，只不過遇到了最大的轉彎。黃河最大的轉彎曾經洪水氾濫，生靈塗炭，卻衝擊出了河套平原，使先祖在這塊肥沃的土地上勞作，最早進入世界的農耕社會，創造了黃河文明。現在的中國正在逆轉，如果說有什麼好的地方，就是後代知道該做什麼不該做什麼。歷史的大河摧枯拉朽，淘汰的不是人民而是騎在人民頭上的暴君。人民才真正萬壽無疆。」

「你懷著孩子……歷朝歷代沒有殺孕婦的。」

「我一直想這個問題。」她用毛巾擦擦臉，攏攏頭，並取小圓鏡照照，喝口何偉雄遞過的開水，漸漸恢復了精神，「放大了說。大家都知道動物有嗜殺的本性，一匹公狼為了求偶或領地紛爭經常同群內群外的公狼撕咬，非常慘烈。等到有的公狼通過彼此通用的肢體語言表示懦弱了，逃跑了，勝利者便不再追殺，就是不以殺死對方為目標，大多以恫嚇結束。人類可不這樣。人類往往很少有嗜殺節制性，對確立的敵人越是懦弱越是逃跑越要『宜將剩勇追窮寇』，不失時機地趕盡殺絕。這是人類高智商的劣根性，不如動物的地方。中國現代空前規模的兩黨兩個主義之戰決不會因為對方處於弱勢地位而收斂殺戮行為。死亡千百萬人，不管是己方的還是他方的他們甚至不眨一眼。哪怕絲毫。為了爭王爭霸、滿足佔有欲進行大規模殺戮是歷史長河的濁流，長期困擾著人類。現代，有些人對嗜殺無節制性研習得更加像模像樣了，更加理論化了……戰爭、殺戮就一個國家來說必將錯過民族和解、國家振興的歷史機遇。一旦錯過了這個機遇將用多少年的時間和高昂的代價彌補；到時睜眼一看，大大落伍了。照此辦理怎能『立於世界民族之林』？簡直是異想天開！後人回過頭看這一切都覺得那麼不值得。歷史總要回到自己的軌道上，這就是——關注百姓的根本利益，老子說的『以百姓心為心』。殊不知以百姓心為心是世界最大的政治戰略。歷史有許多死結，所謂歷史死結，說穿了是人性的死結，而人性的死結無不由貪欲和嗜殺無節制性決定。他們在奪取政權以後唯恐失去政權，彷彿只有殺掉『敵人』才能睡好覺；對於自己營壘的親愛者也不例外，比如『中國的赫魯雪夫』，比如自幼一塊揀豆吃、一塊耍菜刀的。而對於我這樣的小人物、根本不成其為人物的更不在話下。歷史常開這樣的玩笑，把嗜殺者尤其大規模嗜殺者捧為『英雄』，歪曲了英雄主義的實質。」

何偉雄說：「似乎坐上江山的帝王將相都是豐功偉績的創造者，奉為神靈，喋喋不休叫好。」

她淒苦地笑道：「哈哈……現在好像討論學術問題，笑談與已無關的事……不知道羔羊在屠刀相向、最後悲鳴的時候是不是也探討為什麼會被殺掉，還要理論一番！這大約也是人區別於動物的地方。」

「剛才你提到歷史，歷史是什麼，是個威力無比的審判台，一定要審判一切為非作歹者、倒行逆施者、嗜殺主義者……檢察官和法官就是不斷覺醒的百姓……啊，我們竟談起了這麼殘酷沉重的話題。但到具體的死刑判決可不盡相同。我認為現在還沒到山窮水盡的地步。還是那句話，他們再殘暴也不會殺一個孕婦。放寬心吧，一定要活下去。或許能重拾生路。」

「仇廣軍來特意叮嚀我要保住性命。我明白他的意思。更明白你的意思。不外要我講究原則性和靈活性，所謂留得青山在不怕沒柴燒。方才已經說了，他們既然抓住一個大『反革命』，是不會輕易放過的，不在於認不認罪。這不是國與國的關係，簽訂布列斯特條約。即使簽訂了條約，也只為贏得喘息時間，最終還要訴諸戰爭解決領土問題。我早想好了，決不在認罪書上簽字，認了罪更助長他們的氣焰，給自己留下遺憾。想從狗洞爬出去簡直異想天開，在你向洞外爬的時候他們仍要砸爛你狗頭。所以，有罪認沒罪就不認。只能向真理認罪。你相信我有罪嗎？」

「當然不相信。」

「不相信就不認。他們認為我反對毛澤東思想，具體地說是反對階級鬥爭絕對化擴大化。獨特的毛式階級鬥爭理論是毛澤東思想的靈魂，政策的出發點，無產階級專政的基石，核心的教義，最敏感的神經。他們已經形成思維定式：否認階級鬥爭哪怕心存疑慮就是反對毛澤東思想，就是反革命，必須全黨共誅之，全國共討之。具有諷刺意味的是，其中竟包括了一九四五年在『七大』製造神靈、做政治報告的大手筆，一個一人之下萬人之上的人。所以我不抱幻想，認罪不認罪都在誅殺之列。他們的原則是鐵打的，不可動搖的，根本談不上靈活，更何況底下的人想表現自己『革命』唯恐不及。可是別忘了，我也有原則，也是鐵打的。誠然，我是個小人物，而小人物不等於沒有原則，沒有氣節。他們可以剝奪我的生命，但永遠也剝奪不了我的原則——自由和尊嚴，自由和尊嚴是我的神靈，我的真理，我的法律，我的女貞！」

4

她激憤，趟彩色花環直直站在鐵爐旁，提紅白藍繩索仰視鐵窗外長方形的天空，月牙湖充溢著忘我的光彩。何偉雄蹲在暴裂的牆下非常絕望，想說服她卻找不到恰當的理由，捶腦袋，只是說：「這些天我正和孫韶華冷戰，賴她裡外裝好人，這根弦一直綳著。她找她爸打架，咬定挨了騙。我希望在她的壓力下她爸能夠鬆動。」

「我理解你的心情。可是，不能再這樣下去了。強烈的權力慾加上盲目的愚忠，她爸的心越發地冷酷，像一根鐵棒凍透了，靠兒女親情和撒嬌使性是焐不化的。事實已經證明了這一點。勸你別再傷了夫妻感情。」

「那你說怎麼辦？他們的心再鐵也不會殺一個孕婦，必須讓他們知道你懷有身孕……」

她看著憂愁焦慮的何偉雄說：「他們派醫生給我檢查過身體，一個女軍醫帶一個小姑娘草草聽了聽簡單問了問。我說可能懷孕了，她倆不言語，像似例行公事。如果再來檢查，定要討個確定說法。其實孩子到底來沒來我心裡也犯惚惚。得給我時間。」

「回去找孫韶華，讓她來檢查！口口聲聲說好姐妹就不能見死不救！」何偉雄給她擦淚，「我們的同志在困難的時候要看到成績，看到光明，提高我們的勇氣——這條語錄眼下對你最適用。」

「也對，不過別忘了，歪嘴和尚念歪經，他們有一千個理由對付你。」她說，想了想，坐在笨重的木椅上，提筆寫信。紙和筆原是用來寫認罪書的。

夢生，你好，媽媽好？

想不到在獄中給你寫信。聽說你正四處營救，勸別再幹傻事，你的任務是照顧好媽媽。跑幾十里山路到縣城很勞累，著急上火，求助無門，不如等待。結果可能並不樂觀。男子漢必須挺住，好好活下去——這是我最想說的話。如果遭遇不測，先翻蓋好房子，詳細計畫已經說過。有困難找偉雄，我求過他。你給了我很多，不知道還有沒有報答的機會。估計不久就會判刑，那時可能見面。

另外，板櫃裡有支老式鋼筆，你知道的，請送給偉雄。切記。

祝你和媽媽平安！

百里　叩首

頃刻寫就。何偉雄取信看，發現字跡很娟秀，卻很疑惑：「怎麼想起送我鋼筆呀？」

她彎起月牙湖笑道：「這次從梅縣老家帶回一支美國派克筆，這支筆先爺爺使，後爸爸使，爸爸使過了送給我。筆又短又粗，很破舊，誰也猜不到裡邊的奧秘。筆的膠囊裡藏了四顆鑽石，最大的超過二十克拉，最小的也有九克拉，頂級硬度，原產地南非。明天你去栗樹溝把筆要出來，交給馬潔，一提是我的信物她一定能精心保管。別放在你那。果能躲過這一劫再還給我。躲不過就由你支配。記住，等到這個世界清明了或許能派上用場。」

「最好告訴馬潔實情，以防閃失。」

「也行。這四顆鑽石從小到大給馬潔一顆，夢生一顆，你一顆，剩下一顆設法轉給我媽，實在轉不到就歸你，連同鋼筆。」

「我看誰也不給，原封不動轉給你媽。我絕不認為已經到了……」

「別爭了，這事必須有個交代。」

「我想，事情可能出現轉機，天無絕人之路。」

「但願。我更相信終有一天千百萬顆鑽石重見天日，集合起來排列出兩個大字：中國！」

「中國中國……怎麼又哭了？你太累了，躺在床上休息一會兒。」

「累是累點，只是想說說話。」她說，拉過何偉雄的手貼在臉上，回憶彼此相處的快樂的時日，猶如撫摩一件件悉心珍藏的寶物。

她吻何偉雄：「我天天想你盼你……事實上愛著兩個男人，懷疑自己是不是墮落。」

「要看真實感受。真心地愛也被愛了就不是墮落。從一而終固然好，但並不以自己的願望為轉移。社會的畸形造就了愛的畸形。我不譴責自己。勸你也不。」

「可我總不能原諒自己……盼你來你就來了，特別感激。」

「真正的愛不需要感激。」

「算了，別說感激不感激的了。可惜，愛的永久不能改變事實上的短暫。」

「短暫也光明。」

「對對，現在就是，難道不是嗎？儘管不確定，不完整！」

「那就來個確定的完整的！」何偉雄突然把她擁倒在床，虎虎實實抱緊……

第四十七章 仁者愛人慎克己 上善若水也要爭

這是一首天地悲歌，鐵鐐沉悶的聲響是它的節拍，粗壯的喘息和壓抑的呻吟是它的旋律。這是一頓饕餮大餐，吞食著粘稠的熱汗，喜幸的淚水，年輕生命的一波又一波的激昂。

一味克己必將壓抑個性的張揚和發展。安分守己、逆來順受已經成為民族的弊端，惡勢力的幫兇，創造的大敵。

上善若水，水利萬物而不爭。其實水也是要爭的，要空間，要激蕩，要奔騰咆哮，要犯上作亂，要液化氣化往復，脾氣大得很。

1

百里玉妝修長白嫩的雙腿環著何偉雄，領略忘情的顛狂，迷離的飄忽，大膽的佔有，痛楚的愉悅。鐵鐐從何偉雄的腰移向肩，移向脖頸，擎在頭上；忽而像大路的驚馬，忽而像小街的跑驢，致使棲身無數囚犯的年代久遠的木床不堪重負。這是一首天地悲歌，鐵鐐沉悶的聲響是它的節拍，粗壯的喘息和壓抑的呻吟是它的旋律。這是一頓饕餮大餐，吞食著粘稠的熱汗，喜幸的淚水，年輕生命的一波又一波的激昂。

這般情形理應發生在梅江土屋，燕山藏金洞，醫院病床，抑或經心營造的新房，此時竟出現在人鼠共居的牢房。要做母親的妮妮聽到這異常響動，在洞口探頭探腦，被眼前的景象嚇了回去，對於人類的放縱不知是羞怯還是驚慌。

如果說男人女人特殊的融合能夠繁衍生息，創造文明，創造美，那麼，此時的百里玉妝和何偉雄正在相似的軌跡上劃過，然而只如百公尺決賽從九十米出發向終點衝刺罷了。

事實上，兩塊磁鐵燒紅了又冷卻，冷卻了又燒紅，幾經反覆，重又放在鐵砧子上猛砸，意欲打造一把鐮刀收穫晚秋的希望，雖然分子排列依舊，也火花迸濺，不免顯得夾生，難成形狀。

百里玉妝哭起來。哭得何偉雄心裡發虛。

「我髒……」百里玉妝哭道，淚水順臉頰淌落。

「髒？」何偉雄糊塗了，「不，你最聖潔，在這世上！」

「真地很髒，褲衩、襯褲快漚成鐵板了，用手搓怎麼也搓不乾淨。」

「那，脫了，洗！」

「怎麼脫呀，鐵鐐堵著……」

何偉雄用力撕褲衩，撕不動，手勒紅了，就伏身用牙嗑，嗑成豁口，順豁口撕，這樣，分別把褲衩和襯褲從針腳撕開，抻褲腰褪下來，然後從枕下取出乾淨的也撕了給百里玉妝換上。怎樣縫合犯了難。便把筷子的小頭貼爐壁磨，磨成尖，在布片上扎成對應的眼，再把被面撕成細布條穿通，綁牢，儘量綁得細密些，疙瘩向外。

如是操作完畢，何偉雄頗有成就感，給百里玉妝蓋好被，拍拍：「這樣換衣裳真是人間奇蹟。」

「多虧你，胯襠不磨得疼了。等一會兒再幫我把外邊的制服褲子也換了。換可是換，總不能這樣綁呀，掛著紅紅綠綠的穗子不跟原始人穿樹葉一樣了麼！好歹也得用針線縫呀，針線上哪找……」

「活人不能讓尿憋死，也先綁上，明天我給你帶來。」何偉雄說，立刻幫百里玉妝換制服褲子。換過，百里玉妝下地走動走動，彎起了「月牙湖」：「我不能讓人家看著髒兮兮的太落套，太稱願。剛才一邊換衣裳一邊想，我已經是穴居的原始人了，原始人穿的是獸皮，我穿的是機器織的布，覺著好笑。」

「有趣，擁有現代文明的人用了最原始的辦法。現代人發明的工具無論怎樣先進不外是大腦和四肢的延伸，還有牙齒的延伸；在萬般無奈的時候只有借助爹娘給的工具了。是嗎？哈哈！」何偉雄說，撫摩百里玉妝的手，抓在臉上親。

「現代人被限制在狹小的資源匱乏的空間比原始人的命運還要悲慘。就說幹校旁邊大嫂的幾個小女兒，十冬臘月沒衣裳穿，每天早起登在窗臺上等待紅太陽的恩賜，就像一溜精光肉蛋的小鳥。大嫂沒錢買布買棉花，更沒有原始人的獸皮、山洞和火塘。實際上，她們生活在比這間大一點的牢房裡……但可以光腳丫在雪地奔跑……」

「大嫂家的事我知道一些。聽說你們女學員給了她們不少幫助，我現在明白了，為什麼人在受苦受難的時候要想到菩薩觀世音。」

「哇，你不就是救苦救難來了嗎？哈哈，我的觀世音！」

何偉雄給爐子添煤的時候注意了白鐵壺裡的熱水，便提議給百里玉妝擦身子，「來，先擦身子，後洗腳。」

「我經常擦洗身子，只是有的地方擦不到。」

「這回看我的表現了！」

2

何偉雄樂不可支地給百里玉妝擦洗一遍身子。百里玉妝向著他躺在床上，隔著被子仍能顯現出美麗柔和的曲線。他看了說：「今天更加驚異你的美，是，多美呀……我想，假如哪位藝術家給觀世音塑像最好拿你當模特。西方的美神是維納斯，東方的美神是觀世音……」

「呵，又拿我尋開心了！」

「你真地美，就說腿吧……北京高校運動會女生跑八百公尺，校內校外的同學都向你歡呼，男同學盯著你的腿……我在一旁特別驕傲！回想起來，你就是動感的觀世音，動感的維納斯！那微微聳動的乳房，柔軟的腰身，勻稱的雙腿，把女性的美展示到了極至。其實你比觀世音和維納斯更勝一籌，因為觀世音和維納斯是靜態的美，或者說動態美的凝固，而你是運動著的美，活生生的美，美的全方位展示！穿運動服更能激起男人探求的慾望，美而含蓄。」

「我向來不注意自己美不美。如今有些人認為美是對他們最大的威脅，仇視美，扼殺美。你能說長城不美嗎？長城盤踞在崇山峻嶺和大漠荒原，那蒼莽那氣勢標誌著中華民族的創造精神和國泰民安的意願，可是拆了它，毫不吝惜！你能說古代的文化典籍、各式建築、各種器物不美嗎？可是燒了它，砸了它，毫不吝惜！再有，你能說人們渴望和諧富庶生活不美嗎？可是有誰真正關心老百姓吃飽吃不飽，有沒有房住，有沒有衣穿！即使觀世音和維納斯轉世，只要不和他們同流合污準得胸前掛破鞋遊街，否則就得當他們的情婦，藏進各地的行宮！這是對美的資源的浩劫，從物質到人心乾淨徹底！」

何偉雄十分明白，能夠和百里玉妝獄中相見實屬不幸中的萬幸，這種相見的機會不會太多，所以儘量為百里玉妝多做點事。他最瞭解百里玉妝凡事都要深入思考的積習，便挖空心思說些這方面的話題。

「還是說美，藝術。」何偉雄說，「當前，美是某些人的專利，高聲叫賣以售其奸。城鄉充斥著一個人的頌歌，一個人的塑像，一個人的繪畫，一個人的語錄操，還有硬梆梆的舞蹈，高大全的樣板戲。這些都是毛澤東文藝路線在中國舞臺的表演。你說，這條文藝路線是什麼？」

百里玉妝想了想說：「文藝為工農兵服務和藝術源於生活、高於生活是它的理論框架，這樣說對嗎？」

「為工農兵服務無可厚非，而把民族資產階級、小資產階級、知識分子、華人華僑、一切愛國人士排除在外，是宗派主義的擴張。關於藝術源於生活、高於生活要人糊塗。願聽聽你的高見。」

「哪有高見。只覺得這種提法不對勁，卻說不清所以然。」百里玉妝說，「依我的笨眼光看，藝術素材不等於藝術源泉。而且藝術素材不僅僅是社會生活，更不僅僅是階級社會生活，還包括大自然，大宇宙和小宇宙。素材就擺在那，與人未必有直接聯繫，它可以變成藝術源泉也可以不變成藝術源泉。說生活是藝術的源泉、唯一的源泉太籠統。素材與藝術有個中間環節，就是藝術家的感悟和感情，簡捷概括叫悟情，這才是真正的藝術源泉。把生活作為藝術的源泉，不具有定理定義的特殊性和排它性。按照他們的邏輯，法律、道德也可以泛泛說自己源於生活了；顯然這種提法是荒謬的，犯了庸俗唯物主義的錯誤。庸俗唯物主義就是物質通向精神的直線主義，把藝術變成生活簡單的摹寫。是這個理嗎？」

「大體不差。有時間可以展開來研究。那，藝術高於生活對嗎？」

「我看，藝術無論長度、厚度、寬度、高度都難與生活相比，藝術爬生活的高山永遠也達不到頂峰。如果非要分出個高低，只能這樣表述：生活高於藝術。生活帶有母性的權威。」

「對，這條文藝路線是為政治路線服務的，已經造成了藝術的荒蕪！不知還要毒害多少代人！它的特點是詭辯，似是而非，模稜兩可。」

「哈哈，今天這裡又冒出個攻擊毛澤東文藝路線的反革命！」

「反革命？打死我也不承認！反不反革命是看能否推動社會進步，實現文藝復興。歷史最公正無私。歷史又堅又脆，脆就是容易損害，損害了再彌補需要雙倍的時間。我敢大膽地說。」

「哈哈，我的預言家，讓我親親！」百里玉妝抱何偉雄，「走上死路最需要找到路。是嗎？」

3

送走何偉雄，百里玉妝開窗換氣，清灰添煤，掃地擦桌，疊被撫床，刷牙洗臉，動作很麻利很有情致。一切停當了，把髒布片泡在臉盆裡，打肥皂揉搓，用清水漂洗，然後圍在爐筒子上烘烤。李所長也幫著提水，運煤，倒灰，一瘸一拐，好像昨夜什麼事都沒發生過。

吃過早飯，她走到窗前看天空的白雲，飛鳥，盤算何偉雄去栗樹溝走到了哪兒。估計該爬上公虎嶺了；想到公虎嶺她的心忽然折了個兒，高漲的情緒低落下來。

她端起小圓鏡照，暗問自己：「這是我嗎？啊，我的道德理念徹底顛覆了！已經有了一個男人，又有了另一個男人，可是，誰是這一個誰是另一個已經分不清了……怎樣向李夢生坦白，李夢生會原諒我嗎？而我，需要原諒嗎？原諒原諒，越是原諒越增加我的痛苦。痛苦痛苦，一路來，為什麼老是從一個痛苦的深淵走向另一個痛苦的深淵?!」她頹然倒在床上，茫然看著窗外。

「我要從痛苦的深淵裡爬出來，決不能帶著痛苦，痛苦的遺憾走向死亡……小鳥在天空翻飛，那麼快樂，它們有自由的天性，並沒有給自己確立一定要飛到天上的目標，深知不具備這樣的能力，所以永遠快樂，啾啾地唱歌。我呢，把天空看得太純淨太完美了，不切實際地追求這種純淨和完美，幻想向天上飛，其實永遠也飛不到，註定要捲入風暴的漩渦，折斷翅膀，痛苦卻找不到根源……我眼睜睜把可以得到的愛情推出去，把哪怕短暫的自由推出去，集中表現——愛人而克己！」

她思索著，居然理出點頭緒，一陣興奮。

「是呀，天天照鏡子卻不能正確認識自己。我自幼接受的道德教育核心是仁，仁者愛人。周圍的人儘管沒有讀過孔子的書，甚至文盲，但通過一兩句簡單的話語，一兩個樸實的行為潛移默化地影響了我，形成了我的道德理念。兩千多年來，仁作為道德的核心哺育著中華民族，成為民族的魂魄，道德的統領，開拓生存空間的凝聚力，離開仁，中華民族的存在將不堪設想。這，不應有任何懷疑。而孔子宣導的『克己復禮為仁』，也就是愛人就要克己也傳留了下來，鑄造了我靈魂的另一個側面，另一個行為準則。克己對我來說是個自然而然的事，無需刻意去做。現在看來，一味克己必將抑制個性的張揚和發展。安分守己、逆來順受已經成為民族的弊端，惡勢力的幫兇，新創造的大敵，許多禍患由此助長。試想，如果一個人不愛自己，不尊重自己內心的意願也就無法真正瞭解所有人對愛的需求，明瞭愛的真諦，這樣怎能去愛人，達到仁的最高境界？仁者愛人，愛己達仁才是正理。由於我不能尊重自己真實的意願，做出了錯誤的選擇，結果傷害了兩個深愛著的男人。

「階級鬥爭說煽動仇視和傾軋，所以主張仁，仁德仁政具有非凡的意義。仁的思想與階級鬥爭說水火不容，仁的思想是對階級鬥爭說及其空前規模的政治運動的根本否定。難怪階級鬥爭說的鼓吹者不遺餘力地否定仁，批判孔子，藉以清除政治對手。當前狠鬥私字一閃念、在靈魂深處暴發革命在本質上也在要求克己，是對孔子思想弱點的利用，對長久以來克己傳統的利用。不要個性，不要個性思考，不要個性張揚是階級鬥爭說鼓吹者最願意看到的。階級鬥爭說的克己有兩大功能，一是克掉仁愛，二是克掉個性。這樣判斷大體不會差吧……我自認在政治層面沒有同流合污，但在道德層面上卻出現了偏差，時時處處屈己待人，好像具備了很高的道德修養，其實該多麼迂腐！在這一點上偉雄比我強，他說真愛並被愛就不是道德的墮落。他是對的。何偉雄和李夢生——這一個和另一個都是我的真愛呀！那麼，還有什麼可以自責和痛苦的呢！」

她發現圍在爐筒子上的布片不冒氣了，就取下抻皺褶，撫平，疊好，坐在身下壓，看窗外，專等何偉雄歸來。此時已倍感輕鬆。至於是否牽強附會，不去多想。可是，頭腦仍然閒不住，就強迫自己想快樂的事。於是想到在學校怎樣對中國古代思想史產生興趣，怎樣在圖書館看古書，怎樣向教授請教，怎樣與同學爭論。當時自以為強聞博記、思辨和表達能力非同一般，飄飄然，實在淺薄可笑。

她想：「老子說『上善若水』，水利萬物而不爭，柔能克剛，弱能勝強。但總把水放在謙卑的地位、與世無爭就不對了。其實水也是要爭的，要空間，要激蕩，要奔騰咆哮，要犯上作亂，要液化氣化往復，脾氣大得很。既然珍視自我存在，該爭的為什麼不爭？就個人而言，為什麼不可以爭取屬於自己的愛情和自由？往大處說，既然整個社會要實現仁與善的理想就更應該爭了！是啊是啊，我爭了，僅僅讀幾本書寫幾條批語就成了極端主義的坑殺對象，成了中國傳統思想的殉道者……後悔嗎？後悔與事無補，應該快樂才對！是啊是啊，快樂地走向死亡！一個人的死亡並不意味世界沒日的來臨，對人類，對我深愛的人——何偉雄、李夢生、馬潔、婆婆、李媽媽、馬來大嫂、小鳥媽、彎大叔、穆老師們——意味著新生，他們是仁與善的身體力行者！」

第四十八章　鑿壁偷光看亂雲　道德模型通廣宇

性冥想是唯一可以自我掌控的肌體自由，從而形成了牆上抽象而大膽的畫作。他們很可能留下了生命最後的痕跡。

以人字為中心，環繞著「仁」、「善」、「和」三個字的圖形赫然出現在眼前。

道德重建對於法律、政治、經濟有著不可估量的意義。要鞏固已有的，建立全新的，在古代與現代間、在世界各民族各地區間找到連結點。

1

看潮濕破敗的石灰牆，看鐵欄杆外的天空，想心事，和妮妮親近，借放風的機會和李所長說家常，從早挨到黑——這是百里玉妝近來大致的生活狀態。

石灰牆上佈滿了蚊蟲無數代的斑斑屍骸和以屍骸為襯景的千奇百怪的「藝術傑作」。這些傑作大多是用硬物刻劃的女人畫像，突顯著碩乳、肥臀、妙戶。還有男人和女人相互糾纏的，胳膊在對方身上繞了一圈又一圈。一個男人把一個女人吞下，連同一隻雞，一個酒瓶。西牆的人形怪物更加別具匠心，細胳膊高舉，叉開五指；沒有鼻子沒有眼睛沒有耳朵，整個臉就是一張大嘴，作呼喊狀；軀幹是顆大大的心，滿裝「冤」字，並墜落幾滴尖尾圓頭的血。不堪入目的壁畫大多與簡短的文字相匹配，露骨者竟用男人最為本能的誇張的器官向某某仇家的媽和女人發狠，憤激之情躍然於壁……間或出現幾組數位，很可能記錄著入獄的時間或獄外的往來帳目。每逢看到這些壁畫百里玉妝都啞然失笑：「不竭的慾望！蠻荒的抽象！這些大師們！」

在床頭幾乎與毛澤東畫像齊高的北牆上正正地畫著女人上翹的雙腿，雙腿連結處摳了個棗核狀的窟窿，窟窿的石灰完全剝落，露出了青磚。百里玉妝對這幅壁畫看過多次，但覺得過於低俗並不怎麼理會，今天見棚頂懸了塵吊，站在床上用笤帚撣，發現窟窿裡居然插了根短木棒，顯然是個男人器物的象徵，便順手拔下，令她驚異的是，牆壁早已鑽空，透進亮光。窟窿的外緣長棵瘦弱的細草，細草開朵指甲蓋大小的黃花，黃花正在凋零；一股冷風吹進使她打了個寒戰，花瓣和著塵土撲在臉上。揉眼蹺腳向外看，看到了高高的圍牆，圍牆上瑟縮的蒿草。牆外的大槐樹架著老鴰窩，老鴰高聲呱噪。北天綴著幾朵絲絲拉拉的白雲，悠閒地移動，緩慢地變幻。更點綴了兩道噴氣戰機留下的通長的白煙。「白雲下就是燕山和長城了。不難想見，這個瞭望口曾經給囚徒帶來多少希望呀！」她深深地感歎，也仰望了許久，辨別栗樹溝的方向……

她想：「重刑犯都有強烈訴求，不外要伸冤，要報仇，要裏腹，而在訴求無望、孤寂到了極點的時候必然求得精神慰藉，靠胡思亂想度命，而且無一例外地表現為性冥想。性冥想是唯一可以自我掌控的肌體的自由，並使其簡單化，化作純樸，回歸自然，從而形成了牆上抽象而大膽的畫作。他們很可能留下了生命最後的痕跡。我呢，能留下什麼？僅僅把鮮血化作牆上蚊蟲的屍骸嗎？」也產生了刻劃衝動。

忽聽「嘰」地叫一聲，妮妮正在洞口招呼她。她發現妮妮的肚子癟了，毛色灰暗，神情疲憊，不難確認剛剛生下兒女，兒女正在洞裡嗷嗷待哺，躁動不安。妮妮似在說：「我餓……」她趕緊跳下床，抓食物放在洞口。同時下意識摸摸自己的肚子；肚子並沒有動靜，便長出口氣，來到南窗前，看天空。天空分外晴朗，也綴著幾朵絲絲拉拉的白雲；便想像白雲裡各種人物各種花鳥走獸的形狀和神態。經驗告訴她，白雲很有靈性，想看什麼有什麼，百試不爽。此時彷彿看到了李夢生要找人打架的眼睛，婆婆披散的花白的頭髮……

「月牙湖」充溢了淚水。入獄以來家裡音信全無，尚不知何偉雄會帶來怎樣的消息。已是心煩意亂，坐在粗木椅上呆呆看粗木桌面。桌面同樣是囚徒創作的園地，刻滿了人名和大大小小的冤字，還有幾個恨字和悔字，已體無完膚。李嘉的名字尤其顯眼，每逢看了都要心顫。她曾是李嘉的下屬，很熟悉。李嘉是京北聞名的大地主，祖傳中醫，因抗日有功一九四九年以民主人士身分當上了本縣副縣長，文革開始被收監，可能就在這間牢房上吊身亡。

見桌面上的字跡重重疊疊，她微微一笑，嘀自叨咕：「對不起，本獄友要侵佔諸位的領地了！啊，李縣長！」可是究竟刻劃什麼呢？一時拿不定主意，就仰臥在床上搜尋靈感。仰臥使大腦得到了充足的血液和氧氣，處於最活躍狀態。按照習慣，首先確立模糊目標，然後在頭腦深處呼喚，開掘。她想，「我所要的東西高度抽象，卻可以表達……」她努力呼喚，努力開掘，不斷從頭腦裡迸出字、詞、短語、雜亂形象，猶如黑夜發著幽光的流螢飄忽不定，時隱時現，時遠時近，詭秘狡黠，並擠弄眉眼：「來呀，你捉不到我……」果然，捉了多次難以捉到，額頭青筋嘣嘣地跳，腦袋裡有根線拉得痛。但她不想放棄，不斷在概念群裡篩選，選最大最有活力的，並與其它概念連結，使之明朗化形象化條理化。不久，靈感從幽冥中飄來，穿過閃亮的星點，組裝，成型，眉眼漸漸清晰，真地被抓在手裡了！心中為之一振，為怕靈感溜走，就把信號變成可以表述的語言，默念著，念了一遍又一遍，並在默念中加以修正；認為確定無疑了，趕緊磨下床，提自由花環跳到桌前。

2

她用筷子尖頭在桌面上劃，卻劃不出痕跡，情急，把爐勾子探在爐膛裡燒，燒紅了在桌面上燙，隨著一溜火星一股青煙竟劃出一條黑道，嫌淺還能隨意加深。她想，李縣長可沒這樣的幸運，因為沒人讓生爐子。於是，燒了燙燙了燒，先在桌面正中燙出個「人」字。接著又在人字四周構思個意念的圓圈，把圓圈分成三等份，確立三個點；決定每點燙出一個字，再把每個字用不封閉的曲線連通。如是操作，以人字為中心，環繞著「仁」、「善」、「和」三個字的圖形赫然出現在眼前。她起身端詳，彎起了月牙湖。字是柳體的，讀小學時練過；為了達到老師圈紅圈的標準又作了修改，使字的結構、曲直、粗細、筆鋒盡可能像柳公權那樣俏麗而有風骨。

她興奮得哆嗦，用修長的手指撫摩每個字，想：中國的先哲經常用一個字概括自己的思想，簡潔鮮明，深邃凝煉，便於書寫，便於傳播。但說法不一，有些蕪雜，這就需要比較、融合、捨棄、提升，首先弄清何者為母體，何者為派生，建立一個譜系，一個模型。這個模型以人為本，以人為中心，是世界上最早的人文主義。這，完全區別於有神論哲學；有神論哲學無不以神為本，以神為中心。遺憾，現在竟有人大行其道，不遺餘力製造新的神靈。

人字一撇一捺，兩條腿站著，頂天立地，恰當地表現出了人的直立行走的生理形態和社會形態；同時可以演繹出男人和女人兩大支柱的支撐。人，從突出的頭部產生相近的觀念，因而才能緊密連結，邁開步子。而這個相近的觀念是什麼？擇其要者，應為仁、善、和，即要仁愛，要善良，要構築一種和諧的人際關係，社會。仁、善、和三者雖說法有別卻內涵貫通，從根本上說，這樣道德的力量可以使人類克制並最終擺脫仇、惡、殺、虐、暴、賊、貪等等劣根性的侵害。如果用簡略語言表述這個中國道德譜系模型的內核，便是：人本中心，仁善和環繞。既是內核就要有週邊，有拱衛這個內核的衛星；衛星包括孝、悌、友、恭、寬、信、敏、惠、溫、良、儉、讓、誠、智、勇、禮等，不能盡數，且都有自己的運轉軌跡，距離內核可能遠些，可能近些；它們分別是內核三個構件的外層衛星，又是其共用衛星。在內核以及在所有的衛星中以仁為大，處統領地位，是一切美德的母體和靈魂。人字旁加兩條平行線組成了仁字，表明了人的和平共居，彼此相愛。要感謝創造仁字的祖先。對了，仁通向善，善通向和，和再通向仁的迴圈應該用雙曲線的互指箭頭，表明三者間相互作用的關係。而仁通向善、和的箭頭應是加重的。（仁通向和時在善前為兩個分支）幾千年來，人本中心兩層以至多層拱衛的道德發出了耀眼的光芒。如今中國的道德譜系被衝擊得支離破碎，道德重建任重道遠，道德重建的主要任務應該是在長期實踐中完善這個道德譜系模型，使人們照準一個共同的目標奮進。只可惜，桌面太狹窄，第二層第三層子孫衛星無法澷出來了……倘若給我時間就先從研究這個模型入手……包括研究中國道德的古今連結，中外連結……這兩個連結也應是道德譜系模型的組成部分。

她興忡忡對模型作了修改，然後圍爐子走動，仍意猶未盡，就看鐵欄杆外高遠的白雲，繼續想：大凡規律都可以用模型顯示，所以，勾畫中國道德譜系模型大約不會錯……天體有模型，例如太陽系有九大行星，有的行星還有衛星，地球的月亮，土星的土衛I，土衛II等等。那麼，在道德譜系模型裡，第二層衛星……例如拱衛仁的孝；拱衛孝的有敬、順、養、葬等。古人把葬看得過重，把順看得過重，我意順和葬不經常起積極作用，應在孝的小衛星中虛畫虛寫；敬和養才是孝的超越時代的更加普遍的東西，順和葬作為敬和養的附屬才是……如何把道德譜系模型說完整恐怕不是我能完成的，也不是一兩個人能完成的……道德屬精神範疇，之所以能夠建立自已的譜系模型，因為，物質世界就有其模型，精神也是物質運動方式，而且無論精神的或物質的模型都是有核有層的集團化的結構；大到宇宙，小到一朵花，一枚果，一種思想。太陽系的核心是太陽，人類社會的核心不能不是人……道德譜系模型可以簡稱道德模型，比任何模型都要複雜，最大的特點是穩固持久，相互相容，日趨完善，多層結構。可以想見，各家各派的表述不盡相同，差異和探索才能使道德重建成為可能。

因為道德要日趨完善，所以每個社會都面臨道德重建的任務，道德重建對於法律、政治、經濟有著不可估量的意義，是社會文明的主要部分，不亞於物質的基礎。道德的固步自封，或者把道德視為可有可無可輕可重可緩可急的小差使將對法律、政治、經濟產生有害的影響。道德重建就是要鞏固已有的，建立全新的，在古代與現代間、在各民族各地區間找到連結點。古代的和西方的道德並非洪水猛獸，在確保各民族各地區優秀傳統文化個性的基礎上尋找人類道德的共通點應該成為全人類的宏願。把自我道德觀價值觀強加於他人絕無好結果，必然走向願望的反面，這樣的教訓是慘痛的，難道不是嗎？啊，把一個人或小集團偏激的道德觀價值觀強加給大眾，強加給域內域外，大言不慚要解放這個解放那個，吞併這個吞併那個不是正在異想天開地進行、今後還有可能變本加厲嗎？這是以神為本的必然結果，反襯出以人為本的重大意義。人類只要生存就要自我完善，這，已經進行了至少數千年，往遠了說從人類誕生那天起就在進行，而這種完善又該多麼不容易！人類發展進程就是不斷自我完善的過程，在這個過程中，道德不是可以隨意蹂躪的娼婦！不是魔術師的魔棒！不是野心家的投槍！不是假裁縫的剪刀和剪刀下的一片麻布！

她趁全新的熱情和記憶，取出寫反省的紙和筆把道德模型大致勾畫了出來，並著手寫簡要文字說明。「這回有營生幹了！」她向自己說，很振奮。

3

百里玉妝從牆上塗鴉猜度刻劃者不同的生長年代，不同的生活遭遇，不同的模樣，虛構他們的故事，有時把故事編得慼慼慘慘，哀哀怨怨，彷彿自己就身在其間，或者就是某個「冤魂」。但更多的時間用於回憶，陶醉於家庭和學校的往事。可是，回憶來回憶去卻陷入嚴酷的社會現實中，為諸多問題煩惱，於是按照老習慣率意選題，苦苦思索，推理判斷，肯定否定，尋找解決問題的通路；稍有斬獲便興奮不已，亦如酒徒飲了烈酒，熱血奔湧，一切變得那麼透亮，似乎整間牢房就是科學殿堂，莊嚴而博大。這時便要給破瓦罐裡的苦菜花澆水，用鼻子撫弄小花；盼妮妮出洞，向妮妮說話；哼唱客家山歌，分別扮演阿哥阿妹在梅江在高阪對唱；跳動雙腳，如吉普賽女郎滿世界旋轉，並不覺得鐵鐐的羈絆……

她明白，無休止的孤獨和痛苦無異於用刀子凌遲人心，加速生命枯萎。擺脫孤獨和痛苦需要勇敢和毅力，支撐勇敢和毅力的是希望。她強迫虛幻的自我向現實的自我發難，如果沒有自我爭鬥這日子連一天都熬不下去。

感到頭腦昏沉了也會拔掉男人的象徵向外部世界仰望。正望著，忽見一隻麻雀落在洞口。是剛出飛兒的小麻雀，小麻雀用嘴啄小花萼，黑細的花籽，愣了愣神，喳地叫兩聲；啄洞壁的白色絲網，居然啄出一條肉乎乎的小蟲，叼著，甩了甩，吞掉。「牠可能剛離開媽媽學找食……」她想，盯盯地看，很是欣喜。小麻雀不斷向洞裡搜索，一抬頭發現了她，立刻撲稜翅膀向後退，可是退退又停住，用怯生生的小眼睛看她，好像並不怎麼害怕，又試探著向洞深靠近。「過來，別怕……」她輕聲招呼。小麻雀聽到聲音不動了，猶疑了，久久釘在那裡。她下地把一張白紙折起來，伸向洞裡，紙的一半露在外邊，懸著，放些點心渣兒，仰臥在床上專等。沒多久，貪食的小麻雀踩著白紙走出，一頭栽下，撞牆，驚慌飛躥。她忙下地關窗，幾個回合就抓在手裡。小麻雀羽毛細軟，身體溫熱，心跳得極快，用尖尖的嘴啄她。「別怕別怕……」她說，把小麻雀貼在臉上揉，餵食，飲水。小麻雀反抗一陣，終於就範。

這時她感到肚子突然動了一下，很特別，並不像腸子蠕動，「這是真的嗎？不，不是真的！」振奮的情緒迅速跌落，就臥在床上，摸肚子。奇怪，向右臥一點動靜沒有，向左臥又動了一下……又動了一下……「是了是了，他來了！」在心裡驚呼……卻吃不太準，她撫摩著，體會著，最終得出十分肯定的結論，「啊，他來了，婆婆的心尖子，一個騎大白馬的……！」

「騎大白馬的……」她想著，下地開窗，把手探出鐵欄杆，捧著小麻雀上下舞動，「飛，飛呀，快去找媽媽！」可是，小麻雀扎煞翅膀就是不肯飛走。她笑笑，「小傻子！屋前的天空和屋後的天空是一個，也能找到媽媽，可你還不知道……」回到床上，把小麻雀放回牆窟窿。小麻雀見了外邊的光亮，急急跑出，飛走，栽栽棱棱扎在高牆的蒿草裡。蒿草裡一隻大麻雀正翹尾巴一聲一聲地叫，見了飛回的小麻雀，護衛著，歡乍地飛向槐樹枝頭。那裡早已集聚了麻雀群體，喊聲噪雜。

她彎起了月牙湖，把短木棒插回原處，臥在床上，紅裡透白白裡透紅的臉掛著笑靨。她記得在大學圖書館翻看過的一張一九五八年的《人民日報》，報載，麻雀和蒼蠅、蚊子、老鼠同為「四害」，要在大規模的群眾運動中徹底剿滅。(就像現在的破「四舊」，也是四，四個壞東西！)當時幾乎所有的成年人、孩子都爬上北京城鄉所有建築物的頂端、樹梢，吶喊，舞紅旗，敲鑼打鼓；驚恐萬狀的麻雀一群群在天空逃奔，直到累死呈自由落體墜地。這是一場人鳥戰爭，空前絕後的活劇，創意非凡，舞臺浩大，慘烈異常，然而只是一位偉大導演指點江山小試牛刀罷了。據稱北京城三天剿滅了四十萬隻，多麼輝煌的成果！然而麻雀終歸沒有被徹底剿滅，頑強地活下來，形成了今日的龐大種群……這不，又一隻小麻雀學會找食了……向人靠近了……唯獨沒有學會仇恨……這個小生命！

4

百里玉妝摸肚子，肚子又動了一下，分外驚喜：「是呀，我的小麻雀跨進生命之門了！」把目光移向棗核形的窟窿，起身拔掉短木棒，仰臉看外邊的高牆，大槐樹。麻雀忽而成群飛走，忽而成群飛回。天空益顯輝煌耀眼，白雲益顯晶瑩剔透。她在白雲裡尋找，很快找到了她的嬰兒。嬰兒白白胖胖，飄在淡藍色的繈褓中，舞臂登腿，作第一聲啼哭。雲團扯出一縷細絲，猶如與母親相連的尚未剪斷的臍帶。「啊，上天生了他，滋養了他！」她想，著實激動，揉搓汗漬漬的顫抖的雙手，以至張開臂膀要去擁抱。但嬰兒漸漸飄出視線，飄向更廣闊的天空。她很失望，繼續想像嬰兒在天空的種種情形，似乎仍能聽到哭聲……

「是啊，他來了！卻走了！」

她戀戀不捨地下床，提自由花環給爐子添煤，照鏡子，攏頭髮，然後倚粗木桌看北牆的壁畫。她想，這幅壁畫恐怕開創一個全新的藝術流派，女人上翹的雙腿為淺刻，棗核形的窟窿完全鏤空，透進亮光，與變幻的藍天白雲融為一體，人物裝飾著蚊蟲紅黑的屍骸，好像畫筆不經意的點染，而且陳列在黑暗的牢房裡，內外反差巨大，恐怕倫勃朗先生也難有這樣的構思，調動這樣的明暗對比。想著想著突發靈感，抓尖頭筷子刻劃起來。首先從棗核形的窟窿向下刻出一道曲線，作為臍帶，然後刻劃臍帶末端的肚臍；以肚臍為參照畫肚子，畫上身，畫頭，畫胳膊腿，所刻劃的嬰兒跟雲端的相像，也白白胖胖，舞臂登腿，並有雙彎彎的眼睛。本來要在額頭刻劃兩道皺紋的，但考慮新生兒哪有長皺紋之理，便放棄了。畫畢，揣摩一會兒，打算抹掉嬰兒身上蚊蟲的屍骸，但又轉念，「蚊蟲的屍骸裡不是有我的血麼，對，我的鮮血，留著，骨肉相連呀！」還覺欠缺點什麼，最後在嬰兒身上刻劃兩個玲瓏的翅膀，四射的光芒，在嬰兒下方刻劃一株鮮花，一撮青草。

她領略著打發時光的喜悅，強令自己——拿得起來放得下。

第四十九章　淬血軍刀刀漸冷　淚濺熱胸胸不平

「還我兒媳！」花大娘還挎柄軍刀，提把軍號，刀鞘有意拖地，嗶嗶蹦跳，軍號擦得錚亮，紅綢如同扭動的火焰。

看到她兩個白白嫩嫩軟軟顫顫熱熱騰騰的乳房，兩顆鼓鼓溜溜鮮鮮亮亮熟熟透透的乳頭……正去抓，成串的淚珠砸在上邊，崩濺在手上，滾燙……

1

花大娘出現在人群中，左胸掛著丈夫騎大白馬的遺像，右胸掛著燙金的烈屬證，稍下一點墜張硬紙板，硬紙板貼張白紙，白紙寫著四個大字——還我兒媳！筆劃粗重，不知出自哪位好事者之手。花大娘還挎柄軍刀，提把軍號；刀鞘特意拖地，嗶嗶蹦跳，軍號擦得錚亮，紅綢如同扭動的火焰。

為收聽中華人民共和國成立二十周年天安門慶祝大會實況轉播，城鄉和各界的隊伍一大早就陸續來到古城十字街等候。大家都認識這個瘋婆子，但沒見過如此裝扮，有的目瞪口呆，有的搖頭歎息，有的惟恐天下不亂，炸了營！

她的身子骨已經大不如從前，三根筋挑著頭，頭髮像團乾枯的蓬草，又黃又皺的面皮貼在顴骨上。大花裙子依舊獨領風騷，跟滿街筒子的紅旗一道呼呼啦啦撕扯。她並不看大家，直勾勾盯著前方，機械地挪動腳步；穿雙大號高腰水靴，水靴沒膝，發出呱嗒呱嗒的響聲。呱嗒到十字街心，竟高揚軍號吹起來：「嘟——嘟——」根本吹不出正調兒，卻高抬腿，踩號點兒，軍事操練一般，而且和天安門播送的樂曲合拍！她繞著毛澤東塑像整整走了一圈，呱嗒呱嗒，呱嗒嗒！嘟嘟嘟嘟，嘟嘟嘟！

人群閃開一條向前延展的胡同，哄哄亂嚷：「她兒媳婦怎麼了？誰把她惹急了？」

主席臺的常委們見會場騷亂，呼地立起注視。

一陣沉寂。十時整，高音喇叭奏響《東方紅》樂曲，隨之男女播音大師以極其激昂崇敬的聲調宣告：「我們偉大的領袖偉大的導師偉大的統帥偉大的舵手毛主席和他親密戰友林副主席健步登上天安門城樓，全場萬眾歡騰，無比激動地歡呼。毛主席紅光滿面，精力充沛，身體非常健康，笑著向大家招手。林副主席精神煥發地站在毛主席身旁，揮動著紅光閃閃的《毛主席語錄》。」遊行隊伍擁向金水橋，淚水飄灑，縱情高喊：「毛主席萬歲！萬萬歲！」京城上空作例行飛翔的群鴿被沖霄的氣球追趕，被巨大的聲浪震懾，折回鴿籠，把頭縮進翅膀，悄聲嘀咕。

十字街的人們觸電般舉花舞旗，歡呼雀躍。北京的聲音和古城的聲音混成一個點，「毛主席萬歲毛主席萬歲」，如同玉米粥開鍋，熱氣騰騰，噗嗤噗嗤噗嗤噗嗤，粥沫四濺。

而她，花大娘，僅僅是粥鍋裡的一粒砂子，被蕩滌著，淹沒了……

花大娘向前擠，有人怕擠掉她的滿身行頭前後左右護衛。花大娘趁亂呼哧呼哧擠到主席臺前，叮啷噹啷爬上去，唏哩嘩啦扯掉桌上擺放茶杯的紅布，活活是只炸了窩的母雞，曳著脖子大叫：「放了她，放了她……啊啊……我不活了……啊啊……她不是反革命……放了她，放了她……你們這些斷子絕孫的……等騎大白馬的回來……啊啊……放了她……放……」

幾個紅衛兵如狼似虎地搶上前，拽牌子，薅頭髮。見狀，台下有人喊：「她是烈屬，別打她！」紅衛兵見巴宗制止，只好作罷。巴宗罵罵咧咧，趨前攙扶。她一屁股坐地，放聲哭嚎，暈在巴宗的懷裡。

台上台下的人群鴉雀無聲。

天安門的慶典正在昂揚地進行。

毛澤東被簇擁著走到東西兩個樓角，面色有些憔悴，向眾生揮動軍帽，用湖南腔調呼喊：「人民萬歲！」掀起了山呼海嘯的回應：「毛主席萬歲！」似乎整個天地都充滿戰鬥激情，戰鬥激情的神聖，毛主席已經沒了唱答「萬方奏樂有於闐，詩人興會更無前」的閒情逸致。

2

張增旺正在稿紙上勾勾抹抹，忽聞一股他最敏感的女人味兒，抬頭見桌對面有雙大眼睛呼閃。

「嚇我一跳！是你?!」

「悶在屋裡編瞎話，正編春風楊柳三十條呢，怨不得害怕！」

「悄悄飄進個賊……我看，想我想得憋不住勁兒了……」

張增旺屁踮屁踮地給馬潔斟水。馬潔無心打牙涮嘴，只是撇薄唇，用大眼睛剜。

「你把我忘了！」張增旺嬉皮笑臉，感到馬潔的頭髮幽香誘人，髮卡晶瑩別致，上手要摸，剛伸手就被馬潔打到一旁：「摸你老娘去！有那份心腸，誰關心別人死活呀，真是『鄰居發喪他娶妻』！」

「鄰居發喪他娶妻……誰發喪，誰娶妻？嘿，真不假，我今天新娶的媳婦多漂亮！」

「誰是你媳婦，癩蛤蟆上菜板子！」

張增旺見馬潔滿臉冰冷，不敢造次，心卻多有不甘，盯著馬潔嘿嘿訕笑：「可是，新媳婦，結婚怎不等著我呀，我這正乾巴著呢，哈哈！」

「禿驢，腦袋蹭女人胯襠腦袋蹭沒毛了！難怪，誰的秘書呀，不學好，洋拉子上樹沒好棗……」

張增旺摸摸自己的腦袋笑道：「這把刀子！好久沒糟蹋我了，這一程子沒來，歡迎歡迎……讓我稀罕稀罕……」

「渾身四兩賤肉……我看你對哪個女人都稀罕，只要提溜起來是個母兒！」馬潔比劃著挖苦。

「不儘然，我有我的原則，喜歡歸喜歡，鬧歸鬧。」

「喜歡的就不鬧了？」

「噯？說對了……我對百里玉妝就君是君臣是臣的，你見我跟她鬧過？」

「她正蹲監獄，你還諞嘴說君是君臣是臣呢，百里玉妝是死是活跟你有什麼關係！」

「給我坐這，老老實實聽著！」張增旺收斂笑容，詭秘地問，「今天花大娘鬧會場，你看到了吧，怎樣？」

「怎樣，能怎樣！台下人山人海，只當看場大戲！可是過後都犯疑惑：抓反革命怎麼抓開烈屬了，是誰打的江山呀！那瘋婆子也是被逼無奈，多可憐，快放了她兒媳婦！不信少一個反革命就能翻天！議論紛紛，說什麼的都有。」

張增旺把黑眼仁向上定了定，驀然一笑：「是了是了……」

「是了什麼？你還笑，她死了就少一個超過你的！」

張增旺呷口茶水，神情凝重起來：「現在的情況非常嚴重，縣革委會已經把百里玉妝的死刑卷報到北京，只等宣判了。殺頭還是不殺頭據說上邊有分岐。縣裡已經沒有權力左右局勢。」

馬潔徹底絕望，大顆滾淚：「這麼說一點沒救了……」

「不宣判、行刑就不能說沒救。花大娘鬧會場就是造輿論，給上邊主殺派施加壓力。這不，我正寫內參考慮送北京，你看，不像給巴宗編瞎話吧？」

「這麼說花大娘背後有人支持了？」

「你說呢？」

「是不是你？」

「……不是。」

「就是你！」

「這可不是鬧著玩的，若說你我相好倒貼譜，不不……別打……有關百里玉妝的事躲都躲不及，誰敢向自己身上攬，我可不想沒病找病！但可以透露給你，反正有人支持，不是一個兩個，到底是誰，最好別問。縣裡也分兩派，主殺派占了上風。縣裡在招待所舉行國慶酒會，孫部長來了精神，腆大肚子，橫著走道，帶頭領誦毛主席關於『革命不是請客吃飯』的那段語錄，顯示鎮壓反革命的決心，並且挨桌敬酒，酒氣沖天，牛氣沖天。不管擁護孫部長的還是反對孫部長的都心知肚明，是在彈壓反對派，表功。巴宗滿心不自在，也硬頭皮和孫部長碰了杯。孫部長弄來一摞綠軍帽，別了五角星，見順眼的就發一頂，這是送給我的，好像我也『順眼』。」張增旺從稿筐取出遞給馬潔，「轉送給你，誰讓相好一場了，留個念想。」

馬潔揚手打到地下：「想戴綠帽子你戴去！那，巴宗歸哪派？」

「沒派。但有一點可以肯定，凡是孫部長擁護的他就反對，凡是孫部長反對的他就擁護。可是，現在的氣勢被孫部長壓住了，不大出屋，天天和狐狸精膩乎。」

「這個狐狸精！」

「狐狸精眼睛大，你眼睛也大，可更好看……巴宗喵上了你，私下向我打聽過你的情況，從他的眼神就能看得出來……勸你提防點。」

「見了他就噁心……你沒向他進諫過？」

「哪能沒有。我向巴宗灌輸兩點：一說百里玉妝是烈屬，不看僧面看佛面，看她老公公就該另眼相看；二說她是研究歷史的，看古書是為了研究，沒有反革命動機，也沒向外擴散造成不良社會後果。你想呀，有幸和百里玉妝一塊工作，我尊重她，她在受難，我又在這個位置上，能袖手旁觀嗎？可惜，權力太小，解決不了根本問題。」

馬潔已是熱淚漣漣。

3

「咂咂！」張增旺咂嘴，「怎麼拔開眼淚籌子了……今天才發現厲害精也會哭！」其實自己也酸楚，忙提熱水瓶向臉盆倒水，投毛巾，擰好遞給馬潔，「行了行了，再哭就把天捅漏了！」

馬潔擦淚，說：「張大哥，真地沒辦法了?!」

張增旺迅速想了想說：「就當前形勢分析，只有一個辦法：搬出巴宗！巴宗在北京眼路寬，知名度高，他肯站出來力保也許有轉機。你別急，聽我慢慢說。

「毛主席發動文化大革命，結果大出所料，越搞越糟越亂。他老人家不得不把軍隊派上用場，一下子拉出二三百萬搞『三支兩軍』，主要是『支左』，軍管。現在軍隊成了國家惟一的強力機器。就是說，現在的國家是挑在槍尖上的。參加三支兩軍的拼命抓權，放大自己的作用，與地方產生了深刻矛盾。孫部長與巴宗的關係就是這種矛盾的反映。孫部長以『左』的面孔出現，巴宗只能氣得背地撓皴，罵祖宗解恨。百里玉妝的案子是孫部長的得意之作，突出的政績，絕不肯輕言放棄；這才是解救百里玉妝的最大困難。什麼是什麼非什麼革命什麼反革命全決定於政治較量。可惜，百里玉妝成了政治較量的籌碼。想讓孫部長轉變態度？哼，簡直是癡人說夢。所以說，只有搬出巴宗，鼓動巴宗下決心排除異己。而搬巴宗談何容易，即使搬了出來，他給賣了力，成功的概率也難確定。像我像你能做些什麼呢？人小位卑，只能在底下拱拱火，碰碰運氣。

「巴宗對我這個狗腿子，對，秘書，不誇張地說言聽計從。惟獨對這件事，我磨破了嘴皮子，可他就是哼哼嘰嘰，裝假充愣。我想，他經常流露出對李子明，就是百里玉妝的公公……流露出對李子明的敬仰之情，現在李子明的兒媳婦要被殺頭了，巴宗不能無動於衷。在會場上斥退紅衛兵，把花大娘扶起來，好言相勸，說明他還有良心。所以我說不是沒有希望，就看政治較量的結果了。

「巴宗的全部心思在掌握全縣大權上。權力的重要性他體會得再清楚不過了。你想呀，過去一個不起眼的農民現在當了縣太爺，土皇上，一呼百應，幾乎沒有辦不成的事，該有多大吸引力！人所共知，他過去見了標緻的姑娘媳婦總要想方設法弄到手，如今大不一樣了，那個貼身秘書不就是主動送上門的臊貨麼，她原來是個供銷社的售貨員，這回把自己的臊肉也出售了。巴宗在縣太爺的大木床由著性地打把式。全縣有什麼好的東西先送給他享用。各派武鬥，人腦袋打出狗腦袋，都為了權！巴宗恨不得一口把孫部長嚼了，可是，牽扯到對毛主席是不是忠心這一根本問題，比兔子還奸滑、橫草不過的巴宗能輕易答應嗎？

「抓住孫部長製造冤假錯案的小尾巴是巴宗最樂意的。可是，打不到黃鼠狼弄一把臊呢？他怎能不犯尋思！同時，中央的情況深不可測，他絕不會輕易冒險。巴宗心裡的小九九算得精著呢，賠本賺吆喝的事他可不幹！」

馬潔感到無望，尖利地叫喊：「讓他們殺吧，把好人殺光！」

「小聲點，姑奶奶！光嚷嚷沒用，得想個切實的辦法……今天來找我的事你我別說擰了，有人問就說是我請你來的，彙報全縣養豬情況。現在全縣生豬存欄上報數字水分太大……明白？明白了就好。告訴你，巴宗是個典型的流氓無產者，把火激上來也會耍光棍，和土匪差不離。又是個順毛驢，順毛摩挲怎麼都行，千萬不能戧茬兒。有時還挺講義氣，護犢子，主要看跟他有沒有利害關係，是不是跟他一夥！我呀，實在感到無能為力，不過容我慢慢想辦法，相信我……你今天真好看，讓我嚐一口……」

「孬種！」馬潔罵，扭頭跑走。

4

巴宗光腳丫子蹲在寬大的紅木太師椅上白斟自酌。雙管日光燈在屋頂嗡嗡鳴叫；笨重鏤花的辦公桌堆放的卷宗、幾碟小菜、枸杞泡烈酒，還有小瓷人新給剃的光頭都被照得明晃晃。幾杯酒下肚，仍感到孤單，鬱悶。這時想起了家中的老攤，老攤怎樣攤挎胳膊走路，怎樣炸花生米，燙酒，擰著解放腳顛前跑後，一個肉肉頭頭的女人眼見著變得抽癟了，粹了，彎了，難免心生感慨。忽覺有口痰，就噗地吐出直射在對面牆上；心想，老子底氣還足，一揚脖又灌進一杯。於是細數在老家在縣城新老相好的。相好的到底有多少，實在沒有精確數字，就過電影，從第一個過到新近的一個，比較哪個女人的哪個地方獨具突出魅力。數來數去認為還有遺漏，便倒著數，句到銷魂處臉上就堆了一抹一抹的笑意。

而馬潔的突然出現、尤其那水靈靈毛嘟嘟的大眼睛著實使他吃驚。

「我認識你——馬潔！」巴宗叭嗒嘴，一出溜坐在椅子上，用腳丫子夠鞋，「正好，陪大爺喝兩盅！」心裡卻叨咕，「怎麼是她……今晚又有著落了！」竊喜。

「我來看看巴主任！」馬潔爽快地說，坐在巴宗對面。

巴宗急著找杯子給馬潔篩酒。

「哪有老敬小之理！」馬潔笑道，畢恭畢敬給巴宗篩個滿杯，並在空杯裡滴上幾滴端起和巴宗相碰，「有巴主任賞臉，今天破例，乾！」巴宗只顧盯馬潔的人眼睛，並不在意攪酒，一飲而盡。

「知道找我有事……下班不談政事，喝酒！」巴宗接連喝了三杯，暗自慶興，在他的眼裡，馬潔就像餓急了的麻雀傻乎乎飛到秋後的場院找秕高粱向篩子底下鑽，只要拉一下繩子就能扣住。「這隻鳥更嫩綽，有雙好看的大眼睛……」他快美飛了，捉住馬潔的手；馬潔似要撤回，可是撤了撤，也許半寸，也許一寸，停住。他很受鼓舞，「沒有一個娘們會把手撤回的，可，哪個娘們的手也沒這麼白，這麼細，這麼軟，水蔥似的！我抓住了一隻小鳥，還是個雛兒！完全不是街上的破爛貨……剃頭的……賣貨的……卻是知識分子，臭老九……管她臭不臭呢……今天老子豔福非淺……」

巴宗盯盯瞅一陣，從抽屜裡取出香煙，分別給自己和馬潔點燃。

「這熊貓煙是專給那幾位中央首長特製的……香嗎？辣！嫌辣給我。」巴宗樂不可支地叼起馬潔的煙，故意探出舌尖在過濾嘴上磨擦，彷彿舔到了馬潔嫩唇，不免心中作癢。

於是又捉住馬潔的手，用力捏了捏。馬潔並沒有要撤回的意思。

馬潔皺了皺眉又展開。

巴宗吐出一個煙圈，煙圈漸漸放大，向馬潔套去。

「她的大眼睛……」巴宗想，「比那個牛眼珠子勝強百倍，世上竟有這樣好看的眼睛！」神魂飄蕩。

馬潔很苦，很亂，想吐，想哭，一直發狠：「大叫驢，誰都要上，讓你騷……該劁了！」後悔不該來，欲儘快離去。

「搬出巴宗！」這時張增旺好像在眼前提醒，她咬咬薄唇，強笑著說：「我早就想來彙報，聽巴主任的指示。」

「指示？大家都聽毛主席的，我是大老粗，哪會指示……還是喝酒！」

「才不呢，」馬潔示意性抿口酒，稍作鎮定，「哪個不知巴主任大名，全國勞模，『九大』代表，受過毛主席表揚，始終保持勞動人民本色。」

「哈哈，小小年紀學會恭維人了！我呢，是個賤胚子，人家給一個好就還人家倆好好，不，仨好。」

巴宗心裡很是熨貼，特別加重「仨好」的語氣。

「巴主任是大家的榜樣，水準高，我十聽學一聽就知足了，毛主席教導知識分子要和工農相結合麼！榜樣就在跟前，過去總以為巴主任在半天雲，蹦高高夠不著……」

「我的門向你敞著，盡可隨時來，告訴你，別等著去請。」

「這不來了麼……我常陪外地參觀團到巴主任老家，看了展覽館才真正知道巴主任的巨大貢獻。」

巴宗笑咪咪，沒怎麼留意這些聽膩了的話，卻有一句最投心縫——和工農結合。「……我結合的倒是不少，卻從沒結合過知識分子。她是大學生，學劁豬的，哼，劁豬也要大學生，劁來劁去可別劁了我這個打種的！」自覺好笑，左腿夾起右腿，擠壓猴急的蠢動。

5

「當領導的都跟巴主任一樣多好，」馬潔說，「就說今天會場，巴主任沒讓打花大娘，還親自把花大娘扶起來，底下的人都喊好，議論紛紛，可激烈了！」

「噢？都說了什麼？」

「誰說的？」

「說巴主任抗日有功，對抗日烈士有感情，多虧巴主任了，不然還不得把花大娘打癱了呀！」

「下邊人都這麼說，至少百分之九十五，巴主任可以派人調查。」

「大家知道是誰抓花大娘兒媳婦的嗎？」

「這不清，我分析反正巴主任幹不出這樣缺德事。」

「告訴你，是孫部長！」

提到孫部長巴宗陡然來了精神，像頭好鬥的公山羊，拍桌子：「這個縮頭龜，天天圍我這把交椅吭哧吭哧爬，恨不得立馬順椅子腿爬上來……這個丘八！不明白丘八是什麼？你還年輕……丘八就是兵！他們當兵的總惦記坐縣革委會主任這把交椅，孫部長成立個專案組，說要抓大案要案，轟動全北京的，我看……沒少搞逼供信！」巴宗一口接一口抽煙，香煙在嘴唇上哆嗦，滿臉萱紅，在肚子裡詬罵。

馬潔的手已經撤回，但怕轉移話題，說：「我認識花大娘兒媳婦，叫百里玉妝，同在『五七』幹校鍛煉過。巴主任，你見過她嗎？沒有。問長得怎樣？反正我得給人家拾鞋，一塊上街有人看她沒人看我！細高挑，紅裡透白白裡透紅，眼睛彎著總在笑。心腸特軟，碾死個螞蟻也心疼。誰有了為難遭窄的，她恨不得從身上剜塊肉給人家。有學問，愛看書，古書新書都看；不像我，我懶，熊瞎子掰棒子。她一點不嫌貧愛富，一點不端架子，嫁給山溝的莊稼人一心撲實過日子。遇到個瘋婆婆……她百依百順，把婆婆哄得成天咧嘴樂，不然婆婆也不會豁出老命救她！這麼說吧，跑遍全北京也找不到她這樣又漂亮又有學問的！她和工人農民最有感情了，結合得最徹底了，我就不明白，怎麼會是反革命？按毛主席的教導，徹底與工農相結合的知識分子就是革命的，而，把革命知識分子打成反革命才是反毛澤東思想，打著紅旗反紅旗！巴主任，是這個理嗎？」馬潔不失時機地給孫部長添囊柴禾。

「……聽說她爸爸是大資本家，在國外。」

「大資本家怎樣！在國外怎樣！解放後她爸爸還特地回國辦工廠呢。再則，自從上學爺倆就沒見過面，怎會受到她爸爸影響！巴主任更知道，她現在是烈屬，烈士公公不能在陰曹地府眼睜睜看見把他的兒媳婦殺了呀！這個兒媳婦是他從沒見過面的兒子打了多年光棍才娶上的……是是，這事，巴主任比我更清楚。殺烈屬的兒媳婦，安心讓人家絕戶，這也叫革命？革命革命，流血犧牲，到頭來革到烈屬頭上了，等於把烈士從墳墓挖出來照心窩子捅上一刀！其他的烈屬會怎麼看？怎能不寒心！以後誰還當兵，耍大刀片……保衛珍寶島！我看，奪權奪紅了眼，忘了權是從哪來的！聽說，她公公是抗日的團長，巴主任認識的……」

「是是，我跟老團長打過仗。」巴宗說，很驚訝，眼前這個小女子嘴茬子這麼厲害，清清嗓子扭頭射口痰說：「上報卷裡可定她反毛澤東思想的呀！」

「文革初，她從火堆裡揀幾本舊書看，就是過去私塾教學生的。只是寫點讀書心得，並沒有擴散，並沒有拉幫結派，有人硬說她反革命，這哪對哪呀！」

「噢？你是這麼看的……小毛孩子，少管閒事，別瞎說，喝酒……」

「可要殺她頭呀！」

「哼，都是斷子絕孫的孫大肚子幹的！」

「孫部長再豪橫，家有千口主事一人呀！」

「告訴你，這是大是大非問題，和毛主席沾上邊的事就不好辦了。」

「巴主任，家有千口主事一人，你能辦！救救她吧！你認識北京的大幹部……再不，看在我的面子上……」馬潔近乎哀求，不得不亮出底牌。

「行，我去說……」巴宗怕破壞氣氛，上來一股護犢子耍光棍的氣概，「看你的面子，這事麼，我包了……」

「我先替百里玉妝謝謝了……啊，等把她放出來讓她自己來謝！那時你會看到她多麼知書達理，多麼撩人，興許能給巴主任當秘書呢……巴主任，你老人家可一定要去說呀！啊，我們的巴主任就是偉大，太好了！」馬潔狂喜，竟上前抓住巴宗的手搖晃。

巴宗順勢摟馬潔向裡屋床上推。馬潔掙脫，轉喜為悲：「巴主任，巴大爺，我明白你的意思，不是不答應，可得有個條件……」

「都依你，」巴宗嘟囔，解細襠褲，「先讓大爺稀罕稀罕，等稀罕完了……」

「不，你先答應！能把她救出來都依了你！別看我是女流之輩，說話照樣算數，不信？這就立字據！」馬潔說著要找紙和筆，「不過你說了話也得算數，不然就……天誅地滅！」

巴宗撓頭：「我就不明白，百里玉妝到底是你什麼人，讓你豁出去了?!」

「她是我妹妹，我就是她她就是我，殺了她就等於殺了我！」

「佩服！跟我投緣，像我，包在我身上了！先讓大爺稀罕稀罕……大爺稀罕你……」

「你得先答應！」馬潔抓紙和筆，見巴宗還在敷衍，時沒了主意，發狠，裂開襯衫，擰動腰身，大眼睛似在說：「姑奶奶動真格的了！怎樣，有種嗎？有嗎？敢嗎？」

巴宗兩眼噴火，暈眩，戰慄，看到兩個白白嫩嫩軟軟顫顫熱熱騰騰的乳房，兩顆鼓鼓溜溜鮮鮮亮亮熟熟透透的乳頭，正要抓，成串的淚珠砸在上邊，崩濺在手上，滾燙……

第五十章　腹中躁動籠中喜　牢窗兩扇通陰陽

有限的營養鑄就了孩子的身軀和頭顱，睜開眼了，生下來了，會吃奶了，會跑了，「喔——喔——」會吹泥雞了，像雞叫，像鳥鳴了。

「我的生命像隻盛水的瓦罐，就要打碎埋在泥土裡了。與許若千年後有人挖出來，拼接原本的形狀，看上邊模糊的文字，揣摩其意義。果真這樣倒值得慶幸。」

捏個泥胎作神靈
香火大旺惹燒身（二裁宮　〇〇五二）
明月朗朗破雲照
弱竹節節來風折（二裁宮　〇〇五一九）

1

近來，百里玉妝眼前常常出現這樣懵懂的意境：

有限的營養鑄就了孩子的身軀和頭顱，生下來了，睜開眼了，會吃奶了，會爬了，蹣跚跑倒在自己的懷裡了，會吹泥雞像雞叫像鳥鳴了；

山風颸進，吊在床頭的泥雞悠悠蕩蕩，孩子看著泥雞呵呵說話了，張胳膊去抻吊繩，抻不斷就登腿吼叫了……

「里里，真像你爸爸！」她呼喚從「李百里」簡化而來的乳名，嗔怪，「媽媽給你唱支歌吧，這回該唱什麼了？白飯子白珍珠？記住，叫《小郎讀書》，客家男兒聽著這支歌長大，懂得要強，遇到困難不愁眉苦臉，走到天涯海角也不忘自己根……一塊唱好麼，不會？那就跟著唱。」於是輕輕唱起來：

白飯子，
白珍珠，
打扮小郎去讀書。
正月去，
二月歸，
招來夥伴滿堂圍。
鴨採藕，
鵝挑水，
公雞礱穀狗踏碓。
兔燒火，
貓炒菜，
小猴上樹偷饞嘴，
啃楊桃，
吞草莓，
放個大屁是響雷，
嚇跑了鄰屋老花妹……

她笑出了眼淚，「哈哈，看這幫傢伙，這般忙活……偷饞，放大屁……老花妹讓猴屁崩跑了……哈哈……」

她想起自己的媽媽也是這樣唱這樣說這樣笑的。如今媽媽不再年輕，不知流落何方。卻依稀記得媽媽做泥雞的情形：從田埂摳黏土，用竹竿抽打，捏成大致形狀，削竹勺掏空，鑽眼，試吹。當時也學著做，和鄰屋的老花妹比誰做得好，吹得響。（鄰居確有個老花妹，如今嫁到了南洋。）

於是決意做一隻。

她提爐勾子來到屋西北角，刨潮濕的泥地，取土，捏。不黏。回身把蓋爐子的土坯搬下，刨。很硬。立在水盆裡泅，泅了再刨，果然刨下黃泥。挑去穰草，再捏，還覺不黏。她知道這樣很難成型，燒乾了容易開裂，最好摻些頭髮、豬毛，就聳肩送頭髮梢到嘴邊，一根根嗑。嗑下幾根，嫌太慢，便把小圓鏡拆開，握鏡片鋸，很快鋸出碎碎一堆，摝在泥裡，舉爐勾子抽打，邊抽打邊淋水。等到碎頭髮均勻分佈泥中，軟硬適度，立刻捧在手上加工。先捏出個大模樣，後捏雞頭，雞冠，雞嘴，刻劃雞翅；從爐篦子勾下帶火炭的熱灰，埋住。估摸半乾了，扒出來冷卻，掏空，鑽眼。最後放在爐子裡燒，大約燒半個小時，取出。沒等涼透就急不可待貼在肚子上，向里里說：「吹吹，多——吹得好！來——米——真好聽……燙嘴了吧……乖乖！」但見泥雞沒有著色，略一沉吟，拍門喊李所長。

李所長剛抽掉鐵栓她就跨到屋外，雙手捧著亮在李所長面前：「你老猜這是什麼？嘻嘻！」很是得意。

李所長捧在手裡端詳：「像隻小雞……哪來的？」

「我做的，剛出爐！」

「真好，還摳了眼兒……」看她喜盈嬌憨的樣子，李所長誇獎。

「泥雞是吹曲的，我小時候總吹……」

「噢噢，此地也有，貨郎挑子賣……」

「我吹吹，你老人家聽聽！」

她吹音階，吹一首客家童謠，還哼唱了《小郎讀書》，以饞猴放屁打雷那句收尾。李所長心裡一直翻江倒海：「這姑娘，下凡的仙女落難……心比天大……哪裡知道……唉，這世道……」眼淚向外拱，「閨女，以後也教我吹曲……」

「是是，我教……」她真想撲在李所長懷裡大哭，向前邁一步，遲疑著，發現李所長棉襖上有幾根白髮，便一根根捏下，拍打。

李所長調過身，低下頭。

「我這不好好的麼……以後別總在門口待著了，常回屋躺躺，歇歇腿……大叔，我想把雞冠塗紅，把雞翅塗黃，有辦法嗎……塗顏色吹著好看……」

「芨芨花有紅的有黃的，前院就有。從前女孩子用芨芨花染指甲蓋……稍等，這就去摘……紅的黃的，紅的黃的……」李所長轉身就走，竟然掉泥雞跛出小院門。

她望著李所長消失的背影，忽聽「喔——喔——」兩聲，心裡湧上一股熱流，淚眼抹糊，蒙住臉，跑回牢房……

2

百里玉妝扎在何偉雄的懷裡，擂後背，委委曲曲哭訴：「以為再也見不到你了！說好了快去快回……」

「這不來了麼！」何偉雄把臉埋進她的頭髮，無比疼愛地說，「實在脫不開身，等著急了吧……」

「這些日子沒提審，有個不祥的預感，說不定隨時被扔上汽車，拉到荒郊野外……總聽外邊的腳步，盼你來……啊，可盼到你了，這鐵鐐多好，真沒帶夠……」說著抖了抖彩色繩索，「怕是見不到你了……見不到夢生，婆婆，媽媽，爸爸，我愛的人，愛我的人！埋在地下，黑暗，冰冷，孤單，野鼠啃我的肉，野草喝我的血……啊，我怕，還沒活夠，這鐵鐐多好，但願永遠帶下去，天天和你在一起……這世界多滑稽，把生命和希望繫在一副鐵鐐上……可我現在還能希求什麼呢……」

何偉雄對她忽然低落的情緒非常擔憂，接過彩色繩索扶她坐在床邊，臉貼臉給她抹淚：「別怕別怕，鐵鐐一定會摘下，摘下鐵鐐意味著愛的久遠！相信我的預感，我的預感最準確，還是那句老話，他們再沒人性也不會明目張膽殺一個孕婦！讓我摸摸……」

「果然有了，可憐的小生命……」她說著向左躺下。

「他在踢我！」何偉雄摸到胎動欣喜異常，正要握拳仰天大叫，忽覺不妥，便咬牙根低吼，「有救了有救了，丟老貓丟老貓！」抱起她，從床邊抱到窗前，從窗前抱到床邊，竟趟彩色繩索絆個趔趄，兩人滾倒在地。爬起來又抱著圍爐子轉，踹牆，恨不得把牆壁踹塌。「有救了有救了，丟老貓丟老貓！」

她被箍得緊，彎起「月牙湖」問：「怎用廣東話罵人？」

「……不知為什麼，現在只想罵人，等放了你還要罵，罵個夠，丟老貓丟老貓！讓我再摸摸，啊，又動了……」手舞足蹈，枕在她的肚子上聽，親，樂。

「看把你樂的，像是自己的孩子！」她笑著嗔怪。

「管他誰的！能救你活命就是大救星……對對，人民的大救星！」說著呼兒咳呦地又唱又扭。

何偉雄滿臉通紅，鏡片透出狂喜的目光。從懷裡掏出一個紙包，打開，是兩個軸線，軸線別著縫衣針，還有一把微型剪刀。解褲腰帶，抻出一條圍在腰上簇新的綠襯褲，抖開；脫掉外衣，露出一件簇新的花紅襯衣，扒下。

「來，洗澡，換衣，縫衣……」何偉雄說，找臉盆倒水，捅爐子，滿屋地張羅。

「別忙別忙，還沒說家裡的情況呢！見到那娘倆了嗎？好嗎？信捎到了嗎？」

「好好，都好，捎到了。」

「詳細說說，快點！」

「啊……拿到了鋼筆，和馬潔一塊擰開的，確有鑽石，數好又裝進去交馬潔保管。」

「馬潔好嗎？博成良好嗎？」

「好好，都好。」

「詳細說說，快點，我惦念他倆，尤其馬潔！」

「啊啊……我來的時候怕太招搖，把自行車放在李所長家，向機關說要下鄉採訪，得多住幾天，沒說去什麼地方。」

依據平素的瞭解，發現何偉雄有事不想告訴她，她急了：「我雖不敢說大徹大悟，但經歷那麼多事，不管命運怎樣已經有了承受力。說吧，你一定有事瞞著！」

何偉雄仍有些猶豫。

她拉著何偉雄的手，懇切地說：「近來想，時間對我是個十足的吝嗇鬼，盛時間的袋子鼓鼓囊囊，只是一分一秒向外掏，最後可能連一分一秒也不掏了。你現在不說興許後悔一輩子。」

何偉雄話到嘴邊又咽了回去，發現粗木桌上的泥雞，泥雞紅冠紅嘴黃翅，煞是驚奇，拿起端詳，「喔喔」吹兩聲，問：「哪來的？」

「別打岔！我做的……」

「不信，在這裡也能做？」

「有辦法，給孩子的！」

「我就是孩子……」

何偉雄還要吹，被她一把奪下。

「不怕我著急就瞞著！」她真地生氣了。

「我是怕你心裡平添不乾不淨。」何偉雄抱住她的手說，「先答應不上火，答應？好好，外邊紅了綠了千萬別往心裡去。」

於是何偉雄把花大娘胸前掛丈夫照片、烈屬證、「還我兒媳」的牌子，吹軍號，挎軍刀大鬧國慶分會場，怎樣叫罵，哭嚎，昏死過去的事；馬潔甘受屈辱以貞潔交換巴宗出面營救的事學說了一遍。並且說，李瑞珍、馬潔、張增旺包括仇廣軍、北京軍區的秦幹事正在秘密串通，能使風的使風能使火的使火，動用各種關係，謀劃下一步行動。

她默默地聽，默默地流淚。忽然唰地站起，雙腳跺地，高聲吼叫：「婆婆瘋了還算罷了，馬潔也瘋了?!這個混帳的馬潔，我不稀罕她救，她是誰我是誰，我是『反革命』！告訴她，我壓根兒不認識她！」

何偉雄對她的反應沒有思想準備，囁嚅著：「馬潔說，她豁出去了……」

「你這就去告訴她，我不稀罕！快去快去！！」

這時聽李所長敲門，咳嗽，然後離去。

何偉雄很是焦急：「小點聲。真沒見你發過這麼大脾氣！馬潔說人命關天，命比面子貴，願和你同生共死……」

「找巴宗也不能這樣找啊！」她說，氣急敗壞地跺腳，「用尊嚴換命，我不願意，我的命不值！」

何偉雄安頓她坐在床上，擦淚，好言相勸。

「你不瞭解馬潔，」她哭著說，「馬潔極聰明，極厲害，敢作敢為，完全能幹出意想不到的事。可怎不想想，巴宗是誰，巴宗是條惡棍，尋花問柳的老手，為自己的政治前途絕不會替一個反革命說話。到頭來，不但辦不成事反而丟人現眼！馬潔呀馬潔，簡直瘋了……把我也氣瘋了……唉，我百里玉妝讓這麼多人牽腸掛肚，鋌而走險，真不如早死……現在心裡很透亮，知道有這麼多人愛我，沒缺憾了……是啊，我早有預感，生命走到了盡頭……」

「你不會死，他們是不會殺孕婦的。去栗樹溝前我找過孫韶華，她媽說去北京了，估計也在為你奔走。明天我就去北京。」

「可是，真想快點死，死了乾淨……人的生命如此地脆弱，短暫。我的生命像隻盛水的瓦罐，就要打碎埋在泥土裡了。興許若干年後有人挖出來，拼接原本的形狀，看上邊模糊的文字，揣摩其意義。果真這樣倒值得慶幸。」

她緊抱何偉雄，好似要從時間的袋子裡擠出分分秒秒，她說：「再也不放你走了，可不想等了。」

「不走了，不走了！」何偉雄極力安慰。

想不到，她一機靈，猛然把何偉雄推向一旁：「不，你必須走，就走，去找馬潔！要她保證了再回來！」

妮妮的兒女們很沒有教養，一點不會體諒人，跟牠們的媽媽差遠了。深更半夜鬧得尤歡。有的在屋地打架，嘰嘰亂叫，有的爬上床，在被子上噔噔追逐。粗木桌上的食物被一隻搪瓷盆扣著，也拱得譃譃霍霍。

百里玉妝難以成眠，支身子坐起，摸索燈繩，手卻沒了準頭，摸不到，好不容易才拉亮電燈。幾乎在燈亮的同時，這些無禮的傢伙從犄角旮旯紛紛逃竄。

3

屋外風向不定，一會兒掃蕩北牆，一會兒鼓動南窗；伸出屋簷的爐筒子晃當著嗚嗚作響。

她頭疼頭暈，口渴內急，把腿挪出被窩，剛要下床，横著身子摔在泥地上。她很害怕，趕緊摸肚子，肚子沒了動靜。向前爬，手腳不聽使喚。這才意識到中煤氣了，想，「啊，是妮妮打發孩子來救我！」就一點一點向門口爬，推門。推不動。喊了一聲，微弱的聲音被門外的大風吞沒。便掙扎著向窗臺爬，剛夠到窗臺，跪起來，立刻摔倒在地。這樣，扒窗臺，跪起，摔倒，輕輕呻吟，在抹糊意識裡不斷告誡自己，「必須打開窗戶！」不知折騰多少次還是摔倒，又爬向門，把嘴對門邊兒耗子窟窿。一股冷風吹進，身子輕飄飄地鬆弛下來，蜷縮在地。

……她雙手捧著肚子走在山坡上，深一腳淺一腳，跌跌撞撞。天空陰暗，敗草枯黃，百木凋零，風忽北忽南呼嘯。她渾身發冷，嘴唇乾裂，內逼得厲害，急急要找個安身的地方。這個地方在哪裡，並不知道，只見前面有個黑影領路。黑影稀疏的頭髮在風中抽打，似乎回頭說：「姑娘，這就到了！」

黑影鑽進一個長長的去黑風嶺那樣的山洞。她尾隨而入。洞頂猙獰，也滴著水，腳下的石頭稜角分明。從山洞鑽出來，呈現在眼前的是一座立陡的高山，高山上的洞窟層層疊疊。黑影披開荒草，進入一個最底層的入口。

洞內很狹窄，伸手能夠到洞頂。一片漆黑。這時聽到一個熟悉的聲音：「知道你要來，跟我走！」黑影牽住她的手，她感到這手冰冷，但沒有撤回，高興地說：「聽出來了，你是李縣長！」

「是呀，就是李嘉，你給我寫過講話稿，正住在我以前住的牢房……」李嘉牽著她曲曲折折來到發著幽光的寬敞的地方。

她看到，光線柔和，呈藍色，是許多瑩石發出的。李嘉瘦削多了，舌頭耷拉著。

李嘉笑了笑說：「姑娘，渴了吧？」說著翻弄乾草堆，取出一尊青銅爵，從身邊的水潭舀水遞給她。她接過，一飲而盡，頓覺清爽。向四下看，更感驚奇。洞窟的上方供奉著孔子、孟子、老子、釋迦牟尼、耶穌、穆罕默德的塑像。屈原和祖沖之的塑像供奉在右側，李時珍和扁鵲的塑像供奉在左側，下方堆放一些中西醫典籍。

她逐一流覽，發現洞連著洞，一個洞堆滿書籍，謂之書窟；一個洞堆滿佛像，各種羅漢，許多有頭無身，有身無頭，謂之像窟。李嘉說，再向裡還有碑窟，堆滿石碑；戲窟，堆滿戲裝和道具；藝窟，堆滿各種字畫和工藝品；西窟，堆滿西方文化物品，以自鳴鐘、《聖經》和十字架為主。

「李縣長，怎麼會有這麼多東西？」她問，急不可待挑選一本線裝《論語》。

「大家搜集來的。」李嘉說，「後山有個文谷，全是破『四舊』的文物，海去了！我閒來沒事就去翻騰，搬些回來。各洞窟的人都揀自己喜歡的向回搬，也幫我搬，可是，東西太多，實在搬不完。」

「我幫你搬吧！」她很興奮，「想不到還有這樣的去處，多搬些回來！」

「我告訴你，中國幾千年有形的文化遺存大都在這裡。你問文谷有多大？聽說東西百八十里，南北百八十里，我只在近處走走，遠處沒去過。剛才你喝水的青銅爵也是從那裡揀來的。一切東西，在陽世燒了，毀了，在陰間還能大致保持原來的形狀，其實也是雜亂無章，殘缺不全。有些極珍貴的東西陰間也找不到了，流落到了國外，變成了外國人的私人收藏。可以這樣說，無論陽世陰間文谷都是最大最全最高等級的博物館，故宮博物院、大英博物館和巴黎羅浮宮上哪比！需要整理分類，永遠保存下去，可惜人手不夠，為此，鄧拓、吳晗一夥天天嗟歎，說要成立個文物搶救委員會……

「文谷後邊還有個山谷，叫城殿谷，更大了，光長城就有許多段，當然包括北京毀壞的一百多里。那裡有很多古城、廟宇，加在一起有幾個北京城大。這些僅僅是一部分。據說鄰近的城殿谷還有炎帝陵、舜帝陵、倉頡陵、成吉思汗陵、王羲之的墳。

「戚本禹鼓動北京師大紅衛兵頭頭譚厚蘭到孔廟造反，把孔子的墳平了，碑砸了，樹砍了，像毀了，多慘！造反派把蒲松齡的墳扒了還不算，竟把骨頭掛在樹上批判！全國的寺院、廟宇不管什麼地方的，路多遠，山多高，大都在劫難逃！樂山大佛七八十米高，不容易破壞，就把像後的五百羅漢搗毀！日本人焚燒過商務印書館幾十萬冊圖書，沒燒淨的，流失在民間的，也搜羅起來付之一炬！萬壽山頂的千尊琉璃浮雕像曾被八國聯軍射殺，缺胳膊少腿，缺鼻子少眼，這回又被大規模破壞！還有佛教經典、名人字畫，比如葉貝經、宋徽宗的山水畫、蘇東坡的竹子畫、言徵明和唐伯虎的畫……在這裡也能看到！到底有幾個文谷幾個城殿谷誰也說不清楚。」

4

李嘉情緒激憤。她卻說：「有這麼多書，這麼多文物，這麼多老師，我想留下，研究東西方道德比較學。我見過孔子，願當他第七十三賢徒。我要繼續我的研究課題。」

「這可不行，趁雞沒叫勸你早早回去。等到雞叫三遍就回不去了。」李嘉百般相勸。

「不，不回去！」她態度堅決，「在陽世，人們為拯救我四處奔走，冒著極大風險，我不願再連累他們。其實我已經被判了死刑，與其被鑽窟窿莫如混個囫圇屍首。等待死亡的日子太難熬，實在受不了了，反正早晚一回事。再說，懷裡揣著孩子本來重燃生的希望，可是煤氣奪走了他的性命，已經不會動彈了！我還有什麼活頭！」

「原來這樣！」李嘉很震驚，拉過她的手號脈，皺起眉頭，「噢，真想不到！」已是老淚縱橫。

「李縣長，我留下吧，一邊搬東西一邊讀書一邊學中醫。」她拉著李嘉冰冷的手肯求，「我要參加文物搶救委員會！」

「勸你趕緊回去。陰間並不如你想像得那麼好，陽世的積習隨處可見，你又這麼年輕稚嫩……只是這裡沒分階級，沒有階級鬥爭和無產階級專政。這樣吧，我給你扎針試試。」

扎了針，李嘉要她摸肚子。

竟然又動起來！

洞窟裡第一次充滿笑聲！

笑過，李嘉說：「姑娘，我領你到別的地方看看。」

隨李嘉來到另一個有編號的洞窟，上寫「二裁宮〇〇五二號一九六九」，洞窟外刻著字，左右分別是：「捏個泥胎作神靈，香火大旺惹燒身」。她站在洞口向裡看，只見一位老者仰臥在病榻上，裹著白被單，瘦骨嶙峋，面色蒼白，鬍子拉碴；老人聽洞外來人慢慢扭過頭，目光極其犀利，突然操湖南口音大吼：「滾，給我滾！哪來哪去！你的心死了嗎?!可惡至極！」

嚇得她向後退，捂住胸口問李嘉：「好橫！他是誰？像在哪見過……」

「當然見過……他剛來，不愛說話，說話就激動，我一直給他看病……」

「那麼他是誰？」

「實在要問就告訴你，他是——劉少奇！身體的底子原來很好，沒大病，生給折磨成這樣！」

她不敢再向洞裡看，像做錯了事的孩子，小聲說：「洞口的兩句話，我不明白。」

「哈哈，這，我一點你就透……在延安，劉少奇在黨代會上作政治報告，樹立毛澤東在全黨的統治地位，以後年年大火燒香，想把泥胎燒成金佛，結果呢，惹火燒身，含恨而去……從一九四五年到一九六九年，毛澤東真是翻手為雲覆手為雨，清君側規模之大、手段之殘忍在中國歷史上無可比擬。」

李嘉說著又領她到旁邊的洞窟，上寫「二裁宮〇〇五一九號一九六九」。這個洞窟兩旁的話分別是：「明月朗朗破雲照，弱竹節節來風折」。

李嘉說：「這用不著解釋。」

她說：「我明白，可能是說洞裡的人都有明月般的人品，各有成就，曾經是熱血青年，只是過於脆弱，颳陣大風就折斷了。」

李嘉說：「對對，不過這風未免太大了！堅強的人也難逃一劫！讀書人、真正的人才哪有懂得政治鬥爭的慘烈的。對我，不就是卸磨殺驢了麼！」

李嘉氣哼哼領她進入洞窟。洞窟亂糟糟擠滿了人，每個人都忙著自己的營生，並不抬眼看他倆。李嘉一一作了介紹：

鄧拓，臉色青綠，正貓腰撅恥給《北京晚報》撰稿，撓腦袋；吳晗，拔光了頭髮，正研究明史，並在紅頭文件上依樣畫圈；翦伯贊，似睡非睡，正抱一本中國通史沉思，不明白毛病出在哪裡；上官雲珠和舒繡文，腿腳出了毛病，正背誦電影臺詞，一直找不到感覺；姜永寧和傅其芳，病病歪歪，正手握乒乓球拍對打，領命要小球推動大球；傅雷和妻子穿戴齊整，卻拖著長舌，正翻譯西方經典巨著；老舍，年邁體衰，正浸在水裡喊「祥子」，數快板，嘟嘟冒著氣泡；馬連良，面色青綠，渾身披褂，正捋長髯唱諸葛亮，卻吊不好嗓子；田家英，舌頭耷拉得更長，正給毛澤東寫講話稿，好像交不了差，嚇得哆嗦，面如死灰；李達，面色青綠，正寫中共「一大」回憶錄，探索馬列哲學；那兩個大額頭兄弟正發牢騷，儘管他爸爸郭沫若運動一開始就登報要燒掉自己全部著作。

李嘉還介紹了遠千里、孔厥、金仲華、章伯鈞、李立三等一批「牛鬼蛇神」。其中田漢最忙，寫歌詞寫話劇，嘴裡還哼唱《義勇軍進行曲》。她湊上前想看個究竟，只見一張紙上端端正正寫著八個大字：大悔無悔，大恨無恨。她弄不明白其中的玄機，也不敢問，跟隨李嘉回到洞外，為他們的遭遇哀傷，同時流露出景仰之情。

突然雞叫了。叫了第一遍。叫了第二遍。她興致正濃，要去文谷，李嘉匆忙把她牽到懸崖，急得跺腳，大喊：「趕快走！眼看回不去了！千萬別走我的路，臨別送你一句箴言——求生比尋死需要更大的勇氣！」

她遲遲不肯離去，尚有許多疑惑，便問：「我看洞窟上端刻著二裁的字樣，是什麼意思？」

李嘉唏噓：「二裁二裁自裁他裁也！簡單說，我屬自裁，劉少奇屬他裁，剛才你看到的大都發生在一九六九年……」

她還要問到底有多少二裁宮，李嘉把她推下懸崖，她驚出一身冷汗，叫喊著跌落。

天已發亮，公雞正叫。

第五十一章 螻蟻窩裡爭短長 金水橋上看虛無

矛盾從來不存在獨立的相互排除的絕對鬥爭性和相對同一性，絕對普遍性和相對特殊性。矛盾鬥爭絕對化正是馬列主義階級鬥爭、暴力革命和無產階級專政理論和殘酷實踐的哲學基礎。

「啊啊，鴿子又折回來了，鴿哨多好聽！」

她扶著漢白玉欄杆看毛澤東畫像，淚眼婆娑。毛澤東被淚水泡著，白亮一片，漸漸膀了，扭了，虛了。

1

……百里玉妝和何偉雄一宿沒合眼，有今日沒明日地放縱，傾談。

清晨時分不得不告別，何偉雄要急赴北京。

出古城向南多是下坡路，自行車騎得倒也輕快，何偉雄想著百里玉妝臨別的話：「我胸前抱著火，脊樑背著冰，與你每次相見都可能在訣別，快去快回呀！」

過昌平趕上大頂風，加上騎輛機關有人搶沒人修的破車，滯滯扭扭，不得不騎騎推推，推推騎騎。身子像掏空了，氣喘吁吁，腳也疼，一瘸一拐，上下眼皮打架，天地恍恍惚惚，於是想歇歇腳，瞇一會兒。見路旁有座廢棄的磚瓦窯，就放倒自行車，鑽進去，找窯膛和煙道的連結處蹲下。大風在窯口奔突呼嘯，這裡避風，碎磚上堆積了厚厚塵土。想睡卻睡不著，想起沒來得急看的百里玉妝的研究提綱，就從帽裡子的墊層摳出來。是張稿紙，正反面密密麻麻寫著娟秀的文字，許多地方改動過。

馬列主義哲學的拐點

馬列主義認為，矛盾的鬥爭性是無條件的，絕對的，矛盾的同一性是有條件的，相對的；矛盾的普遍性是絕對的，矛盾的特殊性是相對的，其實是把鬥爭性與同一性，普遍性與特殊性從具體的現實的矛盾統一體中分裂開來。在具體的現實的矛盾統一體中，鬥爭與同一、普遍與特殊的條件都是相同的；鬥爭與同一僅僅表明矛盾雙方相反的發展傾向，普遍與特殊僅僅表明矛盾雙方的依存關係；矛盾從來不存在獨立的相互排除的絕對鬥爭性和相對同一性，絕對普遍性和相對特殊性。矛盾鬥爭絕對化正是馬列主義階級鬥爭、暴力革命、無產階級專政及其殘酷實踐的哲學基礎。事實上，兩個對立的階級，比如工人階級和資產階級除了鬥爭的一面，還存在相互磨合、依存的一面，也就是同一的一面。社會變革並非單純由絕對的矛盾鬥爭性、對抗性實現。古今中外無數史實表明，如果萬變不離其宗的矛盾鬥爭絕對化哲學人行其道，必然導致大災大難。相信人類有智慧有能力最終把握自己的命運……

她不止一次強調：「中國有良知的知識分子或者被打殺或者圈進牢籠，僅存狹小的思考空間，而且兩個人在一起就噤若寒蟬，哪能像鐵窗裡的你我！我儘量履行一個百姓女兒的義務，這，別人看來好笑，我卻那麼執拗！思想的偏激和思想的懦弱意味著生命的枯萎，對一個人、一個民族、一個國家都是這樣！」

百里玉妝信誓旦旦。何偉雄個打盹。突然，胸裡一熱一疼，好像襯衣口袋裡裝著的兩條性命在拱動，就使勁撲稜腦袋，抽嘴巴，罵一句髒話，手腳並用爬回公路。

「一定要找到孫韶華！」他默念著，搬起自行車，在後衣架綁牢棉帽子，頂風上路，不管渾身出多少汗，嘴裡灌多少沙。

北京如此地遙不可及……

2

整個北京城扣在大香爐裡，被亂風攪著。孫韶華的腳沒了根，離拉歪邪，忽而扛風向前挪，忽而坐風一溜小跑，呼哧呼哧回到後海姑父家。進屋，甩掉圍巾和棉大衣，顧不得漱口洗臉洗澡，仰倒在床，只顧生氣。本來應北京軍管會專案組急召風風火火從縣城趕來，費盡周折才找到地址，可是，專案組辦公室的女軍人根本不知道這碼事，要她找馬處長。因馬處長外出公幹要她明天再來；這樣，今天推明天，明天推後天，一推就是三天。她火冒鑽天，吵了一架，扔下狠話：「耍猴呢，走人了！」

她罵大風，罵黃沙，罵馬處長，發狠，咬得細沙咯吱咯吱響，和著唾沫吞咽。

她氣不打一處來。專案組在大會上宣佈她是百里玉妝案三人醫療小組成員，既是醫療小組成員又不讓參加體檢，僅僅要求在醫療診斷書上簽字，早就窩了一肚子火。「哼，有跪著求姑奶奶的時候！」

她決意等風停了不辭而別。沒有公共汽車就搭軍車，這幾天軍車在北京和縣城間跑得很勤。看手錶，屋子黑看不清，估計田嬸該來喊晌飯了。

忽聽有人撞開房門，北牆掛著的「經幡」猛烈翻響。可是進屋的人並不說話，撲嗵、哼哧倒在沙發上。她慌忙下地，拉電燈：來人竟是何偉雄！

「是你?!」她打量泡土裡鑽出來的何偉雄，幾乎不認識了。

何偉雄癱在那裡，兩眼游移，棉襖大敞著，抱棉帽子的手微微顫抖，土臉拉出幾條汗道子，汗道子在燈下閃亮。她跺腳報怨：「傻子，這鬼天氣還向外跑！」

「來看你……」何偉雄一時不知怎樣解釋。

「這不好好的嗎？」她故意收斂笑容，擰一下腰說，「蠍蠍虎虎，家裡出了什麼事?!」

「沒事。媽說蘇修要扔原子彈，催你快回去。」

「啊啊……是不是你……」她紅著臉試探地問。

「誰跟誰呢！」何偉雄有些不自在，低頭看她的腳。

她聽到這早已生疏的拉近距離的話，心中一股熱流湧起，直拱眼眶，就坐在何偉雄身旁，壓抑著激動，連連叨咕：「傻子，可摀著你的影兒了，還以為中蘇斷交斷定了呢！」摸何偉雄身上精濕，棉襖的後脊樑溻得響透，驚叫：「哎呀，水澇了似的！快脫下換換，別漚出病來！」

何偉雄不肯換。就急推上床，硬是給脫棉襖，扒內衣：「全換了，穿姑父的。姑父姑母疏散到太行山了，剛走幾天，很多衣服留在家，你和姑父的身量剛好相仿。不過得先洗個澡，水早燒好了，我吩咐田嬸燒的，嘻，好像知道你要來。吃了飯洗個澡睡一覺，解解乏。」

……兩人在燈下明晃晃地裸浴。何偉雄像個髒兮兮的流浪貓接受她的愛撫。她自以為政治上處處隨心如意，最不敢數嘴的是婚姻受挫，現在判斷，一場風暴預示著過去。

送何偉雄睡下，她留在浴室洗髮，不時對鏡子扭擺腰身。又豐滿又苗條的胴體使她一貫引以自豪，當初就是在這間浴室撩撥得何偉雄雄起的。但是，今天非但不雄起，反倒像六必居的醃黃瓜，蔫蔫巴巴。但極力為自己解心寬：「他太累了！」

她揉臉。臉色臘黃。「唉，那冤家氣的！」故作生氣，卻淡化了從前的怨恨，多了幾分感激。

「多可笑，人家還沒哄我呢，我先像個樂鴿子，哄起人家來了！」往日的矜持、霸道似乎那麼不堪一擊。

她取出隨身攜帶的「萬紫千紅」，打開精緻的小盒蓋，用香膏仔細擦臉、擦手、擦腋窩，以至擦拭了不曾生育的可人的乳房，散發出襲襲幽香。還特別選了件箍身的紅毛衫，踮著腳，抿著嘴，笑模悠悠湊到何偉雄床前。

3

見何偉雄把枕頭拱到地下，被子堆在臉上，四腳拉岔打呼嚕，她趕緊揀枕頭放在床頭，拍個窩，扳腦袋，抻被子，倚在床邊。何偉雄只是登登腿，被外露出腳丫子，照睡不誤。腳丫子肥厚，腳趾張得像個小蒲扇，「自幼跑山路跑的，怨不得一條道跑到黑，像頭蠻牛！」她笑笑，輕輕摩挲，湊近了聞，裝作嫌惡皺鼻子。發現腳指甲大老長，前腳掌還長了雞眼，忽然一陣酸楚，「這個蠻牛，娶了媳婦不讓媳婦疼！」於是找來剪刀，先剪最薄的小指甲。咯嘣，何偉雄毫無反應。就依次往下剪，剪一下觀察一下。過後看雞眼。雞眼突出，中間長個黑芯。「腳掌釘釘子，怎麼走道的呀！」就下地找姑父的老式刮臉刀，卸下刀片一層層削角質的突出，儘量削平。「可別削到肉呀！」暗自囑咐，小心翼翼。

「呦呦！」何偉雄突然抽回雙腳，呼地坐起，疼得吸溜氣，愣怔地看她。

「怪我……削疼了吧，看流血了沒有……」她心疼得亂顫，抱起腳看。

何偉雄拍襯衣口袋，似在找東西，很慌亂：「信，信呢?!」

「什麼信？換襯衣了，讓我找找。」

「一覺睡死過去，差點誤事！」

她到浴室翻看剛換下的襯衣。口袋裡確有信，已經被汗水洇透變黃。小心抖開，尚能辨清字跡：

華姐，特別想念你！

停經以後，我向軍醫說可能懷孕了，軍醫吱吱唔唔，以後就沒了音信。前天突中煤氣，與死神擦肩，肚子動得明顯，犯了愁，懇請姐給做個體檢。我決心把孩子生下來。忘了麼，從前姐說要親自為我的孩子接生，定兒女親家，現在想起來直想哭。等到生了孩子，我將聽從發落。熱盼！

祝姐身體好，學習好，工作好！

妹　百里玉妝

她看著信，信紙上竟出現一雙長長的眼睛，哀怨而熱切。還有一雙眼睛，在羊水裡，也在看她。急急轉回問何偉雄：「這信是怎麼到你手的?!」

「……我也糊塗，反正有人傳給我。」

「我問你，心裡還有我嗎?!」

「別忘了你們是好姐妹呀！人命關天的事，不能見死不救呀！」

「不救不救，就是不救！我問你，你跟她是什麼關係？不要命往北京跑，原來是為了她！我再問你，我跟你是什麼關係？夫妻？世上有這樣的夫妻嗎？我重感冒三天三夜水米不沾牙，你跑到哪逍遙去了？我若是死了連收屍都找不到人！」

「是我的不是，不衝我衝著百里，別忘了你們是好姐妹，人總不該這樣絕情呀！」

「絕情絕情，你絕情我絕情大夥都絕情！」

她氣撞腦門，轉身來到客廳，坐在沙發上抽泣。何偉雄心落冰窖，恨自己找錯了門路，縮在床角發愣。取棉帽子偷偷翻看，慶幸百里玉妝的研究提綱沒被發現，舒了口氣。

許久。她哆哆嗦嗦把信扔在爐子裡，看信紙捲曲，燃燒，撕成灰片，抽進爐筒子，被屋簷的狂風捲得無影無蹤。

她看窗外。止住抽泣。擦去淚痕。回臥室拉把椅子坐下，向著何偉雄。

「信呢？」何偉雄從床上蹦起，嗓子冒煙。

「燒了。」她平靜作答，似在挑釁。

何偉雄額繃青筋，想說話發不出聲，在嗓子眼吼：「好呀你！好呀你！」

「我怕粘包！你以為做得風煙不透，萬一露餡呢？」

「我算看錯了人了！」

「沒看錯。如今的世道誰信誰？都是他媽是轉軸子腦袋風向標，站隊，一會站這邊一會站那邊，把反戈一擊當飯吃。我猜得到，百里的信能從鐵筒一般的監獄傳出來，其中必有好幾個環節，一旦哪個環節犯了事就一提溜一大串，到時候渾身都是嘴也難分辨。哼，你說沒傳過信，我說沒收到信，可人家咬得死，能甩掉干係？」

「人命關天呀，你說怎麼辦？」

「無論怎麼辦，首先要把你洗出來。誰讓你我是倆口子了。」

「啊，啊……」

「告訴你，獄裡獄外傳信的事打死了也別認帳。記住了？現在的情況明擺著，是你強逼我和你一黨，就是常說的狼狽為奸。罷了，一黨就一黨，為奸就為奸，上賊船就上賊船，假如你果真對得起我。你講感情重義氣，敢作敢為，只是書呆子氣十足，缺乏社會經驗。我選擇了你就不想失掉你，你可給我聽明白了。」

「至於和百里劃清界限的事，先不跟你糾纏。只說眼前該怎樣應對。」

「你說怎麼辦？」

「好好！」何偉雄聽出門道，喜出望外，重又坐在床上。

「總的原則是把你洗出來，也不能把我搭進去。」

她找來紙和筆遞給何偉雄：「秀才，寫信！別皺眉，商量著來。」

她邊想邊說：「這封信也寫給專案組領導，以我的名義。我有資格寫這封信，我是百里專案醫療小組成員，為革命負責。你寫：有人同情反革命，散佈反革命謠言，說百里玉妝懷孕了，居心叵測，反映出階級鬥爭的複雜性。」

「所以建議給百里玉妝做一次體檢，對嗎？」

「是這樣。特別提到這是為革命負責。憑素常瞭解，百里不會說瞎話，我相信真地懷了孕。你放心吧，出了事我頂著。」

何偉雄很快寫出個草稿，兩人斟酌一會兒，由孫韶華謄清，簽字。

何偉雄突然上來豪爽勁，高興得失去了方寸，竟然說：「信是怎麼到我手的，我告訴你，對對，坦白！」

「坦白？我不要坦白！還是給自己留個撤身步，知道少一點好。看不到麼，造反派整人總要扒光衣服，看身上長一個疙瘩就說成一個膿包，長一個膿包就說成一肚子壞水，用腳踹，下杠子壓，非榨出幾條反革命罪行不可。哼，我要一個疙瘩不長。我的雞蛋裡沒骨頭。你更是。而且，從前總想讓你像玻璃球那樣透亮，現在明白了，說出大天來也做不到。夫妻別總盯著別人的『自留地』，誰也別說誰，我要的是真心，將心比心。坦白了說，哪個都有自留地，我也有。可是結婚以後只興我有不興你有，純粹自討苦吃，成宿成宿睡濕枕頭那是活該，唉，你這個冤家，真拿你沒辦法！」

她抹把淚，把何偉雄的腳扳在懷裡，操起刮臉刀片。

何偉雄睖著，不動聲色地歎氣：「自留地自留地，我的自留地在死囚牢！」忍著搔癢和疼痛。

4

孫韶華挎何偉雄從地鐵站鑽出來，穿過東西長安街自行車的洪流，上了人行道，沿歷史博物館西側來到天安門廣場的小松林，找個靠椅，撣去塵土相依而坐。天空白雲如絮，哨鴿折返，小松林針葉稀疏，光影斑駁；除了「要準備打仗」「打倒新沙皇」「一不怕苦二不怕死」「深挖洞廣積糧」「人民戰爭勝利萬歲」「毛主席萬壽無疆」一類口號寫滿廣場和建築物，在博物館前的一輛卡車上正批鬥「劉少奇的孝子賢孫」掏糞工人時傳祥，簡直是鬧中取靜。天安門城樓的毛澤東依舊目視高遠，油彩鮮亮。

何偉雄終於打破沉寂：「我在軍管會的馬路牙子上等你，這個急呀，想不到這麼快就出來了。」

孫韶華說：「我也急，怕你等得不耐煩。剛見面馬處長又是端茶又是送水，客套了半天，還一個勁兒作檢討，說若不是非常情況怎麼也不讓我來來回回跑腿。客氣過後變得一臉嚴肅，講了當前的國際國內形勢。他說：蘇聯修正主義對中國的文化大革命恨之入骨，要對中國進行外科手術式的核打擊。你想呀，美國轟炸廣島、長崎的原子彈才兩萬、兩萬五千噸梯恩梯當量，炸死了幾十萬人，現在蘇修的原子彈威力更大，更多，一旦扔下來結果該是什麼樣子！他念了毛主席的指示：『全世界二十七億人，死一半還剩一半，中國六億人，死一半還剩三億，我怕誰去。』『要準備打仗』，『早打，大打，打核戰爭』。『要用打仗的觀點觀察一切，檢查一切，落實一切』。要堅決乾淨徹底全部消滅來犯之敵。他還說：現在箭已在弦，正進行大備戰大疏散，首先疏散北京的機關、學校、工廠、科研單位和領導人。上級要求特事特辦，快事快辦。」

「怨不得媽火急火燎催你回去！媽可能從爸那聽到點滲漏，可我還這麼遲鈍。那封信交給馬處長了？」

「聽了馬處長的話我的心直突突，一直想，真地要打核戰爭，打死一半人，說不定把我也炸進蘑菇雲呢！」

「打仗的可能性極大。蘇中這老哥倆流著一個爸爸的血，這個爸爸就是馬列主義，都是靠戰爭解決問題的信仰者。現在為了爭奪社會主義陣營的領導權，馬列主義教義的解釋權，打一場宗教核戰爭不是不可能。類似的情況在世界歷史上早就有過。」

「就不怕打死一半人？」

「他們不是不知道核戰爭意味著什麼。可以肯定，克里姆林宮的勃列日涅夫和中南海的毛澤東正被內部矛盾尖銳化、經濟衰敗、民怨沸騰搞得焦頭爛額，就求救於民族沙文主義，這樣既可以打壓內部政治對手，又可以轉移民眾視線，鞏固既得利益。所謂『戰爭是政治的繼續』，現在從一個側面看得再清楚不過了。用屍骨堆砌殿堂根本不在乎死多少人，在他們看來人就是螻蟻！這樣性質的戰爭與愛國主義毫不沾邊。」

「說得我心冷。別把毛主席和勃列日涅夫等同起來！我可不想聽你的反動宣傳！」

「反動反動，你盡可出賣，我正活得沒勁呢！」

「別冤枉人。告訴你，給我好好活著。」

「那封信到底交給馬處長了沒有？」

「交了！臨走的時候交的，還作了說明。」

「太好了，你真偉大！」

「馬處長向我講戰爭形勢是為了讓我馬上在醫療鑒定書上簽字。他把醫療鑒定書推到我的眼前，嚴肅地盯著我。我看著那個鑒定書忽然想起了你，你也在盯著我。我知道你的脾氣，惹不起。」

「為了我？我那麼重要？」

「你說呢？自從百里偷渡不成入獄，你跟我耍蠻使性，就有個扣解不開，說不清道不明，上暗火。啊，我問你，你和百里玉妝有什麼區別？」

「我是男的，她是女的。我在牢外，她在牢內。」

「沒有了？相同的呢？」

「從一個學校畢業，都進過幹校勞動。」

「還有呢？她吹捧孔孟，反對毛澤東思想，你跟她一樣？」

「依你的看法我也應當抓起來槍斃！」

「我可沒這麼說，你我誰也別挨槍斃，誰也別鐕蘑姑雲。我不是研究哲學的，沒看過那麼多書，可是，再糊塗也明白你是個好人，對，好人，反革命和你沾不上邊。我不承認摟反革命分子睡一個被窩。」

「好人好人，百里更是好人，更和反革命沾不上邊。」

「唉！」她歎氣，尋思一陣，看天空：「啊啊，鴿子又折回來了，鴿哨多好聽！走吧。」挽何偉雄穿過廣場的標語口號，自行車的洪流，來到金水橋上。

她扶著漢白玉欄杆看毛澤東畫像，淚眼婆娑。淚水泡著的毛澤東白亮一片，漸漸膀了，扭了，虛了。末了她說：「正想去百貨大樓買雙皮鞋，也給你買一雙，又黑又亮的，不要翻毛的了。明天回縣城，動員我爸提審百里玉妝，我帶領婦產科全體大夫乘機給她做次詳細體檢，辦妥後報告給北京專案組。」

「哇，我的鴿子！」何偉雄捧她的臉高叫，似驚喜似愧疚，恨不得長翅膀即刻飛回監獄。

「天哪，總算拽到你的衣裳襟了！我這個傻麅子！」她哭道，抓何偉雄的手和袖口用力搖。

兩人走下金水橋。

第五十二章 一片苦葉千滴乳 一炷青魂四野香

你喝第一口雪水，
披第一道晨光，
頂著冰凌，
悄悄地長，
你說春來了，
大地卻一片枯黃。
你走進茅屋，
用綠色的筋骨，
白色的乳漿，
餵養轆轆饑腸，
搭起青黃兩岸生命的橋樑……

1

開門風颳個不停。百里玉妝一直盯著前排牢房屋脊的枯草，憂心風向。「唉，偉雄正頂東南風，該多遭罪呀！這可惡的天氣，除非萬不得已有誰出遠門呀！就算能見到韶華姐，把信遞給她，她肯於為一個『反革命』冒政治風險？專案組的大員正想用別人的性命邀功請賞，肯於丟掉絞盡腦汁策劃的陰謀，就此罷手？」

感到自己是一片秋後的玉米葉在大風中逃躥，忽而升空忽而墜落，不見了蹤影又不知從哪個地方踅起。

李所長來監室發現她皺眉頭，兩眼紅腫，呆呆望著窗外，桌子上的涼玉米粥沒剜一筷頭，勸了幾句，歎口氣離去。不久，抱著棉大衣鼓囊囊的前懷跛進，端出毛巾包裹的繳獲日本兵的豬腰子飯盒，揭開蓋。竟是熱騰騰的煮雜麵湯，雜麵頂著兩個臥雞蛋，汪著油花，香菜末綻綠。

「吃吧姑娘，」李所長現出不容置疑的神態，眼角卻堆著笑，「你嬸做的，她惦念你，唉，吃吧，雜麵是自家用石磨磨的，有爬豆麵、黃豆麵、小麥麵、玉米麵，雞蛋是自家雞下的，香菜是你嬸陰乾的。」

百里玉妝眼裡噙滿熱淚，哆嗦著嘴唇，不肯操筷。

「吃吧姑娘，換換胃口，天天吃玉米粥和窩頭擱誰誰犯怵。」

「謝謝大叔大嬸，我真地沒胃口。」

「別總皺眉頭，我不喜歡好發愁的孩子。」李所長把目光停留在她的肚子上；懷好幾個月身孕卻看不出變化，可能與楊柳細腰有關，主要還是缺營養，換了莊稼媳婦早就野出懷了。不由得一陣酸楚。

「吃吧姑娘，補補身子。你大嬸問湯鹹淡，好吃明天再做。」李所長說著把筷子塞到她手中，用目光逼著。

「別一條一條挑，大口地吃，聽我講講莊稼人的事。」李所長看她動筷自是高興。

「莊稼人也常發愁。青黃不接生產隊分的糧食斷頓了，孩子餓得像瘟小雞子打蔫當爹當媽的哪能不發愁。就上山剜野菜，擼樹葉，靠瓜菜代度命。奇怪吧，過幾天孩子又歡蹦亂跳了。沒有成天愁眉苦臉的，閒來沒事唱平劇呀，哼小調呀，逗悶子呀，糟踐誰誰的缺欠呀，又是禿子又是瘸子的，鬥急了就罵祖宗，過後誰也不記恨誰，窮歡樂，一來二去就把愁悶拋到腦後。愁能愁來糧食誰都愁了，好哇，專門召開大會全村全鄉全國一塊愁！糧食是什麼，是命，不是愁出來的。莊稼人照樣想媳婦，生孩子，過苦日子。我東院有個老哥上山打柴賣，偷留點錢買白薯拐了酒，味苦纏頭的那種，最賤，八角四一斤，平時來人客去才買。俗話說酒壯英雄膽，這位老哥一碗酒下肚敢當老婆子面摔碗蹾瓢了，走道栽栽歪歪說話比比劃劃了，你說，這還知道愁嗎？其實進他屋只見四個黑旮旯，兒子三十多了還在打光棍。是個挺帥氣挺仁義的小夥。這世上，愁，不愁，愁，不愁，真折騰人，莊稼人的法子是用找樂把愁悶從腦袋裡擠出去。」

她聽得仔細，琢磨著，臉上露出笑模樣。

「窮人找樂什麼么蛾子都想得出來。我碰到過的，在我們村。大夥覺著實在無聊了，就抓『麻大郎』批鬥。麻大郎大名麻喜瑞，是麻家本姓的長輩，乾巴老頭，也巧臉上長幾顆淺白麻子。純牌的泄溜屁，看誰的眼神都像逗著玩，不逗兩句心裡就癢癢，哪怕對孫子媳婦；所以別人拿他尋開心也是家常便飯。地頭歇息，人群一聲喊，把麻大郎給我揪出來，他就乖乖站起。人群喊貓腰，他就貓腰，人群喊燕飛，他就把胳膊向後背。背不高，有人就上前踹一腳，當然不會使勁了；踹得他暗笑，好像挺得意。要他交代地富反壞右的罪行，他就嘟嘟囔囔，說自己男盜女娼了，半夜雞叫了，占奸取巧了，壞事做絕了，拿屎盔子向自己腦袋上扣。只要是壞事問什麼都承認。其實他是個再窮不過的窮農，扛一輩子活。人也精明，沒當過頑偽軍，沒入過反動會道門。當有人喊：『老實交代，你半夜爬牆是怎麼睡小寡婦的！』他這回急眼了，回身找喊話的人，罵：『養漢老婆養的，你爹才爬牆睡小寡婦呢！才缺大德踢寡婦門呢！就欠挨批鬥！』哈哈，批鬥會這才盡興收場。地頭的男男女女樂癱了，比唱大戲還過癮。」

百里玉妝也樂。抿著嘴。

李所長說：「莊稼人在愁苦中找樂，再一個就是瞎忙活，像蜜蜂，哪有蜜蜂嗡嗡喊愁的，喊愁還能採蜜？人說有地獄，其實地獄是自己在心裡用發愁的石頭壘起來的。心路寬綽的人也愁，可只愁一陣子，沒有成年到輩子愁的，總愁總愁真得愁死。希望，希望生愁，希望解愁，就看是什麼希望了。」

在不知不覺間百里玉妝把雜麵連同湯水都吃個響淨。李所長看看飯盒底，誇兩句，拍拍她的頭。

2

李所長走後百里玉妝心情好轉，可是，沒多久又犯了思慮過重的老毛病。「韶華姐懷疑偉雄的心在我這邊造成夫妻不和，我卻要通過偉雄求她，求她的事又非同小可；依她的脾氣首先要把矛頭指向偉雄，這樣，非旦辦不成事反而使夫妻關係更加岌岌可危。都因為我，我幹了什麼呀！」同時想起李所長苦口婆心的開導，可是，說起來容易做起來難，感到自己該多麼孤單。「時間！時間！」她突然心裡起急，急得圍爐子來來回回走，依習慣，走走變了成田徑運動員的小步跑，前腳掌向後搓地，不斷加快頻率。直到跑出細汗，眼前出現大學的操場、圖書館，便坐在椅子上，竭力像蜜蜂那樣繼續思考昨晚與何偉雄爭論的哲學和道德的課題，設置逆向思維的自我與之交鋒。儘量喚醒對已讀書籍的記憶，溯本求源，舉一反三，扣擊知識大門。有時回到學生宿舍，在那裡，作為自命不凡的學子引經據典，言之鑿鑿，以至強詞奪理，吵得面紅耳赤。

這當兒，妮妮正枕著「自由花環」偎在她的腳背上取暖，腳稍一挪動就慵懶地嬌憨地叫兩聲。

夜深了，她伸個懶腰，端起苦菜花用鼻子撥弄，聞也聞不夠清苦的異香。揪片葉子放在嘴裡嚼，細細品嚐，嚼出白色的黏稠的汁液，由此引起不可扼止的衝動，慢慢謅形成一首小詩，取名《苦菜吟》：

你喝第一口雪水，
披第一道晨光，
頂著冰凌，
悄悄地長，
你說春來了，
大地卻一片枯黃。
你走進茅屋，
用綠色的筋骨，
白色的乳漿，
餵養轆轆饑腸，
搭起青黃兩岸生命的橋樑。
你走進鐵窗，
為我做伴，

為我療傷，
攜我拜師杏壇，
造訪古羅馬城邦，
開啟心智，
負陰而抱陽。
你說別寂寞，
快聞聞我的芬芳，
你說別懦弱，
快摸摸我帶刺的臂膀，
你說別放棄希望，
快看看我的家族滿山岡。
你要帶我到媽媽身旁，
和媽媽一道，
在風中舞蹈，
在雨中歌唱，
在雷中大笑，
在火中升騰，
一片苦葉千滴乳，
一炷青魂四野香。

謅完了，可不太滿意，再仔細斟酌已覺困倦，便在妮妮的洞口擺放了吃物，敲了爐筒子，封了爐子，清了爐灰，檢查了新安裝的風斗，刷了牙，洗了臉，然後拉被子臥在床上，伸胳膊推擺一下細線繩吊在床頭的泥雞，向蕩蕩悠悠的泥雞逗逗趣，哼唱兩句客家兒歌，彎起了「月牙湖」——一切做得緊湊，嫻熟，顯然正體味生命的賜予。此外，每晚臨睡前還要給自己規定一個思考題，以便在淺睡眠狀態捕捉靈感。她想：仁善和道德觀必須找到哲學通路，這個通路就是——矛盾鬥爭性與矛盾同一性同樣是有條件的因而是相對的。無休止的鬥爭根本沒有仁善和可言。不過，想了一會兒，頭腦卻難以抗拒地混沌了，沉重了，於是拉滅電燈，翻身向左，捂著提前進入夢鄉的嬰兒，打個哈欠，咂咂嘴，漾開笑意，睡去。

3

睡得正沉，突然感到牢房的電燈亮了！顯然有人拉了屋外門框上的開關。

「咚咚！」聽出李所長在敲門，「百里玉妝，醒醒！穿好衣裳，北京專案組的同志還有王參謀找你……外邊風大，冷……」

接著傳來雜遝的腳步聲，說話聲。

她坐起，急忙穿衣穿鞋，抻斷細線繩把泥雞裝進口袋。竭力叮囑自己「別怕別怕！」可還是嗑嗒牙，內褲一片濕熱。

「起來了？穿好了？」李所長問，故意把口氣放平和，得到肯定回應才嘩啦嘩啦找鑰匙，磨蹭著開鎖，拉鐵栓。

王參謀帶著夜風闖入！緊接著是兩個全副武裝戰士，一個跨向北牆根站立，一個把住門口，最後進來兩個穿便衣的。

王參謀嘴巴子駿青，上下左右打量，並回頭瞪了李所長一眼。在王參謀看來這裡簡直不是監牢，倒像個「閨房」！整間牢房充溢了女人的溫馨……褥單、枕巾整潔，桌上物品擺放規矩，窗臺上還有一隻破棉鞋栽著的野花……屋地掃得溜光，煤斗的黑煤上堆了一堆分揀的煤渣……

王參謀翕動鼻子暗罵，「養尊處優來了！」再看抱著雙肩的百里玉妝，光梳頭淨洗臉，捂白了，「這個婊子，一副美人胎子！到了什麼地步還臭擺搭，哼！」命百里玉妝靠粗木桌站立。

穿便衣的一個年輕，一個稍長，稍長的指揮年輕的搜查，並不時掃百里玉妝一眼偵察心理。搜查得很細緻很專業。看被褥的針腳有無異常，捏揉棉絮；提枕頭分別使一頭下沉，拍打；掀草墊子，扒縫；爬到床下旮旮旯旯照，掘浮土，敲牆，聽聲。見北床頭靠房箔的地方釘個木橛，立刻登床拔下，呼地灌進一股冷風；摸了摸牆窟窿，又塞上。從抽屜裡翻出《毛主席語錄》，幾張白紙，就看桌面大大小小的「冤」字，看燙黑「人」字向外的擴展，看牆壁亂刻亂畫的圖形和文字：一律照了相。

搜查一無所獲，便衣有些洩氣，注意到窗臺栽野花的破舊棉鞋。這隻棉鞋黑條絨面，踢張了嘴，塑膠鞋底已經斷裂，裡邊灌了泥土，栽一撮野花，就扣在桌子上，用碗邊的筷子扒拉。

百里玉妝一動不動站在桌旁，緊咬著嘴唇。已經不再害怕，倒覺得這夥人如臨大敵的架勢好笑，心想，「翻吧翻吧，最好掘地三尺！」但見苦菜花的葉子折斷淌出白色汁液，就叉開五指探到花下，小心兜住，沙去泥土，護在胸前。

便衣收拾相機，示意搜查結束。王參謀冷冷地向百里玉妝命令：「解開衣裳扣子！」

百里玉妝很不情願，遲疑一會兒，解開棉襖。年輕便衣上前掀了掀棉襖大襟，紅襯衣裹著的鼓梆梆的乳房和撲面而來的溫馨的氣息頓時使他犯暈，就胡亂捏了捏，竟捏到個硬東西，吃吃地問：「這……是什麼？」

百里玉妝從口袋掏出泥雞遞給他，他交給了稍長者；稍長者看了看，摳了摳，沒有發現疑點，放在桌子上。

「把你的東西歸弄歸弄，走！」王參謀這才威嚴地宣佈北京專案組的指令。

「走？上哪兒……」百里玉妝問。悲傷地想：「這一天真地來了！」

「少哆嗦！該上哪上哪！快歸弄！」王參謀吼叫，臉色鐵青。

百里玉妝看王參謀的氣勢，挎彩色繩索趟自由花環把小圓鏡、洗漱用具、幾件衣裳放在臉盆裡，最後把苦菜花和泥雞壓在衣裳底下。正端臉盆起身，王參謀奪過臉盆拋在地上，踢苦菜花，轉動腳掌狠狠碾一腳，罵：「臭擺搭，你以為上八抬大轎呀，不忘帶梯己呀，我問你，還要不要帶陪送?!」隨後翻出泥雞要摔，剛揚胳膊就被百里玉妝奪下；動作之突然之迅猛令王參謀和其他人大出意料，都愣住了。屋外狂風怒號，王參謀連連吼叫，「死到臨頭了還敢囂張，哼，不知死的姑姑丟！」罵過，一巴掌把百里玉妝推搡在牆，撕擄，可是無論怎樣搶怎樣奪百里玉妝就是不撒手。王參謀怒罵不止，百里玉妝不求饒不叫喊，左搪右擋，自由花環急促作響。

4

這時李所長分開兩人，向王參謀：「息怒息怒，讓她帶著吧……是小孩的玩物，我親眼看著做的，裡邊沒藏什麼……別看我瘸拉拉的，可幹了大半輩子公安，知道監規的深淺……別跟她滯氣！」

王參謀仍不依不饒。百里玉妝抱緊泥雞，轉過身。

「讓她帶著吧……這東西還能吹響呢！不信？」李所長見雙方還在僵持，突然向百里玉妝伸出手，「給我，讓王參謀和同志們再仔細瞧瞧……聽話，啊？啊?! 拿來！拿來！」一聲比一聲高，一聲比一聲嚴厲，非常嚇人，竟揚起瘸腿踹了她一腳。

百里玉妝看李所長真地動怒了，根本沒有轉圜餘地，才很不情願交出。

李所長接過泥雞，沁起頭，捧著吹響：「嗚嗚——」聲音低沉，顫抖，不成聲調。

吹過，李所長摩挲摩挲泥雞，遞向王參謀：「吹吹，你光腚的時候興許吹過……」

王參謀受到奚落很不高興，斜膀子躲閃：「我嫌喪氣！可我就不信那個邪，敢跟我較勁，瞎了眼！」

李所長向百里玉妝使眼色：「拿著吧，王參謀和同志們答應了……揣好！別太死心眼兒……」這一剎那，百里玉妝看到了鼓勵，看到了愛憐，看到了依戀，直想大哭，把泥雞揣進貼身的上衣口袋，接著拾起殘碎的苦菜花掖進臉盆，蓋住。

李所長猛地轉過身，也不向王參謀等人道別，梗起脖子，栽栽楞楞跨出屋。

王參謀見狀整張臉墜下來，悻悻地聳動鼻翼，恨恨地向便衣說：「哼！這個李瘸子，掉魂了，花心色鬼……」

不料李所長突然返回，指王參謀的鼻子罵：「好個王八犢子，你罵誰?!我的任務是看犯人……泥雞怎麼著，女人的物件我也管?!放風的時候從屋角摳棵野菜裝在破鞋窠啷也管?!我太沒事幹了吧！你們才花心色鬼呢，以為別人也這樣？別的能耐沒長學會污蔑人了？我瘸，不假，倒比心讓狗掏了強啊！別他媽披一身綠皮就找不著北了，我當兵的時候你還在腿肚子轉筋呢！你們那茬兵還是我負責政審的呢！有膽量用王八盒子斃了我，不是挎著麼！向這打，打這條好腿，還有胸口，腦袋，往死打，瞄準了……反正小日本沒把我打死這回輪到你王八犢子了……我看你色配，䆗口剝舌的東西！鬼迷心竅的雜種！政審的時候不如一筆把你勾掉，省得今天在這唬洋氣！可惜你老實八交的爹了，你爹見了我還表叔長表叔短地叫呢，哼，生了你這麼個不知尊卑長上的東西！我問你，我是應該你罵的嗎?!」一口痰唾去，「記住了，是你先罵的我，我這叫自衛反擊……就欠割了舌頭餵狗！這個不恥於人類的狗屎堆……」

王參謀被狗狗地罵，直嘎巴嘴。他知道眼前這個瘸子資格老，落套在小小的看守所一向出氣不勻溜，歷屆當官的都不惹他。但堂堂的武裝部參謀被罵得狗血淋頭實在窩火，也起了高弦兒：「罵你怎麼著？老牙狗老瘋狗老瘸狗老花狗，狗仗仗！就欠砸爛你的狗頭！」

「給你砸給你砸！我瘸，瘸你媽拉個屄窟窿！」李所長罵著向前闖。便衣連忙拉架。武裝戰士偷著樂。

第五十三章 饑狼餓虎修扣禪 惡生女囚烏托邦

每個行李捲前都坐個女人，如同千年洞窟修禪的石菩薩，涅槃在癱瘓的時間裡。

「盲從的邪惡！盲從的仇恨！盲從的智慧！」

高牆夾縫竟冒出一個烏托邦，女囚烏托邦，好似地溝污泥濁水裡一群氣泡，卻也折射出微弱的光彩……

1

伸手就能摸到這三間一明屋子的兩架木杴，木杴佝僂著腰，酥酥掉著蟲屎和木屑的黃粉，正在耗損筋骨。貼北牆通長的炕腳擠擠擦擦順著一溜雜色行李捲，每個行李捲前都坐個女人，盤腿含胸，面對坑坑窪窪的泥牆，手擎《毛主席語錄》，如同千年洞窟修禪的石菩薩，涅槃在癱瘓的時間裡。

早晨喝碗玉米稀粥腸胃很快就一串串鳴叫了，眼睛發花發藍，最盼太陽偏西。在眾多渴求裡唯有對食物的渴求最持久，最強烈。肌肉、脂肪、臟器、骨髓、皮膚儲備不多的能量無時無刻不在丟失，入不敷出，彷彿潛伏體內有著四通八達通道的白蟻一齊啃噬，頻頻偷竊。

她們的生命在很低的水準上運轉著，一切為了那碗玉米稀粥，粥上擺著的幾根鹹芥菜條！

她們經常把神思的指標指向虛幻的去處。但奢望不高，最想在家從灶膛扒盆冒煙咕咚的柴炭放在炕當央，抓把玉米粒、數幾顆花生米埋住，用筷子扒拉，寧可兩眼嗆得疼嗆得流淚。等到變色了，出香了，就迫不急待撥到火盆邊，扔進嘴，用門牙叼，吸溜氣，快速從門牙舔到大牙，從大牙舔到門牙，來回倒騰，草草嚼嚼，生破囫爛吞下……別提多美了，逗得饞蟲早已在口水裡亂躥亂舞……自然忘不了餵孩子，花生米是留給孩子的。這時孩子穿著狗皮襪頭、手背凍得像紅高粱麵發糕，把小手探進火盆，燙了就嗷嗷叫，摳媽媽的嘴。

她們發現，吞咽積攢的口水竟能壓住肚裡的串響，但氣體並不逸出，差不多失去了這個造物主賦予的功能。

曾經寬大厚實的大腚片已很瘦削，腚尖被一層皮虛兜著，扣在硬炕席上只消一小會兒就硌疼硌麻了。向毛主席求救麼，毛主席只專注前方。牆上牆下都在想心事。

她們儘量向上拔身子，希圖變成神仙騰雲駕霧。可誰也不是神仙，就讓踝子骨多分擔一點重量。自然，踝子骨磨出了厚趼，厚趼鋼銼般磨破了襪子。她們不約而同找出個好辦法：左右搖晃身子，不斷替換兩個腚尖的受力點，並夾住大腿分岔的結合部，兩廂擠壓，幻想與男人的美妙交流。

可是見不到男人的影子，聽不到男人的聲音。巴望提審，只有提審才有幸目睹伙房大師傅以外會出氣兒的男人，橫眉立眼的管教；盤算，即使涎著臉丟個眉眼，湊近了聞聞，哪怕挨頓喝斥以至臭揍亦然求之不得。男管教罵她們是「母狗」。「母狗就母狗，興許讓混帳牙狗相上！」暗暗叨咕，並不氣惱，倒因此想入非非。

每個人都處在如狼似虎的時期。有極大的壓抑和焦慮。

專案組心知肚明，特意把百里玉妝安排在人數最多的女牢，指示管教加緊組織活學活用毛澤東思想；內容非常具體：批鬥遠在天邊近在眼前的「現行反革命」。這不僅可以找到排解壓抑和焦慮的發洩口，還能以毒攻毒，轉換出極強的威懾力。經驗證明，這正是無產階級專政的有效手段「群眾專政」在大牆內創造性的延伸，百靈百驗，事半功倍。

百里玉妝面臨的陣式雖然比不過高牆以外，卻同樣火爆，且另具特色——呼地圍住，摑臉，摳肉，擰皮，掏襠，掐乳，薅頭髮，按腦袋向毛主席請罪，實為尿桶聞臊，打倒了再踏上三十六七碼的腳。女人們明白男管教正在屋外盯著一舉一動。

……顯而易見，表現最出彩的當數那位臉骨蓋有網狀血絲的女人。大家管她叫「絲姐」，絲姐的蠻力和尖牙利爪何等了得，能坐莊當上新霸主完全依靠這「小米加步槍」贏得的一場驚心動魄的女人戰爭，所以誰的粥都敢向自己碗裡倒，誰的被窩都敢鑽。她，綻開臉骨蓋的血絲，立在炕上，扳住漆黑的木柁，抹一把黃紛，故意把上半身裝進身後毛澤東畫像的木框，有模有樣地宣佈：「我現是革委會主任了！都得聽我的！不服氣麼，給我站出來霸力霸力！呦呦——色配！告訴你們，沒豹子膽就別吃肥豬肉！」

臉骨蓋光彩異常。紅彤彤。

「嘻嘻，不是肥……是母豬肉……」郝秀秀剛剛被她請下霸主的寶座卻不忘訕訕討好，靦著被撓得花瓜般的臉媚笑。她深諳「勝者王侯敗者賊」的祖傳規矩。笑罷偷看絲姐一眼，吐舌端肩，「她最忌諱提母豬了，這不捅了肺管子麼！」不由得後怕。同獄的人都知道，絲姐是偷生產隊懷孕的母豬殺了吃肉才進監獄的。

2

別人可以左右搖晃想入非非並漸入佳境，白里玉妝則須紋絲不動立在凍地上，直面泥牆的冰霜，冰霜簇擁的毛澤東畫像，做神聖的日常操課——洗滌靈魂。

她腳後跟和腳板外側紫裡透黑，流膿淌水，痛癢撓心，但必須強忍著，實在忍不住了才奓膽子在凍地上跺跺，在棉褲上蹭蹭；自由花環響響停停，似乎也通靈性，儘量壓抑著愛憐和憤懣。絲姐十分耳尖，聽見響動就嗷地一嗓子磨屁股出溜下炕，不容分說揪頭髮咚咚撞牆，這倒好，可以順勢貓腰偷偷捏揉一把凍腳了。

當然絲姐也有龍顏大開的時候，允許待一小會兒，這才艱難爬上炕，扶行李偏擰著，跪坐著。放風了，女人呼啦衝出牢門爭搶牆根不大的太陽窩，黑老鴰似地欺在一起。她懶怠動，渾身疼，索性捏揉雙腳，讓周身活動活動。棉襖被撕擄得扣不上扣子。女人知道女人的要害，偏要扒棉衣摳嫩肉，比男專政隊員更有獨特的選項。她記起了行李下掖著的針線，翻出，連綴對襟，在原來扣扣的地方比齊，密密實實地縫，縫好了用力拉扯，直到認為再也撕擄不開為止。但在胸部留了個小口子，勉強能伸進手，語錄本也窩著裝在小巧的泥雞外邊，從外捏只能捏到語錄本。一切停當了，由上到下摩挲摩挲，扽扽，搓去上面的泥巴，撣去上面的浮土和線頭，拍拍雙肩和後背，胡嚕胡嚕腰……長出口氣，淒婉地一笑：反正穿衣囫圇身子睡覺早已養成習慣！

她拿小圓鏡照，發現整張臉瘦了一套，沒了血色。頭髮仍然黑亮，但頭皮疼，薅掉頭發的地方結了三塊指甲蓋大小的血嘎嘎。於是小心攏攏梳梳，蓋嚴，用髮卡別住，蘸唾沫抿平。然後下地尋找帶血根的頭髮，一，二，三……大約七八根，捋成綹，糾結起來，裝進貼身口袋裡的泥雞肚子。

提審的時候她曾用「要文鬥，不要武鬥」這一最高指示作武器提出強烈抗議，要求從刑事犯牢房搬出。滿臉不耐煩的主審官眼睛突然亮了，圓了，故作驚訝地問：「噢？刑事犯？男的還是女的？女的，這就對了……女的，都是女的，屋裡人多暖和，多照顧你呀……還堅持換麼？換……如果實在要換，依我看可以答應你的要求，調個地方，不過……我建議，去男牢吧，可以接受更好的再教育，更觸及靈魂……不去？給你充分自由，男牢女牢由你挑。噢，真地不去，那就對不起了。你說一撮一撮薅頭髮，我、在坐的同志怎看不出來？頭髮挺好麼，展展刮刮，溜光昶亮。你說揪頭髮撞牆，也沒怎樣呀，其實你腦袋不怕撞，花崗岩的！倒能把棺材撞成大窟窿，鑽進去，帶上你的孔老二，讓他天天教你仁愛，仁義禮智信，那該多清靜，再不會有人打擾了。對對，還有，連破書、筆記本都裝進去，好好在那裡研究。我這裡就有你的研究成果，影印的……

「告訴你，我們正在進行無產階級文化大革命，革命不是……粳米乾飯泡肉湯！不是……山洞偷漢子！沒那麼香，沒那麼舒坦！有能耐就端正態度，向革命群眾……噢不，向無產階級低頭認罪，把所有反革命罪行和動機一股腦交代了！大家該省去多少麻煩呀！害得我們天天陪著！還有，你一再說懷孕了，至於懷不懷孕不能你說了算，得聽醫生的。我視力不差呀，怎麼看不出來！沒錯吧？別瞎乍唬了，歸根結底還得老實交代罪行！不見棺材不落淚的死硬派！花崗岩的腦袋！」

她被噎得搖頭，哀歎人性的扭曲，自己的孤立無援。

她憤激已極，心中不斷吼叫：「盲從的邪惡！盲從的仇恨！盲從的智慧！」周身疼痛已被耿耿的激情，激情的瞑想，瞑想的輕鬆取代。

3

放風結束，女人回屋「扣禪」。絲姐從馬管教辦公室出來，穿過獄區過道，擰到女牢前，「唉呀」一聲拱進門。女管教衝她的背影嫌惡地撇撇嘴，上了鐵鎖，離去。

向北面壁的女人回頭看，見絲姐抱一件破軍大衣兜著鼓鼓囊囊的東西立在地當央掃視大家，美氣，俏生，活像經過鏖戰凱旋而歸的繳獲了稀世珍寶的大將軍，卻頭髮散亂，臉骨蓋紅絲網擴到耳根，雙肩下蹋，似很疲憊。

絲姐把軍大衣拋在炕上，拎領子一抖，嘩啦傾出一堆吃物，花生、栗子、薯乾、乾巴了的油條和燒餅。「哇！」大家驚叫，開搶，也有的抱軍大衣蒙臉閫，大家被絲姐掄巴掌打回：「餓狗！來，你，」指郝秀秀，「給大夥分分，一人一份！」郝秀秀不敢上前：「要分你分，我怕落埋怨！」

絲姐立睖眼要罵，郝秀秀囁嚅著：「多少份？」

「還用問麼，十五人十五份！」

「十六個人呀……」

「那個現行反革命除外！」

「你呢？」

「也一份，今天實行……他媽的共產主義！」

沒等分完，大家呼啦上前找認為最多的那堆摟，散了一炕，亂趟亂踩。

「狗，餓狗！」絲姐怒罵，不容分說就打；有人抱頭，有人護胸，有人吐舌，紛紛後退。

「餓狗餓狗餓狗！個個是餓狗！知道這些東西是怎麼來的嗎？告訴你們——拿本奶奶換的！」

她摸摸地爐上的馬蹄壺，冰涼，端起就嘴對嘴灌，一臉美氣，現出回味、驕傲的神情，撇著嘴說：

「放風的時候，馬管教要我去彙報。到了辦公室的裡小屋，他紅著臉，不言一聲就扒褲子……使悶勁兒鼓搗！沒完事，孫管教來了，不知是不是串通的，不用問，接著鼓搗！孫管教剛下馬，做飯的大師傅緊趕慢趕也到了……馬管教嘿嘿說我不肉頭，我嗆他，『別揀便宜賣乖，都是你們這群狼心狗肺的給餓的，從前老娘可是十里八村一朵花，誰瞧得起你們這幾塊料，癩蛤蟆！癩蛤蟆想吃天鵝肉！』抻過毛巾擦巴擦巴甩在大師傅臉上。他呲牙咧嘴，噗噗直吐，我說，『該你嚐嚐山珍海味了，溜三樣！』看到炕上、桌上堆了不少吃物，就劃拉到一塊，拽馬管教的軍大衣兜著回來。東西都是犯人家屬送的，他們寧可餵豬餵狗，發黴生蛐，墊豬圈也不讓犯人搊著影兒，說上邊有指示……我，我知道你們背地罵我什麼，罵我千人抱萬人入呀，千刀萬刮呀，血絲臉血腸血脖呀，把我殺了才解恨……可，怎不拍胸口問問，除我還有誰疼你們？郝秀秀疼過嗎？是了是了，我熬瘋了，過癮了……不假，主要不是為的你們嗎？聽著，從今往後都得給我規規矩矩，順理調邊，別一摸一調屁股！別以為我喝了點酒說大話！」

郝秀秀搭配著分東西。

絲姐從軍大衣口袋翻出一個繡著荷花的煙荷包，聞聞說是好煙，「算馬管教孝敬本奶奶的！」從語錄本撕下一頁，一劈兩半，倒進煙末，熟練地捲了個錐子形煙捲，用唾沫洇濕粘牢。卻四處找不到火柴，犯了難；忽然張手比劃向白淑珍要，因白淑珍百般說沒有，就抱起白淑珍的頭翻，果然從髮卡下的頭髮裡翻出三根。又把語錄本的紅皮在棉褲上來回摩擦，等到發熱，竟哧啦劃著了。點燃連吸幾口，閉嘴瞇眼，仰脖晃頭，從鼻孔冒出兩縷青煙，張嘴去吞，沒吞住，飄散。而這兩縷青煙足以使滿屋飄香了。見旁邊有人咽唾沫，便把口水泡黃了的「錐子把」傳給等要的手，指令一人吸一口。

高牆內，冬日陽光輝煌地照耀。

「鼓搗！」絲姐看大家吃東西，想著那三道熱辣大餐的滋味，好像口留餘香，尚不盡興，勾起了更加按捺不住的浪癮，便把目光移向百里玉妝。

「好一個可憐兮兮的美人！」不由得喝采，發現今天的百里玉妝尤其美，那腰身，那跪姿，那臉蛋，「這麼挨收拾也不倒架，還那麼立立整整！活活是枝狗尿苔裡的細粉蓮，粉白粉白，鮮亮鮮亮，百裡挑一，千裡挑一……只是長著刺，該比男人更解饞……別假正經，早晚是我的小菜！」

憑聰明的頭腦絲姐清楚地意識到，只要捨得一身刮敢把皇帝拉下馬，「哼，掉進茅屎窖也能撈到狗頭金！狼行萬里吃肉，狗行千里吃屎！噢，饞死人的細粉蓮……」

她剎反潮了的炒花生慢慢嚼，突然立起，向炕梢走，擰過第一道木柁，擰過第二道木柁。女人怕找茬兒，低眉目送著八字腳板，前邊露「棗」後邊露「梨」的襪子。

她來到百里玉妝面前，單腿而跪，用舌頭攪和腮幫子和牙縫，收集殘留的花生糊亮在舌尖，噴著酒氣，俏生生地向百里玉妝嘴裡頂。百里玉妝只是不張嘴，她就在百里玉妝嘴唇上臉上舔，糊了一唇一臉，並邊舔邊咬耳朵：「跟姐吧，姐不壞，姐的那份歸你。這不，嚼了餵，細粉蓮讓我嘬一口……」

百里玉妝觸到一股熱烘烘臊烘烘臭烘烘辣烘烘的氣味，猶如一隻碩大無比的綠頭蒼蠅邊吃邊吐邊扒拉，又瘙癢又噁心又憤怒，卻強忍著，抹一把臉，壓低聲音堅決地說：「大姐，別這樣，都是同獄犯，求你放尊重點！」

絲姐抓心撓肝，用力糾纏。

百里玉妝猛然掙脫，站起身，怒目而視。絲姐正欲火中燒，重又舔唇舔臉舔脖子，同時叉開雙腿磳褲襠，亂哼哼。百里玉妝推開她，提自由花環的彩色繩索從木柁下躲到炕頭。

但絲姐不肯甘休。兩人廝打起來。

4

「有福不會享，給臉不要臉！」絲姐揚腳向百里玉妝腹部踹去，百里玉妝有自由花環羈絆躲閃不及被踹翻在炕，卻一骨碌爬起，抱住腹部。頓覺腹部一陣疼，一陣騷亂，血液上湧，呼地暈眩，便發瘋似地向絲姐的胸脯撞去。絲姐毫無防備，四腳拉岔向後仰倒，哧嚓，一屁股坐碎炕沿下的尿桶蓋。百里玉妝就勢蹦下炕，想還以顏色踹腹部，可是嘩啦嘩啦抬不起腳，就用拳頭砸，砸得絲姐倒憋氣，翻白眼，屁股連同大腿、上半截身子楦進尿桶；使勁挺挺不出來，只能舞胳膊，登小腿，破口大罵。

「還敢耍光棍麼?!」百里玉妝厲聲問。

「敢，敢敢敢！你這個反革命，反了！」

百里玉妝用彩色繩索勒她脖子，只顧發狠，直勒得臉色青紫，胳膊和小腿不再撲稜。

「出人命了！」有人喊，向牆角躲。

「就是要她命！沒你們事，一人做事一人當！」百里玉妝雙手發抖，再想用力卻鬆弛下來。

「你們怎麼看熱鬧，讓反革命行兇……」絲姐緩了緩氣向大家喊。但沒人回應，就大罵大家是「沒心肝的」。

「還敢耍光棍麼?!」百里玉妝勒一下問一句。

不吭聲。又緊了一扣。

她喘不上氣，這才明白碰上了更加不要命的主兒，翻白眼看掉黃粉的木枷：「算你狠……不了……」

「大家聽好，她說不了，以後不欺負你們了！」

郝秀秀搶前給她一個滿臉花：「還當這屋革委會主任麼?!」

「不了……」

「拉屎吞回去麼?!」

「不了！」

「吞回去怎麼辦？」

「坐尿桶……」

「今天的事向管教彙報麼?!」

「不了！」

「這屋的革委會主任該誰當？」

「不了……別打，還給郝姐！」

「不了不了，郝姐郝姐！我不稀罕！」郝秀秀揚手又要打，「倒底誰當？」

「百里大妹子，她狠……她當！」

大家都推舉百里玉妝。

百里玉妝說：「大家挨欺負是因為太軟弱，不抱團，今後遇到橫行霸道的該怎麼辦？」

「打！」女人起哄，你一拳我一腳，使勁向尿桶裡按。打得絲姐哭爹喊娘，幾乎整個人都楦進去。

大家打得興起。但被百里玉妝制止。

這時白淑珍說：「這個姓血的……姓秦的……秦香玉，在生產隊就是打人幹將，開批鬥會她打人最狠。還偷豬偷糧，跟哪個男人都睡，外號叫大夜壺，誰撒『尿』她都接，上饞下浪。夏天，我親眼見的……趁犯人支援生產隊割麥她偷偷捉隻青蛙帶回來，在這個屋子，脫褲子把青蛙塞進那個……現在我學說都嫌惡心……她讓青蛙在那個裡鬧騰，直到青蛙快憋死才掏出來，還讓別人塞……呸呸，多噁心，這個浪貨，天上難找地下難尋……好像誰都抱過她孩子下井，要她罵個遍，還大口白牙罵毛主席，可砢磣了，這屋誰沒聽到過！」

「是，聽到過！」由於積怨很深，今天有人給出氣，大家紛紛說，「上邊來人問也敢當面羅對面鼓！該動真格的就得下定決心，不怕犧牲……」

「對了，捲煙找不到紙她就撕毛主席語錄，最先撕了抽的是毛主席像。秦香玉，我問你，是實情嗎？」

秦香玉看頭頂懸著一圈大爪子，滿是黑垢的指甲，猶如一把把彎刀就要刨下：點頭稱是。

有人取來她的語錄本，翻開紅皮說：「大家看清了，撕到第三十二頁了！這裡邊可沒有毛主席像——捲煙抽了！」

「反革命！說人家反革命，哼，你才是！打倒反革命秦香玉——」郝秀秀帶頭喊口號。

大家抬尿桶到東牆下，在毛澤東畫像下供著，請罪，最後把她從尿桶裡薅出來揪頭髮撞霜花，認為這回可解恨了，反覆地折騰。

5

百里玉妝見事態嚴重，漸漸冷靜下來，要求大家上炕，沉吟半晌說：「大家能不能聽聽我的意見？聽，都聽，好！我這樣想，秦香玉撕毛主席語錄、罵毛主席的事大家只當沒看過沒聽過，不許向外透露半個字，先出獄的在外頭也不能說。把這件事和欺負大家的事分開，對，一定要分開。她有孩子，你們願意看到她被處死、孩子沒媽麼？大家都知道把牆上掉下的毛主席像塞灶坑燒了挨槍斃的事，這可人命關天呀！她表白不欺負大家了，一時糊塗改了就行，還是我們的姐妹，我們的鄉親。請允許我替她求個情：不記前仇，守口如瓶。這樣行嗎？能賞妹妹這個臉嗎？好好，謝謝各位好姐姐！」

秦香玉噗噔給百里玉妝跪下，做揖磕頭，哭成個淚人。百里玉妝扶起秦香玉，看到秦香玉脖子勒的紫痕，也湧出大顆淚珠，不由得把秦香玉抱住。

郝秀秀承認自己批鬥百里玉妝不對，「簡直中了邪，不知道邪勁兒是怎麼拱起來的」，抱百里玉妝的手哭起來。

屋內其他女人也哭，哭自己命苦，並從小哭到大哭，哭成一片。

這時百里玉妝才想起肚子裡的孩子，摸摸，沒動靜，非常害怕，「秦香玉那腳踹得太重了，老天爺呀，這麼不長眼……我的孩子！」

這以後，女人們採納了百里玉妝的意見，仍由秦香玉出頭露面，多與女管教接觸，學會在男管教中周旋，弄本新語錄，處理舊語錄，千方百計取得信任，主要是給大家劃拉吃的，彙報大家好的表現。讓大師傅把玉米粥熬糊點，做菜多放點油。從伙房向回背煤，每天加燒一遍炕。誰生病了及時向上彙報。此外，按多數姐妹的意願公推三個人專門主持公道，誰橫著走道就抱團對付。主持公道的三個人如果不能盡職盡責可以隨時調換，但必須多數人認可。讓認字多的白淑珍當老師，向管教索要紙和筆，用語錄當課本，開始認字寫字。認不得的字問百里玉妝。每日委派一個人盯著窗外，出現管教身影馬上搖茶缸裡的牙刷牙膏，聽到信號大家立刻向牆坐定。百里玉妝還掰開了揉碎了強調，在這間屋子要想像人一樣活下去絕對不要相互仇視，逞兇鬥狠，搞階級鬥爭。盡可能通俗地講解了道德模型的內容。說見管教到來可以伺機批鬥自己，越熱鬧越好，但不能打。

經過初步醞釀，百里玉妝提議公道人由郝秀秀、白淑珍和另外一個女人擔當，如果大家同意就讓這三個人背對大家坐著，擁護誰就在背後偷偷放上自己的語錄本，一個人一個人地進行，超過半數就算當選。

郝秀秀說：「這裡邊得有百里玉妝，她不幹我也不幹。」

大家表示同意。

「三個人裡得有個頭兒！」有人提議。

「百里妹子！」大家意見一致。

「頭兒還得有個名字。」又有人提議。

「革委會主任！百里主任！」大家心悅誠服，「她不用選了！」

百里玉妝說：「無論誰當選叫什麼名都不重要。重要的是像人一樣活著，實行少數服從多數。」

「主任是不是一把手？」白淑珍問。

「不是從各種服從爬升的最後集權一人的一把手，人大小小『皇帝』。老百姓的事不能實行領兵打仗的軍事制度。」百里玉妝憑自己的認識作了解釋。

於是，公道人順利產生。大家覺得新奇，樂不可支。

自此，女人整日陰沉的臉開始放晴，有了家長裡短的閒談，唱起了小調，還有人欻起了石子兒，跳起了房子……女人逐一認百里玉妝做乾妹子，為百里玉妝保住孩子慶幸。大家相約永結姐妹，有福同享，有難同當。百里玉妝覺得好笑，高牆夾縫竟冒出一個秘而不宣的烏托邦，女囚烏托邦，地溝污泥濁水裡一群氣泡，卻也折射出微弱的光彩……

第五十四章　樂生安死死不安　世界定將仁善和

「我和懷揣的孩子選擇了自由，帶鐐銬的自由！我已經一無所有，唯有自由的意志，做人的尊嚴！別了，這個世界！別了，媽媽！」

「我慶幸沒有親手結束我的生命，我哭著來到這個世界理應笑著告別這個世界，生於大江回歸大江，生於泥土回歸泥土。真理不死，人民不死，未來不死。」

「人類定將遠離爭鬥和殺戮，世界定將是個仁善和的世界！」

1

冬夜，從長城壓下尖利的狂風，高牆上的鐵絲網鬼哭狼嗥；牢房猶如破敗的小船，飄飄搖搖，隨時可能檣倒楫摧。

百里玉妝彷彿坐在這破敗的小船裡，心生恐怖，有一種說不清道不明的預感。

這時，秦香玉從伙房端回一隻鋁鍋，捅歡地爐子坐上。鍋裡盛著玉米粥，玉米粥裡混雜了燉肉、炒菜、白饅頭、大米飯。大家也不問緣由操筷子操碗，叮噹山響。這是入獄以來第一次「夜宵」。開吃後秦香玉挪到百里玉妝跟前，似乎有話要說，亂髮埋住了臉。百里玉妝連忙勸慰：「姐，又挨欺負了吧？」秦香玉搖頭，轉淚。百里玉妝拉過她的手，發現冰涼，更加不明就裡。「好姐，千萬別難過！」撫摩秦香玉瘦弱的肩膀。眾姐妹紛紛近前關切。

「不是，不是我……」秦香玉哽咽，尋思一會兒方才斷斷續續地說，「唉，百里妹子，我拿不大準……說出來讓大家分析分析……百里妹子可要扛得住……」卻不敢看百里玉妝，大家預感不祥也低下頭，秦香玉竭力鎮定自己，「正趕上馬管教執班，我向馬管教說，牢房里弄來個女反革命，我們把她當小蟊賊作踐了，你們也不給點獎賞，是狗還餵瓢刷鍋水呢，淨拿嘴皮子涮人，我可不願當冤大腦袋了。他噴著酒氣，舌頭大了，走道打晃，嘿嘿說馬上兌現馬上兌現，監獄今晚剛請的客，席間光顧打酒官司了，飯菜剩一大桌子，我領你去伙房來個原窩端……從伙房出來，我說，你們吃犯人肉喝犯人血，個個像肥豬滾瓜溜圓，早該殺了。問他，今晚請哪個當官的呀，他說是看守所長請武裝中隊長中隊副……我聽好像有事藏著掖著，就追問，他吱吱唔唔，摟我向辦公室推。他說這事可得保密，別回去跟別人叨咕，就怕你嘴不嚴。我鐵楔子似地作了保證……他這才告訴我，說你們就要完成任務了，明天軍管會宣佈判決結果，告示都印好了，然後由武裝中隊執行……我說可別嚇唬我，興許你沒聽清呢。他說這事不敢瞎說，上級公法軍管會的已經到縣裡了，向武裝中隊下達了命令……我思忖再三，還是說了好，明天就晚了！」

百里玉妝怔怔看秦香玉，腦袋呼地脹大，耳朵嗡地鳴叫，眼前一黑一紅，心蹦兩下停兩下，什麼也看不清聽不見了。秦香玉趕緊把她攬在懷裡。大家也驚呆了，幫助抻胳膊搖腿，呼叫。

稍傾，百里玉妝張淚眼看頭上的面孔，笑笑，慢慢說：「秦姐，白姐，郝姐，劉姐……這一天真地來了……謝謝各位姐姐……希望你們早日出去……好歹姐妹一場……我真捨不得離開你們……」摸摸秦香玉臉骨蓋暗淡的血絲，「秦姐，真得謝謝你，過去的事是妹妹不對，千萬別記恨妹妹……」

女囚們哭作一團。

2

說話說到後半夜，室內乾巴冷，說話噴白氣，有人披上被子。白淑珍催促大家回鋪。

百里玉妝抻被蒙頭，渾身顫抖，屏不住心跳。「死亡，死亡真地來了！」她想，「得知縣專案組上報死刑卷宗以後，就作了懷孕的口頭和書面申明，總抱一線生的希望！我該多麼不想死呀！」

實在躺不住便坐起。坐起，又躺下。渾身越發地顫抖，心跳得越發地厲害。「貓捉住老鼠先要捉弄一番，捉弄夠了終於下口了！就在明天！殺就殺吧，死就死吧，為什麼死前這樣折磨人，真不如快點了結……啊，真也是，死亡前的恐懼比死亡本身更可怕！我已經失去了等待死亡的意志，膽量，耐心！」她再次抻被蒙頭，摸肚子，「啊，孩子正踢腿呢……他們連沒出生的胎兒也要扼殺，這正是我最害怕的原因！」

她的神經被一雙罪惡的大手撥弄著，使有意識的思考變得肢離破碎，抓不住要領。突生破壞衝動，登掉被子騰地立起，像一頭被捕獲的野獸拼了性命也要衝破牢籠……最後靠北牆一動不動呆坐。

狂風在嚎叫，牢房在飄搖。

不知坐了多久，眼前浮現出虛幻迷離、顛三倒四的情景：

腳步聲由遠而近，打開鐵鎖，武裝戰士從炕上拽起她，架上汽車，拉到長城荒野，一個黢青胡茬子男人舉槍射擊，她僕倒在地，婆婆伏屍慟哭，李夢生和何偉雄抱起她，她活了，升騰了……到了梅江，梅江的老屋，兒時的學校，到了泰國灣，拜見媽媽，拜見爸爸，爸爸媽媽牽她的孩子拾貝殼、看海鷗……李嘉向她招手，劉少奇接連歎息……洞窟裡有很多很多書籍，很多很多學者……孔子在杏壇授課，子路，顏回，師娘，臘肉，煎餅捲大蔥……古羅馬的教堂和鐘樓……亞里斯多德的大鬍子……

她摸腦門，摸下一把冷汗，淒苦地笑笑。

她盡力使自己清醒，想到了和韶華姐的情意，希望韶華姐天亮前出現在牢房。「可是，韶華姐真地會來嗎？」她問自己，「啊，不會不會，若來早來了。我總在希望與失望間起起落落，可是總也沒放棄希望。」現在已經徹底絕望，「是呀，明天就要上刑場了，我非常怕，一直在怕。我將倒下去，野狼啃嚼內臟，啊，還啃嚼我的孩子！」

她想鑽進何偉雄和李夢生的懷裡得到保護，哭訴。「夢生原本過著平靜的生活，是我攪擾了他，一下子失去兩個親人，該是多大打擊！夢生血氣方剛，必然面臨極大危險。偉雄與韶華姐的婚姻因我作仇，受了很多傷害，我完全能體會得到。韶華姐不會記恨我，她知道我的為人。韶華姐快來！妹妹最需要你！」

她想到煤氣中毒的那次死亡。「那時為什麼沒死成呀，一覺睡過去多好，沒了現在的折磨。而我最不願看到邪惡者嗜血的獰笑！最不能接受死在邪惡者的槍下！照理說，我不能選擇生選擇自由卻可以選擇死亡方式！」

她從懷裡掏出泥雞捧在掌心，呆呆地看，發現雞翎的紅色磨掉許多，裡邊糾結的頭髮還在，貼臉親，似乎感受到了泥雞的稚趣，啞然笑笑，輕輕地吹，「喔——喔——」聲音依然好聽。吹過，把手伸進棉襖摸摸腹部，暗自發問：「小郎，聽到了嗎？啊，聽到了，動了！乖孩子！」心中湧起一股欣喜之情，再吹，「喔——喔——」等了許久，沒了動靜，「這孩子，這麼貪睡，哪裡知道泥雞不會再叫了！」

她裝回泥雞，從行李底下抻出一套疊得平平整整的藍色中山服，抖開套在棉襖外邊；這中山服剛下過一次水，是專為出獄穿的。找出小鏡子在昏暗燈光下端詳，想笑卻做個鬼臉。就著額頭的汗水把扎煞的頭髮撫平，抻一綹貼在腮邊。自覺滿意了，緩緩提自由花環的彩色繩索繞過獄友，立在木柁下，炕沿邊。解下彩色繩索，掛在木柁彎脊上，繫個死扣。用手扽，蟲屎和木屑酥酥下落。抓住繩套，伸進下頦。「就這樣死了麼……」她想，「多想看一眼偉雄、夢生、婆婆、李大叔、馬潔……而明天的刑場正是機會！」她從繩套褪出下頦，蹲在炕沿邊，想著刑場的相見，不由得一陣興奮，「假如在刑場看到他們，他們也看到了我……我活生生倒下去，那情形……不是要了他們命麼！而我自願走上刑場不為別的，只為看他們最後一眼！」她雙手捂肚子，「現在我要親手殺了他，活生生地，怎能下得去手！世上的母親哪有殺害親骨肉的！」便站起來，打算回鋪位。由於自由花環失去彩色繩索牽引發出嘩啦嘩啦悶響，磳炕沿，又停住；一年來的種種遭遇和屈辱一股腦冒了出來，再次壓倒她，又慢慢站起把下頦伸進繩套。「啊，我最不願看見劊子手的獰笑，不願死在劊子手的槍下……這樣的選擇是對是錯沒人能告訴我，沒人能幫我，我要獨自做出決斷，在這一刻……」

她側身看冰霜裡的毛澤東畫像，畫像透出逼人的陰冷……不久畫像被一條江覆蓋，她非常驚訝，「啊，那是梅江，竹林！」

……梅江靜靜流淌，白天，波光粼粼，水鳥翔集；入夜，半明半暗，如同並列的兩條江，映出月亮的光輝，竹林的靜影。她和何偉雄在水中夜遊，小魚故意擦身逗趣，腳底柔軟光滑……「這才是我的去處！」她意欲朦朧，臉上帶著一絲笑意。忽覺自由花環作響，「是呀，我帶著它，它是我從這個世上不得不帶走的東西：屈辱！可是，我將與魚蝦為伍，鋪碧玉長眠……啊，我和懷揣的孩子最終選擇了自由，帶鐐銬的自由！我已經一無所有，唯有自由的意志，做人的尊嚴！別了，這個世界！別了，媽媽！」

於是，義無反顧地向「梅江」跳去，很快沉入水底……

3

然而水底卻是金星崩濺的黑暗，壓榨的寒冷，礫石的撞擊，水草的纏繞。心臟猶如發動機猛烈吼叫一兩聲抖動一兩下就失去了生龍活虎的氣概，只剩下主動輪有氣無力的半程折返，再也難以啟動。頭腦徑直而快速地凝聚了不曾體驗的恐懼，剎那間油錘灌頂般擊碎了慷慨赴死的全部意志。事實上，陰陽兩界只隔一道偽裝而靈活的翻板，一旦踩翻頃刻便呈自由落體墜向萬劫不復的深淵；其間，人無一例外地要回歸於動物，自我毀滅的決心和行為非常脆弱，跟屠刀下的牛羊毫無二致，求生的欲望變成徒勞的掙扎。

她感到窒息，拼力鼓蕩肺部，伸舌作呼吸狀，緊綳頸部肌肉，舞臂登腿。這時，頭腦反而出現一個短促的清醒間隙，大約三五秒鐘；這樣的清醒空前地終極地透徹，最有決定意義的生與死的頓悟閃爍其間，猶如一束極強的弧光把一切照亮。這時她傾盡全力摟住腹中的孩子，孩子正拳打腳踢，似要破腹而出。「啊，孩子！我的孩子！」於是抬手抓住繩套，用力提拉，仰頰大口吸氣。張眼看，看到彎曲的木柁，蟲屎和木屑的黃粉，昏暗冰冷的電燈，黑燈影裡的霜花；霜花星星點點，慘白慘白，簇擁著毛澤東畫像。「啊，牢房！哪裡是梅江！」僅有的意識告訴她兩腿正緊貼炕沿，只要向後一登就可能站起來。可是，霜花立刻疊印出嗜血者的捉弄……噬血者的嘴臉……恐懼、屈辱和厭惡……重又撒手，金星崩濺，黑暗無邊……腹中孩子的抵抗越發猛烈，她似乎聽到了撕心裂肺的絕命的哀號；「孩子無罪！」想大聲呼喊，但脖頸緊鎖，就彎腿胡亂夠炕沿，恰巧勾到了郝秀秀的鼻子，郝秀秀驚醒，彈起，驚恐大叫……牢房女人也跟著大叫……

大家慌忙從繩套裡扳出她的頭，托下她，平放在炕上。發現她的臉烏紫，嘴角釀白沫，雙眼微閉，秦香玉用手背貼她的鼻孔和嘴，好像沒了氣息，脈搏似有似無。「醒醒呀……我幹了什麼呀！」秦香玉六神無主，突然狠煽自己嘴巴，「我叫你嘴欠！我叫你嘴欠！」拍大腿，「我幹了什麼呀，老天爺作孽呀！」大家一齊叫喊：「醒醒醒醒！」有人端來水，秦香玉接過來餵，撒了她一脖子一枕；便摩挲臉和頭髮，像兒時媽媽那樣叫魂：「摩挲摩挲嘴，快喝水，摩挲摩挲臉，快睜眼，摩挲摩挲毛，嚇不著……」其餘的女人有的抻有的拽。

「醒醒，好妹子，你不能死呀……千刀萬剮的老天爺呀，這麼不長眼呀……」秦香玉邊摩挲邊叫，見還不醒來，竟掄巴掌抽她烏紫的臉，「沒出息的！」抽一巴掌罵一句，左右開弓，「沒出息的！沒出息的！」

正抽著，她忽然從胸中憋出一口氣，睜開眼，迷迷瞪瞪環視大家，幽幽地問：「我在哪……」

「醒了醒了！老天有眼！」大家驚叫，「嚇死人了！」

秦香玉摟她號啕大哭：「我的媽呀，你可醒了！你死了我也不想活呀！我多嘴多舌，對不起你呀……好妹子，打疼了麼……」

她淺淺地笑笑。

大家都笑，終於舒了口氣。有人捅地爐子為她熱不曾吃完的飯菜，有人忙著倒水，有人忙著解彩色繩索，彷彿自己也剛活過來。

她坐起，提胸吸氣，像做錯事的孩子說：「遠遠地，聽媽罵我沒出息，就回來了……啊，不是媽，是秦姐……」委委曲曲撇撇嘴，抽抽嗒嗒地哭。哭聲很細。

「還哭什麼，這不回來了麼，我看……該打！」秦香玉故意嗔怪，摸她的臉，摸她的腹部眯眼聽，過一會兒，長出口氣，笑道：「我的媽呀，阿彌陀佛，娘倆都回來了！」

狂風一陣緊似一陣。門窗劇烈鼓蕩。

白淑珍催促大家快快睡覺，可沒人想睡，紛紛你一言我一語搶話。

「我呀，寧可挨槍子兒也不抹脖子上吊！」

「你是她說不定死多少回了！」

「我看殺人殺紅了眼，多好的閨女呀，到底怎麼惹著他們了！」

「這年頭，沒好人走的道！」

「笆籬子沒白蹲，認個幹妹妹！百里妹子知書達理，多仁義呀，長得像畫上的仙女！」

「我琢磨這些日子了，百里妹子有一像。善善道道，長長的眼睛，周正的臉蛋兒，直直的鼻子，麵條般的身段，只是耳朵沒那麼大，臉沒那麼圓，可更好看，你們猜像誰？猜不到吧——菩薩！」

「那是裝成美女的蛇……哈哈！」

「凍僵的蛇……哈哈！」

「哈哈……」

「既是仙女哪有穿大藍褂子的，我要家捎來件壓箱底的裝新夾襖，你來試試。」郝秀秀突發奇想，說著找出，硬把百里玉妝的藍中山服扒下，套上夾襖。大家見正合身，夾襖紅地黃花，煞是俏麗，遠瞅近看，拍掌讚歎：「這才像仙女！」

「倒像剛過門的小媳婦！」

「你看人家，揣了孩子不顯肚，大半細高挑的漂亮人都這樣，換了我早大肚羅鍋了！」一個女友拍她的肚子，向大家，「肚子還這麼扁扁實實！」

說得百里玉妝很是淒涼。

秦香玉坐不住，心裡起急：「還有心搭腸耍貧嘴呢，讓她好好待著唄……他們明天……不能等死呀……趁今天馬管教執班，我這就去下跪做揖，他要什麼條件都答應，逼他偷偷開門放了百里，我也跟著走，把百里藏起來……大夥願意走的也走……馬管教放了百里我這輩子就給他當小，伺候得眼珠不動！」

白淑珍犯了難：「不行不行！聽大門嚮崗樓的哨兵用探照燈一照準用槍打，跑得再快也跑不過槍子兒！再說了，馬管教賊鬼溜滑，占女人便宜可以，冒死救人絕不幹，怎能聽秦香玉的！眼看天亮了，掫腳印好歹像抓小雞抓回來！這可不是心血來潮的事！」大家七言八語卻找不出好辦法。

秦香玉非要去找馬管教，下地咕咚咕咚端木門門軸。端不動。大家好說歹說才勸回炕。

「說說話吧，我有這麼多好姐姐，沒枉活一世。」百里玉妝竭力穩住秦香玉。

秦香玉下地跳高高衝門外罵，踢盆、踢壺、踢尿桶、架笤帚「掃射」：「養漢老婆下的，都突突了他們！」

4

「真知道餓了！」百里玉妝接過飯菜，說香，大口吃起來。一個梳纂兒的女人摳摳索索從棉襖裡掏出幾個乾巴栗子拍在百里玉妝盤著的腿上，滿臉堆著真誠的愛憐：「使勁吃，不當餓死鬼！」秦香玉立睖她，揚手要打，笑罵：「胡唚八道，老鴰嘴長豬牙！」

「是麼，差一點當了餓死鬼！」百里玉妝也笑，「我淨遇著好人了……幹校屋冷炕涼，下半夜我的凍腳還緩暖不過來，李阿姨硬是抱在懷裡。我逃跑從長城外折回，幹校下坎的李大叔把我藏進地窖，隨時準備和前來抓捕的人拼命。在戰備洞被日夜『熬鷹』，工人師傅讓我睡行軍床，還防備專案組突審。我遇到的好人可多了，到這又遇到了各位好姐姐！」

百里玉妝已是熱淚長流。

秦香玉給她擦淚，說：「我是個破落貨……沒少下狠收拾你，提起這事有地縫立馬鑽進去！」

郝秀秀也說：「我鬼迷心竅，當時滿肚子恨，恨這恨那……純牌拿你煞氣！監獄是個大狗窩，老實八交的都學會掐架了，你不掐有人拿棍子捅……」

「不賴姐姐們，現在不挺好麼，各位姐姐救我一命，天上掉下來的緣分，感激還感激不過來呢！」

「要說感激得感激這個……」郝秀秀笑道，指自己的鼻子。

大家轟地笑了，「讓我也感激感激！」有人要刮郝秀秀鼻子，攆得滿炕跑。

百里玉妝看大家追鬧，說：「我想起了最好的朋友，馬潔。她呀，沒一刻安分，做夢唱驢皮影，有韻有味。大眼珠，薄嘴唇，運動乍起自封當個紅衛兵司令，說話出馬一條槍，小嘴叭叭地不讓人，可是心腸熱，好打抱不平。她想盡一切辦法救我，聽說能救我的唯有縣革委會主任巴宗，就去找。巴宗有權有勢，整天盯著標緻女人，這，馬潔心裡明鏡似的……巴宗連連答應條件。結果？巴宗才不使真勁呢！假如我上吊死了馬潔就敢搬石頭把屍首砸扁！唉，死沒死出個人樣等於活沒活出個人樣！」

郝秀秀故意拉下刀條臉說：「五八年吃共產主義大鍋飯，吃到後來哪有幾粒糧食呀，就吃野菜，吃樹葉，吃玉米骨頭麵，結果野菜挖淨了，樹葉擼光了，吃玉米骨頭麵拉不下屎，人人浮腫，活著的人轉眼就倒下！我老爺臨死想碗粳米米湯喝，大夥明明知道一碗粳米米湯能救人一命，那年月上哪淘換去呀，我老爺眼睜睜餓死了……餓死那麼多人，可是，你聽說誰自殺來著?!沒有，反正我沒聽說過！為什麼？盼著一碗粳米米湯，有朝一日能楦飽肚子！老輩子人都明白好死不如賴活著，自殺？我才不呢！」

白淑珍說：「中國人都自殺起來還不得斷種呀……中國人就是有股子皮拉勁兒！拿我來說，若不盼著出獄回那個窮窩說不定也上吊了。莊稼人認定的理不錯。不是我小瞧你們知識分子，你們可沒那股子皮拉勁兒，動不動就悲觀失望呀，受不了了呀，痛苦得要死呀……別賴我口冷，百里妹子別往心裡去。」

「姐是對的。我也尋思過白姐剛才說的話，知道中國人有股子皮拉勁兒，還作了理論提煉。我當時只想個人的自由呀，尊嚴呀，離開好心人怎樣孤獨呀，痛苦呀，實際上是給好心人丟人現眼！給兒孫留下惡劣影響！我真傻，嚇傻了……難道，自殺了就能得到自由和尊嚴?!中國人需要自殺的自由和尊嚴?!是了中了，我要盼著那碗粳米米湯！盼到最後！」

5

「百里妹子從蔥（聰）地走過來了，凡事一點就透，還能說出個理兒。把你從樑上卸下來一直喊不醒，我又急又恨，不然怎會抽你嘴巴呀！」秦香玉扳過百里玉妝的臉看，揉揉，輕聲說，「還有點紫，唉，下手太狠了！」

「我真地該打。」百里玉妝笑笑，「幾巴掌打活了，也打醒了，謝謝秦姐！」拉過秦香玉的手看，「這手救了我一命，」抓在臉上親，「姐姐們是我的一本書，沒讀過的書，一向沒讀懂的書。姐姐們讀的是祖祖輩輩傳留下來的大書；儘管識字不多，可是真正讀懂了。我也讀書，似懂非懂，其實不懂，犯了老毛病：明白道理遇事糊塗。真地死了也是個糊塗鬼！」

秦香玉說：「莊稼人也有尋短見的。可大家都說『好死不如賴活著』，必定有道理……」

百里玉妝說：「啊，是了，一本書上寫，中國人的生死觀是樂生安死，與老百姓的說法多麼一致。好死不如賴活著，所謂賴活著包含了追求好活著的、起碼活著的決心和韌性，這是我最缺乏的。」

秦香玉說：「對對，樂生安死。我們都說好死不如賴活著。好死好死，自殺是好死？光榮？不對，自殺死得最不值，是一塊臭肉，狗都不吃！爹娘生你一回不是要你自殺的，反正我不自殺，凡有血性的永遠不自殺！我最討厭窩囊肺，當窩囊肺還不如一生下來就拎著腿大頭沖下浸泔水缸呢！又沒這樣狠心的爹娘……自殺，好呀好呀，上陣了，嚇尿褲了先舉槍把自己崩了，這能打敗日本鬼子嗎……」

白淑珍插言：「樂生安死，我小時候聽老師說過，人呀，最好樂生，給自己找樂。最好安死，不安死也千萬別自殺。」

百里玉妝握秦香玉的手說：「我曾想，寧可讓他們殺死也不讓他們嚇死，可，到頭來真地嚇死了！哪裡還有資格談論自由和尊嚴，死了也遭人唾棄！可是，這個扣我一直解不開，唉，我這塊臭肉！孔子說『殺身以成仁』，我首先想到的是殺身，像我們縣的李縣長那樣有骨氣。其實殺身以成仁的本意是為『愛人』去抗爭，抗爭到底，死了也在所不惜。成仁不等於輕視生命。孟子主張『捨生取義』，為了義要捨去生，就像為了得到熊掌必然要捨去魚。仁和義是一個意思，義是仁的實施。許多道理明白得太晚了，好像死過一回才明白，我呢，死，有了第一回還要第二回，第二回還多虧遇到姐姐們！為了親人和朋友，我沒有權力選擇自殺，沒有權力給他們留下恥辱。」

見百里玉妝又要落淚，大家趕緊安慰：「說不定你命大呢，菩薩駕雲彩來救你……看著吧，菩薩準來，菩薩救菩薩！」

郝秀秀說：「我不信。反正人死如燈滅，怕不怕也是個滅！」說罷向白淑珍後脖頸哈白霧，白淑珍回頭笑著嗔怪：「我說脖頸冷颼颼呢，原來鬼吹風，這個長臉鬼！」掐郝秀秀刀條臉，引發一陣笑聲。

笑過，百里玉妝說：「都說人死了升天成仙，入地為鬼，現在想，其實人死了是把大自然給予的東西還給大自然，參加大自然的新循環。但是希望我們的孩子不再被剝奪生的權利，老人不再為一碗粳米米湯餓死！每個人生的權力都不被剝奪！我得到了刻骨銘心的人生體驗，愛、恨、痛苦、快樂，現在應該特別珍視這一切，我想好了，去體驗真正的死亡！去體驗完全的人生！直面愛我的人！直面劊子手！就在明天，不管多麼短暫！

「現在心裡打開扇窗戶，豁亮多了。我慶幸沒有親手結束我的生命，我哭著來到這個世界理應笑著告別這個世界，生於大江回歸大江，生於泥土回歸泥土。明天，我就像一棵酸棗樹被砍倒，帶著柔嫩的枝條，柔嫩的尖刺，不成熟的果實。可是，毫不起眼的酸棗樹滿山遍野，能砍盡燒絕嗎？誰擁有真理才真正擁有生命，因為真理不死，人民不死，未來不死。各位姐姐知道，我已經說過多次，我在獄中曾經研究過道德模型——以人為中心，仁善和環繞，派生美德拱衛，古今中外連結。這並不抽象，想想獄中姐妹的情況，一比較，就不難理解了。當然我的研究僅僅開始，很初步，可是不能再研究了，非常心疼，相信人們會通過曲折的實踐研究下去，人類定將遠離爭鬥和殺戮，世界定將是個仁善和的世界！」

有人扒窗看：下雪了！

牢內頓時一片肅靜。

興奮、期待、不安、哀傷。

這是晝夜最寒冷的時辰，大家披被蓋腿而坐，把百里玉妝圍在中間。有人小小聲抽泣。百里玉妝想還有哪些話要說。在她的提議下，共同推舉白淑珍當公道人的「主任」，增補一個公道人，對秦香玉要好好保護，認字不能間斷。翻口袋取出僅有的七十五元錢和十斤全國通用糧票、二斤北京糧票交給白淑珍作為認字好的獎勵。更有人提議：出獄後，每年清明節在大路口給百里玉妝捎「錢」，越多越好。「捎錢？好好，來者不拒。」百里玉妝見大家還要哭，彎起「月牙湖」，笑著說：「天快亮了，我給姐姐們吹泥雞、唱客家山歌吧……讓我的小郎也聽聽！」

「妹子，山歌的客家味兒總也拿不準，我先唱，唱完了你矯正。」郝秀秀抽泣著，「唱什麼呢？」

白淑珍說：「唱小郎讀書吧。會唱的唱，不會唱的跟著哼哼。」

於是泥雞響起，齊唱跟隨：

白飯子，
白珍珠，
打扮小郎去讀書。
正月去，
二月歸，
招來夥伴滿堂圍……

6

昨晚何偉雄攜李夢生、花大娘從北京趕回縣城，把李夢生、花大娘安頓在縣招待所住下，自己在辦公室排椅上躺了一宿。一宿沒闔眼。到同事上班仍懶怠動，同事看他塌陷的腮宣紅的眼，並不打攪，明瞭他的處境：又白跑一趟北京！

忽聽門外有人嚷嚷，去看槍斃人遊街，他胃䒩起來向外跑。見兩輛軍用卡車已經向北開遠，看不清車上的人，便木木立在雪地裡。發現大牆前很快聚攏一群人圍觀告示，走過去，抬眼看，一矇，靠在電線杆上。

告示印著：

最高指示

堅決地把一切反革命分子鎮壓下去，而使我們的革命專政大大地鞏固起來，以便將革命進行到底，達到建成社會主義國家的目的。

中國人民解放軍××市公法軍管會

現行反革命犯百里玉妝死刑判決書

（××）軍刑字第××號

現行反革命犯百里玉妝，女，二十五歲，廣東省××人，反動資本家出身，學生成分，大學文化，捕前任××縣五虎嶺公社中學小學部代課教員；該犯頑固堅持反動立場，竭力鼓吹封資修的「仁善和」，否定矛盾鬥爭的絕對性，攻擊階級鬥爭和無產階級專政下繼續革命理論，攻擊無產階級文化大革命，喪心病狂地反對戰無不勝的毛澤東思想，證據確鑿，經報上級核准，依據中央懲治反革命有關規定判決現行反革命犯百里玉妝死刑，驗明正身，立即執行。此布。

中國人民解放軍××市公檢法軍管會主任

×××（簽字）

××××年××月××日

……何偉雄掃一眼大概意思，趟雪拼力向招待所跑。

……借用招待所一三〇運貨車帶著李夢生、花大娘和陪花大娘的李瑞珍趕赴刑場。

……傍到長城腳下，行刑的軍用卡車剛剛返回。

第五十五章　她去了！他來了！

她仰枕在長城大青石上，身穿紅地黃花罩衣，像趕路的新媳婦走累了，睡著了。野雉翹起色彩斑斕的尾巴左右徘徊。野兔採落的果實嵌入髮際，宛如裝飾的瑪瑙……

握男嬰的雙腿提舉著，臍帶牵拉在男嬰的臉上……手握那把長城抗戰軍刀，刀尖殷紅！

「哇，哇——」棉褲襠裡的男嬰好像聽到召喚，真地哭了！還有股子蠻力！

「在復興中華民族的大接力中你拼力跑了，跑得太快摔倒了，可是你仍然是大接力的一員和大家一齊向前跑……」

軒轅先祖驚醒，拉開幽冥的厚幕，為眼前的景象動容：軒轅台下，兒孫們用粗壯的臂膀高擎著她，犁著雪，每個人的心都被撞擊了，響起急促的鼓聲……

1

一三〇汽車開到燕山腳下給軍車讓路滑進很深的雪窩，熄火了。恰巧碰上一夥栗樹溝的鄉親幫助鏟雪；他們說，清早公社傳話要李夢生去馬蹄峪刑場收屍，可是李夢生和花大娘還沒從北京回來，一核計才抄小路向這趕。

何偉雄四人急得嗓子冒煙，蹦下汽車就向山上撲。

花大娘手提軍號，腰挎軍刀，軍刀在雪地上扭擺。李夢生嫌走得太慢，就像挎軍刀那樣拖著她。軍刀刀鞘懸起，刀把上的紅綢在風中抗拒著，抽動著。

大雪掩蓋了山川、河流、溝壑、灌木叢。長城殘破的骨架、山崖猙獰的斷面若隱若現。冷風湧起一波波雪霰，和著松林深沉的濤聲。尚能辨認沙河河床走向，楊柳枝頭的鳥窩飄飄搖搖，仍有鳥雀吵吵嚷嚷，進進出出，不時拍落棉絮般的雪團，雪團在樹半腰就加入了雪霰的肆虐。分不出天地間的界線，滿眼鉛白而慘澹。

何偉雄也挎著李瑞珍趟雪前行，頭冒熱氣，棉帽裡全是汗水。這時發現了軍車調頭的車輒。由於擔心百里玉妝被雪掩埋，都拼盡全力，恨不得立刻找到她。繞過灌木叢，發現雜遝的腳窩，腳窩也已模糊，七扭八歪向燕山和長城延伸，就取直了向前趟。趟著趟著看到遠處地勢凹風勢緩的地方有個紅點，好像半躺的身影；何偉雄立刻拋下李瑞珍飛奔，李夢生緊緊跟隨。花大娘和李瑞珍在雪中爬行，哭喊。

……正是百里玉妝！

在燕山和長城的大幕下，百里玉妝倚在從長城撬落的大青石上，仰枕著，張嘴作呼喊狀。穿件緊身罩衣，紅地黃花，像趕路的新媳婦走累了，睡著了。一簇酸棗樹立在大青石後面，顫枝傾在頭頂，搖落的細雪落在臉上，好似薄薄的柔紗。一綹黑髮在臉上舞動，輕拂。雙腿弓著，似乎準備隨時挺起。野雉翹起色彩斑斕的尾巴左右徘徊，爪印密密麻麻。兩隻灰白的野兔登在大青石上夠酸棗，採落的果實嵌入髮際，宛如裝飾的瑪瑙……

一瞬間，兩人驚呆了！疾跑上前，抱起她。何偉雄摘下棉帽給她戴上，很快，一絲雪水流向額頭，好似盡興奔跑冒出的熱汗。李夢生坐下讓她的頭倚著肩膀，何偉雄架起了腿。

不遠處，雪地一朵紅……「現行壓革命」的牌子躺在雜遝的腳窩上……

一直在後邊哭喊的李瑞珍和花大娘爬到跟前，伏在她身上慟哭。

「她一定在喊！」李瑞珍哭著端她的下頦使嘴閉攏，發現口腔裡的血，「我明白了，宣判的時候她爭辯來著，大喊來著，有人強行向嘴裡塞進了刺棒……說來也奇，臉倒挺乾淨……」回頭見一隻綠色軍用手套，揀起，「是了，取出刺棒以後有人用這隻手套給她擦了嘴角的血……還抬她靠著大青石……」

卻聽不見花大娘的哭聲，人也不動了。花大娘一隻手伸進百里玉妝的棉襖。李瑞珍也把手伸進去，竟然摸到了餘溫。摸著摸著，突然大叫：「活著活著！」

花大娘也緩醒過來，大叫：「活著活著！」叫罷仰天大哭。

「真的真的?!」何偉雄和李夢生忙問，頓時熱涕泗流。

「孩子動呢！」

李瑞珍站起身，四處看，悲苦地說：「大人沒救了，眼下救孩子要緊……」

何偉雄和李夢生仍不敢相信這是真的。

「是是！」李瑞珍非常肯定，「沒差！孩子命大，還登腿呢，你倆摸摸！」

李夢生猛地撲在雪地擂打，吼叫，「啊——啊——」吼聲和揚雪被冷風吞沒。

何偉雄拉李夢生：「冷靜點，趕快想法子！」

李瑞珍尖聲問：「有背風的地方嗎?!」

李夢生掙脫，還要吼，何偉雄抱住了衝耳根子發恨：「問你呢，附近有背風地方嗎?!」

李夢生掙扎。

「問你呢！有背風的地方嗎?!」花大娘擰兒子嘴巴。

「……有，有！」李夢生方才明白，「不遠，上邊有金洞！」

李瑞珍命兩人抬百里玉妝去找。花大娘雙手專注地捂著百里玉妝的肚子，見過來抬人不得不把手撤回；撤回了又張臂追趕，直到被搡倒。

原來金洞就在金礦毛石堆後邊。

李瑞珍貓腰看看，見裡邊挺寬綽，命兩人抬進，輕放，脫棉襖留在洞內，站洞外擋風。叮嚀不許回頭看。

兩人搭著肩，僅能擋住洞口半邊。毛石堆的積雪被亂風颳起，兩人就左右移動，儘量把住這生命交接之門，在風聲中辨別裡邊的動靜，心揪得疼，咒罵該死的風。

……不知過了多久，只聽驚叫：「有了！」何偉雄和李夢生急轉身，見李瑞珍出現在洞口，握一個男嬰的雙腿提舉著，臍帶耷拉在男嬰的臉上！花大娘好像剛從戰場下來，手握那把長城抗戰軍刀，哆嗦著，刀尖殷紅！花大娘渾身沒了一丁點氣力，隨著軍刀滑落一屁股蹾坐在雪地，但馬上轉過身，爬著夠孩子。

何偉雄和李夢生要進洞，被李瑞珍堅決推出。

兩人不知所措，怔怔釘在那裡。

……嬰兒不會哭。花大娘一手拎男嬰的小腿一手拍屁股，「啪啪──」拍幾下，仍不哭。想使勁，哆嗦嗦的手不肯下落，差了聲地喊，「哭，哭，哭呀！」自己撇撇嘴，卻也哭不出聲來。

白毛風趄進，雪霰打在精光肉蛋兒上。

「別拍了！裝褲襠！」李瑞珍心如刀鉸，慌忙綰臍帶，幫花大娘解棉褲。花大娘盤腿坐下，把男嬰放進褲襠，用乾癟的大腿裡子夾住男嬰的小腿，讓男嬰的小臉埋進肚皮，乾哭乾號：「姓李的，有種的就哭！是老爺們就哭！給我哭！哭！」腿顛得老高，手在褲襠外揉搓，拍打。「剛才還踹一下呢，怎麼不動了?!天啊，老李家可是祖輩修好積德的呀！」

許久，孩子仍沒動靜，花大娘也不再哭喊，向李夢生說：「該著我們娘仨有緣分！李夢生你聽著，我不出洞了，你把我們娘仨用石頭砌在洞裡！過『五七』來給燒點紙！」

李瑞珍聞聽雙手捧花大娘的臉用力搖，聳，拍：「我知道你的脾氣，你敢作敢當，可這也不是辦法呀！人走的就走了，沒走的還得活著！再胡說就該撕你嘴了！」

花大娘揚胳膊拍大腿乾嚎，一口氣沒上來翻白眼仰倒，李夢生趕緊攔腰架住。

李瑞珍跪下掐花大娘的仁中，連連哭叫：「人走的就走了，沒走的還得活著！快醒醒！這樣犯傻呀！」

何偉雄抱著百里玉妝看花大娘，幫不上忙。情急，操起扔在身旁的軍號衝著花大娘、花大娘的褲襠「嘟嘟」吹，軍號聲、哭喊聲、叫魂聲與洞外風雪的肆虐聲攪在一起。

可能生命對死亡的搏擊有著神奇的力量，「哇，哇──」棉褲襠裡的男嬰好像聽到召喚，真地哭了！還有股子蠻力！

「啊，他活了……」花大娘也醒來，哭出了聲；把褲腰掀開點縫偷看一眼，怕凍著，又用大腿裡子把男嬰登踹的小腿夾緊。「啊，你命不該絕呀……瘦成皮包骨了……沒娘的孩兒呀……老李家不該斷後呀……老天有眼呀……可憐我知書達理的媳婦呀……招誰惹誰了……挨千刀的呀……」

李瑞珍看天，看雪，勸慰花大娘，回身踢呆愣的李夢生，十分冷峻：「夢生！你和你媽抱孩子先走，到下坎那家貓熱炕頭暖和。再去供銷社賒紅布、白布各五尺，把紅布撕成褯子，焐熱了裹好孩子，千萬別讓風颼著。供銷社可能沒奶粉……最好淘換一把小米……玉米麵也行，熬成米湯，稠一點，等溫熱了用手指肚蘸著向孩了嘴裡抹……誰家媳婦有奶水就請餵口，求誰誰樂意。餵第一口奶的就認她當乾媽。記住，孩子什麼時候吃東西了什麼時候回家……明天？明天就明天，後天就後天。這地方我熟，抗日經常在這一帶活動……對了，向售貨員借件棉大衣，借床被子，說是我借的，以後還他新的……聽明白了？對，公社衛生院可能有臍風散、嬰兒安，買兩包，實在沒有我去找。快走！栗樹溝聚齊！誰先到家誰先燒炕，不，你先回家，把屋燒暖和了，就這麼辦！行動！這裡有我和偉雄！」

李瑞珍扯下花大娘套在棉褲外的大花裙子團在自已的懷裡，貼肉焐，估摸焐熱了命花大娘把男嬰從棉褲襠裡托出，用大花裙子快速裹嚴，說：「這孩子現在睡著了，不足月，太瘦，就是命大，長得像他媽，長眼睛，直鼻子，快看，還撒婆婆嬌呢！」然後命李夢生倒穿著棉襖，把孩子兜在衣襟裡，貼肚皮摟住。催促立刻下山。

目送花大娘和李夢生趟過灌木叢，正要轉身回洞，聽到了風雪中傳來花大娘顫巍巍的軍號聲：

「嘟——嘟——」

……給百里玉妝整理過後李瑞珍退到洞外，專等栗樹溝的鄉親。

2

何偉雄見百里玉妝的嘴依舊閉不嚴，就把她挪在腿上，輕輕揉臉，輕輕端下頦，輕輕叮囑：「聽話，別喊了，世上有人替你喊……閉上嘴，總張著多累呀，啊？告訴你，你的孩子活了，像他爸爸那樣吼了！放心，別總惦念他們，快點閉嘴……我會幫助李夢生把孩子撫養大的……對，先幫助李夢生翻蓋房子……」也許兩人靈犀相通，她慢慢把何偉雄手心捧著的嘴閉攏。「這就對了，真聽話……你問我冷嗎？不冷，一點不冷，真的……這棉襖你蓋著，別揭下來感冒了，回去給你做床新被新褥……」接著給她順頭髮，擦臉，掏出她衣兜裡的維爾膚在她臉上抹勻，「好香！好漂亮！」不由得親一口，但很快移開，以防淚水落在臉上。「可能專案組有所警覺，採取了緊急措施，我去北京的第二天趕回縣城，孫韶華正動員她爸爸批准給你做體檢，才知道你已經轉移監獄了，你我竟是這樣的訣別！」

看棉襖右胸有些異樣，便掏出語錄本掩蓋的那隻泥雞，「啊，還揣著！這可能是你所能帶走的唯一的東西，我明白你的意思……可是，你不能帶著它，我想，得把那顆最大的鑽石裝在裡邊送給你爸你媽……是呀，帶到泰國……說『你們生了個好女兒，有顆鑽石般的心！還有個外孫子會叫了！』我一定去，今生今世，不，快去快去，走原來打算和你偷渡的地界……這樣安排能放心嗎？放心就樂樂……啊，樂了樂了！」

發現泥雞肚子裡有一綹糾結在一起的頭髮，髮根黑紅；頭髮捆紮一朵苦菜花，兩枚葉片，一個折疊的紙塊。把紙塊展開，竟寫著一首詩，《苦菜吟》。細細讀，淚水立刻湧落，連連想末了的兩句，「一片苦葉千滴乳，一炷青魂萬里香。」感歎：「啊，我最能讀懂你！」就從自己口袋取出她送給的一直帶在身上的手絹把幾樣東西包好，都塞進泥雞。「泥雞麼，我知道，它是黑牢牆角的泥土和著你的淚水捏成的，裡邊盛著你的親情，你的屈辱，你的嚮往……」

何偉雄擺脫不掉《苦菜吟》全新的印象，向她說：「這首詩博大歸博大，未免過於悲苦。你還是唱唱高興的吧，對，客家山歌，那段，『白飯子，白珍珠，打扮小郎去讀書……』啊，你唱了，真好聽……以後到了梅江準能順著歌聲找到你，然後和你下江游泳，在月白風清的夜晚……梅江是你我愛戀的永恆，那裡不再有塵世的戒律，無窮的恐懼。你我將回歸自我，得到真正的自由，真正的尊嚴。你我要盡情地暢游，還要效仿古人對月誦讀，像孩童那樣和魚蝦嬉戲。這，你是記得的。知道麼，我摟著你的腰浮出水面，啊，你的臉，你的肌膚，你的嗔笑，你的溫熱……我的浴美人，我要再向你求一次婚，你呢，爽快地答應了，是，答應了，是嗎？你說是了，是，這就對了，不再留下遺憾了。這樣，竹林成了婚房，草地成了婚床，藍天成了紗帳。要舉行一個熱熱鬧鬧的婚宴，邀請你的朋友參加，有小兔家族，採果的小猴，挑水的鵝，礱穀的公雞……然後舉行神仙音樂會，當然要請那個騎牛的牧童，我老家的……還記得你給牧童寫的那首小詩麼，刻在蛋雕上的……從前只在長城的垛樓上見你寫的一首七言絕句，寫老婦人的，想不到你的詩寫得這麼好，有寫詩的潛質；受到了客家山歌的影響，得天獨厚。你是我的詩人！」

何偉雄抓著她的手灑淚，不停地說話。「噢，在復興中華民族的大接力中你拼力跑了，跑得太快摔倒了，可是你仍然是大接力的一員和大家一齊向前跑……我會常來看你，跟你說話……你是我心中的一顆鑽石，丟不掉，化不了……對對，正想告訴你，我有個初步想法，有朝一日，社會清明了，發起組織個哲學與道德研究會，吸收你當第一個會員，第一次活動就是討論你的研究提綱，你的提綱由我來宣讀，還要講解提綱形成的背景。你留下一個思考題就是留下一筆財富。這事我和秦大可商量了，他代表北大我代表人大共同發起。忘了麼，秦大可是北大畢業的，軍人，審過你，也是個錚錚男兒。這樣做，你說好嗎？認為好就樂樂，啊，你樂了！」

3

百里玉妝下山的時候天晴了！

陽光下，在山坡和丘陵，栗樹每個主幹和枝椏相連的地方都閃爍著一團雪，一捧凝結的淚。這些向空的枝椏，無論腰粗的、胳膊粗的都被修剪過，訴說著砍不斷的恨。

松林嗚咽。雪下的百草壓抑著哀傷。沙河兩岸的楊柳默默肅立，拋撒著串串白色花瓣，花瓣和陽光鋪就了從燕山和長城延伸到遠方的闊大的挽帳。向南望去，挽帳跳躍著簇簇火焰，火焰裡金星點點。

喳喳的喜鵲，咕咕的野雉，呱呱的烏鴉，所有的朋友都來送行。山洞裡冬眠的蛇，大地蟄伏的蟲蛹、種子、草木根系也在奇異地萌動。

村村落落屋簷下的鴿子飛起一撥，又飛起一撥，一撥撥匯成了鴿子大軍。它們依本能的信號作整體折返，忽東忽西，忽南忽北，忽上忽下；那是無比巨大的音符，自由而狂放的旋律。

百靈鳥從長城頂端直上雲霄，在高音區翻飛，歌唱，貫通了這天地和鳴。

軒轅先祖驚醒，拉開幽冥的厚幕，為眼前的景象動容：軒轅台下，兒孫們用粗壯的臂膀高擎著她，犁著雪，每個人的心都被撞擊了，響起急促的鼓聲……

【跋】媽媽笑了

以前想寫媽媽卻無從下手。就像在月白風清的夜晚小猴子口渴了，爬樹骨碌下個大椰子，明知裡邊有甘洌的果汁和白嫩的果肉，可是怎麼也掰不開啃不動，於是抓耳撓腮，不得不悻悻放棄。白天，照常拿孟子，曬太陽，看風景，但還是惦記這勾當，時不時地騎椰子摸索。不知過了多久，靈感漸漸從螢幕後邊露出眉眼，飄飄忽忽，狡黠詭譎；撲上去捉，似有似無，若即若離，只胡嚕到一兩個火星。靈感嗤笑：簡直找罪受！正抓掉不少頭髮，氣急敗壞，要罵，眼前呼啦亮了。

「啊，穿透！」不由得驚呼，「中國先驅知識分子的思想穿透！而且是位美才女！」這種穿透於個體可能很零散，很朦朧，但就整體來說是有大模樣的，否則便無從解釋社會變革及其原動力。

由於主脈漸漸清晰，頭腦中的素材隨之串連起來，形成了小說框架，並蹦出一些靈感串，對人物性格有了進一步思考。

從而想，為什麼千呼萬喚始出來的具有統領意義的靈感偏偏出現在一個時代——或者由興轉衰，或者由衰轉興——之後，需要站遠了瞇眼看呢？

——社會自身作了橫豎對比。

——漂去了蕪雜。

——拂去了膝蓋跪拜的泥土。

——淡化了利益牽制。

——新思潮的出現。

長篇小說且遠且近、且舊且新的創作優於在漩渦中的即時炒作和超時杜撰，自然篩選的記憶和沉澱的思想更能由此及彼、由表及裡地認識一個事物，並且開掘切實而自由的想像空間。

小猴子似乎扒開了椰殼，僅嚐一口便自我膨脹，美滋滋地吧唧嘴，傻傻地開唱了。

小猴子對著月亮唱。

可是越唱越唱不下去，啞在那裡。

——那個時代先驅人物雖有非同一般以至振聾發聵的思想，誓死如歸的氣概，但仍被愚忠羈絆，如同璞玉蒙上灰塵；小說的精髓敢不敢強化他們的具有穿透意義的思想，又與人物性格協調起來？

——那個時代先驅人物遭受的迫害血腥而慘烈，能不能淡化描寫，既不破壞主要人物的理想形象，又使對立人物的人性醜作為人性美的適度陪襯？

——那個時代許許多多人的靈魂被浸染，有著極大的群體破壞力，怎樣表現他們的本質，這樣的本質對於社會的進步有著怎樣的意義？

——那個時代主張殘酷鬥爭無情打擊，而用什麼哲學的道德的理念從根本上作出批判？

——那個時代的主流語言為「大破大立」「鬥私批修」「打倒走資派」等等，《語錄》開頭，花哨詩詞裝潢門面；要不要剔除這些糟粕，在多大程度上剔除？

——怎樣在故人與今人與後人之間、於內於外架起一座橋，往來較為順腳？

——總之，搭載藝術理念最適合的車船是什麼？

月亮多美，那光輝，那倒影，那搖曳，那烘托……小猴子揉揉眼，眼前卻一片茫然。

某天夜晚，月亮周圍形成一個美麗的大圓圈。小猴子仰臉感歎：月亮在高空把自己放大了，有色彩了，這，在地球人看來一律歸結為月亮美。月亮美，因月暈更美。因此，寫月亮何不同時寫月暈，使之相得益彰？月暈同樣是月亮的真實呀！久久仰望夜空，流星劃過，那麼燦爛，而落在地球上的隕石幾乎記錄了天體的全部資訊！確信，萬事萬物，包括物質和精神，大到宇宙，小到一個物質顆粒、一個思想片段都有統一的規律，統一的模型。

——夯實小說背景。文革的要害大約是：階級鬥爭絕對化，扼殺傳統文化，荼毒優良道德，愚弄民眾，極端帝王情結，清君側，製造社會分裂和倒退。中華民族作出了巨大犧牲，不應放棄極其寶貴的有著久遠歷史意義的財富；而上層建築的問題主要應該在上層建築領域解決，文學藝術責無旁貸；經得起檢驗的背景恰恰與主要人物性格的形成和發展血脈相連，這個基礎必須夯實。

——景仰民族的精神力量。這個力量長期凝聚並哺育著全體中華民族，與世界主流思想相通。人性，尤以仁、善、和為最，是文學藝術永恆的母主題。

——人物思想和生活場景大體是當時的，同時注重人、自然、社會的連貫性，在一定程度上打破時空界線。對瞬間和局部的把握離不開對久遠和全域的關照。

——在藝術理念的引領下向頭腦深處的海馬較勁，調動感悟了的、重新感悟的素材，生發出未必有未必無的類夢故事。

——人固然有弱點，但均為多種矛盾的集合體，所以要表現人的多面性。

——在注重人物單一性格、主要性格強化的同時，特別注重主要人物性格的複雜變化和逐漸攀升。

——不跟從什麼主義什麼流派。咬定：不獨特不是藝術。堅守：我就是我。發生：一切皆自然。但要樹立中外經典名著標杆，力圖趕超，達到相應的藝術境界。

——借鑒和相容其它藝術樣式，經常把自己置於全方位藝術創作的意念中，完成向小說形象的轉換。小說固然要保持自己的特點和優勢，但不能自我封閉起來。

——敘事尤其對話均以當代口語為基礎，剔除終將被淘汰的語言糟粕；凡有生命力的如古漢語、書面語、流行語、西方句式都可採用，只要方便，興之所致。自覺運用地方語言。（與《紅樓夢》同處一個滿漢混居地區且有滿漢親緣）簡潔、個性化、形象生動、節奏感強、朗朗上口為追求目標。

——認識中國傳統長篇小說的優勢和缺憾，取長補短，東西方共融。

——不認同過於嫩稚且胎死腹中的「傷痕文學」。

——不認同「藝術源於生活」的藝術思想。因為它不具有各類社會文化形態例如法律、道德等概念的排它的特殊性，無視自然界對藝術存在的意義，是機械唯物主義和為某種政治服務路線的產物。確認：藝術源於對外部世界形象化的感悟和感情。外部世界之水只有流進特殊而具體的管道，這時管道裡的水才真正構成藝術源泉。人類社會和自然界僅僅是藝術素材，而不是源泉；真正的藝術源泉是介於外部世界與藝術之間的母體（第一個）環節。法律作為國家強制推行的社會行為規則總和，是由立法機關或國家制定的；這個源泉的概念雖然取之於社會生活，卻具有明顯排它的特殊性。假如同為社會文化形態的藝術以生活作源泉，必然過於寬泛，喪失實際操作意義，在藝術門外徘徊。社會生活中的人儘管生活很豐富，也並非人人都能創造藝術。藝術源泉是個自然和社會的專指動能庫。藝術風格多種多樣，卻拒絕人云亦云的跟風者，隔靴搔癢者。

——不認同「藝術高於生活」的藝術思想。大量藝術實踐證明，藝術高於生活的思想必然導致刻意剪裁生活、脫離生活本質。確認：藝術永遠處在攀登外部世界、包括社會生活這個巍峨高山的狀態中。社會生活寬於藝術，長於藝術，深於藝術，富於藝術，因而高於藝術，社會生活之於藝術具有不可撼動的權威性。跟從「權威」長年累月叫順嘴了的話未必正確，明瞭藝術者只當一笑。

——不認同「為工農兵服務」的文藝方針。即使在方針提出的年代也是政治宗派主義的產物，必然在相當程度上阻礙社會的進步。把抗日戰爭時期參加抗戰的少數民族、小資產階級、民族資產階級、知識分子、宗教人士、海外僑胞、地主、富農、一切愛國力量和國際友好都排除在藝術服務對象之外，該是何等局面！藝術為人類服務的提法較為準確。所謂藝術「為人民服務」也欠妥，因為人民的概念同國家、法律一樣只是特定歷史時期的有著嚴格規定的範疇。如今的中國理應胸懷博大。

小猴子差不多用三分之一的時間惡補知識，思考，拍拍腦門似乎有些開竅，可惡習不改，以為自由了：喝椰酒……自鳴得意地唱……斷斷續續……揪了一地毛……拉裡拉雜……

其間還不時奓著膽子在網上比劃猴拳，結交了智者友人，得到了幫助和鼓勵。《雪落軒轅台》為智者友人幫助選定。

每章文字都設個標題，寫意寫實，尤其注重寫意和避免關鍵字的重複使用。五音不全，更上不了溜光大道。權當代孕父親身上掉下的肉，一塊肉的哭喊……媽媽笑了。

（《雪落軒轅台》跋了又跋，
二〇〇六年五月二日，
二〇一〇年九月十二日，
二〇一〇年八月十三日，
二〇一二年十月二十三日）

釀時代05　PG1157

雪落軒轅台：客家女哭長城

作　　者	抱　峰
主　　編	蔡登山
責任編輯	蔡曉雯
圖文排版	周妤靜
封面設計	秦禎翊

出版策劃	釀出版
製作發行	秀威資訊科技股份有限公司
	114 台北市內湖區瑞光路76巷65號1樓
	電話：+886-2-2796-3638　傳真：+886-2-2796-1377
	服務信箱：service@showwe.com.tw
	http://www.showwe.com.tw
郵政劃撥	19563868　戶名：秀威資訊科技股份有限公司
展售門市	國家書店【松江門市】
	104 台北市中山區松江路209號1樓
	電話：+886-2-2518-0207　傳真：+886-2-2518-0778
網路訂購	秀威網路書店：http://www.bodbooks.com.tw
	國家網路書店：http://www.govbooks.com.tw
法律顧問	毛國樑　律師
總 經 銷	聯合發行股份有限公司
	231新北市新店區寶橋路235巷6弄6號4F
	電話：+886-2-2917-8022　傳真：+886-2-2915-6275

出版日期	2014年6月　BOD一版
定　　價	660元

Printed in Taiwan

國家圖書館出版品預行編目

雪落軒轅台：客家女哭長城 / 抱峰著. -- 一版. -- 臺北市：釀出版, 2014.06

面； 公分. -- (釀時代；PG1157)

BOD版

ISBN 978-986-5696-21-4 (平裝)

857.7 103009669

讀者回函卡

感謝您購買本書，為提升服務品質，請填妥以下資料，將讀者回函卡直接寄回或傳真本公司，收到您的寶貴意見後，我們會收藏記錄及檢討，謝謝！如您需要了解本公司最新出版書目、購書優惠或企劃活動，歡迎您上網查詢或下載相關資料：http:// www.showwe.com.tw

您購買的書名：________________________________

出生日期：________年________月________日

學歷：□高中（含）以下　□大專　□研究所（含）以上

職業：□製造業　□金融業　□資訊業　□軍警　□傳播業　□自由業

□服務業　□公務員　□教職　□學生　□家管　□其它____

購書地點：□網路書店　□實體書店　□書展　□郵購　□贈閱　□其他

您從何得知本書的消息？

□網路書店　□實體書店　□網路搜尋　□電子報　□書訊　□雜誌

□傳播媒體　□親友推薦　□網站推薦　□部落格　□其他________

您對本書的評價：（請填代號　1.非常滿意　2.滿意　3.尚可　4.再改進）

封面設計____　版面編排____　內容____　文／譯筆____　價格____

讀完書後您覺得：

□很有收穫　□有收穫　□收穫不多　□沒收穫

對我們的建議：________________________________

____

____

____

請貼
郵票

11466
台北市内湖區瑞光路 76 巷 65 號 1 樓
秀威資訊科技股份有限公司 收
BOD 數位出版事業部

....

（請沿線對折寄回，謝謝！）

姓　　名：____________　年齡：________　性別：□女　□男

郵遞區號：□□□□□

地　　址：____

聯絡電話：(日)______________ (夜)______________

E-mail：____